CODI

CW01669468

HONDEN

CODE 37

een nieuwe case van **Tille Vincent**

HONDEN

LANNOO

vtm books

Colofon

www.lannoo.com
Registreer u op onze website en we sturen u regelmatig
een nieuwsbrief met informatie over nieuwe boeken en met
interessante, exclusieve aanbiedingen.

tekst: Hilde Smeesters
foto cover: Valentino Sani/Arcangel Images/Hollandse Hoogte
Omslagontwerp + vormgeving: Studio Lannoo

vtmBooks® is a trademark of the Vlaamse Media Maatschappij –
licensed by VMMa Line Extensions.
www.vtm.be/vtmbooks

Code 37® is a trademark of Menuet – licensed by VMMa Line Extensions.

Als u opmerkingen of vragen heeft,
dan kunt u contact nemen met onze redactie:
redactielifestyle@lannoo.com

Tweede druk

D/2011/45/239 – NUR 332
ISBN 978 90 209 9222 9

1

'Een bevalling laat zich niet haasten, mevrouw Maes.' De gezette dame in het dokterskantoor keek Hannah verwijtend aan. De bril die aan een fijne gouden ketting om haar hals hing, zette ze op het puntje van haar neus en ze trok haar roze blouse strak over haar omvangrijke boezem. Hannah moest haar blik losrukken van het middelste knoopje op de blouse, dat het knoopsgat onder hoogspanning zette.

'Kunt u dan even kijken wanneer ik een nieuwe afspraak kan krijgen?' Hannah keek veelbetekenend op haar horloge. Ze was bijna vijfenveertig minuten geleden de wachtkamer van gynaecoloog Van Orshoven binnengekomen en toen had de secretaresse haar verzekerd dat de dokter er binnen het kwartier zou zijn. Al die tijd waren er geen andere patiënten binnengekomen en was de telefoon geen enkele keer overgegaan. Hannah vroeg zich af of de dokter misschien was gaan lunchen, zonder te beseffen dat er nog iemand op hem zat te wachten...

De vrouw aan het bureau zuchtte en wreef haar rok strak over haar dijen. Hoewel het niet bijzonder warm was in de kamer, zat ze overvloedig te zweten. Onder haar oksels tekenden zich donkere kringen af op de roze stof van haar blouse. Ze sloeg enkele bladzijden om in haar dikke agenda en liet vervolgens haar wijsvinger langs de namen glijden die in krullerige letters onder elkaar genoteerd stonden.

'De eerstvolgende afspraak kan pas over drie weken,' zei ze, 'om half vier.' Ze keek Hannah strak aan over haar gouden brilletje. Hannah dacht plots een gemene twinkeling te ontwaren in haar kleine, diepliggende ogen. 'Zal ik die datum noteren voor u?' De hand met de balpen bleef boven het papier zweven.

'Drie weken?' zei Hannah Maes geïrriteerd. 'Zo lang kan ik niet wachten. Stel dat ik iets ernstigs heb.'

'Een voorschrift voor de pil is bezwaarlijk ernstig te noemen', antwoordde de secretaresse minachtend, terwijl ze haar bril weer van haar neus zette. Ze tikte ongeduldig met haar balpen op de opengeslagen bladzijde. 'Wat doen we, mevrouw Maes? Wachten of binnen drie weken terugkomen?'

Hannah trok haar schouders op, schudde van nee en maakte een afwerend handgebaar.

'Ik wacht wel', zei ze. Ze ging weer zitten en begon verveeld te bladeren in een van de oude tijdschriften die op het lage tafeltje in de wachtkamer lagen. Tien minuten later gooide ze het tijdschrift weer op de stapel, viste haar gsm uit haar handtas en toetste snel een nummer in. Er werd meteen opgenomen.

'Kevin? Hannah hier. Ik zit op een afspraak die wat uitloopt. Als je me nodig hebt, bel je maar. Oké?'

Hij antwoordde luchtig dat er voorlopig niets belangrijks was en dat ze zich niet moest haasten. Blijkbaar lukte het ook wel een middagje zonder haar, daar op het Gentse politiebureau. Op de achtergrond hoorde ze Bob lachen en iets onverstaanbaars tegen Kevin zeggen.

De voorbije weken waren vrij rustig geweest op de afdeling zedenpolitie, zodat iedereen de tijd had gehad om lopende zaken af te ronden. Maar daar kon van het ene op het andere moment verandering in komen, wist ze, dus kon ze nu maar beter even geduld uitoefenen, zodat deze doktersafspraak achter de rug zou zijn als het werk haar weer volledig zou opslorpen. Ze klikte de telefoon dicht en stopte hem in haar tas. In het kantoortje naast de wachtkamer hoorde ze de secretaresse vinnig hameren op haar computerklavier. Het geluid werd doorbroken door het rinkelen van de deurbel. Hannah hoopte één ogenblik dat het dokter Van Orshoven zou zijn, maar het was een vrouwenstem die de secretaresse begroette. Een hoogzwangere vrouw kwam de wachtruimte binnenwaggelen. Ze ging wijdbeens op de stoel tegenover Hannah zitten, trok haar weinig flatterende donkergroene overgooier zo ver mogelijk over haar knieën en zei: 'Goeiemiddag.' Ze hijgde lichtjes. 'Wacht u ook op dokter Van Orshoven? Al lang?'

Hannah knikte en griste snel een ander oud tijdschrift van de stapel op de tafel, want ze had geen zin in een gesprek – maar dat was buiten de zwangere vrouw gerekend.

'Het is wat hé, met die gynaecologen?' ging die onverstoorbaar verder. Ze haalde een tissue uit haar handtas en veegde de zweetdruppels van haar voorhoofd. 'Nu ja, een bevalling laat zich niet haasten. Dat weet ik als geen ander, want deze hier is al een week over tijd.' Ze streek liefdevol over haar omvangrijke buik en liet haar beide handen ter hoogte van haar navel rusten.

'Hebt u kinderen?' Ze monsterde Hannah even van kop tot teen. 'Als u zwanger bent, is het er in elk geval nog niet aan te zien!'

'Neen. Geen kinderen en niet zwanger', antwoordde Hannah geïrriteerd. Ze keek naar de enorme buik met daarbovenop de dikke, gezwollen borsten. De vrouw droeg geen make-up. Ze droeg haar gitzwarte haren strak naar achter getrokken in een paardenstaart, zodat haar grote voorhoofd helemaal zichtbaar was. Net onder de haargrens parelden alweer kleine zweetdruppels. Alles aan haar lichaam zag er gespannen uit. Hannah werd er ongemakkelijk van.

'Toch geen problemen om zwanger te geraken?' vroeg de vrouw. 'Tegenwoordig hoor je niet anders! Het lijkt wel alsof ze voor elke baby een proefbuis nodig hebben!' Ze klopte zachtjes op haar dikke buik en lachte. 'Voor deze niet hoor! Die is volledig op de natuurlijke wijze gemaakt. Mijn Walter heeft geen buisjes nodig. Bij hem werkt alles nog perfect! Drie heb ik er al op de wereld gezet, maar nu is het wel genoeg geweest. Kost handenvol geld, zo'n kind, maar...'

'Ik moet even naar het toilet,' zei Hannah snel, in de hoop de vrouw op die manier de mond te snoeren. Ze stond op en ging het toilethokje binnen. Daar boog ze zich over de kleine lavabo, draaide de kraan open en liet water over haar handen stromen. Ze keek nog eens op haar horloge en nam zich voor om te vertrekken als de dokter er niet binnen de tien minuten was.

Ze had de kraan net dicht gedraaid toen ze de deur van de praktijkruimte hoorde opengaan en de stem van dokter Van Orshoven door de wachtkamer weerklonk:

'Aha! Mevrouw Vanbuiten, u bent er al! Is mevrouw Maes alweer vertrokken?'

'Ze zit op het toilet', antwoordde de vrouw. 'Misschien vindt ze het niet erg als ik even voor ga. Ik ben tenslotte hoogzwanger en...' Hannah droogde snel haar handen af en gooide de deur van het toilet open.

'Eindelijk,' zei ze tegen de dokter. 'U bent er.' De zwangere vrouw liet zich teleurgesteld weer op haar stoel zakken.

Hannah volgde de dokter naar binnen. Hij wees naar het kleedhokje achter het scherm.

'Kleedt u zich maar uit en gaat u maar op de onderzoekstafel liggen', zei hij op een toon die geen tegenspraak duldde. 'Ik ben meteen bij u.'

'Maar ik wil alleen een voorschrift voor de pil...' protesteerde Hannah, maar dokter Van Orshoven had zich al omgedraaid en was op een hoek van zijn bureau gaan zitten om even een telefoongesprek te voeren.

'Kan hij zich verdomme niet eens verontschuldigen?' mompelde Hannah boos, terwijl ze haar T-shirt over haar hoofd trok. De bruine gewafelde badjas uit het pashokje rook muf en zat haar te krap. De vaak gewassen stof schuurde de huid van haar armen. Even vroeg ze zich af hoe de vrouw met de enorme buik daar ooit in zou geraken, maar die gedachte schudde ze snel van zich af.

Een kwartier later was het onderzoek afgelopen en zat ze op het puntje van haar stoel tegenover dokter Van Orshoven aan diens zware eikenhouten bureau.

'Alles is in orde', zei de dokter. 'Maar...'

'Maar?' vroeg Hannah geïrriteerd. Ze had het intussen wel gehad met het doktersbezoek en wilde zo snel mogelijk terug naar kantoor. De dokter vouwde zijn handen onder zijn kin.

'U loopt tegen de dertig, nietwaar mevrouw Maes?'

Hannah knikte ongeduldig.

'Dertig is een scharnierleeftijd', ging hij verder. 'Vroeger hadden vrouwen hun kinderen al gekregen lang voor ze dertig waren. Hoe zit dat met u? Wil u eigenlijk kinderen? Tikt de biologische klok nog niet?'

Hannah opende haar mond om te antwoorden, maar de dokter was haar voor.

'Op uw leeftijd is dat geen onbelangrijke vraag, weet u. Hormonen slikken is niet goed voor een vrouwenlichaam en ik krijg steeds meer vrouwen over de vloer die moeilijk zwanger geraken. Hoe ouder ze zijn, hoe lastiger het wordt.'

'Ik ben niet van plan om aan kinderen te beginnen', zei ze kort. 'Ik wil integendeel alleen maar een voorschrift voor de pil.' Ze voelde de vermoeide blik van de arts op haar gebogen hoofd rusten.

Ze keek op. 'Alstublieft', voegde ze er snel aan toe.

Het viel haar nu pas op dat de man achter het bureau oud was geworden. Zijn dunne grijze haren waren naar achteren gekamd en vormden een kleine krul onder in zijn nek. Zijn kin was begroeid met een smal sikje dat in een fijne punt omlaag wees. Hij deed haar denken aan een zeventiende-eeuwse schilder die de wereld hooghartig aankeek van boven zijn reusachtige witte kraag. Bovendien stelde hij lastige vragen waar ze nu geen tijd voor had.

'*Bon*,' zei hij, 'het is natuurlijk uw keuze.' Hij maakte een notitie op een papiertje en stopte dat in een gele hangmap waarop in blokletters 'Hannah Maes' en haar geboortedatum genoteerd stonden. Toen trok hij zijn blok met witte voorschriftblaadjes naar zich toe, maar voor hij begon te schrijven, bedacht hij zich. Hij keek Hannah aan en streek bedachtzaam over zijn zilveren sik.

'Hoe lang is het intussen geleden dat uw moeder...' hij maakte zijn zin niet af.

Hannah keek hem ongeduldig aan. Het verraste haar niet dat Van Orshoven over haar moeder begon. Mama was tenslotte ook een patiënte van hem geweest. Zij was het geweest die Hannah voor het eerst naar de gynaecoloog had meegenomen toen ze een jaar of zestien was geweest. Hannah was zijn patiënte gebleven en ze besefte nu pas dat ze dat beter niet had gedaan.

'Zes jaar intussen', antwoordde ze kort. 'Mag ik nu...'

'Uw moeder is het incident nooit te boven gekomen', zei de dokter, terwijl hij zijn grijze baardje om zijn vinger wond. 'Een verkrachting is natuurlijk altijd een delicate zaak. Er zijn weinig vrouwen die er ooit vrede mee krijgen. Jammer natuurlijk dat het zo moest lopen, want uw moeder was een mooie vrouw. U lijkt op haar.'

'...mijn voorschrift?' vroeg ze. Ze wilde niet over haar moeder praten. Dit zou haar laatste bezoek aan deze dokter zijn, besloot ze. Gekkenwerk ook, helemaal naar Sint-Martens-Latem rijden voor een afspraak, terwijl er in Gent meer dan genoeg uitstekende gynaecologen waren. De dokter krabbelde iets op zijn witte briefje, schoof het over zijn bureau naar haar toe en schraapte zijn keel:

'Mevrouw Maes, ik...'

Ze griste het briefje van de tafel en onderbrak hem. 'Ik moet nú weg', zei ze. Ze smeet vijftig euro op het bureau en rende voorbij de verbaasde secretaresse naar de voordeur, die ze met een harde klap achter zich dicht liet vallen. Buiten knipperde ze met haar ogen tegen het felle zonlicht en haalde diep adem. 'Wat een mens al niet moet doen om af en toe in alle gemoedsrust seks te kunnen hebben', mompelde ze. Ze stapte gezwind in de Mercedes die ze – een eeuwigheid geleden, leek het wel – voor de deur geparkeerd had.

Het klokje op haar dashboard gaf aan dat het intussen twee uur was. Als ze de snelweg nam, kon ze binnen het kwartier op het politiekantoor in de Ridderstraat zijn en dan was haar namiddag niet helemaal verloren. Ze reed de Latemstraat uit en draaide de grote steenweg op naar de snelweg. Bij Carrefour twijfelde ze even. Zou ze de parking oprijden en snel een hamburger halen bij McDonald? Haar maag gromde bij de gedachte aan eten, maar het besef dat ze zo snel mogelijk in het centrum van Gent moest zien te geraken, haalde het. Pas toen ze de lange bocht had genomen die de oprit vormde naar de E40, zag ze dat ze fout had gegokt: een stilstaande file vulde de hele oprit. In haar achteruitkijkspiegel zag ze dat er al twee auto's achter de hare stonden. Achteruit proberen weg te geraken zat er dus niet meer in.

'Shit,' vloekte ze, 'ook dat nog.' Zenuwachtig beet ze op de nagels van haar rechterhand, terwijl ze met de vingers van haar linkerhand op het stuur trommelde. Zo ver ze kon zien zat het verkeer muurvast en pas een kwartier later slaagde ze erin om de auto naar de middenrijstrook van de snelweg te manoeuvreren. De file vorderde stapvoets en stond soms helemaal stil. Hier en daar leunden mensen ver uit hun raampjes om te kijken wat er aan de hand was. Hannah zat met beide armen op haar stuur geleund en herkauwde in gedachten haar bezoek aan de gynaecoloog. Waarom had hij zo nodig haar moeder ter sprake moeten brengen? In een flits zag ze het verdrietige gezicht van haar moeder weer voor zich. Ze zuchtte en liet haar hoofd op haar voorarmen zakken. Luid getoeter van een enorme vrachtwagen op de rijstrook naast de hare. '*Kees Harding. Als het snel moet gaan*', las ze op het blauwe dekzeil. Een dikke man hing met zijn hele bovenlichaam uit het raampje van zijn stuurcabine en gesticuleerde heftig om haar aandacht te trekken. Toen hij merkte dat hij Hannahs aandacht had getrokken, wees hij naar de pechstrook en maakte een obsceen gebaar door zijn halfopen vuist voor zijn mond op en neer te bewegen.

Met half toegeknepen ogen nam ze de man in zich op. De getatoeëerde onderarm, het vuile kaki T-shirt met de donkere zweetkring onder de oksel, het dunne haar dat tegen het lage voorhoofd plakte, de kleine varkensoogjes, de dikke tong die af en toe naar buiten schoot en wellustig aan zijn lippen likte...

'Denkt hij nu echt dat er één vrouw zo gek zal zijn om hem te willen pijpen?' mompelde ze. Ze stak haar hand uit naar het handschoenkastje waar het blauwe zwaailicht zat, want ze had veel zin om dat op het dashboard te zetten en de chauffeur naar de pechstrook te dwingen, waar ze hem in haar beste Hollands zou uitleggen dat ze voor de Gentse zedenpolitie werkte. Dan zou hij wel anders piepen. 'Gore vetzak', zei ze luidop voor zich uit.

Maar op dat moment kwam de file opnieuw in beweging en liet ze dat idee varen. Ze had al genoeg tijd verloren en had geen zin om zich bezig te houden met een hitsige vrachtwagenchauffeur. In haar achteruitkijkspiegel zag ze hem opgewonden op en neer wippen achter zijn enorme stuur. 'Waarschijnlijk zit hij zich nog af te trekken ook, de lul', mompelde ze boos. 'Straks knalt hij tegen de vrachtwagen voor hem...'

Ze haalde op de tast een cd uit het vakje onder de radio. Even later klonk de rustgevende stem van Nina Simone door de auto. *And I'm feeling good...* neuriede ze mee, terwijl ze met haar vingers het jazzy ritme op het stuur tokkelde. De auto's voor haar reden intussen wat sneller en Hannah duwde het gaspedaal dieper in. Op het moment dat de wagen versnelde, overstemde een dof gebonk de tonen van de muziek. Ze draaide het volume lager, remde lichtjes en luisterde gespannen naar het vreemde geluid dat van ergens links voor haar leek te komen. Achter haar werd luid getoeterd.

'Shit!' Hannah sloeg met beide handen op het stuur. 'Shit, shit, shit. Godverdomse shit!' Ze probeerde haar auto naar de rechterrijstrook te sturen, maar daar stond de file nog altijd stil.

Geen enkele chauffeur maakte aanstalten om haar door te laten: ze bleven allemaal strak voor zich uit kijken, zelfs toen ze een paar keer claxonneerde. Woedend trok ze het blauwe zwaailicht uit het handschoenenkastje en zette het op het dashboard. De chauffeur in de vrachtwagen naast haar weigerde op te kijken, ook al hield ze haar claxon nu de hele tijd ingedrukt. Ze schreeuwde luid 'lul' en zette de sirene aan. Zonder haar aan te kijken stuurde de man zijn auto een eindje opzij, zodat er een opening in de rij ontstond en ze haar wagen naar de pechstrook kon sturen.

'Laat het in godsnaam niet waar zijn', zuchtte ze, terwijl ze naar de lekke voorband keek. Ze opende de koffer van haar zwarte Mercedes en probeerde de reserveband los te maken. Terwijl ze over de kofferbak gebogen stond, voelde ze de blikken van de langzaam voorbijrijdende chauffeurs in haar rug en toen ze een van hen luid hoorde toeteren, hoefde ze niet op te kijken om te weten wie er op dat ogenblik langsreed.

'Hé wijffie!' klonk een mannenstem met een irritant Hollands accent. 'Je staat op me te wachten, zie ik. Wacht, ik zet mijn bak effe aan de kant!' Hannah draaide zich langzaam om. De vrachtwagenchauffeur bediende zijn stuurwiel met twee vingers van zijn linkerhand en lag helemaal over de passagierszetel heen door het raam gebogen om haar grijnzend aan te staren.

'Hannah Maes.' Ze schreeuwde om boven het geluid van de snelweg uit te komen. 'Hoofdinspecteur zedenpolitie Gent.' Ze wees naar het blauwe zwaailicht op het dashboard van de auto. 'Zet uw vrachtwagen maar aan de kant.'

Als door een wesp gestoken, trok de man zich terug in zijn cabine en keek recht voor zich uit. Ze draaide zich om en hoorde achter zich het geluid van remmende auto's en verschrikte claxonstoten waar de vrachtwagenchauffeur zich repte om op de middelste rijstrook te geraken.

Hannah zuchtte en haalde de krik uit de koffer. Tien minuten later stond ze zwetend en puffend naast haar auto. Ze had haar vuile handen afgeveegd aan haar lichtblauwe jeans, zodat die nu vol zwarte vlekken en strepen zat. Hoe ze ook haar best deed, ze kreeg geen beweging in de bouten die het wiel op zijn plaats hielden. Ze vloekte en schopte hard tegen de lekke band. Boos griste ze haar gsm uit haar handtas, die op de passagierszetel lag. Er zat niets anders op dan iemand van kantoor te bellen en te vragen om haar te komen halen. Ze leunde tegen het portier en zelfs met een vinger in haar vrije oor moest ze goed luisteren om te horen of de telefoon overging, zoveel lawaai maakten de voorbijrijdende voertuigen op de snelweg. Daardoor merkte ze de motor niet op die achter haar wagen was gestopt en zag ze de politieagent in het leren uniform niet, die op haar auto afstapte.

'Problemen, mevrouw?'

Hannah schrok zo dat de gsm bijna uit haar hand viel. Ze staarde naar de agent in volle motoruitrusting die naast haar was opgedoken alsof hij uit de hemel was komen vallen.

'Godzijdank', zei ze, en ze klapte haar gsm dicht en stopte hem in de zak van haar jeans. Ze wees naar het blauwe zwaailicht achter de voorruit. 'Hannah Maes, politie Gent. Ik heb een lekke band.'

De man deed zijn helm af, kamde snel met zijn vingers door zijn blonde haren en glimlachte. Een jaar of vijfentwintig, schatte Hannah, bijzonder knap en blijkbaar ook nog vriendelijk bovendien.

De agent hurkte neer om de band te bestuderen.

'Ze draaien die bouten altijd veel te vast in de garage', zei hij. 'Wacht.' Hij liep naar zijn motor en haalde een fluogeel vestje uit een van de zijkoffers.

'Trek dit aan en ga daar zitten', zei hij vastberaden. Hij wees naar een plek achter de metalen afsluiting. 'Dan fiks ik dit even voor jou.'

Hannah besefte dat protesteren niets zou uithalen. Bovendien was ze allang blij dat iemand het van haar overnam. Amper vijftien minuten later kwam de agent haar terughalen.

'Klaar', zei hij. 'Je moet wel zo snel mogelijk met je auto naar de garage, want het is niet veilig om lang met die reserveband te blijven rijden. Hij heeft wat extra lucht nodig, maar ik denk dat je er wel mee tot in Gent geraakt.'

Hij wreef zijn handen schoon aan een grote witte zakdoek en keek haar aan met een scheve grijns.

'Sorry', zei hij. 'Ik ben niet erg beleefd. Pieter Serneel, verkeerspolitie.'

Hannah schudde glimlachend zijn uitgestoken hand.

'Hannah Maes. Inspecteur zedenpolitie', zei ze. 'Dankjewel voor het vervangen van mijn band.'

'Pedo's en perverten?' zei hij lachend. 'Wat zoekt een knappe jonge vrouw als jij bij die vetzakken?'

Hannah trok haar schouders op. '*Hey, it's a job*', zei ze glimlachend. 'Ik moet ook mijn kost verdienen. Maar nu moet ik ervandoor, pedo's en perverten pakken. Nog bedankt voor het wisselen van mijn band en wie weet tot ziens.'

'Ik help je de snelweg weer op', zei hij. Pieter Serneel startte zijn motor en reed haar voorbij, de snelweg op. Met een paar eenvoudige handgebaren liet hij het aankomende verkeer vertragen. Hannah Maes zwaaide naar hem, gaf gas en reed de snelweg op, richting Gent.

2

Het was half vijf toen ze het politiekantoor in de Ridderstraat kwam binnenwandelen. Collega Kevin Desmet kwam haar in de gang al tegemoet.

‘Waar heb jij de hele namiddag gezeten?’ vroeg hij nieuwsgierig.

‘Ik had een afspraak, Kevin,’ antwoordde ze afgemeten, ‘die een beetje is uitgelopen.’

‘Een afspraak?’ Kevin boog zich naar haar toe en ging op fluistertoon verder. ‘Toch geen “afspraakje”, Hannah?’ Met zijn vingers beschreef hij twee haakjes in de lucht. ‘Heb je een nieuw lief? Iemand van de verkeerspolitie misschien?’

Ze keek hem verbaasd aan. ‘De verkeerspolitie? Hoe kom je daar bij?’ Ze had nog geen woord gezegd over haar ontmoeting met Pieter Serneel, dus hoe...

Hij wees naar het fluovestje. ‘Volgens mij is dat er eentje van de verkeerspolitie zelf. Dus ofwel heb je een nieuwe job, ofwel een lief bij de verkeerspolitie.’

Hannah trok het vestje uit en gooide het over de kapstok. ‘Geen van beide’, zei ze. ‘Alleen een gynaecoloog met een spoedbevalling, een lekke band en een bijzonder vriendelijke agent die me geholpen heeft om de band te verwisselen. Is er hier intussen nog wat gebeurd?'

Ze wees op het mapje in Kevins handen.

'Dit dossier hebben we deze namiddag binnengekregen met de interne post', antwoordde hij. 'Het gaat om een meisje van acht jaar. Volgens gynaecoloog Annemans van het UZ is ze hoogstwaarschijnlijk het slachtoffer van seksueel misbruik. De moeder heeft aangifte gedaan bij de politie en wij hebben het dossier doorgespeeld gekregen.'

Hij bevrijdde de map van de elastiekjes die eromheen zaten en haalde er enkele documenten uit. Zijn ogen vlogen over de tekst.

'Billie Steegmans heet het kind. De moeder was met haar naar de huisdokter gegaan omdat het meisje klaagde over buikpijn en jeuk daar beneden...'

Kevin keek snel op van zijn papieren en beet op zijn lip. Hij wist dat Hannah liever had dat hij de dingen bij hun naam noemde, maar voelde nog altijd een zekere schroom.

'Ze ging ervan uit dat haar dochter een darm- of blaasontsteking had,' ging hij verder, 'maar de huisdokter zag blijkbaar meteen dat er meer aan de hand was en stuurde hen door naar Annemans van het UZ voor een gynaecologisch onderzoek. Dit is zijn rapport.' Kevin overhandigde het document aan Hannah. Ze las het snel door.

'Ontbreken van het maagdenvlies, inwendige kwetsuren, naar alle waarschijnlijkheid een besmetting met *candidiasis*...'

Kevin keek haar vragend aan. '*Candidiasis?*'

'Een vaginale schimmel, Kevin', zei ze. 'Dat zou je moeten

weten. Je kunt het krijgen door seksueel contact, maar ook door gewoon naar het toilet te gaan en je achterste in de verkeerde richting af te vegen.' Ze las snel verder. 'Annemans heeft het over penetratie en er zijn duidelijk kwetsuren in de vagina gevonden, dus zou het me niet verwonderen als de schimmel een gevolg is van seksueel contact.' Ze bladerde de rest van de documenten door.

'Vreemd', zei ze. 'Het is vooral een medisch verslag. Hoe het kind reageerde, lees ik hier nergens. Dat zullen wij dan moeten uitzoeken.'

Ze liepen naar het kantoor dat Kevin met twee collega's deelde. Hannahs eigen kantoor lag een verdieping hoger, 'zodat ze haar drie mannen altijd in het oog kon houden'. Het gebouw ademde een donkere, benauwde en afgeleefde sfeer, die deed denken aan het Oostblok in de jaren zeventig. Ze duidden hun werkplek dan ook allemaal vaak aan als 'het Kremlin'.

'Heren', zei Hannah als groet, toen ze de ruimte binnenstapten waar Bob De Groof en Charles Ruyters aan het werk waren. Bob keek amper op van zijn computer en Charles was druk in een telefoongesprek verwikkeld. Hannah ging naast Bob staan en zag op het scherm een dikke vrouw, die seks had met een bijzonder harige man. Het ging er heftig en luidruchtig aan toe en af en toe riep de man iets in een taal die ze niet begreep.

'Waar ben je mee bezig?' vroeg ze. 'Iemands privépornocollectie in beslag genomen?'

Bob zette het beeld stil en keek haar aan. Ze stond zo dicht bij hem dat ze zijn opvallende aftershave kon ruiken.

'Dit, inspecteur Maes, is onvervalste Kosovaarse hardcore porno', zei hij. 'De vreemdelingenpolitie heeft een stapel dvd's in beslag genomen toen ze vorige week een stel Kosovaarse mensenhandelaars oppakten. Er zaten nogal wat minderjarigen in het huis waar ze hun slachtoffers verborgen hielden en het zou kunnen dat een paar van hen hebben meegespeeld in dit soort filmpjes...'

Bob wees naar een stapel foto's die naast hem op het bureau lag. Hannah bekeek ze vluchtig. Het waren politiefoto's van jonge mensen, kinderen haast.

'Ik zit al de hele namiddag naar het harige gat van die gast te kijken', zei Bob die met zijn vinger tegen het scherm tikte. 'Hij doet het telkens met een andere vrouw, de ene nog dikker en lelijker dan de andere. Maar kinderen zitten er voorlopig niet bij...'

Hij wees naar de doos die naast hem op de grond stond en waarin een stapel dvd's lag. 'Nog maar twintig te gaan... Ik weet zeker dat ik voor de rest van mijn leven geen seks meer wil als ik die allemaal bekeken heb.' Hij wreef over zijn kin en keek op naar Hannah. 'Bestaat daar eigenlijk een schadevergoeding voor, chef ? Impotentie veroorzaakt door te langdurige blootstelling op de werkvloer aan gore seks van extreem lelijke mensen?'

'Jouw libido kan wel tegen een stootje', zei Hannah droog. 'Laat me weten of je onderzoek iets oplevert.'

Charles had de telefoon ingehaakt en sloeg de conversatie glimlachend gade. Hannah richtte zich tot hem.

‘Zijn jullie hiervan op de hoogte?’ Ze stak het mapje dat Kevin haar gegeven had in de lucht.

‘Niet echt’, zei Charles. ‘Iets met kindermisbruik?’

‘Klopt’, antwoordde Hannah. ‘Een vermoeden van seksueel kindermisbruik. Kevin en ik gaan nog even langs bij deze mensen. Als jullie me nodig hebben, bel dan maar.’

Kevin keek haar verschrikt aan.

‘Maar Hannah’, zei hij. ‘Ik wou die moeder van dat meisje eigenlijk bellen om haar te vragen of we morgen mogen langskomen. Het is al na vijf uur en ik wil eigenlijk de stad nog in...’

‘De stad ligt er morgen ook nog, Kevin’, antwoordde Hannah afgemeten.

‘Ja maar, er is vandaag een stockverkoop van merkkleding op de Wiedauwkaai. Ik heb écht wat nieuwe spullen nodig en met mijn loon van de politie...’

De drie collega’s keken Kevin geamuseerd aan en hij stopte abrupt met praten toen hij hun ironische blikken zag.

‘Een stockverkoop. Allez jong!’ Bob maakte een verwijfd wegwerpgebaar met zijn hand en ging dan op barse toon verder. ‘Desmet, *what the fuck!* Je bent toch geen jeannet uit de musical. Een stockverkoop, godverdomme! Dat is toch iets voor wijven?’

‘Het hemd dat je nu aan hebt, ziet er nog prima uit’, zei Hannah sussend.

‘Dit is een Paul Smith’, zei Kevin, terwijl hij de voorkant van zijn smetteloos witte hemd gladstreek. ‘Weet je wel wat ze daar in de winkel voor durven vragen? Ik kan mij zoiets maar heel af en toe permitteren en op die stockverkoop geven ze gemakkelijk kortingen van meer dan vijftig procent...'

Bob opende zijn mond al om een opmerking te maken, maar Hannah was hem voor.

'Kevin,' zei ze gedecideerd, 'doe niet belachelijk.' Ze duwde hem voor zich uit de gang in. 'Wie wil er trouwens een hemd van iemand die Paul heet?'

3

‘Ze wonen aan de Langemunt, vlakbij het water’, zei Kevin, terwijl hij met Hannah naar haar auto liep. ‘Dat is niet zo heel ver van de Wiedauwkaai, dus kan ik daarna misschien toch nog naar die stockverkoop. Die duurt geloof ik tot een uur of zeven. Als jij me met de auto brengt…’

Hannah bleef staan voor de grote zwarte Mercedes ML op de parking van het politiekantoor. Ze wees naar de linkervoorband, waarin zo goed als geen lucht meer zat.

‘We gaan te voet, Kevin’, zei ze. ‘Mijn reserveband is nu blijkbaar ook lek.’

Ze viste haar gsm uit haar broekzak en toetste een paar cijfers in. Terwijl de telefoon overging, knipoogde ze naar haar collega, die snel zijn horloge checkte, beteuterd zijn handen in zijn broekzakken stak en gefrustreerd tegen een kiezelsteentje schopte.

‘Ik zal wel eens kijken of er in mijn kleerkast nog een hemdje ligt’, fluisterde ze. Dan zei ze luidop: ‘Dag. Met Hannah Maes. Mijn auto staat op de parking van de politie in de Ridderstraat met een lekke band. Kunnen jullie hem ophalen en er een nieuwe band op zetten? Stop meteen ook een nieuwe reserveband in de koffer. Ik laat de sleutel achter bij de receptie.’

Ze ging haar autosleutels afgeven aan de receptioniste bij het loket. Toen ze weer buiten kwam, stond Kevin zenuwachtig met de punt van zijn schoen tekeningetjes in het zand te maken.

'Maar Hannah, ik meen het. Te voet geraak ik er straks niet...'

'Kom.' Ze nam haar collega bij de arm en trok hem mee. 'Een beetje frisse lucht zal je goed doen. Denk maar aan al het geld dat je uitspaart door niet naar die stockverkoop te gaan... met de auto waren we er trouwens niet sneller geraakt.'

Ze wees naar de rij van ettelijke tientallen wagens, die langzaam voorbijschoof in het drukke avondspitsverkeer.

Tien minuten later stonden de twee agenten voor een prachtig wit herenhuis met hoge blauwgrijze ramen. Op de vensterbanken stonden aluminium plantenbakken, waarin felgekleurde bloemen bloeiden. Voor het raam hing een affiche, waarop een concert van een blazersensemble werd aangekondigd, georganiseerd door de plaatselijke muziekschool.

'Hier wonen rijke mensen', zei Hannah, terwijl ze de gevel keurde. Ze las het plaatje naast de deurbel.

'Riet Verhelst.' Ze fronste haar wenkbrauwen. 'Klopt dat, Kevin?' vroeg ze, terwijl ze op de naam wees. 'Heet dat kind niet Stevens of Stegens of iets dergelijks?'

Kevin opende het mapje en bladerde door de papieren.

'Billie Steegmans is de dochter. Riet Verhelst is de moeder. Ik veronderstel dat het kind de naam van haar vader heeft, maar dat hij hier niet meer woont.'

Hannah drukte op de bel. Even later klonk een metalige vrouwenstem door de parlofoon. 'Riet Verhelst.'

'Hannah Maes, zedenpolitie Gent', sprak Hannah in de ronde luidspreker. 'Kunnen we u even spreken?'

Meteen ging de zoemer over en sprong de deur uit het slot.

'Kom maar naar boven', zei een vrouw, die boven aan de marmeren trap in de ruime hal stond. Ze hield een enorme witgeschilderde deur met prachtige glas-in-loodruiten open.

'Ik had jullie eerlijk gezegd al veel eerder verwacht', ging ze verder. 'Er belde daarstraks een meneer om te laten weten dat jullie tussen drie en vier zouden langskomen. Ik ben meteen naar huis gekomen.'

'Die meneer was ik', zei Kevin snel. 'Maar er is wat tussengekomen. Mijn collega hier had een afspraak bij de dokter en dan een lekke band en...'

'Maar nu zijn we hier', snoerde Hannah haar collega de mond. Ze gaf de vrouw een hand. 'Ik ben Hannah Maes, inspecteur bij de zedenpolitie van Gent, en dit is mijn collega, Kevin Desmet. We zijn hier in verband met de klacht tegen onbekenden die u gisteren hebt neergelegd bij de politie.'

'Volgt u mij maar', zei de vrouw. Ze ging hen voor naar een grote, lichte kamer met een gladgeschuurde parketvloer. In het midden van de kamer lag een lichtgrijs wollig tapijt. Daarop stond een lage glazen salontafel met enkele opengeslagen interieurbladen. Aan beide zijden van de tafel stonden strakke designsofa's, aangevuld met een paar rechthoekige poefen. Aan de muur hingen grote zwart-witfoto's van een klein blond meisje dat stuurs in de lens van de fotograaf keek. Riet Verhelst nodigde hen met een uitnodigend gebaar uit om plaats te nemen.

Hannah keek naar de lichte sofa en vervolgens naar haar jeans, die nog steeds onder de vuile strepen zat. Ze ging op het uiterste randje van de sofa zitten en glimlachte hun gastvrouw verontschuldigend toe.

'Lekke band', zei ze, wijzend naar haar broek. Riet Verhelst trok haar schouders op. 'Trek het je niet aan', zei ze. 'De bekleding van die zetels is wasbaar. Het ziet er allemaal duurder uit dan het is. Ik heb een neus voor mooie dingen die bovendien betaalbaar zijn.'

Het viel Hannah nu pas op wat een mooie vrouw Riet Verhelst was. Alles aan haar straalde klasse en elegantie uit. Haar blonde haren waren in een korte, pittige coupe geknipt die haar oren grotendeels vrij liet, zodat de gouden knopjes in haar oorlelletjes zichtbaar bleven. Haar witte linnen broek en lichtgrijze wollen truitje met korte mouwen kwamen duidelijk uit dure boetieks, en de zilveren bedelarmband die losjes om haar slanke pols hing, ook. Riet Verhelst liep blootsvoets en haar perfect roodgelakte teennagels verdwenen haast in de krullen van het tapijt. Het bijzonderste aan deze vrouw waren ongetwijfeld haar ogen, met hun felblauwe irissen, waar een opvallend donker randje rond zat. Ook zonder make-up vielen die ogen bijzonder mooi op in haar smalle gezicht met de hoge jukbeenderen.

'Als ik één woord op haar zou moeten plakken, dan zou dat

'transparant' zijn', dacht Hannah. 'Het lijkt alsof je zo door haar heen kunt kijken.'

'Willen jullie iets drinken?' vroeg Riet Verhelst. 'Water? Koffie? Thee? Frisdrank? Een pintje misschien?'

Kevin en Hannah bedankten allebei voor het aanbod. De vrouw liep naar het aanrecht van de grote open keuken, schonk voor zichzelf een glas water in uit een grote glazen kan waarin ijsblokjes dreven en ging dan op de enorme rechthoekige poef tegenover hen zitten. Ze vouwde haar benen onder zich en zette het glas voorzichtig op het glazen tafelblad.

Hannah kuchte even en haalde de papieren uit het mapje.

'Mevrouw Verhelst', zei ze zakelijk. 'Mijn collega en ik hebben deze namiddag uw dossier doorgenomen. Dat is natuurlijk nog verre van volledig. U bent eerder deze week op visite geweest bij dokter Annemans van het UZ, die vaststelde dat uw dochtertje Billie naar alle waarschijnlijkheid seksuele betrekkingen heeft gehad. Ik lees hier dat het maagdenvlies niet meer aanwezig is en dat ze meerdere interne kwetsuren heeft. Mogelijk heeft ze ook een schimmelinfectie opgelopen.'

Terwijl ze de details van het rapport opsomde, hield Hannah de vrouw scherp in het oog. Riet Verhelst was wit weggetrokken en ze hield haar lippen stijf op elkaar geknepen. Ze had haar handen onder haar benen geklemd en wiegde haar bovenlichaam zacht heen en weer.

'Ik zou graag wat meer informatie hebben', zei Hannah. 'Waarom bent u met Billie naar de gynaecoloog in het UZ gegaan?'

De vrouw rechtte haar rug en nam een andere zithouding aan. Ze keek Hannah en Kevin vluchtig aan en duwde een haarlok achter haar oor. Ze draaide even aan het gouden knopje in haar oorlel, haalde diep adem en begon dan snel te praten, maar hield haar ogen strak op de grond gericht.

'Billie stond op een ochtend vroeg op en ze klaagde dat ze erge buikpijn had. Er was niet meteen een aanwijsbare oorzaak en ze kon ook niet zeggen waar de pijn precies zat. Maar het was me eerder toch al opgevallen dat ze vaak met een handje tussen haar benen duwde. Ik had er haar al een paar keer naar gevraagd, maar dan haalde Billie telkens haar schouders op. Ze is nogal verlegen als het over haar lichaam gaat. Ze vindt het bijvoorbeeld vervelend als ik de badkamer binnenkom terwijl zij zich aan het wassen is...'

De vrouw keek op en Hannah knikte haar bemoedigend toe.

'Ze had het over buikpijn, dus ik dacht aan een darmontsteking', ging ze verder in hetzelfde snelle tempo. 'Ik maakte meteen een afspraak bij onze huisdokter, Dirk Van Assche, en we mochten dezelfde dag nog naar hem toe. Billie wilde niet dat ik bij haar bleef tijdens het onderzoek, maar dokter Van Assche heeft mij na tien minuten toch naar binnen geroepen. Hij gaf me het adres van een gynaecoloog in het UZ en zei dat er meer aan de hand was met Billie dan zomaar een darminfectie.'

'Zei hij niet wat er was?' vroeg Hannah verbaasd.

'Neen. Hij drong er alleen op aan dat ik meteen een afspraak zou maken bij een gespecialiseerde gynaecoloog, bij voorkeur die dokter Annemans van het UZ. Ik was helemaal van de kaart, dacht dat Billie een of andere ongeneeslijke ziekte had... Maar nooit, nooit had ik vermoed ik dat...'

De stem van de vrouw brak en in haar ogen welden tranen op. Over haar wang rolde langzaam een dikke druppel, die ze bruusk wegveegde met de rug van haar hand. Ze slikte een paar keer en praatte toen op zachte toon verder, terwijl ze haar voorhoofd op één gebalde hand liet rusten.

'U kunt niet geloven wat dit met mij doet', zei ze. 'Mijn dochter is alles voor mij. Letterlijk alles. Ze is mijn hele leven en dat is al zo sinds haar geboorte.'

Riet Verhelst schudde haar hoofd en keek de twee agenten aan. Haar stem klonk heel zacht en bezorgd toen ze verder ging.

'Weet u, Billie woog amper een kilogram toen ze op de wereld kwam. Ze werd twee volle maanden te vroeg geboren. Ik had een erge vorm van zwangerschapsvergiftiging en ik ben bijna in de bevalling gebleven. Billie en ik hebben dagenlang op de rand tussen leven en dood gezweefd. De dokters vreesden dat we het geen van beiden zouden halen. Uiteindelijk is het allemaal goed gekomen, maar ik mocht na haar geen kinderen meer krijgen. Billie is alles wat ik heb en...'

Haar stem stokte. Ze snikte luid en veerde toen recht.

'Sorry', zei ze. 'Ik neem even een zakdoek.' Ze liep de kamer uit naar de gang. Hannah en Kevin hoorden hoe ze haar neus snoot, snikte en weer haar neus snoot...

Riet Verhelst kwam de zitkamer weer binnen, ging zitten, legde haar handen op haar knieën en glimlachte dapper.

'Ik ben heel emotioneel door wat er nu gebeurd is met Billie', zei ze. 'Mijn excuses. Soms heb ik mezelf niet helemaal in de hand.'

'Dat is volkomen begrijpelijk', zei Kevin met een bemoedigende glimlach. 'Ik zou het er ook moeilijk mee hebben als het mijn dochter was overkomen.'

Hannah keek haar collega een seconde vermanend aan. Ze hield er niet van als hij te persoonlijk werd in dit soort gesprekken.

'Ik zag enkel uw naam op de bel staan', zei Hannah. 'Leeft u niet samen met Billies vader?'

'Billies vader?' vroeg Riet Verhelst, wier stem plots een veel scherpere klank had aangenomen. 'Die heeft geen contact meer met zijn dochter.' Ze snoof even en ging op schampere toon verder. 'Dat is maar goed ook. We zijn gescheiden toen Billie nog geen jaar was. Meneer kon de hele ziekenhuistoestand niet aan. Ik ben maanden aan een stuk doodziek geweest, zodat ik niets in het huishouden kon doen. Billie was een prematuurtje dat aan een monitor lag en dag en nacht verzorging nodig had. Hij wist amper hoe hij een pamper moest verschonen, laat staan dat hij alle andere zorgen op zich wilde nemen. Ik heb ondanks mijn toestand heel veel zelf moeten doen.'

Ze maakte een boos, snuivend geluid en duwde haar handpalmen diep in de poef waarop ze zat.

'Toen Billie eindelijk wat op een baby begon te lijken, zei hij dat hij iemand anders had leren kennen. Een collega van hem, een stuk ouder dan ik zelfs. Hij is met haar gaan samenwonen en we hebben hem nooit meer gezien.'

Het viel Hannah op dat Riet Verhelst de naam van Billies vader geen enkele keer had uitgesproken.

'Heeft uw ex ook een naam?' vroeg Hannah. 'En hebt u toevallig het adres waar hij momenteel woont?'

'Bruno', zei Riet Verhelst. 'Bruno Steegmans. Hij woont intussen al jaren in Antwerpen. Ik zou liever hebben dat jullie hem hier buiten laten.'

'Wij maken zelf wel uit wie we hier al dan niet buiten laten', zei Hannah. 'Hebt u zijn adres?' Kevin noteerde de gegevens die Riet Verhelst dicteerde.

'Hebt u intussen een nieuwe relatie?' vroeg Hannah. Riet Verhelst dacht even na voor ze antwoord gaf.

'Relatie is een te groot woord voor wat het is', zei ze. Ze streek haar broek glad en wreef even over een perfect gemanicuurde nagel. 'Ik heb sinds ongeveer een jaar iets met iemand. Ben Roth, heet hij. We zien elkaar één keer per week, op woensdagen.'

Ze keek op haar horloge. 'Ik veronderstel dat hij en Billie hier elke minuut kunnen zijn. Hij haalt Billie rond half zes op uit de nabewaking.'

'Pikt hij haar elke dag op?' vroeg Hannah, terwijl ze een en ander opschreef in haar notitieboekje.

'Alleen op woensdagen', zei Riet Verhelst. 'Billie heeft na schooltijd eerst nog een uur jiujitsu op school. Daarna worden de kinderen met een busje opgepikt en overgebracht naar een andere school die op woensdagen de opvang verzorgt voor een heleboel scholen in de omgeving.

Ik werk op woensdagen in Brussel en dan geraak ik daar niet op tijd, dus gaat Ben haar dan om half zes oppikken.'

'En op de andere dagen?' vroeg Kevin.

'Dan pik ik haar op. Of ze komt te voet naar huis. Het is niet ver en ze hoeft geen gevaarlijke kruispunten over te steken.' Riet Verhelst legde in detail uit welke weg Billie volgde en Kevin noteerde de straatnamen. Hij was daar net mee klaar toen ze de droge klik van een sleutel in het slot hoorden. De voordeur werd opengeduwd en er klonk een zware mannenstem vanuit de gang.

'*Honey! I'm home!*'

'Daar heb je hen', zei Riet Verhelst. Ze sprong op en liep naar de deur. Er kwam een klein, blond meisje naar binnen met een reusachtige roze boekentas op haar rug en Hannah herkende haar meteen van de foto's. Het meisje vlijde zich tegen de benen van haar moeder aan.

'Mama', zei ze zacht. Riet Verhelst tilde haar dochter op en hield haar dicht tegen zich aangedrukt.

'Wat heb je in je hand, schat?' vroeg ze. Ze nam het knuistje van het kind in haar hand en probeerde haar vingertjes los te peuteren. Het meisje keek haar boos aan.

'Dat is van mij', zei ze. 'Eerlijk verdiend.'

'Je weet dat je geen snoep mag hebben, Billie', zei Riet Verhelst bestraffend. 'Suiker is niet goed voor jou. Hoe vaak moet ik je dat nog vertellen?'

Ze zette het meisje met haar voetjes op de vloer, ging op haar knieën voor haar zitten en opende haar handje. Het kind legde een rode lolly in haar moeders handpalm en stampte boos met haar voet op de grond.

'Ik mag nooit wat van jou!' zei ze. 'Zelfs geen groene limonade!'

'Zelfs geen groene limonade, wat dat ook mag zijn', zei de moeder. Ze streek het meisje over de lange blonde haren en drukte een kus op haar voorhoofd.

Al die tijd had het meisje niet gemerkt dat er nog andere mensen in de kamer zaten. Ze schrok toen ze Hannah en Kevin in het oog kreeg. Vragend keek ze naar haar moeder en dan weer naar het bezoek. Hannah zag dat ze precies dezelfde felblauwe ogen had als haar moeder. In dat magere gezichtje leken het wel enorme spiegels, die een blauwe zomerhemel reflecteerden. Met haar witte lange haren was ze als een elfje uit een sprookjesalbum.

Het kind fluisterde iets in haar moeders oor.

'Dat zijn een meneer en een mevrouw die op bezoek zijn bij mama', zei Riet Verhelst. 'Ga jij boven je huiswerk maken, dan eten we straks spaghetti.' Ze zette het meisje op de grond en gaf haar een duwtje in de richting van de trap. Het kind liep naar de trap, maar bleef stokstijf voor de eerste trede staan. Ze tikte vier keer tegen de leuning en liep dan naar boven, waarbij ze op elke derde trede even wachtte en met haar rechtervoet twee keer zacht stampte. Door die bijzondere manier van lopen duurde het even voor ze boven was en daar in een kamer verdween. De volwassenen in de kamer hadden haar de hele tijd in stilte gadegeslagen.

Er hing een onprettige spanning in het vertrek, alsof iedereen de hele tijd zijn adem had ingehouden.

'Ze heeft sinds een tijdje een paar vreemde tics', zei Riet Verhelst op verontschuldigende toon, toen ze zich weer naar Hannah en Kevin keerde. 'Toegegeven, het is een beetje raar, maar ik laat haar maar begaan. Billie is nooit een gewoon kind geweest.' Ze legde de rode lolly op tafel en ging weer op de poef zitten.

Op dat moment kwam er een grote, knappe man de kamer binnen. Hij was gekleed in een donkerblauw pak met een lila hemd, waarvan de bovenste knoopjes openstonden. Hij was iets aan het intikken op een witte iPhone, maar toen hij zag dat er bezoek was, stopte hij die meteen in zijn zak.

'Schat', zei hij tegen Riet Verhelst. Hij gaf haar een kus op haar wang en stapte met uitgestoken hand op Hannah en Kevin af.

'Ben', stelde hij zichzelf voor. 'Ben Roth, en u bent...?'

'Hannah Maes en Kevin Desmet', antwoordde Hannah. Ze schudden hem allebei de hand. 'Zedenpolitie Gent.'

Ben Roth trok zijn wenkbrauwen op en keek vluchtig met een vragende blik naar Riet Verhelst.

'Dan laat ik jullie maar', zei hij. 'Ik ga even naar buiten.' Hij nam een pakje sigaretten uit zijn broekzak en wees naar de glazen terrasdeur, waarachter een prachtige stadstuin zichtbaar was.

'Ik zou liever hebben dat je er bij blijft', zei Riet Verhelst. Ze klopte met haar vlakke hand naast zich op de grote poef. Ben Roth legde het blauwe pakje Gitanes en zijn mooie zilveren aansteker op het lage tafeltje. '*Cause le cancer de la cavité buccale*', las Hannah op het pakje sigaretten. Ben Roth glimlachte een perfect gebit bloot toen hij haar zag kijken.

'Een zonde,' zei hij, 'maar wel mijn enige. Voor de rest ben ik een heel brave man.'

Hij liet zich op de poef naast Riet Verhelst zakken en sloeg een arm om haar middel. Met zijn vrije hand streek hij zijn halflange blonde haar weg van zijn voorhoofd. 'Het perfecte koppel', dacht Hannah. 'Recht uit een catalogus.'

'Hoe hebben jullie elkaar leren kennen?' vroeg ze.

'Ik verzorg de lay-out bij een reclamebureau met kantoren in Gent en Brussel', antwoordde Riet. 'Ben heeft een bedrijf waar reclamefilms gemaakt worden, '*Visual Aid*'. Hij voert af en toe een opdracht voor ons uit...'

Ze glimlachte naar Ben en streek even over zijn wang. 'We hebben niet echt een serieuze relatie, maar we kunnen het goed met elkaar vinden, niet schat?'

Ben keek haar aan en gaf een vederlicht kusje op haar neus.

'Klopt helemaal', zei hij.

Hannah sloeg de vertoning gade en voelde zich niet op haar gemak. Het leek alsof er hier voor haar ogen een live reclamefilmpje werd afgespeeld. Ze schraapte haar keel.

'Wat Billie betreft...', zei ze. 'We hebben nog veel meer informatie nodig. Hoe laat vertrekt ze naar school? Hoe laat komt ze terug naar huis? Wie zijn haar leraars? Heeft ze hobby's? Blijft ze vaak slapen bij vriendjes of vriendinnetjes? Dat soort zaken.' Ze sloeg haar notitieblok open om aan te geven dat ze klaar was om het gesprek voort te zetten.

Een half uur later stonden Kevin en Hannah op de stoep voor het huis. Hannah keek links en rechts de straat in.

'Weet jij nog waar ik mijn auto gelaten heb?' vroeg ze aan haar collega.

'We zijn naar hier gewandeld, Hannah Maes, *remember?*' antwoordde hij. 'Je auto had een lekke band.'

Ze liepen naast elkaar in de richting van het politiekantoor.

'Heb je dat pak van die man gezien?' vroeg Kevin plots. Hannah haalde haar schouders op om aan te geven dat ze niets bijzonders had opgemerkt.

'Het was blauw', zei ze, toen ze merkte dat haar collega een antwoord verwachtte.

'Volgens mij was dat een Paul Smith', ging Kevin opgewonden verder. 'Of misschien wel een Ermenegildo Zegna! Dat soort pakken kost gemakkelijk € 1000 en meer. Ik wou dat...'

'Te perfect', onderbrak Hannah hem. 'Ze waren allebei gewoon te perfect. Ik had daar het gevoel dat ik zelf in een reclamefilm zat. En dat kind is zo neurotisch als de pest. Zag je haar de trap opgaan? Ik werd er zenuwachtig van!'

Ze bleef staan en beet op haar onderlip.

'Alleen die sigaretten', zei ze. 'Die pasten niet in het plaatje. Ken jij nog mensen die Gitanes roken, Kevin? Wat betekent "*cavité buccale*" eigenlijk?'

Kevin keek Hannah verbaasd aan. 'Ik vind die Gitanes er juist helemaal bij passen', zei hij. 'Beetje exclusief, beetje alternatief. Zit helemaal in het sfeertje, toch? "*Cavité buccale*" betekent mondholte. Je hebt het etiket op zijn pakje sigaretten zitten lezen, hè? Roken kan kanker van de mondholte veroorzaken, zoiets.'

Ze liepen zwijgend verder. Aan het politiebureau zag Hannah dat haar auto op een andere plaats op de parking stond, nu met een nieuwe linkervoorband.

'Dat is snel', zei Kevin terwijl hij afgunstig naar de grote Mercedes keek, die er brandschoon uitzag, alsof ze hem in de garage als toemaatje nog snel even hadden opgepoetst. Hannah merkte zijn blik op en glimlachte.

'Koop wat minder dure hemden, Desmet, dan kun jij je straks ook zo'n wagen permitteren', zei ze lachend. 'Ik vrees alleen dat er van dit soort auto's geen stockverkopen bestaan.' Ze stapte in, sloeg het portier dicht en reed weg.

4

Het was nog vroeg toen Hannah Maes de volgende ochtend aankwam in het politiekantoor. Ze legde de grote zak met koffiekoeken die ze onderweg gekocht had op haar bureau en liep naar het koffiezetapparaat. Geen tien minuten later vulde de ruimte zich met het aroma van versgezette koffie. In de kleine badkamer naast haar kantoor had ze intussen geroutineerd haar ogen opgemaakt. Wat later liep ze naar de vergaderkamer met een kop koffie in de ene hand, een koek in de andere en een dossiermap onder haar arm geklemd. Ze stak de lichten aan en ging voor het grote bord staan. Ze vond het altijd heerlijk om een uurtje in alle rust te kunnen werken voor de collega's met dagdienst alle lokalen in het politiekantoor inpalmden.

Uit het mapje haalde ze een paar foto's die ze de vorige dag had gekregen van Riet Verhelst en bekeek ze zorgvuldig een voor een. Een vakantiekiekje van Billie Steegmans, afgelopen zomer genomen in een of ander zonnig oord. Het kind keek lachend in de lens van de camera, terwijl haar dunne blonde haren achter haar hoofdje wuifden in de wind. Weer vielen Hannah die grote, lichtblauwe ogen op met het donkerblauwe randje rond de iris. 'Op de foto ziet ze er minder griezelig uit dan in realiteit', dacht ze, terwijl ze de foto met wat plakband op het bord bevestigde en er in drukletters 'BILLIE STEEGMANS' onder zette.

Daarnaast kwamen nog twee foto's te hangen. Een van Riet Verhelst, waaronder ze RIET VERHELST/MOEDER zette en een van Ben Roth, waaronder ze BEN ROTH/STIEFVADER? zette – met vraagteken, want het was haar niet duidelijk welke relatie deze man precies had met het kind. Ze haalde de foto van Ben Roth meteen weer van het bord en bestudeerde hem van dichterbij. Ben Roth was in profiel gefotografeerd en keek strak voor zich uit, zijn blik gericht op een punt in de verte. Hij stond aan het roer van een zeilboot. Zijn gebruinde huid contrasteerde fel met de wijd openstaande kraag van zijn hagelwitte poloshirt. De wind speelde in zijn warrige blonde haren.

Ze probeerde zich Ben Roth voor de geest te halen zoals ze hem gisteren had gezien.

'Ik weet zeker dat ik jou ergens van ken', mompelde ze, terwijl ze zachtjes op de foto tikte, maar ze kon zich met de beste wil van de wereld niet meer herinneren waar ze de man eerder gezien of ontmoet had. Tijdens hun gesprek gisteren had ze het gevoel gehad dat Nederlands niet zijn moedertaal was. Misschien was zijn moedertaal Engels of Duits... Zijn Nederlands was onberispelijk geweest, op een paar details na...

'Het waren zelfs geen foutjes', dacht Hannah. 'Meer accenten die hier en daar verkeerd gelegd werden.'

Ze zou hem daarnaar vragen bij een volgende gelegenheid.

Snel overliep ze de activiteitenlijst van Billie Steegmans. Voor zo een jong kind had ze een behoorlijk gevuld programma: muziekschool, jiujitsu, scouts... Hannah probeerde zich te herinneren wat zij zoal had gedaan toen ze acht was, maar haar geheugen liet haar in de steek. Ze had bovendien geen tijd voor dat soort mijmeringen. Aangezien ze geen enkel aanknopingspunt hadden in deze zaak, waren ze verplicht om elk mogelijk spoor te onderzoeken. Het zou een tijdrovende, lang aanslepende zaak worden. Hannah schreef de woorden SCHOOL / MUZIEKSCHOOL / JIU JITSU / SCOUTS onder elkaar op het bord. Daaronder schreef ze VRIENDEN/VRIENDINNEN? en FAMILIE?, met vraagtekens. Riet Verhelst had gezegd dat Billie bijna nooit bij vriendjes of familie bleef slapen. Haar grootouders waren naar het buitenland verhuisd en zagen Billie een keer per jaar, tijdens de zomervakantie. Omdat ze zelf ook enig kind was, had Riet verder geen familie. De ouders van haar ex-man hadden niets meer van zich laten horen sinds ze van hem gescheiden was. Riet vermoedde dat Bruno's vader een jaar geleden gestorven was, maar zeker was ze daar niet van.

Ook over vriendjes en vriendinnetjes was Riet Verhelst formeel. Billie had geen speciale vaste vriendinnetjes en ging nooit alleen uit logeren. Alleen met de scouts ging ze graag op weekend of op kamp.

Hannah liep naar de ruimte waar het koffiezetapparaat stond en schonk een nieuwe kop koffie in. Het was intussen acht uur geworden en haar collega's konden elk ogenblik binnenkomen. Ze zette haar computer aan en checkte haar mails. In een notablokje met ruitjespapier maakte ze een aantekening: dat ze Bob naar de Kosovaarse porno-dvd's moest vragen.

Ze hoorde de toegangsdeur tot de gang open- en weer dichtklappen, seconden later kwam Charles De Ruyter het kantoor binnen.

'Een vroege vogel?' zei hij toen hij Hannah daar zag zitten, met haar handen om haar kop koffie geklemd. 'Heb je het zo druk of kon je gewoon niet meer slapen?'

'Geen van beide', zei Hannah. Ze gebaarde met haar kin in de richting van de zak met koffiekoeken die op de hoek van haar bureau lag. 'Ik trakteer. Kies er gauw een uit, want als Kevin en Bob binnenkomen, zijn ze meteen verdwenen.'

Charles nam een koek, schonk voor zichzelf een kop koffie in en ging aan zijn bureau zitten. Tien minuten later kwamen Bob en Kevin grinnikend en grappend binnengelopen.

'Weet jij wat de overeenkomst is tussen een pastoor en een kerstboom?' hoorde Hannah Bob vragen. Kevin schudde ontkennend zijn hoofd, met een brede glimlach op zijn gezicht in anticipatie van het antwoord.

'Hun ballen dienen alleen als decoratie!' Kevin schoot in de lach en stompte Bob tegen zijn schouder.

'Waar blijf jij die moppen toch halen, Bob?' vroeg hij. 'Ik vergeet die dingen zodra ik ze hoor...'

Pas toen ze allebei midden in het kantoor stonden, zagen ze Hannah en Charles aan hun respectievelijke bureaus zitten. Bob keek zijn twee collega's lachend aan en kruiste zijn armen over zijn borst.

‘Chef’, zei hij, terwijl hij naar Hannah knikte. ‘Charles.’ Een knik in de andere richting. ‘Goeiemorgen allebei!’ Hij keek naar de koek in Charles’ hand en wees naar de open zak op het bureau waar Hannah zat.

‘Zelfbediening?’ vroeg hij. Zonder het antwoord af te wachten, stak hij zijn hand in de zak en haalde er een dikke koek met pudding en bloemsuiker uit, waaruit hij meteen gretig een hap nam. De pudding droop in dikke klodders langs zijn vingers en spatte neer op de vloer.

‘Ook goeiemorgen, Bob’, zei Hannah. Ze duwde haar stoel achteruit en stond op. ‘Ik zie jullie binnen vijf minuten hier in de vergaderzaal.’ Voor ze de deur uitliep, draaide ze zich om.

‘En Bob? Schoonmaken, die hap’, zei ze, terwijl ze naar de pudding wees die op de grond gevallen was.

‘Ja chef. Zeker chef. Ook goeiemorgen chef’, mompelde Bob. Met zijn vrije hand salueerde hij, zodra Hannah hem haar rug toekeerde.

‘Dat heb ik gezien, De Groof’, riep ze vanuit de gang.

Even later zaten Bob, Kevin en Charles aan een tafel in de vergaderzaal. De zak met koffiekoeken lag opengescheurd in het midden. Er zat nog een halve croissant in, die Bob snel weggriste en in zijn mond stopte. Hannah stond voor het bord en maakte aantekeningen.

‘Billie Steegmans’, zei ze. Ze trok met een rode viltstift een cirkel rond de naam op het bord. ‘Volgens dokter Annemans van het UZ is ze met grote waarschijnlijkheid seksueel misbruikt. Er zitten wondjes in de vagina die erop wijzen dat er waarschijnlijk geen condoom gebruikt is tijdens het seksuele contact. Bovendien heeft het kind naar alle waarschijnlijkheid een vaginale schimmel opgedaan: *candidiasis*. Die kan veroorzaakt zijn door het seksuele contact, maar ook door een minder goede toilethygiene. Wat er precies gebeurd is, weten we niet. Haar moeder vertelde dat Billie zo goed als niet reageerde toen de gynaecoloog haar iets over de pijn in haar buik vroeg en zij heeft achteraf ook niets uit haar dochter kunnen krijgen.'

Hannah bladerde in de agenda die voor haar op tafel lag. 'Ik heb een afspraak geregeld met Mieke Van Assche, de kinderpsychologe. Ze ziet Billie vanmiddag om twee uur.'

'Gaat het zeker om misbruik of is het mogelijk dat ze het zelf gedaan heeft met een of ander voorwerp?' vroeg Charles.

'We mogen dat niet uitsluiten, maar het is onwaarschijnlijk', zei Hannah. 'Volgens Annemans is er wel degelijk sprake van seksueel misbruik – en is het bovendien niet eenmalig. Volgens hem heeft het kind al geruime tijd seks.'

Ze wees naar de foto van Billie Steegmans. 'Het meisje is acht jaar, maar heel klein voor haar leeftijd – ik schat ongeveer 1 meter 20.' Hannah hield haar hand ter hoogte van haar borst.

'Dat komt waarschijnlijk doordat ze veel te vroeg geboren is. Ze heeft een jaartje langer gekleuterd omdat ze toen niet klaar was voor de lagere school en nu zit ze in het tweede leerjaar. Haar lerares heet Lut Verboomen. Iemand gaat met die juf praten om te checken of ze iets vreemds heeft opgemerkt. Kevin, kun jij dat doen?'

Kevin knikte.

'Na school blijft Billie in de nabewaking', ging Hannah verder. 'Rond half zes wordt ze opgehaald door haar moeder of wandelt ze alleen naar huis volgens een vast parcours.'

Hannah legde uit welke straten Billie nam om naar huis of naar school te wandelen.

'Ik zoek uit of er seksuele delinquenten in die buurt wonen die bij de politie bekend zijn', zei Charles. Hannah wist dat zedenzaken met kleine meisjes hem nauw aan het hart lagen. Dat had te maken met het feit dat Charles een kleindochter had, die hij weliswaar al jaren niet meer mocht zien. De details van zijn familiale problemen kende ze niet, maar ze wist dat haar collega er erg onder leed.

'Op woensdagen liggen de zaken een beetje anders', ging Hannah verder. 'Dan heeft ze eerst een uur jiujitsu op school.'

'Is dat zoiets als judo of karate?' vroeg Bob.

'Jiujitsu is een oosterse zelfverdedigingskunst', zei Kevin belerend. 'Het woord betekent letterlijk zachte kunst of soepele techniek en de sport is vooral bedoeld om jezelf te leren verdedigen en je tegenstander uit te schakelen door zelf zo weinig mogelijk kracht te gebruiken.'

'Waar heb je die wijsheid nu weer vandaan, kleine?' vroeg Bob spottend.

'Ik heb zelf nog een tijdje op jiujitsu gezeten', zei Kevin. 'Pas dus maar op wat je zegt.' Hij maakte een gebaar met zijn handen alsof hij Bob wilde vastgrijpen.

'Heren, kunnen we bij de les blijven?' vroeg Hannah gepikeerd.

Ze sloeg een bladzijde om van het dossier dat voor haar lag. 'Na die jiujitsules wordt Billie opgehaald door een busje dat alle kinderen die in de nabewaking blijven naar een school verderop brengt. Daar wordt ze dan om half zes opgepikt door Ben Roth.' Ze tikte met haar stift op de naam naast de foto. 'De man waarmee haar moeder een relatie heeft. Je kunt hem niet echt een stiefvader noemen, want Billie ziet hem maar een keer per week.'

'En haar biologische vader?' vroeg Bob. 'Waar hangt die uit?'

'In Antwerpen', zei Hannah. 'Hij heeft Billie al jaren niet meer gezien. Bruno Steegmans trok eruit toen Billie een baby was en heeft naar het schijnt geen enkele moeite meer gedaan om haar te zien. Voorlopig kunnen we hem buiten beschouwing laten. Kevin, jij checkt haar gewone school, de jiujitsuleraar en de school waar ze haar woensdagmiddagen doorbrengt. Bob, wij gaan vandaag nog een kijkje nemen in de muziekschool.'

Hannah legde uit dat Billie op dinsdagen en donderdagen les volgde in de stedelijke muziekschool. Op dinsdag volgde ze notenleer met dertig andere kinderen in één lokaal, maar op donderdag kreeg ze privépianoles. '...van een zekere Guido Pannet', zei Hannah. 'Die moeten we ondervragen. Dat kan het beste vanavond, want dan geeft hij les.'

'Scouts', las Bob van het bord. 'Zit ze ook bij de scouts?'

Bob sprak het woord 'scouts' uit alsof hij iets vies in zijn mond had.

'Op zondagen gaat ze inderdaad naar de scouts', zei Hannah. 'Waarom trek je er zo'n gezicht bij?'

'Ik ben niet wild van scouts', antwoordde Bob. 'Die uniformen. Die stomme liedjes. Die leiders met hun belachelijke bijnamen... Ik heb het echt niet met die mannen.' Hij draaide zich om naar zijn andere collega's. 'Kennen jullie trouwens het verschil tussen Joden en scouts?'

Het bleef stil in de vergaderzaal, maar Hannah wist dat ze niet voort zouden kunnen voor Bob zijn grap had verteld.

'Vooruit dan maar', zei ze. 'Vertel.'

'De scouts keren wel terug van hun kampen!' Niemand lachte. Bob trok een gezicht. 'Zeg mannekes, dat is wel humor hé!' zei hij verontwaardigd.

'Het is maar wat je humor noemt, Bob', zei Hannah afgemeten.

'Ik stel voor dat jij straks contact met de scouts opneemt om te vragen wanneer we met een verantwoordelijke kunnen spreken.' Ze bladerde door haar papieren. 'Billie zit bij de kabouters, allemaal meisjes van acht tot tien jaar. Volgens haar moeder zitten er een paar jongens in de leiding.'

Bob haalde zijn schouders op en schreef iets op een blaadje papier dat voor hem lag. Hij kon het moeilijk verdragen als mensen zijn grappen niet apprecieerden. Hannah schoof haar papieren, die over het bureaublad verspreid lagen, weer bij elkaar en stak ze in een mapje. Alle teamleden liepen terug naar hun respectievelijke bureaus. Het speurwerk kon beginnen.

Bob startte zijn computer op en stak een dvd in de lezer. Hij legde zijn voeten op het bureau en leunde achterover in zijn stoel. Even later klonk er luid gekreun door het kantoor, gevolgd door een onverstaanbare mannenstem die bars bevelen brulde, waarop een vrouw begon te gillen. Bob keek op van zijn computer en glimlachte naar zijn collega's.

'Kosovarenseks', zei hij. 'Af en toe geven ze die vrouwen een paar meppen. Het is al bij al best grappig, hoewel de dames niet bepaald mijn type zijn.'

'Kan het wat zachter, Bob?' vroeg Hannah geïrriteerd. 'Hier moet ook nog gewerkt worden. Dankjewel.'

Bob haalde zuchtend een koptelefoon uit zijn lade en zette hem op zijn hoofd. Even later was er alleen nog getik op computerklavieren hoorbaar. Hannah ging naar het kleine kantoortje op de bovenverdieping om te gaan telefoneren, maar bij de stedelijke muziekschool werd er niet opgenomen. Op de website las ze dat de school pas open ging om 17u00. Ze noteerde het adres op een stuk papier. Ze nam haar agenda mee naar het bureau van Bob, die voorovergebogen zat te staren naar zijn computerscherm. Over zijn schouder zag Hannah een lange man met kortgeschoren haar en een enorme rosse knevel hevig in de weer met een klein vrouwtje met hangborsten. Ze gaf Bob een plagerig stootje in de rug, maar hij reageerde niet. Toen ze zich over haar collega heen boog, zag Hannah tot haar verbazing dat hij met zijn kin op zijn borst lag te slapen. Ze schudde hem bij zijn schouder tot hij wakker schrok.

'Hannah?' zei hij geïrriteerd, en keek haar verdwaasd aan. 'Wat?'

'Onwaarschijnlijk', zei Hannah boos. 'Je valt in slaap voor je scherm, terwijl je verdomme porno aan het kijken bent. Drink een kop sterke koffie en begin maar opnieuw. Straks ga je mee naar de muziekschool – en dat zijn geen overuren.'

Ze draaide zich om en liep de gang op. Bob kwam achter haar aangelopen.

'Hannah, sorry', stamelde hij. 'Ik euh... ik heb slecht geslapen en...'

'Ik heb om twee uur een gesprek met Billie Steegmans en de psychologe, Bob', onderbrak ze hem bits. 'Om half zes gaan wij samen naar die muziekschool. In afwachting doe jij je werk.'

Bob aarzelde even.

'Half zes, zei je?' vroeg hij. 'Dat kan niet, Hannah. Ik heb een afspraak vanavond.'

'Moet jij ook naar een stockverkoop?' vroeg Hannah. Ze trok haar wenkbrauwen vragend omhoog.

'Een stockverkoop?' vroeg Bob.

'Laat maar', zei Hannah. Bob was het voorval met Kevin de vorige dag duidelijk vergeten. 'Je gaat met mij mee vanavond. Hoe haal je anders die uren in die je hebt verslapen achter je computer?'

Bob keek haar boos aan. 'Ik lag verdomme geen uren te slapen! Ik ben hooguit een minuutje ingedommeld. Maar *bon*, ik zal meegaan. Als je me nu even wilt excuseren...?'

Hannah zag hoe hij zijn telefoon uit zijn broekzak haalde en snel een nummer intoetste. Hij keerde haar de rug toe en voerde op fluistertoon een gesprek, dat hij onderstreepte met kleine handgebaren. Er was duidelijk heel wat overtuigingskracht nodig om de persoon aan de andere kant van de lijn te sussen. Toen Bob in het oog kreeg dat Hannah hem aandachtig observeerde, liep hij de gang uit. ‘We hebben toch het hele weekend?’ hoorde ze hem nog net vragen voor hij achter een hoek verdween.

‘Weer mis, Bob’, zei Hannah zacht voor zich uit. ‘Want zondag heb je een vergadering van de scouts...’

5

Een grote bromvlieg botste met een luide bons tegen het raam en bleef daar zoemend hangen. Hannah keek er verveeld naar. Ze zat al een uur met Billie Steegmans en kinderpsychologe Mieke Van Assche in het grote lokaal dat speciaal ontworpen was als lokaal om kinderen in te ondervragen over zaken van seksueel misbruik. In een aangrenzend lokaal volgde Charles het gesprek, dat op een dvd zou worden bewaard, op een monitor.

Mieke Van Assche praatte al een hele tijd op fluistertoon in op Billie, maar tot nog toe had het meisje niet echt meegewerkt. Hannah kende Mieke als een intelligente psychologe met veel ervaring op het gebied van seksueel en ander misbruik, maar ze kon alleen maar vaststellen dat het Mieke dit keer niet lukte om iets uit dit meisje te krijgen. Billie leunde met een verveeld gezicht achterover in haar stoel en trok lijntjes op een blad papier met de kleurpotloden die Mieke haar gegeven had. Ze wilde de psychologe niet aankijken.

Mieke Van Assche rechtte haar rug, wisselde ongemerkt een blik uit met Hannah en schraapte haar keel. Tijd om het over een andere boeg te gooien.

'Ga je eigenlijk graag naar school, Billie?' vroeg ze.

Het kind haalde haar schouders op. Ze was nog steeds niet op haar gemak en had duidelijk geen zin in deze sessie met de twee vrouwen.

'Het valt wel mee', antwoordde ze eindelijk. 'Het tweede leerjaar is in elk geval prettiger dan het eerste. Juf Verboomen is oké.'

'Wat zijn je lievelingsvakken?'

'Nederlands', zei Billie beslist. 'En tekenen natuurlijk. Dat vind ik ook wel prettig.'

'Je zit ook al op de muziekschool? Is het daar plezierig?'

Billie Steegmans keek haar aan met een nietszeggende blik. Ze snoof en wreef met de rug van haar hand onder haar neus. Ze boog het hoofd en begon te pulken aan een korstje op haar knie tot er een straaltje bloed vloeide. Mieke Van Assche trok een tissue uit de doos die op tafel stond en gaf het aan Billie, die het wondje zorgvuldig depte en daarna het verfrommelde papiertje voor zich op tafel legde.

'Vind je de muziekschool prettig, Billie?' vroeg Mieke Van Assche nog een keer.

Billie keek op. 'Alleen de gewone lessen notenleer', zei ze. 'Niet de piano.'

'Niet de piano?' vroeg de psychologe. 'Waarom niet?'

Billie twijfelde even. 'Meneer Pannet is veel te streng', zei ze. 'Ik moet altijd maar oefenen en oefenen en oefenen.' Ze maakte een ronddraaiend gebaar met haar handen om aan te geven hoe lang de lessen duurden. Dan bolde ze haar wangen en blies ze lang uit.

'Kun je me even tonen hoe meneer Pannet lesgeeft?' vroeg de psychologe.

Billie keek haar verbaasd aan. 'Gewoon', zei ze. 'Hij geeft les.'

Ze stond op van haar stoel en begon door de kamer te ijsberen met haar handen op haar rug en haar kin een beetje opgetild.

'Dat komt niet goed, juffrouw Steegmans. Dat komt he-le-maal niet goed!' Haar stem kreeg een heel ander timbre en het leek wel of het kind in de huid van haar leraar kroop. Verbaasd sloegen Hannah en Mieke Van Assche het toneeltje gade.

'Raakt meneer Pannet je soms aan?' vroeg Mieke Van Assche.

'Ja', zei Billie. 'Hij pakt mijn handen vast. Dan gaat hij achter me staan en neemt mijn handen om te tonen hoe ik de noten moet spelen. Maar zijn vingers zijn veel groter dan de mijne en het lukt gewoon niet. Mijn handen zijn nog veel te klein.'

Ze trok haar magere schouders op en stak haar handen omhoog om te tonen hoe klein ze wel waren. Hannah bestudeerde het blonde meisje dat voor hen stond. Ze had een witte kniebroek en een eenvoudig roze T-shirtje aan met daarover een donkerrode cardigan waarop een paar bloemetjes geborduurd waren. Haar haren lagen dit keer in een lange vlecht op haar rug. Iemand die niet wist hoe oud ze was, zou haar leeftijd op zes jaar schatten, hooguit zeven.

'Op zondagochtend ga je naar de scouts, niet?'

Hannah bewonderde eens te meer het onverstoorbare geduld waarmee Mieke Van Assche het meisje bleef aanspreken. Zelf zou ze het kind het liefst bij haar smalle schoudertjes vastpakken en haar rechtstreeks vragen of ze misbruikt was, maar dat mocht niet. Ondervragingen als deze maakten haar altijd nerveus.

Billie glimlachte en knikte heftig 'ja'.

'Dat vind je leuk?'

Billie bleef knikken.

'Heb je favoriete leiders of leidsters?' vroeg de psychologe.

Ze zag hoe Billie nadenkend naar het plafond keek. Dan duidde ze op haar vingers een aantal leiders en leidsters aan.

'Er is Kwaakje. Die is superlief.'

'Kwaakje?' vroeg de psychologe. 'Is dat haar echte naam of is het een soort bijnaam. Een totem noemen ze dat, niet?'

Het meisje schudde haar hoofd. 'Neen', zei ze. 'Het is geen totem, maar het is wel haar naam bij de kabouters. Haar totem en haar echte naam mogen wij niet kennen. Dat mag pas als je jonggids bent.'

Ze keek snel om zich heen om te kijken of er niemand anders in de kamer was die stiekem meeluisterde. 'Maar we proberen ze wel te weten te komen', fluisterde ze. 'Ik ben nog maar eerstejaars, maar de meeste derdejaars kennen de echte namen wel.' Mieke Van Assche knikte dat ze het begrepen had. Billie ging door met aftellen op haar vingers.

'Dan is er Baggi. Die is een beetje raar, maar wel lief. En Joko natuurlijk.' Het kind was duidelijk op dreef nu. Ze glimlachte even en keek naar Hannah. 'Balk is de laatste nieuwe', zei ze, terwijl ze haar duim aanduidde. 'Die is nog maar pas bij de kabouters.'

'Kun je ons vertellen welke spelletjes jullie spelen bij de scouts?' vroeg de psychologe.

Billie trok haar schouders weer op. Het was een klein, haast onmerkbaar gebaar, maar het werkte Hannah danig op de zenuwen.

'Dikke Berta en Schipper-mag-ik-overvaren', zei Billie. 'Soms een stadsspel of iets in het park.'

'Af en toe ga je ook op weekend, niet?'

'...en op kamp!' riep Billie.

'Vind je dat plezierig, die weekends en die kampen?' vroeg de psychologe.

'Plezierig én spannend', zei Billie. 'We doen soms een nachtspel en dan ben ik altijd een beetje bang. Maar dat hoeft niet natuurlijk, want het is maar een spel.'

'Slaap je dan met alle kinderen op één zaal?'

Billie knikte bevestigend. 'Soms in bedden en soms op matjes.'

'Wat trek je aan als je naar de scouts gaat?'

Billie keek haar verwonderd aan. 'Een uniform natuurlijk.'

Het gesprek kabbelde verder. Mieke Van Assche stelde een aantal vragen die aanleiding konden geven tot een beschrijving van eventueel misbruik, maar Billie leek zich van niets in die zin bewust te zijn. De psychologe haalde er een plaatjesboek bij en vroeg Billie om samen met haar in het boek te kijken. Ze bladerden door het boek en Billie beschreef wat ze zag.

Bij de foto van een hond duwde Billie plots haar stoel achteruit en liep ze weg van de tafel.

‘Ik wil geen honden zien’, zei ze beslist. ‘Ik háát honden.’

Haar uitval was onverwacht en heftig. Hannah zag hoe Billies mondhoek een paar keer vertrok. ‘Daar hebben we weer een andere tic’, dacht ze.

‘Waarom haat je honden?’ vroeg Mieke Van Assche. Ze sloeg het boek dicht en gebaarde dat Billie weer op haar stoel mocht gaan zitten.

‘Ik haat ze gewoon’, zei Billie Steegmans. ‘Ze doen kinderen pijn.’

‘Ben je ooit gebeten door een hond?’ vroeg Hannah. Billie Steegmans keek haar even aan en richtte zich dan weer tot Mieke Van Assche.

‘Neen’, zei ze. ‘Ze hebben mij niet gebeten. Maar honden doen kinderen wel pijn. Daarom moet je uit hun buurt blijven.’

Ze keek naar de vloer en maakte een afwerend gebaar met haar rechterhand alsof ze daar iets op afstand wou houden. Hannah hoorde haar stilletjes, bezwerend, ‘weg, weg, weg’ mompelen.

‘Kun je vertellen wat voor pijn ze kinderen doen?’ vroeg Mieke Van Assche. ‘Doen ze je pijn in je buik? Of aan je spleetje?’

Billie keek haar met grote ogen aan. ‘Dat mag je helemaal niet zeggen!’ zei ze boos.

‘Wat mag ik niet zeggen?’ vroeg de psychologe rustig.

‘Spleetje! Dat is een vuil woord.’

‘Hoe noem jij het dan?’

Billie haalde haar schouders op. ‘Ik weet het niet’, zei ze.

‘Heb je soms pijn daar?’ De psychologe wees naar een plek

tussen Billies benen. Het kind beet op haar lip en schudde haar hoofd.

'Nu niet meer', zei ze. 'De dokter heeft zalf gegeven.'

'Wie heeft je daar pijn gedaan?'

Billie zweeg en keek naar een punt op de grond. 'Niemand', zei ze, en even later: 'Ik weet het niet.'

Mieke Van Assche maakte aantekeningen in een schriftje dat voor haar op de tafel lag. Wat later rondde ze het gesprek af en liep ze samen met Hannah en Billie de gang weer op, waar Riet Verhelst zat te wachten. Ze sloeg het tijdschrift dicht waarin ze had zitten lezen, glimlachte naar haar dochter en keek daarna de beide vrouwen verwachtingsvol aan.

'Ik moet naar het toilet', zei Billie.

Hannah wenkte een agente en vroeg haar om even met Billie mee te gaan.

'En?' vroeg Riet Verhelst. 'Heeft ze jullie iets verteld?'

De inspecteur en de psychologe schudden beiden het hoofd. 'Waarom is Billie zo bang van honden?' vroeg Hannah haar.

'Bang? Van honden? Dat wist ik niet eens', zei Riet Verhelst verbaasd. 'Wij hebben geen hond en voor zover ik weet, komt ze nooit in aanraking met honden.'

'Gaat ze soms bij een vriendinnetje spelen waar ze een hond hebben?' vroeg Hannah.

Riet Verhelst dacht lang na. 'Niet dat ik weet', zei ze. 'Ik zal het eens aan een paar moeders vragen.'

Mieke Van Assche legde uit dat Billie op geen enkele manier

gerept had over seksueel misbruik, ook niet tijdens de subtiele psychologische tests die dergelijke zaken aan het licht moesten brengen.

'Natuurlijk spreekt het rapport van dokter Annemans dat tegen', zei ze. 'Er is dus wel degelijk iets aan de hand, maar het lijkt of Billie zich er niet van bewust is. Ze is verstandelijk heel normaal en het zou een redelijke inspanning vragen van een kind van die leeftijd om dergelijke zaken helemaal te verzwijgen. Het viel me wel op dat ze problemen heeft met haar lichamelijkheid.'

Riet Verhelst bevestigde de opmerking. 'Ik snap het ook niet', zei ze. 'Tot voor kort deden we heel gewoon tegen elkaar en ging ik zelfs met Billie in bad. Maar sinds een paar maanden wil ze niet meer dat ik in de buurt blijf als ze zich aankleedt of als ze in de badkamer is. Ik heb al geprobeerd er met haar over te spreken, maar ze ontwijkt het onderwerp telkens met vage antwoorden.'

'Ik bespreek het dossier in elk geval met een aantal collega's', zei Mieke Van Assche. 'Misschien ondervragen we Billie later nog een keer wat gerichter, als we meer informatie hebben over de mensen waar ze regelmatig mee omgaat.'

'Is het mogelijk dat Billie het zichzelf heeft aangedaan?' vroeg Hannah aan Riet Verhelst. Die bekeek haar met open mond.

'Zelf aangedaan?' vroeg ze. 'Hoe? Met wat?'

'Met een vibrator, bijvoorbeeld,' zei Hannah. 'Of met een ander voorwerp. Hebt u er eentje? Een vibrator?'

'Wat denkt u wel?' zei Riet Verhelst met overslaande stem. 'Ik heb helemaal geen vibrator en Billie heeft het zelf niet gedaan. Dat een kind zoiets zou doen...'

Ze schudde haar hoofd en beet op haar lip. Op dat moment kwam de agente met Billie de gang op. Ze waren in een druk gesprek gewikkeld over het armbandje dat het meisje droeg. Het kind schoof haar hand in die van haar moeder en keek glimlachend naar haar op.

'Kom mama', zei ze. 'We mogen naar huis.' Ze liepen samen de gang uit zonder nog iets tegen de agente of psychologe te zeggen. Hannah zag hoe Billie bij elke tiende pas de muur even aanraakte. Vanuit haar ooghoek zag ze dat Mieke Van Assche de passen van het kind ook aan het tellen was.

6

Om kwart over vijf trok Hannah het oude leren jasje aan dat ze die ochtend nonchalant naar de kapstok in de hoek van het kantoor had gemikt.

'Bob', zei ze. 'Tijd voor de pianoles.'

Bob zette zijn computer uit en stond op. Hij volgde Hannah naar haar auto op de parking. Ze stuurde de grote Mercedes door het drukke avondspitsverkeer.

'Is het die muziekschool in het centrum?' vroeg Bob.

'Het is dat grote gebouw op de Poel', zei Hannah, terwijl ze een straat insloeg. 'We zijn er trouwens al.'

Ze wees naar een oud, statig gebouw. Aan de gevel hingen drie felgekleurde vlaggen, waarop de woorden MUZIEK / WOORD / DANS gedrukt stonden. Ze parkeerde haar auto aan de overkant en liep samen met Bob het gebouw binnen. In de gang waaiden hen uit verschillende lokalen flarden muziek aan. Hannah onderscheidde een klarinet en een saxofoon en daartussen iemand die luidkeels de noten meezong. Een klein jongetje met een enorme rugzak holde hen voorbij.

'Een gitaar', raadde Bob, terwijl hij op de zak wees.

'Eerder een cello', zei Hannah. 'Speel jij een muziekinstrument?' Ze wierp een snelle zijdelingse blik op haar collega.

'Neen', zei Bob. 'Nooit gedaan. Jij?'

'Ik heb ooit piano leren spelen', antwoordde Hannah. 'Maar dat is zo lang geleden...'

Ze hielden halt voor een deur met een bordje 'secretariaat'. Hannah keek naar binnen door het kleine ruitje boven in de deur. Een kleine mollige dame van een jaar of vijftig zat aan een bureautje over een blad papier gebogen. Ze prevelde zachtjes iets voor zich uit, terwijl ze streepjes op het blad zette. Hannah en Bob klopten aan en gingen naar binnen. De dame keek niet op van haar bezigheid. Haar zwarte, met grijs doortrokken haren waren slordig opgestoken met een enorme zilveren speld. Hier en daar was er een pluk haar ontsnapt, zodat het leek alsof er een klein diertje in een nestje op haar hoofd woonde. Aan haar dikke vingers droeg ze een paar enorme ringen, elk met een steen in een verschillende felle kleur. Dezelfde opzichtige kleuren kwamen terug in de kaftan met wijde mouwen die elke ronding van haar lichaam verhulde.

'Goeiedag, mevrouw', zei Bob. De vrouw stak haar linkerhand op, wijsvinger in de lucht, ten teken dat hij moest zwijgen. Ze concentreerde zich op de kolommen die voor haar lagen en ging mompelend door met haar werk, zonder haar bezoekers een blik te gunnen.

'Mevrouw?' probeerde Bob nog een keer. 'Ssssst!' siste de vrouw scherp, maar ze keek niet op en bleef met haar pen op het papier krassen. Bob ging tegenover haar aan een tweede, leeg, bureau in het kantoor zitten. Toen de vrouw nog steeds niet reageerde, legde hij met een bons zijn voeten op de tafel. De vrouw keek met een ruk op van haar werk.

'Meneer!' zei ze. 'Wat doet u daar? Dat is het bureau van mijn collega. Wilt u onmiddellijk die stoel verlaten? U mag daar helemaal niet zitten!' Bob keek haar breed glimlachend aan.

'Ik mag dat wel', zei hij rustig. Hij vouwde zijn armen over zijn borst en knipoogde.

'Waarom zou ú dat wel mogen?' vroeg de vrouw. Ze legde haar pen neer en vouwde haar armen voor haar omvangrijke boezem.

'Ik ben van de politie, mevrouw, en wij mogen dat', antwoordde hij, terwijl hij haar zijn legitimatiebewijs toonde. 'Bob De Groof en Hannah Maes. Zedenpolitie Gent. We zijn op zoek naar meneer Guido Pannet. Hij geeft hier pianolessen, als ik me niet vergis?'

'Meneer Pannet is inderdaad les aan het geven', zei de secretaresse, die zichzelf na de initiële schok snel weer in de hand had. 'Maar ik denk niet dat hij momenteel gestoord kan worden. Komt u straks nog een keertje terug.'

'In welk lokaal kunnen we hem vinden?' vroeg Hannah.

'Lokaal 1.4 op de eerste verdieping', zei de vrouw. 'Maar ik denk écht niet dat Guido het prettig vindt als u hem stoort. Hij is nogal op zijn privacy gesteld tijdens de lessen en...'

Hannah en Bob liepen zonder nog iets te zeggen het secretariaat uit en namen de trap naar de eerste verdieping. Ze werden voortdurend in beide richtingen voorbijgelopen door kinderen met instrumenten. Halverwege de trap trippelde er plots een rij kleine meisjes in roze en lichtblauwe balletpakjes voorbij. Stuk voor stuk droegen ze hun haren in een strak knotje boven op hun hoofd. Ze giechelden toen ze de twee agenten naar hen zagen kijken.

'Ook gedaan?' vroeg Bob, terwijl hij met zijn duim naar de meisjes wees die op hun balletschoentjes achter elkaar de trap afhuppelden.

'Neen. Nooit', zei Hannah, en ze rolde met haar ogen. 'Zie ik er zo uit misschien?'

De deur van lokaal 1.4 was gesloten. Hannah klopte aan, maar er kwam geen reactie. Ze legde haar oor tegen de deur en luisterde. Er klonk haperend pianospel, dat plots onderbroken werd door een barse mannenstem. Hannah klopte nog een keer en toen de deur gesloten bleef, duwde ze de klink omlaag. De deur zat op slot.

'Wat is dit nu?' zei ze verwonderd. 'Hij sluit zich met zijn studenten op.'

Ze keek naar de hoge ramen naast de deur die van boven de kapstokjes tot aan het plafond liepen en volledig afgeplakt waren met wit papier, zodat het onmogelijk was om naar binnen te kijken.

Hannah klopte nog een keer op de deur, veel harder nu.

'Dit lokaal is bezet tot acht uur vanavond', klonk een boze mannenstem. 'Mag ik u vragen een ander lokaal uit te kiezen of later terug te komen.'

Ze hoorden hoe iemand een paar noten aanzette op de piano

en meteen onderbroken werd door de mannenstem, die riep dat ze het nooit zou leren. Er klonk een harde klap en in de kamer begon een kind te huilen. Hannah bonsde een paar keer hard op de deur.

'Politie Gent', riep ze. 'Openmaken! Nu!'

Een jongetje met een trompet in zijn hand dat achter hen wilde doorlopen, bleef verbaasd staan en staarde de agenten met open mond aan. Zodra Bob zich naar hem toe boog om te zeggen dat er niets aan de hand was en dat hij door moest lopen, draaide hij zich om en spurtte hij uit eigen beweging de gang uit.

Ze hoorden hoe aan de andere kant van de deur een sleutel werd omgedraaid. De deur ging langzaam open. Binnen zat op een krukje aan de piano een klein, donker meisje van een jaar of negen. Ze keek naar hen op en veegde snel met de rug van haar hand de tranen uit haar ogen.

'Je kunt gaan, Sofie', zei de man gedecideerd. 'Zorg ervoor dat je volgende keer geoefend hebt. Dit leek echt nergens op!'

Hij gaf haar een duwtje tegen de schouder toen ze een beetje aarzelend haar jas pakte en het lokaal uitliep, en keek de agenten pas aan toen ze weg was.

'Politie?' vroeg hij. 'Waar hebben jullie mij voor nodig?'

Hannah nam de man die voor haar stond aandachtig op. Zijn oranjerode haren krulden wild om zijn hoofd en onder zijn borstelige wenkbrauwen lagen een paar diepliggende donkere ogen, die hen nieuwsgierig opnamen en vervolgens snel even door de deuropening de gang in keken om er zeker van te zijn dat niemand hen zag. Hij deed Hannah denken aan een klein nachtdier dat voorzichtig uit zijn hol komt om de omgeving af te speuren voor het op jacht gaat. Zijn witte hemd en netjes gestreken beige broek staken schril af tegen het woeste, haast dierlijke van zijn hoofd.

'Zedenpolitie, meer bepaald', zei Hannah. Ze zag het gezicht van de man een seconde vertrekken. Als ze hem niet zo aandachtig in het oog gehouden had, was deze reflex haar zeker ontgaan.

'Waarom doet u de deur op slot als u pianoles geeft?' vroeg ze. 'Is dat de gewoonte op deze muziekschool?'

De man zuchtte en wreef in zijn ogen. Hij wees in de richting van een paar stoelen als teken dat ze mochten plaatsnemen.

'Ik ga eerlijk met u zijn', zei hij, terwijl hij ging verzitten en even met zijn lange, sierlijke vingers op de lessenaar naast hem trommelde. 'Dit is een publieke muziekschool waar iedereen binnen en buiten loopt. Leerlingen die thuis geen instrument hebben mogen de piano's hier vrij gebruiken om te oefenen. Dan ben je net begonnen met je les en komt er zo'n kind binnen dat vraagt of hij op de piano mag. Als je dat vijf, zes keer in de loop van een les meemaakt, word je dat beu. De laatste keer ben ik zo boos geworden dat de directeur mij een sleutel heeft gegeven waarmee ik het lokaal kan afsluiten. In principe blijft iedereen nu buiten.'

'Maar de ramen?' vroeg Bob. 'Die zijn geblindeerd. Voor zover ik kan zien is dit het enige lokaal waar dat het geval is.'

'Er is niets dat zo afleidt als kinderen die proberen naar binnen te kijken', antwoordde Guido Pannet. 'De ramen zitten hoog, dus springen ze op en neer of gaan ze op elkaars schouders staan om te kijken wie er in het lokaal zit. Studenten moeten zich kunnen concentreren als ze piano leren spelen en geloof me, dat lukt niet als er voortdurend gewemel is op de gang.'

Hannah knikte. 'Dat begrijp ik, maar krijgt u geen klachten van ouders? Of kinderen? Ik kan me niet voorstellen dat iemand het prettig vindt om opgesloten te worden.'

'Opgesloten, opgesloten...' mompelde Guido Pannet. 'Ik sluit toch niemand op. Ik houd mensen buiten. Dat is iets heel anders.'

'We zijn hier in verband met een zaak van seksueel misbruik van een van uw leerlingen', kwam Hannah ter zake. Guido Pannet keek hen verbaasd aan.

'Seksueel misbruik? Hier? Op de muziekschool? Iemand aan wie ik les geef?' zei hij verwonderd. 'Dat kan toch niet! Wie dan? En hoe?'

'Meneer Pannet', zei Hannah. 'U zit in een afgesloten lokaal. Niemand kan iets zien. Wát kan er niet? Ik veronderstel dat ik er geen tekening moet bij maken.'

'Durft u te insinueren dat ik...' De pianoleraar liep rood aan. Hij stond recht en begon, met zijn handen diep in zijn broekzakken, door de kamer te ijsberen. 'Wie is dat kind? Hoe dúrven ze zomaar iemand te beschuldigen? Dat is simpelweg onbeschoft! Zoiets kan toch helemaal niet! Hebben ze een klacht neergelegd? Tegen mij?' Hij wees met een vinger op zijn borst en keek de agenten met grote ogen aan.

'Niemand beschuldigt u, meneer Pannet', zei Hannah geduldig. 'Ik kan u in het belang van het onderzoek niet vertellen over wie het gaat, maar het kind lijkt niet te beseffen of wil niet vertellen wie de dader is. Daarom onderzoeken we alle sporen.'

Guido Pannet keek snel op zijn horloge. 'Mijn volgende leerling komt zo meteen', zei hij. 'Laten we voort praten op een rustige plaats.'

Hij ging hen voor naar een kleine speelplaats achter het gebouw. Hannah zag hoe de secretaresse hen van achter het raam van het secretariaat nieuwsgierig gadesloeg.

'Mag ik eerst even uw adres, meneer Pannet?' vroeg Hannah zakelijk toen ze op een rustige plek op de speelplaats stonden. 'Het is eenvoudiger om u daar op te zoeken.'

'Ik woon nog bij mijn moeder', antwoordde hij fluisterend. 'Ze is al wat ouder en heeft iemand nodig om voor haar te zorgen. Ik heb niet zo graag dat jullie bij mij thuis komen. Mag ik jullie vragen mij in de toekomst eerst te bellen en een afspraak te maken? Ik voer dit soort gesprekken liever niet thuis of op school, maar ik wil gerust naar het politiekantoor komen.'

Hannah merkte opeens duidelijk iets vrouwelijks in zijn bewegingen: de manier waarop hij zijn hand naar zijn mond bracht, snel een lok van zijn voorhoofd wegduwde, bepaalde woorden uitsprak... 'Hij is homo en hij weet het niet', dacht ze instinctief. 'Of hij wil er niet voor uitkomen.'

Ze noteerde de gegevens van zijn identiteitskaart en schreef er zijn telefoonnummer bij.

Guido Pannet kuchte even. 'Weet u, ik hou eigenlijk helemaal niet van kinderen. Ik ben concertpianist, maar ik heb nooit een vaste baan gevonden bij een orkest. Nu zit ik hier...' Zijn blik dwaalde gelaten langs de gebouwen omheen de speelplaats. 'Dit doe ik puur om den brode.'

'Het meisje dat klacht heeft ingediend, is heel bang van u', zei Hannah. 'Gebruikt u soms fysiek geweld tegenover uw leerlingen, meneer Pannet?'

'Pardon?' De pianoleraar keek haar met open mond aan en legde een hand op zijn borstkas.

'U weet wel', zei Bob. 'Een tik op de vingers, een klapje tegen het hoofd, misschien al eens wat petsen op de poep... Dat soort zaken.'

'Ik kan me niet voorstellen dat ik zoiets zou doen!' Guido Pannet was veel luider gaan praten, maar toen hij merkte hoe een meisje dat wat verderop haar fiets vastmaakte, hem verwonderd bekeek, ademde hij diep in en ging op fluistertoon verder: 'Hoe durven ze dergelijke zaken te beweren? Dit is laster en eerroof! Straks moet ik zelf een klacht indienen.'

Hannah hief sussend haar handen op. 'Niemand beschuldigt u, meneer Pannet. Dat heb ik al meerdere keren duidelijk gemaakt. We ondervragen iedereen waarmee het kind in aanraking is gekomen en we gaan na of er een mogelijkheid bestaat of hij of zij seksuele handelingen met haar heeft uitgevoerd. Wees eerlijk: een afgesloten deur en geblindeerde ramen, dat is op zijn minst een beetje verdacht.'

'Mevrouw, ik verzeker u dat ik met de hele zaak niets te maken heb!' De man haalde nerveus zijn handen door zijn krullen en beet hard op zijn lip. Hannah dacht dat hij elk ogenblik in tranen kon uitbarsten.

'Ik zou voortaan – tenminste voorlopig – les geven met de deur wagenwijd open', zei ze. Ze gaf hem zijn identiteitskaart terug. 'Niks zo vervelend als verdachtmakingen. We beslissen zelf wel of we u hier, thuis of op kantoor ondervragen. U hoort in elk geval nog van ons.'

Toen ze weer naar binnen gingen, zagen ze Billie Steegmans aan de hand van haar moeder de trap op komen. Guido Pannet keek snel van haar naar de agenten en terug, en Hannah besefte in een flits dat hij wist dat het over dit meisje ging.

Het begon te druppelen toen ze weer bij de wagen stonden. Bob protesteerde toen Hannah even later haar Mercedes in een andere richting stuurde dan gebruikelijk was om naar het kantoor te rijden.

'Gaan we niet terug?' vroeg hij. 'Mijn auto staat nog op de parking.'

Hannah trok de wikkel van een chocoladereep die ze in haar handtas gevonden had en nam een grote hap. 'Eerst de moeder van Pannet', zei ze met haar mond vol chocolade. 'Dan breng ik je terug.'

'Dat kun je niet menen, Maes', zei Bob. Hij sloeg met zijn hand op het dashboard en bonsde dan zijn hoofd hard achteruit tegen de hoofdsteun. Toen Hannah even opzij keek, zag ze dat hij zijn ogen gesloten hield. Aan de energie die hij uitstraalde, voelde ze hoe boos hij was. Ze moest onwillekeurig glimlachen, maar lette er wel op dat Bob dat niet merkte.

'Wat is er, Bob? Word je thuis verwacht?'

Bob kneep zijn lippen stijf op elkaar en kruiste gedecideerd zijn armen over zijn borst. Tien minuten later parkeerde ze haar auto voor een mooi, groot herenhuis.

'We zijn er', zei ze luid. Bob stapte uit en sloeg met een geweldige knal het portier dicht. Hannah liep stilletjes proestend achter hem aan.

'*Take it easy*, Bob', zei ze. 'We zijn hier bij deftige mensen.'

Ze belde aan en even later opende een goed verzorgde oudere dame de voordeur. Ze was gekleed in een beige pantalon met daarop een witte blouse en een lang donkerbruin gebreid vest. Haar haren zaten losjes opgestoken. Aan haar voeten had ze leren flipflops die het gestrenge van haar verschijning wat temperden.

'Zedenpolitie Gent.' Bob toonde zijn legitimatiebewijs. 'We zijn hier in verband met uw zoon. Mogen we even binnen komen?'

De vrouw legde een beringde hand op haar borst.

'In verband met Guido?' vroeg ze. Ze deed een stapje achteruit en nodigde hen uit haar te volgen. 'Wat heeft hij in godsnaam gedaan, dat de zedenpolitie mij wil spreken?'

Ze ging hen voor naar een prachtige oranjerie aan de achterkant van het huis, maakte een uitnodigend gebaar naar de rieten stoelen met gebloemde kussens en verdween in een aanpalend vertrek. Even later kwam ze terug met een kan lichtgekleurde vloeistof waarin schijfjes limoen en ijsblokjes dreven. Ze schonk voor beide agenten een longdrinkglas in.

'Zelfgemaakte gemberlimonade', zei ze. 'Heerlijk verfrissend.'

Hannah nam het glas aan. 'Dank u wel, mevrouw...?'

'Pannet-Dufour. Lydia Pannet-Dufour', zei ze snel. 'Ik heb mijn meisjesnaam gehouden toen ik trouwde. Intussen ben ik al tien jaar weduwe. Guido was – sorry, is – onze enige zoon. Hij woont nog steeds bij mij. We hebben elk twee etages in dit huis.'

'We voeren een onderzoek naar een zaak van kindermisbruik', zei Hannah. 'We checken alle mannen die met het meisje in contact komen. Uw zoon geeft haar pianoles...'

De vrouw lachte kort. 'Kindermisbruik, zegt u?' Ze schonk voor zichzelf ook een glas limonade in en ging tegenover de agenten zitten. Bedachtzaam kruiste ze haar lange slanke benen, nipte van haar glas en richtte zich tot Hannah. Ze boog zo ver naar haar toe dat Hannah haar vage bloemenparfum kon ruiken.

'Guido haat kinderen, mevrouw', zei de dame ten slotte op vertrouwelijke toon. 'Hij geeft les om den brode, niet uit een of andere roeping. Niet dat hij het hoeft te doen. De familie kan in alle financiële behoeften voorzien, maar hij wil zelf zijn kost verdienen. Of tenminste doen alsof. Eigenlijk woont hij nog steeds bij mij omdat hij dan niets van al deze luxe moet opgeven.'

Ze maakte met haar handen een weids gebaar om de ruimte aan te geven waarin ze zaten, nipte opnieuw aan haar glas en depte voorzichtig haar mond met een van de kleine servetten waarvan er een stapeltje op de tafel lag.

'Guido woont op de derde en de vierde etage van dit huis', ging ze verder. 'We hebben, raar maar waar, niet zoveel contact met elkaar. Hij doet zijn ding, ik het mijne.' Ze wees naar een schildersezel in de hoek van de kamer, waarop een doek stond met een stilleven van een mandje fruit.

‘Guido zei ons dat hij hier woont om voor u te zorgen’, zei Hannah.

‘Dat wil hij graag geloven’, zei de vrouw glimlachend. ‘Maar het is eerder omgekeerd. Guido heeft het niet gemakkelijk met zichzelf. Hij is...’ De vrouw dacht enkele seconden na. ‘Guido is zoekende’, zei ze dan.

‘Zoekende?’ vroeg Bob. ‘Waarnaar zoekt hij dan?’

‘Naar zichzelf, meneer’, de vrouw richtte zich nu tot Bob. Ze rechtte haar rug en stak belerend een wijsvinger op. ‘Mijn zoon is al in de veertig, maar hij moet nog ontdekken wie hij precies is. Pas dan zal hij iets kunnen maken van zijn leven. Nu moddert hij maar wat aan. Ook op seksueel vlak.’ De vrouw keek hen veelbetekenend aan. Het verbaasde Hannah dat deze chique vrouw zo vrijuit over het seksleven van haar zoon praatte.

‘Hoe bedoelt u?’ vroeg ze snel.

‘Ik bedoel dat Guido homoseksueel is, maar er niet voor durft uit te komen’, zei ze. ‘Hoe noemen ze dat tegenwoordig? “Uit de kast komen?” Zoiets?’ Ze lachte even en schudde haar hoofd. ‘Hij denkt nog altijd dat ik het niet weet.’

Ze zette haar glas op tafel en streek een plooi in het tafellaken glad. ‘Guido brengt nooit gezelschap mee naar huis. Hij is heel discreet op dat vlak. Maar ik weet wel dat hij ’s avonds vaak gaat “wandelen” om aan zijn gerief te komen.’ Ze schreef met haar handen haakjes in de lucht om te benadrukken wat zij van dat wandelen dacht.

‘Een van mijn vrienden, ook een homo, is Guido ooit ’s nachts tegengekomen in het Citadelpark en hij heeft me in vertrouwen genomen. Guido denkt waarschijnlijk dat ik er het hart van in zou zijn als ik zou weten dat hij anders geaard is, maar dat is niet zo. Van mij mag hij doen en laten wat hij wil. Ik lees veel en ken de theorieën over dominante moeders en homoseksuele zonen. Wel, dat is dan maar zo. Ik heb er geen problemen mee. Het is alleen jammer dat ik nooit kleinkinderen zal krijgen.'

Ze keek beide agenten aan. 'De zaken liggen natuurlijk anders als er kinderen in het spel zijn', zei ze. 'Maar als het om een klein meisje gaat, ben ik wel zeker dat Guido er niets mee te maken heeft. Jongetjes trouwens ook niet. Voor zover ik weet, heeft Guido een voorkeur voor oudere mannen.'

Even later stonden Hannah en Bob weer op straat. Bob keek zijn chef lachend aan.

'Dat was de moeite', zei hij. 'Toffe griet, eigenlijk, alleen haar gemberlimonade was niet te zuipen. Volgens mij zit ik straks de hele avond op de pot!'

'Hopelijk weet ze echt zo veel over haar zoon als ze beweert', zei Hannah. 'Ik vind in elk geval dat we moeten uitzoeken wie Guido Pannet is en waar hij zich mee bezighoudt. Die moeder mag dan bij hoog en bij laag beweren dat hij geen vlieg kwaad zou doen, ik wil meer zekerheid. Misschien moeten we een paar andere meisjes ondervragen die les bij hem volgen.'

Ze zuchtte. 'Dat is bijna onbegonnen werk, natuurlijk. Voor je het weet hebben we de poppen aan het dansen. Ik zal er nog eens over nadenken.'

Ze reden zwijgend naar het politiebureau, waar Bobs auto geparkeerd stond. Met een paar korte woorden namen ze afscheid. Toen Hannah even later in de supermarkt haar boodschappen afrekende, viel er een blaadje papier uit haar portefeuille. 'Shit', dacht ze. 'Mijn voorschrift voor de pil. Rats vergeten.' Ze keek op haar horloge. Het was al na zeven uur; ze zou alleen nog bij een apotheker van wacht terechtkunnen. De pil moest nog maar even wachten...

7

Het duurde even voor Hannah de volgende ochtend goed wakker werd. Ze had de wekker om zes uur een tik gegeven, maar het was al voorbij zeven uur toen ze zich uitrekte en haar benen over de rand van haar bed gooide. Het was fris in de kamer en ze wreef over haar kuiten om zich op te warmen. Ze was blijkbaar dringend aan een scheerbeurt toe. Ze tilde haar rechterarm op en keek onder haar oksel. Ook daar groeiden de stoppels welig. Ze geeuwde luid, krabde door haar verwarde hoofdharen en liep naar de douche. De koude, harde waterstraal verdreef het laatste restje slaap en ze bleef een paar minuten doodstil staan, terwijl het water over haar lichaam stroomde. Ten slotte pakte ze zuchtend een scheermesje van het wandrekje en schoor snel haar oksels en haar benen.

De handdoek waarmee ze zich afdroogde, rook muf. 'Ik moet dringend de was doen', dacht ze, terwijl ze de handdoek in de overvolle wasmand mikte. Ze liep naakt naar de slaapkamer en zocht in haar ondergoedlade naar een slip en een bh. Vandaag moest het vooral iets gemakkelijk zijn, voelde ze, geen ingewikkeld lingeriegedoe. Over haar eenvoudige ondergoed gingen een jeans en een grijs T-shirt dat ooit betere dagen had gekend. Als ze het zich goed herinnerde, had ze het nog maar één keer gedragen sinds het laatst gewassen was – misschien hooguit twee keer. Ze roosterde een boterham, besmeerde hem met het laatste restje confituur dat ze in de koelkast vond en liep met het brood tussen haar tanden en haar jasje over haar schouder de trap af, naar de garage.

In de auto zette ze de radio aan. Het nieuws van acht uur was al halverwege. De collega's in Brussel hadden blijkbaar een ernstig geval van seksueel misbruik in de Kerk ontdekt en dat was al dagen het hoofditem van elk nieuwsbulletin. Ze vroeg zich af of de schuldigen nog zouden worden vervolgd, zoveel jaren na de feiten, maar ze was blij dat er toch nog aandacht aan besteed werd. '*Cold cases* bestaan niet', dacht ze. 'Alleen flikken die niet hard genoeg zoeken.'

Op kantoor waren haar collega's druk in gesprek met een grote, goedgebouwde man in een strak leren motorpak. Van achteren gezien leek hij haar bijzonder aantrekkelijk, met zijn strakke billen en brede schouders, en ze voelde een scheut van lust door haar onderlichaam trekken.

'Wij rijden met die nieuwe BMW R1200RT', hoorde ze hem zeggen. 'Zalige machines. Alleen al daarvoor ben ik graag bij de verkeerspolitie.'

Toen de man merkte dat haar collega's naar iemand keken die achter hem stond, draaide hij zich snel om.

'Mevrouw Maes!', zei hij. 'Ik maak net kennis met uw collega's.'

Hij stak glimlachend zijn hand uit en ging verder: 'Bij de

politie staat er normaal een haan aan het hoofd van het kippenhok, maar hier is het blijkbaar omgekeerd.'

'Meneer Serneel', zei Hannah langzaam, terwijl ze haar armen over haar borst vouwde. Zijn opmerking was bij haar alvast niet in goede aarde gevallen en ze was niet van plan om zich door zijn glimlach te laten inpakken. 'Waarmee kan ik u van dienst zijn?'

'Pieter', zei hij. 'Noem mij Pieter, alsjeblieft. Ik kom het fluovestje terughalen dat u bij onze vorige ontmoeting hebt meegenomen. Per ongeluk, natuurlijk.'

'Had me gemaild', zei Hannah. 'Dan had ik het wel meegegeven met een van je collega's.'

Ze hoorde Bob een proestgeluidje maken. Haar drie collega's hadden duidelijk plezier in dit partijtje mentaal worstelen tussen Hannah en de verkeersagent. Ze liep naar de kapstok in de gang, maar kwam meteen weer terug.

'Het vestje is verdwenen', zei ze. 'Ik vrees dat ik je niet kan helpen.'

'Dat is lastig.' Pieter Serneel krabde door zijn haren. 'Dat vestje is namelijk bezit van de verkeerspolitie en ik moet altijd een extra exemplaar bij me hebben. Als ik het kwijt ben, moet ik uit eigen zak een nieuw vestje betalen.'

Uit haar ooghoek zag ze Bob knipogen naar Kevin. Plots realiseerde ze zich dat het allemaal opgezet spel was en dat zelfs Pieter Serneel in het complot betrokken was. Ze was niet van plan in de grap van haar collega's te trappen.

'Kom volgende week terug', zei ze tegen Pieter Serneel. 'Ik ben er zeker van dat ik het dan teruggevonden heb.'

Pieter Serneel twijfelde. 'Deal', zei hij uiteindelijk. 'Maar als u het dan niet hebt, mag ik u mee uit eten nemen.'

Hannah trok haar schouders op. 'Het zal er zijn', zei ze gedecideerd.

Toen Pieter Serneel de deur uit was, schoten haar drie collega's in de lach.

'Ik wist niet dat jij voor Vikings viel', zei Kevin. 'En al helemaal niet als ze bij de verkeerspolitie werken.'

'Maar enfin, Kevin', speelde Bob mee. 'Zo'n zwaantje heeft wel een vaste job en een goed pensioen. Twee blondjes bij elkaar, dat worden mooie kindjes... Over blondjes gesproken, ken je die mop van dat zwaantje dat een dom blondje tegenhoudt?'

Kevin haalde zijn schouders op en wachtte lachend de *punchline* af.

'Dat zwaantje loopt naar de auto en als hij ziet dat het een blondje is dat achter het stuur zit, haalt hij zijn lul uit zijn broek en legt die in het open raam...' Bob wachtte even om zijn grap meer gewicht te geven. 'Zegt dat blondje: "Oh neen, wéér alcoholcontrole!"'

Kevin schoot in de lach en keek naar Hannah. 'Is het zo gegaan, chef?'

'Onnozelaars', zei Hannah en stapte het bureau uit. Toen ze merkte dat niemand haar volgde, maakte ze rechtsomkeer.

'Vergadering, mannen. We worden niet betaald om een hele dag moppen te vertellen.'

Tien minuten later zat het team in de vergaderkamer van het politiekantoor. Bob had duidelijk niet genoeg geslapen. Hij had wallen onder zijn ogen en geeuwde zo vaak dat het op Hannahs zenuwen begon te werken.

'Zal het gaan, Bob? Ga straks maar eens vroeg slapen, want zo kan het echt niet meer verder.' Het kwam er harder uit dan ze bedoelde, maar ze vertikte het om zich te verontschuldigen.

'Wist je dat geeuwen aanstekelijk werkt?' vroeg Kevin onschuldig. 'Het heeft te maken met empathie. Je wil de ander tonen dat je met hem meevoelt en dus begin je zelf ook te gapen. Alleen kinderen onder de vijf jaar doen dat niet. Die zijn daar blijkbaar nog ongevoelig voor.' Hij ademde in en wilde voortgaan met zijn betoog, maar Hannah onderbrak hem.

'Genoeg wetenschap voor vandaag, Einstein', zei ze. '*Back to business*. Wat weten we intussen over Billie Steegmans?'

Iedereen aan de tafel zweeg, dus ging Hannah zelf verder.

'De kinderpsychologe heeft er niet veel uit kunnen krijgen', zei ze. 'Behalve dat het kind een panische angst heeft voor honden en met een heleboel tics rondloopt. Toch kunnen we het verslag van dokter Annemans niet zo maar naast ons neerleggen. We moeten te weten komen of Billie Steegmans al dan niet misbruikt werd en door wie. Bob en ik zijn gisteren op de muziekschool gaan praten met Guido Pannet, haar pianoleraar, en, zacht uitgedrukt, een wonderlijke man. Volgens zijn moeder is hij homo en haat hij kinderen, wat hem daarom natuurlijk nog niet buiten verdenking stelt. Ik wil hem zeker niet als verdachte uitsluiten.'

Bob knikte. 'Ik doe nog een achtergrondcheck', zei hij. 'Wie weet wat komt er nog meer boven als we in zijn verleden graven. Zo'n bruinwerker is...'

'Genoeg, Bob.' Hannah stak vermanend een vinger op. 'Ik wil hem sowieso nog formeel verhoren en checken of we dieper moeten graven in zijn verleden.' Ze wendde zich tot haar oudste collega. 'Charles, wat heb jij ontdekt?'

Charles opende zijn notitieblok. 'We wilden weten of er seksuele delinquenten woonden op de route die Billie elke dag van en naar school volgt', zei hij.

'Pedo's', merkte Bob droog op.

'Onder andere pedo's', herhaalde Charles. 'Jullie mogen twee keer raden.'

Hij keek zijn collega's een voor een aan en wachtte even. Niemand gaf antwoord.

'Er wonen maar liefst twee goede bekenden van ons langs de route van vijfhonderd meter die Billie moet volgen', zei hij triomfantelijk. Hij haalde een foto uit een omslag en toonde ze aan zijn collega's. Een mager, kaal mannetje van een jaar of vijftig keek hen grijnzend aan.

'Godverdomme', riep Bob. 'Dat is de kerstboom!'

'De kerstboom?' Hannah keek haar collega's niet begrijpend aan.

'De kerstboom is een exhibitionist', legde Bob uit. 'Hij heeft allemaal lampjes rond zijn raam vastgemaakt, zoals mensen wel eens met kerst doen. Meestal werkt hij alleen in de winter, als het vroeg donker is. Hij staat dan in zijn blote flikker voor het raam te masturberen in het donker, maar zodra er iemand voorbijkomt, steekt hij de kerstverlichting aan, zodat hij in al zijn glorie te bewonderen is.' Hij richtte zich tot Charles. 'Maar ik dacht dat de kerstboom ermee opgehouden was? Heeft hij niet een tijdje vastgezeten?'

Charles knikte bevestigend. 'Hij is intussen al een jaar vrij. Sindsdien hebben we geen klachten meer binnengekregen, maar we houden hem in het oog. Ik ben gisteravond bij hem langsgegaan en naar eigen zeggen blijft hij tegenwoordig weg van zijn raam. De lichtjes waren in elk geval verdwenen.'

'Maar...' zei Hannah. Ze wist dat exhibitionisten niet zo gemakkelijk hun oude gewoontes opgaven.

'Hij deed open in een minuscuul shortje', ging Charles verder. 'Eerder een kleine onderbroek eigenlijk, een soort string voor mannen.'

'Een *jockstrap*,' zei Kevin. De collega's keken hun jongste collega meewarig aan.

'Zo heet dat toch?' zei hij verdedigend. Bob snoof, keerde zich naar Charles en deed teken dat hij mocht voortgaan. Charles knikte. 'Hij herkende mij en nodigde me uit om binnen te komen. In zijn living stond een computer met een enorm scherm. Die stond op *Chatroulette*, zo'n website waarbij je telkens andere mensen ziet om mee te praten, die je zo snel als je wilt ook weer kunt wegzappen. Ik veronderstel dat de kerstboom in zijn blote flikker voor dat scherm gaat zitten en een kick krijgt elke keer als er iemand verschijnt die hem zo ziet...'

'...en maar rukken intussen', vulde Bob aan. 'Daar doet hij natuurlijk niet direct iemand kwaad mee...'

‘Pas op,’ zei Kevin belerend, ‘er zitten ook behoorlijk wat kinderen op die *Chatroulette*. Zo onschuldig is dat allemaal niet.’

‘*Bon*’, zei Hannah. ‘De kerstboom dus. Jij hebt hem gesproken en we houden hem in het oog. Wie is de andere?’

‘Pierre Verfaillie’, antwoordde Charles. Hij liet hen een foto zien van een man met een stoppelbaard en enorme uitstaande oren. Het was een politiefoto uit een strafregister, waarbij de man recht in de lens keek.

‘We noemden hem “het lekstokske” toen hij werd opgepakt’, vertelde Charles. ‘Hij bood kinderen lolly’s aan op straat en zei dan dat hij thuis nog een grote zak had staan. Met die overbekende smoes lokte hij hen naar zijn huis en als ze binnen waren, haalde hij zijn penis uit zijn broek en vroeg hij of ze eens aan die lekstok wilden zuigen. De meeste kinderen schrokken zich dan een ongeluk en liepen weg. Meestal durfden ze thuis niet te vertellen wat er gebeurd was, want ze wisten maar al te goed dat ze niet mochten meegaan met vreemde mannen. Daarom heeft het lang geduurd voor we hem konden pakken. Hij heeft een paar jaar gezeten, maar daarna hebben we niets meer van hem gehoord. Volgens de mensen met wie hij een appartement deelt, zit hij intussen al een half jaar in Thailand.’

‘We zullen ons maar niet afvragen wat hij daar aan het doen is met zijn lekstok’, merkte Bob droog op.

‘Ga na of hij echt in het buitenland zit’, zei Hannah. ‘En hou die kerstboom ook in het oog.’

Ze keek Kevin aan. 'Jij bent naar Billies school geweest. Heb je daar nog iets opgestoken?'

'Ik heb Billies juf gezien', zei Kevin. 'Lut Verboomen. Lieve mevrouw. Ze had niets speciaals opgemerkt aan Billie en omschreef haar als een lief, maar verlegen kind. Billie kan mee in de klas, maar ze zal nooit een hoogvlieger worden.'

Hij draaide het blad om en ging met zijn vinger over zijn nota's.

'Dan zijn er nog die woensdagen', zei hij. 'Eerst volgt ze jiujitsu. Ik ben bij die leraar langsgegaan, Jonas Verbraecken. Gewone mens, papa van twee kleine kinderen. Hij geeft in de turnzaal op school van kwart over twaalf tot één jiujitsules aan de kinderen van de eerste drie leerjaren. Veel had hij niet te vertellen, maar hij herinnerde zich Riet Verhelst. Ze is Billie bij het begin van het schooljaar komen inschrijven omdat ze wilde dat Billie zich zou leren verweren. Die man geeft les aan dertig kinderen, gedurende een uur per week.'

'Hij is dus nooit alleen met een van hen', zei Charles. Kevin knikte.

'Moeten ze zich omkleden in een kleedkamer?' vroeg Hannah.

'Ze dragen van die grote witte broeken en blauwe vestjes,' legde Kevin uit, 'maar meestal kleden ze zich om in de gang naast de turnzaal. Daar wordt niet moeilijk over gedaan. Alleen de oudere meisjes van het vierde leerjaar gebruiken de kleedkamers, volgens Jonas Verbraecken. De kleintjes trekken gewoon hun broeken en vesten aan op de gang. Volgens hem deed Billie dat ook, hoewel hij er niet zeker van was. Hij hield het allemaal niet zo in het oog.'

'Na de jiujitsules gaat ze dan naar de opvang in een andere school', zei Hannah.

'De meeste kinderen die jiujitsu volgen gaan daar naartoe', legde Kevin uit. 'Ze eten hun boterhammen op en blijven daar spelen tot ze worden opgehaald. Voor de groteren is er een namiddagstudie. Ik heb met de verantwoordelijke gesproken...'

Hij zocht in zijn papieren naar een naam.

'...een zekere Linda De Puydt. Zij zegt dat er op woensdagen minstens honderd twintig kinderen uit scholen in Gent naar die nabewaking komen. Ze worden allemaal op verschillende tijdstippen in de loop van de namiddag opgehaald. Voor Billie staat 17u30 genoteerd als vertrekuur. Mevrouw De Puydt was er zeker van dat Billie op dat moment ook werd opgehaald.'

'Hoe kan ze dat zo zeker weten?' vroeg Charles verbaasd. 'Honderd twintig kinderen, dat is toch niet niks!'

'Ze hanteren een nogal ingewikkeld systeem, waarbij de kinderen hun kaart aan de juf van de nabewaking moeten afgeven, zodra ze op school aankomen', legde Kevin uit. 'Die juf duidt met een kruisje aan wanneer het kind werd opgehaald. Volgens mevrouw De Puydt is dat een waterdicht systeem. Er zijn nooit eerder problemen mee geweest.'

'Kende die De Puydt Billie persoonlijk?' vroeg Hannah.

'Dat denk ik niet', antwoordde Kevin. 'Ze wist ook niet door wie Billie werd opgehaald, maar ze was er wel van overtuigd dat het niet anders kon dan dat Billie altijd netjes om 17u30 werd opgepikt. De onderwijzeressen zijn heel stipt in die dingen. Ik denk niet dat mevrouw De Puydt zelf ooit op de speelplaats komt. Ze leek mij eerder iemand die alles van achter haar bureau bestuurde.'

'Dus het is best mogelijk dat die mevrouw De Puydt Ben Roth nog nooit heeft gezien', merkte Hannah op.

'Dat is mogelijk', zei Kevin. 'Maar misschien hebben de onderwijzeressen hem ook nooit gezien. De ouders blijven aan de poort wachten en de kinderen komen zelf hun kaart halen. Dat werkt volgens die mevrouw het beste. Anders is het maar een komen en gaan van ouders over die speelplaats en dan verliezen de juffen het overzicht...'

'Over hoeveel leraressen gaat het in totaal?' vroeg Hannah.

'Een stuk of twintig', antwoordde Kevin. 'Er is een soort beurtrol, maar die is ook heel ingewikkeld. Sommige onderwijzeressen doen veel meer nabewaking dan anderen.'

'Ik vrees dat we hen ook allemaal zullen moeten ondervragen', zei Hannah. 'Kevin, neem contact op met elk van hen, vraag of ze Billie Steegmans kennen en of ze weten door wie ze wordt opgehaald en hoe laat.'

Kevin stopte de papieren opnieuw in hun omslag.

'Doe ik', zei hij. 'Wist je trouwens dat die Ben Roth gisteravond nog heeft gebeld? Hij wilde weten hoe ver we stonden met het onderzoek. Riet Verhelst was blijkbaar over haar toeren toen ze thuiskwam na het gesprek dat Billie had met de psychologe.'

'Vreemd voor iemand die haar amper een keer per week ziet',

zei Hannah. 'Ik heb trouwens al de hele tijd het gevoel dat ik die Roth ergens van ken. Iemand anders ook?' Iedereen schudde van nee.

'Nederlands is volgens mij ook niet zijn moedertaal. Hij heeft een accent.'

'Daar heb ik niets van gemerkt', zei Kevin. 'Hij ziet er in elk geval goed genoeg uit om acteur of model geweest te zijn. Misschien heeft hij nog meegespeeld in een van de reclamefilmpjes die zijn bedrijf maakt en ken je hem daar van.'

'Kan zijn', zei Hannah. 'Ik wil in elk geval zijn achtergrond nog eens checken en we moeten hem sowieso ondervragen. Op dit moment hebben we zo goed als niks. Ik heb gisteren nog even gesproken met Riet Verhelst en die zei dat Billie zo goed als nooit bij vriendjes of vriendinnetjes logeert. Er zijn ook geen grootouders of tantes en ooms in de buurt die ze gaat opzoeken. Als ze dan toch eens ergens op bezoek gaat, is haar mama erbij. Dus blijven alleen de scouts over.' Ze draaide zich naar Bob.

'Ik veronderstel dat jij niet gebeld hebt met de scouts?' zei ze.

Bob keek naar zijn handen en schudde beschaamd zijn hoofd.

'Dat dacht ik al', zei ze. 'Ik heb gisteravond zelf gebeld met de groepsleider van de scouts. Om de hele leiding te zien te krijgen, kunnen we het beste op zondagochtend naar de vergadering gaan. Die mannen studeren aan alle mogelijke universiteiten en hogescholen verspreid over heel Vlaanderen. Tijdens de week is het dus bijna onmogelijk om hen allemaal apart op te zoeken. Ik pik je zondag om half negen thuis op, Bob. De scoutsvergadering begint om negen uur.'

Bob keek haar verontwaardigd aan.

'En Kevin? En Charles?' Die kunnen toch net zo goed meegaan, Hannah? Ik heb zondag geen tijd! Waarom moet je mij nu weer hebben?'

Hannah glimlachte en boog voorover. Met haar gezicht op tien centimeter van dat van Bob zei ze in het Gents: 'Gij zijt mijnen hopman, Bob', terwijl ze hem een kneepje in zijn wang gaf. 'Wel op tijd in uw slaapzak kruipen hé.'

Daarop wandelde ze heupwiegend het lokaal uit.

8

Het regende pijpenstelen toen Hannah op zaterdag wakker werd. Toen ze de druppels tegen het raam hoorde slaan, trok ze het dekbed ver over haar hoofd en besloot ze nog een paar uur in bed te blijven liggen. Gedurende vijf minuten slaagde ze erin om de druk op haar blaas te negeren, maar dan gooide ze noodgedwongen het dekbed van zich af en rende met haar ogen half dicht naar het toilet. Een kwartier later lag ze opnieuw in bed, klaarwakker. Ze nam het boek dat op haar nachtkastje lag en bladerde naar de pagina waar ze de vorige avond gebleven was. Het was een verzameling bijzondere grappige kortverhalen over de vreemde trekjes van Amerikanen, geschreven door Bill Bryson, een Amerikaan die lang in Engeland had gewoond. Hannah had zijn boeken leren kennen toen ze stage liep bij de politie in Chicago en was meteen gevallen voor de droge humor waarmee hij de meest banale situaties beschreef. Ze begon te lezen, maar na een half uur werden haar oogleden weer zwaar en viel ze in een droomloze slaap.

Rond de middag werd ze wakker met een vieze smaak in haar mond en razende honger. Ze liep naar de keuken en stak haar hoofd in de koelkast. Behalve een stuk oude kaas, een zo goed als leeg pakje boter en een karton sinaasappelsap, was daar niets eetbaars te vinden. Ze zuchtte en trok een keukenkastje open, waar ze een halfleeg pak beschuit vond. Ze haalde met tegenzin een beschuit uit het pak, die ze lusteloos opknabbelde en doorspoelde met een restje sinaasappelsap. Buiten viel de regen intussen met bakken uit de hemel, dus liet ze haar plannen om te gaan hardlopen maar varen. Zelfs snel naar de supermarkt gaan om wat voedsel in te slaan leek haar een al te onaantrekkelijke optie.

Ze viste een nieuw flesje donkerrode nagellak uit een doosje dat al een hele tijd ongeopend in een kast in de badkamer stond, duwde een cd in de speler, ging op de sofa zitten en begon geconcentreerd haar teennagels te lakken, terwijl ze af en toe meezong met de muziek van Ella Fitzgerald. Toen ze klaar was met haar linkervoet, ging de bel. Ze hobbelde op een voet en een hiel naar de deur, keek door het spionnetje en zag in de hal haar buurman Koen tegen de muur geleund staan. Ze strekte haar hand al uit naar de deurklink om de deur te openen, toen ze in een flits bedacht dat ze nog altijd niet naar de apotheker was gegaan met haar voorschrift voor de pil.

'Geen Koen voor ik de pil gehaald heb', besloot ze en ze hobbelde terug naar de zetel om de nagels van haar rechtervoet te lakken. In de gang hoorde ze Koen terugkeren naar zijn eigen appartement.

Een half uur later sjokte Hannah in een versleten grijze trainingsbroek en een oud blauw regenjasje door de natte straten van Gent.

De apotheek in de buurt was gesloten, maar er hing een lijstje met adressen van apothekers met wachtdienst. Ze kon bij een apotheek enkele straten verder terecht.

De rolluiken waren neergelaten, maar 'Voor dringende geneesmiddelen, gelieve aan te bellen', stond er op een papiertje naast de bel. Hannah drukte op de zwarte knop en even later ging het zware rolluik voor de winkeldeur open. Een vrouw in witte doktersjas bestudeerde haar van top tot teen voor ze de deur met een sleutel opendeed.

'Waarmee kan ik u helpen?' vroeg ze.

'Ik heb een voorschrift voor de pil', zei Hannah.

De apotheker trok even een mondhoek omlaag, maar maakte geen aanstalten om Hannah binnen te laten.

'U kunt vandaag alleen met cash betalen', zei de apotheker.

Hannah realiseerde zich dat ze geen cent op zak had.

'Waar vind ik een geldautomaat?' vroeg ze. De regen bleef neergutsen en Hannah was intussen tot op haar ondergoed doorweekt. Haar haren plakten tegen haar hoofd en ze likte een regendruppel op die van haar neus viel.

'Er is een Bancontactpunt op een paar minuten wandelen hier vandaan', zei de apotheker. Ze was duidelijk niet van plan om Hannah binnen te laten zonder geld.

'Kan ik het maandag niet komen betalen?' probeerde Hannah. 'Het is nogal dringend...'

'Mevrouw', zei de apotheker, terwijl ze Hannah geringschattend opnam. Het ongeduld in de stem van de apotheker was onmiskenbaar. 'Dringend is relatief in dit geval, nietwaar, aangezien het slechts om een voorschrift voor de pil gaat. Bovendien ken ik u niet. Ik weet dus niet of u maandag al dan niet zult terugkomen. Ga eerst maar geld halen en kom dan terug.'

Ze wees de weg naar de automaat en sloot de deur. Ook de rolluiken gingen weer naar beneden.

Hannah zuchtte. Toen ze zich weer in beweging zette, maakten haar oude loopschoenen een duidelijk hoorbaar zuigend geluid. Voorzichtig de plassen ontwijkend liep ze naar de geldautomaat. Toen ze haar kaart in de gleuf stak, lichtte het scherm meteen op: 'Automaat tijdelijk buiten gebruik. Gelieve een andere terminal te gebruiken.' Ze vloekte luid. Een oude vrouw die achter haar door liep, bleef staan om haar verwonderd op te nemen en afkeurend haar hoofd te schudden voor ze zo snel haar benen haar dragen konden, voort schuifelde.

De volgende automaat was twee straten verder. Hannah tikte snel haar nummer in, maar toen ze aangaf dat ze 50 euro wou afhalen, verscheen het bericht: 'Tegoed ontoereikend. Gelieve een ander bedrag te kiezen.' Er waren inderdaad onlangs enkele flinke bedragen van haar rekening gegaan. De garage had flink doorgerekend voor het vervangen van de lekke band, ze had een nieuwe jeans en een T-shirt gekocht... Waarschijnlijk stond haar bankrekening intussen diep in het rood. Zuchtend haalde ze twintig euro uit de automaat. Als ze het zich goed herinnerde, was dat net voldoende voor de pil.

De apotheker was een oudere dame aan het bedienen toen Hannah eraan kwam. Toen ze binnen in de apotheek stond te wachten, besefte ze pas hoe koud ze het intussen had. Ze probeerde warm te worden door met haar voeten te stampen, maar hield daarmee op toen de apotheker haar een boze blik toewierp. Toen de vorige klant eindelijk naar buiten ging, nam de apotheker zwijgend haar voorschrift in ontvangst, bekeek het vluchtig en liep naar een hoge kast vol kleine schuifjes, waar ze een wit doosje uit een van de platte laden haalde, dat ze even onder de scanner op de toonbank hield, in een papieren zakje stopte en naar Hannah toeschoof.

'Dat is dan 23,40 euro, alstublieft', zei ze.

Hannah keek haar verbaasd aan. Ze nam het doosje uit het zakje en draaide het een paar keer om in haar handen.

'Maar hier staat € 18,95.' Ze wees op de prijs die in kleine zwarte print op de zijkant van het doosje stond.

'De pil is tot op de dag van vandaag geen dringend geneesmiddel', legde de apotheker geduldig uit. 'Ik moet u dus een wachttaks van 4,45 euro aanrekenen. Samen maakt dat 23,40 euro'

Hannah keek in haar portefeuille, maar op het briefje van twintig euro na was hij leeg. Plots werd het haar te veel. Ze griste het voorschrift van de toonbank, propte het weer in haar portefeuille en liep naar buiten, terwijl ze de deur met een knal achter zich dichtgooide. Met grote stappen liep ze terug in de richting van haar appartement. Haar natte kleren kleefden hinderlijk aan haar huid.

Bij drogisterij Het Kruidvat aarzelde ze even. De pil was vandaag geen optie meer, maar misschien kon ze het anders oplossen. Ze liep de grote winkel in en liep zoekend langs de rekken. Het duurde niet lang voor ze in de gaten kreeg dat een veiligheidsagent elke beweging die ze maakte, nauwgezet in de gaten hield.

Ze draaide zich langzaam om, haalde haar legitimatiekaart boven en zwaaide ze voor de neus van de kale man in het zwarte uniform.

'Zedenpolitie Gent', zei ze geïrriteerd. 'Waar vind ik hier condooms?'

De man wees verbouwereerd naar het rekje bij de kassa waar minstens zeven soorten condooms in gekleurde verpakkingen stonden. Ze griste er zonder te kijken eentje uit, betaalde en liep de straat weer op, met het pakje condooms diep in de zak van haar regenjasje.

Thuis lag er een briefje op de vloer van de gang, vlak achter haar voordeur.

'Ik zit twee dagen aan zee. Had je graag meegenomen, maar je deed niet open. XXX. Koen.'

Ze zuchtte, verfrommelde het papiertje en gooide het met een boogje in de vuilnisbak. Ze viste het pakje condooms uit haar jaszak en bekeek het aan alle kanten. *Durex Pleasuremax* stond er op het oranje doosje. *Warming*. Op de achterkant las ze dat het condooms waren met ribbels en noppen, voorzien van een verwarmend glijmiddel. Ze trok het plastic omhulsel van het doosje en keek even naar de blauwe zakjes die netjes op een rij achter elkaar zaten. Met twee vingers haalde ze er een vierkant zakje tussenuit, en scheurde het open. Ze rook even aan het condoom, haalde het uit zijn verpakking en rekte het een paar keer uit. Dan gooide ze het condoom in de vuilnisbak, bedacht zich en smeet het hele pakje erachteraan.

Een kwartier later lag Hannah in een warm, schuimend bad. Ze had een groot glas rode wijn uitgeschonken en de cd van Ella Fitzgerald weer opgezet. Het warme water en de wijn maakten haar heerlijk loom en ze voelde hoe haar lichaam langzaam weer warm werd en ontspande. Ze streelde langzaam haar borsten en sloot haar ogen. Op de badrand stond haar trouwe gele trileendje klaar.

9

Gent lag doods onder een grijs wolkendek op deze zondagochtend. Het was in de loop van de nacht gestopt met regenen en Hannah was vroeg opgestaan, zodat ze een uur zou kunnen hardlopen op de Blaarmeersen voor ze Bob oppikte. Na het lopen had ze een ijskoude douche genomen. Ze voelde hoe haar lichaam helemaal tintelde en al haar zintuigen op scherp stonden. Ze stopte bij een bakker om een zak koffiekoeken te kopen en om kwart voor negen parkeerde ze haar auto voor het appartement van haar collega. Ze belde aan en ging achter het stuur van haar wagen zitten wachten. Het bleef stil bij de ingang van het appartement. Ze viste haar gsm uit haar handtas en toetste een nummer in. Even later klonk een slaperige stem door de telefoon.

'De Groof.'

'Bob? Hannah. Ik sta beneden te wachten. We hadden een afspraak.' Ze hoorde Bob vloeken en klapte de gsm weer dicht. Tien minuten later kwam haar collega naar buiten gelopen, terwijl hij zijn hemd in zijn broek stopte. Zijn haar stond in pieken om zijn hoofd en toen hij instapte, sloeg een weeë lucht haar tegemoet.

'Jeezes, Bob.' Hannah boog naar hem toe en snoof een paar

keer diep. 'Je stinkt verdomme naar seks. Een douche kon er niet meer af?'

Bob keek haar grijnzend aan. 'Een goeie bok moet stinken, Hannah,' zei hij, 'en die boskakkers waar we naartoe gaan, die ruiken dat toch niet.'

Bij de scoutslokalen was het een drukte van jewelste. Overal liepen kinderen in bruine hemden met kragen, waaronder groen-rode sjaaltjes geknoopt waren. Aan de ingangspoort stonden ouders met elkaar te praten, vaak in joggingbroeken en op slippers. Je zag ze een voor een weer verdwijnen op de fiets of in hun grote SUV's.

Bob wees met zijn kin in de richting van het gewemel.

'Rijke mensen', zei hij. 'Wedden dat het allemaal kinderen van dokters en advocaten en rechters zijn?'

Hannah haalde haar schouders op. Zij had geen problemen met de jeugdbeweging.

'Mijn vader is ook rechter', zei ze op vlakke toon.

'Bekakt volk, dat is het', zei Bob. 'Ik kende vroeger nogal wat mensen die bij de scouts waren. Ze voelden zich altijd beter dan de rest. Met hun dassen en hun hemden... Geef toe, Hannah, het ziet er allemaal toch nazistisch uit, niet?'

'*Get over it*, Bob', zei Hannah. 'We gaan eens kijken of we de kabouterleiding kunnen vinden.'

Ze stapte uit en liep op een paar jongens af die buiten bij de poort een sigaret stonden te roken. Toen ze haar opmerkten, gooiden ze de peuken op de grond en trapten ze snel uit, alsof ze bang waren om een berisping te krijgen.

'Gasten', zei Hannah als groet.

Ze knikten haar een beetje wantrouwig toe.

'Waar kan ik de leiding vinden?'

Een van de jongens, een grote blonde met een enorme kuif, keek haar geamuseerd aan. 'Hier', zei hij, terwijl hij op het groepje wees. De andere jongens grinnikten. 'En daar.' Hij wees naar de rest van de scouts die zich op de grote speelplaats bevonden.

'Welke leiding zoekt u?' vroeg de kleinste van de groep, die duidelijk behulpzamer wilde zijn dan zijn vrienden.

'Die van de meisjes', zei Hannah. 'De kabouters, geloof ik.'

'De kabouters staan helemaal achteraan.' De jongen wees naar een kring van meisjes die achteraan op het terrein stonden en een liedje zongen. 'Ze zijn net bezig met het openen van hun vergadering. Die vijf groten achteraan zijn de leiders en leidsters. U mag er best even naartoe gaan.'

Hannah en Bob liepen door de poort en over het terrein tot bij de groep meisjes. Een van de leiders had het woord genomen en stond uit te leggen hoe de dag zou verlopen. Het zou een karaokevergadering worden: de kinderen moesten per patrouille een liedje instuderen en dat voor de hele groep zingen. Er klonk gejoel uit de kring en de meisjes begonnen opgewonden onder elkaar te babbelen.

De cirkel werd opgebroken en Hannah deed teken naar de leiding dat ze een van hen wilde spreken. Een groot, blond meisje met een prettig open gezicht liep op hen af.

'Hallo!' zei ze vrolijk. 'Kan ik jullie helpen?'

Hannah en Bob toonden hun legitimatie.

'Zedenpolitie Gent', zei Hannah. 'We zijn hier in verband met een zaak van kindermisbruik van een van de leden. Kan ik u even spreken?'

Het meisje keek hen verwonderd aan.

'Een van onze leden?' zei ze. Ze bekeek de groep kleine meisjes waarvan de meeste intussen liedjesteksten aan het instuderen waren en sommige in een grote koffer met verkleedkleren stonden te graaien.

'Ik wil graag iedereen van de leiding spreken', zei Hannah.

'Kan dat een voor een?' vroeg het meisje. 'We hebben vergadering en kunnen de kinderen niet zomaar alleen laten.'

Hannah knikte. Ze haalde een kleine notitieblok boven.

'Dan beginnen we met jou', zei ze.

Het meisje beet op haar onderlip. Ze was duidelijk nieuwsgierig en wist niet wat ze mocht verwachten. Ze riep naar de andere leiders dat ze even weg moest en ging Hannah en Bob voor naar een hoek van het terrein, waar een houten tafel stond. Hannah en Bob gingen tegenover haar op een smal houten bankje zitten.

'Jij bent...?' vroeg Hannah.

'Riikka', zei het meisje. 'Riikka Stevens. Maar voor de kabouters ben ik Kwaakje.'

'Bijzondere naam', zei Bob. Hannah zag hoe hij het meisje goedkeurend glimlachend opnam. Haar blonde staartjes en haar ongereserveerde glimlach hadden zijn ideeën over de scouts in geen tijd bijgeschaafd.

'Mijn moeder is Finse', zei ze tegen Bob. 'Vandaar. Maar ik ben in Gent opgegroeid.'

'Hoe lang ben je al leidster bij de kabouters?' vroeg Hannah.

'Al drie jaar. Ik ben nu groepsleidster, wat betekent dat ik zo'n beetje verantwoordelijk ben.' Ze stak een loshangende lok achter haar oor en keek hen verlegen aan.

'Ik studeer pol-en-soc in Leuven,' ging ze verder, 'maar eigenlijk wil ik graag criminologie gaan volgen. Het lijkt me wel interessant, zo'n baan bij de recherche.'

Bob lachte. 'Heel interessant', zei hij. 'Alleen al voor de collega's wil je er graag werken.'

Riikka nam hem snel op. 'Dat wil ik graag geloven', zei ze. 'Mag ik ook vragen over wie het gaat? Voor wie jullie hier zijn?' Ze keek even om naar de kabouters, die in groepjes op de speelplaats stonden. Dan wendde ze zich weer tot Hannah en Bob.

'Het is Billie Steegmans', zei ze. 'Is het niet? Ze is er niet vandaag. De laatste weken deed ze ook een beetje vreemd. Ze had plots een heleboel rare tics. Telde haar passen, moest twee keer op de armleuning tikken als ze naar boven ging, draaide dan weer plots een paar keer in het rond. Dat soort zaken... Twee weken geleden gingen we op weekend met de kabouters en toen viel het mij al op dat ze zich wat vreemd gedroeg.'

Hannah keek haar bewonderend aan. Dit meisje moest haar kabouters goed kennen om dat allemaal op te merken.

'Kun je daar heel discreet over zijn?' vroeg ze de blonde

leidster. 'We willen niet dat iedereen weet wat er met Billie aan de hand is. In het belang van het onderzoek hebben we liever geen lekken. Het gaat om een minderjarige.'

'Dat snap ik helemaal', zei Riikka. De glimlach was van haar gezicht verdwenen en ze beet even op haar onderlip. 'Wat erg trouwens, van Billie.'

'Zei je dat jullie twee weken geleden op weekend waren?' vroeg Bob.

Riikka knikte bevestigend.

'Was dat alleen met de kabouters of waren er ook nog andere groepen bij?' vroeg hij.

'Takken', zei Riikka. 'Geen groepen. Kabouters, jonggidsen, welpen… dat zijn allemaal takken. We waren alleen met de kabouters.'

'En de leiding', zei Hannah.

Riikka knikte. 'En twee foeriers.'

'Foeriers?' vroeg Bob. 'Waar zijn die goed voor?'

'Winkelen, koken en alles proper houden', zei Riikka. 'Meestal zijn dat gewoon leiders van een andere tak of mensen van de algemene groepsleiding. Dit keer waren Flip en Laura meegekomen, twee anciens die graag nog eens meegaan als foeriers.'

Hannah noteerde hun namen en de telefoonnummers die Riikka in haar gsm had zitten.

'We willen straks een gedetailleerd verslag van dat weekend, met jullie allemaal samen, maar eerst wil ik de anderen ook allemaal even spreken. Stuur je de volgende even langs?' vroeg ze.

'Ik denk niet dat jullie hier een dader gaan vinden', zei Riikka voor ze terug naar de groep ging. 'Wij zien onze kabouters doodgraag. Ik kan me niet voorstellen dat iemand van ons...'

Hannah stak haar hand op. 'Je kunt je zoiets nooit voorstellen', zei ze.

Even later kwamen twee jongens op hen toegelopen. Ze stelden zich voor als Quinten en Steven.

'Eigenlijk Baggi en Joko', zei de grote blonde jongen die zich had voorgesteld als Quinten. Hij schudde de agenten lachend de hand.

'Het is de eerste keer dat ik een echte rechercheur ontmoet', zei Steven, de donkerste van de twee. Hij had zijn handen in zijn broekzakken gestopt en zijn geruite bermuda hing zo laag, dat de rand van zijn onderbroek zichtbaar was. Een zwarte lok haar viel over zijn voorhoofd. Het was duidelijk dat hij behoorlijk verlegen was.

'Ik ben inspecteur Maes', zei Hannah. 'En dit is agent De Groof. We zijn van de zedenrecherche en onderzoeken een zaak van seksueel misbruik.'

De twee jongens werden plots heel ernstig.

'Seksueel misbruik?' zei Quinten. Het klonk alsof hij de woorden nog nooit eerder in zijn mond genomen had. 'Zoals wat? Is een van onze kabouters verkracht?'

Steven schoot in de lach, maar stopte toen hij de gezichten van Hannah en Bob zag.

'Sorry', zei hij. 'Maar een verkrachte kabouter... *Allez*, jullie weten wel wat ik bedoel.'

‘Het is mogelijk dat een van de meisjes uit jullie groep verkracht is’, zei Bob zakelijk.

‘Verdenken jullie iemand van de leiding?’ vroeg Quinten. Het was duidelijk dat hij dat moeilijk geloven kon. Hij keek verbaasd naar Steven en wees dan op zichzelf. ‘Ons toch niet?’

‘We verdenken niemand’, zei Hannah. ‘Maar omdat het kind ons zelf niet veel kan of wil vertellen, moeten we op zoek naar sporen. Daarvoor zijn we hier, om jullie te ondervragen.’

‘Is het jullie vrije keuze om leider te zijn bij de kabouters?’ vroeg Bob. ‘Ik kan me niet voorstellen dat het plezant is om elke week te moeten optrekken met een bende van die giecheltrienen.’

Hij wees met zijn duim over zijn schouder naar de kleine groepjes kabouters die nu verspreid over het terrein hun liedjes inoefenden. Anderen waren bezig met verkleden en schminken.

‘Dat valt heel goed mee’, zei Quinten lachend. ‘Het zijn meisjes natuurlijk, maar sommigen zijn echt zot.’

Hij zwaaide naar een groepje meisjes dat hen in het oog hield. Ze zwaaiden terug en liepen dan luid lachend weg.

‘Zo’n kleine meisjes kijken wel op naar stoere gasten als jullie, veronderstel ik’, zei Bob, terwijl hij de meisjes nakeek.

‘Pardon? Wat bedoelt u daarmee?’ vroeg Steven, die nu duidelijk boos was. ‘Wij kiezen niet zelf bij welke tak we leider worden. Er zijn welpen en jongverkenners, maar ook kabouters en jonggidsen. *So what*? De tijd dat meisjes leidsters waren van de meisjes en jongens leiders van de jongens is lang voorbij. Als jullie daar perverse zaken bij bedenken, dan doen jullie maar. Bij mij is het nooit opgekomen om aan die kinderen te zitten. Nooit.’

Bob stak beide handen in de lucht, met een afwerend gebaar.

'Rustig, rustig. Ik zeg toch niet dat jullie aan die meisjes gezeten hebben? Ik vind het gewoon vreemd dat grote venten zich op zondagochtend met kleine meisjes willen bezighouden in plaats van in hun bed te liggen. Mag dat?'

'Dan bent u nooit bij de scouts geweest', antwoordde Quinten op vlakke toon. 'Anders zou u het wel weten.'

'Waren jullie ook op weekend twee weken geleden?' vroeg Hannah.

De twee jongens knikten stuurs.

'Worden daar verslagen van gemaakt? Van wat jullie speelden en hoe laat jullie gingen slapen?'

Ze schudden allebei hun hoofd. 'Geen verslagen', zei Quinten. 'We zitten hier niet in het leger.'

'Oké', zei ze. 'Ga maar. Stuur die laatste leidster nog even langs.' Ze wees naar het meisje dat achteraan met een groepje kabouters in de weer was. 'We zien jullie allemaal samen als de vergadering is afgelopen. Denk intussen eens na over alles wat jullie tijdens dat weekend gedaan hebben.'

De jongens sloften terug naar de groep. Quinten liep naar het meisje achteraan, dat even later kwam aangelopen. Ze gooide haar lange zwarte haren over haar schouders, trok haar T-shirt naar beneden en zei: 'Hoi, jullie hadden mij nodig?'

Bob ging even verzitten. Het meisje voor hem had een losgeknoopt scoutshemd aan met daaronder een diep uitgesneden T-shirt. Haar groene bermuda hing laag op de taille, zodat een stukje buik zichtbaar was. Vlak boven haar heupbeen zat een kleine tatoeage van een eendje.

'Ik ben Nina', zei ze, terwijl ze Hannah en Bob de hand schudde. 'Ik help af en toe bij de kabouters, maar ik ben eigenlijk nog JIN.'

'JIN?' vroeg Bob. Hij kon zijn ogen met moeite van haar decolleté afhouden. 'Wat is JIN nu weer?'

'JIN is de laatste tak van de scouts', legde ze uit. 'Na de verkenners en de gidsen, heb je de JIN. Het zijn de mensen die klaargestoomd worden om in leiding te gaan. Ik weet niet waarvoor het letterwoord staat. Sorry.' Ze trok haar schouders op.

'En hier ben jij...?' vroeg Bob. Het meisje keek hem niet-begrijpend aan.

'We hebben een Baggi en een Joko en een Kwaakje gehad', zei hij. 'Dus jij zal ook wel een kabouternaam hebben, veronderstel ik.'

'Ah!' zei het meisje. Ze glimlachte even. 'Ik ben Balk. Niet echt de leukste naam, maar *soit*, het went wel na een tijdje.'

Ze vertelde dat ze in het laatste jaar van het humaniora zat en volgend jaar een tijdje naar het buitenland zou gaan. Tijdens het praten zette ze haar woorden kracht bij met korte felle handgebaren. Af en toe gooide ze geroutineerd haar lange haren over haar schouder, een onbewuste beweging die haar nog verleidelijker maakte. Bob luisterde glimlachend en maakte af en toe een notitie in zijn kleine groene boekje. Na vijf minuten maakte Hannah een einde aan het gesprek.

'Ik denk dat we genoeg weten, Nina', zei ze. 'Hoe laat is de vergadering afgelopen?'

'Om 12 uur,' antwoordde ze.

'Zorg ervoor dat de voltallige leiding hier blijft', zei Hannah. 'We zijn hier weer rond de middag en willen jullie allemaal samen spreken.' Nina knikte en liep terug naar het groepje kabouters waar ze eerder mee bezig was. De meisjes joelden toen ze hun leidster er weer aan zagen komen.

'Vrolijke boel', zei Hannah. 'Allemaal zo positief dat ik er een beetje misselijk van word. Ik snap je intussen helemaal, Bob. Het is niks voor mij, die scouts.'

Ze glimlachte en keek Bob aan. Die zat naar het groepje kabouters te kijken dat klaargestoomd werd door Nina. Hij had Hannah duidelijk niet gehoord.

'Bob?' zei Hannah. Hij draaide zich verdwaasd naar haar toe.

'Ik dacht altijd dat scoutsleidsters lelijke potten waren met een dik gat en vlechten', zei hij. 'Maar dat valt tegenwoordig geweldig mee. Balk. Schitterende naam trouwens...'

Hannah trok hem bij zijn mouw omhoog. 'Kom', zei ze. 'Jij hebt koffie nodig.' Ze liepen de poort uit en gingen een klein café binnen recht tegenover de scoutslokalen. Hannah bestelde twee kopjes koffie en ging aan een tafeltje in de hoek zitten.

'Zag je dat Billie Steegmans niet op de vergadering was?' vroeg Hannah. Bob knikte.

'Ze komt anders graag naar de vergaderingen', ging ze verder. 'Waarschijnlijk wil haar moeder geen risico's nemen.'

'Begrijpelijk', zei Bob.

'Ik wil straks van minuut tot minuut weten wat er tijdens dat weekend gebeurd is', zei ze. 'We moeten zo snel mogelijk die foeriers contacteren. Riet Verhelst mag dan wel zeggen dat ze haar dochter nooit uit het oog verliest, maar als het kind bij de scouts is, heeft ze er geen enkel toezicht op.'

Bob nipte voorzichtig van zijn hete koffie en knikte afwezig.

'Wat is er trouwens met jou aan de hand, Bob?' vroeg Hannah. 'Je doet zo wazig de laatste dagen.'

Bob trok zijn schouders op. 'Niks', zei hij. 'Er is niks aan de hand. Wat moet er aan de hand zijn?'

Hannah roerde in haar kopje koffie. Even zaten de agenten zwijgend tegenover elkaar. Toen klonk er een biepje uit Bobs vestzak. Hij haalde zijn gsm boven en keek naar het scherm.

'Ik moet even bellen', zei hij en liep naar buiten. Een kwartier later keerde hij terug.

'Het was privé', zei hij, terwijl hij op zijn gsm wees. Hij deed teken naar de jongen achter de toog dat hij een pintje wilde.

'Is het niet wat vroeg om al bier te drinken?' vroeg Hannah.

'Niet zagen, Maes', zei Bob. 'Ik zit hier op een zondagochtend met jou te wachten op de scouts, terwijl thuis... Jij gaat me in elk geval niet vertellen wat ik moet doen en laten. Daar zoek je maar een ander slachtoffer voor.'

Hannah besloot hier niet op in te gaan. Ze stond op, nam de weekendkrant die op de toog lag en gaf het sportkatern aan Bob. De twee agenten zaten lezend tegenover elkaar, verdiept in het nieuws van de vorige dag. Om vijf voor twaalf rekende Hannah af en liepen ze terug naar de lokalen. Het stond daar opnieuw vol met ouders die in drukke gesprekken met elkaar gewikkeld waren. 'Dat wordt straks hels als ze te weten komen wat er aan de hand is', dacht Hannah. Ze had geen moeite om zich de reactie van deze mensen voor te stellen als ze zouden vernemen dat er misschien een pedofiel bij de scouts zat.

Toen alles weer rustig was op het scoutsterrein, gingen Hannah en Kevin met de voltallige kabouterleiding aan de tafel met de bankjes zitten. Hannah noteerde minutieus het verloop van het weekend. Op het eerste gezicht was er niets vreemds gebeurd. De gebruikelijke spelletjes, de obligate tocht, het kampvuur... Op geen enkel moment was er een leider alleen met een kind geweest, daar staken ze allemaal hun hand voor in het vuur. Toen Hannah hen vroeg hoe de nacht verlopen was, ontging het haar niet dat er een paar snelle blikken uitgewisseld werden.

'Gewoon', zei Riikka. 'Om elf uur zijn de kabouters gaan slapen. Wij hebben nog een pintje gedronken en rond één uur lagen we ook in bed. Er is niets abnormaals gebeurd.'

De rest van de leiding knikte heftig om aan te geven dat het zo gegaan was.

'Ze knikken net iets te heftig', dacht Hannah. Ze voelde dat er iets werd achtergehouden, maar hoe ze ook probeerde, niemand gaf een krimp. Een uur later deed ze haar notaboekje dicht en stond ze recht van de bank.

'Dank jullie wel', zei ze. 'Als ik nog meer informatie nodig heb, weet ik jullie te vinden.' Ze bekeek het lijstje met adressen. Iedereen had er twee: eentje thuis bij de ouders, eentje van het kot waar ze in de week verbleven. Leuven, Gent, Antwerpen en eentje zelfs in het Nederlandse Eindhoven. Het zou een hele klus worden als ze elk van hen apart moesten ondervragen, mocht dat ooit nodig blijken.

In Gent was intussen een gezellige zondagmiddagdrukte ontstaan. Hannah reed langzaam in de richting van het politiekantoor.

'Kun je me thuis afzetten?' vroeg Bob. 'Ik heb die verloren uren intussen wel ingehaald.'

Hannah keek hem aan. 'Ik ga nog langs die foerier', zei ze. 'Ga je niet mee?'

Bob keek haar smekend aan. 'Hannah, alsjeblieft. Ik heb ook een privéleven.'

Ze reed naar het appartementsgebouw waar Bob woonde. Hij gooide het portier al open voor de auto helemaal gestopt was. Net voor hij het weer zou dichtklappen, hield Hannah hem tegen. Ze pakte de zak met koffiekoeken van de achterbank en gooide die naar haar collega.

'Hier', zei ze. 'Verras haar. Daar houden vrouwen van.'

Bob glimlachte en stak de zak koeken als groet omhoog. Hij bleef de auto nakijken tot ze de straat uitreed en wandelde dan rustig naar de ingang van het appartementsgebouw.

10

Het was doodstil in de buurt waar Hannah haar auto parkeerde. Ze keek op naar de grote grijze blokken en onwillekeurig liep er een rilling langs haar rug. 'Hier zou ik nooit kunnen wonen', dacht ze. Ze liet haar vinger langs het rijtje met bellen glijden, maar het duurde even voor ze de naam vond die ze zocht. *Flip VM* was nog nauwelijks leesbaar op het handgeschreven etiket. Ze had de bel nog maar net ingedrukt, of een zoemer gaf al aan dat ze de deur kon openduwen.

'Slim', dacht ze. 'De deur openen zonder te weten wie je binnen laat. Dat is om problemen vragen.'

In de smalle, slecht verlichte lift kleefden de namen van de bewoners op vuile etiketten naast de knoppen. Ze drukte een knop in en de lift kwam met een schok in beweging. Een minuut later stapte ze uit in een donker gangetje, waar ze aanklopte bij een deur die op een kier stond. Een meisje met verwarde haren trok de deur verder open, gekleed in niet meer dan een onderbroek en T-shirt. Ze liep op blote voeten en keek de agente verbaasd aan.

'Sorry!' zei ze. 'Ik dacht dat het Flip was, die iets vergeten had. Ik trek even wat aan.' Ze gooide de deur dicht.

Hannah bleef verbaasd in de gang staan. Ze had de kans nog niet gehad zich voor te stellen.

Hannah hoorde gerommel in de studio. Ze leunde tegen de muur en bestudeerde ongeduldig haar afgekloven vingernagels. Toen het meisje de deur weer opendeed, had ze een kam door haar haren gehaald en een jeans aangetrokken. Met haar arm maakte ze een weids gebaar naar de haar omringende chaos.

'Let niet op de rommel,' zei ze. Hannah keek naar het onopgemaakte bed in het midden van de kamer. Er lagen stapels boeken en papieren in de kleine studio en overal lagen hoopjes vuile kleren. 'Ik wou opruimen nadat ik wat geslapen had,' zei ze verontschuldigend, 'maar ik heb de kans nog niet gehad. Misschien kun jij straks de lakens van het bed halen en naar de wasserette brengen?'

In een hoek van de kamer stond een koffiezetautomaat pruttelend aan te geven dat de koffie was doorgelopen. Het meisje nam een mok van het aanrecht en schonk koffie in. Ze keek Hannah vragend aan, maar die schudde haar hoofd.

'Kom jij hier al lang crashen?' vroeg ze. 'Ik heb je nooit eerder gezien. Wat doe je in het ziekenhuis? Ben je dokter? Verpleegster?'

Hannah haalde haar portefeuille uit haar broekzak en toonde het meisje haar legitimatie.

'Hannah Maes', zei ze. 'Zedenrecherche Gent. En u bent?'

Het meisje verslikte zich haast in haar koffie. Hoestend veegde ze haar mond af en keek Hannah verbaasd aan.

'Sorry!' zei ze half lachend. 'Ik dacht dat u een collega van Flip was die hier kwam slapen terwijl hij dienst had. Net als ik trouwens.' Ze stak haar hand uit. 'Ik ben Isabelle Vandaele.'

Ze ging op een stoel aan tafel zitten en zette de mok voorzichtig tussen de stapels papieren die er lagen. Hannah ging op de stoel tegenover haar zitten.

'Ziekenhuis?' vroeg Hannah. 'U bent dus dokter?'

Het meisje schudde lachend van nee.

'Nog niet', zei ze. 'Ik ben dokter in opleiding. Flip en ik lopen stage in hetzelfde ziekenhuis. Omdat ik geen kot meer heb in Gent, laat Flip mij hier af en toe slapen tussen de wachtdiensten. Ik ben trouwens niet de enige. Flip leent zijn kot uit aan iedereen.'

Ze lachte even en blies een lok haar uit haar gezicht. 'Vandaar de verwarring van daarnet. Je mag trouwens niet vies zijn van anderen als je hier komt slapen, want in dat bed hebben al serieus wat mensen gelegen. Af en toe brengt iemand de lakens naar de wasserette.' Ze trok haar schouders op. 'Nu ja, alles is beter dan een kamertje in het ziekenhuis, waar je voortdurend gestoord wordt.'

'Hoe goed kent u Flip Van Marsenille?' vroeg Hannah.

'Niet zo heel goed', antwoordde Isabelle Vandaele. 'We hebben elkaar leren kennen toen we medicijnen studeerden en lopen nu samen stage. We zijn gewoon vrienden, veronderstel ik.'

'Maar jullie hebben verder niets met elkaar?'

Het meisje glimlachte. 'Flip is mijn type niet', zei ze. 'Fijne kerel, daar niet van, maar ik val op een heel ander soort mannen.'

Hannah stond op.

'Is Flip nu in het ziekenhuis?' vroeg ze. Het meisje knikte. 'Op pediatrie,' zei ze. 'Hij had wacht en moest 48 uur blijven.' Ze keek snel op de klok die boven de deur aan de muur hing. 'Tot vanavond dus. Ik veronderstel dat je hem daar wel zult vinden.'

Amper een half uur later liep Hannah door de lange gangen van het UZ in Gent. Ze hield niet van ziekenhuizen, werd altijd een beetje misselijk van de geur die er hing. 'Ontsmettingsmiddel en zieke mensen', huiverde ze. Op de afdeling pediatrie was alles rustig. In de gang stonden ouders op gedempte toon met een verpleegster te praten en in de wachtkamer zat een man de krant te lezen. Hij glimlachte even toen ze voorbij kwam. 'Er is niets ongelukkiger dan zieke kinderen,' dacht Hannah, 'behalve dan hun ouders misschien.' Achter de balie was een jonge verpleegster druk in de weer op een computer. Toen ze Hannah in het oog kreeg, glimlachte ze uitnodigend.

'Zoekt u iemand?' vroeg ze.

'Flip Van Marsenille', zei ze. 'Hij loopt hier stage.'

De verpleegster knikte. 'Flip is de hele nacht bezig geweest', zei ze op bezorgde toon. 'Ik denk dat hij nu even slaapt.'

'Het is dringend', zei Hannah. Ze toonde haar legitimatie.

De verpleegster knikte dat ze het begrepen had. 'Wacht hier maar, dan kijk ik of ik hem kan vinden.'

Ze liep naar het einde van de lange gang, klopte ergens aan en verdween door een deur. Een halve minuut later kwam ze samen met een grote jonge man naar buiten. Zijn donkere krullen zaten verward om zijn hoofd, de knopen op zijn witte schort zaten niet in de juiste knoopsgaten en het was duidelijk dat hij te weinig geslapen had. Toen hij Hannah naderde, haalde hij snel zijn vingers door zijn haar en stak toen zijn hand uit om haar te begroeten.

'Mevrouw', zei hij vriendelijk. 'Ik heb begrepen dat u me zoekt. Waarmee kan ik u helpen?' Hannah rook de weeë slaapgeur die hij uitwasemde en vroeg zich af of hij zou kunnen douchen voor hij weer naar zijn patiënten ging.

Ze toonde haar legitimatie. 'Inspecteur Maes, zedenrecherche Gent', zei ze. 'Kunnen we ergens praten?'

Flip Van Marsenille keek haar verbaasd aan.

'De zedenrecherche?' zei hij. 'Maar op dit moment hebben we toch geen kind...?' Hij keek de verpleegster aan. Zij haalde haar schouders op, als teken dat ze het ook niet wist. Flip Van Marsenille wenkte Hannah dat ze hem mocht volgen. Hij hield halt bij een automaat en vulde een plastic bekertje met koffie zonder haar er een aan te bieden. Ze liepen een kamertje in met een formicatafel en twee stoelen. Flip Van Marsenille zette zijn koffie voorzichtig neer en keek haar glimlachend aan.

'U bent dus van de zedenrecherche', zei hij.

Hannah nam een notitieblokje en sloeg het open.

'Klopt het dat u nog steeds bij de scouts bent?' vroeg ze. Flip Van Marsenille knikte bevestigend.

'Ik ben groepsleider', zei hij. 'Waarom?'

'Hoe oud bent u?'

'Zesentwintig. Net geworden.' Hannah tikte met haar balpen op het papier.

'Is dat niet wat oud om nog bij de scouts te zitten?'

Flip Van Marsenille keek haar lang aan. Hij draaide zijn bekertje koffie rond op tafel en liet zijn lange, smalle vingers over de ribbels in het plastic gaan.

'Ik snap niet goed waar u naartoe wilt', zei hij. 'Ik studeer voor kinderarts en heb nog vier jaar te gaan. Als hobby help ik bij de scouts. Ik zit in de groepsleiding, ik spring bij als foerier en als het moet af en toe als leider van een tak. Ik zie daar niks verkeerds in. U wel?'

Hij legde zijn handen met de palmen omhoog op tafel en leunde naar achteren tegen de stoelleuning. 'Kinderarts en scoutsleider, daar zit niet zo veel verschil in', ging hij verder. 'Ik ben gewoon graag met kinderen bezig.'

Hannah schraapte haar keel en bladerde wat in haar nota's.

'Een van de leden van de scouts is seksueel misbruikt', zei ze. 'Als ik me niet vergis, bent u twee weken geleden mee op weekend gegaan met de kabouters.'

'Dat klopt', antwoordde Flip Van Marsenille. 'Ik was foerier. Dat doe ik wel vaker op mijn vrije weekends. Het is een vorm van ontspanning. Ik was er trouwens samen met Laura Mettepenninx.'

Hannah knikte. 'Ik moet haar ook nog ondervragen', zei ze. 'Intussen mag u me vertellen wat u zoal gedaan hebt tijdens dat weekend.'

Flip Van Marsenille deed rustig en gedetailleerd het tijdschema van het weekend uit de doeken. Net als bij de rest van de leiding was er geen speld tussen te krijgen. Hij was nergens alleen geweest met een kabouter, had samen met Laura gewinkeld en gekookt en had niet echt deelgenomen aan de activiteiten van de kinderen.

Plots weerklonk een schel geluid in het kamertje. 'Mijn bieper', zei Flip Van Marsenille. 'Ik moet naar een patiëntje toe. Loopt u even mee?'

Hannah volgde hem naar een kamer waar een rood lichtje boven de deur brandde en bleef in de deuropening staan. Toen Flip Van Marsenille de deur openduwde, zag Hannah een bleek gezichtje dat diep in de kussens was weggezonken. Het kleine meisje had geen haar meer en daardoor leek haar hoofd nog groter. Langzaam draaiden haar oogballen naar de richting waar het geluid vandaan kwam.

'Dokter Flip!' zei ze zacht.

'Ik ga er maar eens vandoor', zei Hannah. Ze schudde de jonge arts de hand. Vlak voor ze de gang op liep, draaide ze zich om.

'Hoe noemen ze je eigenlijk bij de scouts?' vroeg ze.

Flip Van Marsenille keek haar verbaasd aan. 'Gewoon Flip', zei hij.

'De kabouters ook?' Ze keek hem glimlachend aan.

'Neen', zei hij lachend. 'Die noemen me Hond. Dat is mijn totem. Geduldige hond.' Hij draaide zich om en ging het kleine meisje begroeten.

11

Hannah stond in het midden van haar loft en keek om zich heen. De stapels boeken, de losse papieren, vuile koffiekoppen en verdwaalde kledingstukken ergerden haar. Ze pakte een boek van een lage tafel en las de titel. Het was iets waar ze maanden geleden in begonnen was, maar dat ze nooit had uitgekregen. Ze bladerde het door en besefte al gauw dat ze zich zelfs niet meer herinnerde waar het verhaal over ging. Ze zette het in de kast en begon de andere boeken en papieren te verzamelen, die overal verspreid lagen.

Twee uur later stond ze op een wankel laddertje haar grote ramen te zemen. Ze keurde de ruiten, met een zeemdoek in de aanslag om elke zichtbare streep weg te vegen, maar al gauw stond ze mijmerend uit te kijken over de stad die zich beneden uitstrekte. Ze legde haar voorhoofd tegen het raam. Zoals zo vaak als ze alleen was, dwaalden haar gedachten af naar haar moeder. De weken na de brutale verkrachting waren moordend geweest voor haar. Hannah had gezien hoe ze steeds verder in een depressie wegzakte, maar ze had niets kunnen doen om haar tegen te houden. De mannen die haar moeder hadden aangepakt, liepen nog altijd vrij rond en dat was een gedachte die Hannah tegelijk woedend en misselijk maakte. Waarom had haar vader niets meer gedaan en de zaak gelaten zoals ze was? Waarom had hij het speurwerk laten stilleggen? Wie had de loft kort en klein geslagen en Hannah met geweld aangepakt, toen duidelijk werd dat ze een spoor naar de daders aan het volgen was? Wat wisten de mensen in haar omgeving, dat zij niet wist? Wat hadden haar vader én haar baas met de zaak te maken?

Hannah slikte en veegde boos een traan weg. Ze ging weer rechtop staan, wreef met haar zeemdoek de plek schoon waar haar voorhoofd tegen de ruit had geleund en draaide zich om, zodat ze een overzicht kreeg over de loft. Die zag er schoon uit, opgeruimd, uitnodigend, en dat gaf haar even een beter gevoel. Ze stapte voorzichtig van de ladder, borg alle poetsspullen op en trok haar kleren uit, die stonken naar het zweet. Ze nam een lange, warme douche en trok en oude jeans en een oversized T-shirt aan. Op haar gsm zag ze dat het nog maar half zes was. Een lange zondagavond strekte zich voor haar uit en ze had geen zin in de zoveelste afhaalpizza of opgewarmde kost.

Toen ze aanbelde bij Koen, bleef het doodstil in de loft. Hij was dus nog niet teruggekeerd van zijn weekend aan zee. Even bekroop Hannah de neiging om hem op te bellen om hem te vragen meteen naar Gent te komen, zodat ze niet alleen hoefde te zijn vanavond, maar dat idee liet ze meteen weer varen. Ze slofte terug naar haar loft, liet zich op de sofa neerploffen en begon door de namenlijst in haar gsm te scrollen. Er stond niemand tussen die ze momenteel zou willen spreken, laat staan zien. Ze stond op, trok haar laarsjes aan, grabbelde haar autosleutels van de tafel en liep naar de garage. Twintig minuten later belde ze aan bij het grote huis van haar vader in Sint-Martens-Latem.

Het duurde even voor ze iets hoorde. Net toen ze zich wilde omkeren om weer naar Gent te rijden, zwaaide de deur open.

'Hannah? Jij hier?' Haar vader wreef over zijn kalende hoofd. 'Ik had je niet verwacht. Kom binnen.'

Ze gooide haar jasje over een stoel in de gang en volgde haar vader naar de grote woonkamer.

'Je hebt toch geen bezoek?' vroeg ze.

'Geen bezoek, neen.' Ze hoorde de twijfel in haar vaders stem.

'Maar je moet nog ergens naartoe vanavond?'

Haar vader legde een hand op zijn mond, keek haar even aan en haalde dan zijn gsm uit zijn broekzak. Hij liep naar de keuken, sloot de deur achter zich en begon een gesprek te voeren, dat Hannah wel vaagjes kon horen, maar waar ze niets van verstond.

Hannah stak haar handen in haar broekzakken en ging voor een van de grote schilderijen in de zitkamer staan. Ze bestudeerde de kleuren, zocht naar de naam van de schilder en draaide zich dan om, zodat ze een overzicht had over de kamer. Alles stond er nog precies zoals het er vroeger stond. De sofa, het lage tafeltje, de antieke kasten. Verwarrende beelden schoten door haar hoofd. Haar moeder die kaarsen aanstak als er bezoek kwam. Haar vader die een tukje deed op de comfortabele, lange sofa. Zijzelf, die als kind op het tapijt een boek lag te lezen. Maar dan doken plots die herinneringen aan de verkrachting weer op. De gemaskerde mannen die haar moeder tegen de tafel hadden geduwd en ruw haar kleren hadden uitgetrokken. Haar vader die met een prop in zijn mond op de sofa zat en Hannah teken deed dat ze niet mocht ingrijpen. Ze voelde weer de machteloosheid die toen bezit van haar had genomen.

'Hannah?' De stem van haar vader bracht haar terug naar de realiteit.

'Alles goed met je?' Hij keek haar bezorgd aan. Ze schudde langzaam haar hoofd, wreef over haar voorhoofd en glimlachte even.

'Neen, papa, alles is niet goed met me. Zo lang ik niet weet wat er gebeurd is, kan het nooit goed met me zijn.'

Haar vader zuchtte. 'Je moet het verleden laten voor wat het is, kindje', zei hij. 'Wat denk je, ik had voor vanavond een tafel in Le Pêcheur gereserveerd, zullen we daar gaan eten?'

'Je had een afspraak, niet?' vroeg Hannah. 'Met wie?' Ze zag dat haar vader even schrok van de scherpe toon van haar stem.

'Och, een oude vriend', zei haar vader. 'We zien elkaar volgende week wel. Jij gaat voor.'

Hannah liep naar de kast waar haar vader zijn sterke drank bewaarde en bleef besluiteloos voor de uitgestalde flessen staan. Ze koos uiteindelijk voor de fles rum. 'Heb je ook cola?' vroeg ze, terwijl ze zich naar haar vader draaide.

'In de koelkast', zei hij. 'Ik pak hem even. Schenk mij er ook maar een in.'

Toen hij weer binnenkwam met twee glazen vol ijsblokjes en

de fles cola in zijn handen, bleef hij staan en nam hij Hannahs verschijning aandachtig in zich op.

'Heb je nog wat anders bij om aan te trekken?' vroeg hij.

Hannah haalde haar schouders op en wierp snel een blik op de versleten jeans en T-shirt. 'Natuurlijk niet', zei ze. 'Hoe kon ik nu weten...'

'Ga boven even kijken', zei haar vader. 'Ik denk dat er nog wat kleren van je moeder in de kast hangen. Misschien kun je daar iets van aantrekken.'

'Ik denk het niet', zei Hannah afgemeten.

'Wat denk je niet?' Haar vader klonk geïrriteerd. 'Mama had ongeveer jouw maat en ik zie niet in waarom haar kleren...'

'Ik denk niet dat ik mama's kleren wil aantrekken', onderbrak ze hem. Ze leunde tegen de kast en bekeek haar vader van top tot teen.

'Ga je dan eerst even naar huis om je om te kleden?' vroeg hij. 'Zo kun je moeilijk mee naar Le Pêcheur.'

'Ik verwachtte niet om naar zo'n deftige keet te gaan.' Ze liep op hem toe, nam de fles cola en een glas uit zijn hand en schonk het vol. Ze nam een paar grote slokken en zette het glas halfleeg op tafel.

'Waarom kun jij nu nooit een keer gewoon doen, Hannah?' Haar vaders stem klonk geïrriteerd. Het was duidelijk dat hij het lastig vond dat zijn dochter niet wilde doen wat hij vroeg.

'Wat is gewoon?' zei Hannah. Ze schonk nog wat rum bij het halfvolle glas cola en nam een grote slok. 'Is het gewoon dat je vrouw verkracht wordt en dat je beslist om alles zo te laten? Is het gewoon dat je je enige dochter nooit zelfs maar het begin van de waarheid vertelt? Is het gewoon dat je een stel gangsters laat lopen die iemands leven verwoest hebben? Is dát gewoon, papa? Ik dacht het niet.'

Ze zette haar glas zo hard neer op de tafel, dat er wat cola over de rand klotste.

'Ga vanavond maar eten in de Pêcheur met een van je oude vrienden. Jullie hebben vast nog wel wat herinneringen op te halen.'

'Hannah, alsjeblieft...' Haar vader keek haar haast smekend aan. Ze zag hoe oud hij de laatste tijd geworden was, maar dat hield haar niet tegen om verder te gaan.

'Jij weet meer, papa', zei ze scherp. 'Veel meer. Ik begrijp niet dat je mij na al die jaren nog steeds de waarheid niet wilt vertellen. Maar goed, *have it your way*. Bel die vriend maar weer op en ga vooral naar Le Pêcheur vanavond. Ik ga wel ergens anders heen.'

'Hannah, ik...', haar vader strekte een hand naar haar uit, maar ze weerde hem boos af en liep naar de voordeur, die ze met een harde klap achter zich liet dichtvallen.

Hannah duwde het gaspedaal diep in en hoorde de zware motor van haar wagen huilen. Op haar snelheidsmeter zag ze dat ze bijna honderdtachtig kilometer per uur reed, 'een snelheid waarbij het in een flits allemaal voorbij kan zijn', dacht ze. Ze schrok van die gedachte, liet het gaspedaal wat omhoog komen en ademde een paar keer diep in. In Lokeren nam ze de afrit van de snelweg om terug te keren naar Gent.

Het Chinese restaurant waar ze gewoonlijk heenging, was gesloten op zondagavond, maar ze herinnerde zich het adres van een andere Chinees die zeven op zeven geopend was en daar ging ze zich bevoorraden met kip in zoetzure saus, wonton en miehoen.

Thuis trok ze de kartonnen bakjes open en lepelde ze zonder nadenken het eten naar binnen, terwijl ze lusteloos tussen de beschikbare televisiekanalen zapte. Rond middernacht zette ze de televisie uit en kroop ze in bed. Ze sloot haar ogen en viel meteen in een diepe, droomloze slaap.

12

Toen Hannah die maandagochtend wakker werd, was ze kotsmisselijk. Ze rolde op haar buik, duwde haar gezicht in het kussen en probeerde een paar keer hard te slikken, maar haar maag bleef aanvoelen alsof ze een blok beton had ingeslikt. Moeizaam duwde ze zich recht en slofte naar de keuken, waar de resten van de Chinese afhaalmaaltijd op het aanrecht stonden. De geur die uit de kartonnen bakjes opsteeg, maakte haar nog misselijker. Ze nam de witte plastic zak waarop in rode letters 'Li Ming Best Chinese Food' gedrukt stond en gooide er alle resten in. Dan knoopte ze hem dicht en liep naar de grote vuilnisbak in de kelder, waar ze alles dumpte. Toen ze weer in haar flat stond, voelde ze zich duizelig.

'Dit wordt niks vandaag', dacht ze. Uit het medicijnkastje haalde ze een grote fles Maalox en ze nam een paar flinke slokken. Het dikke, witte medicijn schoof traag door haar slokdarm, maar kreeg geen kans om bij haar maag te komen. Nog voor ze kon slikken, voelde ze een grote golf braaksel naar boven komen. Ze kon zich net op tijd over de gootsteen buigen.

Toen het ergste voorbij was, zat ze een hele poos hijgend op de grond met een glas water in haar hand. In de keuken hing een zurige stank, maar Hannah voelde dat ze weldra de wereld van de levenden weer zou kunnen gaan vervoegen. Ze stond op, draaide de kraan open en liet water lopen tot alles doorgespoeld was. Met beide handen plensde ze koud water over haar gezicht.

Onderweg naar het politiekantoor in de Ridderstraat stopte ze bij de krantenwinkel om een pakje kauwgum te kopen. Toen ze de parking van het politiekantoor opreed, rinkelde haar gsm.

'Met Hannah Maes.' Ze knelde haar gsm tussen kin en schouder en manoeuvreerde haar grote auto handig achteruit in de smalle parkeerplaats.

'Mevrouw Maes? Ben Roth hier.'

Er ging een schok door haar heen. Door de telefoon klonk de stem haar nog vertrouwder in de oren, maar ze kon niet thuisbrengen waar ze die eerder gehoord had.

'Meneer Roth', zei ze. 'Waarmee kan ik u helpen?'

'Ik hoorde dat jullie gisteren bij de scouts zijn langsgegaan', zei hij. 'Verdenken jullie iemand van hen?'

Hannah zweeg en beet op haar lip. Wie had hem op de hoogte gebracht? Iemand van de leiding? Flip Van Marsenille? Alleen Riikka had vermoed dat het om Billie Steegmans ging. Had Riikka dat doorverteld aan de anderen?

'Mevrouw Maes? Bent u daar nog?'

'Ik ben er nog', zei ze. 'Waarom denkt u dat we gisteren bij de scouts zijn geweest, meneer Roth?'

'Ik hoorde het van iemand die bij me op kantoor werkt', zei hij. 'Een van haar kinderen zit bij de kabouters en ze wist me te vertellen dat er gisteren een blonde vrouw en een donkere man langsgekomen waren bij de scouts. Ik had zo'n vermoeden dat jullie dat waren en wou gewoon even checken.'

'We hadden de leiding gevraagd om discreet te zijn', zei Hannah. 'Maar *soit*. U belde me niet om mij te vertellen dat wij gisteren bij de scouts geweest zijn, veronderstel ik.'

'Ik wou weten hoe de zaak ervoor staat', zei hij. 'Riet is een wrak sinds ze ontdekt heeft wat er met Billie gebeurd is. Het zou veel helpen als de dader werd opgepakt. Ze durft jullie niet te storen en daarom doe ik het even voor haar.'

'We hebben al wat mensen gesproken, maar voorlopig hebben we geen spoor', zei Hannah. 'We laten het mevrouw Verhelst wel weten als er belangrijke zaken aan het licht komen. U mag haar verzekeren dat we onze uiterste best doen om de dader te vatten.'

Ze wachtte even, maar het bleef stil aan de andere kant van de lijn.

'Ik wil u graag spreken over de zaak', zei ze. 'We komen zo snel mogelijk bij u langs.'

'U doet maar', zei hij kort. Hannah klapte haar gsm dicht en hield hem even tegen haar wang terwijl ze nadacht. Dan liep ze het kantoor binnen, waar alle collega's al samengekomen waren rond de koffiemachine.

'Hannah, *mon amour*!' Ze keek verbaasd naar Bob, die haar met glanzende ogen aanstaarde.

'Bob', zei ze. 'Alles oké?'

'Alles meer dan oké', antwoordde hij, terwijl hij haar glimlachend een mok koffie aanbood.

‘Vandaag geen koffie’, zei ze. Teleurgesteld bleef Bob staan, met in elke hand een mok stomende koffie.

‘Bob en ik zijn gisteren bij de scouts geweest en daarna ben ik nog bij Flip Van Marsenille langsgegaan’, zei ze. Ze ging op een hoekje van Charles’ bureau zitten en keek haar collega’s een voor een aan. ‘Weet je hoe ze die Flip noemen bij de kabouters?’

Iedereen zweeg afwachtend. ‘Hond,’ zei ze, ‘geduldige hond. En laat honden nu uitgerekend de wezens zijn waar Billie zo bang van is…’

‘Maar dat bewijst niks,’ zei Charles, ‘want Billie gaat graag naar de scouts. Het is dus niet die hond waar ze bang voor is.’

Hannah ging verder: ‘We hebben intussen zo ongeveer alle mannen uit Billie Steegmans omgeving gesproken. Geen enkele springt eruit als mogelijke dader en net daarom kunnen ze het allemaal zijn. Als ik moet kiezen, denk ik dat we onze pijlen voorlopig op Flip Van Marsenille van de scouts en Guido Pannet van de muziekschool moeten richten. Verder wil ik een achtergrondcheck van elke leider en leidster. Kevin, dat doe jij.’

‘Geen probleem, chef’, antwoordde haar jongste collega.

‘Charles, ben jij intussen bij Laura Mettepenninx geweest?’ vroeg ze. ‘Die andere foerier?’

Charles knikte en haalde een beduimeld notablokje boven.

‘Beetje kleurloze figuur, die Laura’, zei hij. ‘Ze studeert nog. Zit in haar laatste jaar rechten, geloof ik. Ze was wel als foerier meegegaan dat weekend, maar ze is daar niet de hele tijd gebleven. Op zaterdagavond moest ze thuis zijn voor een of ander familiefeest.

Ze is zondagmiddag teruggekomen om te helpen met opruimen. Volgens haar is er niets bijzonders gebeurd tijdens het weekend. Ze kan zich in elk geval niets herinneren.'

Hannah knikte en vinkte de naam aan op een van haar papieren.

'Verder wil ik nog een keertje met Riet Verhelst praten en met haar vriendje, Ben Roth', zei ze. 'Die Roth heeft mij vanmorgen weer gebeld met een raar verhaal. Hij wist dat we bij de scouts geweest waren en wou weten hoe ver we staan met het onderzoek.'

Niemand reageerde.

'Ik heb trouwens ook navraag gedaan naar Bruno Steegmans', zei ze. 'De biologische vader van Billie. Hij woont inderdaad in Antwerpen en heeft geen contact met zijn dochter. Misschien moeten we hem binnenkort wel gaan opzoeken, maar voorlopig hebben we andere katten te geselen.'

Ze draaide zich naar Bob.

'Hoe is het afgelopen met die Kosovaren?' vroeg ze.

Bob haalde zijn schouders op. 'Ik heb twintig dvd's bekeken, de ene al vettiger dan de andere, maar er stonden geen van de kinderen op die ze zochten.'

'Dan is dat afgehandeld', zei Hannah. 'Nu deze zaak nog.'

Op haar kantoor zette Hannah de computer aan om aan haar verslag te werken. Ze was amper vijf minuten bezig toen commissaris Mark Vermaelen binnenkwam en tegenover haar kwam zitten aan haar bureau.

'Waar zijn jullie momenteel mee bezig?' vroeg hij. Hannah

legde de zaak in een paar woorden uit. De commissaris knikte goedkeurend en stelde af en toe een gerichte vraag.

'Als ik het goed begrijp, staan jullie nog nergens', zei hij aan het einde van het gesprek. Hannah haalde haar schouders op.

'Het is dan ook een vreemde zaak', zei ze. 'Het kind lijkt zich niets te herinneren. Mieke Van Assche kon er niet veel uit krijgen, behalve dat ze bang was van honden. Volgens Annemans van het UZ is er wel degelijk meer aan de hand...'

'*Bon*', zei Vermaelen, terwijl hij rechtsprong en zijn stoel naar achteren schoof. 'Ik veronderstel dat er nu wel gauw een doorbraak komt. Hou me op de hoogte, oké?'

'Oké', zei Hannah. Vermaelen maakte haar telkens weer nerveus en het kostte haar moeite om haar irritatie te verbergen. Hij draaide zich om en liep de kamer uit. Hannah wuifde hem na. '*Bye, bye*', zei ze zachtjes en stak dan haar tong uit. Ze tikte een paar keer op een toets van het klavier om haar computerscherm weer actief te maken en ging weer aan het werk.

Ze had net een paar mails geopend en beantwoord, toen Kevin binnenkwam met in zijn handen een dossier waar hij zo in verdiept was, dat hij de stoel niet zag die Vermaelen midden in de kamer had laten staan, zodat hij bijna struikelde.

'Sorry', zei hij tegen Hannah, terwijl hij de stoel weer recht zette. Hij zwaaide met de papieren die hij in zijn hand had. 'Ik heb hier iets in het archief gevonden...' Hannah wees op de stoel. 'Ga zitten', zei ze. Kevin trok de stoel dichterbij en liet zich neerploffen.

‘Ik heb Van Marsenille door de computer gehaald en een dossier gevonden van zestien of zeventien jaar geleden’, zei hij. ‘Je gelooft nooit waarover het ging.’

Hannah keek hem verwachtingsvol aan.

‘Ik hou niet van raadselen, Kevin’, zei ze. ‘Zeg gewoon waarover het gaat.’

‘Hoe kan dat nu?’ zei Hannah. Er verscheen een diepe frons tussen haar wenkbrauwen. ‘Van Marsenille is maar zesentwintig. Zeventien jaar geleden was hij... wat? Acht? Negen?’

‘Hij was zelf het slachtoffer van seksueel misbruik, Hannah’, legde Kevin geduldig uit.

Hannah keek haar collega verbaasd aan. ‘En daar heeft hij geen woord over losgelaten’, zei ze.

‘Van Marsenille werd blijkbaar door zijn vader misbruikt sinds hij een jaar of zes, zeven was. De vader werd opgepakt na een aangifte door een anonieme getuige toen Flip negen was. Hij is toen een paar jaar achter de tralies gevlogen, mocht zijn kinderen niet meer zien toen hij weer vrij kwam. Flip Van Marsenille heeft nog een zus, Dina, die twee jaar jonger is. Voor zover ik hieruit kan opmaken, werd alleen de jongen misbruikt. Het meisje bleef buiten schot.’

Hannah stond recht en trok haar jasje aan.

‘Kom,’ zei ze, ‘wij gaan Van Marsenille opzoeken.’ Ze liepen samen het bureau uit.

‘We proberen eerst het ziekenhuis’, zei Hannah. ‘Grote kans dat hij daar is.’

Ze trok haar korte leren jasje aan, stak haar hand in de zak om de autosleutels te nemen en bleef stilstaan. Kevin keek haar aan.

'Hé, waar zijn mijn sleutels?' zei ze. 'Ik ben vanmorgen naar hier gereden met de auto en toen heb ik de sleutels in mijn jaszak gestopt. Ze zitten er niet meer in.'

Kevin haalde zijn schouders op. 'Heb je je auto aan iemand uitgeleend?' vroeg hij onschuldig.

'Ben je gek', zei Hannah. Ze liep haar kantoor weer binnen en trok de laden van haar bureau een voor een open.

'Ik word hier zenuwachtig van, Kevin', zei ze. 'Help me even met zoeken, wil je?'

Kevin keek schaapachtig rond. Hij had geen flauw idee waar hij moest beginnen zoeken. Hij zette een paar stappen in de richting van het venster, keek of er wat op de vensterbank lag en ging dan op zijn knieën zitten om onder de radiator te kijken.

'Kevin, in godsnaam!' zei Hannah boos. 'Daar ben ik toch niet geweest. Hoe kan die sleutel daar dan liggen? Kunnen we het een beetje systematisch aanpakken?'

Kevin stond weer recht en veegde het stof van zijn knieën. 'Ik ben je sleutel niet kwijtgeraakt, hé chef', mompelde hij verontwaardigd.

Hannah trok een tweede keer de bureauladen open, maar dat leverde weer niets op. Ze tilde elke folder en elk blaadje papier op dat op haar bureau lag, maar de sleutels kwamen niet tevoorschijn.

'Ben je nog naar het toilet geweest?' vroeg Kevin.

'Hoe moet ik dat nu weten?' zei Hannah gepikeerd. 'Dat soort dingen onthoud ik niet. Waarom zou ik mijn sleutels op het toilet laten liggen?'

Kevin draaide zich om en liep de deur uit.

'Laat weten als je ze vindt', riep hij vanuit de gang. Hij hoorde Hannah luid vloeken.

Toen hij tien minuten later haar kantoor weer binnenkwam, zat Hannah rood en bezweet op haar stoel elke lade van het bureau leeg te schudden. Kevin legde met een parmantig gebaar een bos sleutels bovenop de rommel op het bureaublad.

'Mijn sleutels!' Hannah keek haar collega verbaasd aan. Ze grabbelde de sleutels vast en stak ze in de zak van haar jas. 'Jij had ze!'

'Ze lagen in het toilet', zei Kevin zo neutraal mogelijk. 'Op de lavabo. Waarschijnlijk heb je ze vanmorgen...'

'Oké, oké', zei Hannah. Ze tilde een hand op om hem het zwijgen op te leggen. 'Je had gelijk. Nu goed? Komaan, we hebben intussen genoeg tijd verloren.'

Het was druk op de parkeerplaats van het ziekenhuis en het duurde even voor Hannah een plaatsje vond. Ze slaagde er maar nipt in haar grote auto tussen twee andere auto's te parkeren. Samen met Kevin wandelde ze naar de afdeling pediatrie. De verpleegster achter de balie herkende haar en lachte hen vriendelijk toe.

'U komt vast voor Flip?' Ze wierp snel een blik op haar horloge.

'Hij is een half uurtje geleden vertrokken na een dienst van meer dan 48 uur. Ik vermoed dat hij nu naar huis is om te gaan slapen.'

Hannah bedankte haar en liep de gang weer uit. Ze manoeuvreerde haar auto weer uit zijn benepen parkeerplaats en reed met Kevin naar de grijze appartementsblokken, waar de jonge dokter woonde.

Het duurde ditmaal even voor de zoemer ging en een vermoeide stem hen vroeg om naar boven te komen. Hannah klopte op de halfopenstaande deur en ging naar binnen. Flip Van Marsenille stond in de kleine keuken bij de koffiezetautomaat met enkel een boxershort en een T-shirt aan. Hij hield hen uitnodigend een koffiekop voor. 'Koffie?'

Hannah en Kevin weigerden beleefd. De flat zag er nog altijd even rommelig uit als de vorige keer.

Het bed was duidelijk beslapen. Er lagen kleren verspreid over de vloer en op het bureau stond een bord met daarop een half opgegeten boterham.

'Sorry dat het zo'n zootje is', zei Flip Van Marsenille. Hij ging op de rand van het bed zitten en nipte voorzichtig van zijn hete koffie. 'Als dokter in opleiding heb je geen tijd om op te ruimen. Bovendien ben ik niet de enige die deze flat gebruikt. Dan kan het al eens vuil worden. Ga zitten.' Hij wees op de twee stoelen aan het bureau.

'Waren jullie nog iets vergeten te vragen?' Het verwonderde Hannah dat de man niet verbaasder was om heb terug te zien.

'Hij moet geweten hebben dat we zouden terugkomen', dacht ze.

'We hebben uw naam teruggevonden in wat oude dossiers', zei

ze langzaam. Ze zag hoe Flips mond een fractie van een seconde vertrok. Hij keek geconcentreerd in zijn kopje koffie en schudde dan langzaam zijn hoofd.

'Ik weet waarover jullie het hebben', zei hij zacht. 'Ik wist dat het mij ooit opnieuw zou inhalen.' Hij keek even op naar Hannah en Kevin. 'Het gaat over wat er gebeurd is met mijn vader, niet?'

'U bent zelf slachtoffer geweest van kindermisbruik', zei Hannah. 'Waarom vertelt u dat niet als we u ondervragen in verband met een soortgelijke zaak?'

'Ik zie geen verband', antwoordde Flip Van Marsenille kort. Hij rechtte zijn schouders. 'Ik ben als kind misbruikt, dat is waar, maar dat heeft niets te maken met het misbruik van een ander kind dat toevallig bij de scouts zit, waar ik al eens als foerier inspring. Als ik een kind onderzoek op mazelen, is het toch ook niet belangrijk of ik ooit zelf mazelen heb gehad?'

'Komaan, meneer Van Marsenille', zei Hannah ongeduldig. 'U weet best dat mazelen niet te vergelijken zijn met seksueel misbruik.'

'Ongeveer twintig procent van de slachtoffers wordt dader', zei Flip Van Marsenille belerend. 'Tachtig procent niet. Ik hoor bij die laatste groep.'

Hannah knikte. 'Oké,' zei ze, 'maar toch wil ik meer weten over uw jeugd. Het feit dat u nog steeds bij de scouts bent en dat u een opleiding krijgt als kinderarts, is misschien een gevolg van wat er toen is gebeurd?'

Flip Van Marsenille zuchtte en haalde zijn schouders op. 'Wat wilt u weten?' vroeg hij gelaten. Hij leunde met zijn ellebogen op zijn knieën en hield zijn kopje koffie met beide handen vast.

'Vertel het maar', zei Hannah. 'Ik stel wel vragen als ik meer uitleg wil.'

'U hebt het dossier gelezen?' vroeg hij. Hannah knikte bevestigend.

'Dan kent u de grote lijnen van het verhaal. We waren met twee thuis, ik en mijn jongere zus Dina. Mijn vader was een gewelddadige man met een enorm libido. Aan mijn moeder had hij niet genoeg. Er waren altijd wel vriendinnen en hij deed niet eens een poging om zijn affaires geheim te houden. Soms nam hij me mee naar het huis van zo'n vriendin en moest ik met haar kinderen spelen, terwijl zij ergens anders in huis bezig waren.' Flip Van Marsenille ging even verzitten, schraapte zijn keel en nam een grote slok koffie.

'Rond mijn vijfde kreeg hij plots interesse in mij, en niet bepaald op een subtiele manier. Hij probeerde me niet te verleiden met snoep of speelgoed, maar ging gewoon recht op zijn doel af. Hij kwam mijn kamer binnen, gaf me een pak slaag en verkrachtte me.'

Flip keek Hannah snel even aan. 'U hebt geen details nodig, veronderstel ik. Die heb ik gegeven toen ik als kind moest getuigen.'

Hannah en Kevin verroerden niet.

'De verkrachtingen gingen jaren aan een stuk door. Avond na avond stond hij in mijn kamer en vergreep hij zich aan mij. Op een bepaald moment kreeg hij interesse in mijn zusje. Ik kon niet anders dan ingrijpen en ik heb...' De jonge man stopte even en wreef zenuwachtig door zijn haren. Kevin knikte hem bemoedigend toe.

'Ik heb mezelf als het ware aangeboden', ging hij even later verder. 'Als hij met mij bezig was, liet hij Dina met rust. Uiteindelijk is alles aan het licht gekomen en kwam er een proces. Hij is de gevangenis in gevlogen en mijn zus en ik bleven bij mijn moeder.'

'Wist je moeder van het misbruik?' vroeg Hannah.

Flip Van Marsenille haalde zijn schouders op. 'Ze moet het geweten hebben', zei hij. 'Zoals ik al vertelde, was mijn vader niet bepaald subtiel of stil als hij me verkrachtte. Misschien heeft hij het haar ooit zelfs verteld of heeft ze het gezien. Er heerste gewoon een soort omerta bij ons thuis. Zolang ik zweeg en deed wat hij vroeg, was er een soort evenwicht.' Hij dronk zijn kop koffie leeg en zette ze op de vloer tussen zijn voeten.

'Ik heb het mijn moeder in elk geval nooit vergeven', zei hij. 'Daarom ben ik op mijn zestiende thuis weggegaan. Ik ben alleen gaan wonen en sindsdien sta ik volledig op eigen benen. Het was altijd alleen werken en studeren. Ik weet niet wat er van mijn ouders of mijn zusje geworden is. Ze hebben geen contact meer met mij gezocht en ik ook niet met hen. Ik hoop binnen een paar jaar met Artsen Zonder Grenzen naar het buitenland te vertrekken en mijn leven hier volledig uit te wissen.'

'Je hebt gekozen om kinderarts te worden', zei Hannah. 'Heeft dat te maken met wat er gebeurd is?'

'Kinderen zijn weerloos', zei Flip Van Marsenille droog. 'Als dokter kan ik hen helpen.'

‘En de scouts’, vroeg Hannah. ‘Waarom zit je nog altijd bij de scouts?’

‘Zoals ik al zei: het is een hobby’, zei Flip Van Marsenille geïrriteerd. ‘Maar in het rapport staat nog een andere reden, niet?’ zei Kevin. ‘Was er niet iets met een leider?’

Flip Van Marsenille zuchtte en wreef snel een paar keer over zijn hoofd. Dan vertelde hij verder.

‘Ik ging als kind al naar de scouts’, zei hij. ‘Het was een uitlaatklep en ook een plek waar ik veilig was. Mijn ouders wisten niet waar ik op zondagochtenden zat, maar er werd ook niet naar gevraagd. Ik had een tweedehands uniform bij elkaar gesprokkeld en moest geen lidgeld betalen, want ik had een van de leiders verteld dat we thuis geen geld hadden voor de jeugdbeweging. Die zondagen waren een vlucht voor mij, niet meer en niet minder. Op een dag was ik er na een verkrachting zo erg aan toe, dat ik amper nog kon lopen. Die ene leider heeft me toen apart genomen en ik heb hem in een opwelling alles verteld. Hij is met mij naar de politie gegaan en heeft aangifte gedaan. Dankzij hem is de hel thuis opgehouden. De scouts zijn dus veel meer dan zomaar een jeugdbeweging voor mij...’

Hannah sloeg haar notitieblokje dicht. ‘Ik snap dat het niet gemakkelijk was om alles nog eens op te rakelen,’ zei ze, ‘maar jij zou als geen ander moeten begrijpen wat seksueel misbruik doet met een kind. Daarom vind ik het vreemd dat je ons niet meteen op de hoogte bracht. Zijn er nog zaken die we moeten weten?’

Flip Van Marsenille schudde langzaam zijn hoofd. ‘Ik hoop

alleen dat jullie de dader snel vinden', zei hij zacht. 'En dat het meisje er ongeschonden uitkomt.'

In haar auto pakte Hannah meteen haar gsm.

'Riet Verhelst', klonk een opgewekte vrouwenstem aan de andere kant van de lijn.

'Mevrouw Verhelst, Hannah Maes hier. Ik wou u even wat vragen.'

De toon van Riet Verhelst veranderde meteen; ze klonk een stuk somberder toen ze antwoordde.

'Ja?'

'Billie is een tijdje geleden op weekend geweest met de scouts. Hebt u het wasgoed waarmee ze van het kamp terugkwam, al gewassen?'

Het bleef even stil aan de telefoon.

'Mevrouw Verhelst?'

'Dat is intussen bijna drie weken geleden', antwoordde Riet Verhelst. 'Natuurlijk is alles gewassen. Ze komen meestal zo smerig terug dat ik alles in één grote homp in de wasmachine prop en die zelfs een tweede keer laat draaien. Waarom?'

'Ik vroeg het me gewoon af', zei Hannah. Blijkbaar was haar eigen gewoonte om niets te wassen voor ze echt helemaal niets meer had om aan te trekken, niet zo wijd verspreid als ze had gehoopt. Ze nam afscheid van Riet Verhelst en wendde zich tot haar collega, die de hele tijd zwijgend naast haar had gezeten.

'Kevin', zei ze. 'We gaan naar Leuven.'

13

Hannah reed de E40 op, richting Brussel. Kevin zat naast haar in het dossier te bladeren.

'Bel jij Riikka even?' vroeg Hannah. 'Zeg maar dat we haar binnen een uurtje willen spreken.'

Kevin toetste het nummer van de scoutsleidster in en kreeg haar meteen aan de lijn. Ze spraken af dat ze elkaar in taverne Domus zouden zien.

'Ken jij dat, de Domus?' vroeg hij aan Hannah toen hij zijn gsm weer had opgeborgen. Hannah knikte. 'Ik denk dat ik weet waar het is', zei ze.

'Waarom wil je die Riikka eigenlijk nog een keer spreken?' vroeg hij.

'Ik ben niet helemaal tevreden met het verslag van dat weekend', antwoordde Hannah. 'Er zitten nog gaten in, vooral over 's avonds, toen de kabouters in hun bed lagen, en die gaten gaan we nu even opvullen.'

Het was donker in de gelagzaal van taverne Domus. Hannah keek rond, maar zag het meisje niet meteen zitten. Kevin wees naar een balkonnetje. 'Misschien zit ze daar?'

Samen liepen ze de houten trap op. Helemaal achteraan in een hoekje zat een meisje geconcentreerd een boek te lezen. Kevin wees haar aan. 'Volgens mij is dat Riikka', zei hij zacht.

Toen ze vlakbij het lezende meisje stonden, tilde Hannah het boek even op, zodat ze de cover kon zien. '*Filosoferen met de hamer* van Friedrich Nietzsche', las ze luidop. Ze floot bewonderend. 'Dat is niet mis.'

'Geweldig saai, maar verplichte lectuur', zei Riikka, terwijl ze het boek opzijlegde. Ze had een wijde rode trui aan en om haar hoofd zat een donkerbruine sjaal gewonden die achteraan op een ingenieuze manier was vastgemaakt. Haar blonde haren piekten hier en daar onder de sjaal uit.

Hannah en Kevin schoven mee aan tafel en bekeken snel het menu. Een ober in een lange groene schort nam hun bestelling op.

'Ik ben niet helemaal tevreden met het verslag van het weekend dat we tot nu toe hebben', kwam Hannah snel ter zake. 'Ik heb vooral nog vragen over de avond. Ik wil graag dat jij die voor mij beantwoordt.'

Riikka knikte. 'Ik zal mijn best doen.'

'We weten wat er overdag gebeurd is', zei Hannah, terwijl ze op het dossier tikte. 'Maar ik heb het gevoel dat jullie niet eerlijk zijn geweest over wat er zaterdagavond en -nacht is gebeurd.'

Het meisje beet op haar lip en roerde in het lege kopje dat voor haar stond – gedragingen die Hannah niet ontgingen. Ze wees op het lege kopje thee.

'Nog eentje?' Een ober noteerde glimlachend hun bestelling.

‘Knappe mannen hier’, dacht Hannah, terwijl ze de ober nakeek die zwierig de trappen af liep. ‘Ze worden waarschijnlijk aangenomen omwille van hun *looks*.’ Dan richtte ze haar aandacht opnieuw op Riikka.

‘Ik wil dat je goed beseft dat het hier om een ernstige zaak van kindermisbruik gaat’, zei ze. ‘Als jullie liegen…’

‘Er heeft niemand gelogen!’ zei Riikka fel.

Hannah keek haar aan en tuitte haar lippen. ‘Oké, oké, jullie hebben niet gelogen, maar stukken van de waarheid verzwijgen is ook een beetje liegen, niet?’

Riikka haalde haar schouders op. Kevin bladerde door het dossier. ‘Ik zie hier dat je totem Eerlijke Okapi is’, zei hij, terwijl hij haar glimlachend aankeek.

Riikka rechtte haar schouders. Kevin had met zijn opmerking duidelijk een gevoelige snaar geraakt.

‘Ik steek mijn hand in het vuur voor elke leider en foerier die op dat weekend aanwezig was’, zei ze. ‘Niemand van ons zou een kabouter kwaad doen.’

‘Wat gebeurde er nadat de kabouters in hun bed lagen?’ vroeg Hannah.

‘Scouts liggen niet in bedden, maar slapen in slaapzakken op matjes op de grond’, verbeterde Riikka haar. ‘De leiding drinkt altijd een pintje, zodra de kabouters naar bed zijn.’ Ze aarzelde even. ‘Het kunnen ook een paar pintjes geweest zijn’, zei ze.

‘Misschien waren het die avond een paar pintjes te veel?’ vroeg Kevin.

Riikka knikte. 'We zijn er stevig ingevlogen, ja. Bovendien had iemand een joint bij...'

Ze sloeg haar hand voor haar mond en keek de twee agenten schuldbewust aan. 'Ik ben het hier aan het verknoeien, niet?'

Hannah glimlachte. 'Als jij alles vertelt, hebben we dat van die joint niet gehoord', zei ze.

'Er is die avond veel gedronken', ging Riikka verder. 'En een beetje weed gerookt. We zijn behoorlijk zat in bed gekropen. Normaal blijven er twee mensen nuchter voor het geval er iets met de kinderen zou zijn, maar die avond is dat niet gelukt.'

'Dus iedereen van de leiding en de foeriers was dronken?' vroeg Hannah.

Riikka schudde haar hoofd. 'Neen, neen. Zo onverantwoord zijn we niet. We duiden in principe altijd een BOB en een BAL aan. Een BOB drinkt niet en kan dus nog met de auto rijden. Een BAL is een Bewust Aanspreekbare Leider. Die mag een paar pintjes drinken, maar hij of zij mag niet echt zat worden. Laura zou onze BAL zijn die avond, maar ze was vergeten te vertellen dat ze naar een familiefeest moest. Flip had niet gedronken en was zoals altijd onze BOB. We beslisten dat Flip BOB en BAL zou zijn... Op hem kunnen we altijd rekenen. Als hij erbij is, voelen we ons zo veilig dat we ons al eens laten gaan. Hij is dokter, weet u...'

Hannah keek Kevin snel aan.

'Dat weten we', zei Hannah. 'Is er verder nog iets gebeurd?'

Riikka keek in haar kopje en tikte met het lepeltje zacht tegen de rand.

'Riikka,' zei Kevin, 'vertel nu gewoon het hele verhaal.'

'Ik ben die nacht ziek geworden', zei ze. 'We lagen nog niet lang in bed toen ik heel misselijk werd en moest overgeven. Ik ben naar buiten gegaan en toen ik weer binnenkwam, zag ik Flip met een kind op zijn arm naar beneden komen.'

'Billie Steegmans?' vroeg Hannah.

Riikka knikte.

'En wat gebeurde er toen?'

'Flip zei dat Billie aan het huilen was en dat hij haar even een glas water wou geven. Ik ben weer gaan slapen.' Riikka draaide haar kopje om en om in haar handen.

'Heb je hem terug naar boven horen komen?'

'Neen. Ik ben meteen in slaap gevallen. 's Ochtends heeft Billie niets meer gezegd over wat er die nacht gebeurd was, dus vond ik het ook niet nodig haar nog iets te vragen.'

De ober stond naast hun tafeltje met hun bestelling en zette de glazen voorzichtig voor hen neer. Hannah sloeg haar notitieboekje dicht.

'Je hebt ons goed geholpen, Riikka', zei ze. 'Alleen jammer dat we er helemaal voor naar Leuven moesten komen.'

Ze betaalde de ober, dronk haar glas in enkele slokken leeg en deed teken naar Kevin dat hij hetzelfde moest doen.

'Komt Flip nu in de problemen?' vroeg Riikka met een klein stemmetje.

'Jullie moeten allemaal eens leren om verhalen volledig te vertellen,' zei Hannah. Ze stond op, gaf Riikka een hand en liep samen met Kevin de taverne uit.

14

'Ik vrees dat we Flip nog een keer uit bed zullen moeten zetten', zei Hannah tegen haar collega, terwijl ze naar Gent reden. Ze draaiden de straat in waar ze die ochtend ook al geweest waren en belden aan. Er werd meteen opengedaan. Flip stond hen boven aan de trap op te wachten.

'Meneer Van Marsenille', zei Hannah. 'Ik heb het intussen gehad met dat over en weer gerij en wil dat je met ons meekomt naar het kantoor voor verder verhoor.'

Flip Van Marsenille keek haar verbaasd aan.

'Maar ik heb vanmorgen toch alles verteld?'

'Alles?' zei Hannah. 'Dan zitten er gaten in je geheugen, maar we zullen u graag helpen om uw geheugen wat op te frissen.' Met Flip Van Marsenille tussen hen beiden in liepen ze de trappen af.

In het politiekantoor lieten ze Flip achter in een onderzoekskamer plaatsnemen. 'Kevin', zei Hannah. 'Jij regelt bij de onderzoeksrechter een huiszoekingsbevel voor de studio van Van Marsenille.'

Bob en Charles zaten in hun kantoor te praten met Pieter Serneel, de grote blonde verkeersagent.

'Pieter', zei ze. 'Welke gunstige wind brengt jou dit keer naar onze contreien? Ik begin te vermoeden dat jij ook liever bij de zedenpolitie zou werken.'

'Mijn vestje', zei hij, terwijl hij zich lachend naar haar toedraaide. 'U had me beloofd dat u het zou terugsturen, maar ik heb nog altijd niets gezien. Dat betekent dat er niets anders opzit dan dat wij uit eten gaan...'

Hannah keek hem glimlachend aan en liep naar het bureau van Bob. Ze trok de middelste bureaulade open.

'Hé, chef!' riep Bob. 'Dat kan zomaar niet. Mijn bureau is privé.'

Hannah bukte zich, rommelde wat in de lade en trok iets fluogeels van achter een stapel papieren vandaan. Ze overhandigde het verfrommelde jasje aan Pieter Serneel, die het stomverbaasd van haar aannam. Vanuit haar ooghoek zag ze dat Bob zijn schouders ophaalde en verontschuldigend naar de verkeersagent opkeek.

'Met mijn collega's complotten smeden tegen een weerloze vrouw!' zei ze plagerig, terwijl ze hem een klopje op de schouder gaf. 'Je zou beter moeten weten, Pieter. Jammer, want een gratis etentje is natuurlijk altijd mooi meegenomen.' Ze liep lachend het bureau weer uit, op een afstandje gevolgd door een verbouwereerde Pieter Serneel.

In de gang botsten ze haast tegen Ben Roth.

'Meneer Roth!' zei ze verbaasd.

Ben Roth keek schichtig naar de agent die naast haar stond.

Ze zag hoe zich langzaam een glimlach vormde om de lippen van Pieter Serneel.

'Ik moest nog iets regelen bij de verkeerspolitie', antwoordde Ben Roth gegeneerd, 'en ik dacht: dan loop ik nog eens binnen om te kijken of er al meer geweten is over de zaak...'

Pieter Serneel lachte. 'Ik ken deze meneer', zei hij tegen Hannah. 'We flitsten hem een paar dagen geleden tegen 200 kilometer per uur op de ring rond Gent en waren genoodzaakt zijn rijbewijs een paar dagen in te trekken. Goed om te weten met welke soort mannen u omgaat, mevrouw Maes.'

Hij knipoogde naar Hannah, draaide zich om en liep de gang uit. Toen ze hem nakeek, voelde ze plots iets als spijt omdat ze hem waarschijnlijk niet meer zou terugzien.

'Ik zag u daarnet met een jonge man door de gang lopen', zei Ben Roth. Hannah vouwde haar armen over haar borst en keek hem aan.

'Dat is best mogelijk', zei ze. 'Er lopen hier wel meer jonge mannen door de gang.'

'Was hij een verdachte?' vroeg Ben Roth, die duidelijk zijn oude zelfzekerheid had teruggevonden.

'Dat ga ik niet aan uw neus hangen, meneer Roth', zei Hannah. 'En nu heb ik werk te doen.' Ze draaide zich om, liep het bureau binnen en zei: 'Charles. We gaan die scoutsleider nog eens op de rooster leggen.'

Flip Van Marsenille zat tegenover Hannah aan de ijzeren tafel in de sombere verhoorkamer. Charles had een sigaret opgestoken en stond tegen een radiator geleund. Hij wist dat roken al lang verboden was in het politiebureau, maar het lukte hem niet om een verhoor af te nemen zonder een flinke dosis nicotine. Zijn collega's lieten hem begaan. Het leek alsof Charles de parking in de gaten stond te houden, maar in werkelijkheid luisterde hij aandachtig naar wat er gezegd werd.

'Je bent 's nachts met Billie naar de keuken gegaan', zei Hannah. 'Waarom heb je ons dat niet meteen verteld? Dat had de zaken toch veel eenvoudiger gemaakt. Nu lijkt het of je informatie achterhoudt, een houding die je op zijn minst erg verdacht maakt.'

Flip Van Marsenille keek naar zijn handen, die met de handpalmen omlaag plat op zijn bovenbenen lagen. Hij antwoordde niet.

'Klopt het dat je met een kind naar de keuken bent gegaan?' vroeg Hannah geïrriteerd. Flip Van Marsenille knikte haast onmerkbaar.

'Was dat kind Billie Steegmans?'

Het bleef stil aan de andere kant van de tafel. Charles duwde zich langzaam af van de radiator en kwam naast de verdachte staan. Hij boog zich voorover, drukte zijn sigaret uit in de asbak die op de tafel stond en bracht zijn gezicht tot vlak bij dat van Flip Van Marsenille.

'Meneer Van Marsenille', zei hij. 'We weten wat er gebeurd is die nacht. Maak het ons gemakkelijk. Vertel het. De onderzoeksrechter schrijft op dit moment een huiszoekingsbevel uit. Straks doorzoeken we uw appartement, uw gsm, uw computer en wie weet wat nog meer. Wordt het geen tijd om een en ander op te biechten?'

Flip Van Marsenille keek hem verontwaardigd aan.

'Ik zei toch dat ik niets te verbergen heb.' Hij stak zijn hand in de zak van zijn jeans en haalde er een sleutel uit.

'Hier is de sleutel van mijn studio. Jullie hebben zelfs geen huiszoekingsbevel nodig. Iedereen gebruikt dat kot. Ga maar kijken en neem mee wat je nodig hebt.'

Hij legde de sleutel in het midden van de tafel.

'Maar jij hebt Billie wel uit bed gehaald?' vroeg Hannah.

Flip Van Marsenille haalde zijn schouders op.

'Ze huilde', zei hij. 'Ik ben naar haar toe gegaan en heb haar meegenomen naar de keuken. Daar heeft ze een glas water gedronken en dan is ze weer in slaap gevallen. Waarschijnlijk had ze een nachtmerrie. De volgende dag heeft ze er niets meer over gezegd, dus volgens mij herinnert ze het zich zelfs niet meer.'

Hannah schoof de huissleutel terug naar Flip Van Marsenille.

'We doen alles volgens het boekje', zei ze. 'Voor die huiszoeking wachten we op een bevel van de onderzoeksrechter. Als je niets te verbergen hebt, vind je het vast niet erg dat we een DNA-staal nemen?'

Charles nam het doosje dat op tafel stond, haalde er een wattenstaafje uit en gebaarde dat Flip Van Marsenille zijn mond moest openen. Hij schraapte wat materiaal van de binnenkant van diens wang en borg het staafje zorgvuldig weg.

'We gaan je een nacht hier houden, Flip', zei Hannah. 'Tot we alles goed hebben nagekeken.'

De jongen aan tafel trok wit weg. 'Maar ik moet straks nog naar het ziekenhuis', stamelde hij. 'Als ik niet kom opdagen, gaat de dokter die mij begeleidt, zich afvragen wat er gebeurd is en kom ik in de problemen.'

'We brengen de dokter wel op de hoogte', zei Charles rustig.

'Maar ik heb niets verkeerds gedaan!' riep Flip Van Marsenille uit. 'Ik moét gaan werken. Jullie begrijpen niet hoe belangrijk die stageplaats voor mij is. Ik heb zo hard gewerkt om te geraken waar ik nu ben...'

'Sorry, Flip', zei Hannah. 'Het was bijzonder stom van je om zo met onze voeten te spelen en niet meteen alles op te biechten. Ik snap nog altijd niet waarom je al die informatie hebt achtergehouden.'

'Als ik alles meteen verteld had, dan zouden jullie me ook aangehouden hebben', zei hij bits. 'Zo gaat het nu eenmaal. Je wordt zelf misbruikt, maar je krijgt op een of andere manier je leven toch terug op de rails, je probeert andere kinderen te helpen als dokter en als scoutsleider, maar als puntje bij paaltje komt, blijf je de pispaal.' Hij keek Hannah vermoeid aan. '*Hey, the story of my life.*'

Hannah pakte haar papieren van tafel en liep zonder een woord de kamer uit. Flip Van Marsenille boog het hoofd en liet zich gedwee door Charles naar een van de cellen leiden.

In haar kantoor zette Hannah haar computer aan, leunde achterover in haar stoel en liet een potlood heen en weer rollen tussen haar vingers. Enkele minuten later telefoneerde ze naar een nummer uit het dossier dat op haar bureau lag.

‘Mevrouw Verhelst?’ vroeg ze. ‘Hannah Maes. Ik wou nog even iets checken. Hebt u ook de slaapzak gewassen die Billie had meegenomen op weekend?’

Vijf minuten later gaf Hannah een agent de opdracht om de slaapzak van Billie Steegmans te gaan halen. Ze schreef het adres op een briefje en vroeg hem om de slaapzak af te geven bij het labo.

‘Charles, jij gaat praten met de dokter die Flip Van Marsenille begeleidt in het ziekenhuis’, zei ze. ‘Kevin en Bob, jullie doen huiszoeking in zijn studio.’

Toen werd het stil op kantoor. Hannah ging voor haar computerscherm zitten en begon te typen. Na een kwartier drukte ze op ‘verzenden’ in het mailprogramma.

‘Zo’, zei ze, ‘die kan niet meer zeuren.’

Ze klikte het postvak ‘verzonden berichten’ open en sleepte de mail gericht aan Mark Vermaelen naar de postbus ‘Info commissaris’. Zo kon haar baas straks niet beweren dat ze hem geen informatie had doorgegeven.

Een uurtje later kwam Charles haar kantoor binnengewandeld. Hij zette voorzichtig twee bekertjes water op het bureau en ging zitten. Hannah keek hem verwachtingsvol aan.

‘En?’ vroeg ze, terwijl ze snel even van het water nipte.

Charles deed zijn notitieblokje open. ‘Alleen maar goede dingen’, zei hij. ‘Er is niemand in dat ziekenhuis die ook maar één kwaad woord over Flip Van Marsenille te zeggen heeft. Volgens zijn collega’s wordt hij een prima dokter, de verpleegsters vinden hem allemaal sympathiek en de kinderen zijn gek op hem. Het enige dat tegen hem spreekt, is het feit dat hij twee keer informatie heeft achtergehouden en dat de kabouters hem Hond noemen – terwijl Billie bang is van honden. Maar er is geen enkel bewijs dat Billie ook bang is van Flip Van Marsenille. Ik vrees dat het allemaal wat weinig is. Volgens mij zal de onderzoeksrechter geen aanhoudingsbevel uitschrijven op basis van wat we nu hebben.'

Hannah wist dat Charles gelijk had. De hele zaak zat haar dwars. Ze waren al dagen aan het zoeken naar het begin van een spoor, maar tot nu toe vingen ze overal bot. Ze bladerde door haar notities. De pianoleraar, de bekende delinquenten uit de buurt, leraars, scouts... het had allemaal weinig opgeleverd.

'Wie weet, misschien levert de huiszoeking iets op', zei ze. 'En wij gaan Flip zo meteen nog eens op de rooster leggen. Ik wil weten wat er gebeurd is met dat kind, Charles. Met de informatie die we nu hebben, is het ook mogelijk om een nieuw gesprek te regelen tussen Billie en de kinderpsychologe.'

Charles knikte. Hannah boog voorover en keek hem strak aan.

'Wat vind jij van die Ben Roth?' vroeg ze.

'Die vriend van de moeder, bedoel je? Ik weet het niet', antwoordde Charles. 'Hij is een gladde paling, vind ik. Mooie jongen, veel geld. In elk geval geen brave huisvader. Waarom?'

Hannah leunde achterover in haar stoel en tikte met haar potlood tegen haar voorhoofd.

'Ik weet zeker dat ik hem van ergens ken', zei ze.

'Denk je dat hij iets met deze zaak te maken heeft?' vroeg Charles.

'Ik weet het niet, Charles', zei ze. 'Ik weet het echt niet. Hij moet in elk geval ook eens aan de tand gevoeld worden.'

Op dat moment hoorden ze geluiden op de gang. Kevin en Bob kwamen eraan.

'Kom,' zei ze, 'we zullen eens gaan kijken wat die twee meegebracht hebben.' Ze liepen samen naar het kantoor, waar Kevin en Bob hun buit hadden uitgestald.

'Wat een gedoe!' zei Kevin. 'Er moeten tientallen mensen zijn die sleutels van die studio hebben. Terwijl wij daar waren, zijn er vijf meisjes langsgekomen die de studio van Flip gebruiken om te crashen.'

'Of de man is een echte dekhengst,' zei Bob, 'of hij is homo.'

Iedereen keek Bob verbaasd aan.

'Homo?' zei Kevin. 'Hoezo?'

'Vrouwen kunnen het toch altijd geweldig vinden met homo's', zei Bob. 'Kennen jullie trouwens het verschil tussen een Duitser en een homo?'

Hannah en Charles haalden ongeïnteresseerd hun schouders op. Alleen Kevin keek Bob verwachtingsvol aan.

'Wel, een Duitser poept in het Ruhrgebied en een homo roert in het poepgebied.'

Kevin schoot in de lach. 'Da's een goeie, Bob', zei hij. 'Die moet ik onthouden.'

Hannah pikte de gsm op van de tafel. 'Bob, jij zoekt uit wie onze vriend hier belt en wat er zoal in zijn gsm zit. Kevin, jij neemt de laptop voor je rekening.' Ze keek in de dozen die Kevin en Bob op tafel zetten. 'Verder nog iets interessants gevonden?'

Bob haalde zijn schouders op. 'Veel boeken met blote mensen.' Hij viste een zwaar boek uit een van de dozen en bladerde er snel door. '*The Illustrations from the Works of Andreas Vesalius of Brussels*', las hij van de cover. 'Niet bepaald mijn ding.' Hij liet het boek met de sepia tekening op de cover terug in de doos vallen.

'*Bon*', zei Hannah. 'Jullie bekijken het maar. Charles en ik gaan hem nog een keer ondervragen.'

Drie uur later streek Hannah vermoeid de haren uit haar gezicht. Charles en zij waren al die tijd bezig geweest met de ondervraging van Flip Van Marsenille, maar er was geen nieuwe informatie aan het licht gekomen. Ze keek Charles aan.

'We pauzeren even', zei ze. 'Flip, jij blijft hier zitten. Wij gaan langs bij onze collega's.' Bij de deur draaide ze zich om. 'Lust je pizza?' Flip Van Marsenille keek haar ongeïnteresseerd aan.

In hun kantoor zaten Kevin en Bob verveeld een balletje over en weer naar elkaar te gooien.

'Zijn jullie klaar?' vroeg Hannah.

'Al uren', zei Bob, terwijl hij op zijn horloge keek. 'Kan ik naar huis, Hannah? Ik heb een afspraak vanavond.'

Hannah schudde haar hoofd. 'We blijven hier tot we zeker weten dat Van Marsenille zuiver op de graat is', zei ze. 'De onderzoeksrechter wou geen aanhoudingsbevel uitschrijven. Als we niet gauw iets vinden, moeten we hem morgen dus laten gaan. Het zou zonde zijn om nu tijd te verliezen.'

Bob haalde een gsm uit zijn broekzak, draaide zich boos om en begon een discreet telefoongesprek te voeren.

'Kevin, wat zit er in die laptop?' vroeg Hannah, terwijl ze naar het scherm keek. Kevin drukte de enter-toets in, zodat er een beeld verscheen. Een grote groep lachende kinderen in scoutsuniform keek haar aan. *Groepsfoto 2009-2010* stond er onder de foto gedrukt.

'Niet echt veel', zei Kevin. 'Een massa foto's van de scouts. Blijkbaar maakte Flip het ledenboekje voor de scouts en zette hij de foto's op hun site.'

Hij klikte het icoontje met afbeeldingen aan. Op het scherm verschenen beelden van spelende kinderen in scoutsuniformen. Er zaten ook foto's bij die genomen waren op het zomerkamp, waar kinderen trots poseerden voor een zelfgemaakt vuur of bij een donkergroene tent.

'Dan is er ook dit', zei Kevin. Hij klikte een Worddocument aan met als titel 'Kindermisbruik: een levenslange straf.' Er kwam een tekst tevoorschijn met titels en ondertitels, duidelijk bestemd voor een tijdschrift.

'Print hem even', zei Hannah. 'Dan lees ik hem door.' Ze rekte zich uit en draaide zich naar Bob, die net zijn telefoongesprek beeindigde.

'En jij?' vroeg ze. 'Zit er iets in zijn gsm?'

Bob haalde zijn schouders op. 'Foto's van scouts en van een paar kinderen in het ziekenhuis. Allemaal redelijk onschuldig, al kun je je wel afvragen wat een volwassen vent met foto's van kinderen in zijn gsm doet.'

‘En de telefoonnummers?’ vroeg Hannah.

‘Die kijken ze nu na’, zei Bob. ‘Eén ding kan ik je wel al vertellen: het nummer van Riet Verhelst zit in zijn gsm. Ze kenden elkaar dus.’

Hannah wenkte Charles haar te volgen, naar de verhoorkamer.

‘Laat het me weten als jullie nog iets vinden’, zei Hannah voor ze de deur uitliep. ‘Bob, kom iets zeggen als je klaar bent. Je hoeft niet op die lijsten te wachten. Die kan Kevin mij ook wel brengen.’

Ze haalde het artikel uit de printer dat Kevin voor haar had afgedrukt en liep samen met Charles weer naar de verhoorkamer.

‘Shit’, zei ze. ‘Vergeet ik nog pizza te bestellen.’ Ze drukte een sneltoets in op haar gsm en voerde een kort, zakelijk gesprek met een pizzakoerier.

‘Zit dat nummer zo in je gsm?’ vroeg Charles verbaasd.

‘*So?*’ vroeg Hannah. ‘Bij jou niet dan?’ Charles glimlachte en besloot het daar maar bij te laten.

In de verhoorkamer zat Flip Van Marsenille met gesloten ogen op de grond tegen de muur. Zijn armen hingen slap naast zijn lichaam en zijn handen lagen met de handpalmen omhoog naast zijn dijen op de grond. Zijn gezicht zag grauw. ‘Hij ziet er echt doodmoe uit’, dacht Hannah.

De jongen schrok wakker toen Charles de deur van de kamer met een klap liet dichtvallen. Hannah legde de papieren op tafel en deed teken dat hij weer op de stoel moest komen zitten. Moeizaam krabbelde Flip Van Marsenille recht.

'Je hebt een heleboel foto's van kinderen in je laptop en je gsm zitten', zei ze.

'Ja, en?' zei Flip van Marsenille. 'Ik verzorg de website van de scouts en daarvoor heb ik foto's nodig. Bovendien ken ik alle kinderen waarvan ik foto's heb. Ik dacht niet dat het verboden was om onschuldige foto's van kinderen te bezitten.'

'Je hebt volkomen gelijk. Dat is inderdaad niet verboden', zei Hannah zuchtend. 'Waarom zit het nummer van Riet Verhelst in je gsm?'

Flip Van Marsenille trok zijn schouders op. 'Ik ben groepsleider', zei hij. 'Er zitten wel meer nummers van ouders in die gsm. Af en toe moeten we iemand bellen omdat er papieren niet in orde zijn of als er een kind ziek wordt op kamp. Die nummers sla ik op in mijn gsm. Meer is het niet.'

Charles trok een stoel bij en ging naast Flip Van Marsenille zitten.

'Je werkt heel hard, nietwaar?' vroeg hij vriendelijk. Flip Van Marsenille knikte aarzelend en keek Charles aan. 'Je sociale leven besteed je grotendeels aan de scouts, maar heb jij eigenlijk tijd voor een liefdesleven, Flip?'

Hannah merkte dat Charles een gevoelige snaar geraakt had. Flip Van Marsenille streek zenuwachtig door zijn haren en keek de twee agenten aan.

'Ik heb af en toe een relatie', zei hij langzaam. Met zijn wijsvinger trok hij cirkeltjes op het tafelblad. 'Maar voor iets vasts heb ik geen tijd.'

Er werd op de deur geklopt en Bob kwam binnen met twee grote dozen in zijn handen.

'Pizza', zei hij. 'Besteld door mevrouw Maes. Wie betaalt hiervoor?'

Hannah haalde haar portefeuille uit haar achterzak en liep naar de deur. Achter Bob stond een pizzakoerier in een rood pak met zijn helm nog op zijn hoofd. Ze gaf hem een briefje van twintig euro en nam het wisselgeld in ontvangst.

Bob wees op een paar geprinte vellen die op de dozen lagen.

'Dat zijn de lijsten met telefoonnummers die je gevraagd had', zei hij. 'Ik ga nu naar huis, oké?' Hannah knikte dat het in orde was en sloot de deur.

'Iemand pizza?' vroeg ze.

Om twee uur 's nachts gaven Hannah en Charles het op. Ze waren geen stap verder gekomen. Op de grond stonden halflege pizzadozen, de asbak puilde uit van Charles' peuken en overal stonden vuile plastic bekertjes met restjes koffie en water. Hannah werd misselijk van de geur die al uren in de kamer hing.

'We gaan het hierbij laten', zei ze, terwijl ze het dossier dichtklapte. 'Flip, je blijft hier tot morgenvroeg. Dan vertellen we je wel hoe het verder loopt.'

De jongen tegenover haar zag lijkbleek en had donkere kringen onder zijn ogen. Hannah vermoedde dat zijn slaaptekort intussen chronisch was. Het verwonderde haar dat hij niet gebroken was door de urenlange ondervraging.

'Als hij iets wist, was het er nu al wel uitgekomen', zei ze tegen

Charles toen ze even later op de gang stonden. Charles haalde zijn schouders op.

'Hij is intelligent, Hannah', zei hij. 'Als we niet zelf achter die andere zaken waren gekomen, had hij ze nooit verteld. Ik denk dat we hem elke keer weer met feiten moeten confronteren voordat hij iets toegeeft. Hij liegt niet, maar het is best mogelijk dat hij nog informatie achterhoudt.'

Hannah geeuwde luid en ongegeneerd.

'Ik ga slapen, Charles', zei ze. 'En jij ook. We zien elkaar morgenvroeg.' Ze liepen nog samen het kantoor uit en daarna ging elk zijns weegs.

15

De dromen waren erger dan de herinneringen. Door de jaren heen had hij geleerd om de herinneringen weg te duwen door zich op andere zaken te concentreren. Urenlang studeren tot de letters in zijn studieboeken voor zijn ogen dansten. Almaar langer werken, zodat hij aan het einde van de dag nog amper op zijn benen kon staan. Zolang er maar geen tijd was voor de flarden van verleden die hem af en toe inhaalden.

De dromen waren anders. Daarin werd hij teruggeplaatst in het verleden zonder mogelijkheid tot ontsnappen. De dromen waren zijn privégevangenis, de kleine cel zonder ramen waar hij telkens wanhopig probeerde uit te geraken.

Dit keer hoorde hij de vader opstaan en zijn broek dichtritsen. Dat kleine geluid was telkens het teken dat het over was, dat hij zijn ogen kon sluiten, kon proberen om de slaap te doen heersen over de pijn. Straks zou hij een kussen nemen om onder zijn billen te leggen. Misschien zou hij naar de badkamer sluipen en wat van zijn moeders gezichtscrème tussen zijn billen smeren. Dat hielp om het schrijnen te verzachten.

De vader boog zich over hem heen. Hij kon het aroma van sigaretten en bier in zijn adem ruiken en onderdrukte zijn neiging om te kokhalzen.

'Sta op en kleed je aan', zei de vader met zijn donkere stem. 'Ik neem je mee.'

De jongen keek met grote, glanzende ogen naar de zwarte figuur die al het licht uit de kamer wegnam. Zelfs de schaduwen kropen diep in hun hoeken als hij er was, dacht de jongen.

'Vooruit, doe wat ik zeg.' De vader had weinig geduld.

De jongen gooide voorzichtig zijn benen over de rand van het bed en trok zijn onderbroek en broek aan. Het duurde even voor hij in het donker zijn T-shirt vond. Dat maakte de vader zenuwachtig en hij begon voor het venster heen en weer te ijsberen. Dat beeld, het silhouet van zijn vader dat heen en weer bewoog voor de rechthoek van het venster, was een waar schrikbeeld voor de jongen.

Hij volgde zijn vader, de trap af, naar beneden. In het salon zat zijn moeder televisie te kijken. Het geluid stond zo hard, dat ze hen niet hoorde toen ze voorbijkwamen en ze keek niet op van het programma dat haar voor het scherm gekluisterd hield. De jongen wilde haar snel even aanraken, haar laten weten dat hij wegging, maar de vader duwde hem voor zich uit naar de garage. Hij durfde niet te vragen of hij een jas van de kapstok mocht nemen. In de garage voelde hij hoe kil het intussen geworden was. Hij rilde in zijn dunne witte T-shirt.

De vader liet de jongen instappen. Hij liep om de auto heen, ging achter het stuur zitten en reed behendig de garage uit. De jongen bewonderde de vader om zijn rijkunst. De grote zwarte wagen leek hem een monster dat alleen bereden kon worden door deze sterke man.

Hij had zijn handen onder zijn bovenbenen geschoven en probeerde zijn billen een eindje boven de autozetel te houden. Hij beet op zijn lip en probeerde de schrijnende pijn te vergeten door naar buiten te kijken, naar de donkere stad waarin ze nu rondreden. Hij hoopte dat hij niet zou bloeden. De vader zou razend zijn als er bloed op de bekleding van zijn mooie auto kwam. Hij hield zijn billen tegen elkaar geknepen, ook al trok de pijn dan in scheuten door zijn ruggengraat.

Af en toe wees zijn vader hem gebouwen aan, zonder er enig commentaar bij te geven, gebouwen in de Gentse binnenstad, waarvan de mooiste verlicht waren. Het Vleeshuis, de huizen aan de Michielsbrug, het Gravensteen, het stadhuis, de burcht van Geeraard de Duivel... Als kleine jongen kende hij die gebouwen niet, pas later had hij de namen geleerd van elk gebouw dat hij die nacht had gezien. De vader reed langs een gitzwart water, waarin elk lichtje weerspiegeld werd. Hij had met open mond naar de enorme schepen op het water gekeken en naar de containers die torenhoog stonden opgestapeld. Op de lange steenweg zag hij huizen met namen als Kiss Me en Tropical, waar het erg warm moest zijn, want voor de vensters zaten er meisjes in badpak of bikini die zwaaiden naar voorbijrijdende auto's. Toen hij zijn hand hief om terug te zwaaien, had zijn vader hem een harde klap tegen zijn achterhoofd gegeven. Hij had zijn handen weer onder zijn billen gestopt en dan maar in gedachten naar de meisjes achter de ramen gezwaaid.

De stilte hing die nacht zo zwaar in de auto, dat de jongen niets had durven vragen. Hij had zijn best gedaan om geen geluid te maken en zelfs even geprobeerd om te stoppen met ademen.

Veel later, toen de nacht hen helemaal leek op te slorpen en de jongen rillend in zijn dunne T-shirt zat te vechten tegen de slaap, was de vader terug naar huis gereden. De jongen was naar bed gegaan en had daar, ondanks zijn vermoeidheid, nog uren wakker gelegen. Hij begreep tot op de dag van vandaag niet waarom zijn vader hem toen had meegenomen op die vreemde tocht door de duistere stad.

De man voelde hoe hij dieper wegzonk in zijn droom. Hij zag flarden uit het verleden nu, korte flitsen die hem een gevoel gaven alsof hij op een duizelingwekkende, misselijkmakende achtbaan zat. De vader, de leider bij de scouts die hij in vertrouwen had genomen, de moeder die lachend en met gekruiste armen toekeek hoe zijn vader hem verkrachtte, het zusje dat angstig wegdook als de vader zijn handen naar haar uitstrekte.

Hij werd met een schok wakker. Was het echt zo geweest? Had zijn moeder echt toegekeken? Of had ze alleen maar de andere kant opgekeken toen zijn vader zich aan hem vergreep? Hij voelde tranen prikken achter zijn oogleden. Doodstil lag hij op de smalle brits, bang om weer in te slapen, maar te moe om wakker te blijven.

16

Het telefoongerinkel dat haar slaap afbrak, kwam van heel ver en het duurde even voor Hannah besefte dat het haar gsm op het nachtkastje was die zo tekeerging. Ze stak haar hand van onder het dekbed uit, tastte naar haar telefoon en klikte hem open. Op het verlichte schermpje las ze 'Charles'.

'Charles?' zei ze met schorre stem. Volgens de wekker op het nachtkastje was het nog geen zes uur.

'Hannah?' Haar collega klonk zo opgewonden, dat Hannah meteen klaarwakker was.

'Het moet wel belangrijk zijn als je me op dit uur uit bed belt, Charles', zei ze. Ze gooide het dekbed van zich af en zette haar voeten op de grond.

'Kleed je aan en ga een krant kopen voor je naar kantoor komt', zei Charles. 'Je zult niet blij zijn.'

'Vertel', zei Hannah, terwijl ze moeite deed om een geeuw te onderdrukken. Ze wreef met de rug van haar hand de slaap uit haar ogen.

'De collega's die nachtdienst hebben, krijgen elke ochtend om vijf uur een krant', legde Charles uit. 'Ze hebben mij vanmorgen uit bed gebeld. Op de voorpagina van De Nieuwsgazet staat een artikel over vermeend kindermisbruik bij de Gentse scouts. Flip Van Marsenille wordt zelfs met zijn initialen aangeduid.'

Hannah zuchtte en streek met haar vije hand haar haren naar achteren. Ze hield ze even vast in een paardenstaart en liet ze dan weer los vallen. Dit was geen goed nieuws, wist ze. Commissaris Vermaelen zou niet tevreden zijn.

'Jezus', zei ze. 'We hebben voorlopig niks tegen Van Marsenille. Wie wordt als bron vermeld in het artikel?'

'Anonieme, maar welingelichte bron', las Charles. 'Het artikel is van een zekere D.D. Ik zoek uit wie dat is.'

Ze spraken af dat ze elkaar zo snel mogelijk op kantoor zouden zien. Hannah klikte haar gsm dicht en liet zich achterover op het bed vallen, met haar armen wijd open.

'Dit is net wat we nodig hebben', dacht ze. 'Een zaak waarin we nog geen stap zijn opgeschoten en een journalist die het aan de grote klok hangt.'

Ze duwde zich recht, liep naar de douche en liet ijskoud water over haar lichaam stromen. Tien minuten later was ze onderweg naar kantoor. Bij de eerste krantenwinkel waar ze voorbijkwam, stopte ze om een krant te kopen. Het artikel stond rechts onderaan op de eerste pagina, precies zoals Charles het had beschreven.

SCOUTSLEIDER VERDACHT VAN KINDERMISBRUIK

In Gent is gisteren een ernstig geval van kindermisbruik aan het licht gekomen, naar onze krant uit betrouwbare bron heeft vernomen. De genaamde FVM (26), die jarenlang leider is geweest bij een grote scoutsgroep en sinds enige tijd ook groepsleider is, werd volgens wel-

ingelichte bron urenlang door de zedenpolitie ondervraagd. Het is op dit moment niet duidelijk of de genaamde FVM een of meerdere slachtoffers heeft gemaakt.

De leiding van de groep reageert verslagen op het nieuws. 'FVM is iemand op wie we altijd kunnen rekenen', aldus een van de leidsters. 'Wij geloven niet dat hij schuldig is aan kindermisbruik en wachten het verslag van de politie af.'

De ouders nemen een duidelijk standpunt in. 'We willen zo snel mogelijk opheldering in deze zaak', aldus een woordvoerder. 'Het is onaanvaardbaar dat iemand aan wie wij onze kinderen toevertrouwen, dergelijke feiten pleegt. We kunnen hier wel degelijk spreken van een vertrouwensbreuk en plannen zo snel mogelijk een vergadering met alle ouders.'

FVM blijft voorlopig aangehouden.

D.D.

In uw krant van morgen:

'Seksueel misbruik: is uw kind nog veilig bij de jeugdbeweging?'

'De leiding van de jeugdbeweging: aan wie vertrouwt u uw kinderen toe?'

Hannah liet de krant zakken, griste naar haar gsm en toetste snel een bericht voor Bob en Kevin in. Ze wilde iedereen zo snel mogelijk op kantoor zien.

Ze pikte de krant weer op, zocht en vond het telefoonnummer van de redactie en belde meteen. De telefoon rinkelde één keer en sloeg dan over op een antwoordapparaat.

'Goeiedag. Dit is de redactie van De Nieuwsgazet. U kunt ons elke werkdag bereiken tussen 9 en 21u. Raadpleeg ook onze site op www.denieuwsgazet.be.'

Ze klikte haar gsm weer dicht. 'Verdomme', zei ze, terwijl ze met beide handen op het stuur sloeg. 'Verdomme.'

Hannah wist dat een krantenartikel als dit de zaak geen goed deed. Ze moest zo snel mogelijk te weten komen wie deze informatie naar de krant had gelekt. Ze las het artikel een tweede keer.

'Woordvoerder van de ouders?' zei ze zacht voor zich uit. 'Waar slaat dat nu weer op? Sinds wanneer hebben die dan een woordvoerder?'

Toen ze het kantoor binnenkwam, zat Charles aan zijn computer. Aan de wallen onder zijn ogen te zien had hij de afgelopen nacht geen minuut geslapen. Hij nam een trek van zijn sigaret, hoestte herhaaldelijk en richtte zijn vermoeide blik op Hannah.

'Morgen', zei hij.

'Charles.' Hannah liep op hem toe en boog over zijn bureau. 'Heb jij vannacht überhaupt je bed gezien?'

Hij haalde zijn schouders op en keek strak naar zijn computerscherm. 'Weet jij of appendicitis gevaarlijk is, Hannah?' vroeg hij met een vreemd hoge stem.

Hannah fronste haar wenkbrauwen.

'Wie heeft er appendicitis?' vroeg ze.

'Mijn kleindochter', antwoordde Charles. Hij wreef in zijn ogen. Toen hij haar weer aankeek, zag ze dat zijn ogen roodomrand en gezwollen waren. 'Toen ik gisteren thuiskwam, stond er een berichtje op mijn antwoordapparaat. Iemand van het ziekenhuis had gebeld om te laten weten dat mijn kleindochter was opgenomen met blindedarmontsteking. Zij had hen zelf gevraagd om mij te verwittigen. Ze moet de rest van de week in het ziekenhuis blijven.'

Hannah gaf hem een bemoedigend klopje op zijn schouder.

'Appendicitis is niet gevaarlijk als ze er snel bij zijn', zei ze. 'Als je kleindochter de verpleegster zelf heeft gevraagd om jou te bellen, zal ze al wel aan de beterhand zijn. Spring straks maar eens binnen in het ziekenhuis. Misschien lukt het je om vandaag al even bij haar langs te gaan zonder dat iemand er wat van merkt.'

Ze liep naar het koffiezetapparaat en schonk twee koppen koffie in. In één kop goot ze melk en suiker – die zette ze voorzichtig neer voor Charles.

'Charles,' zei ze, 'als de tijd er rijp voor is, moet je mij toch eens vertellen hoe dat zit met je dochter en je kleindochter. Misschien lucht dat op.' Hannah wist dat haar collega zijn kleindochter al jaren niet mocht zien, maar hij had haar nooit verteld waarom. Charles haalder zijn schouders op en dronk van zijn koffie.

'Dankjewel', zei hij, terwijl hij zijn kop omhoog stak. 'Dat kan ik wel gebruiken. Ik heb inderdaad geen oog dichtgedaan.'

Even later kwam Bob binnen. Hannah gooide hem de krant toe nog voor hij zijn jas had uitgedaan.

'Problemen', zei ze. 'Rechts onderaan.'

Bob las het artikel snel door.

'Wie is D.D.?' vroeg hij.

'Geen idee', zei Hannah. 'Er was nog niemand op de redactie vanmorgen. We moeten hier wel vaart achter zetten. Als de andere media hier lucht van krijgen – en dat zullen ze – dan breekt de hel los.'

Ze ging op het hoekje van Charles' bureau zitten en roerde bedachtzaam in haar koffie.

'We moeten zoeken naar mensen die Flip Van Marsenille geen warm hart toedragen. Die zijn er blijkbaar ook.' Ze wees met haar kin naar de krant. 'Jaloerse collega's, mensen bij de scouts die hem misschien toch niet echt graag mogen... Ik wil ook zo snel mogelijk de resultaten van die slaapzak. Bob, kun jij checken of ze die slaapzak naar het labo gebracht hebben zoals ik gevraagd had? En wanneer ze klaar zijn met het onderzoek?'

Bob knikte dat hij de opdracht begrepen had.

'Charles, jij gaat nog eens langs in het ziekenhuis. Ik ga straks naar de krant om uit te zoeken wie het artikel geschreven heeft en waar zijn informatie vandaan komt.'

'Veel geluk daarmee', zei Bob. 'Je weet toch dat die journalisten hun bronnen beschermen alsof het gouden eieren zijn? Je komt ongetwijfeld te weten wie die D.D. is, maar nooit wie hem getipt heeft.'

'We kunnen het maar proberen.' Hannah stond op en nam de krant. Aan de deur draaide ze zich nog even om.

'Ik ga Flip Van Marsenille confronteren met dit artikel', zei ze. 'Ik bel wel als ik iets te weten kom. Spring binnen voor jullie vertrekken. En breng Kevin op de hoogte.'

Flip Van Marsenille zat lijkbleek tegenover haar aan tafel. Hij had het artikel gelezen en herlezen, telkens opnieuw. Hannah zag dat hij het trillen van zijn handen amper onder controle kon houden. Het kopje koffie dat ze voor hem had meegebracht, bleef onaangeroerd staan.

'Ze gebruiken mijn initialen', zei hij. 'Iedereen zal weten over wie het gaat.'

Hij keek Hannah met grote ogen aan en ze zag dat hij elk moment in huilen kon uitbarsten.

'Mijn dokterscarrière mag ik wel vergeten', zei hij. 'Wie neemt er nu ooit een kinderarts in dienst die verdacht wordt van kindermisbruik?'

'Heb je een idee wie de krant getipt heeft?' vroeg Hannah. 'Een jaloerse collega? Iemand van de scouts misschien? Denk goed na. Heb je vijanden? Iemand die wraak wil nemen?'

Flip schudde zijn hoofd. 'Neen', zei hij zacht. 'Ik heb geen vijanden. Toch niet voor zover ik weet. Ik heb altijd geprobeerd...'

Hij keek Hannah aan en slikte hard.

'Hoe goed ken je Riet Verhelst eigenlijk?' vroeg Hannah.

'Riet?' Flip keek haar niet begrijpend aan.

'Riet Verhelst', zei ze. 'De moeder van Billie Steegmans.'

'Riet', zei hij zacht. 'Ik ken haar wel een beetje, ja.'

'Hoe goed is een beetje?' vroeg Hannah. Ze vermoedde dat ze weer op een stukje nieuwe informatie gestoten was, dat hij nooit spontaan zou prijsgegeven hebben. Flip zuchtte.

'We zijn op een avond met elkaar in bed beland', zei hij zonder Hannah aan te kijken. 'Na een fuif van de scouts heb ik Riet eens naar huis gebracht. We hadden allebei wat gedronken en ik ben blijven slapen.'

Hannah zuchtte. 'Je meent het', zei ze. 'Alweer iets dat je voor het gemak hebt verzwegen.'

'Het had niets te betekenen', zei Flip Van Marsenille. 'Het was maar één nacht. Billie heeft er niets van gemerkt, want ik ben 's ochtends in alle stilte verdwenen, nog voor zij wakker werd. Het is trouwens al meer dan twee jaar geleden.'

'Had Riet een vriend toen?' vroeg Hannah.

'Niet dat ik weet', antwoordde Flip. 'We hadden een hele avond staan praten met elkaar. Ik herinner me nog dat ze erg eenzaam was en dat ze vertelde dat ze geen relaties meer aandurfde, maar ze had nog wel...'

Hij stokte. Hannah tikte even met haar balpen op tafel. 'Wat had ze nog wel?' vroeg ze.

'Goesting', zei Flip. 'Ze wou af en toe graag seks. Dat is toch normaal?' Hij keek Hannah hoopvol aan.

'Wist er iemand anders van die nacht?' vroeg ze.

'Volgens mij niet', zei Flip Van Marsenille. 'Ik heb het in elk geval nooit aan iemand verteld. Als dokter leer je dat wel – beroepsgeheim.'

'Dat hebben we gemerkt', zei Hannah. 'Af en toe zwijg jij té graag.'

'Wat gebeurt er nu?' vroeg Flip. Hij keek haar vermoeid aan. 'Ik kan niet meer naar het ziekenhuis na dit artikel.' Hij wees op de krant die tussen hen op de tafel lag.

Hannah haalde haar schouders op. 'Ik weet het ook niet', zei ze. 'We laten je voorlopig gaan, maar je moet wel in de buurt blijven, zodat we je kunnen bereiken als dat nodig is.'

Flip Van Marsenille haalde zijn schouders op en keek uit het raam. 'Ik kan net zo goed van een brug springen', zei hij somber. 'Mijn leven is voorbij.' Hij tilde de krant op en liet ze weer op de tafel vallen. 'Ik heb verdomme zo hard gewerkt. Alles zelf betaald. En nu gebeurt dit.' Zijn schouders schokten even en hij wreef snel in zijn ogen.

Hannah stond recht. 'Ik haal wat verse koffie', zei ze. 'Deze is koud geworden. Ga daarna maar naar je studio en probeer alles een beetje op een rij te krijgen. Hier heb je mijn kaartje. Je mag me bellen als je wilt praten.'

Toen ze bij de deur was, riep Flip Van Marsenille haar terug.

'Mevrouw Maes?' Ze draaide zich om en keek hem aan.

'Ja?' vroeg ze, want hij zei niet meteen iets.

'Het is wel zoals ik al eerder gezegd heb: het blijft voor altijd aan je plakken.' Hij keek haar strak aan en haalde diep adem. 'Het gaat nooit, nooit over.'

Hannah liep in gedachten verzonken de gang op. Ze vroeg een agente aan het onthaal om de jongen in de verhoorkamer wat koffie te brengen en ging naar haar eigen kantoor. Daar pakte ze de hoorn van de telefoon en toetste een nummer in. Het duurde even voor er werd opgenomen.

'Met Riet Verhelst', zei een slaperige stem.

'Mevrouw Verhelst, met Hannah Maes. Hebt u vanmorgen De Nieuwsgazet gezien?'

'Neen, waarom?' vroeg Riet Verhelst verbaasd. 'U hebt me eigenlijk wakker gebeld.'

'Er staat een artikel in over het misbruik van uw dochter. We zijn op zoek naar de bron. Hebt u iemand bij de krant gebeld?'

Riet Verhelst was duidelijk verbaasd.

'Een artikel? Over Billie?' zei ze. 'Hoe kan dat nu?'

'Eigenlijk gaat het over Flip Van Marsenille', zei Hannah Maes. 'U kent hem?'

Het bleef even stil aan de andere kant.

'Ik ken hem, ja', zei Riet Verhelst. 'Hij is leider bij de scouts als ik me niet vergis. Maar wat heeft hij ermee te maken?'

'We hebben hem ondervraagd', zei Hannah. 'Klopt het dat jullie twee jaar geleden iets hebben gehad met elkaar?'

Ze hoorde Riet Verhelst haar adem langzaam uitblazen en stelde zich haar gezicht voor met bolle wangen en getuite lippen.

'Iets gehad met elkaar?' vroeg ze. 'Dat kan ik me zo niet herinneren.'

'Een onenightstand', zei Hannah. 'Dat is tenminste wat hij vertelt.'

Weer hoorde ze hoe Riet Verhelst zachtjes lucht uitblies.

'Dat kan', zei ze. 'Ik heb een moeilijke periode achter de rug. Nu gaat het weer beter. Dat met Flip was een fout.'

'Een fout', zei Hannah.

'Ja', antwoordde Riet Verhelst. Het bleef even stil aan de andere kant van de lijn. 'Verdenken jullie Flip?' De vraag werd gesteld op een hoge toon. Het was duidelijk dat Riet Verhelst niet geloofde dat Flip Van Marsenille schuldig was aan het misbruik van haar dochter en dat ze moeite had om deze gedachte te verwerken.

'Zijn er nog andere mensen op de hoogte van die nacht?' vroeg Hannah.

'Als ik het me goed herinner, waren wij heel discreet', zei Riet Verhelst. 'Misschien zijn er mensen die ons hebben zien vertrekken, maar ik kan me moeilijk voorstellen dat ze daar zoveel later mee naar buiten zouden komen.'

'En uw huidige vriend? Ben Roth?'

'Die weet daar niets van', antwoordde Riet Verhelst beslist. 'Het lijkt me trouwens nogal onwaarschijnlijk dat Flip iets met de zaak zou te maken hebben. Hij is dokter, weet u? Kinderdokter.'

Riet aarzelde voor ze verderging.

'Mevrouw Maes, mag ik u iets vragen?' vroeg ze. Hannah voelde dat de vrouw aan de andere kant van de lijn moeite had om de juiste woorden te vinden. 'Is het al bij al toch niet mogelijk dat Billie het zichzelf heeft aangedaan? Als een manier om aandacht te zoeken? Ik kan me echt niet voorstellen dat iemand die wij kennen haar verkracht heeft. Ze is gewoon nooit lang genoeg alleen en ik ken geen mannen die...'

Hannah zweeg. Ze moest toegeven dat de gedachte ook al een paar keer door haar hoofd was gegaan, maar ze wilde niet het risico lopen een dader vrijuit te laten gaan.

'Ik weet het niet, mevrouw Verhelst', zei ze. 'We zullen Billie nog eens ondervragen met de psychologe erbij, maar intussen blijven we zoeken.'

Ze rondde het gesprek af en keek naar de tekening die ze

gedachteloos op de rand van de papieren onderlegger had gemaakt. Een wirwar van krullen met hier en daar scherpe punten.

Bob kwam het kantoor binnengelopen, trok zijn jas uit en gooide hem over de kapstok.

'Het is druk op het labo', zei hij. 'Ze staan dagen achter met hun analyses. We moeten wachten.'

Hannah zuchtte. 'Ook dat nog. Heb je gezegd dat er haast bij was?' Bob knikte. 'Maar ik denk niet dat het veel zal helpen. Je weet hoe ze zijn, die mannen. Opjagen werkt averechts.'

Hannah rommelde even in de middelste lade van haar bureau en haalde er een aangebroken stuk chocolade uit. Ze rook er even aan en stak het dan in haar mond.

'We zitten vast, hé Bob', zei ze, terwijl ze op de chocolade zoog. 'Ik weet het niet meer. Zelfs de moeder denkt nu dat Billie het zichzelf moet hebben aangedaan. Wat jij?'

Bob keek haar aan. 'We moeten blijven zoeken,' zei hij droog, 'tot we helemaal zeker zijn.'

De twee agenten werden ruw uit hun overpeinzingen gerukt toen Kevin Hannahs kantoor kwam binnengelopen met een laptop onder zijn arm.

'Ik moet jullie iets laten zien', zei hij en hij klapte de laptop open en tikte snel enkele woorden in. Even later verscheen er een filmpje op *YouTube*. 'Dit heb ik gisteravond nog gevonden.'

Op het scherm vlijde een meisje zich languit neer op een sofa en keek verleidelijk in de lens van de camera.

'Ze liggen allemaal even lekker', zei ze sensueel. 'Kom naar hier en kom erbij liggen. Dan kun je het zelf voelen.' Ze wenkte met haar wijsvinger naar de kijkers en strekte zich dan op de sofa uit.

'Maar dat is Balk!' riep Bob. 'Dat knappe ding van de scouts. Die met haar geweldige borsten!'

'Dat dacht ik al', zei Kevin. 'Je had haar zo goed beschreven, Bob, dat ik haar meteen herkende. Je hebt echt verstand van vrouwen.' Bob keek trots van Kevin naar Hannah, maar zij had die laatste zin duidelijk niet gehoord.

'Wat heeft dat filmpje met de zaak te maken?' vroeg Hannah. Ze was te moe om helder te denken.

'Dat filmpje is gemaakt door *Visual Aid*', zei Kevin. 'Dat is de zaak van Ben Roth. Dit is dus een link tussen Ben Roth en de scouts.'

Hannah pakte haar telefoon en toetste een nummer in, maar kreeg alleen de metalige stem van een antwoordapparaat aan de lijn. Bij een tweede poging had ze meer geluk.

'Met Riet Verhelst.'

'Mevrouw Verhelst, Hannah Maes hier. Weet u waar we meneer Roth kunnen bereiken?'

'Hij is gisteren vertrokken en zit nu voor een paar dagen in het buitenland', zei Riet Verhelst. 'Ik kan hem overdag niet bereiken, want Ben zet zijn telefoon altijd uit, zodra hij de grens over gaat.'

'Weet u ook waar hij zit?' vroeg Hannah.

'Frankrijk, dacht ik, maar als u zeker wilt zijn, moet u even zijn secretaresse bellen. Zal ik een boodschap inspreken op zijn antwoordapparaat? Mag ik ook weten waarom u Ben wilt spreken? Wat heeft hij hier in godsnaam mee te maken?'

'We spreken zelf wel iets in', zei Hannah kort. Ze dacht even na.

'Het reclamebureau waar u werkt, laat soms filmpjes maken door *Visual Aid*, niet?' vroeg ze.

'Dat klopt', zei Riet Verhelst. 'Maar waarom...'

'Kiezen zij zelf hun modellen of helpen jullie hen daar soms bij?'

'Meestal kiest Ben zelf de modellen voor zijn films', antwoordde Riet Verhelst. 'Waarom?'

'Kent u Nina Beek?' vroeg Hannah.

Het bleef stil aan de andere kant van de lijn.

'Mevrouw Verhelst? Bent u daar nog?' vroeg Hannah na een tijdje.

'Ja, ik ben er nog', zei Riet Verhelst. 'Ik denk na over die naam. Nina Beek. Waar moet ik haar van kennen?'

'Een scoutsleidster,' zei Hannah,'bij de groep van Billie.'

'Nina!' riep Riet Verhelst. 'Natuurlijk ken ik haar. Ik wist alleen niet dat ze Beek heette.'

'Wist u dat ze in filmpjes van Ben speelde?'

'Natuurlijk!' zei Riet Verhelst. 'Ik heb haar zelfs eens aangeraden om bij Ben langs te gaan toen we een meubelzaak als klant kregen. Nina was het geknipte model voor dat filmpje. Maar...'

'*Bon*', onderbrak Hannah haar. 'Laat ons iets weten als meneer Roth terug in het land is.'

Ze klikte haar telefoon dicht en keek haar collega's aan.

'We moeten Nina Beek nog een keertje ondervragen', zei ze. 'Ben Roth heeft in elk geval meer met de scouts te maken dan we op het eerste gezicht dachten. Ergens heb ik ook het gevoel dat hij niet zo dol is op Flip Van Marsenille.'

'Hoe bedoel je?' vroeg Kevin.

'Flip heeft ooit een nacht doorgebracht met Riet', zei Hannah. 'Lang voor Ben haar kende, maar *soit*. Volgens mij is die Ben het soort machoman die niet wil dat andere mannen aan zijn wijfje komen. En Nina...' Hannah dacht even na.

'Hoe is Roth dat dan te weten gekomen van die nacht?' vroeg Bob. 'Heeft Riet het hem verteld?'

Hannah schudde bedachtzaam haar hoofd. 'Niet Riet', zei ze. 'Maar Nina mischien wel.'

'Wat als Ben Roth nu zijn slag wil thuishalen tegen Flip Van Marsenille? Dan is dit voor hem het juiste moment...' zei Bob. 'Wist Roth dat we die jongen aan het ondervragen waren?'

'Volgens mij heeft hij hem gezien', zei Hannah. 'Hier op het politiekantoor. Het is ook mogelijk dat Nina haar mond heeft voorbijgepraat.'

Hannah klopte met beide handen op haar bureau.

'We hebben veel werk, mannen', zei ze. 'Kevin, kom mee. Misschien krijgen we Nina nog te pakken voor ze naar school gaat.'

Charles griste de krant van het bureau en stopte hem in Kevins handen. 'Onderaan rechts', zei hij snel. Al lezend holde Kevin achter haar aan de gang uit.

Hannah reed door het drukke ochtendverkeer naar het adres dat ze voor Nina in het dossier genoteerd hadden. Het meisje kwam net de deur uit toen Hannah haar auto parkeerde.

'Houd haar tegen, Kevin', zei Hannah. Hij sprong de auto uit en liep op Nina af, die aanstalten maakte om haar fiets los te maken. Vijf minuten later zaten ze samen aan de half afgeruimde ontbijttafel bij Nina thuis.

'We moeten uw dochter een paar routinevragen stellen', zei Hannah tegen Nina's moeder, die hen weliswaar meteen liet binnenkomen, maar zich zichtbaar toch wel wat vragen stelde bij dit ochtendlijke bezoek. Ze schonk voor de agenten een kopje koffie in en maakte dan snel de rest van de tafel leeg.

'Nina', zei Hannah. 'Speel jij soms mee in filmpjes van *Visual Aid?*'

Nina dacht even na. 'Is dat het bedrijf van Ben?' vroeg ze.

'Van Ben Roth, ja', antwoordde Hannah.

Nina knikte. 'De mama van Billie heeft mij aan hem voorgesteld', zei ze. 'Ben vraagt me af en toe om een kleine rol te spelen. Het is geen moeilijk werk en het verdient goed. Waarom?'

'Heb jij een relatie met Ben Roth?' vroeg Hannah.

'Pardon?' Het meisje keek haar met grote ogen aan. 'Die vent is... wat... *ancient*! Waarom zou ik een relatie met hem willen? Yak!'

Kevin probeerde een glimlach te onderdrukken – tevergeefs, want Hannah ontging niets. Ze schopte hem onder tafel tegen zijn scheenbeen.

'Heb je misschien een relatie met Flip Van Marsenille?'

‘Met Flip? Dokter Flip?’ Het meisje haalde haar schouders op en lachte. ‘Flip is gewoon bij de scouts, net als ik.’

‘Maar ben je misschien verliefd op Flip?’ Hannah herhaalde haar vraag geduldig, alsof Nina haar de eerste keer niet begrepen had.

‘Verliefd?’ Nina lachte even. ‘Ik kan goed met hem praten en hij luistert altijd, maar verliefd? Hij is eerder een goede vriend.’

Ze keek Hannah en Kevin snel aan. ‘Flip valt trouwens niet op jonge meisjes’, zei ze snel.

‘Dat klopt. Hij valt op oudere vrouwen’, zei Hannah. ‘Mogelijk vind jij dat jammer?’

Nina beet op haar lip en veegde wat kruimeltjes van het tafellaken.

‘Was je boos toen je hem die avond zag vertrekken met Riet Verhelst?’ vroeg Hannah.

Nina haalde haar schouders op. ‘Dat is toch al lang geleden’, zei ze. ‘Ik was toen amper zestien jaar.’

Hannah nam de krant en legde ze voor Nina. Ze tikte met haar wijsvinger op het artikel.

‘Heb jij deze informatie aan de krant doorgegeven, Nina?’

Nina las het artikel snel door en Hannah zag dat ze schrok.

‘Ik? Helemaal niet! Ik heb Flip graag. Ik zou nooit zoiets doen!’

‘Heb je ooit aan iemand verteld dat Flip en Riet iets met elkaar hebben gehad?’

Nina beet op haar lip. ‘Niet dat ik me herinner’, zei ze zacht. ‘Dat zijn toch hun zaken?’

‘Komaan, Nina’, zei Hannah. ‘Denk na. Heb je Ben Roth verteld dat Riet iets had met Flip? Wou je op een of andere manier wraak op hem nemen omdat hij toen voor Riet had gekozen in plaats van voor jou?'

'Het ging per ongeluk', zei Nina. Ze had intussen tranen in haar ogen. 'Toen ik wist dat Ben iets had met Riet, babbelde ik mijn mond voorbij. Ik zei hem alleen maar dat ik Riet ooit had zien vertrekken met Flip...'

'Probeerde Ben Roth je te verleiden tijdens die opnames?' vroeg Hannah zakelijk.

Nina haalde haar schouders op. 'Verleiden?' Ze maakte haar wangen bol en blies hard uit. 'Hij was heel vriendelijk, maar verder niets. Ik ben geen slet, wat jullie ook mogen denken! Ik zei toch al dat ik hem een oude man vind.'

Hannah en Kevin stonden op en gaven Nina een hand.

'Ik snap echt niet wat ik verkeerd heb gedaan', zei ze. 'Krijg ik hier nog last mee? Wat gebeurt er nu met Flip?'

'Je hebt niets verkeerds gedaan', zei Hannah geruststellend. 'We zijn gewoon nog steeds op zoek naar een dader.'

Toen ze weer buiten stonden, belde Hannah naar de redactie van de krant, waar nu wel werd opgenomen.

'Wie is D.D.?' vroeg ze aan de redactiesecretaresse.

'Dat moet Dieter Donné zijn', zei ze. 'Maar die komt er meestal pas door rond tien uur. Als u hem wilt spreken, is dat een goed tijdstip. Ik zal hem zeggen dat u langskomt.'

17

Toen Kevin en Hannah in het politiekantoor aankwamen, waren hun collega's allemaal druk in gesprek. Nog drie andere telefoons rinkelden onophoudelijk. Hannah nam bij het dichtstbijzijnde toestel de hoorn van de haak en deed teken aan Kevin dat hij hetzelfde moest doen met een van de andere.

'Hallo?' klonk een boze vrouwenstem aan de andere kant van de lijn. 'Ben ik bij de politie?'

'Hannah Maes, zedenpolitie Gent', zei ze rustig. 'Waarmee kan ik u helpen?'

'Is het waar dat er bij de scouts in Gent een pedofiel zit?' vroeg de dame verontwaardigd. 'Mijn zoon is lid van de scouts in Gent, dus ik denk wel dat ik recht heb op meer informatie.'

Hannah probeerde zo goed mogelijk uit te leggen wat er aan de hand was, maar de vrouw was niet voor rede vatbaar.

'FVM!' riep de vrouw plots. 'Wie is dat? Is dat een leider? Wie verzekert ons dat hij ook niet aan onze kinderen gezeten heeft?'

Hannah luisterde zonder iets te zeggen. Toen de vrouw na een poosje wat uitgeraasd was, sprak Hannah op zachte, kalme toon: 'Mevrouw, dat krantenartikel gaat uit van veronderstellingen.

We hebben niemand aangehouden en we doen verder onderzoek in deze zaak. U moet begrijpen...'

'U moet begrijpen!' De vrouw begon weer te roepen. 'U moet begrijpen dat het om onze kinderen gaat! Wij denken dat onze kinderen veilig zijn bij de scouts en dan moeten we zoiets lezen in de krant! Hoe komt het dat wij niet meteen op de hoogte gebracht zijn?'

'Er viel niets te vertellen... U weet niet eens om welke scoutsgroep het gaat', probeerde Hannah, maar de vrouw onderbrak haar weer en raasde maar door. Hannah hield de hoorn op armslengte, schonk hem een koele blik en liet hem dan met een elegant gebaar op de haak neerkomen. Meteen begon de telefoon opnieuw te rinkelen. Ze nam de hoorn op, drukte de haak in, legde de hoorn naast het toestel en deed haar collega's teken dat ze hetzelfde moesten doen.

'*Fuck*', zei ze. 'Dit is echt kut. Hoe lang is dit al bezig?'

'Sinds jullie vanmorgen vertrokken zijn', zei Bob. 'We hebben al minstens veertig telefoontjes gehad. Sommige ouders dreigen al met advocaten.'

Hij nam een lijstje van zijn bureau en begon te lezen.

'Ik ben gebeld door vijf ouders met kinderen in de scoutsgroep waarvan Van Marsenille groepsleider is. Zij wisten meteen over wie het ging. Dan waren er drie van andere groepen, die meer informatie wilden. Eén vent vertelde me dat hij veertig jaar geleden zelf misbruikt was door een scoutsleider en vroeg of hij nu nog klacht kon neerleggen. Dan was er nog een telefoontje van iemand van de Chiro om te vragen of we ervoor wilden zorgen dat hun naam zuiver blijft van alle verdachtmakingen. Een zekere Fons Van Maele vraagt zich af waarom zijn initialen in de krant staan. Twee mannen laten weten dat ze FVM weten wonen en dat ze hem een lesje zullen leren.' Bob keek op van zijn lijstje. 'En dan zijn er nog de gekken die Charles intussen aan de lijn heeft gehad.' Charles stak een blad papier omhoog, waarop een lijstje met namen stond. 'Ongeveer hetzelfde verhaal', zei hij.

'Is Flip Van Marsenille al naar huis?' vroeg Hannah. Ergens hoopte ze dat ze hem niet hadden laten gaan.

Bob knikte. 'Hij is vanmorgen vertrokken en hij heeft beloofd dat hij recht naar zijn appartement zou gaan. Ik hoop dat die gekken hem intussen niet gevonden hebben. Ze zijn in staat om iemand te lynchen!'

'Dat gevoel heb ik ook', zei Hannah. Ze keek op haar horloge. 'Om tien uur ga ik naar De Nieuwsgazet. Ik wil weten waar D.D. zijn informatie vandaan heeft. Verder kunnen we niets anders doen dan nog harder op het gaspedaal gaan staan en ervoor zorgen dat we zo snel mogelijk een dader oppakken.'

Er klopte iemand aan, hoewel de deur wijd openstond. Hannah draaide zich om en zag Mark Vermaelen in de deuropening staan.

'Wat is er aan de hand?' vroeg hij. 'Ik heb verontruste ouders van allerlei scoutsgroepen aan de lijn. Blijkbaar is er iets verschenen in een krant en zijn die mensen in paniek geschoten.'

Hannah gaf hem De Nieuwsgazet en wees het artikel aan dat al die opschudding had veroorzaakt.

‘We weten niet wie die journalist getipt heeft,’ zei ze, ‘maar daar komen we wel achter.’

‘Ik wil vooral weten of die scoutsleider al dan niet schuldig is, Hannah’, sprak haar baas afgemeten. ‘Als hij onschuldig is, wil ik weten wie dan wel aan dat kind gezeten heeft. Al de rest is bijzaak.’ Hij draaide zich om en beende op hoge poten de gang uit.

‘Eikel’, zei Hannah boos. Ze keek op haar horloge.

Om tien uur stond ze bij de receptie van De Nieuwsgazet.

‘Ik ben hier voor Dieter Donné’, zei ze.

De receptioniste keek haar vriendelijk aan. ‘Wie mag ik aanmelden?’

‘Hannah Maes’, zei ze. ‘Zedenrecherche politie Gent.’

De vrouw tikte snel een nummer in en Hannah hoorde een zware mannenstem antwoorden.

‘Mijnheer Donné komt u dadelijk halen’, zei de receptioniste. ‘U mag daar even plaatsnemen.’

Hannah ging met tegenzin op de zwarte leren fauteuil zitten die de receptioniste had aangewezen. Verveeld begon ze in de krant te bladeren, maar na vijf minuten gooide ze het blad weer op tafel. ‘Dat vod heeft me al genoeg ellende bezorgd vandaag’, dacht ze.

Net toen ze de receptioniste wou vragen om Dieter Donné nog een keer te bellen, kwam er een zwaargebouwde man de trap afgelopen. Zijn morsige hemd hing uit zijn broek en hij gaf een onverzorgde indruk. Hij liep naar de receptioniste, die naar Hannah wees. Ze stond op en liep de dikke man tegemoet.

'Mevrouw Maes?' vroeg de man, en hij gaf haar een slap en zweterig handje. 'Volgt u me maar.'

De man liep voor haar uit de trappen op. Hannah keek op naar zijn enorme achterste, dat heen en weer deinde in de blauwe broek. Er hing een zweetlucht om hem heen die Hannah ternauwernood verdroeg. Hij ging voor naar een kleine kamer en wees naar een stoel. Zelf ging hij zuchtend tegenover haar achter zijn bureau zitten.

'Waarmee kan ik u helpen', vroeg hij, terwijl hij zijn pink in zijn oor stopte en snel een paar keer ronddraaide. Hij bekeek zijn vinger aandachtig en veegde hem dan af aan zijn broek.

Hannah nam de krant uit haar tas en legde die voor de journalist op het bureau. Ze wees op het artikel onderaan de pagina.

'D.D., dat bent u?' vroeg ze.

'Dieter Donné, dat klopt' zei hij. 'Jammer dat we meestal alleen met onze initialen mogen ondertekenen. Zeker als je een scoop hebt als deze...'

'Een scoop', zei Hannah. 'Is dat hoe u dit noemt?'

Dieter Donné keek haar vanuit de hoogte aan met een hautaine glimlach op zijn gezicht.

'Een scoop', zei hij zelfverzekerd. 'Inderdaad. Dit nieuws staat vandaag in geen enkele andere krant.'

'Het is geen nieuws', zei Hannah boos. 'Het zijn pure verzinsels. Waar hebt u uw informatie vandaan?'

De man vouwde zijn handen over zijn omvangrijke buik en

keek Hannah sceptisch aan. Hij tuitte zijn vlezige lippen en schudde even met zijn hoofd.

‘Verzinsels, mevrouw Maes? Ik dacht het niet.’ Hij lachte hoog en kort, vrouwelijk bijna. Hannah walgde instinctief van de man.

‘Maar ik heb de politie ongetwijfeld in nauwe schoentjes gebracht, nietwaar?’ Weer ging zijn pink naar zijn oor.

‘Waar hebt u uw informatie vandaan, meneer Donné?’ Hannah begon haar geduld te verliezen, vooral omdat ze eigenlijk al wist wat hij haar zou antwoorden.

‘U weet wat ik ga zeggen, nietwaar mevrouw Maes?’ Daar was het irritante lachje weer. ‘Brongeheim. Maar u mag er zeker van zijn: mijn informanten waren zeer goed op de hoogte.’

‘Informanten?’ vroeg Hannah. ‘Meer dan één?’

‘Mevrouw’, zei de man met een zweem van ongeduld in zijn stem. ‘Bij deze krant gaan we nooit uit van slechts één bron. Onze hoofdredactie eist dat we minstens drie bronnen checken. Dat heb ik ook gedaan. Drie mensen hebben bevestigd dat de FVM uit het artikel is opgepakt voor verhoor door de politie in een zaak van kindermisbruik. Dat hij scoutsleider is en kinderarts was niet zo moeilijk te achterhalen en maakt het natuurlijk allemaal extra nieuwswaardig.’

Hannah duwde haar nagels in de palm van haar hand. Ze wist dat ze kalm moest blijven. ‘Provoceer hem niet,’ bezwoer ze zichzelf, ‘anders sta je morgen ook in de krant.’

‘Is Ben Roth een van uw bronnen?’ vroeg ze.

De journalist keek haar aan. ‘Ben wie?’ zei hij. Hij was duidelijk vertrouwd met het spelletje en gaf geen krimp. Hannah besefte dat ze niets uit hem zou krijgen. Er zat niets anders op dan te wachten tot Ben Roth thuiskwam van zijn zakenreis.

Ze stond op en duwde daarbij haar stoel zo abrupt naar achteren dat hij omviel.

'Ik zie dat u niets wilt loslaten', zei ze geïrriteerd. 'Mag ik u vragen om in de toekomst ook de politie even te bellen voor u een artikel schrijft over een politiezaak?'

'Wie zegt dat een van mijn bronnen geen politieman is?' vroeg Dieter Donné verontwaardigd. Hannah had meteen door dat het gespeeld was en dat hij probeerde haar te imponeren.

'Ik kén mijn collega's, meneer Donné.' Hannah draaide zich om en liep het kamertje uit zonder de man nog een blik waardig te keuren. Ze voelde zijn ogen in haar rug prikken toen ze de trap af liep.

Achter het stuur van haar wagen haalde ze een paar keer diep adem tot ze gekalmeerd was. 'Ik ga nu meteen een paar zaken checken', nam ze zich voor. Ze stuurde een sms naar haar collega's en reed dan de autosnelweg richting Antwerpen op. Drie kwartier later belde ze aan bij het appartement van Bruno Steegmans in de Nationalestraat.

18

De man die de deur opende, zag er bijzonder onverzorgd uit. Hij droeg een oude jeans met daarop een T-shirt dat ooit wit geweest was, maar nu onder de vlekken zat. Bovendien verspreidde hij een penetrante dranklucht.

'Bruno Steegmans?' De man knikte. 'Dat ben ik. En u bent?' Hannah liet haar legitimatie zien. 'Hannah Maes, zedenrecherche Gent. Mag ik even binnenkomen?'

De man keek haar strak aan.

'Heeft die feeks dan toch iemand op me afgestuurd?' Hij sloeg zijn ogen op naar de hemel en hief in een dramatisch gebaar zijn beide handen omhoog.

'Hoe bedoelt u?' vroeg Hannah Maes. De man deed teken dat ze hem moest volgen. Hij liep een smalle gang door en duwde aan het einde een donkerbruine deur open, die hij openhield om Hannah te laten voorgaan.

'Sorry voor de rommel', zei hij. 'Ik ben het niet meer gewoon om gasten te ontvangen.' Hij nam een hoopje kleren van de sofa en gooide ze in een hoek. Hij veegde met zijn handpalm over de zetel als om hem af te stoffen en maakte een uitnodigend gebaar.

Hannah ging zitten en keek toe hoe Bruno Steegmans naar een hoekkast ging en een flinke borrel inschonk.

'Ook eentje?' Hij stak de fles in de hoogte. Hannah schudde van nee.

'Iets anders heb ik niet', zei hij, terwijl hij tegenover haar kwam zitten. 'Ik doe niet aan koffie.'

'Meneer Steegmans, ik begrijp niet wat u daarnet zei. Wie bedoelt u met "die feeks",' vroeg Hannah, 'en waarom zou ze iemand op u afsturen?'

'U komt toch uit Gent?' vroeg hij. 'En u bent van de zedenpolitie? Dan heeft Riet u gestuurd.'

'Waarom zou ze dat doen?' vroeg Hannah.

Bruno Steegmans zuchtte en liet zich achterover zakken. Hij zette zijn glas whisky op tafel en wreef met beide handpalmen een paar keer hard over zijn ongeschoren wangen.

'Een jaar geleden.' Hij wachtte even en keek Hannah aan. 'Een jaar geleden stond Riet hier voor de deur met een of andere chique vent. Ze was helemaal over haar toeren, maar wilde niet binnen komen. Ze heeft op straat een hele scène gemaakt. Ik zou mijn dochter misbruikt hebben en zodra ze meer bewijzen had, zou ze de politie op me afsturen.'

Er liep een rilling over de rug van de man en hij nam een grote slok whisky voor hij verderging met zijn verhaal. Hannah liet hem rustig begaan. De man zweeg, zat daar maar naar de vloer te staren, met zijn ellebogen steunend op zijn knieën en zijn hoofd hangend tussen zijn schouders. Hij bleef zo lang onbeweeglijk zitten, dat Hannah begon te denken dat hij in slaap gevallen was.

‘Riet Verhelst beschuldigde u dus van kindermisbruik’, zei ze luid. ‘Waarom?’

‘Hola!’ schrok de man op en keek haar verbaasd aan. Even leek hij zich niet meer te herinneren wie zij was en waarom ze tegenover hem zat.

‘Kindermisbruik’, zei Hannah. ‘Billie.’

De man knikte ongeduldig. ‘Ja, ja’, zei hij. ‘Ik weet het.’ Hij nam een slok van zijn glas.

‘Misschien zou u beter wat minder drinken, meneer Steegmans’, zei Hannah. De man keek haar spottend aan en stak zijn wijsvinger naar haar uit: ‘Juist’, zei hij.

‘Gaat u verder met uw verhaal.’ Hannah besefte wel dat het haar niet zou lukken om de man te doen stoppen met drinken.

‘Riet stond hier zo hard te roepen en te tieren dat de hele straat kon meeluisteren’, zei hij. ‘En die gast die bij haar was, stond daar wat onnozel te lachen. Maar ik zweer dat alles wat ze vertelde van A tot Z gelogen was. Alles! Los zand, dat was het!’ Hij hield zijn hand omhoog en opende zijn vingers om te tonen hoe het zand erdoorheen liep.

‘Het was woord voor woord gelogen, maar...’ Bruno Steegmans stak zijn wijsvinger in de lucht en keek Hannah bezwerend aan. Ze zag dat hij moeite had om te focussen.

‘Maar...’ herhaalde hij. Weer viel er een ongemakkelijke stilte en leek hij zich niet te herinneren waar ze het over hadden.

‘Meneer Steegmans? Bruno?’ zei Hannah ongeduldig. ‘Maar wát?’

Hij haalde zijn schouders op.

'Maar het heeft mijn leven verwoest', zei hij op neutrale toon. Hij zette zijn glas op tafel en keek Hannah emotieloos aan. Ze zweeg en wachtte tot hij zou verdergaan.

'Eén', zei hij, terwijl hij met zijn rechterhand zijn linkerduim vastpakte. 'Ik mag Billie sindsdien niet meer zien.'

Hij kneep zijn lippen op elkaar en wiegde bedachtzaam met zijn hoofd. Dan keek hij verwonderd naar de duim die hij nog steeds vasthield, liet hem los en glimlachte.

'Dat was het plan, denk ik.' Hij nam het glas weer van de tafel en nipte van de whisky.

'Begin eens bij het begin', zei Hannah, die een notablok opensloeg. 'U bent bij Riet Verhelst weggegaan niet zo lang nadat Billie geboren was. Volgens haar had u een nieuwe vriendin.'

De man knikte en liet zijn hoofd hangen. Zijn armen hingen slap tussen zijn benen, het glas losjes tussen zijn vingers.

'Dat klopt. Dat klopt helemaal', zei hij gelaten. 'Ik ben bij Riet weggegaan omdat ik al die zever niet aankon. Vrouw ziek, baby ziek. Dat is te veel voor een vent als ik.' Hij lachte mistroostig.

'Op het werk was er een vrouw. Een mooie vrouw. Zo lief!' Hij keek haar aan als door een waas. 'Annie heette ze. Ik ben verliefd op haar geworden.' Hij wreef met een vinger over zijn bovenlip. 'Verliefd, ja. En we zijn hier komen wonen. Die eerste jaren heb ik niet naar mijn dochter omgekeken. Ik dacht er zelfs niet meer aan.'

Hij veegde een slappe hand over zijn ogen. 'Niet huilen', dacht Hannah. 'Begin vooral niet te huilen.'

'En dan?' vroeg ze snel.

'Annie wou na een tijdje ook kinderen', zei hij. 'Zo gaat dat bij vrouwen. Op een bepaald moment willen ze kinderen. Allemaal.'

Hij keek haar met zijn dronken ogen aan. Hannah had moeite om zijn dronkenmanspraat te verstaan.

'Ik schoot in paniek toen ze erover begon', zei hij met een scheef lachje. 'Ik had al ergens een kind rondlopen en ik wou geen twee keer dezelfde stommiteit begaan.'

'Hield Riet Billie bij u weg?' probeerde Hannah. 'Of wou u uw dochter zelf niet meer zien?'

'Dat weet ik niet', zei de man. Hij trok zijn schouders op en keek haar aan. 'Ik was weg. Gewoon.'

'En toen?' Hannah wist dat ze hem alles op zijn eigen ritme moest laten vertellen, maar af en toe kon ze hem wel weer op het spoor van zijn verhaal zetten.

'Annie wou dat ik met Riet contact zou opnemen om te vragen of ik mijn dochter mocht zien. Schoon schip maken, noemde ze dat, zodat ik zou kunnen voortgaan met haar. Ik heb het geprobeerd, mevrouw, ik heb het geprobeerd.' Weer veegde hij met de rug van zijn hand over zijn ogen.

'Mocht u Billie zien?' vroeg Hannah.

Hij knikte. 'Uiteindelijk kwamen Riet en ik tot een akkoord: ik mocht Billie één namiddag in de maand zien. Het was niet wat je noemt een echte vader-dochterrelatie, maar ik vond het prettig om haar te leren kennen.'

Hij keek naar een punt in de verte en glimlachte. 'Het is een schoon kind, ons Billie.'

Dan hoestte hij lang en pijnlijk. Hij stond op, wankelde naar een hoek van de kamer, haalde een pakje sigaretten uit een jas die over een stoel gesmeten lag en kwam weer tegenover Hannah zitten. Het duurde even voor hij zijn sigaret had opgestoken.

'De rest van het verhaal begrijp ik zelf niet', zei hij, terwijl hij Hannah door een dichte rook aanstaarde. 'Op een dag stond ze hier voor de deur met die chique typ en zei ze dat ik Billie misbruikt had. Seksueel.'

Hij spuwde het laatste woord er letterlijk uit en Hannah voelde hoe een paar speekseldruppels op haar gezicht terechtkwamen. Die veegde ze zo snel mogelijk weg.

'Maar dat was niet waar?' vroeg ze.

''Maar neen!' riep de man. 'Wat zou het! Ik had niets gedaan! Niets! Alles wat ze zei, was gelogen!'

'De man die bij haar was,' zei Hannah, 'heette die Ben Roth?'

'Weet ik niet', antwoordde Bruno Steegmans gelaten. 'Ik had hem nooit eerder gezien. Hij zei niks. Hij stond daar gewoon.'

Hannah vloekte inwendig. Ze had de foto van Ben Roth moeten meebrengen om hem aan Bruno Steegmans te tonen.

'En toen?' vroeg Hannah.

'Toen?' Hij keek haar verbaasd aan. 'Niks toen. Ze zou klacht neerleggen bij de politie. Ik zou er nog van horen. En voilà... U bent de politie.'

Hannah beet op haar lip.

'U heeft Billie niet meer gezien sindsdien?' vroeg ze.

'Nope', zei de man. 'Nooit meer.' Hij maakte een zwaaiend gebaar met zijn arm, waarbij hij Hannah bijna raakte met zijn sigaret.

‘En Annie?’ vroeg ze.

‘Annie.’ Hij zuchtte diep en keek naar een punt in de kamer voorbij Hannah.

‘Annie, Annie, Annie’, zei hij nog een keer. ‘Ze was thuis toen Riet langskwam. Eerst geloofde ze niets van wat die trut hier had staan roepen, maar na een tijdje...’ Hij veegde een traan weg die langzaam over zijn ongeschoren wang naar beneden liep.

‘Riet had haar doen twijfelen’, zei hij. ‘Annie... Ze wist het niet meer. Ze was er nooit bij geweest toen Billie bij mij op bezoek was. Ze noemde dat altijd vader-dochter tijd...’

Er viel een stilte. Bruno Steegmans keek naar de grond en Hannah zag hoe dikke tranen op de vloer drupten.

‘Annie is weggegaan’, zei hij. ‘Ze heeft me verlaten.’

Hij tilde zijn hoofd op en keek de kamer rond. Langzaam wees hij met een kromme vinger naar alle hoeken van de kamer.

‘Dat wat u hier nu ziet,’ zei hij plots nuchter, ‘dat ben ik niet. Die vuiligheid, dat drinken... Ik had een goede job en verdiende serieus geld. Ik had een vriendin. Maar dat is allemaal weg nu.’

De man was een hoopje ellende zoals hij daar op zijn stoel zat. Hannah wist dat de boodschap die ze kwam brengen hem mogelijk nog dieper in de put zou duwen. Ze twijfelde even of ze het hem wel zou vertellen.

‘Meneer Steegmans’, zei ze. Hij keek even op en liet zijn blauwe, waterige ogen op haar rusten. ‘Ik heb u niet verteld waarom ik naar Antwerpen gekomen ben.’

Hij dacht even na en keek haar dan weer aan.

'Dat klopt', zei hij. 'Waarom bent u hier? Ik ging ervan uit dat...'

'Het gaat wel over Billie.' Hannah twijfelde en zocht naar woorden om verder te gaan.

'Er is toch niets ergs gebeurd met haar?' vroeg de man hijgend. 'Ze is toch niet gewond?'

'Billie is seksueel misbruikt.' Ze zei het zo zakelijk mogelijk en hield de man aandachtig in het oog. Hij verroerde niet.

'Seksueel?'

'Ze is verkracht, ja. We zijn op zoek naar de dader, maar we hebben tot nu toe geen spoor. Hebt u een idee?'

De reactie verraste haar. Zijn lethargie maakte plots plaats voor agressie. Hij sprong recht van zijn stoel en begon door de kamer te benen.

'Verkracht, godverdomme! Verkracht! Hoe kan dat nu?' Hij sloeg met zijn vuist zo hard tegen de deur dat ze openvloog. Hannah hoorde een andere deur opengaan op de gang. Buiten, op straat, joelden een paar kinderen. Ze stond op en ging naar hem toe.

'Meneer Steegmans', zei ze, terwijl ze hem stevig bij de schouders greep. 'Bruno!'

Hij draaide zich om en keek haar aan. 'Kalmeer!' zei Hannah zacht, maar dwingend. Hij liet zich gedwee naar de stoel leiden.

'U hebt geen idee wie hier achter kan zitten?' probeerde ze nog eens, maar Bruno Steegmans was te ver heen om te antwoorden. Zijn schouders schokten en hij begon met lange uithalen te huilen. Hij ging naar de wandkast en schonk een glas tot de rand vol met wodka. Hannah wist dat ze hier niets meer te zoeken had. Ze legde haar kaartje op tafel, mompelde nog een paar woorden tot afscheid en liet zichzelf uit.

Buiten op straat zocht ze even naar een nummer in haar gsm en drukte de groene beltoets in. Er werd meteen opgenomen.

'Jan Ravels.' Het gevoel van hulpeloosheid dat haar had overmeesterd tijdens haar gesprek met de ongelukkige Bruno Steegmans ebde geleidelijk weg bij het horen van de rustige, vriendelijke stem van haar oude vriend. Jan Ravels had ooit voor De Nieuwsgazet gewerkt, maar intussen had hij al jaren een rustiger baan te pakken bij een toeristisch magazine. Hannah legde kort uit wat er aan de hand was met het artikel dat in de krant was verschenen.

'Heb jij nog collega's bij De Nieuwsgazet aan wie je iets kunt vragen?' vroeg ze. 'Ik moet dringend weten wie er informatie gelekt heeft naar de pers.'

Jan Ravels dacht dat het niet eenvoudig zou zijn, maar beloofde dat hij zijn best zou doen. Ze spraken af dat ze elkaar binnenkort hoe dan ook nog eens zouden ontmoeten om iets te gaan drinken.

Terug in Gent reed ze recht naar het reclamebureau waar Riet Verhelst werkte. Ze werd ontvangen in een grote, lichte ruimte met beelden van enkele grote reclamecampagnes aan de muren. Ze bleef staan voor een reusachtige zwart-witfoto van een kleuter die een sleutelbos in zijn hand hield. 'Met ons is verbouwen kinderspel', las ze. Uit haar ooghoek zag ze hoe Riet Verhelst aarzelend in de deuropening kwam staan, maar ze keek niet opzij.

'Ik ben bij je ex geweest in Antwerpen', zei Hannah, zonder haar blik van de foto af te wenden. Riet Verhelst antwoordde niet.

'Ik neem aan dat je weet wat hij mij verteld heeft?' Hannah draaide zich langzaam naar de vrouw toe en kruiste haar armen voor de borst.

Riet Verhelst haalde haar schouders op. 'Dat was een vergissing', zei ze. 'Billie begon zich opeens vreemd te gedragen, wou bijvoorbeeld hele dagen geen woord zeggen... Ben merkte op dat het vaak gebeurde als ze net van bij Bruno kwam en zei dat hij misschien dingen met haar deed die het daglicht niet mochten zien. Dat is door mijn hoofd beginnen spoken en ten slotte ben ik naar Antwerpen gereden. Nogal impulsief, achteraf bekeken.'

'Waarom was Ben Roth erbij?' vroeg Hannah.

'Hij kende beter de weg in Antwerpen', zei ze. 'Ik had toen geen gps. Ik durfde ook niet zo goed alleen te gaan. Ben had er verder weinig mee te maken.'

'Heb je Bruno daarna nog gehoord of gezien?' vroeg Hannah.

Riet speelde zenuwachtig met een zilveren armband die los om haar pols hing.

'Niet persoonlijk, nee', zei ze. 'Ik heb wel van anderen gehoord dat het niet goed met hem gaat.'

'Ik vind het een rare geschiedenis, mevrouw Verhelst', zei Hannah afgemeten. 'Eerst laat u uw ex zijn dochter zien en dan beschuldigt u hem van kindermisbruik, zonder echte aanwijzingen. Een jaar later wordt uw dochter echt misbruikt en dat is gestaafd door een doktersrapport. Bent u die eerste keer eigenlijk met Billie naar een dokter geweest?'

'Neen', zei Riet Verhelst aarzelend. 'Ik... het was niet nodig.'

'Vreemd', zei Hannah. 'Heel vreemd. Hier moet ik eens goed over gaan nadenken.' Ze liep in de richting van de deur en stapte stevig door, zodat Riet Verhelst een stap opzij moest zetten om haar door te laten. Hannah liep de gang in, maar draaide zich na enkele passen om.

'Laat me weten wanneer Ben Roth terug in het land is', zei ze. 'Ik wil hem zo snel mogelijk spreken. Hebt u echt geen adres?'

Riet schudde haar hoofd. 'Zijn secretaresse wist ook niet precies waar hij naartoe was', zei ze. 'Hij zei dat hij naar Frankrijk ging, maar dat ze geen hotelkamer hoefde te reserveren. Dat gebeurt wel vaker. Ben kent overal wel mensen waar hij terechtkan.'

Hannah keerde zich om en liep de gang uit zonder afscheid te nemen.

19

'Maes, zorg voor een persconferentie. Deze namiddag nog. We worden allemaal gek hier!' Mark Vermaelen kwam haar in de gang al tegemoet lopen toen ze het politiekantoor binnenkwam. 'Waar heb je trouwens gezeten?'

Hannah keek hem gelaten aan. Wat vermoeiend! Na al die tijd vertrouwde haar baas haar nog steeds niet.

'Ik was bij de biologische vader van Billie Steegmans', zei ze. 'In Antwerpen. Riet Verhelst heeft hem ooit beschuldigd van misbruik.' Ze pauzeerde even om er zeker van te zijn dat Vermaelen luisterde. 'Seksueel misbruik, Mark.'

Mark Vermaelen schudde verbijsterd het hoofd. 'Ook dat nog.'

'Ze heeft nooit een klacht ingediend en ze heeft het kind niet laten onderzoeken,' ging ze verder, 'maar het geeft wel te denken. Heeft Riet Verhelst een verborgen agenda? Heeft ze haar kind zelf iets aangedaan? Wat wil ze eigenlijk?'

Vermoeid wreef ze in haar ogen. 'Wat doen we nu?'

Mark Vermaelen werd heel zakelijk. 'We worden al de hele dag overstelpt met telefoontjes', zei hij. 'Mensen die meer informatie willen, maar natuurlijk ook alle media. Ik wil dat je de pers uitnodigt, zodat we hen kunnen vertellen waar het over gaat. Anders is de schade niet meer te overzien.'

'Mark, *the damage is already done*', antwoordde Hannah. 'Wat gaan we hen vertellen? Dat we geen enkel spoor hebben? Dat we zelfs niet helemaal zeker zijn of het kind misbruikt is of het zichzelf heeft aangedaan? Dat we tot nu toe op het spoor zaten van een kinderarts/scoutsleider die er waarschijnlijk niets mee te maken heeft? Dat ze een rare pianoleraar heeft die zijn leerlingen opsluit? Dat haar moeder Jan en alleman beschuldigt van misbruik? Ik weet niet of een persconferentie echt het beste idee is, chef.'

'Het moet gewoon', zei hij. 'Deze namiddag. Om 16u stipt. Ik nodig de media wel uit. Ik zal de inleiding geven en jij beantwoordt de vragen.'

'Wat doen we met de ouders van die scouts?' vroeg Hannah.

'Die vergaderen vanavond', zei Mark Vermaelen. 'Ik heb Charles gevraagd om naar die vergadering te gaan en antwoord te geven op hun vragen. We moeten iéts doen, Hannah, dat begrijp je toch?'

Hannah draaide zich zonder één woord om en liep naar haar kantoor. Daar zette ze meteen haar computer aan. Het zou geen sinecure worden om een steekhoudende verklaring voor de pers op te stellen.

Om half vier druppelden de eerste journalisten het politiekantoor aan de Ridderstraat binnen. De receptioniste bracht hen naar de grote vergaderzaal en die zat binnen de kortste keren afgeladen vol. Toen Hannah de zaal binnenstapte, met Mark Vermaelen en de andere collega's in haar kielzog, voelde ze meteen hoe gespannen de sfeer was. Ze had met haar chef afgesproken dat hij de inleiding zou doen en dat zij vervolgens vragen zou beantwoorden, omdat een echt statement voorlezen geen zin had, aangezien ze over te weinig informatie beschikten.

Het betoog van de commissaris was kort en *to the point*, maar werd gevolgd door een spervuur van vragen. Hannah deed haar best om de media ter wille te zijn zonder het onderzoek te schaden.

'Is het waar dat jullie een dader hebben aangehouden? En dat hij leider is bij de scouts?' vroeg een donkerharig meisje met een bril op de achterste rij.

'Zoals de commissaris al zei, is er niemand aangehouden', antwoordde Hannah. 'Er zijn tot nu toe alleen mensen ondervraagd.'

'Is het waar dat die scoutsleider kinderporno op zijn laptop had staan?' vroeg een kale man vooraan.

'Dat is niet waar', zei Hannah. 'We hebben tot nu toe geen enkel bewijs tegen hem gevonden.'

'Kunnen de ouders hun kinderen nog met een gerust hart naar de scouts sturen?' Een lange, blonde vrouw duwde haar een microfoon onder de neus. Hannah was zo verbouwereerd, dat ze even niet kon antwoorden.

'Ik euh... Natuurlijk kunnen mensen hun kinderen nog naar de scouts sturen. Dat beslissen ze helemaal zelf. Zoals ik al zei, we verdenken momenteel iedereen en niemand.'

'Zijn er dan nog andere verdachten?' De vrouw keek haar glimlachend aan. Het viel Hannah op hoe rood haar lippen gestift waren.

‘Voorlopig zijn er geen andere verdachten’, zei Hannah nu zelfzeker. ‘We ondervragen iedereen die contact heeft gehad met het kind.’

‘Is dit zeker een geval van seksueel misbruik of kan ze het verzonnen hebben?’ De vraag kwam van Dieter Donné, de journalist van De Nieuwsgazet waar Hannah eerder mee gesproken had.

‘We sluiten niets uit’, antwoordde Hannah. ‘Het is alleen jammer dat we dit onderzoek niet op meer serene wijze kunnen voeren, nu het op deze manier in de pers gekomen is.’

‘U had de zaak liever in de doofpot zien verdwijnen?’ Dieter Donné grijnsde haar gemelijk toe. Ze onderdrukte een impuls om hem in zijn gezicht te spuwen.

‘Ik ben de laatste die dingen in de doofpot wil stoppen, meneer Donné’, zei ze. ‘We zullen elke steen omdraaien en de waarheid aan het licht brengen, als we tenminste de kans krijgen om dat te doen.’

Ze keek de zaal in waar minstens tien journalisten de hand opstaken.

‘We hebben hier verder niets meer aan toe te voegen’, zei ze op besliste toon. ‘Ik hoop dat u de informatie die wij u gegeven hebben verstandig zult gebruiken.’ Daarop draaide Hannah zich om en liep ze, doof voor de smeekbeden van de journalisten, het ontvangstlokaal uit om zich te gaan verschansen in haar kantoor, waarvan ze de deur hard achter zich dichtsloeg.

Een half uur later stapte Mark Vermaelen haar kantoor binnen.

‘Dat viel allemaal toch nog reuze mee, niet?’

Hannah keek hem boos aan. 'Ik denk het niet', zei ze. 'Wacht maar tot je morgen de kranten ziet en de berichten hoort. Ze gaan ons verwijten dat we nog niets gedaan hebben, dat de dader nog op vrije voeten loopt, dat de politie altijd te laat ingrijpt, et cetera, et cetera.'

'Het klopt wel dat we nog niets hebben', zei Mark Vermaelen. 'Dus helemaal ongelijk hebben ze niet.'

'Een onderzoek heeft tijd nodig', zei Hannah. Ze onderstreepte haar woorden met korte handgebaren. 'En als ze in onze nek staan te hijgen, gaan we fouten maken. Bovendien wordt er onherstelbare schade toegebracht aan de carrières en de levens van een aantal mensen. Stel dat Van Marsenille onschuldig is – en momenteel ziet het er wel naar uit dat hij dat is – wat dan?'

'Aan jou om ervoor te zorgen dat alles in orde komt, Maes.' Mark Vermaelen vond blijkbaar dat daarmee de kous af was, want hij knikte kort ten afscheid en sloot de deur zachtjes achter zich.

'Shit', zei Hannah. 'Shit, shit, shit.' Ze sloeg het dossier open dat op haar bureau lag en begon te lezen. Bovenop de stapel lag een nieuwe nota van Kevin. Hij was met een speciaal softwareprogramma op zoek gegaan naar mogelijke beelden van Billie Steegmans op het internet, maar had tot nu toe niets gevonden. Geen pornografische foto's of filmpjes waarin zij te zien was. Dat was een geruststelling, maar het bracht hen niet dichter bij de oplossing van de zaak. Dokter Annemans had een brief geschreven waarin stond dat Billie inderdaad *candidiasis* had opgelopen. Hij schreef ook dat hij voor meer dan vijfennegentig procent zeker was dat het kind verkracht was. Het leek hem bijzonder onwaarschijnlijk dat ze zichzelf zou hebben verwond.

Verder zaten in het dossier alle getuigenverslagen en verhoren, maar daar werd Hannah niet wijzer van. Ze zag dat Charles nog een keer was langsgegaan bij Guido Pannet, de pianoleraar, maar dat er geen nieuwe informatie was bovengekomen. Aan dit verslagje zat een nota van Kevin vastgeniet, die ze eerder over het hoofd had gezien. Ze haalde het uit het mapje en las hem aandachtig. Kevin was nog een keer op de school van de woensdagmiddagbewaking langsgegaan. Hij had alle leerkrachten ondervraagd die toezicht hielden en ze hadden allemaal herhaald dat het systeem waterdicht was en dat ze er zeker van waren dat Billie altijd om half zes werd opgehaald. Onderaan had Kevin er een zinnetje bijgeschreven dat ze moeilijk kon lezen. 'Niet voll.,' ontcijferde ze. 'Soms andere lk. Nt bijgeh.' Ze maakte hieruit op dat het dossier niet volledig was en dat er soms nog andere leerkrachten toezicht hielden, maar dat die informatie niet altijd even nauwkeurig werd bijgehouden.

Ze haalde een nieuw notablok uit haar lade en begon aantekeningen te maken. Meteen viel het haar op hoeveel getuigen informatie hadden achtergehouden bij een eerste verhoor. Flip Van Marsenille in de eerste plaats, maar ook Riikka en Riet Verhelst.

'Iemand van hen moet meer weten', dacht ze. Ze bekeek het blad papier waarop ze de naam 'Ben Roth' een paar keer omcirkeld had. Was hij niet degene die een klacht had ingediend bij de politie? En had hij Riet Verhelst niet op het idee gebracht om Bruno

Steegmans te beschuldigen van seksueel misbruik? Intussen beweerde hij in elk gesprek dat hij niet betrokken was bij de opvoeding van Billie...

'Als er iemand iets achterhoudt, ben jij het', zei Hannah zacht, terwijl ze met haar balpen op zijn naam tikte.

20

Nog voor ze de volgende ochtend haar ogen opende, wist ze dat het kwaad geschied was. 'De wolven zijn losgebroken', dacht ze, terwijl ze naar het nieuws op haar wekkerradio lag te luisteren.

'In Gent is een zaak van seksueel kindermisbruik aan het licht gekomen', hoorde ze de nieuwslezer zeggen. 'Er worden verschillende mensen ondervraagd in de zaak, onder meer een scoutsleider die het meisje onder zijn hoede heeft gehad.'

Hannah sloeg zo hard op de uit-toets van de wekkerradio, dat hij van het nachtkastje tuimelde.

Onderweg naar kantoor kocht ze bij het tankstation een broodje met kaas en alle kranten en tijdschriften waarvan ze vermoedde dat ze iets over de zaak zouden brengen. Achter het stuur van haar wagen gezeten, beet ze in het kleffe broodje en gooide ze de ene krant na de andere op de passagierszetel. De schreeuwerige titels waren even zovele veroordelingen – van de scoutsleider en van de inspanningen van de politie.

'Scoutsleider ondervraagd in verband met pedofilie', 'Politie tast in het duister in zaak van seksueel kindermisbruik', 'Nog steeds geen spoor in zaak pedofiele scoutsleider'. Hannah zuchtte.

De ene kop was nog sensationeler als de andere en allemaal gingen ze ervan uit dat de schuldige een scoutsleider was.

De tijdschriften brachten meer algemene stukken: 'Pedofilie – hoe ontsnapt je kind eraan?' kopte een roddelblad. Er kwamen een aantal bekende Vlamingen aan het woord die ooit van ver of dichtbij met pedofilie te maken hadden gehad. Een ander blad liet tien bekenden aan het woord over hun tijd bij de scouts. 'In onze tijd bestond dat niet', las ze in een interview met een politicus. 'Wij speelden gewoon nog Dikke Bertha.'

Daarnaast stonden twee foto's afgedrukt. De ene toonde het beeld van twee jongens in uniform die samen lachend een tent opzetten. Op de andere foto sprongen twee naakte jongens in een zwembad. 'Scouts op kamp in 1968 en in 2010 – een wereld van verschil', legde de ondertitel uit.

Hannahs maag keerde om. Zelfs als Flip Van Marsenille niets met de hele zaak te maken had, zou hij zijn naam nooit meer kunnen zuiveren.

Op kantoor belde ze meteen naar Riet Verhelst.

'Ik wil je dochter opnieuw zien bij de kinderpsychologe', zei ze. 'En ik wil zo snel mogelijk Ben Roth spreken. Zijn gsm staat nog altijd uit. Heb je een idee wanneer hij weer thuiskomt?'

'Hij is gisteravond thuisgekomen', zei Riet verbaasd. 'Ik heb hem gevraagd om jullie meteen te bellen. Volgens mij is hij vandaag gewoon weer op kantoor.'

Ze gaf Hannah het nummer waarop ze hem kon bereiken.

'Charles, kom je mee?' Hannah trok haar jas aan en deed teken aan haar oudste collega dat hij haar moest volgen. Die doofde snel zijn sigaret en kwam achter haar aan naar buiten gelopen.

'Waar naartoe, chef?'

'We gaan Ben Roth een bezoekje brengen', zei ze beslist. 'Ik wil nú weten wie hij is en wat hij doet.'

'Verdenken we hem?' vroeg Charles verbaasd.

'Ik verdenk momenteel iedereen, Charles', zei ze. 'Elke leider van die scouts, elke leraar, elke *fucking* pianospeler... We moeten hen stuk voor stuk opnieuw ondervragen.'

'En Van Marsenille dan?'

'Die ook.'

Ze liepen de grote, glazen hal binnen van het gebouw waar het kantoor van Ben Roth gevestigd was. Hannah liep meteen op de jonge blonde receptioniste achter de balie toe, die hen vriendelijk toelachte.

'Hannah Maes en Charles Ruyters voor Ben Roth', zei ze. Het meisje nam de telefoon en toetste snel een nummer in.

'Meneer Roth? Hier staan een mevrouw Maes en een meneer Ruyters voor u. Mag ik ze naar boven sturen?'

Ze legde de telefoon neer en wees naar de lift. 'Derde etage', zei ze. 'Meneer Roth verwacht jullie.' Charles aarzelde even, maar haastte zich achter Hannah aan de lift in, net voor de deuren geruisloos dicht geleden.

Toen ze boven uit de lift stapten, stond Ben Roth hen op te wachten. Hij zag er piekfijn uit, in een lichtgrijs pak met rode das.

'Mevrouw Maes', zei hij. 'Wat een verrassing u hier te zien. Kom binnen!' Hij liep hen voor naar een vergaderzaal. De vensters boden hier een panoramisch uitzicht over Gent.

'Hebt u meer nieuws in verband met Billie?' vroeg hij vriendelijk. Een jong meisje in een kort zwart jurkje bracht hen drie kopjes koffie.

'Superkoffie', zei Ben Roth. 'Ik heb net een nieuwe espressomachine voor mijn medewerkers gekocht. Het is goed voor de werksfeer als je lekkere koffie krijgt. Ik veronderstel dat ze bij de politie nog altijd koffie zetten met een gewone machine, niet?'

Hannah knikte verstrooid. 'Dat klopt, zei ze. 'Kunnen we u even privé spreken?'

Ben Roth sloot de deur en ging zitten.

'*Shoot*', zei hij. 'Waarmee kan ik jullie helpen?'

'U hebt ongetwijfeld de kranten gezien of het nieuws gehoord', zei Hannah.

Ben Roth keek hen verwonderd aan. 'Kranten? Nieuws? Ik ben gisteravond laat geland en vanmorgen meteen naar kantoor gekomen. Om eerlijk te zijn heb ik nog geen letter gelezen en het radionieuws heb ik vanmorgen gemist. Waarom?'

'Twee dagen geleden is er over de zaak Billie Steegmans in De Nieuwsgazet een artikel verschenen', zei Hannah. 'Vandaag heeft iedereen het erover.'

'Dat is vervelend!' zei Ben Roth. 'Ik kan me voorstellen dat Riet daar niet gelukkig mee is. Ik heb haar maar heel kort gesproken gisteravond en ze heeft er niets over verteld. Ik zat in Tsjechië voor zaken en meestal heb ik daar zo'n slechte verbinding, dat ik mijn gsm gewoon uitschakel.'

'Uw secretaresse dacht dat u in Frankrijk zat', merkte Charles op. Hij vroeg zich af of hij mocht roken in deze vergaderzaal.

'Ach, Ine', zei Ben. 'Die slaat de bal soms flink mis. Ik zat in de buurt van Brno, een stad in Moravië. We willen daar een film opnemen en ik ben prospectie gaan doen.'

'Bent u met het vliegtuig gegaan?' vroeg Hannah.

'Neen, met de auto', antwoordde Ben Roth. 'Het is nog geen duizend kilometer rijden.'

'Hebt u daar in een hotel gelogeerd?'

'Ook niet', zei hij lachend. 'Er woont daar een goede vriend die een soort overlevingskampen organiseert in de bossen. Als ik naar Tsjechië ga, blijf ik bij hem overnachten. Hij heeft er een vrij comfortabel hutje.'

'Mogen we de naam, het adres en het telefoonnummer van die vriend?' vroeg Hannah.

Ben Roth keek haar verbaasd aan. 'Ik begrijp niet waarom u mijn vriend gaat lastigvallen,' zei hij, 'maar het is geen probleem. Ik laat Ine het even voor u noteren.' Hij nam zijn iPhone en tikte snel een berichtje in. Even later kwam een jong meisje met kort zwart haar de vergaderzaal binnengelopen en overhandigde hen een papiertje met de gegevens die Hannah gevraagd had.

Toen het meisje weer weg was, kwam Hannah ter zake.

‘We vermoeden dat u een en ander aan een journalist van De Nieuwsgazet hebt doorgegeven’, zei ze zakelijk.

Ben Roth keek haar verbaasd aan en begon dan te lachen. ‘Ik? Iets doorgegeven aan een journalist? Waarom zou ik dat doen?’

‘Dat zoek ik uit, meneer Roth’, zei ze. ‘U bent in elk geval bekend bij de scouts.’

‘Pardon?’ zei Ben Roth. Hij was even uit zijn lood geslagen.

‘Klopt het niet dat er scoutsleidsters meespelen in sommige reclamefilmpjes van *Visual Aid?*’ Hannah toonde hem een foto van Nina, die ze hadden afgedrukt van het internet.

‘Aha! Nina Beek’, zei hij. ‘Dat klopt. Ik ken haar niet van de scouts. Riet heeft haar naar hier gestuurd en wij zagen meteen dat ze talent had. Daar is toch niets verkeerds mee? Alles is netjes in orde met de arbeidsinspectie. Ik kan u de contracten tonen als u dat wilt.’

‘Kan het zijn dat u een scoutsleider een hak wou zetten?’ vroeg ze.

‘Een scoutsleider? Waarom zou ik dat willen?’ vroeg Ben Roth verbaasd.

‘Flip Van Marsenille had ooit een onenightstand met Riet. Nina heeft u dat verteld.’ Hannah keek hem glimlachend aan.

‘Oh, dat!’ zei Ben Roth lachend. ‘Ik herinner me inderdaad vaag dat Nina me iets vertelde over Riet en een scoutsleider, maar dat was toch iets van lang geleden? Lang voor mijn tijd! Vermits ik zelf ook niet bepaald een monnik ben, heb ik daar absoluut geen problemen mee. Riet mag gaan en staan waar ze wil, zelfs nu wij een relatie hebben. *It’s a free world!*’

Hij haalde een pakje Gitanes uit zijn zak en bood Charles het pakje aan. 'Ook een verstokte roker, niet?' Hij knipoogde. '*It takes one to know one.*'

'Mag ik u nog iets vragen?' zei Hannah.

'Vraag maar raak.' Hij blies lachend een wolkje rook uit en bekeek vervolgens zijn netjes gemanicuurde nagels.

'Vergis ik me als ik denk dat u met een Engels accent spreekt?' vroeg ze.

Ben Roth keek haar bewonderend aan. 'Dat het na al die jaren toch nog hoorbaar is!' riep hij. 'Ik dacht dat het helemaal verdwenen was. U moet heel goede oren hebben.'

'Bent u Engelsman?' vroeg Charles. Hij had zich tot nu toe niet in het gesprek gemengd.

'Mijn vader was Engelsman', zei Ben Roth. 'Hij kwam ooit naar Oostende, werd er verliefd op een meisje en ze trouwden. Met mijn pa sprak ik Engels, met mijn ma Vlaams. Toen ik een jaar of twaalf was, is hij eruit getrokken, terug naar Engeland. Ik heb hem nooit meer gezien. Maar blijkbaar is zijn accent blijven plakken. Wonderlijk, toch?'

'*Bon*', zei Hannah. 'Dan weten we genoeg. Ik laat weten of we u nog nodig hebben. Kunt u voortaan ook in het buitenland uw gsm aanzetten zolang deze zaak loopt? Dat maakt ons het leven eenvoudiger.'

Ben Roth begeleidde de twee agenten naar de lift.

'Dat met Billie is een vervelende zaak', zei hij met een scheve glimlach, terwijl ze stonden te wachten. 'Het zet ook een domper op mijn relatie met Riet. Jammer, want ik vind haar een heel mooie en bijzondere vrouw.'

Toen de lift arriveerde, gaf hij hen beiden een hand en liep terug naar zijn kantoor.

'Vind je het erg als ik met de trap ga?' vroeg Charles.

'Heb je daar nog altijd last van?' vroeg Hannah. Ze wist dat haar collega het benauwd kreeg in kleine ruimten zoals liften. Ze wees naar de liftkooi. 'Daarnet leek het toch goed te gaan?' Charles schudde zijn hoofd. 'Vandaag geen lift meer', zei hij.

'Wacht, ik loop wel met je mee', zei Hannah, terwijl ze hem naar de trappenhal vergezelde.

'Het is duidelijk dat niemand hier ooit een trap neemt.' Hannah wees op de grauwe muren en de vloer, die in geen tijden nog was schoongemaakt. 'Altijd een goeie plek voor vieze dingen.'

21

Om vijf uur reed Hannah naar huis. Ze stopte bij de Chinees voor een afhaalmaaltijd, maar zodra ze thuis was, kieperde ze de bakjes in de vuilnisbak. De gedachte aan haar vorige Chinese maaltijd had haar plots weer misselijk gemaakt.

Ze trok haar loopschoenen aan en zocht naar haar iPod. Het was al veel te lang geleden dat ze nog gelopen had. Ze liep snel de trappen af, de straat door. De muziek zweepte haar op en het duurde niet lang voor ze een prettig loopritme te pakken had dat net onder haar pijngrens lag.

Anderhalf uur later was ze weer thuis, bezweet en met een rood hoofd, maar in topvorm. Het lopen had haar goed gedaan. Haar hoofd voelde niet langer zwaar aan en ze kon weer helder nadenken.

Zonder te douchen en zich om te kleden liep ze naar het appartement van Koen en klopte aan, zo hard als ze kon. Geen antwoord. Ze klopte nog eens, riep luid zijn naam en probeerde door het spionnetje in de deur naar binnen te kijken.

'Shit', zei ze luid, terwijl ze tegen de deur schopte. 'Elke keer dat ik je nodig heb, ben je er niet.'

Ze liep terug naar haar appartement, trok een blaadje papier van haar notablok en schreef in grote letters:

'Ik zit vanavond in de Siglo V. Kom.' Ze stopte het papiertje onder zijn deur en liep naar haar flat. Ze douchte en trok een schone jeans en een topje aan. Ze zou ergens wat gaan eten en daarna zou ze Cuba Libres drinken in haar favoriete bar. Met een beetje geluk zou Koen het briefje op tijd vinden en zou de avond nog een prettig vervolg krijgen... Haar lichaam reageerde meteen op dat vooruitzicht. 'Rustig, Hannah, rustig', zei ze tegen zichzelf. 'De nacht is nog jong.'

Rond tien uur duwde ze de deur van Club Siglo V open. De ruimte was donker en rokerig en uit de boxen klonk opzwepende salsamuziek. In de leren zeteltjes zaten mooie mensen die dure Cubaanse sigaren rookten en aan cocktails nipten.

Ze ging aan de lange houten toog zitten, bestelde een Cuba Libre bij een van de knappe barmannen en bestudeerde het menu, waarop een twintigtal sigaren stonden. Van de Cohiba Siglo V, waarnaar de bar genoemd was, werden er maar een paar honderd per jaar ingevoerd. Dat had de baas van de club haar ooit verteld. 'Prijs op aanvraag', las ze op het menu.

'Ik wist niet dat u van sigaren houdt', zei een donkere stem naast haar. Ben Roth keek haar lachend aan en deed teken naar de barman. 'Nog eens hetzelfde voor mevrouw.'

Hij hief zijn glas. '*Cheers.*' Hannah zag dat hij in zijn andere hand een sigaar hield.

'Een Cohiba Behike.' Hij liet haar de sigaar zien. 'Kost rond de

40 euro in de winkel. Tony heeft er twintig kunnen kopen. Alleen zijn beste klanten krijgen er af en toe eentje.'

Hannah had nog geen woord gezegd.

'Ik mag dit eigenlijk niet aannemen', zei ze tegen Ben Roth, terwijl ze naar de Cuba Libre wees die de barman voor haar had neergezet.

'Waarom niet?' vroeg Ben Roth verbaasd. 'Ik trakteer gewoon. Daar is toch niets verkeerds mee?'

'U bent betrokken in een zaak waar ik mee bezig ben', zei Hannah.

'Sinds wanneer ben ik een verdachte?' vroeg hij. 'Niet toch? Nu dan!'

Hij tikte zijn glas als toast tegen het hare. Hannah zweeg. Ze had uitgekeken naar een avondje in deze club, maar de aanwezigheid van Ben Roth veranderde alles.

'Kom je hier vaak?' vroeg hij, en schoot meteen in de lach. 'Wat een clichézin! Het lijkt wel of ik je wil versieren. Maar mijn bedoelingen zijn nobel en ik wil het gewoon graag weten: kom je vaak in deze bar?'

Hannah trok haar schouders op. 'Heel af en toe', zei ze. 'Met een flikkenloon ligt dit eigenlijk net buiten mijn mogelijkheden.'

Ben Roth keek rond en maakte een weids gebaar. 'Voor mij is dit een tweede thuis', zei hij. 'Ik ken Tony al van voor hij de zaak hier opstartte. We trekken regelmatig samen naar Cuba om de bloemetjes buiten te zetten. De beste sigaren, fantastische rum en natuurlijk onwaarschijnlijk lekkere vrouwen.'

Hij keek Hannah lachend aan.

'Wat vindt uw vriendin daarvan?' vroeg ze droog.

'Mijn vriendin?' Ben Roth dacht even na. 'Riet bedoel je?'

Hannah fronste haar wenkbrauwen en knikte.

'Begrijp me goed, mevrouw Maes', zei hij. 'Ik heb niet dat soort vaste relaties. Riet is mijn vriendin, ja, maar ik zie haar op woensdagen en daar blijft het ook bij.'

'Voor maandagen en dinsdagen is er een andere Riet?' Hannah probeerde de vraag zo luchtig mogelijk te laten klinken.

'Dat nu ook weer niet', antwoordde Ben Roth lachend. 'Dan zou het allemaal te ingewikkeld worden. Laten we zeggen dat ik op andere dagen mijn ogen niet in mijn zak heb.'

'Maar Riet weet dat?' vroeg Hannah.

Ben Roth knikte. 'Riet weet dat. Ik ga voor vrouwen die op eigen benen staan en bij voorkeur al een kind hebben. Als je iets begint met vrouwen die nog kinderen willen, krijg je gegarandeerd binnen de maand gezeur. Het eerste dat ze willen is dat je je voortplant. Zo zit ik niet in elkaar. Ik wil ook helemaal niet voor iemand zorgen, snap je?'

Hij bracht zijn mond dicht bij haar oor.

'Hebt u al kinderen, mevrouw Maes?'

Hannah voelde hoe haar wangen rood werden. Ze bracht het gesprek op een ander onderwerp.

'Ik wist niet dat reclamefilms zo veel opbrachten', zei ze.

'Ik mag niet klagen', lachte Ben Roth. 'De zaak heeft me geen windeieren gelegd.'

Hij stond op en nam haar bij de elleboog. 'Kom.' Hij wees naar een hoekje achter in de bar, waar twee fauteuils vrij waren. 'Laten we comfortabel gaan zitten. Dat praat gemakkelijker.'

Hannah volgde hem naar het donkere hoekje van de bar. Ze voelde hoe de rum langzaam zijn effect op haar begon te krijgen. 'Opletten, Maes', dacht ze bij zichzelf. 'Hij is je aan het versieren.'

Toen ze in de lederen fauteuils zaten, boog Ben Roth zich vertrouwelijk naar haar toe.

'Hoe zit het eigenlijk met u en de liefde, mevrouw Maes?' vroeg hij. 'Of hebben agenten van de zedenpolitie geen liefdesleven?'

Hannah glimlachte snel en draaide zich instinctief om naar de ingang, omdat ze onbewust toch de hele tijd had zitten afwachten of Koen op haar bericht zou reageren. Er ging een schok door haar heen. In de deuropening stond Koen, die haar verbijsterd aankeek, zich omdraaide en meteen weer naar buiten liep.

'Sorry', zei ze. 'Daar gaat iemand die ik ken. Ik moet weg.'

Ze stond op en baande zich een weg naar de deur waardoor Koen net verdwenen was. Ze zag hem de straat uitlopen in de richting van de kaaien.

'Koen!' riep ze, 'Koen, wacht!'

Koen stopte en draaide zich langzaam om.

'Je had al gezelschap,' zei hij, 'dus ik dacht...'

'Dat was geen gezelschap', zei Hannah. 'Jij bent mijn gezelschap vanavond.' Ze stak haar arm door die van Koen en samen wandelden ze naar de loft. Hannahs hoofd tolde. Er zat duidelijk veel rum in de Cuba Libres van de Siglo V.

'Wijn? Bier?' vroeg Koen. Hij had een paar kaarsen aangestoken en de flat was behaaglijk warm. Hannah strekte zich uit op de zetel.

'Thee', zei ze. 'En doe er een scheut rum in. Dan blijf ik wat in de stemming.'

Terwijl Koen in de keuken bezig was, nam ze de afstandsbediening en begon ze te zappen. Op BBC 2 liep *Never Mind The Buzzcocks*, de populaire muziekquiz die al jaren liep en waar Hannah als tiener dol op was geweest. Het was een heruitzending van een oude aflevering, die nog gepresenteerd werd door Simon Amstell. Hij vroeg naar de naam van een Engelse boyband uit de jaren negentig. Er verschenen vier blonde jongens met enorme kuiven in beeld. Ze droegen allemaal een roze T-shirt met daarop een groot glitterhart en een strakke leren broek.

'I'll never step on your doorstep again was hun grootste hit', gaf de presentator als hint.

'De M8s', riep Hannah luid. 'Het zijn de M8s!'

'Welke *mates?*' vroeg Koen, die met twee koppen thee en een fles rum de living kwam binnengelopen.

Hannah wees naar het scherm. 'Dat zijn de M8s. Niet *m-a-t-e-s* maar M-acht-s. Ze waren zowat de eersten die een cijfer in hun naam zetten om enkele letters te vervangen.'

Ze zong de eerste zin van het liedje. Koen zette het dienblad op de salontafel, boog zich over haar heen en probeerde haar te kussen.

'*You can always step on my doorstep*', bauwde hij de boys na. Het domme liedje klonk nog steeds door de living.

'Hey, ik was verliefd op die gasten toen ik veertien was', zei Hannah. 'Kwets nu mijn puberale gevoelens van toen niet.'

Ze giechelde toen Koen haar T-shirt over haar hoofd trok en met een soepel gebaar haar bh losmaakte. Ze schudde het rode gevalletje lachend van haar armen.

'Daar bent u handig in, meneer Verberk', zei ze. 'Ik vermoed dat u al heel wat ervaring hebt in het losmaken van onderkleding als deze.' Ze giechelde.

'Je kunt nooit genoeg ervaring hebben', fluisterde Koen, terwijl hij zacht haar borsten streelde. Zijn andere hand frommelde aan de rits van haar jeans.

'Eerst de laarsjes, meneer Verberk, dan pas de broek', zei Hannah vermanend. 'Leren ze jullie dan niks meer op school?'

Ze kreeg weer een lachbui. De Cubaanse rum had zijn werk goed gedaan en haar lichaam was nu helemaal ontspannen, klaar om zich over te geven aan haar buurman.

Koen trok met elk van zijn handen een van haar korte, leren laarsjes uit en zette ze naast elkaar op de salontafel. Dan kuste hij haar in haar hals en vervolgens tussen haar borsten en lager, een lange rij van kussen op haar buik, tot zijn lippen de rand van haar jeans raakten. Hij nam de denimstof stevig tussen zijn tanden en trok langzaam haar broek omlaag.

'Ik vind je sexy als je wat te veel op hebt', lachte hij toen hij weer opkeek, en zijn vingers speelden plagerig met het elastiek van haar slipje. Hij ging rechtop zitten en nam een grote slok van de fles rum die op de grond stond. Hij boog zich over

Hannah heen en liet een geutje rum in haar mond lopen. Ze sloot haar ogen en voelde het zoete vocht branden in haar keel.

'U mag geen misbruik maken van vrouwen die onder de invloed zijn, meneer Verberk', zei Hannah, terwijl ze haar hand door zijn zwarte krullen haalde.

'Oh, maar ik misbruik ze niet', zei hij, terwijl hij wat rum in haar navel goot. 'Ik zorg er juist voor dat ze zich heel goed voelen.'

Langzaam likte hij de rum op, die over haar buik stroomde, terwijl hij haar slipje langs haar benen naar omlaag stroopte.

'Hoe wilt u het 't liefst, mevrouw Maes?' Hij boog zich over haar heen en fluisterde in haar oor. 'Hard en ruig of zacht en traag?'

Hannah keek hem even aan. 'Hmmmm... Mag het ook een combinatie zijn?' vroeg ze. 'Eerst zacht en traag en dan hard?'

Koen glimlachte en ging naast de sofa zitten. Hij liet een vinger van haar navel naar beneden wandelen. Hannah kreunde zacht toen hij zijn hand tussen haar dijen liet glijden. Ze strekte haar armen ver achter zich uit en liet hem zijn gang gaan. Het leven leek plots zoveel eenvoudiger.

22

Het duurde even voor Hannah besefte waar ze was, toen ze 's ochtends haar ogen opende. Ze bekeek de witte, verkreukelde lakens, de onbekende kleerkast en de ramen, waar het zonlicht op een andere manier door viel dan in haar appartement.

'Koen', dacht ze. Ze nestelde zich tussen de lakens en snoof diep om zijn geur weer op te roepen. In plaats daarvan rook ze iets dat haar maag aan het grommen bracht. 'Eieren', dacht ze. 'En spek.'

Ze gooide haar benen over de rand van het bed en wandelde spiernaakt de living binnen. Aan het fornuis stond Koen fluitend te roeren in een reusachtige pan spek met eieren. Naast hem pruttelde de koffiemachine. Hannah voelde hoe de alcohol van gisteren haar maag in de war had gebracht en had plots iets minder zin in eieren.

Koen keek haar lachend aan. 'Na de inspanningen van gisteravond heb je wel een stevig ontbijt verdiend', zei hij. 'Kijk, ik ben zelfs al koffiekoeken gaan halen.' Hij hield een grote zak omhoog, waarin zich onderaan een vetvlek aftekende.

'Ik blijf niet ontbijten', zei Hannah snel. 'Ik moet werken.'

Ze raapte haar kleren van de grond, nam haar laarsjes onder de arm en liep naar de deur. Toen ze de deurknop al in haar handen had, bedacht ze zich, keerde zich om en zag Koen beteuterd tegen het aanrecht leunen. Ze holde naar hem toe, legde een hand om zijn nek, trok zijn gezicht naar het hare en kuste hem vol op de mond.

'Merci', zei ze. Ze draaide zich om en liep op een drafje zijn flat uit.

Terwijl de harde waterstraal haar lichaam masseerde, herinnerde ze zich plots het liedje van de M8s dat ze de vorige avond had gehoord.

'I'll never step on your doorstep again
now I know I'm not your superman'

De rest van de tekst kende ze niet meer. Terwijl ze haar haren inzeepte, voelde ze haar lichaam natintelen, het effect van de sensuele nacht die ze met Koen had doorgebracht. Toen ze zich even later voor de grote spiegel stond af te drogen, zag ze een rood cirkeltje fel afsteken tegen haar witte dij. Ze bekeek het van wat dichterbij en zag dat hij stevig in haar bovenbeen gebeten had.

'Koentje toch', zei ze lachend. 'Was ik zo lekker?'

Ze liet een pijnstiller oplossen in een glas water en belde naar kantoor. Kevin nam de telefoon meteen op.

'Kevin? Ik ga vandaag eens met die moeder van Flip Van Marsenille praten. Ik zal dus wat later op kantoor zijn. Redden jullie het zonder mij?' Kevin antwoordde dat er nog steeds veel telefoontjes binnenkwamen, maar dat ze alles onder controle hadden. Hij zou haar bellen als er nog iets nieuws aan het licht kwam.

'Nog geen nieuws van het labo over die slaapzak?' vroeg ze voor ze de telefoon aflegde.

'Niks', zei Kevin. 'Ik bel straks als het labo open is.'

Een half uur later stond ze voor een enorm flatgebouw, dat was opgedeeld in kleine woonblokken. Elke deur had een andere kleur gekregen, alsof de architect de uniforme boel wat had willen opfleuren. Hannah vond dat al die verschillende kleuren het gebouw juist eerder iets triests gaven. Ze belde aan bij de rode deur van nummer 205. De vrouw die opendeed, schatte ze achter in de veertig of vooraan in de vijftig. Haar zwarte haren waren samengebonden in een lange paardenstaart en haar strakke zwarte legging deed haar lange benen goed uitkomen.

'Ja?' vroeg ze.

'Frieda Verdonck?' vroeg Hannah. De vrouw knikte.

'Hannah Maes', stelde ze zich voor. 'Zedenrecherche Gent. Kan ik u even spreken?'

De vrouw haalde haar schouders op. 'Waarom niet?' Ze deed teken dat Hannah haar mocht volgen. Het appartement was sober, maar netjes ingericht. De vrouw wees naar de sofa. 'Ga zitten. Ik neem wat koffie.' Ze kwam terug met een dienblad met kopjes koffie en een geopend pak koekjes.

'Ik wil het even hebben over uw zoon Flip', zei Hannah. 'Als ik het goed begrepen heb, hebben jullie al een hele tijd geen contact meer.'

De vrouw nam een koekje, beet er bedachtzaam een hoekje af en schudde dan haar hoofd. 'Flip is weggegaan op zijn zestiende', zei ze. 'Ik heb hem niet meer gezien, maar ik weet van Dina dat hij intussen dokter is.'

'Hij is dokter in opleiding', zei Hannah. 'Wilt u hem niet meer zien of wil hij u niet meer zien?'

'Hij wil niets meer met mij te maken hebben', zei de vrouw. Ze keek Hannah aan met een verre blik in haar donkere, iets te zwaar opgemaakte ogen.

'Hij geeft mij de schuld van wat er gebeurd is met zijn vader. En weet u, misschien heeft hij wel gelijk. Bent u daarom hier?'

Hannah legde kort uit dat Flip verdacht werd van betrokkenheid bij een zaak van seksueel misbruik van kinderen.

'Daar geloof ik niets van', zei de vrouw. Ze stond op en stak een sigaret op. Hannah kuchte even, maar de vrouw deed of ze niets merkte en rookte gewoon door.

'Flip valt niet op kinderen', zei ze. 'Of tenminste: vroeger viel hij alleszins niet op kinderen. Rond zijn vijftiende had hij iets met een lerares die toen al ruim in de dertig was. Daar zijn ze op school achter gekomen en daar kregen we toen ruzie over. Daarom is Flip weggegaan. Ik heb nog geprobeerd hem weer thuis te krijgen, maar het was tevergeefs.'

'Wist u van het misbruik door zijn vader?' vroeg Hannah.

'Ja', zei de vrouw eenvoudig. Haar antwoord verraste Hannah, maar ze liet het niet merken.

'Maar u ziet hem zelf niet in staat om een kind te misbruiken?' vroeg ze.

'Flip was het tegenovergestelde van zijn vader', zei de vrouw. 'Altijd maar proberen om goed te doen voor iedereen. Ik heb nog nooit iemand zo weten schipperen als hij. Hij heeft geprobeerd Dina en mij te beschermen tegen zijn vader, die een echt beest was. Uiteindelijk is dat hem altijd gelukt, maar hij heeft het als verraad beschouwd dat ik het heb laten gebeuren.'

'Waarom liet u het gebeuren?' vroeg Hannah.

'Ik zou het nu anders doen', zei ze. 'Maar toen...'

Ze haalde haar schouders op, stak haar sigaret tussen haar lippen, inhaleerde diep en blies de rook langzaam uit. 'Het is allemaal zo gemakkelijk als je zelf niet in die situatie zit', zei ze. 'Maar als moeder alleen blijven met twee kleine kinderen is geen cadeau. Door aangifte te gaan doen heeft Flip mij gedwongen om zelf verantwoordelijkheid te nemen. Alleen had ik het nooit aangedurfd.'

Hannah knikte en stond op. 'Ik laat het u weten als we nog meer informatie nodig hebben', zei ze. 'Misschien kunt u eens contact opnemen met uw zoon. Hij heeft het niet gemakkelijk nu.'

'We zien wel.' De vrouw nam Hannahs kaartje aan en liet haar uit.

'Godverdomme!' riep Hannah, terwijl ze hard op de rem duwde. Vlak voor haar kwam een auto achteruit een parkeerplaats uitgereden zonder rekening te houden met het verkeer. Ze toeterde een paar keer en wees naar haar hoofd. De man in de auto stak zijn middenvinger op en bleef tergend langzaam voor haar uit rijden. Het kostte Hannah de grootste moeite om rustig te blijven. Het liefst had ze de wagen ingehaald en de chauffeur uit de auto gesleurd om hem eens haarfijn uit te leggen wat ze van hem dacht.

Zenuwachtig beet ze op haar nagels en probeerde ze wat afstand te laten tussen de auto's. Hopelijk was de man zijn pesterij gauw beu en konden ze gewoon verder rijden. Om zichzelf wat te kalmeren keek ze gedachteloos naar de mensen op de stoep die ze stapvoets passeerde. Plots dook tussen de voetgangers een gezicht op dat haar bekend voorkwam. Ze vertraagde nog wat en toen zag ze Ben Roth een apotheek binnenstappen.

Plots bekroop haar een vervelend gevoel, haast alsof ze zich schuldig moest voelen... Haar voorschrift voor de pil zat nog altijd in haar portefeuille. Misschien was het niet echt slim geweest om onbeschermd met Koen naar bed te gaan. Ze parkeerde haar auto op de eerste vrije plek die ze op haar weg vond en liep terug naar de apotheek, waar Ben Roth intussen al afrekende en een doosje in de zak van zijn leren vest stopte.

'Kan ik u helpen?' vroeg een meisje in een witte schort. Hannah gaf haar het voorschrift dat al dagen in haar portefeuille zat. Het meisje haalde een wit doosje uit het rek achter zich.

'Kan ik ook een morning-afterpil krijgen?' vroeg ze op fluistertoon.

'In principe niet zonder voorschrift', antwoordde het meisje. Ze keek Hannah aan en besefte hoe de vork in de steel zat. 'Ik kan ze u wel meegeven en dan brengt u mij het voorschrift later maar eens', zei ze met een knipoog. Ze nam een tweede doosje uit het rek en legde uit hoe Hannah de pil moest gebruiken.

Ben Roth was intussen zeer geconcentreerd een bericht op zijn gsm aan het lezen, terwijl hij langzaam naar de deur liep. Blijkbaar had hij Hannah totaal niet opgemerkt. Ze rekende af, volgde hem naar buiten en zag nog net hoe hij zijn BMW uit de parkeerplaats manoeuvreerde, wegreed en wat verder voor het rode licht stond. Snel liep ze naar haar auto, stapte in en reed, zodra het licht op groen sprong, weg uit haar parkeerplaats om de blauwe BMW te volgen, waarbij ze ervoor zorgde dat er altijd twee auto's tussen hen in reden. Tien minuten later reed ze op de E19 naar Parijs.

Haar gsm rinkelde. Ze nam op en probeerde intussen de BMW bij te houden die net iets sneller dan tegen de toegelaten snelheid over de snelweg reed. 'Hopelijk kom ik Pieter Serneel nergens tegen vandaag', dacht ze.

'Hannah? Jan Ravels.'

Hannah was blij hem te horen. 'Jan! Heb je nieuws voor me?' vroeg ze.

'Ik heb via-via een beetje gegraven naar de bronnen van dat seks-en-scoutsverhaal. Veel ben ik niet te weten gekomen, maar wel dat Dieter Donné een afspraak had bij *Visual Aid*. Ken je dat bedrijf?'

'En of ik het ken', zei ze. 'Je hebt me onwaarschijnlijk goed geholpen, Jan. Ik trakteer je er eentje, zodra we elkaar nog eens tegenkomen.'

'Ik denk dat ik er intussen al meer dan één te goed heb', lachte Jan. 'Maar goed, ik zet er een streepje bij.'

Ze namen afscheid en Hannah concentreerde zich op de BMW, die nu een heel stuk voor lag. Ze duwde het gaspedaal dieper in en probeerde zo kort mogelijk bij de snelle wagen te blijven zonder dat Roth haar opmerkte.

Bij Veurne reed hij de A16 op. Even later nam hij afrit 65. 'Ghyvelde/Bray/Dunes/Hondschoote/Steenvoorde', las ze op het grote blauwe bord naast de snelweg. Ze was er zeker van dat ze nooit eerder in deze omgeving geweest was. Ze nam wat gas terug, want er was amper verkeer op de weg en ze moest erop letten dat de man in de blauwe BMW haar niet in het oog kreeg.

Ze merkte nauwelijks dat ze de grens overstaken. Had ze het versleten bord met '*Bienvenue en France*' niet opgemerkt, dan had ze niet geweten dat ze al in Frankrijk was. Het vlakke landschap met hier en daar een verdwaalde knotwilg zag er aan beide kanten van de grens precies hetzelfde uit. 'Moeres', las ze even later op een verkeersbord. Het was een naam die ze nooit eerder had gehoord of gezien. Ze concentreerde zich zo op de BMW, dat ze de tractor die uit een zijstraat kwam, pas op het laatste moment opmerkte. Haar remmen piepten en de auto schokte heftig toen ze uit alle macht probeerde een aanrijding te vermijden. Gelukkig was haar wagen uitgerust met de nieuwste technologie, zodat hij niet aan het slippen ging en kreeg ze hem op het laatste nippertje weer recht op de baan. Ze gaf gas en liet de tractor ver achter zich, maar de BMW was verdwenen. De lange baan strekte zich voor haar uit, maar zo ver ze kon kijken zag ze geen auto meer. 'Hij moet hier ergens zijn', dacht ze. Ze nam de eerstvolgende zijweg en reed langzaam door het dorp. Na vijfhonderd meter eindigde de schaarse bebouwing en zag ze alleen nog velden en akkers. Ze keerde terug en probeerde de weinige zijstraten uit. Het had geen zin. De BMW was nergens meer te bespeuren. Ze wist zelfs niet of hij nog in het dorp was. Ze nam haar gsm en probeerde het nummer van Ben Roth, maar werd meteen doorgeschakeld naar zijn voicemail. Vloekend maakte ze rechtsomkeer en reed terug naar de snelweg.

Ze keek naar het doosje dat ze achteloos op de passagierszetel had gesmeten.

'Achtentwintig dagen', zei ze zacht voor zich uit. Ze probeerde zich te herinneren wanneer ze de laatste keer ongesteld was geweest en op welke dagen ze dan veilig was, maar het lukte haar niet om het regeltje toe te passen. Ze zuchtte en nam het doosje met de morning-afterpil in haar rechterhand. Ze slaagde erin het met één hand open te peuteren en de strip met twee pillen eruit te halen. Ze duwde een pilletje uit zijn oranje verpakking, stopte het in haar mond en slikte het door. Dan bekeek ze de andere pil en vroeg zich af of ze die ook meteen moest innemen. 'Ik doe het straks wel', dacht ze.

Flarden van de vorige avond schoten door haar hoofd. De nacht met Koen had haar weer helemaal opgeladen. Waar hadden ze ook weer naar gekeken op televisie voor Koen met haar begon te vrijen?

'Het was een oude aflevering van *Never Mind The Buzzcocks*', dacht ze. Onbewust begon ze te neuriën en tikte ze de maat van een oud liedje mee op het stuur. Plots wist ze het weer. De M8s! Een van haar favoriete boybands toen ze een jaar of veertien was. De vier mannen hadden gisteren zo potsierlijk geleken met hun foute broeken en nog foutere T-shirts. Ze hadden ook van die geweldige namen: 'Barry-O, Jiff, TomBoy en...' Het duurde even voor ze op de vierde naam kwam. 'KenJ,' dacht ze, 'met die rare schrijfwijze.'

Plots liep er een rilling over haar rug. Ze klemde haar stuur vast en boog naar voren, haar ogen wijd opengesperd.

'KenJ', zei ze luid voor zich uit. 'Dat kan toch niet waar zijn?'

Ze probeerde zich beelden voor de geest te halen van de band zoals ze die gisteren op de televisie had gezien, maar de gezichten van de bandleden bleven vaag en ongedefinieerd. Hannah drukte het gaspedaal wat dieper in en reed veel harder dan was toegestaan naar Gent. In plaats van door te rijden naar het politiekantoor nam ze de afslag naar Sint-Martens-Latem.

Haar vader deed de deur verbaasd open. 'Jij hier? Moet je niet werken?'

'Ik ben aan het werk', zei ze nijdig. Ze duwde hem opzij en liep met twee treden tegelijk de trap op. Het duurde even voor ze de stok gevonden had die diende om het luik naar de zolderverdieping te openen. Ze klom de smalle ladder op en zocht naar de lichtschakelaar. Een klein peertje vormde een lichtcirkel in het midden van de zolder, maar liet de hoeken donker.

Hannah bukte zich en trok een stapel dozen onder een deken vandaan. Ze bestudeerde ze een voor een, maar er stond nergens genoteerd wat er in de dozen opgeborgen zat. Met haar huissleutel sneed ze de tape omheen de eerste doos los. Hij zat vol bontgekleurde mutsen, sjaals en wanten. Ze duwde de doos opzij en probeerde een volgende. Die leverde alleen oude rapporten en schriftjes op. Bij de derde doos had ze meer geluk. Ze herkende meteen de posters van muziekgroepen uit haar jeugd die boven op de stapel lagen. Voorzichtig begon ze de doos uit te laden.

'Hopelijk heb ik het allemaal bijgehouden', dacht ze. 'Het moet hier ergens in zitten...'

Ze nam voorzichtig een poster en een cd uit de doos. 'M8s', stond er in krullerige letters op de cover, met daaronder een foto van de vier bandleden. Ze vouwde de poster open die ze ooit uit de Joepie had gescheurd. Het was een grote foto van de vier mannen. Hannah legde hem onder het licht van het peertje en bekeek de gezichten geconcentreerd.

'Dat is hem!' riep ze. 'KenJ! Ben Roth!'

Ze vouwde de dozen slordig weer dicht, klemde de poster en de cd onder haar arm, daalde voorzichtig de trap af en liep naar de voordeur.

'Blijf je niet?' vroeg haar vader, die met een keukenhanddoek in zijn hand de hal kwam binnengelopen. 'Als je wilt, kun je straks mee-eten.'

'Geen tijd!' Hannah wees naar de bovenverdieping. 'Ik ruim de rommel op zolder later wel op.' Ze drukte snel een kus op haar vaders wang en rende naar haar auto.

Op de afdeling zedendelicten gingen de poster en de cd van de M8s van hand tot hand.

'Ik wist niet dat je zo'n slechte smaak had, chef', zei Bob. Hij draaide de cd om in zijn handen en las de titels van enkele nummers luidop voor. *'I feel like loving you'*, *'Babe, you're a babe'*, *'In my arms you are so safe'*, *'I won't step on your doorstep'*. Hij schoot in de lach. 'Veel erger kan het niet. En kijk toch eens hoe die gasten eruitzagen! *Jeanetten* van het zuiverste water.'

Hij keek zijn collega's aan en hield de cd in de lucht. 'Je weet toch waarom ze dit een boyband noemen?'

Niemand reageerde.

'Omdat ze anders zelf niet weten dat ze jongens zijn', zei Bob lachend.

Kevin keek verstrooid op. 'Dus die derde zou volgens jou Ben Roth zijn?' vroeg hij aan Hannah.

'Ik denk het', zei ze. 'Ik probeer hem al de hele tijd te bellen, maar hij neemt zijn telefoon weer niet op. Kun jij meer te weten komen over die KenJ, Kevin?'

'Dat moet lukken,' zei hij, 'maar wat heeft Ben Roth verder met de zaak te maken?'

'Ik heb geen flauw idee,' zei Hannah, 'maar iets zegt mij dat meneer Roth niet zuiver op de graat is. Ik weet intussen dat hij het is die informatie naar de pers gelekt heeft en hij gedraagt zich al de hele tijd als een verdomd gladde paling.'

'Wat doen we intussen met Van Marsenille?' vroeg Charles.

'Die mogen we niet uit het oog verliezen', zei Hannah. 'Hoe

staat het trouwens met die slaapzak?' De collega's keken elkaar aan.

'Niks meer van gehoord', zei Bob. 'Ik bel het labo zo meteen.'

Een uur later kwam Kevin Hannahs kantoor binnen met een vel papier in zijn handen.

'Ik ben gaan graven naar die KenJ.' Hij liet Hannah de print zien. Het was een e-mailbericht van de platenmaatschappij die ooit de eerste cd van de M8s had uitgebracht.

'KenJ is eigenlijk Kenneth Jones. Hij is Ier van geboorte, maar woonde in Engeland toen de M8s werd opgericht – ergens aan het einde van de jaren tachtig. Na een paar hitjes zijn ze weer van het toneel verdwenen. De platenmaatschappij heeft geen flauw idee wat er met de leden is gebeurd nadat ze uit elkaar gingen.'

'Kenneth Jones', zei Hannah bedachtzaam. 'Een Ier. Vandaar het accent. Kun je te weten komen wat er van hem geworden is na zijn tijd bij de M8s, denk je?'

'Ik veronderstel dat de Engelse politie of Interpol ons wel kunnen helpen', zei Kevin. 'Die Kenneth Jones moet toch in hun bestanden zitten?'

'Ik wil weten wanneer Kenneth Jones is veranderd in Ben Roth', zei Hannah.

'Het is niet zeker dat Kenneth Jones rechtstreeks omgeturnd is tot Ben Roth', antwoordde Kevin. Hij wreef over zijn kin. 'Misschien heeft hij zijn naam al meerdere keren veranderd.'

'Waarom denk je dat?' vroeg Hannah.

'Het is maar een idee.' Kevin trok zijn schouders op.

'Je hebt natuurlijk gelijk', zei Hannah. 'Het is iets waar we rekening mee moeten houden. Maar ik wil vooral weten waarom die Kenneth Jones ooit zijn naam veranderde. Ik bel zo meteen de Britse politie en Interpol om te vragen of ze me kunnen helpen. Intussen wil ik dat je een paar dingen opnieuw checkt voor mij.'

Kevin ging in de stoel voor Hannahs bureau zitten en haalde een notitieblokje uit de zak van zijn vest. Het viel haar nu pas op hoe netjes haar collega in de kleren stak.

'Nieuw?' vroeg ze.

Kevin knikte trots. 'Ik heb toch nog een stockverkoop gevonden', zei hij, blij dat iemand zijn nieuwe kleren had opgemerkt. 'Ik heb me een paar pakken aangeschaft. Dit is er eentje van Hugo Boss.' Hij streek liefdevol over het mooie grijze materiaal. 'Zuiver scheerwol', zei hij. 'Mijn hemd is een echte Armani.' Hij wees op het logootje, de kleine vleugels die op het borstzakje genaaid waren.

'Knap', zei Hannah. 'Echt, je ziet er goed uit!' Kevin grijnsde van oor tot oor.

'Maar nu ter zake', ging Hannah verder. 'Ik wil dat je teruggaat naar die school waar Billie Steegmans in de woensdagmiddagbewaking blijft, om die juffen nog eens te ondervragen. Toon hen een duidelijke foto van Billie Steegmans en van Ben Roth en vraag nog eens duidelijk hoe laat Billie wordt opgepikt. Vraag vooral of ze elke woensdag op hetzelfde uur wordt afgehaald.'

Kevin stond op. 'Ik ga er meteen langs', zei hij. 'En ik bel je als ik meer weet.'

'Wacht even voor je vertrekt', zei ze. 'Ik wil jou, Bob en Charles in de vergaderzaal, zodat ik iedereen op de hoogte kan brengen van wat we nu weten. Er moeten opnieuw wat taken verdeeld worden.'

Een half uur later zaten alle collega's in de vergaderzaal. Charles schonk voor iedereen koffie in, terwijl Bob op zoek ging naar iets eetbaars. Hij kwam terug met zijn handen vol wafels uit de automaat.

'We moeten eens vragen of er geen budget is om hier wat snoepgoed te leggen', zei Bob. 'Ik heb weer vijf euro uitgegeven.'

Hannah haalde wat kleingeld uit haar broekzak en gooide het op tafel.

'Mijn bijdrage', zei ze, terwijl ze het cellofaan van een wafel scheurde. De anderen haalden ook hun zakken leeg, zodat er uiteindelijk veel meer dan vijf euro op tafel lag. Charles wees naar het geld.

'Het begin van een pot', zei hij. 'Ik zal het bijhouden en ervoor zorgen dat het goed besteed wordt.'

Hij schoof vijf stukken van een euro naar Bob toe en stopte de rest in zijn vestzak.

'Waar ben jij vanmorgen geweest, Hannah?' vroeg Bob, met zijn mond vol wafelkruimels.

'Dat vertel ik jullie meteen', zei Hannah. 'Ik denk dat we een paar belangrijke zaken op het spoor zijn en ik wil dat iedereen op de hoogte is.'

Ze nam het dossier van Billie Steegmans uit het mapje en legde het op tafel.

'Billie Steegmans is verkracht', zei ze. 'Annemans is daar intussen zo goed als zeker van.' Ze toonde de brief van de gynaecoloog nog een keer aan haar collega's.

'Verder is nu zowat elke man uit de entourage van Billie Steegmans ondervraagd', ging ze verder.

Bob grinnikte. 'Die pianoleraar hadden we wat langer op de rooster moeten leggen', zei hij. 'Wie weet wat daar nog was uitgekomen.'

Charles keek hem aan. 'Ik héb Guido Pannet nog een keer ondervraagd,' zei hij, 'maar er is niets naar boven gekomen dat we al niet wisten. De man is homo, maar wil er niet voor uitkomen. Hij komt aan zijn 'gerief' in het Citadelpark en daar is hij één keer opgepakt met een wat oudere prostitué. Dat is intussen vijftien jaar geleden. Jullie bezoek heeft trouwens nogal wat commotie veroorzaakt op die muziekschool.'

Bob en Hannah keken Charles verbaasd aan.

'Hoezo?' vroeg Bob. 'Hij is zijn job toch niet kwijt?'

'Gelukkig niet', zei Charles. 'Maar sinds jullie daar geweest zijn, moeten alle leraars les geven met de deur open. Dat zorgt voor een geweldige kakofonie in de school. Dat is alvast een maatregel die ze daar zo snel mogelijk weer afgeschaft willen zien.'

'Dan zijn er nog de leraars op school en de leraar van de jiujitsu', overliep Hannah het lijstje.

'De *renshi*', verbeterde Kevin haar.

'*Renshi*', zei Hannah. 'Het zou me verwonderen als die er iets mee te maken hadden. Geen van de leraars is ooit met een van de kinderen alleen en er is in het verleden ook nooit iets gebeurd waardoor ze zich met Billie Steegmans hebben moeten afzonderen.'

'We hebben de gangen nagegaan van de twee rare snuiters die op Billies route van en naar school wonen', ging Hannah verder. 'Die met zijn lekstokken zat wel degelijk in Thailand en is nog altijd niet terug en de andere...'

'De kerstboom', hielp Bob.

'... de kerstboom heeft een nieuwe hobby gevonden. Hij doet het nu met de computer.'

'Daar mag je zeker van zijn', zei Kevin. 'Ik heb onze vriend een tijdje gevolgd op *Chatroulette*. Hij stelt zijn koopwaar dag en nacht ten toon. Niet te geloven hoe lang die vent een stijve kan houden voor zijn webcam. Hij moet wel tantrische seks gestudeerd hebben of zo.'

'Tantrische seks?' vroeg Bob. 'Wat is dat nu weer?'

'Bij tantrische seks kun je het orgasme heel lang uitstellen door meditatie en concentratie', legde Charles geduldig uit. 'In principe is het een urenlang voorspel, zodat je in hogere sferen komt en een megaorgasme beleeft.'

Bob leunde achterover in zijn stoel. 'Dat moet ik ook eens proberen', zei hij met een brede grijns.

'Het vergt heel lange oefening', zei Charles rustig. 'Ik denk niet dat het iets voor jou is.'

'Maar blijkbaar wel voor jou, Charles. Je klinkt als een expert.' Bob stootte zijn collega aan. 'Ik wist al niet wat ik af en toe aan je zag, maar jij zit je op het werk gewoon te concentreren op tantrische seks. Klein vetzakske!'

'Kunnen we verder?' vroeg Hannah geïrriteerd. 'Blijven over: de scouts en de vriend van de moeder. Bij de scouts valt vooral Flip Van Marsenille op. Hij is de enige die tijdens het weekend met Billie Steegmans alleen is geweest. Alle andere leiders zweren dat ze de hele tijd met de hele groep samen waren.'

'Aan de andere kant...' Hannah sloeg een bladzijde van het dossier om. 'Annemans vermoedt dat het seksueel misbruik niet eenmalig was, dat het al een tijdje aan de gang was. Als Flip Van Marsenille onze dader is, hadden we nog andere gelegenheden moeten vinden waarop hij in Billies buurt was, dan alleen dat ene weekend...'

'...en die waren er niet', vulde Kevin aan. 'De laatste keer dat ze samen op een kamp waren, was tijdens de zomermaanden en dat is toch al even geleden.'

'Ik heb vanmorgen met Flips moeder gesproken', vertelde Hannah. 'Zij zegt dat Flip vroeger altijd viel voor oudere vrouwen. Blijkbaar heeft hij ooit een relatie gehad met een lerares en hij heeft ook minstens één nacht met Riet Verhelst doorgebracht.' Hannah vouwde het bundeltje dicht.

'Ik zie niet meteen hoe we verder kunnen geraken met Flip Van Marsenille, zei ze. 'Misschien komt er nog iets van het labo, maar ik ga er niet op zitten wachten. Daarom wil ik dat we onze pijlen nu op Ben Roth richten.'

'Ken-Jie.' Bob smeerde de naam lang uit.

'Beter bekend als Kenneth Jones', bevestigde Hannah. 'Hij is verantwoordelijk voor het lek naar de pers. Zijn verhaal over een Engelse vader en een Belgische moeder klopt niet. Ik heb intussen aan de Britse politie en Interpol gevraagd om Kenneth Jones op te sporen. Ze waren er niet gelukkig mee, want er lopen in Engeland wel meer mensen rond met de naam Jones, maar gelukkig hebben ze niet allemaal gezongen bij de M8s. Dat brengt me bij mijn tweede onderzoekspiste van vandaag…'

De collega's keken haar verbaasd aan.

'Ik ben niet alleen bij de moeder van Flip Van Marsenille geweest,' zei Hannah, 'ik heb vanochtend vroeg ook Ben Roth gevolgd. Vrij toevallig eigenlijk.'

Charles floot even tussen zijn tanden en schudde afkeurend zijn hoofd.

'Je weet dat je ons altijd moet verwittigen als je iemand volgt, Hannah', zei hij. 'Hoe kunnen wij anders weten waar je zit als er iets gebeurt?'

Hannah krabde in haar haren. 'Ik stond samen met Roth in de apotheek', zei ze. 'Hij deed alsof hij me niet gezien had en liep me straal voorbij.' Ze zweeg wijselijk over de vorige nacht. Haar collega's moesten niet weten dat ze zich door dezelfde man in een bar had laten trakteren. 'Ik wilde gewoon weten waar hij naartoe ging. Maar je hebt gelijk, Charles. Ik had iets moeten laten weten.' Ze glimlachte geforceerd.

'Tot waar ben je hem gevolgd?' vroeg Bob nieuwsgierig.

'Tot in de Moeren of zoiets', zei Hannah. 'Een klein boerengat van twee keer niks ergens aan de Franse grens. Daar ben ik zijn auto kwijtgeraakt.'

'Mogen we weten waarom je hem volgde?' Charles keek haar ernstig aan.

‘De man is het grootste deel van de tijd zo goed als onbereikbaar’, zei Hannah. ‘Met wat we nu weten, is het wel duidelijk dat hij iets voor ons verborgen houdt.’ Ze haalde haar schouders op. ‘Het is misschien maar een gevoel, maar ik vertrouw die Roth niet.’

Ze zag uit haar ooghoek hoe Charles afkeurend zijn hoofd schudde.

‘Charles, zou jij naar die apotheker kunnen gaan en vragen welke medicijnen Ben Roth daar vanmorgen kwam halen?’ vroeg ze. ‘Hij had een voorschrift. Ik wil ook weten van welke dokter dat kwam. Als ze het niet willen zeggen, dreig je maar met het een of ander… Bob, jij gaat achter die slaapzak aan. Dat heeft intussen lang genoeg geduurd. Is het labo in staking misschien?’

‘Ik bel ze meteen’, zei Bob. ‘Of beter, ik ga er langs.’

‘Kevin, ga jij naar de school waar Billie op woensdagen in de nabewaking zit? Ik wil honderd procent zekerheid dat ze altijd om half zes wordt opgehaald door Ben Roth. Ik probeer intussen meer te weten te komen van de Engelse politie.’

Toen de vier agenten de vergaderzaal verlieten, waren ze allemaal diep in gedachten verzonken.

Hannah ijsbeerde zenuwachtig heen en weer in haar kantoor. Ze liet zich in haar stoel vallen, bracht haar hand naar haar mond en begon driftig op haar nagels te bijten. Ze had haar collega’s in Engeland nog eens gebeld en die hadden beloofd haar meteen een mail te sturen als er meer nieuws was. De telefoon bleef verdacht stil. Ze nam de hoorn van de haak en luisterde even om te checken of ze een kiestoon hoorde.

'Hij werkt, dus daaraan ligt het niet', dacht ze.

Plots werd ze opgeschrikt door het belletje van haar gsm. Op het schermpje verscheen de naam 'Kevin'.

'Kevin? Heb je nog iets nieuws ontdekt?'

'Dat kun je wel zeggen', antwoordde haar collega. 'Ik heb een juffrouw gesproken, een zekere Ann, die elke woensdag toezicht houdt op de kinderen. Bij mijn vorige ondervraging was ze ziek thuisgebleven. Ze kent een aantal van de kinderen die regelmatig in de nabewaking zit. Ook Billie.'

Kevin zweeg even om zijn woorden goed tot Hannah te laten doordringen. 'Ja, en?' vroeg ze nerveus.

'Volgens Ann wordt Billie inderdaad elke woensdag opgehaald door een zeer knappe man. Toen ik haar de foto van Ben Roth toonde, bevestigde ze dat hij het was.'

'Dat wisten we eigenlijk al', zei Hannah.

'Ja, maar nu komt de kat op de koord. Ben Roth komt niet om half zes, zoals die andere juffen vertelden, maar staat vaak al aan de poort om twee uur als het busje arriveert met de kinderen uit Billies school. Juffrouw Ann had al een paar keer aan de man gevraagd om een schriftelijke toelating van de moeder mee te brengen waarop stond dat Billie de school vroeger mocht verlaten. Zonder dat soort verklaringen is het ook quasi onmogelijk om al die kinderen in het oog te houden. Maar Ben Roth had telkens een ander excuus om het ontbreken van die toelating te verklaren.'

Hannah was doodstil geworden. Ze schreef enkele woorden op een stuk papier dat voor haar lag.

'We moeten Ben Roth zo snel mogelijk vinden, Kevin', zei ze. 'Ik ga proberen hem van hieruit op te sporen en ik wil dat jij naar Billies doordeweekse school gaat om na te gaan of ze daar ook soms opgepikt wordt door Ben Roth. Laat me zo snel mogelijk iets weten.'

Hannah sloot haar gsm en vormde snel een nummer op haar vaste telefoon. Ze gaf opdracht om een blauwe BMW te laten seinen die op naam stond van Ben Roth. Ze gaf de naam en het adres van zijn bedrijf door, in de veronderstelling dat de wagen daar wel zou ingeschreven zijn.

'Stom dat ik zijn nummerplaat niet meteen genoteerd heb', dacht ze. Net toen ze Riet Verhelst wilde bellen, ging de telefoon. Het was Kevin weer.

'Hannah? Ik ben nu op Billies school en ik heb slecht nieuws! Billie is meteen na de lessen opgepikt door een man in een blauwe BMW. Dat is intussen drie kwartier geleden.'

'Shit', zei Hannah. 'Dit kan niet waar zijn! Kevin, kom terug naar hier. Ik vrees dat Roth het kind ontvoerd heeft.'

Ze gooide de hoorn op de haak en zocht koortsachtig naar het nummer van Riet Verhelst. Zonder zich voor te stellen vroeg ze haar of Billie al thuis was.

'Ik ga haar straks halen', zei Riet Verhelst verwonderd. 'Waarom?'

'Ga naar huis en blijf daar wachten', zei Hannah. 'Ik stuur iemand naar u toe.'

‘Wat is er aan de hand? Iets met Billie?’ De stem van Riet Verhelst klonk plots paniekerig. Hannah vreesde dat ze hysterisch zou worden als ze haar vertelde dat Ben Roth Billie waarschijnlijk ontvoerd had.

‘Ga nu naar huis’, zei ze. ‘Ik stuur iemand naar u toe.’

Ze legde de telefoon neer en liep naar het kantoor van haar collega’s. De ruimte was griezelig leeg. Bob had ze net naar het labo zien vertrekken en ze herinnerde zich dat ze Charles naar de apotheker had gestuurd om te achterhalen welke medicijnen Ben Roth er gekocht had.

Hannah wierp een blik op haar horloge en besefte dat elke minuut langer wachten het leven van Billie Steegmans erger in gevaar bracht. Ze rende naar haar auto, reed naar de snelweg en gaf plankgas, richting Frankrijk. Ze stuurde met haar linkerhand, terwijl ze met haar rechterhand het zwaailicht uit het handschoenkastje grabbelde. Met loeiende sirene en met het blauwe zwaailicht op haar dashboard kostte het haar geen moeite om de auto’s die voor de hare op de linkerrijstrook reden, naar rechts te dwingen.

Iets voor de afslag in Nieuwpoort kreeg ze telefoon van Kevin.

‘Hannah? Waar zit je?’ Zijn stem klonk gejaagd.

‘Ik ben op weg naar dat dorpje in de westhoek’, zei ze. ‘Kevin, doe me een lol en check mijn computer even. Ik wil weten of er intussen nieuws is van de Engelse politie.’

Ze hoorde haar collega door de gang naar haar bureau rennen. Even later kwam hij weer aan de lijn.

'Je hebt een e-mailbericht van Interpol. Wacht, ik klik het open en lees even.' Ze hoorde haar collega iets intikken en daarna hoorde ze hem wat Engelse woorden mompelen.

'Je had gelijk, Hannah', zei hij opgewonden. 'Die Kenneth Jones wordt in Engeland al een hele tijd gezocht. Blijkbaar kon hij in de jaren dat hij bij die boyband speelde zijn handen niet thuishouden. Hij heeft regelmatig minderjarige fans lastiggevallen. Sommige van die kinderen waren nog geen twaalf jaar. Toen de grond hem te heet onder de voeten werd, is hij in Engeland van de radar verdwenen. Ze hebben hem kunnen opsporen tot in Tsjechië, Oekraïne, Frankrijk en Duitsland, maar telkens als ze hem bijna te pakken hadden, verdween hij weer. Er lopen op verschillende plaatsen rechtszaken tegen hem.'

Hij zweeg even. Hannah hoorde hem zoeken in het e-mailbericht op haar computer.

'Wat die naam betreft, hadden we het ook bij het rechte eind', zei hij. 'Hij heeft zich blijkbaar in elk land een nieuwe identiteit aangemeten.'

'En nu heeft hij een kind ontvoerd', zei Hannah. Haar stem klonk paniekerig. 'Kevin, breng Charles en Bob op de hoogte. Ik ga zo meteen dat dorp binnenrijden en kijken of ik Roth kan vinden. Check ook of er iemand van slachtofferhulp naar Riet Verhelst gestuurd is, oké?'

Kevin maakte duidelijk dat hij de boodschap begrepen had. Hannah legde haar gsm naast zich op de passagierszetel en concentreerde zich op de weg. Ze nam de juiste afslag en probeerde de weg terug te vinden naar het dorp waar ze Ben Roth de vorige keer uit het oog verloren was. Ze voelde zich opeens veel minder zeker van haar stuk en besefte dat ze zwaar gegokt had door helemaal hierheen te rijden.

'Laat me hem hier alsjeblief vinden', zei ze luidop.

Snel toetste ze een nummer in haar gsm.

'Kevin? Hannah nog eens. Laat alle panden bewaken waarvan we weten dat Ben Roth er vaak komt. Zijn kantoor, het appartement waar hij eventueel woont...' Ze besefte plots hoe weinig ze eigenlijk over de man wisten.

'Vraag aan Riet Verhelst of ze zijn vrienden kent. Check de adressen van zijn personeel. Zo verliezen we geen tijd als ik het bij het verkeerde eind zou hebben.'

23

Hannah draaide de hoofdstraat van Les Moeres in. Ze reed traag langs de huizen en zocht naar kleine steegjes en opritten waar de blauwe BMW geparkeerd zou kunnen staan. Er bewoog niets in het slaperige dorpje.

Vous êtes aux Moeres. Altitude -25m stond in witte letters geschilderd op een zwart bord langs de weg. De banden van haar auto maakten een ritmisch geluid op de betonnen tweevaksbaan. Ze keek op haar horloge en zag dat het al half zes was. Straks zou het donker worden en dan werd de kans dat ze de BMW vond nog kleiner.

Ze parkeerde haar auto, haalde de foto van Ben Roth uit het mapje en stapte uit. Er zat niet veel anders op dan de dorpsbewoners te vragen of ze de man ooit gezien hadden.

Bij het eerste huis waar ze aanbelde, blafte een hond, maar werd de deur niet opengedaan. Ze keek door het raam, maar zag geen beweging. Net toen ze bij de buren wilde gaan aanbellen, ging de deur open en kwam er een oudere man in een groezelig onderhemdje naar buiten.

'Hij is er niet', zei hij, terwijl hij een zelfgerolde sigaret opstak en tegen de vensterbank van zijn huis leunde. 'Hij zit bij zijn zus, denk ik.'

Hannah toonde hem de foto. 'Ik ben op zoek naar deze man', zei ze. 'Hebt u hem ooit gezien?'

Het mannetje bestudeerde de foto en schudde zijn hoofd.

'*Jamais vu*', zei hij. 'Het spijt me.'

Hannah zuchtte en belde aan bij het volgende huis. Toen de deur opengingen en een dikke vrouw buitenkwam in een gebloemde schort, boog het rokende mannetje naar voren en legde in rad Frans uit dat de mevrouw op zoek was naar de man op de foto.

'*Non*', zei de vrouw beslist. 'Nog nooit gezien. Waarom zoekt u hem?'

Hannah haalde haar schouders op. 'Iets persoonlijks', zei ze snel. Ze had geen zin om de vrouw uit te leggen dat ze van de Belgische politie was. In principe mocht ze hier zelfs niet als politieagente opereren, dus leek het haar beter om te zwijgen.

Dertig huizen verder had nog steeds niemand Ben Roth herkend en dacht Hannah eraan om het maar op te geven. Niemand had de man op de foto ooit gezien. Ze stopte bij een café en besliste om daar nog een ultieme poging te doen. Er hing een enorm uithangbord, waarop in rode afbladderende verf *Café Saint Jean Baptiste* geschilderd was. Voor het raam hingen kanten gordijnen, bruin van de sigarettenrook. Ze probeerde door het raam te kijken of er iemand binnen zat, maar kon niets ontwaren. Ze duwde de deur van het café open en stapte over de drempel het schemerduister in. Even later schoof een geblondeerde vrouw van een jaar of veertig een smerig roodfluwelen gordijn achter de toog opzij en ging bij de tap staan. Ze droeg een strak zwart T-shirt met om haar middel een riem in rood lakleer, die haar enorme decolleté sterk benadrukte. Hannah vermoedde dat ze onderaan een legging droeg en aan haar voeten heel hoge hakken.

'*Bonjour, madame*', zei de vrouw, in een eigenaardig Frans accent. Hannah knikte haar kort toe en ging op een barkruk aan de toog zitten.

'Ik ben op zoek naar deze man', zei ze, terwijl ze de foto over de toog naar haar toeschoof. 'Kent u hem?'

De vrouw nam de foto in de hand en bekeek ze aandachtig.

'*Non*', zei ze. '*Connais pas.*' Ze legde de foto terug op de toonbank en schoof ze weer naar Hannah toe.

'Knappe man, niet? Waarom zoekt u hem?' Ze wees naar de foto.

'Ik ben inspecteur bij de zedenpolitie van Gent', zei Hannah. Misschien kreeg ze sneller antwoord als ze de vrouw duidelijk maakte dat ze bij de politie werkte en dus een zeker gezag had. De vrouw leunde met haar ellebogen op de toog, stak een sigaret op en keek Hannah door de rook aan.

'De politie?' zei ze. 'Dan is het serieus.' Ze trok diep aan haar sigaret. Hannah zag dat ze Gitanes rookte. 'Net als Ben Roth', dacht ze.

'U hebt hem hier nooit gezien?' vroeg ze nog een keer. De vrouw haalde haar schouders op.

'Och, hier komt zo veel volk', zei ze. 'Hoe moet ik al die gezichten onthouden?'

Hannah keek rond in het café. 'Ik zie niemand', zei ze. Ze boog zo ver voorover, dat haar neus die van de vrouw bijna raakte. De geur van een zwaar parfum sloeg haar in het gezicht en ze moest haar ogen tot spleetjes knijpen om ze te beschermen tegen de prikkelende rook van de sigaret.

'Deze man wordt gezocht in een ernstige zaak van kindermisbruik', zei ze. 'Hij is gevaarlijk. Waarschijnlijk heeft hij een kind ontvoerd en meegenomen naar Les Moeres.'

'Ontvoerd, zegt u?' De vrouw leek nu plots wel geïnteresseerd. Hannah knikte haar bemoedigend toe.

De vrouw duwde haar sigaret uit in een asbak en pakte de foto weer op en bekeek ze nog een keer.

'*Peut-être c'est Benoît*', zei ze toen.

'Benoît?' vroeg Hannah. 'Bent u daar zeker van? Kent u zijn familienaam?'

'Ik zei toch dat ik niet zeker ben', zei ze bits. 'Misschien is het Benoît, misschien niet. De man die ik bedoel, heeft een tijdje in Bobourg gewoond, hier niet zo heel ver vandaan. Soms kwam hij op zijn weg naar huis hier sigaretten halen.'

'Weet u of hij ook een huis in Les Moeres heeft?'

De vrouw schudde haar hoofd. 'Neen, dat weet ik niet.'

De deur van het café ging open en er kwam een jong meisje binnen.

'*Bonjour maman.*' Ze gaf de vrouw achter de toog een kus en glimlachte naar Hannah. '*Bonjour madame.*'

Toen kreeg ze de foto, die nog steeds op de toog lag, in het oog.

'Maar dat is Benoît!' Ze keek haar moeder verbaasd aan. 'Waarom ligt hier een foto van hem?'

De moeder nam haar dochter gedecideerd bij de schouders en duwde haar in de richting van het gordijn voor het achterkamertje.

'Bemoei je er niet mee, Nathalie', zei ze. 'Ga naar boven. Er staat eten op tafel.'

'Momentje', zei Hannah snel. 'Nathalie, zo heet je toch?' Ze kwam van haar barkruk, wenkte de dochter en wees naar een tafeltje in de hoek. 'Ik wil je even spreken. Kom hier zitten.'

Nathalie schudde de handen van haar moeder van zich af, kwam van achter de toog vandaan en ging bij Hannah aan het kleine tafeltje zitten. Ze nam een stapel bierviltjes uit het staandertje dat in het midden van de tafel stond en begon ze te ordenen, zodat elk viltje met dezelfde kant naar boven lag.

'Nog zo'n neuroot', dacht Hannah, terwijl ze het meisje gadesloeg. De vrouw verdween in het kamertje achter de toog. Hannah hoorde haar telefoneren.

'Ken jij deze man?' vroeg Hannah. Ze legde de foto voor het meisje op tafel.

Het meisje beet op haar lip en duwde de kaartjes terug in het staandertje. Ze zette haar ellebogen op tafel, legde haar voorhoofd in haar handen en bleef zo even zitten. Hannah keek naar haar perfect gemanicuurde nagels. Op elke nagel stond een fijn bloemetje geschilderd.

'*Oui, c'est Benoît*', zei ze na een tijdje. Ze nam de foto tussen haar vingers, bekeek ze even en legde ze met het beeld omlaag op de tafel.

'Woont hij hier ergens?' vroeg Hannah, die wel aanvoelde dat hier meer aan de hand was, maar het niet al te rechtstreeks wilde vragen.

'Weet ik niet', zei het meisje. Ze haalde haar schouders op. Achter zich voelde Hannah beweging en toen ze zich omkeerde, zag ze hoe Nathalie's moeder met een nijdige trek om haar mond en een brandende sigaret tussen de lippen, glazen begon af te wassen. Nathalie zuchtte en keek ook op naar haar moeder. Die wenkte met een hoofdbeweging dat het meisje het gesprek moest beëindigen en naar de achterkamer moest gaan. Hannah legde haar hand op de arm van het meisje, dat zich meteen, als door een wesp gestoken, terugtrok.

'Sorry', zei ze. 'Ik hou er niet van als mensen mij aanraken.'

Hannah knikte. Ze draaide de foto weer om. Tegen de donkere houten tafel contrasteerden het azuurblauw en wit op de foto extra fel en scherp. Ze tikte met haar wijsvinger op het gezicht van Ben Roth.

'Ik ben van de politie', zei ze langzaam, 'Wij denken dat deze man een kind ontvoerd heeft. Een meisje van acht jaar.'

Nathalie beet op haar lip. De moeder was van achter de toog gekomen en leunde nu met beide handen op een stoel bij het tafeltje naast het hunne.

'Het zijn onze zaken niet, Nathalie', siste ze. 'Laat het.'

Nathalie schudde langzaam haar hoofd en bestudeerde haar nagels.

'Neen', zei ze. 'Neen. Het zijn onze zaken wel, mama.'

Ze keek haar moeder aan en Hannah zag dat er tranen in haar ogen opwelden. Het meisje veegde ze boos weg met de rug van haar hand.

'Heeft hij nog niet genoeg kwaad gedaan? Wie weet hoeveel meisjes... kinderen...' Ze haalde een papieren zakdoekje uit de zak van haar jeans en snoot snel haar neus.

'*Je le connais*', zei ze gedecideerd tegen Hannah. 'Ik ken hem maar al te goed.' Even dacht Hannah dat ze op de foto zou spuwen.

'Ik was nog maar twaalf', ging ze verder. 'Een kindje nog.' Ze snoof en veegde met haar hand het snot van onder haar neus weg.

'Hij gaf me elke keer groene limonade en weet je wat hij dan zei?'

Hannah schudde zwijgend het hoofd. Ze wierp snel een blik op haar horloge en zag dat de minuten snel voorbij tikten, maar dwong zichzelf om geduldig te wachten.

'Hij zei dat het me mooier zou maken. *Plus belle, comme une princesse*. Dat zei hij.'

'Ik wil het hele verhaal horen,' zei Hannah, 'maar hij heeft...'

Het meisje leek haar niet te horen en vervolgde met toonloze stem:

'Op een dag werd ik wakker terwijl hij met me bezig was', zei ze. 'Ik was naakt en hij zat overal aan met zijn handen. Het was... *dégoutant*.' Het meisje leunde achterover in haar stoel en wees met haar kin naar de foto.

'Ik was beter niet wakker geworden', zei ze. 'Dan had ik het niet geweten.'

'Waarom heb je geen aangifte gedaan bij de politie?' vroeg Hannah.

Nathalie keek naar haar moeder die nog steeds op de stoel geleund stond, maar haar dochter niet durfde aan te kijken.

'Zij geloofde me niet', zei ze. 'Ik kwam die dag thuis en vertelde wat er gebeurd was, maar ze lachte me uit. Ik denk dat ze toen iets met Benoît had. Hij gaf haar in elk geval geld. Voor het café, *soi-disant*. In elk geval ben ik nooit naar de politie gegaan.'

Hannah keek op haar horloge. Er waren al bijna twintig minuten verstreken sinds ze het café was binnengekomen. Door het raam zag ze hoe het daglicht aan het verdwijnen was.

'Weet je nog waar hij toen woonde?'

Vanuit haar ooghoek zag Hannah hoe de moeder zich moeizaam afduwde en langzaam naar de toog liep. Nathalie nam een bierviltje uit de staander op de tafel.

'Hebt u een balpen? Dan teken ik een plannetje.'

Het meisje tekende drie straten, schreef er de namen bij en zette dan een groot kruis in een hoek van het viltje.

'Dit is zijn huis', zei ze, terwijl ze op het kruis wees. 'Aan de buitenkant ziet het eruit als een krot, maar binnen is het goed in orde, voor zover ik me herinner. Ik heb het natuurlijk maar één keer gezien en ik ben er daarna nooit meer geweest.'

Hannah stond op en gaf Nathalie een hand.

'Ga naar de politie en doe aangifte', zei ze.

'Pak die smeerlap nu maar', antwoordde het meisje heftig. 'Hij heeft al genoeg levens verpest. *Le con.*'

Hannah stuurde haar auto weer de betonnen tweevaksbaan op en reed in de richting die Nathalie haar had aangewezen. 'Moeilijk kan het niet zijn', dacht ze, terwijl ze van het kaartje naar de open weiden keek, die het dorp omringden.

Even later stond ze bij een oude grindweg die ooit de oprit van een huis was geweest. Het pad was in slechte staat, met twee evenwijdige diepe geulen waarin water stond, sporen van intensieve sleet veroorzaakt door autobanden. Iemand had geprobeerd ze op te vullen met potscherven, die intussen waren verpulverd tot rood gruis. Langs de weg stond een wildgroei van uit de kluiten gewassen struiken, die het huis met hun lange takken aan het zicht van voorbijgangers op de weg onttrokken.

Hannah parkeerde haar auto opzij van het pad in het onkruid, achter een dichte struik, zodat hij niet zichtbaar was vanuit het huis. Ze nam haar gsm en probeerde te bellen, maar het netwerk viel telkens weg.

'Dan maar een sms', dacht ze.

Ze typte snel 'SOS. Moeres. Café St.Jean-Baptiste' en stuurde het berichtje naar haar drie collega's in Gent.

Plots besefte ze dat ze niet gewapend was. In haar haast was ze haar politierevolver vergeten. Ze propte haar gsm in haar broekzak, ritste haar leren jasje dicht, stapte uit en sloot het portier zo geruisloos mogelijk.

Ze bukte zich en sloop naar de struiken aan de oprit. Van hieruit was er geen huis of BMW te zien. Ze kon alleen maar hopen dat ze het kaartje van Nathalie correct gelezen had en dat ze hier aan het juiste adres was.

Door het dichte struikgewas volgde ze het pad, tot ze een huis in rode baksteen in het oog kreeg. Even bleef ze roerloos zitten om het totaalbeeld in zich op te nemen. Op het dak ontbraken een aantal dakpannen. De luiken voor de ramen hingen schots en scheef in hun hengsels. Ooit waren ze waarschijnlijk groen geweest, maar de verf was grotendeels verdwenen. Elk luik was vastgemaakt met een roestige ijzeren pin. Een enorme blauwe regen kroop omhoog langs de gevel en vormde een soort portiek boven de voordeur.

In de tuin voor het huis lagen wat roestig gereedschap en een paar vuile plastic emmers. Aan een kale boom hing een touw, waarin grote knopen gelegd waren. Wat verder zag Hannah twee plastic fietsjes liggen, waarvan de kleuren verbleekt waren door de zon, en een afgebladderde oude picknicktafel, waarvan een van de banken was losgekomen. Achter het huis bewogen de toppen van een paar hoge naaldbomen, die de wind door hun kruinen lieten ruisen.

Behoedzaam baande Hannah zich een weg door het struikgewas. Het was doodstil op deze plek, dus elk geluid kon haar verraden. Opzij van het huis, waar geen vensters of deuren in de blinde muur zaten, hurkte ze neer. Haar hart sprong op toen ze de blauwe BMW van Ben Roth in het oog kreeg, die schuin achter het huis geparkeerd stond, totaal niet zichtbaar vanaf de weg. Geen wonder dat ze hem niet had opgemerkt toen ze hier daarstraks was langsgereden.

De BMW stond vlak naast een hoge struik. Ze maakte gebruik van de dekking van het gebladerte om diep voorover gebogen naar de auto te lopen. Ze keek door het zijraam naar binnen. De achterbank lag bezaaid met kleine plastic flesjes. Hannah probeerde het etiket te lezen, maar dat lukte haar niet. In een hoek lag Billies roze rugzak.

'Bingo', zei ze zacht. Ze bukte zich weer en kroop terug naar de zijkant van het huis.

Ze bleef enkele minuten zitten en speurde naar de beste manier om toegang tot het huis te krijgen.

'Verdomme, waar blijven jullie?' zei ze zacht. Ze klikte haar gsm open om te kijken of haar collega's een bericht hadden teruggestuurd. Bovenaan het schermpje knipperde een afbeelding van een telefoontje met een streep erdoor – het teken dat ze helemaal geen bereik had op deze godvergeten plek.

'*Damn*', vloekte ze zachtjes, terwijl ze haar gsm weer in haar broekzak duwde. Ze bleef gehurkt zitten en liet alle opties de revue passeren. 'Ik moet naar binnen', besliste ze. 'God weet wat hij met dat kind aan het doen is.'

Helemaal achteraan de zijgevel had Hannah een klein kelderraampje opgemerkt dat bijna schuilging achter gras en onkruid. Voorzichtig sloop ze dichterbij. Gehurkt bestudeerde ze het venster. Het was gesloten, maar het vermolmde houtwerk begaf het zodra ze er haar schoen tegen zette en er een stevige trap tegen gaf. Ze kon nog net voorkomen dat de ruit naar binnen tuimelde en daar een hels lawaai van brekend glas zou maken.

Hannah liet zich behoedzaam door de opening naar omlaag zakken. Met een bons kwam ze met beide voeten tegelijk op een harde, cementen vloer terecht. Het duurde even voor haar ogen aan het duister gewend waren.

24

'Godverdomme!' riep Bob tegen zijn collega's. Hij sloeg met zijn vlakke hand op het stuur van zijn wagen. Ze toerden al meer dan twintig minuten door het dorp, maar waren nergens een café Saint Jean-Baptiste tegengekomen.

'Op de kaart staat De Moeren als gebied aangegeven', zei Kevin. Hij zat in het midden van de achterbank met een kaart op schoot. 'Volgens mij is het niet eens een dorp.'

'Stop even', zei Charles. 'Ik ga het vragen.'

Hij liep op een oude man toe die hen van op een bankje in het oog hield. Vijf minuten later was Charles terug.

'Voor zover ik hem kon begrijpen, zijn we in het verkeerde Moeren', zei hij. 'We moeten in Frankrijk zijn, zo'n 15 kilometer verder.'

Charles draaide zich om en keek Kevin aan.

'Staat dat niet op je kaart, makker? Geef hier!' Hij trok de wegenkaart uit Kevins handen en draaide ze om.

'Hier!' zei hij, terwijl hij op de kaart tikte. 'Les Moeres. Volgens mij moeten we daar zijn.'

Even later raasde de auto met de drie agenten door het vlakke polderlandschap.

De kelder waar Hannah met haar ogen zat te knipperen, was aardedonker. Na een poosje zag ze toch enkele zwakke lichtstreepjes binnenvallen door het raampje waar ze net door gekropen was en door de spleten van een luik aan de andere kant van de kelderruimte. Ze vermoedde dat daar een trap lag onder het luik, maar die kon ze vanwaar ze nu stond, niet zien. Toen hoorde ze ergens boven haar hoofd een deur opengaan en voetstappen weerklinken, eerst gedempt en toen iets luider, boven de plek waar het luik zat. Daar hielden ze stil. Hannah hoorde de droge klik van een aansteker, waarna iemand diep inhaleerde. Ze hield haar adem in, haalde haar gsm uit haar broekzak en probeerde iets te zien bij het licht van het schermpje. Op haar tenen liep ze in de richting van het luik, waaronder ze inderdaad een trap ontwaarde. Toen ze vlak voor de trap stond, raakte haar elleboog iets hards en een seconde later tuimelde een stapel lege verfblikken met veel lawaai op de grond. Razendsnel dook Hannah onder de trap, waar ze zich zo klein mogelijk maakte.

Boven haar hoofd bleef het even doodstil. Ze wist dat ze gehoord was en dat degene die boven haar stond nu in opperste concentratie stond te luisteren. Hij stapte weg van het luik en ze hoorde ijzer op ijzer schuiven. Het luik werd opgetild en een seconde later stroomde er elektrisch licht de kelder binnen. Een grote, donkere gestalte daalde stap voor stap de trap af. Ze kon een kaki broek en daarop een wit T-shirt onderscheiden. De man hield met gestrekte armen een geweer voor zich uit.

‘Is hier iemand?’ riep hij. Hannah herkende de stem van Ben Roth en nestelde zich nog wat dieper in haar schuilplaats, waar ze zo oppervlakkig mogelijk probeerde te ademen. Onderaan de trap draaide Ben Roth een schakelaar om. Een zwak licht floepte aan in het midden van de kelder. Hannah trok haar hoofd zo diep mogelijk tussen haar schouders en probeerde haar blonde haar te verbergen in de kraag van haar jas.

Ben Roth schopte tegen de verfblikken die voor hem op de grond lagen. Boven op zijn hoofd stond iets wits, maar vanwaar ze verscholen zat, kon Hannah niet uitmaken wat het was. Ben Roth keek zoekend de kelder rond. Hannah wist dat ze geen schijn van kans maakte als hij haar zou zien. Het geweer in zijn handen was geen speelgoed en het was ongetwijfeld geladen. Zonder zich te verroeren keek ze om zich heen op zoek naar een voorwerp om zich mee te verweren als hij zich zou omdraaien, maar in haar onmiddellijke omgeving was de vloer waarop ze zat akelig leeg.

Ben Roth liep dieper de kelder in. ‘Is hier iemand?’ riep hij opnieuw. Zijn stem weerkaatste tegen de muren. Achter in de kelder keek hij naar het raampje waar Hannah door was gekropen. Hij probeerde het te sluiten, maar toen viel het raam met een klap uit zijn sponning op de keldervloer. Hij duwde het opzij met zijn voet en keek naar buiten.

Daarna draaide hij zich om en keek hij, met het geweer voor zich uit, aandachtig rond in de kelderruimte. Hannah spande haar beenspieren om meteen te kunnen opspringen en de trap op te rennen als Ben Roth haar zou zien.

Maar hij keek niet naar de trap. Hij liep naar een kleine deur in een zijmuur die half openstond en die duwde hij met de punt van zijn schoen verder open. Hij moest zich bukken om naar binnen te gaan.

Hannah wist dat ze maar een paar seconden had om weg te geraken uit haar benarde positie. Doodstil liet ze zich uit haar schuilplaats glijden en sloop ze in enkele passen de trap op, naar het openstaande luik. Toen ze halverwege de trap was, hoorde ze Ben Roth weer uit het kleine kamertje komen en wist ze dat hij haar in het vizier moest hebben.

Zonder na te denken gooide Hannah zich plat op de trap. Een kogel floot vlak over haar hoofd heen. Voor hij een tweede keer kon schieten, trok ze zich razendsnel aan de trap op en gooide zich op de keukenvloer. Ze zat nog op haar knieën en wilde net rechtop gaan staan om het luik dicht te laten vallen, toen er een tweede schot weerklonk. Hannah voelde een scherpe pijn in haar voet. Ze slaakte een gil en trok snel haar benen op. Met bijna bovenmenselijke kracht gooide ze zich bovenop het luik, dat met een klap dicht sloeg. Beneden hoorde ze Ben Roth vloeken. Hij bonsde met de kolf van zijn geweer tegen het luik en brulde haar naam. 'Hannah Maes! Doe open, verdomme!'

Hannah zat hijgend op het luik en voelde hoe Ben Roth zijn volle gewicht inzette bij zijn pogingen om het open te duwen. Ze strekte zich uit, greep de poot van een houten keukentafel vast en trok die naar zich toe, zodat de tafel op het luik kwam te staan. Het bloed gutste uit haar schoen en het voelde aan alsof haar voet in stukken gereten was. 'Ik moet weg van dit luik', mompelde ze. 'Dadelijk schiet hij een kogel door me heen.'

Ze trok zich moeizaam op aan de tafel en hinkte naar de lege plek, waar vier houten stoelen omheen stonden. Ze duwde de stoelen een voor een naar het luik.

Beneden werd alles opeens akelig stil. Hannah leunde tegen het aanrecht. Ze beet op haar tanden en kneep haar ogen dicht. Even dacht ze dat ze flauw zou vallen. Voorzichtig trok ze haar schoen uit. In haar hiel zat een gapende kogelwonde, waar het bloed uitgutste. Ze duwde met haar hand op de wonde om het bloeden te stelpen en speurde intussen het aanrecht af op zoek naar iets om haar voet mee te verbinden. In een hoek lag een vuile handdoek en die bond ze zo strak mogelijk om haar voet. Dan veegde ze het zweet van haar voorhoofd en haalde een paar keer diep adem om de opkomende misselijkheid te verdrijven.

Toen het bonzen van haar hart wat minder werd, keek ze om zich heen in de oude, vuile keuken, die verlicht was door een enkel peertje. De luiken voor de ramen waren gesloten. Op het aanrecht stonden alleen een paar borden en een glas. Van achter een muurtje hoorde ze een laag gezoem, waarvan ze vermoedde dat het van een koelkast kwam. Duizelig en met bevende hand peuterde ze haar gsm uit haar broekzak. Op het scherm gaf het doorgestreepte telefoontje aan dat ze nog altijd geen bereik had. In de kelder bleef het verdacht stil. Toen werd Hannah zich bewust van een ander geluid in het huis. Ze luisterde gespannen. Het was een zacht geruis ergens in de verte, alsof er ergens in het huis water uit een kraan liep. Ze hinkte voorzichtig naar de keukendeur en duwde ze open. Tot haar verbazing stond ze in een kamer die vol stond met opnameapparatuur en die in een fel en koud neonlicht baadde. Op een tafel stonden minstens vijf monitors en in alle hoeken hingen grote, professionele camera's.

Pas in tweede instantie zag ze de levensgrote foto's die aan de muren hingen. Het waren beelden van zo goed als naakte mannen, die allemaal een hondenmasker ophadden, dat recht in de camera keek. In hun handen hielden ze een hondenriem, die was vastgemaakt aan een halsband om de hals van een kind dat versuft aan hun voeten lag. Hannah liet haar blik verspringen van het ene beeld naar het andere en voelde de misselijkheid weer opkomen. Kokhalzend bracht ze haar hand naar haar mond en zo bleef ze als versteend staan.

Ze schrok op van een geluid ergens onder haar voeten en realiseerde zich dat ze Ben Roth heel even compleet vergeten was – en dat die nog steeds in de kelder zat, waaruit hij waarschijnlijk niet kon ontsnappen door het raampje, dat toch ook voor haar al erg nauw was geweest. Ze keek nog eens naar de rij met foto's, maar kon niet uitmaken welk portret van hem was.

'Billie?' riep ze met hoge stem, maar er kwam geen antwoord. Ze hinkte naar een openstaande deur die uitgaf op een gang, waar een trap naar boven leidde. Voetje voor voetje hees ze zich naar boven, zich vastklampend aan de trapleuning. Het geluid van het water klonk alsmaar luider. Aan het einde van een gang zag ze een wit geschilderde deur met een raam in geribbeld glas en daar leek het geluid vandaan te komen.

'Billie?' riep ze nog eens, maar ook nu kwam er geen antwoord. Ze keek naar haar voet. De handdoek om haar voet was intussen doordrenkt van het bloed en ze had het gevoel dat ze elk ogenblik zou kunnen flauwvallen. Voorzichtig hinkte ze naar het einde van de gang en duwde ze de deur open. Haar hart stokte.

'Billie!' gilde Hannah. Ze knielde naast het bad en draaide de kraan dicht. Het water was ijskoud.

Het kind lag vastgebonden aan handen en voeten in het bad, met alleen haar marmerbleke gezichtje en enkele haarslierten boven water. Haar ogen waren gesloten. Hannah ging met één bil op de rand van het bad zitten en tilde het kind voorzichtig uit het water. Haar hoofdje viel naar achteren en even vreesde Hannah dat ze te laat gekomen was. Ze schudde het kind paniekerig heen en weer, maar het meisje reageerde niet en toen ze haar tegen zich aan drukte om haar te verwarmen, viel haar hoofdje slap tegen Hannahs schouder.

'Shit', siste Hannah. 'Shit!'

Ze legde het kind voorzichtig op de vloer en maakte koortsachtig snel de touwen los waarmee het meisje aan handen en voeten was vastgebonden. Ze trok een groezelige handdoek van een haak aan de muur, wikkelde daar het meisje zo goed mogelijk in en tilde haar weer in haar armen.

Op de overloop werd ze opgeschrikt door een geluid. Hannah hield haar adem in en luisterde. Het geluid was afkomstig uit de keuken, zoveel was zeker. Een van de stoelen die ze op het luik had gezet, viel met een klap tegen de grond. Wat later hoorde ze de tafel van het luik glijden.

Hannah voelde haar hart in haar keel bonzen.

'Laat hem niet naar boven komen', dacht ze. 'Laat hem alsjeblief niet naar hier komen.'

Ze hoorde Ben Roth beneden vloekend en binnensmonds morrend rondlopen. Af en toe klonk het alsof er dingen werden omvergegooid of stukgeslagen. Na een minuut of vijf hoorde ze de voordeur opengaan en tot haar onuitsprekelijke vreugde hoorde ze bijna meteen daarop een auto starten.

'Hij is weg!' Haar hart maakte een sprongetje. Ze hinkte naar de trap en keek naar beneden. 'Voorzichtig', dacht ze. 'Voorzichtig.' De pijn in haar voet was ondraaglijk, maar ze weigerde eraan toe te geven. Gelukkig woog Billie zo licht, dat het haar haast geen moeite kostte om het kind naar beneden te dragen.

'Er moet wel dringend iemand komen helpen', dacht ze. 'Lang houd ik dit niet vol.'

Hannah strompelde door de openstaande voordeur naar buiten. Ze moest bij haar auto geraken en zo gauw mogelijk weer binnen telefoonbereik, zodat ze haar collega's kon bellen.

Ze opende het portier met één hand en hield Billie met de andere hand tegen zich aan gedrukt. Voorzichtig liet ze zich in de wagen vallen en legde ze het kind op de passagiersstoel naast haar. Dan viste ze haar gsm uit haar broekzak en toetste een nummer in.

'Neem op!' zei ze ongeduldig. 'Neem in godsnaam op!'

Terwijl ze de telefoon hoorde overgaan, bekroop haar het gevoel dat er nog een derde persoon in de wagen zat. Geschrokken keek ze in de achteruitkijkspiegel, waarin twee ogen haar van achter een wit hondenmasker gadesloegen. Ze liet de gsm uit haar trillende handen vallen.

'Jij dacht dat je zo slim was', zei Ben Roth van achter het hondenmasker. 'Toegegeven, je bent de eerste flik die zo dichtbij komt. Maar nu is het uit met je spelletje.'

Hij toonde haar een hondenketting en trok die strak tussen zijn beide handen.

'Ik hoopte dat ik je zou kunnen laten gaan,' zei hij, 'maar dat kan nu niet meer. Mijn ticket naar Australië is geboekt...'

Hij krabde even in zijn haren.

'Ik zou je natuurlijk ook kunnen afschieten, maar dan krijg ik bloed over mijn kleren. Dit...' – hij zwaaide nog eens met de ketting – '...is veel *cleaner.*'

Hannah voelde haar hoofd tollen. Ze hield haar vuisten zo stevig gebald in haar schoot, dat haar nagels in de kussentjes van haar handpalmen sneden. Ze maakte geen schijn van kans tegen deze gek. Ze sloot haar ogen, zette haar tanden op elkaar en hoopte op een wonder.

25

'Hannah!' De stem kwam van ver en ze moest moeite doen om hem te horen. 'Hannah!' klonk het nog een keer. Het lukte haar niet om haar loodzware oogleden te heffen. Ze voelde een koele hand op haar voorhoofd.

'Reageert ze al?' vroeg een stem die ze niet herkende. Iemand tikte zacht op haar wang.

'Hou op', wou ze zeggen, maar de woorden kwamen niet. Met bovenmenselijke inspanning opende ze haar ogen. Ze keek recht in de ogen van haar collega Charles.

'Ze is er!' riep Charles over zijn schouder naar een man in een witte doktersjas die achter hem klaarstond met een injectienaald. 'Haar ogen zijn open, kijk!' De man in de witte jas boog zich op zijn beurt over haar heen.

'*Madame Maes?*' zei hij. 'Knipper met uw ogen als u me hoort.' Het duurde even voor Hannah begreep dat de man tegen haar praatte. Hij sprak Frans en dat had ze nu eenmaal niet meteen door. 'Hij wil dat je met je ogen knippert, Hannah', vertaalde Charles behulpzaam. Hannah deed wat hij vroeg en knipperde snel een paar keer met haar ogen.

'U hebt veel bloed verloren', zei de man in het Frans. 'We

brengen u naar het ziekenhuis.' '*L'hôpital.*' Dat begreep ze wel. Ze knikte en draaide haar hoofd een kwartslag naar rechts, waar een gele ambulance klaarstond, waarin twee ambulanciers op dat moment net een brancard aan het schuiven waren. Plots voelde ze zich onrustig en begon ze met beide handen ongedurig om zich heen te tasten. Charles nam Hannahs hoofd tussen zijn handen en wendde het voorzichtig opnieuw in de richting van het zijne.

'Het kind is in orde', zei hij geruststellend. 'We zijn net op tijd gekomen.'

Hij wees naar een groepje politiewagens dat wat verder geparkeerd stond. Daar werd een geboeide man door twee politieagenten ondersteund, terwijl hij instapte in een van de combi's.

'Hond', zei ze. 'Dat is hond.'

'We weten het, Hannah', zei Charles. 'Zwijg nu, spaar je krachten. Ik ga mee naar het ziekenhuis en daar kunnen we praten.' Hij stapte opzij om plaats te maken voor de verpleger in de witte jas.

Hannah keek gelaten toe hoe de verpleger langzaam een vloeistof in haar arm spoot. Even later voelde ze zich wegglijden in een diepe slaap.

Toen ze wakker werd, had ze bonzende hoofdpijn. Ze keek rond, naar het witte laken, de witte muren, het kleine ijzeren nachttafeltje met de fles water en het glas... Toen ze haar hoofd helemaal naar opzij draaide, zag ze naast het hoofdeinde van haar bed Charles in een zetel zitten. Hij zat in een krant te lezen, likte af en toe aan zijn vinger en sloeg dan een bladzijde om.

'Charles', fluisterde ze. Hij keek op van zijn krant en glimlachte breed.

'Ha, ben je wakker?' zei hij. 'Wacht, ik roep de anderen.'

Charles liep de gang op en kwam even later terug met Bob en Kevin. Ze gingen elk aan een kant van het bed van Hannah zitten. Ze keek hen een voor een glimlachend aan. Ze was zelden zo blij geweest om hen te zien.

'Dat was schrikken, chef', zei Bob, terwijl hij haar arm even aanraakte. 'Dertig seconden later en je had het niet kunnen navertellen, en dat hebben we allemaal te danken aan onze Sherlock hier.'

Bob wees op Kevin, die hem een woedende blik toewierp.

'Kon ik nu weten dat er twee waren', zei Kevin gepikeerd. 'Jullie hadden die sms toch ook gezien?'

Hannah begreep niet waarover ze het hadden. 'Twee?' zei ze. 'Twee wat?'

'Er ligt een Moeren in Vlaanderen en eentje in Frankrijk', zei Charles geduldig. 'Kevin dacht dat we er al waren toen we dat Vlaamse Moeren binnenreden, maar daar was geen café dat Saint Jean-Baptiste heette. Een vriendelijke mens heeft ons er dan op gewezen dat we hier moesten zijn, in Frankrijk.'

'In dat café wist de dochter direct hoe laat het was', zei Bob. 'Ze is zelfs met ons meegereden tot aan het huis. Toen we de grindweg daar opdraaiden, kreeg Kevin een telefoontje van jou, maar dat werd om een of andere reden afgebroken.'

Hannah herinnerde zich het moment waarop ze Ben Roth had opgemerkt in haar achteruitkijkspiegel.

'De hond', fluisterde ze.

'Inderdaad', zei Charles. 'Die smeerlap had je op dat moment net te pakken met een ketting. Een paar seconden later en hij had je echt gewurgd.'

'Billie?' vroeg ze.

'Onderkoeld en verdoofd,' zei Kevin, 'maar ze komt erdoor. Ze ligt hier een paar deuren verder. Haar moeder is bij haar. Ik denk dat de dokters op dit moment meer werk hebben met de moeder dan met de dochter. Ze is in shock.'

'Was Billie verdoofd?' vroeg Hannah.

Charles haalde een briefje uit zijn zak. 'Weet je nog dat je me naar de apotheker hebt gestuurd om uit te zoeken wat Ben Roth had gekocht?' vroeg hij. Hij streek het papiertje glad en las wat erop stond. 'Hij had een voorschrift bij voor Temex, een spierverslapper op basis van benzodiazepines. Daarmee heeft hij Billie telkens verdoofd, zodat ze zich achteraf zo goed als niets meer herinnerde.'

'Groene limonade', zei Hannah. Haar collega's keken haar nietbegrijpend aan, maar ze was te moe om het uit te leggen.

'Het masker', zei ze nog. 'Ze was bang van honden.'

'Klopt', zei Charles. 'Dat is normaal met benzodiazepines. Je maakt de dingen mee, maar niet bewust. In je onderbewustzijn blijven er achteraf flarden hangen die je niet echt kunt thuisbrengen. De verdoving is na ongeveer vier uur uitgewerkt. Waarschijnlijk verdoofde hij Billie Steegmans onmiddellijk met zo'n drankje als hij haar oppikte op school, dan bracht hij haar hierheen en tegen dat ze weer in Gent waren, kwam Billie weer bij haar positieven.'

'Heb je die foto's in zijn opnameruimte gezien?' vroeg Bob.

Hannah knikte. Ze zag de barbaarse beelden van de naakte mannen met een kind aan de leiband nog haarscherp voor zich.

'We zijn meteen begonnen met een speuractie naar de kinderen op die foto's. Waarschijnlijk gebruikte hij altijd dezelfde methode. Hij heeft nog geprobeerd om de dragers waarop opnamen stonden, stuk te slaan, maar in zijn haast om jou te pakken te krijgen, is hem dat op die korte tijd niet gelukt. Hoogstwaarschijnlijk zullen we van alle camera's en computers de harde schijf kunnen recupereren', vulde Kevin aan.

Charles kraakte zijn vingers en leunde achterover.

'Ik denk dat we een heel dikke vis te pakken hebben, Hannah', zei hij. 'Internationaal trouwens. Een geoliede machine met allemaal radertjes die op elkaar inspelen.'

Er kwam een mollige verpleegster de kamer binnen. Ze ging bij het hoofdeinde van het bed staan en keek de mannen een voor een bestraffend aan.

'*Messieurs*', zei ze bits. 'Mevrouw moet rusten. Ik moet u vragen om de kamer te verlaten.'

Hannah wilde protesteren, maar de verpleegster tilde vermanend haar vinger op. 'Hier zijn wij baas, mevrouw', zei ze. 'Heren, u bent tijdens de bezoekuren opnieuw welkom. Wilt u nu naar buiten gaan?'

Bob stootte Kevin aan. 'Weet je waaraan je een vuile verpleegster kunt herkennen?' vroeg hij fluisterend. Kevin schudde zijn hoofd en wierp een steelse blik op de vrouw achter het bed.

'Aan haar witgeel kruis.'

Kevin proestte het uit en zelfs Hannah kon een glimlach om zijn grapje niet onderdrukken. De drie mannen stonden op en gingen naar buiten.

'We komen straks terug', zei Charles. 'Intussen zorgen we dat je zo snel mogelijk terug naar Gent gebracht wordt.'

De deur was nog maar net gesloten, toen de telefoon ging. Zonder zich iets aan te trekken van de vermanende blik van de verpleegster, klikte ze haar gsm open. Ze hoorde de opgewonden stem van Bob: 'Hannah? Bob hier!' Ze begreep niet waarom hij haar belde, terwijl hij nog maar net buiten op de gang stond.

'Ik durf niet terug naar binnen met dat mens in je kamer, maar ik moet je nog iets belangrijks vertellen.'

Het werd even stil aan de telefoon.

'Ja?' vroeg ze. 'Wat?'

'Flip Van Marsenille', zei hij.

'Ja?' Hannah begreep niet waar Bob naartoe wou. Wat had de scoutsleider nu nog met de zaak te maken?

'In de slaapzak van Billie zijn sporen van sperma aangetroffen', zei Bob.

Hij zweeg even. 'Het DNA komt overeen met dat van Van Marsenille.'

Hannah klikte de telefoon dicht.

'Hoe kan dat nu?' vroeg ze verbijsterd aan de verpleegster, die al even verstomd terugkeek. 'Werd ze verdomme misbruikt door twee honden!'

26

'Ik wil alleen maar weten wat er gebeurd is, Flip.' Hannah duwde zich met haar handen af tegen de leuningen van haar stoel om haar stijfheid wat te verlichten. Haar onderbeen rustte op een tweede stoel, maar haar voet bleef pijnlijk kloppen. Ze wenkte Charles, die tegen de radiator bij het raam geleund stond.

'Kun je een pijnstiller voor mij versieren?' vroeg ze stilletjes. 'Mijn voet klopt verschrikkelijk.'

Charles knikte en liep de deur uit. Flip Van Marsenille wees naar Hannahs voet.

'De enkel?' vroeg hij.

'Hiel', zei Hannah. 'Er is een kogel dwars door mijn hiel gegaan. Gelukkig is er geen beentje geraakt, maar het is een lelijk gat.'

Ze tikte met haar vinger op het laboratoriumverslag.

'Flip, luister. Er zijn sporen van sperma aangetroffen in de slaapzak van Billie Steegmans en die sporen komen overeen met jouw DNA-staal. Ik wil weten hoe dat sperma daar gekomen is. Of jij Billie hebt verkracht.'

Flip Van Marsenille wendde zijn hoofd af en keek naar buiten.

'Neen', zei hij. 'Ik heb haar niet verkracht. Dat zou ik nooit doen.'

'Hoe verklaar je het sperma dan?' vroeg Hannah. Ze probeerde rustig te blijven, maar de jonge man maakte het haar niet gemakkelijk. Toen ze hem met de laboratoriumresultaten confronteerde, had hij zich gedwee laten inrekenen. Intussen was ze al een uur op hem in aan het praten, maar hij had nog niets losgelaten.

'Maar dat sperma is wel van jou.'

Flip Van Marsenille trok zijn schouders op. 'Dat ontken ik niet', zei hij.

'Dan wil ik weten hoe het daar gekomen is.' Ze boog zich voorover en tikte hem op de schouder. 'Kijk,' zei ze, 'ik heb pijn, ik ben moe en ik ben dit gedoe beu. Als je niet van plan bent om mij iets te vertellen, zeg dat dan. Dan trekken we zelf onze conclusies.'

'Ik zal het vertellen', zei Flip zacht. 'Maar alleen aan u. Ik wil er niemand anders bij.'

Hannah knikte. 'Doe maar', zei ze.

'Billie huilde die nacht', begon hij. 'Iedereen van de kabouterleiding lag ladderzat in zijn slaapzak en ik was de enige die haar kon helpen.'

Hij verschoof even op zijn stoel.

'Ik ging naar de slaapzaal, haalde haar uit haar slaapzak en ging met haar naar de keuken. Daar gaf ik haar een glaasje water. Toen ik haar terug naar haar slaapzak wou brengen, sloeg ze haar armen om mijn hals en vroeg ze of ze nog een tijdje bij mij mocht blijven zitten. Ze was bang, zei ze.'

'Vertelde ze je ook waarvoor ze bang was?' vroeg Hannah.

'Voor honden', zei Flip Van Marsenille. 'Ze zei: "Ik ben bang van honden, maar niet van jou."' Hannah zag hoe hij hard op zijn lip beet.

De deur ging open en Charles kwam het verhoorlokaal binnen met in zijn ene hand een glas water en in zijn andere een witte ovalen pil. Hij overhandigde ze aan Hannah, die van de gelegenheid gebruikmaakte om hem iets in het oor te fluisteren.

'Ik ga even alleen met hem verder', zei ze zacht. Charles knikte dat hij het begrepen had en ging de deur weer uit. Hannah stopte de pil in haar mond en nam een slok water. Ze trok een grimas en keek dan weer naar Flip.

'Je stond met Billie in de keuken', zei ze.

'Ik was gaan zitten,' zei Flip, 'op een stoel bij de tafel. Billie was bij mij op schoot komen zitten.'

Flip keek weg van Hannah, naar buiten. Vanwaar hij zat, kon hij alleen de kruinen van enkele bomen zien.

'En toen?' vroeg Hannah.

Flip kruiste zijn armen over zijn borst en legde zijn handen op zijn schouders alsof hij zichzelf wou beschermen.

'Ik voel mij misselijk', zei hij. 'Mag ik wat drinken?'

Hannah wees naar het halflege glas water dat voor haar stond. Hij dronk het in twee slokken leeg.

'Wat gebeurde er?' vroeg ze nog een keer.

'Billie zei dat ze dikwijls bang was en dat ze pijn had. Ze legde een handje tussen haar benen en zei dat de honden haar daar pijn deden.'

Er welden tranen op in zijn ogen. Hij snoof luid en veegde zijn neus af aan de achterkant van zijn hand.

'Ik begreep dat iemand haar misbruikt had en dat ze mij in vertrouwen nam', zei hij. 'Net zoals ik zelf gedaan had...'

Hij begon te huilen en Hannah had moeite om hem te verstaan.

'Ik voelde zo met haar mee... Ik zat dat kind te strelen om haar te troosten, maar daar werd ik verdomme opgewonden van. Terwijl zij zat te huilen, wreef ik tegen haar aan en kwam ik klaar. Ik...' Hij wendde zijn gezicht af, leunde met zijn hoofd tegen de muur en huilde met lange halen.

Hannah wist dat haar collega's achter het raam het gesprek mee volgden. Ze gaf een tekentje om aan te geven dat ze alles onder controle had en dat ze buiten moesten blijven.

'Het gebeurde gewoon', zei de man. 'Ik denk niet eens dat ze er iets van gemerkt heeft.'

'Flip', zei Hannah beheerst. 'Ga zitten.' Ze wees op de stoel die voor haar stond. De jongen draaide zich om en keek haar aan. Hij wandelde langzaam terug en liet zich op de stoel zakken.

'Ik ga je nog een paar vragen stellen', zei ze. 'En ik wil eerlijke antwoorden.'

De jongen knikte en keek naar de vloer.

'Heb je nog iets anders gedaan met haar?' vroeg ze. 'Heb je haar vagina aangeraakt?'

Flip schudde zijn hoofd. 'Ze zat op mijn schoot, ik streelde haar haren. Verder heb ik haar niet aangeraakt. Maar het was warm die nacht en ik had alleen een losse boxershort en een

T-shirt aan. Toen ze daar zo helemaal opgekruld op mijn schoot zat, werd ik opgewonden. Ik begrijp zelf ook niet...'

Hij keek haar smekend aan. 'Denkt u dat het nog in orde komt met mij?' vroeg hij.

Hannah haalde haar schouders op. 'Dat kan ik niet beoordelen', zei ze. 'Je moet met iemand praten die je kan helpen.'

'Kan ik nu nog kinderarts worden?' Het snot liep uit zijn neus, maar werd meegenomen door de tranen die hij ongegeneerd liet lopen.

'Dat weet ik ook niet', zei ze. 'Ik ga je verklaring uittypen en je gaat ze ondertekenen. Is er iemand die we kunnen verwittigen?'

Hij keek haar even aan en richtte dan zijn blik weer op de kruinen van de bomen. 'Er is niemand', zei hij zachtjes voor zich uit. Hij haalde diep adem en sloot zijn ogen.

27

Hannah bladerde door de krant. Wekenlang was het verhaal over het kindermisbruik voorpaginanieuws geweest, maar intussen waren de artikels veel korter geworden en naar het midden van de krant verhuisd. De pers was er snel achter gekomen wie Ben Roth was. 'Sneller dan de politie', dacht Hannah. 'Die zocht hem tenslotte al jaren.'

Het verhaal van zijn glorietijd bij de M8s was uitgebreid in de media verschenen en even werden de liedjes van de oude boyband weer op de radio gedraaid. De andere leden werden opgespoord en geïnterviewd. Ze hadden nooit gedacht dat hun oude bandlid tot zoiets in staat zou zijn. 'Hoewel hij altijd wel goed was met meisjes', zei een van de leden voor de camera. '*If you know what I mean...*'

'Het is pervers', dacht Hannah toen ze hun oude songs op de radio hoorde. 'De smeerlap verdient hier onrechtstreeks nog geld aan.'

Het huis in Les Moeres bleek slechts een van de vele schuilplaatsen van Ben Roth te zijn geweest. Interpol had al jaren een internationaal opsporingsbevel tegen de man lopen, maar hij was hen altijd te snel af geweest door telkens andere identiteiten aan te nemen. In het ene land maakte hij reclamefilms, in een ander was hij verkoper van videomateriaal, geluidsman, uitbater van een nachtclub, of zelfs leraar... Bij elke nieuwe naam hoorden een ander beroep, een ander adres en een nieuwe identiteit. In de media werd hij al snel bestempeld als 'de kameleon'.

De politie had ook ontdekt dat Ben Roth aan het hoofd stond van een select clubje pedofielen dat zich 'The Hounds' noemde. Ze verkrachtten jonge kinderen, maakten daar foto's en films van en zetten die op dvd's die uitsluitend voor de leden bestemd waren. Van elk lid werd een soort staatsiefoto gemaakt met een hondenmasker en een kind aan de leiband.

De leden waren met zorg uitgekozen. Er zaten dokters en advocaten tussen, architecten, notarissen, politici, politieagenten en zelfs een enkele rechter. Ze woonden verspreid over Europa en Ben Roth had ervoor gezorgd dat ze hem stuk voor stuk diensten konden bewijzen, als ging het om een gewone serviceclub... De voorschriften voor spierverslappers kwamen van een dokter die lid was van de club. Als Ben Roth in de problemen kwam en zijn leven een andere draai moest geven, kon hij altijd rekenen op een van de advocaten of hoge ambtenaren in het clubje. Het had weken tijd gekost om iedereen op te sporen, want nergens waren namen of beelden terug te vinden geweest.

De dvd's werden uitsluitend verspreid tussen de leden, op een bijzonder archaïsche, maar doeltreffende manier: Ben Roth leverde elke dvd en elke foto persoonlijk af aan de leden, die cash betaalden. Dat verklaarde waarom hij zo vaak op reis moest en altijd bij 'vrienden' bleef slapen.

Ben Roth was de spil van de organisatie en hij zorgde voor een constante aanvoer van jonge kinderen. Daartoe gebruikte hij verschillende technieken. Het vaakst gebruikte hij de truc van het aanpappen met een single moeder met één kind. Vaak duurde het een hele tijd voor de moeder iets in de gaten kreeg. Als de grond te heet werd onder zijn voeten, verdween hij van het toneel. Het was een hele klus geweest om alle moeders op te sporen met wie Roth ooit een relatie had gehad. Vele van de kinderen waren zelfs al het huis uit en de meeste herinnerden zich weinig van wat er met hen gebeurd was. Ben Roth had blijkbaar heel snel ontdekt welke medicijnen hij het best kon gebruiken om hen te verdoven, waarschijnlijk met wat hulp van een dokter uit de club.

Hannah las het dossier nog één keer helemaal door. Ze kon niet geloven dat Roth zo lang zijn gang had kunnen gaan zonder dat er ooit iemand argwaan had gekregen en zonder dat er een van zijn kompanen een steek had laten vallen. Hij had zijn entourage duidelijk met zorg uitgekozen.

Kevin kwam haar bureau binnenlopen met enkele printjes, die hij op haar bureau legde.

'Heb je dit gezien, chef?'

Hannah wierp een vluchtige blik op het papier, dat vol cijfers stond. 'Wat is dit?' vroeg ze.

'Het jaarverslag van *Visual Aid*', zei Kevin. 'Ze stonden op de rand van het faillissement toen we Ben Roth oppakten. Die dure auto en die mooie kantoren werden duidelijk betaald met geld uit een andere bron.'

Hij bladerde door de papieren. 'Hier', zei hij. 'Alle rekeningen van Ben Roth. De man had bovendien een grote hoeveelheid cash geld in huis. De dvd's werden gewoon handje contantje betaald. Blijkbaar was er een soort jaarbijdrage en daarbovenop een bijdrage voor elke dvd die ze kochten – en Ben Roth verkocht zijn materiaal niet bepaald goedkoop.'

'Heb jij de filmpjes met de kinderen gezien?' vroeg Hannah.

Kevin knikte. 'Beesten zijn het', zei hij. 'Je gelooft je ogen niet als je ziet wat ze met die kinderen deden. Het is een wonder dat ze het er allemaal levend van afgebracht hebben.'

'Dat weten we nog niet, Kevin', zei Hannah. 'Het onderzoek loopt nog.'

'Roth koos zijn slachtoffers zorgvuldig uit', zei hij. 'Altijd alleenstaande moeders met één kind...'

'Wat was die groene limonade eigenlijk?' vroeg Hannah. 'Weten we waar die vandaan komt?'

'Dat is iets Tsjechisch', antwoordde Kevin. 'Hij kocht het spul in de groothandel, in grote hoeveelheden. We hebben honderden van die flesjes teruggevonden in het huis in Les Moeres.'

Hannah verschoof een folder op haar bureau.

'Hoe gaat het met Billie?' vroeg ze. Ze stond op en hinkte naar het raam. Af en toe schoten er nog pijnlijke steken door haar voet, zeker op regenachtige dagen als vandaag.

'Ze is weer thuis', zei Kevin. 'De psychologe heeft met haar gesproken, maar ze lijkt zich weinig te herinneren.'

'Gelukkig maar', antwoordde Hannah bedachtzaam. Ze leunde met beide handen op de vensterbank en keek uit het raam. Buiten rukten felle windstoten de bladeren van de bomen.

'Hoe gaat het met de moeder?' vroeg ze.

'Die is er erg aan toe. Bij haar is de schade groter dan bij de dochter, zoveel is zeker.' Kevin kwam naast haar staan en samen keken ze hoe de regen bij bakken uit de loodgrijze hemel gutste.

Hannah zuchtte diep, draaide zich om en wees naar de rode map die Kevin in zijn handen hield.

'Wat heb je daar?' vroeg ze.

'Werk', zei Kevin. 'Dit is gisteren binnengekomen bij onze collega's. Ze hebben het meteen doorgestuurd.'

Hannah nam de map van hem aan, ging achter haar bureau zitten en haalde er de elastiekjes af. Ze begon het verslag meteen te lezen.

Kevin ging naar buiten en trok de deur zacht achter zich dicht.

Eerder verschenen in deze reeks:

ISBN: 978 90 209 86853

De topreeks

CODE 37

seizoen 2 nu ook te bekijken op dvd (vanaf eind mei 2011)

The Duchamp Effect

OCTOBER BOOKS

Rosalind Krauss, Annette Michelson, Yve-Alain Bois, Benjamin H. D. Buchloh, Hal Foster, Denis Hollier, and Silvia Kolbowski, editors

Broodthaers, edited by Benjamin H. D. Buchloh

AIDS: Cultural Analysis/Cultural Activism, edited by Douglas Crimp

Aberrations, by Jurgis Baltrušaitis

Against Architecture: The Writings of Georges Bataille, by Denis Hollier

Painting as Model, by Yve-Alain Bois

The Destruction of Tilted Arc: *Documents,* edited by Clara Weyergraf-Serra and Martha Buskirk

The Woman in Question, edited by Parveen Adams and Elizabeth Cowie

Techniques of the Observer: On Vision and Modernity in the Nineteenth Century, by Jonathan Crary

The Subjectivity Effect in Western Literary Tradition: Essays toward the Release of Shakespeare's Will, by Joel Fineman

Looking Awry: An Introduction to Jacques Lacan through Popular Culture, by Slavoj Žižek

Cinema, Censorship, and the State: The Writings of Nagisa Oshima, by Nagisa Oshima

The Optical Unconscious, by Rosalind E. Krauss

Gesture and Speech, by André Leroi-Gourhan

Compulsive Beauty, by Hal Foster

Continuous Project Altered Daily: The Writings of Robert Morris, by Robert Morris

Read My Desire: Lacan against the Historicists, by Joan Copjec

Fast Cars, Clean Bodies: Decolonization and the Reordering of French Culture, by Kristin Ross

Kant after Duchamp, by Thierry de Duve

The Duchamp Effect, edited by Martha Buskirk and Mignon Nixon

The Duchamp Effect

edited by Martha Buskirk
and Mignon Nixon

An OCTOBER Book

The MIT Press
Cambridge, Massachusetts
London, England

This book was printed and bound in the United States of America.

Library of Congress Cataloging-in-Publication Data

The Duchamp effect / edited by Martha Buskirk and Mignon Nixon.
p. cm.
"An October book."
ISBN 0-262-52217-9 (pbk.: alk. paper)
1. Duchamp, Marcel, 1887–1968—Criticism and interpretation. 2. Duchamp, Marcel, 1887–1968—Influence. I. Buskirk, Martha. II. Nixon, Mignon.
N6853.D8D84 1996
709′.2—dc20 95-46162
CIP

The material in the volume was originally published in *October* 70 (Fall 1994), with the exceptions of the essays by Sarat Maharaj and by Molly Nesbit and Naomi Sawelson-Gorse. T. J. Clark's reply to Benjamin Buchloh first appeared in *October* 71 (Winter 1995)

Cover photo: Andy Warhol filming Marcel Duchamp, 1966.

CONTENTS

The Duchamp Effect

Introduction

In a recent conversation, one of the most influential of modernist art historians stated that he had finally made up his mind about Marcel Duchamp: Duchamp, unlike Picasso or Pollock but very much like Edgar Allen Poe, was part of a nineteenth-century legacy of slightly fraudulent self-invention, constructing intriguing appearances behind which, upon closer inspection and longer historical contemplation, not much turns out to be of lasting relevance.

Rather than just being startling, the statement provoked a number of questions that might be raised here in the guise of an introduction to an issue dedicated to the reception of Duchamp.

First there is the question of whether we have finally reached that stage where all attempts at writing art history as a history of authors (and anti-authors, of whom Duchamp is, of course, the exemplar and model) appear utterly futile and methodologically unacceptable from the outset. Therefore, rather than committing an issue to Duchamp, one might have addressed those concerns manifestly articulated in Duchamp's work, such as the totalization of reification, the reign of sign exchange-value, or the critique of institutional conventions. But then, too, there is the question of whether the opposite condition is the case—and the opposition established in the modernist's statement between Picasso and Pollock on the one hand and Duchamp on the other would make us suspect as much: that in the view of those who give modernism a long, last passionate study imbued with the scrutiny of mourning, Duchamp and his legacies simply do not constitute a sufficiently substantial—existentially and aesthetically complex—visual culture.

Judging the artist's oeuvre by the fallout of misunderstandings and trivializations that it seems to have engendered, however, is obviously inappropriate. On the other hand, facing up to the restraints that necessitated the impoverishment of means and techniques, of representational strategies and iconographies, as conditions reigning outside of an individual producer's subjectivity, is still a precondition for a critical history of modernity.

At stake, then, is not just the importance of not blaming Duchamp for delivering the message about the twentieth century's closure of traditional aesthetic

OCTOBER 70, Fall 1994.

experience. It is also to avoid lapsing into a melancholic call for old conventions of representation, types of artistic subjectivity, and models of aesthetic experience that are cyclically promised by a return to the—ultimately humanist—"depths" and "substances" of tragic artists such as Picasso and Pollock. Of course the determination to avoid this fallacy should not prevent us from posing the question of whether the reception of Duchamp's work, manifold and labyrinthine as it is, has not fallen short of the work's actual historical potential—and the near total silence surrounding the hidden enigma in Philadelphia would attest to that.

Perhaps the answers to the riddle of the *Etant donnés* could be to realize that neither the Duchamp we have known until now (and the generations that have responded to the readymade aesthetic) nor a return to a traditionalist humanist aesthetic embodied in Picasso and Pollock can provide the basis for an aesthetic of subjectivity after Freud and Lacan, an institutional critique after Foucault, or a semiological reading after Barthes and Baudrillard. One other answer could be to recognize that Duchamp's last allegorical work on the desire of seeing and figuring could not only serve as a point of departure for another cycle of Duchamp studies, but could also point the way out of the *cul de sac* of contemporary artistic production sustained in a false opposition between a return to traditional humanist models and a gradual disappearance in the shallow derivations of obsolete or misunderstood Duchampian paradigms, just as it could also point a way out of the stale opposition between a poststructuralist orthodoxy and an increasingly instrumentalized rationality of social art history, more evidently incapable of recognizing the complex circumscriptions of aesthetic objects.

Benjamin H. D. Buchloh
for the Editors

What's Neo about the Neo-Avant-Garde?

HAL FOSTER

It is no secret that postwar culture in North America and Western Europe is swamped by *neos* and *posts*. Apart from the eclecticism of recent art and architecture, there are a myriad repetitions in the postwar period: how are we to distinguish them in kind? How to tell the difference between a return of an archaic form of art that bolsters conservative tendencies in the present and a return to a lost model of art made in order to displace customary ways of working? Or, in the register of history, how to tell the difference between a revisionist account written in support of the cultural status quo and a genealogical account that seeks to challenge it? In reality these returns are more complicated, even more compulsive—especially now at the end of the century as revolutions at its beginning appear to be undone, and as formations thought to be long dead stir again with uncanny life.

In postwar art the problem of repetition is primarily the problem of the neo-avant-garde, a loose grouping of North American and Western European artists of the 1950s and '60s who reprised and revised such avant-garde devices of the 1910s and '20s as collage and assemblage, the readymade and the grid, monochrome painting and constructed sculpture.[1] No rule governs the return of these devices: no one instance is strictly contrived, concerted, or compulsive. Here I want to focus on recapitulations that aspire to criticality, and to do so initially through a remark of Michel Foucault made in early 1969, i.e., in the heyday of such returns.

In "What Is an Author?" Foucault writes in passing of Marx and Freud as "initiators of discursive practices," and he asks why a return is made at particular moments to the originary texts of Marxism and psychoanalysis, a return in the

1. Peter Bürger poses the problem of the neo-avant-garde in *Theory of the Avant-Garde* (1974), more on which below; but it is Benjamin Buchloh who has developed the specific problematic of these paradigm repetitions in several texts over the last fifteen years, most directly in "The Primary Colors for the Second Time: A Paradigm Repetition of the Neo-Avant-Garde," *October* 37 (Summer 1986). My text is written in close dialogue with his fundamental body of criticism, and I will try to clarify my debts as well as my differences as I go along. I also want to thank audiences at the CUNY Graduate Center, the Université de Montréal (especially Johanne Lamoureux), and the Center for twentieth-Century Studies at the University of Wisconsin-Milwaukee (especially Kathleen Woodward, Jane Gallop, and Herbert Blau).

OCTOBER 70, Fall 1994.

form of a rigorous reading.[2] The implication is that, if truly radical (in the sense of *radix:* to the root), the reading will not be another accretion of the discourse; on the contrary, it will cut through the layers of paraphrase and pastiche that have obscured its theoretical core and blunted its political edge. Foucault names no names, but he likely has in mind the readings of Marx and Freud made by Louis Althusser and Jacques Lacan respectively. (Again, he writes in early 1969, or four years after Althusser published *For Marx* and *Reading Capital,* and three years after the *Ecrits* of Lacan appeared—and just months after May 1968, a moment in anti-historicist constellation with prior revolutionary moments.) In each case the stake of the return is the *structure* of the discourse stripped of additions: not so much what Marxism or psychoanalysis means as how it acts and signifies—and how it has transformed our concepts of action and signification. Thus in the early 1960s, after years of existentialist readings based on the early Marx (made in the wake of the belated discovery of his 1844 manuscripts in the 1930s), Althusser performs a structuralist reading based on the mature Marx of *Capital.* For Althusser, of course, this is the "scientific" Marx of the epistemological rupture that changed politics and philosophy forever, not the "ideological" Marx hung up on humanist problems such as alienation. For his part, in the early 1950s, after years of therapeutic adaptations of psychoanalysis, Lacan performs a linguistic reading of Freud. For Lacan, of course, this is the radical Freud who reveals our decentered relation to the language of our unconscious, not the humanist Freud of the ego psychologies dominant at the time.

The moves within these two returns are different: Althusser defines a *lost break* within Marx, whereas Lacan articulates a *latent connection* between Freud and Ferdinand de Saussure, the contemporaneous founder of structural linguistics, a connection implicit in Freud (e.g., in his analysis of the dream as a process of condensation and displacement, a rebus of metaphor and metonymy) but impossible for him to think as such given the epistemological limits of his own historical position.[3] But the method of these returns is similar: to focus on "the constructive

2. Michel Foucault, *Language, Counter-Memory, Practice,* ed. Donald F. Bouchard (Ithaca: Cornell University Press, 1977), pp. 113–38. To my mind "What is an Author?" is more useful vis-à-vis critical art of the 1960s and '70s than its more influential counterpart, "The Death of the Author" by Roland Barthes, precisely because, like the art, it examines the discursive function of the author rather than announces its apocalyptic end. In *History of Sexuality* (vol. 1, 1976) Foucault revises his view of the epistemological rupture represented by Freud.

3. Lacan details this connection in "The Agency of the Letter in the Unconscious" (1957), and in "The Meaning of the Phallus" (1958) he deems it fundamental to his return to Freud: "It is on the basis of such a wager—laid down by me as the principle of a commentary of Freud's work which I have been pursuing for seven years—that I have been led to certain conclusions: above all, to argue, as necessary to any articulation of analytic phenomena, for the notion of the signifier, in the sense in which it is opposed to that of the signified in modern linguistic analysis. The latter, born since Freud, could not be taken into account by him, but it is my contention that Freud's discovery stands out precisely for having had to anticipate its formulas, even while setting out from a domain in which one could hardly expect to recognise its sway. Conversely, it is Freud's discovery that gives to the opposition of signifier to signified the full weight which it should imply: namely, that the signifier has an active

omission" fundamental to each discourse.[4] Similar, too, are the motives: not only to restore the radical integrity of the discourse but to challenge its status in the present, the received ideas that deform its structure and restrict its efficacy. This is not to claim the final truth of such readings (apart from the wretched *ressentiment* visited on Althusser and Lacan today, it is hard not to have some doubts about these figures—or, for that matter, the artists I mention below). On the contrary it is to clarify the contingent strategy of the readings, which is to *re*connect with a lost practice in order to *dis*connect from a present way of working felt to be outmoded, misguided, or otherwise oppressive. The first move (*re*) is a temporal one, made in order, in a second, spatial move (*dis*), to open a new site for work.[5]

Now, amid all the repetitions in postwar art, are there any returns in this radical sense? Certainly none appear so historically focused and theoretically rigorous. Some recoveries are fast and furious, and they tend to reify the past practice, to acculturate it in terms of iconographic thematics; this is often the fate of the found object in the 1950s and the readymade in the 1960s. Other recoveries are slow and partial, as in the case of Russian Constructivism in the early 1960s after decades of active repression and passive misinformation.[6] Some old models of art appear to return independently, as with the various reinventions of monochrome painting in the 1950s and '60s (Robert Rauschenberg, Ellsworth Kelly,

---

function in determining the effects in which the signifiable appears as submitting to its mark, becoming through that passion the signified" (in *Feminine Sexuality*, ed. Juliet Mitchell and Jacqueline Rose [New York: W.W. Norton, 1985], p. 78).

A similar strategy of historical connection has begun to transform modernist studies (in a way that might point to a convergence between old semiotic and social-historical approaches). In a recognition deferred until our own time some critics have linked Saussurean linguistics to high-modernist reformulations of the artistic sign: in primitivist Cubism (Yve-Alain Bois, "Kahnweiler's Lesson," *Representations* 18 [Spring 1987]); in Cubist collage (Rosalind Krauss, "The Motivation of the Sign," in *Picasso and Braque: A Symposium*, ed. Lynn Zelevansky (New York: Museum of Modern Art, 1992); in the Duchampian readymade (Benjamin Buchloh in various texts). On another axis T. J. Clark has juxtaposed the fantasmatic figures of the late Cézanne with the sexual theories of the early Freud; and in *Compulsive Beauty* I connect Surrealism with the contemporaneous theory of the death drive.

4. Foucault: "If we return, it is because of a basic and constructive omission, an omission that is not the result of accident or incomprehension. . . . This nonaccidental omission must be regulated by precise operations that can be situated, analysed, and reduced in a return to the act of initiation. Both the cause of the barrier and the means for its removal, this omission—also responsible for the obstacles that prevent returning to the act of initiation—can only be resolved by a return. . . . It follows naturally that this return . . . is not a historical supplement that would come to fix itself upon the primary discursivity and redouble it in the form of an ornament. . . . Rather, it is an effective and necessary means of transforming discursive practice" ("What is an Author?" p. 135).

5. Of course these practices are not lost and found, nor did they disappear. There was continuous work on Marx, Freud, and (even more important for theory of the time) Nietzsche, just as there was on the historical avant-garde; indeed, there is continuity with the neo-avant-garde in the person of Duchamp alone. Yet in spite of this work, *sometimes because of it*, important aspects of all these discourses were misplaced—this is the omission that Foucault remarks and that I attempt to theorize below.

6. See Buchloh, "Constructing (the History of) Sculpture," in *Reconstructing Modernism*, ed. Serge Guilbaut (Cambridge: MIT Press, 1989), as well as my "Some Uses and Abuses of Russian Constructivism," in *Art into Life: Russian Constructivism 1914–1932*, ed. Richard Andrews (New York: Rizzoli, 1990).

Lucio Fontana, Yves Klein, Piero Manzoni, Ad Reinhardt, Robert Ryman, and so on). Other old models are combined in apparent contradiction, as when in the early 1960s artists like Dan Flavin and Carl Andre draw on different aspects of diverse precedents like Marcel Duchamp and Constantin Brancusi, Alexander Rodchenko and Kurt Schwitters, or when Donald Judd contrives an almost Borgesian array of precursors in his 1965 manifesto "Specific Objects." Paradoxically, at this crux of the postwar period, ambitious art is marked by an expansion of allusion as much as by a reduction of form or a withdrawal of incident. Such art often invokes different, even incommensurate models of practice, but less to act them out in a hysterical pastiche (as in much art in the 1980s) than to work them through to a reflexive way of working—to turn the contradictions inscribed in these models into a critical consciousness of history, artistic and otherwise. Thus there is a method to the madness of the Judd list of precursors, especially where it appears most incoherent, as in its juxtaposition of the opposed traditions of Duchamp and New York School Painting. It is a method that seeks not only to extract a new practice from these traditions but to trump them as it goes—in this case to move beyond "objectivity" (whether nominalist as in Duchampian practice or formalist as in New York School Painting) to "specific objects."[7]

This particular move raises the two returns in the late 1950s and early 1960s that might qualify as radical in the aforementioned sense: the readymades of Duchampian Dada and the contingent structures of Russian Constructivism (i.e., structures, like the counter-reliefs of Tatlin or the hanging constructions of Rodchenko, that reflect both inwardly on material, form, and structure and outwardly on space, light, and context). Immediately two kinds of questions arise. Why do these returns occur then? And what relationship between moments of appearance and reappearance do they pose? Are the postwar moments passive repetitions of the prewar moments, or does the neo-avant-garde *act* on the historical avant-garde in ways that we can only now appreciate?

Let me respond to the historical question briefly; then I will focus on the theoretical question, which has to do with avant-garde temporality and narrativity. My account of the return of the Dadaist readymade and the Constructivist structure will come as no surprise. However different aesthetically and politically, the two paradigms are alike in this respect: they both contest the bourgeois

7. For a discussion of this trumping, see my "The Crux of Minimalism," in *Individuals*, ed. Howard Singerman (Los Angeles: MOCA, 1986). It is not unique to Judd; his entire generation confronted what Buchloh calls the "painterly peripety" posed most starkly by Frank Stella ("Formalism and Historicity: Changing Concepts in American and European Art since 1945," in *Europe in the Seventies*, ed. Anne Rorimer [Chicago: Art Institute of Chicago, 1977], p. 101). Neither is the method of contradictory combination specific to North American art. For example, of the labels made for the 1972 Düsseldorf version of his celebrated exhibition *Musée d'Art Moderne* Marcel Broodthaers once remarked: "'This is not a work of art' is a formula obtained by the contraction of a concept by Duchamp and an antithetical concept by Magritte" ("Ten Thousand Franc Reward" [1974], interview with Irmeline Lebeer, *October* 42 [Fall 1987], p. 47).

Alexander Rodchenko. Circa 1924.

Carl Andre. 1959.

principles of autonomous art and expressive artist, the first through an embrace of everyday objects and a pose of aesthetic indifference, the second through the use of quasi-industrial materials and the transformation of the function of the artist (especially in the Productivist phase of agit-prop campaigns and factory projects).[8] Thus, for North American and Western European artists in the late 1950s and early 1960s, Dada and Constructivism offered two historical alternatives to the modernist model dominant at the time, the medium-specific formalism developed by Roger Fry and Clive Bell for Post-Impressionism and its aftermath, and refined by Clement Greenberg and Michael Fried for the New York School and its aftermath. Since this model was staked on the intrinsic autonomy of modernist painting in particular, pledged to the ideals of "significant form" (Bell) and "pure opticality" (Greenberg), discontented artists were drawn to the two movements that sought to exceed this apparent autonomy: to define the institution of art in an epistemological inquiry into its aesthetic knowledges and/or to destroy it in an anarchistic attack on its formal conventions, as did Dada, or to transform it according to the materialist practices of a revolutionary society, as did

8. Obviously both formulations require qualification. Not all the readymades are everyday objects; and though I disagree with aestheticist readings (e.g., William Camfield, "Marcel Duchamp's *Fountain*: Aesthetic Object, Icon, or Anti-Art?" in *The Definitively Unfinished Marcel Duchamp*, ed. Thierry de Duve [Cambridge: MIT Press, 1991]), most are hardly indifferent objects. (For one indication of their overdetermination, see the recent essays of Molly Nesbit, "Readymade Originals," *October* 37 [Summer 1986], and "The Language of Industry," in *The Definitively Unfinished*.) As for Constructivism, its industrial ambitions were foiled at many levels—materials, training, factory integration, cultural policy.

Constructivism—in any case to reposition art in relation not only to mundane space-time but to social practice as well. Of course the repression of these practices within the dominant account only added to the attraction, according to the old avant-gardist association of the critical with the marginal.

For the most part these recoveries were self-aware: often trained in novel academic programs (the M.F.A. degree was developed at this time), many artists in the late 1950s and early 1960s studied prewar avant-gardes with a theoretical rigor new to this generation; and some began to practice as critics in ways quite distinct from modernist-oracular precedents (think of the early texts of Robert Morris, Robert Smithson, Mel Bochner, and Dan Graham alone). In the United States this historical awareness was further complicated by the reception of the avant-garde through the very institution that it often attacked: not only the museum of art but the museum of *modern* art. If artists in the 1950s had mostly recycled avant-garde devices, artists in the 1960s had to elaborate them critically; the pressure of historical awareness permitted nothing less.[9] It is this complicated relation between prewar and postwar avant-gardes, the theoretical question of avant-garde causality, temporality, and narrativity, that is crucial to comprehend today. Far from a quaint question, more and more depends on it: our very accounts of innovative Western art of the century now that we approach its end.[10]

*

The central text on this question remains *Theory of the Avant-Garde* by the German critic Peter Bürger. Now twenty years old, it still frames intelligent discussions of historical and neo-avant-gardes (indeed Bürger first made these terms current), so even today it is important to work through his thesis. Some of his blind spots are now well marked.[11] His description is often inexact, and his definition is overly selective (Bürger focuses on the early readymades of

9. On this score the opposition of American "formalism" and European "historicity" that structures the Buchloh text on "Changing Concepts in American and European Art Since 1945" is too stark.

10. I should clarify the two major presuppositions of this text: the value of the construct of the avant-garde and the need for new narratives of its genealogy. The problems with the avant-garde should be familiar, especially to readers of this journal: its ideology of progress, its presumption of originality, its elitist hermeticism, its historical exclusivity, its appropriation by culture industries, and so on. And yet this construct remains the crucial co-articulation of cultural and political forms of thought and action within modernity—an obvious fact that is often dismissed today as a deluded Leninist hangover. It is this co-articulation that a posthistorical account of the neo-avant-garde, as well as an eclecticist notion of the postmodern, works to undo. Thus the need for new genealogies of the avant-garde, ones that both complicate its past and pluralize its present.

11. *Theory of the Avant-Garde* provoked immediate debate in Germany, and a collection of responses was published in 1976 (W. M. Lüdke, ed., *"Theorie der Avant-garde." Antworten auf Peter Bürgers Bestimmung von Kunst und bürgerlicher Gesellschaft* [Frankfurt: Suhrkamp Verlag], to which Bürger responded in a 1979 essay that now introduces the English version of his book (trans. Michael Shaw [Minneapolis: University of Minnesota Press, 1984]; all subsequent citations in the text). There are also many reviews and responses in English, the most pointed of which remains that of Buchloh, "Theorizing the Avant-Garde," *Art in America*, vol. 72 (November 1984); it informs some of the points made below.

Duchamp, the early chance experiments of André Breton and Louis Aragon, the early photomontages of John Heartfield). Moreover, his very premise is problematic —that *one* theory can comprehend *the* avant-garde, that all its activities can be subsumed under the project to destroy the false autonomy of bourgeois art. And yet these problems pale next to his dismissal of the postwar avant-garde as merely *neo,* as so much repetition in bad faith that cancels the prewar critique of the institution of art. Here Bürger projects the historical avant-garde as an *absolute origin* whose aesthetic transformations are fully significant and historically effective in the first instance. This is tenuous from several points of view. For a poststructuralist such a claim of self-presence is theological; for a theorist of reception it is impossible. Did Duchamp *appear* as "Duchamp"? Of course not, and yet he is often presented thus, full-blown from his own forehead. Did *Les Demoiselles d'Avignon* of Picasso *emerge* as the crux of modernist painting that it is now taken to be? Obviously not, and yet it is often treated as immaculate in conception and reception. The status of Duchamp as well as *Les Demoiselles* is a retroactive effect of countless artistic responses and critical readings, and so it goes across the dialogical space-time of avant-garde practice and institutional reception.[12] This blind spot in Bürger concerning the deferred temporality of artistic signification is especially ironic, for he is often praised for his attention to the historicity of aesthetic categories, and, to a certain degree, this praise is earned.[13] So where (at least according to my lights) does he go astray?

Bürger begins with the premise fundamental to Marxist criticism, for it alone permits one to historicize, the premise of "a *connection* between the development of [an] object and the possibility of [its] cognition" (li).[14] According to this premise, our understanding of an art can be only as advanced as the art, and it leads Bürger to his principal argument: that the avant-garde critique of bourgeois art depended on the development of this art, in particular on three stages within its history. The first stage occurs when the autonomy of art is proclaimed by the end of the eighteenth century, that is, in Enlightenment aesthetics. The second stage occurs when this autonomy is made over into the very subject of art by the end of the nineteenth century, that is, in art that aspires not so much to abstraction

12. Of course encounters with art and between artists can be punctual, but the effects of these *puncta* (to borrow a term from the Barthes of *Camera Lucida*) are not often immediate. Nevertheless, it is in terms of immediate influence that narratives of both avant-garde and traditional art are written.
13. "What makes Bürger so important," Jochen Schulte-Sasse writes in his foreword to *Theory of the Avant-Garde,* "is that his theory reflects the conditions of its own possibilities" (xxxiv). This is true of its theoretical preconditions, especially as given by the Frankfurt School, but not of its artistic preconditions. As Buchloh notes in his review and as I develop below, Bürger is oblivious to practices within the neo-avant-garde that do precisely what he says it cannot do, which is to develop the critique of the institution of art.
14. On the ramifications of this premise for the formation of art history as a discipline, see M. M. Bakhtin/P. M. Medvedev, "The Formal Method in European Art Scholarship," in *The Formal Method in Literary Scholarship* (1928), trans. Albert J. Wehrle (Baltimore: The Johns Hopkins University Press, 1978), pp. 41–53.

as to aestheticism. And the third stage occurs when this aestheticism comes under attack by the historical avant-garde at the beginning of this century, for example, in the explicit Productivist demand that art regain a use-value, or the implicit Dadaist demand that it at least acknowledge its uselessness-value—i.e., the actual affirmation of the cultural order concealed in its apparent withdrawal from it.[15] Although Bürger insists that this development is uneven and contradictory (he alludes to the notion of the nonsynchronous developed by Ernst Bloch), he still narrates it as an *evolution*. Perhaps he could not conceive it otherwise, given his strict reading of the Marxist premise about the connection between an object and its understanding.

Marx advances this premise in a text that Bürger cites but does not discuss, the introduction to *Grundrisse* (1858), the draft notes preparatory to *Capital* (volume 1, 1867). At one point in these extraordinary sketches Marx muses that his fundamental insights—not only the labor theory of value but the historical dynamic of class struggle—could not be articulated until his own time, the time of an advanced bourgeoisie:

> Bourgeois society is the most developed and the most complex historic organization of production. The categories which express its relations, the comprehension of its structure, thereby also allows insights into the structure and the relations of production of all the vanished social formations out of whose ruins and elements it built itself up, whose mere nuances have developed explicit significance within it, etc. Human anatomy contains a key to the anatomy of the ape. The intimations of higher development among the subordinate animal species, however, can be understood only after the higher development is known. The bourgeois economy thus supplies the key to the ancient, etc.[16]

This analogy between socioeconomic evolution and anatomical evolution is telling. Evoked as an illustration of development as recapitulation, it is neither accidental nor arbitrary: it is there in his epistemological horizon for Marx to think; it arises almost naturally in his text. And that is the problem, for to model historical development after biological development *is* to naturalize it, despite the fact that Marx was the first to define this move as the ideological one *par excellence*. This is not to dispute that our understanding can be only as developed as its object, but it is to question how we think this development—how we think causality, temporality, narrativity. Clearly it cannot be thought in terms of historicism

15. A Productivist demand may also be implicit in some readymades, even in the otherwise anarchistic formula of the reciprocal readymades: "use a Rembrandt as an ironing board" (Duchamp, "The Green Box" [1934], in *The Essential Writings of Marcel Duchamp*, ed. Michel Sanouillet and Elmer Peterson [London: Thames & Hudson, 1975], p. 32).
16. Marx, *Grundrisse*, trans. Martin Nicolaus (New York: Vintage Books, 1973), p. 105.

(defined most simply as the conflation of *before* and *after* with *cause* and *effect*). Despite many critiques in different disciplines, historicism still pervades art history, especially modernist studies, as it has from its Hegelian founders to curators and critics like Alfred Barr and Clement Greenberg and beyond.[17] Above all else it is this persistent historicism that condemns contemporary art to the status of the belated, the redundant, the repetitious.

Along with a tendency to take the avant-garde rhetoric of rupture at its own word, this residual evolutionism leads Bürger to present history as both *punctual and final*. Thus for him a work of art, a shift in aesthetics, happens all at once, entirely significant in its first moment of appearance, and it happens once and for all, so that any elaboration is only a rehearsal. This conception of history as punctual and final underlies his narrative of the historical avant-garde as pure origin and the neo-avant-garde as riven repetition. This is bad enough, but things get worse, for to repeat the historical avant-garde, according to Bürger, is to cancel its critique of the institution of autonomous art; more, it is to invert this critique into an affirmation of autonomous art. Thus, if readymades and collages challenged the bourgeois principles of expressive artist and organic art work, neo-readymades and neo-collages reinstate them. So, too, if Dada attacks audience and market alike, neo-Dada gestures are adapted to them. And so on down the line: for Bürger the repetition of the historical avant-garde by the neo-avant-garde can only turn the antiaesthetic into the artistic, the transgressive into the institutional.

There is truth here of course. The proto-Pop and *nouveau-réaliste* reception of the readymade did tend to render it formal and/or arbitrary, to recoup it as art and/or commodity. When Johns bronzed and painted his two Ballantine ales (upon a remark of Willem de Kooning, legend has it, that Leo Castelli could sell anything as art, even beer cans), he did reduce the Duchampian performative of the urinal as an ambiguous (non)work of art. So, too, when Arman collected and composed his assisted readymades, he did invert the Duchampian principle of aesthetic indifference. More egregiously, with figures like Klein Dadaist transgression is turned into bourgeois spectacle, "an avant-garde of dissipated scandals," as Smithson once remarked.[18] But this is not the entire story of the neo-avant-garde, nor does it end there. (One project in the 1960s, I will argue, is

17. If Hegel and Kant preside over the discipline of art history, one cannot escape historicism by a turn from the former to the latter. Formalism has its historicisms too, as is manifest in the Greenbergian historicism whereby artistic innovation proceeds through formal self-criticism. In several texts in the 1970s Rosalind Krauss attacked this particular historicism (e.g., "A View of Modernism," "Sense and Sensibility," "Notes on the Index," "Sculpture in the Expanded Field"), often from a structuralist perspective, but today, of course, this historicist/structuralist opposition must also be exceeded.

18. Smithson in response to a question from Irving Sandler concerning the status of the avant-garde in 1966, in *The Writings of Robert Smithson*, ed. Nancy Holt (New York: New York University Press, 1979), p. 216. "A new generation of Dadaists has emerged today," Richard Hamilton wrote in 1961, "but Son of Dada is accepted" ("For the Finest Art, Try Pop," *Gazette*, 1 [1961]). In this text of Pop "affirmation" Hamilton seems to welcome the shift from the transgression-value of the avant-garde *object* to the spectacle-value of the neo-avant-garde *celebrity*.

to *critique* the old charlatanry of the bohemian artist as well as the new institutionality of the avant-garde.)[19] Yet the story does end there for Bürger, mostly because he fails to recognize the ambitious art of his time—a potentially fatal flaw of any historian-theorist of art. As a result he can only see the neo-avant-garde *in toto* as futile and degenerate in romantic relation to the historical avant-garde, onto which he thus projects not only a magical effectivity but a pristine authenticity. Here, despite his grounding in Benjamin, Bürger affirms the values of authenticity, originality, and singularity. Critical of the avant-garde in other respects, he remains within its value system in this respect.

However simple, this structure of heroic past versus failed present is not stable. Sometimes *the successes* Bürger credits to the historical avant-garde are difficult to distinguish from *the failures* he ascribes to the neo-avant-garde. For example, he argues that the historical avant-garde reveals artistic "styles" to be historical conventions and treats historical conventions as practical "means" (18–19), a double move fundamental to its critique of art as beyond history and without purpose. But this move from styles to means, this passage from a "historical succession of techniques" to a posthistorical "simultaneity of the radically disparate" (63), would seem to push art into the arbitrary. If this is so, how is this arbitrariness of the historical avant-garde different from the absurdity of the neo-avant-garde, "a manifestation that is void of sense and that permits the positing of any meaning whatever" (61)?[20] There is a difference, to be sure, but it is one of degree not of kind, which points to a *flow* between the two avant-gardes that Bürger does not otherwise allow.

My purpose is not to pick apart this text twenty years after the fact, and its important thesis is too influential to dismiss out of hand now. Rather I want to improve on it if I can, to complicate it through its own ambiguities—in particular to intimate a temporal *exchange* between historical and neo-avant-gardes, a complex relation of anticipation and reconstruction. The Bürger narrative of direct cause and effect, of lapsarian before and after, of heroic origin and farcical repetition, which many of us recite with unconscious condescension toward the very possibility of contemporary art, this narrative will no longer do.

At times Bürger approaches such complication, but ultimately to resist it. This is most manifest in his account of the failure of the avant-garde. For Bürger the historical avant-garde *also* failed—Duchamp to destroy traditional art categories, Breton and Aragon to reconcile subjective transgression and social revolution, the Constructivists to make the cultural means of production collective—but it failed heroically, tragically. Merely to fail *again*, as the neo-avant-garde does according to

19. On the latter point see Buchloh, "Marcel Broodthaers: Allegories of the Avant-Garde," *Artforum* vol. 18 (May 1980), p. 56.
20. This is strangely similar to the charge made by Greenberg, the great enemy of avant-gardism, against Minimalism in particular. See his "Recentness of Sculpture" (1967), in *Minimal Art*, ed. Gregory Battcock (New York: Dutton, 1968).

Bürger, is at best pathetic and farcical, at worst cynical and opportunistic. Here Bürger echoes the famous remark of Marx in *The Eighteenth Brumaire of Louis Bonaparte* (1852), mischievously attributed to Hegel, that all great events of world history occur twice, the first time as tragedy, the second time as farce. (Marx is concerned with the "tragedy" of Napoleon, master of the first French Empire, followed by the "farce" of his nephew Louis Bonaparte, manager of the second French Empire.) This trope of tragedy followed by farce is seductive—its cynicism is a protective response to many historical ironies—but it hardly suffices as a theoretical model, let alone as a historical analysis. And yet in subtle ways it pervades criticism of contemporary art and culture, where its effect is first to *construct* the contemporary as *post*historical, a simulacral world of failed repetitions and pathetic pastiches, and then to *condemn* it as such from a mythical point of critical escape beyond it all. Ultimately it is *this* point that is posthistorical, and its perspective is most mythical where it purports to be most critical.[21]

For Bürger, then, the failure of both historical and neo-avant-gardes spills us all into pluralistic irrelevance, "the positing of any meaning whatever." And he concludes: "No movement in the arts today can legitimately claim to be historically more advanced *as art* than any other" (63). This despair is also seductive—it has the pathos of all Frankfurt School melancholia—but its fixation on the past is the other face of the cynicism about the present that Bürger both scorns and shares.[22] And the conclusion is *mistaken*; it is mistaken historically, politically, and ethically. First, it neglects the very lesson of the avant-garde that Bürger teaches elsewhere: the historicity of art, of *all* art including the contemporary. It also neglects that an understanding of this historicity may be *one* criterion by which art

21. This rhetorical model of tragedy-and-farce, it is important to note, need not produce posthistorical effects, nor need it affirm the grandeur of the first term. In Marx the first term is ironized, not heroicized, by the second term: the moment of farce tunnels back and digs under the moment of tragedy. In this way the great original—in his case Napoleon, in our case the historical avant-garde—may be questioned as such. In "'Well Grubbed, Old Mole': Marx, *Hamlet*, and the (Un)fixing of Representation," Peter Stallybrass, to whom I am indebted for this point, comments: "Marx thus pursues a double strategy in the *Eighteenth Brumaire*. Through the first strategy, history is represented as a catastrophic decline from Napoleon to Louis Bonaparte. But in the second strategy, the effect of this 'debased' repetition is to unsettle the status of the origin. Napoleon I can now only be read back through his nephew: his ghost is awakened but as a caricature" (lecture at Cornell University, March 1994). In this way if the evolutionist analogy in Marx is beyond critical salvage, the rhetorical model may not be. On repetition in Marx also see Jeffrey Mehlman, *Revolution and Repetition: Marx/Hugo/Balzac* (Berkeley: University of California Press, 1977); and on rhetoricity in Marx see Hayden White, *Metahistory: The Historical Imagination in Nineteenth-Century Europe* (Baltimore: The Johns Hopkins University Press, 1973). On the posthistorical see Lutz Niethammer, *Posthistoire: Has History Come to an End?* trans. Patrick Camiller (London: Verso, 1992). In contemporary North American culture there is a transvaluation of the pathetic and the failed, but that is another story.

22. Both present and past are projections here, but what exactly is this past, this lost object of the melancholic critic? For Bürger it is not the historical avant-garde alone, despite the fact that he castigates it like a melancholic betrayed by his love object. Most critics harbor some such lost ideal against which (post)modernism is secretly judged, and often, as per the formula of melancholia, this ideal is unconscious.

can claim to be advanced as art today.[23] Second, it ignores that, rather than invert the prewar critique of the institution of art, the neo-avant-garde has worked to extend it. It also ignores that in doing so the neo-avant-garde has produced new aesthetic experiences, cognitive connections, and political interventions, and that these openings may make up *another* criterion by which art can claim to be advanced today. Bürger does not see these openings, again in part because he is blind to the ambitious art of his time. Here, then, I want to explore such possibilities, and to do so in the form of a hypothesis: *Rather than cancel the project of the historical avant-garde, might the neo-avant-garde comprehend it for the first time?* I say "comprehend," not "complete": the project of the avant-garde is no more concluded in its neo moment than it is enacted in its historical moment. In art, too, creative analysis is *interminable.*[24]

*

Immodestly enough, I want to do to Bürger what Marx did to Hegel: to right his concept of the dialectic. Again, the aim of the avant-garde for Bürger is to destroy the institution of autonomous art in order to reconnect art and life. Like the structure of heroic past and failed present, however, this formulation only

23. In other words, the recognition of conventionality need not issue in the "simultaneity of the radically disparate"; on the contrary it can prompt a historicization of the radically necessary. See n. 24.

24. Some comparison of Bürger and Buchloh might be useful at this point. Buchloh also regards avant-garde practice as punctual and final (e.g., in "Michael Asher and the Conclusion of Modernist Sculpture" he deems traditional sculpture "definitely abolished by 1913" with the Tatlin constructions and the Duchamp readymades [in *Performance, Text(e)s & Documents,* ed. Chantal Pontbriand (Montreal: Parachute, 1981), p. 56]). Yet he draws an opposite conclusion from Bürger: the avant-garde does not advance arbitrariness but counters it; rather than a relativism of means, it imposes a necessity of analysis, the slackening of which (as in the various *rappels à l'ordre* of the 1920s) threatens to undo modernism as such (see "Figures of Authority, Ciphers of Regression" [*October* 16 (Spring 1981)]). "The meaning of the break in the history of art that the historical avant-garde movements provoked," Bürger writes, "does not consist in the destruction of art as an institution, but in the destruction of the possibility of positing esthetic norms as valid ones" (87). "The conclusion," Buchloh responds in his review, "that, because the one practice that set out to dismantle the institution of art in bourgeois society failed to do so, all practices become equally valid, is not logically compelling at all" (p. 21). For Buchloh this is "aesthetic passivism," and it promotes "a vulgarized notion of postmodernism" even as it condemns it.

Bürger and Buchloh also agree on the failure of the avant-garde, but not on its ramifications. For Buchloh avant-garde practice addresses social contradictions that it cannot resolve; in this structural sense *it can only fail.* And yet if the work of art can register such contradictions, its very failure is recouped. "The failure of that attempt," Buchloh writes of the welded sculpture of Julio Gonzalez, Picasso, and David Smith, which evokes the contradiction between collective industrial production and individual preindustrial art, "inasmuch as it becomes evident in the work itself, is then the work's *historic and aesthetic* authenticity" ("Michael Asher," p. 59). According to this same dialectic of failure, Buchloh considers the practice of repetition to be the authentic meaning of the neo-avant-garde ("Primary Colors," p. 43). This dialectic is seductive, but it limits the possibilities of the neo-avant-garde before the fact—a paradox, for me at least, in the work of this most important advocate of its practices. Even if Buchloh (or any of us) gauges these limits precisely, from what purchase does he (do we) do so?

seems simple. For what is "art" here, and what is "life"? Already the opposition tends to cede to art the autonomy that is in question, and to position life at a point beyond reach. In its very formulation, then, the avant-garde project is predisposed to failure, with the sole exception of movements set in the midst of revolutions (this is another reason why Russian Constructivism is so often privileged by artists and critics on the left). To make matters more difficult, life is conceived here paradoxically—not only as remote but also as immediate, as if it were simply *there* to rush in like so much air once the hermetic seal of convention is broken. This Dadaist ideology of experience, to which Benjamin is also inclined, leads Bürger to read the avant-garde as transgression pure and simple.[25] More specifically, it prompts him to see its primary device, the readymade, as a sheer thing-of-the world, an account that occludes its use not only as an epistemological provocation in the historical avant-garde but also as an institutional probe in the neo-avant-garde.

In short, Bürger takes the romantic rhetoric of the avant-garde, of rupture and revolution, at its own word. In so doing, he misses crucial dimensions of its practice: for example, its *mimetic* dimension, whereby the avant-garde mimes the degraded world of capitalist modernity in order not to embrace it but to mock it (e.g., Cologne Dada), and its *utopian* dimension, whereby the avant-garde does not pose what could be so much as what *cannot* be—precisely, again, as a critique of what is (e.g., de Stijl). Now to speak of the avant-garde in terms of rhetoric is not to dismiss it as merely rhetorical. Rather it is to situate its attacks as both contextual and performative: *contextual* in the sense that the cabaret nihilism of the Zurich branch of Dada is a critical elaboration of the nihilism of World War I, or that the aesthetic anarchism of the Berlin branch of Dada is a critical elaboration of the anarchism of a country defeated militarily and torn up politically; and *performative* in the sense that both these attacks on art are waged, necessarily, in relation to it—to its languages, institutions, structures of meaning, expectation, and reception. It is in this *rhetorical* relation that avant-garde rupture and revolution are located.

This formulation blunts the sharp critique of the avant-garde project associated with Jürgen Habermas, one that goes beyond Bürger. Not only did the avant-garde fail, Habermas argues, it was always already false, "a nonsense experiment." "Nothing remains from a desublimated meaning or a destructured form; an emancipatory effect does not follow."[26] Some respondents to Burger

25. Adorno criticizes Benjamin on a related count in his famous response to "The Work of Art in the Age of Mechanical Reproduction": "It would border on anarchism to revoke the reification of a great work of art in the spirit of immediate use values" (letter of 16 March 1936, in *Aesthetics and Politics* [London: New Left Books, 1977], p. 123). For instances of the Dadaist ideology of immediacy, see almost any relevant text by Tristan Tzara, Richard Hülsenbeck, etc.
26. Jürgen Habermas, "Modernity—An Incomplete Project," in *The Anti-Aesthetic: Essays on Postmodern Culture,* ed. Hal Foster (Seattle: Bay Press, 1983), p. 11. A complementary critique argues that the avant-garde *succeeded*—but only at the cost of us all; that it penetrated other aspects of social

push this critique further: in its attempt to negate art, it is argued, the avant-garde *preserves* it, preserves the category of art-as-such. Thus, rather than break with the ideology of aesthetic autonomy, it is but "a reversal phenomenon on the identical ideological level."[27] This critique is pointed, to be sure, but it is pointed at the wrong target—that is, if we understand the avant-garde attack as rhetorical in the immanent sense sketched above.[28] For the most acute avant-garde artists such as Duchamp, the aim is neither an abstract negation of art nor a romantic reconciliation with life but a perpetual testing of the conventions of both. Thus, rather than false, circular, and otherwise affirmative, avant-garde practice at its best is contradictory, mobile, and dialectical, even rhizomatic. The same is true of neo-avant-garde practice at its best, even the early versions of Rauschenberg or Allan Kaprow. "Painting relates to both art and life," runs a famous Rauschenberg motto. "Neither is made. (I try to act in that gap between the two.)"[29] Note that he says "gap": the work is to sustain a tension between art and life, not somehow to reconnect the two. And even Kaprow, the neo-avant-gardist most loyal to the line of reconnection, seeks not to undo the "traditional identities" of art forms—this is a given for him—but to test the "frames or formats" of aesthetic experience as defined at a particular time and place.[30] And it is this testing of "frames or formats" that drives the neo-avant-garde in its contemporary phases.[31]

At this point I need to take my thesis about the avant-garde a step further, one that may lead to another way (with Bürger, beyond Bürger) to narrate its project. What exactly was effected by the signal acts of the historical avant-garde, as when Rodchenko presented painting as three panels of primary colors in 1921? "I reduced painting to its logical conclusion," the great Constructivist remarked in 1939, "and exhibited three canvases: red, blue and yellow. I affirmed: this is the end of painting. These are the primary colors. Every plane is a discrete plane and

---

life—but only to desublimate them, to open them up to violent aggressions. For a contemporary version of this Lukàscian critique (which is sometimes difficult to distinguish from the neoconservative condemnation of avant-gardism *tout court*), see Russell A. Berman, *Modern Culture and Critical Theory* (Madison: University of Wisconsin Press, 1989).

27. B. Lindner, "Aufhebung der Kunst in der Lebenspraxis? Über die Aktualität der Auseinandersetzung mit den historischen Avantgardebewegungen," in *Antworten*, ed. Lüdke, p. 83.

28. This rhetorical understanding of the historical avant-garde also qualifies criticism of it from within the ranks of the neo-avant-garde, more on which below.

29. Rauschenberg quoted in John Cage, "On Rauschenberg, Artist and His Work" (1961), in *Silence* (Middletown, Conn.: Wesleyan University Press, 1969), p. 105.

30. Thus his development as suggested by the title of one of his books: Allan Kaprow, *Assemblages, Environments and Happenings* (New York: Harry N. Abrams, 1966).

31. The first serious intimation of postmodernism in visual art draws on this avant-garde project to challenge the modernism advanced by Greenberg. In "Other Criteria" (1968/72) Leo Steinberg plays on the classic definition of modernist self-criticism: rather than define its medium in order to "entrench it more firmly in its area of competence" (Greenberg in "Modernist Painting" [1961/65]), Steinberg calls on art to "redefine the area of its competence by testing its limits" (*Other Criteria* [London: Oxford University Press, 1972], p. 77).

there will be no more representation."[32] Here Rodchenko *declares* the *end* of painting, but what he *demonstrates* is different. It is the *conventionality* of painting: that it could be delimited to primary colors on discrete canvases in his artistic-political context with its specific permissions and pressures—this is the crucial qualification. *And nothing explicit is demonstrated about the institution of art.* Obviously convention and institution cannot be separated, but they are not identical. To collapse convention *into* institution produces a type of determinism; to read institution *as* convention produces a type of formalism. The institution of art *enframes* conventions, but it does not *constitute* them, not entirely. However heuristic, this difference does help to distinguish the emphases of historical and neo-avant-gardes: if the first focuses on the conventional, the second concentrates on the institutional.[33]

A related argument can be advanced about Duchamp, as when he signed a rotated urinal with a pseudonym in 1917. Rather than define the fundamental properties of a specific medium from within as does Rodchenko, Duchamp articulates "the enunciative conditions" of the modern art work from without.[34] But the effect is similar: to reveal the conventional limits of art in a particular time and place—this again is the crucial qualification (obviously the contexts of New York Dada in 1917 and Soviet Constructivism in 1921 are radically different). And here, too, apart from the local outrage provoked by the vulgar object, the institution of art is not much defined. Indeed, the rejection of *Fountain* by the Society of Independent Artists exposed its discursive parameters more than the work *per se*.[35] In any case, like the Rodchenko, the Duchamp is a declaration, a performative: Rodchenko "affirms"; Duchamp, in the guise of R. Mutt, "chooses." Neither work purports to be an analysis, let alone a deconstruction. The modern status of painting as made-for-exhibition is preserved by the monochrome (it may even be perfected there), and the museum-gallery nexus is left intact by the readymade.

Such indeed are the limitations underscored fifty years later by artists like

32. Alexander Rodchenko, "Working with Mayakowsky," in *From Painting to Design: Russian Constructivist Art of the Twenties* (Cologne: Galerie Gmurzyska, 1981), p. 191. How are we to read the retrospective aspect of this statement? How retroactive is it? For a different account, see Buchloh, "Primary Colors," pp. 43–45.

33. My account of this difference is informed by Frazer Ward, "Institutional Critique and Publicity" (manuscript).

34. See Thierry de Duve's "Echoes of the Readymade: Critique of Pure Modernism" in this issue.

35. But then is there a *per se* here apart from this rejection? It may also be that the policy of the exhibition—to include all comers in alphabetical order—was more transgressive than *Fountain* (despite the fact that its rejection belied this policy). In any case, *Fountain* poses the question of the *nonexhibited:* not shown, then lost, later replicated, only to enter the discourse of modern art retroactively as a foundational act. (*Monument to the Third International* is another important instance of a work turned into a fetish that covers its own absence, a process that I attempt to theorize below in terms of trauma.) Of course the nonexhibited is its own avant-garde paradigm, indeed its own tradition, from the Salon des refusés and the Secession movements of the nineteenth century to canceled exhibitions in our own time, most significantly that of Hans Haacke at the Guggenheim in 1971—an example that again may point to the heuristic difference between convention-critique and institution-critique.

Marcel Broodthaers, Daniel Buren, Michael Asher, and Hans Haacke, who were concerned to elaborate these same paradigms in order to investigate this exhibition status and that institutional nexus more systematically.[36] To my mind this is the essential relation between the most significant historical and neo-avant-garde practices. First, artists like Flavin, Andre, Judd, and Morris in the early 1960s, and then artists like Broodthaers, Buren, Asher, and Haacke in the late 1960s, develop the critique of the conventions of the traditional mediums, as performed by Dada, Constructivism, and other historical avant-gardes, into an investigation of the institution of art, its perceptual and cognitive, structural and discursive parameters. *This is to advance three claims: (1) that the institution of art is grasped as such not with the historical avant-garde but with the neo-avant-garde; (2) that the neo-avant-garde at its best addresses this institution with a creative analysis at once specific and deconstructive (not a nihilistic attack at once abstract and anarchistic, as often with the historical avant-garde); and (3) that, rather than cancel the historical avant-garde, the neo-avant-garde enacts its project for the first time—a first time that, again, is theoretically endless.* It is thus that the Bürger dialectic of the avant-garde might be righted.

*

Of course my thesis has its own problems. First, there is the historical irony that the institution of art, the museum above all else, has changed beyond recognition, a development that demands the continual transformation of its avant-garde critique as well. A reconnection of art and life has occurred, but under the terms of the culture industry, not the avant-garde, aspects of which are appropriated by spectacular culture in part through its neo repetitions. This much is due the devil, but only this much.[37] Rather than render the avant-garde

36. The *Musée d'art moderne* of Marcel Broodthaers is the masterpiece of this analysis, but let me offer two later examples. In 1979 Michael Asher conceived a project for a group show at the Art Institute of Chicago in which a statue of George Washington (a copy of the celebrated one by Jean Antoine Houdon) was moved from the central front of the museum, where it performed a commemorative and decorative role, to an eighteenth-century period gallery, where its aesthetic and art-historical functions were foregrounded. These functions of the statue became clear in the simple act of its displacement—as did the fact that in neither position was the statue allowed to become historical. Here Asher elaborates the readymade paradigm into a situational aesthetics ("In this work," Asher comments in *Writings*, "I was the author of the *situation*, not of the elements" [p. 209]) in which certain limitations of the art museum as a place of historical memory are underscored.

My other example is also an elaboration of the readymade paradigm, but one that traces extrinsic affiliations. *MetroMobiltan* (1985) by Hans Haacke consists of a miniature facade of the Metropolitan Museum replete with its noble motto about the disinterested nature of art. It is also decorated with the usual banners, one of which announces a show of ancient treasures from Nigeria. The other banners, however, are not usual: they are quotations from policy statements of Mobil, sponsor of the Nigeria show, about its involvement with the apartheid regime of South Africa. In this work the double-talk, the co-duplicity, of corporation and museum is made patent, again through the simple use of the applied readymade.

37. Bürger acknowledges this "false elimination of the distance between art and life" and draws from it two conclusions: "the contradictoriness of the avant-gardiste undertaking" (50) and the

Michael Asher. Installation at the Art Institute of Chicago. 1979. (Photo: Rusty Culp.)

Hans Haacke. MetroMobiltan. *1985.*

null and void, these developments have produced new spaces of critical play and prompted new modes of institutional analysis. And this reworking of the avant-garde, in terms of aesthetic forms, cultural-political strategies, and social positionings, has proved to be the most vital project in art and criticism over the last three decades at least.

However, this only points to one historical problem, and there are theoretical difficulties with my thesis as well. Again, terms like historical and neo-avant-garde may be at once too general and too exclusive to use effectively today. I noted some drawbacks of the first term; if the second is to be retained at all, at least two moments in the initial neo-avant-garde alone must be distinguished: the first moment represented here by Rauschenberg and Kaprow in the 1950s, the second moment by Buren and Asher in the 1960s.[38] As the *first* neo-avant garde recovers the historical avant-garde, Dada in particular, it does so often literally, through a reprise of its basic devices, the effect of which is *less to transform the institution of art than to transform the avant-garde into an institution.* This is one ruse of history to grant Bürger, but rather than dismiss it as farce we might attempt to understand it—here in analogy with the Freudian model of repression and repetition.[39] On this model if the historical avant-garde was *repressed* institutionally, it was *repeated* in the first neo-avant-garde, rather than, in the Freudian distinction, *recollected,* its contradictions worked through. If this analogy between repression and reception holds, then in its first repetition the avant-garde was made to appear historical *before* it was allowed to become effective, i.e., before its aesthetic-

necessity of some autonomy for art (54). Buchloh is more dismissive. "The primary function of the neo-avant-garde," he writes in "Primary Colors," was not to examine this historical body of aesthetic knowledge [i.e., the paradigm of the monochrome], but to provide models of cultural identity and legitimation for the reconstructed (or newly constituted) liberal bourgeois audience of the postwar period. This audience sought a reconstruction of the avant-garde that would fulfill its own needs, and the demystification of aesthetic practice was certainly not among those needs. Neither was the integration of art into social practice, but rather the opposite: the association of art with spectacle. It is in the spectacle that the neo-avant-garde finds its place as the provider of a mythical semblance of radicality, and it is in the spectacle that it can imbue the repetition of its obsolete modernist strategies with the appearance of credibility" (p. 51). I do not question the restricted truth of this specific statement (made in relation to Yves Klein) so much as its confident finality as a general pronouncement upon the neo-avant-garde.

38. Obviously this singling out is artificial: Rauschenberg cannot be detached from a specific Cage milieu any more than Kaprow can be dissociated from a general Fluxus ethos, and Buren and Asher emerge in spaces vectored by very different artistic and theoretical forces. Other historical examples would also generate other theoretical emphases.

39. Again Buchloh has led the way: "I want to argue, against Bürger, that the positing of a moment of historical originality in the relationship between the historical avant-garde and the neo-avant-garde does not allow for an adequate understanding of the complexity of that relationship, for we are confronted here with practices of repetition that cannot be discussed in terms of influences, imitation, and authenticity alone. A model of repetition that might better describe this relationship is the Freudian concept of repetition that originates in repression and disavowal" ("Primary Colors," p. 43). It is this suggestion that I take up below. In "Painting: the Task of Mourning," Yve-Alain Bois applies the Freudian concept of working-through to the end of painting (in *Endgame,* ed. David Joselit [Boston: ICA, 1986]).

political ramifications could be sorted out, let alone elaborated.[40] On the Freudian analogy this is repetition, indeed reception, as *resistance*. And it need not be reactionary; one purpose of the Freudian analogy is to suggest that resistance is unknowing, that it is *a process of un-knowing*. Thus, for example, as early as Rauschenberg and Johns there is a Duchamp genre in the making, which is not only at odds with his practice but paradoxically in advance of its recognition, and maybe in resistance to it as well—to its final work (the posthumous *Etants donnés*), to some of its principles, to many of its ramifications.

The important point is that the becoming-institutional of the avant-garde does not doom all subsequent art to court buffoonery. It also prompts in a *second* neo-avant-garde a critique of this process of acculturation and/or accommodation. Such is the principal subject of an artist like Broodthaers whose extraordinary tableaux evoke cultural reification only to transform it into a critical poetic. Broodthaers often uses shelled things like eggs and mussels to render this hardening at once literal and allegorical, in a word, reflexive—as if the best defense against reification were a preemptive embrace, a dire exposé, of it.[41] More generally, this becoming-institutional prompts in the second neo-avant-garde a creative analysis of the limitations of both historical and first neo-avant-gardes. Thus, to pursue one aspect of the reception of Duchamp, in several texts since the late 1960s Buren has questioned the Dadaist ideology of immediacy (or what Buchloh calls the "petit-bourgeois anarchist radicality" of Duchampian acts); and in many works over the same period he has combined the monochrome and the readymade into a device, his now-signature stripes, to explore what these paradigms exposed, only in part to occlude: "the parameters of artistic production and reception."[42] Such elaboration is a collective labor that now cuts across entire generations of neo-avant-garde artists—to develop paradigms like the readymade from an object that purports to be transgressive in its very facticity (as in its first neo repetition), to a device that addresses the seriality of objects and images in advanced capitalism (as in Minimalist and Pop art), to a proposition that explores the linguistic dimension of the work of art (as in Conceptual art), to a marker of

40. This is not the fate of the historical avant-garde alone; Buchloh characterizes the reception of Asher in this way too. See his Editor's Note in Michael Asher, *Writings 1973–1983 on Works 1969–1979* (Halifax: The Press of the Nova Scotia College of Art and Design, 1983), vii.

41. In this strategy, which is as old as modernism, an individually assumed reification is taken up, homeopathically or apotropaically, against a socially enforced reification. In paired poems in *Pense-Bête* (1963-64), "La Moule" (The Mussel) and "La Méduse" (The Jellyfish), Broodthaers gives us two complementary totems of this tactic. The first reads: "This clever thing has avoided society's mold./ She's cast herself in her very own./ Other look-alikes share with her the anti-sea./ She's perfect." And the second in part: "It's perfect/ No mold/ Nothing but body" (translated by Paul Schmidt in *October* 42 [Fall 1987]). Also see Buchloh, "Marcel Broodthaers: Allegories of the Avant-Garde," where he notes that Broodthaers was influenced by Lucien Goldmann, who in turn studied with Georg Lukács, the great theorist of reification. Broodthaers was also influenced along these lines by Manzoni.

42. Buchloh, "Conceptual Art 1962–1969," in *October* 55 (Winter 1990), pp. 137–38. As Buchloh remarks, this critique is directed less at Duchamp than at his neo progeny.

Marcel Broodthaers. White Cabinet
and White Table. *1965.*

Daniel Buren. Exhibition, Rue Jacob, Paris. 1968. (Photo: Bernard Boyer.)

physical presence (as in site-specific art of the 1970s), to a form of critical mimicry of various discourses (as in allegorical art of the 1980s), and, finally, to a probe of sexual, ethnic, and social differences today (as in the work of such diverse artists as Sherrie Levine, David Hammons, and Robert Gober). In this way the so-called *failure* of both historical and first neo-avant-gardes to destroy the institution of art has *enabled* the deconstructive testing of this institution by the second neo-avant-garde—a testing that, again, is now extended to different institutions and discourses in the ambitious art of the present.

But lest I render this second neo-avant-garde heroic, it is important to note that its critique can also be turned on it. If the historical and the first neo-avant-gardes often suffered from anarchistic tendencies, the second neo-avant-garde sometimes succumbs to apocalyptic impulses. "Perhaps the only thing one can do after having seen a canvas like ours," Buren says in one such moment in February 1968, "is total revolution."[43] This is the language of 1968, and artists like Buren often use it: his work proceeds from "the extinction" of the studio, he writes in "The Function of the Studio" (1971); it is pledged not merely to "contradict" the game of art but to "abolish" its rules altogether.[44] In this rhetoric, which is more

43. Buren quoted in Lucy Lippard, *Six Years: the Dematerialization of the Art Object from 1966 to 1972* (New York: Praeger, 1973), p. 41.

44. Daniel Buren, "The Function of the Studio," *October* 10 (Fall 1979), p. 58; and *Reboundings*, trans. Philippe Hunt (Brussels: Daled & Gevaert, 1977), p. 73. This language governs influential theory of the time too, as in this trumping of ideology-critique by Barthes, also in 1971: "It is no longer the myths which need to be unmasked (the doxa now takes care of that), it is the sign itself which must be

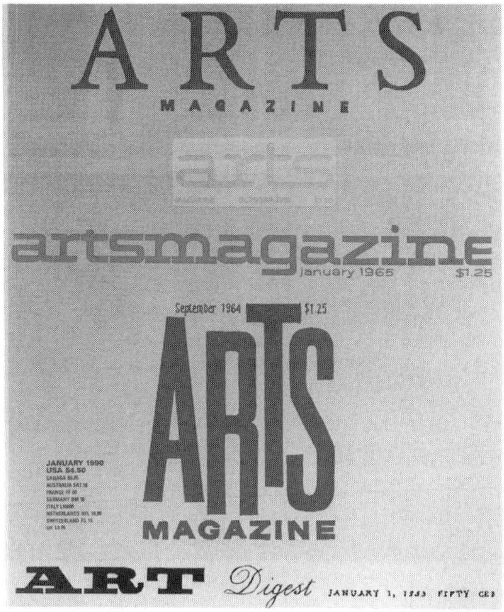

Silvia Kolbowski. Cover design for Arts Magazine. *1990.*

Situationist than situated, there are strong echoes of the oracular, often machistic pronouncements of the high modernists. Our present is bereft of this sense of imminent revolution; it is also chastened by feminist critiques of revolutionary language as well as by other suspicions about the exclusivity not just of art institutions but of critical discourses as well. As a result contemporary artists concerned to develop the institutional analysis of the second neo-avant-garde have moved away from grand *oppositions* to subtle *displacements* (I think of artists from Louise Lawler and Silvia Kolbowski to Christopher Williams and Andrea Fraser) and/or strategic *collaborations* with different groups (Fred Wilson and Mark Dion are representative here). This is one way that the critique of the avant-garde continues, indeed one way that the avant-garde continues. Far from a recipe for hermeticism or formalism, this is in fact a formula of practice. It is also a precondition of any contemporary understanding of the different phases of the avant-garde.

---

shaken" ("Change the Object Itself," in *Image-Music-Text*, trans. Stephen Heath [New York: Hill and Wang, 1977], p. 167). How are we to relate such institution-critique in art and theory to other political forms of intervention and occupation around 1968? For me this question is riddled by a particular photo-document of an April 1968 project by Buren, which consisted of 200 striped panels posted around Paris—to test the legibility of painting beyond the limits of the museum, among other purposes. In this one instance the panel is posted over various ads on a bright orange billboard, but it also obscures what appears to be a handwritten announcement of a student meeting at Vincennes (again this is April 1968). Was the placement inadvertent? How are we to mediate these image-events?

Louise Lawler. Untitled (Rooster). *1993.*

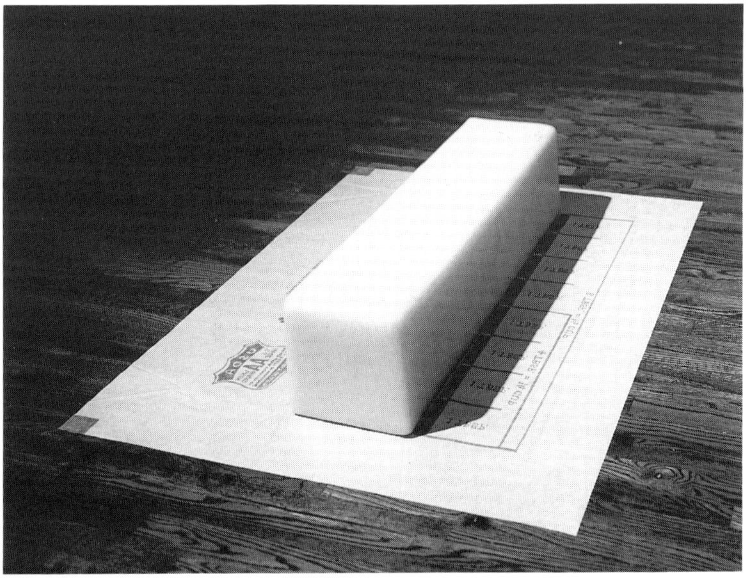

Robert Gober. Untitled. *1993–94.*

Mark Dion. Department of Marine Animal Identification of the City of New York (Chinatown Division). *1992.*

Fred Wilson. Mining the Museum. *Baltimore Museum of Art. 1992.*

*

Perhaps now we can return to the initial question: how to narrate this revised relation between historical and neo-avant-gardes? The premise that an understanding of an art can only be as developed as the art must be retained, but again not along historicist lines, whether in analogy to anatomical development (as momentarily in Marx) or in analogy to rhetorical development, of origin followed by repetition, of tragedy followed by farce (as persistently in Bürger). Different models of causality, temporality, and narrativity are required; far too much is at stake in practice, pedagogy, and politics simply to do without them.

In order to advance a model of my own, I need to foreground an assumption already at work in this text: that history, in particular modernist history, is often conceived, secretly or otherwise, on the model of the individual subject, indeed *as a subject.* This is plain when a given history is narrated in terms of evolution or progression, as often in the late nineteenth century, or conversely in terms of devolution or regression, as often in the early twentieth century (the last trope is pervasive in modernist studies from Georg Lukács to the present). But this modeling of history continues in contemporary criticism even when it assumes the death of the subject, for often then the subject only returns at the level of ideology (e.g., the Nazi subject), the nation (now imagined as a psychic entity as often as a body politic), and so on. As is clear here from my treatment of the art institution as a subject of resistance, I am as guilty of this vice as the next critic, but rather than give it up I want to make it a virtue. For if this analogy to the individual subject is all but structural to historical studies, why not apply the most sophisticated model of the subject, the psychoanalytical one, and do so in a manifest way?[45]

In his best moments Freud limns the psychic temporality of the subject, which is quite different from the biological temporality of the body, the epistemological analogy that informs Bürger via Marx. (I say "in his best moments," for just as Marx often escapes the propping of the historical on the biological, Freud often succumbs to this modeling.)[46] For Freud, especially as read through

45. This continuation of the subject by other means was pointed out to me by Mark Seltzer; I practice it most egregiously in "Postmodernism in Parallax" (*October* 63 [Spring 1993]). In part it stems from the imperative to think the atavistic aspects of contemporary politics in a psychoanalytic frame, especially nationalisms and neo-Fascisms (the work of Mikkel Borch-Jakobsen on identification and Slavoj Žižek on fantasy is important here). It is also driven by a strong sense of a traumatic core within historical experience, of which the Holocaust is often taken as a kind of paradigm. Obviously this application has its dangers, one of which is an open invitation to immediate identification with the traumatized victim—a point at which the general culture and the academic vanguard now converge (sometimes the model of both seems to be *Oprah,* and the motto of both "Enjoy Your Symptom!"). Today the active areas of humanities are reconfigured not as cultural studies (as many hoped and some feared) but as *trauma studies.* Repressed by various poststructuralisms, the real has returned—but not just any real, only the traumatic real.

46. Despite the efforts of Lacan to save Freud from his "pretheoretical" heritage, this propping of the historical on the biological may be fundamental to Freud in a way that it is not to Marx—in his Lamarckian recourse to phylogenetic fantasies, to psychosexual stages, to developmental logics in general.

Lacan, subjectivity is not set once and for all; it is structured as a relay of anticipations and reconstructions of traumatic events. "It always takes two traumas to make a trauma," comments Jean Laplanche, who has done the most to clarify the different temporal models in Freudian thought.[47] One event is only registered through another that recodes it; we come to be who we are only in *deferred action*, in *Nachträglichkeit*. It is this analogy that I want to propose for modernist studies at the end of the century: I believe historical and neo-avant-gardes are constituted in a similar way, as a continual process of protension and retension, a complex relay of reconstructed past and anticipated future—in short, in a deferred action that throws over any simple scheme of before and after, cause and effect, origin and repetition.[48]

On this analogy the avant-garde work is never historically effective or fully significant in its initial moments. It cannot be because it is traumatic: a hole in the symbolic order of its time that is not prepared for it, that cannot receive it, at least not immediately, at least not without structural change. (This is the other scene of art that critics and historians need to register: not only symbolic disconnections but *failures to signify*.)[49] This trauma points to another function in the repetition of avant-garde events like the readymade and the monochrome: not only to deepen such holes but to bind them as well. And this function points to another problem: how are we to distinguish the two operations? Can they ever be so separated?[50] Of course there are related repetitions in the Freudian model that I have

47. Jean Laplanche, *New Foundations of Psychanalysis*, trans. David Macey (London: Basic Blackwell, 1989), p. 88. Also see his *Seduction, Translation, the Drives*, ed. John Fletcher and Martin Stanton (London: Institute for Contemporary Art, 1992). Though influenced by Lacan, Laplanche takes a very different view of the role of "the vital order" in Freud.

48. Above I said "comprehended" rather than "constituted," but the two processes are imbricated, especially so in my analogy if the avant-garde artist-critic assumes the position of both analyst and analysand. There are merits to this model that will require another essay to argue through, but there are problems as well (in addition to the very problem of analogy). How might this model of deferral negotiate other kinds of delays and differences, across other cultural space-times? How restricted are its temporalizations?

49. Here too old semiotic and social-historical approaches seem to converge, in part around the psychoanalytic. T. J. Clark intimated this over twenty years ago in his introduction ("On the Social History of Art") to *Image of the People* (London: Thames & Hudson, 1973): "As for the public, we could make an analogy with Freudian theory. . . . The public, like the unconscious, is present only where it ceases; yet it determines the structure of private discourse; it is key to what cannot be said, and no subject is more important" (p. 12).

50. "The crucial point here," Žižek writes in his Lacanian gloss on this question, "is the changed status of an event: when it erupts for the first time it is experienced as a contingent trauma, as an intrusion of a certain nonsymbolized Real; only through repetition is this event recognized in its symbolic necessity—it finds its place in the symbolic network; it is realized in the symbolic order" (*The Sublime Object of Ideology* [London: Verso, 1989], p. 61). In this formulation repetition appears curative, even redemptive, which is unusual for Žižek, who privileges the intransigence of the traumatic real. Thus formulated in relation to the avant-garde, the discourse of trauma is no great improvement over the old discourse of shock, where repetition is little more than absorption, as it is conceived here by Bürger: "As a result of repetition, it changes fundamentally: there is such a thing as expected shock. . . . The shock is 'consumed'"(81). The difference between shock and trauma is important to retain; it may point to another heuristic distinction between modernist and postmodernist discourses more generally.

smuggled in here: some in which the trauma is acted out hysterically, as the first neo-avant-garde acts out the anarchistic attacks of the historical avant-garde; others in which the trauma is worked through laboriously, as later neo-avant-gardes develop these attacks, at once abstract and literal, into performances that are immanent and allegorical. It is in all these ways that the neo-avant-garde acts on the historical avant-garde as much as it is acted on by it; that it is less *neo* than *nachträglich*; that the avant-garde project in general develops in deferred action. Once repressed in part, the avant-garde did return, and it continues to return, but always *from the future*: such is its paradoxical temporality.[51] So, again, what's neo about the neo-avant-garde?

*

I want to return very briefly to the strategy of the return with which I began. Whether the recoveries in art of the 1960s are as radical as those of Marx, Freud, or Nietzsche in theory of the time cannot be decided. What is certain, however, is that these returns are as fundamental to postmodernist art as they are to poststructuralist theory: both make the breaks that they do through such recoveries. But then these breaks are not complete, and we have to qualify our definition of epistemological rupture. Here too the notion of deferred action is useful, for *rather than break with the fundamental practices and discourses of modernity, the signal practices and discourses of postmodernity advance in a* nachträglich *relation to them*.[52]

And there is more, for, beyond this general *nachträglich* relation, both postmodernist art and poststructuralist theory have developed the specific questions that deferred action poses: questions of repetition, difference, and deferral; of causality, temporality, and narrativity. Apart from the topics of repetition and return remarked here, the neo-avant-garde is obsessed with the twin problems of temporality and textuality—not only the introduction of time and text into spatial

51. See Žižek, *Sublime Object*, p. 55. Duchamp criticism hardly needs another magical key to the work, but it is extraordinary how recursion and retroactivity are built into his art—as if Duchamp not only allowed for deferred action but played with it as his very subject. The language of suspended delays, the trope of missed encounters, the concern with *infra-mince* causalities, the obsession with repetition, resistance, and reception, is everywhere in his work, which is, like trauma, like the avant-garde, definitively unfinished but always already inscribed. As but one example, take the famous specifications for the readymades in "The Green Box": "by planning for a moment to come (on such a day, such a date, such a minute), 'to *inscribe* a readymade'—The readymade can later be looked for.—(with all kinds of delays). *The important thing then is just* this matter of timing, this snapshot effect, like a speech delivered on no matter what occasion but *at such and such an hour*. It is a kind of rendezvous" (*Essential Writings*, p. 32).

52. In a sense the very discovery of *Nachträglichkeit* is deferred. However operative in such texts as the Wolf-Man case history, it was left to different readers like Lacan and Laplanche to make its theoretical implications explicit. Moreover, Freud could not be fully aware that his own thought developed in *nachträglich* fashion: e.g., not only the return of trauma in his work but also the double temporality through which trauma is conceived there—the diphastic onset of sexuality, the fear of castration (that requires both a traumatic sighting and a paternal injunction), and so on.

and visual art (the famous debate between the Minimalists and Fried is but one battle in this long war), but also the theoretical elaboration of museological time and cultural intertextuality (announced by artists like Smithson and developed by artists like Lothar Baumgarten in the present). Here I want only to register that similar questions, posed in different ways, have also impelled the crucial philosophies of the period: e.g., the elaboration of *Nachträglichkeit* in Lacan, the critique of "expressive causality" in Althusser, the genealogical analyses of Foucault, the reading of repetition and difference in Gilles Deleuze, the articulation of *differance* by Jacques Derrida.[53] "It is the very idea of a *first time* which becomes enigmatic," Derrida writes in "Freud and the Scene of Writing" (1966), a fundamental text of this entire antifoundational era. "It is thus the delay which is in the beginning."[54] So it is for the avant-garde as well.

53. In the essay devoted to this concept, perhaps the crucial one in the shift from a structuralist to a poststructuralist problematic, Derrida writes: "*Differance* is neither a *word* nor a *concept*. In it, however, we shall see the juncture—rather than the summation—of what has been most decisively inscribed in the thought of what is conveniently called our 'epoch': the difference of forces in Nietzsche, Saussure's principle of semiological difference, difference as the possibility of [neurone] facilitation, impression and delayed effect in Freud, difference as the irreducibility of the trace of the other in Levinas, and the ontic-ontological difference in Heidegger" (*Speech and Phenomena*, trans. David B. Allison [Evanston, Ill.: Northwestern University Press, 1973], p. 130).
54. Jacques Derrida, *Writing and Difference*, trans. Allan Bass (Chicago: University of Chicago Press, 1978), pp. 202, 203.

Three Conversations in 1985: Claes Oldenburg, Andy Warhol, Robert Morris*

BENJAMIN H. D. BUCHLOH

Claes Oldenburg

Buchloh: Did you know Duchamp? Did you have any exchange with him at all?

Oldenburg: I had some interesting encounters with him, but not long talks or anything. In Pasadena, in 1963, was really the first time I saw the work, I mean really saw the work, except for rumors, and it was a very exciting show. Then he made himself available after the show to talk to people and sign things and so on. And he used to come, before that, to performances.

Buchloh: Yes, he does actually mention this, that he sometimes went to Happenings.

Oldenburg: He came to at least three performances that I had done. I remember one performance in 1965 which took place in a movie theater where the performance was in the seats and the audience had to stand. Duchamp asked if he could sit down because he was too tired to stand, so he became the only person in the audience sitting in the performance. Another performance, in 1962 in *The Store,* ended with performers in burlap bags, crawling out of the bags, expiring at the feet of the audience.

Buchloh: That was one of your performances?

Oldenburg: Yes. I found that I was expiring at his feet. So there were contacts, but never anything more than a cordial hello if I met him at a party, and so forth. I never played chess with him.

Buchloh: Also, if, as you say, in the early sixties the major points of departure in your own work were already clearly defined . . .

Oldenburg: Yes, he was a historical figure.

Buchloh: What about iconography? That is obviously an art-historical problem; you are, as I see it, the first sculptor after Duchamp who uses a kind of iconography that is completely alien to all preceding sculpture, which is the industrially produced, ready-made object.

Oldenburg: Well, I saw some of Duchamp's work at Yale when I was an undergradu-

* The following are excerpts from interviews that were conducted for the purposes of research in 1985. These conversations centered on the reception of the historical avant-gardes, specifically the legacy of Marcel Duchamp and the rediscovery of the work of the Russian and Soviet avant-gardes by American artists in the early 1960s.

OCTOBER 70, Fall 1994.

Claes Oldenburg. 1966.
(Photo: John Bryson.)

ate there in the late 1940s. I did see that wonderful painting, that long painting [*Tu m'*, 1918] which has the brush sticking out of it. So I saw his work and was aware of it also through art history courses and such. And certain works had certainly stuck in my mind, like the dust-gathering pieces, and the *Three Standard Stoppages.*

Buchloh: Some of them were also in the Museum of Modern Art collection. I don't know if they were on display in the fifties, but the *Stoppages*, for example, have been in the collection for quite a while.

But your iconography, you would say, comes from a variety of sources, primarily from American art of the late fifties?

Oldenburg: I would say so.

Buchloh: Happenings, Rauschenberg, Johns—if anything, they parallel, rather than being a direct reference to Dada, or to Duchamp in particular. Your selection of materials, your iconography, your procedures or production, were all denying every single prevailing sculptural convention. If one compares what the literature at the time presented as sculpture ...

Oldenburg: Yes, that is true. I don't think I took the word *sculpture* very seriously, because I don't think the issue was whether or not it was sculpture or painting. It was just construction of some kind, and I think that's the important thing because that gave you a sense of freedom.

Buchloh: Did you want your work to have stability and permanence, or did you consider it to be props that could be discarded?

Oldenburg: Well, that was an issue. Everybody was wondering whether things should be permanent. You had someone like Kaprow who maintained that nothing should be permanent, and yet he did manage to have a few pieces survive.

Buchloh: Luckily. Now we are glad that we can see them.

Oldenburg: In 1959 I worked a lot in papier-mâché, using newspaper and cardboard, which is all acid content, and yet some pieces have survived, at least up to this point. I wasn't trying to make perishable art; I was just trying to make an art out of perishable materials, or materials which under normal conditions were perishable. What I did to them made them less perishable.

Buchloh: Did your materials or your choice of materials have political connotations?

Oldenburg: Definitely, yes.

Buchloh: Like denying high art conventions and materials?

Oldenburg: Right. Art can be made out of rags. Eventually I put this all into a kind of programmatic statement.

Buchloh: The long statement in *Store Days*?

Oldenburg: Yes. That was directed against anybody's claim about sculpture. If someone had started an argument about sculpture, I would have maintained that I had a right to do this as sculpture. But that wasn't really the main issue. The issue was to make art, or to make something which reflected my presence in a certain context.

Buchloh: But the issue that is even more important than the question of permanence is that of the "public-ness" of your sculpture. Since your works *The Street* and *The Store*, we have encountered a radically new definition of what public sculpture can be in the present. After all, *The Store* was meant to function potentially like a store. People from the street were allowed to come in, weren't they?

Oldenburg: Yes, they were. But realistically speaking, it was stacked against that because people in that neighborhood just aren't going to come in when they see something as strange as this. If people came in from the street, it was kids, or just curious people. I would see them at the window—they'd look in, but nobody would come in.

Buchloh: So it was more conceived as a private studio that could be open on certain occasions to art world people and friends.

Oldenburg: It was open—anybody could come in at any time—and I worked there more or less in view of the people who looked in. Even at night I would be visible.

Buchloh: But wasn't there an inherent assault on esoteric qualities of high art, in every aspect of *The Store?*

Oldenburg: Yes, but I think it was a matter of two things. One thing was to admit the commercial nature of art production by comparing it to ordinary production, and of course that was carried further because people came down and bought things at absurd prices. They bought a loaf of bread for ninety-nine dollars.

Buchloh: A loaf of bread *piece*, work.

Oldenburg: Yes. Instead of paying a normal price for a loaf of bread, they would pay ninety-nine dollars for it. Then, on the other hand, it was an antimuseum situation, an antipedestal situation, with all kinds of jokes on pedestals, museum presentations, and so on. But it never was—and I think it would have been naive in a way to have made it—a real store. I think that would have meant *not* recognizing the realities of artistic existence. And I didn't want to be a hypocrite about that; I wanted to air all of the issues.

Buchloh: Yes, I remember you referring in one statement to *The Store*, or any store—at the time you were looking at the Lower East Side—assuming the role or the function of the museum, so that you make an explicit equation between the museum and the store. So that means the commodity status of the work did become an issue; the fetishization of the singularized object, as it happens in the museum context, was an issue for you at the time. And I think probably very much in the way that it had become an issue in Duchamp's work. Possibly you weren't even linking it up to the full ramifications of the readymade in the late fifties.

Oldenburg: No, I think that's very true. And it wasn't so much against sculpture as against methods of dealing with the presentation of art, the definition of art.

December 21, 1985

Andy Warhol

Benjamin Buchloh: I am currently doing research on the reception of Dada and Duchamp's work in the late 1950s, and I would like to go a bit into that history if you don't mind. I read, I think in Stephen Koch's book, that in the mid-sixties you were working on a movie project on or with Duchamp which apparently has never been released? Was it actually a project?

Andy Warhol: No, it was just an idea. I mean, I shot some pictures, but not really. They're just little sixteen-millimeters. But the project only would have happened if we had been successful at finding somebody, or a foundation, to pay for it. Since I was doing these twenty-four-hour movies, I thought that it would have been great to photograph him for twenty-four hours.

Buchloh: You knew him well enough at the time to have been able to do it?

Warhol: Well, not well enough, but it would have been something he would have done. We just were trying to get somebody to pay for it, like just for the filming, and to do it for twenty-four hours, and that would have been great.

Buchloh: So it never came about?

Warhol: No. I didn't know him that well; I didn't know him as well as Jasper Johns or Rauschenberg did. They knew him really well.

Buchloh: But you had some contact with him?

Warhol: Well, yeah, we saw him a lot, a little bit. He was around. I didn't know he was that famous or anything like that.

Buchloh: At that time, the late fifties and early sixties, he was still a relatively secret cult figure who just lived here.

Warhol: Well, even all the people like Barney Newman and all those people, Jackson Pollock and Franz Kline, they were not well known.

Buchloh: In retrospect it sometimes seems unbelievable that the reception process of Duchamp's work should have taken so long.

Warhol: But some people like Rauschenberg went to that great school called Black Mountain College, so they were aware of him.

Buchloh: So you think that it was through John Cage that the Duchamp reception was really generated? One of the phenomena that has always interested me in your work is the onset of serialization. Your first paintings, such as *Popeye*

Andy Warhol at the Factory. Circa 1964.

or *Dick Tracy*, are still single images of readymades, and it seems that by 1961–62 you changed into a mode of serial repetition.

Warhol: I guess it happened because I . . . I don't know. Everybody was finding a different thing. I had done the comic strips, and then I saw Roy Lichtenstein's little dots, and they were so perfect. So I thought I could not do that, the comic strips, because he did them so well. So I just started other things.

Buchloh: Had you seen accumulations by Arman at that time, since he had just begun his serial repetitions of similar or identical ready-made objects a few years before, and that seems such a strange coincidence?

Warhol: No, well, I didn't think that way. I didn't. I wasn't thinking of anything. I was looking for a thing. But then I did a dollar bill, and then I cut it up by hand. But you weren't allowed to do dollar bills that looked like dollar bills, so you couldn't do a silkscreen. Then I thought, well how do you do these things? The dollar bill I did was like a silkscreen, you know; it was commercial—I did it myself. And then somebody said that you can do it photographically—you know they can just do it, put a photograph on a screen—so that's when I did my first photograph, then from there, that's how it happened.

Buchloh: But how did you start serial repetition as a formal structure?

Warhol: Well, I mean, I just made one screen and repeated it over and over again. But I was doing the reproduction of the thing, of the Coca-Cola bottles and the dollar bills.

Buchloh: That was in 1962. So it had nothing to do with a general concern for seriality? It was not coming out of John Cage and concepts of musical seriality; those were not issues you were involved with at the time?

Warhol: When I was a kid, you know, John Cage came—I guess I met him when I was fifteen or something like that—but I didn't know he did serial things. You mean . . . but I didn't know about music.

Buchloh: Serial form had become increasingly important in the early 1960s, and it coincided historically with the introduction of serial structures in your work. This aspect has never really been discussed.

Warhol: I don't know. I made a mistake. I should have just done the Campbell Soups and kept on doing them. Because then, after a while, I did like some people, like, you know, the guy who just does the squares, what's his name? The German—he died a couple of years ago; he does the squares—Albers. I liked him; I like his work a lot.

Buchloh: When you did the Ferus Gallery show in Los Angeles, where you showed the thirty-three almost identical Campbell Soup paintings, did you know at that time about Yves Klein's 1957 show in Milan where he had exhibited the eleven blue paintings that were all identical in size, but all different in price?

Warhol: No, he didn't show them in New York until much later. No, I didn't know about it. But didn't he have different-sized pictures and stuff like that? But then Rauschenberg did all-black paintings before that. And then before

Albers, the person I really like, the other person who did black-on-black paintings.

Buchloh: You are thinking of Ad Reinhardt's paintings?

Warhol: Right. Was he working before Albers?

Buchloh: Well, they were working more or less simultaneously and independently of each other, even though Albers started earlier. There is another question concerning the reception process which I'm trying to clarify. People have speculated about the origins of your early linear drawing style, whether it comes more out of Matisse, or had been influenced by Cocteau, or came right out of Ben Shahn. I was always surprised that they never really looked at Man Ray, for example, or Picabia. Were they a factor in your drawings of the late 1950s, or did you think of your work at that time as totally commercial?

Warhol: Yeah, it was just commercial art.

Buchloh: So your introduction to the work of Francis Picabia through Philip Pearlstein took place much later?

Warhol: I didn't even know who that person was.

Buchloh: And you would not have been aware of Man Ray's drawings until the sixties?

Warhol: Well, when I did know Man Ray he was just a photographer, I guess. I still don't know the drawings really.

Buchloh: His is a very linear, elegant, bland drawing style. The whole New York Dada tradition has had a very peculiar drawing style, and I think your drawings from the late fifties are much closer to New York Dada than to Matisse.

Warhol: Well, I worked that way because I like to trace, and that was the reason, just tracing outlines of photographs.

Buchloh: That is, of course, very similar to the approach to drawing that Picabia took in his engineering drawings of the mechanical phase around 1916. I wasn't quite sure to what degree that kind of information would have been communicated to you through your friend Philip Pearlstein, who had, after all, written a thesis on Picabia.

Warhol: When I came to New York I went directly into commercial art, and Philip wanted to too. But he had a really hard time with it, so he kept up with his paintings. And then you know, I didn't know much about galleries, and Philip did take me to some galleries, and then he went into some more serious art. I guess if I had thought art was that simple, I probably would have gone into gallery art rather than commercial, but I like commercial. Commercial art at that time was so hard because photography had really taken over, and all of the illustrators were going out of business really fast.

Buchloh: What has really struck me in the last few years is that whenever I see new works of yours, they seem to be extremely topical. For example, the paintings that you sent to the Zeitgeist show in Berlin depicted the Fascist light architecture of Rudolf Speer. When—at the height of Neo-Expressionism—you sent paintings to Documenta in Germany, they were the Oxidation paintings.

Then slightly later I saw the Rorschach diptych at Castelli's. All of these paintings have a very specific topicality in that they relate very precisely to current issues in art-making, but they're not partaking in any of those issues.

In the same way, to give another example, your series of de Chirico paintings is not really part of the contemporary movement that borrows from de Chirico; it seems to be part of that, and yet it distances itself at the same time. But nevertheless the paintings are perceived as though they were part of the same celebration and rediscovery of late de Chirico. Is this critical distance an essential feature that you emphasize, or does the misunderstanding of the work as being part of the same attitude bother you? Or is the ambiguity precisely the desired result?

Warhol: No, well, I don't know. Each idea was just something to do. I was just trying to do newer ideas and stuff like that. I never actually had a show in New York with any of those ideas. No, well, I don't know. I've become a commercial artist again, so I just have to do portraits and stuff like that. You know, you start a new business, and to keep the business going you have to keep getting involved.

Buchloh: Vincent Fremont just mentioned that you got a number of commissions going for corporate paintings. That's very interesting because in a way it leads back to the commercial origins of your work.

Warhol: Well, I don't mean that, I mean doing portraits, that sort of thing. Because, I don't know, now I see the kids, you know, just paint whatever they paint, and then they sell it like the way I used to do it. Everything is sort of easier now, but you have to do it on and on. So those other things were just things that I started doing and doing on my own.

Buchloh: So do you still make a distinction between commercial commissions and what you call the "other things"?

Warhol: Yes. The next idea for a show I have here is going to be called "The Worst of Warhol"—if I ever have my way with Paige [Powell], you know this girl in our advertising department at *Interview.*

So it would just be all of those things, you know, the little paintings. Except most of those things were supposed to be in that show, but then they got a little bit bigger, and then everybody always . . . I sort of like the idea. The Rorschach is a good idea, and doing it just means that I have to spend some time writing down what I see in the Rorschach. That would make it more interesting, if I could write down everything I read.

Buchloh: Yes, but aren't they also commenting in a way on the current state of painting, in the same manner that the Oxidation paintings are extremely funny, poignant statements on what is currently going on in the general return to painterly expressivity and technique?

Warhol: Oh, I like all paintings; it's just amazing that it keeps, you know, going on. And the way new things happen and stuff.

Buchloh: But don't you think that there is a different attitude toward technique in

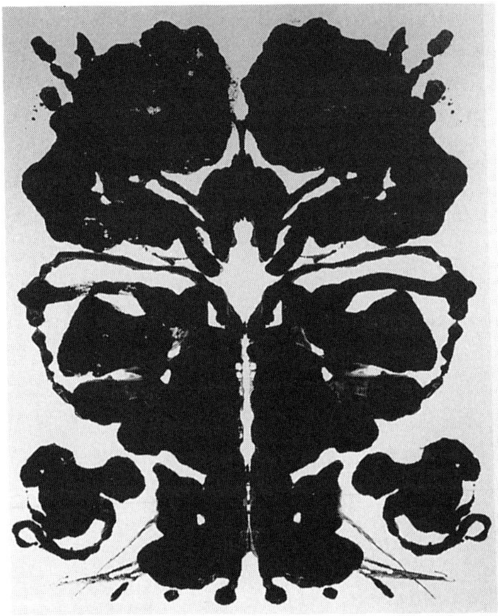

Untitled (Rorschach Series). *1984.*

the Oxidation paintings or in the Rorschach paintings? They don't celebrate technique; if anything, they celebrate the opposite.

Warhol: No, I know, but they had technique too. If I had asked someone to do an Oxidation painting, and they just wouldn't think about it, it would just be a mess. Then I did it myself, and you—and it's just too much work—and you try to figure out a good design. And sometimes they would turn green, and sometimes they wouldn't; they would just turn black or something. And then I realized why they dripped—there were just too many puddles, and there should have been less. In the hot light the crystals just dripped and ran down.

Buchloh: That's a different definition of technique.

Warhol: Doing the Rorschach paintings was the same way. Throwing paint on, it could just be a blob. So maybe they're better because I was trying to do them and then look at them and see what I could read into them.

Buchloh: So the shift that has occurred in the last five years has not at all bothered you? The return to figuration, the return to manual painting procedures—that's nothing that you see in conflict with your own work and its history?

Warhol: No, because I'm doing the same . . . If only I had stayed with doing the Campbell Soup well, because everybody only does one painting anyway. Doing it whenever you need money is a really good idea, just that one painting over and over again, which is what everybody remembers you for anyway.

Buchloh: The fact that people are now pretending again that painting is something that is very creative and skillfully executed and that depends on an artist's competence—I mean the reversal of all the sixties' ideas that has taken place—you do not consider that to be a problem at all? Because the statements I see in your recent paintings seem to distance themselves from all that. In fact, the Oxidation paintings or the Rorschach paintings seem very polemical.

Warhol: No, but at that time they would have fit in with the Conceptual paintings or something like that.

Buchloh: It's too bad that the Oxidation paintings weren't shown in New York.

Warhol: Well, when I showed them in Paris the hot lights made them melt again; it's very weird when they drip down. They looked like real drippy paintings; they never stopped dripping because the lights were so hot. Then you can understand why those holy pictures cry all the time—it must have something to do with the material and stuff that they were painted on, or something like that. They look sort of interesting. I guess I have to go back to them. But the thing I was really trying to work on was the invisible painting, the invisible sculpture that I was working on. Did you go see the show at Area?

Buchloh: No, not yet.

Warhol: Disco Art? You haven't done Disco Art yet? Really good art—you should see it. It's going to be over soon. A lot of work by about thirty artists; it's really interesting.

Buchloh: What did you do at Area?

Warhol: The invisible sculpture, but it's not really the way I had planned it. I've been working on it with the electronic things that make noises go off when you go into an area. But this one down here, it's just something or nothing on a pedestal. But Arman has a beautiful bicycle piece down there at Area. It filled one whole window, one whole window filled with bicycles. It's really beautiful. I think he's such a great artist.

Buchloh: So you are aware of his work later on, just not in that early moment of the early 1960s accumulations. And you think that the early work is interesting as well, the work from the late fifties and the repetition of the ready-made objects?

Warhol: Yes, well that's what he always does.

Buchloh: The earlier ones are more direct and poignant than the later work, which is kind of aestheticized.

Warhol: The earlier ones I saw were like a car. What was that, a cop car or something?

Buchloh: He put a package of dynamite under a car, a white MG, and blew it up. There was a collector in Düsseldorf, an advertising man who gave him a commission to do a work. So Arman said, "OK, Charles Wilp, give me your white MG car," and blew it up. It's called *White Orchid*—it's a wonderful piece.

Warhol: But his work now is really great.

Buchloh: I would be interested in discussing how you saw the subsequent development in the 1960s with the rise of Minimal and Conceptual art, before the rather rapid inversion of all of these ideas in the early 1980s. Do you have any particular relation to those artists that came out of Conceptual art? Did you follow up on these issues? Do the nonpainterly artists who are now working interest you as much as the painters do?

Warhol: Yes, but there are not many. There are less Conceptual artists around now for some reason.

Buchloh: But at the time when Conceptual art was done—people like Lawrence Weiner for example—does that kind of work interest you?

Warhol: Yeah, that was great. But are they still working? Are they doing the same thing?

Buchloh: Yes, they're still working; they've continued to develop these approaches. In public you seem to support painting more than anything else.

Warhol: Oh no, I love that work. They're all great.

Buchloh: So you don't see painting now as contrary to your own work.

Warhol: Nowadays with so many galleries and stuff, you can just be anything. It doesn't matter anymore; everybody has taste or something like that. There are so many galleries. Every day a new one opens up, so there's room for everybody. It's amazing that you can go in every category and it's just as good, and just as expensive.

Buchloh: So you don't attach any particular importance to one principle any longer? In the sixties, there was a strong belief system attached to the art.

Warhol: In the sixties everything changed so fast. First it was Pop, and then they gave it different names, like Conceptual art. They made it sound like it was modern art or something because it changed so fast, so I don't know whether Pop art was part of that, or whether it was something else, because it happened so fast.

Buchloh: But the question of the original for example—the artist as an author, as an inventor, or as somebody who manufactures precious objects—was a question that was really criticized in the sixties. You were always the central figure in these debates, or at least you were perceived as the central figure who had criticized that notion in the same way that Duchamp had criticized it. And now things have turned around, and now it seems that this is no longer an issue at all.

Warhol: Well, certainly I would like to think that I could only work that way. But then you can think one way, but you don't really do it; you can think about not drinking, but you drink, or something like that. And then I hear about this kind of painting machine a kid just did, and then I just sort of fantasize that it would be such a great machine. But you know Tinguely did one sort of like that.

Buchloh: Yes, in the late 1950s, at the height of Tachism, when it became too absurd.

Warhol: I still think there is another way of doing that painting machine. This kid has done it, but it falls apart. But I really think you could have a machine that paints all day long for you and do it really well, and you could do something else instead, and you could turn out really wonderful canvases. But it's like . . . I don't know, this morning I went to the handbag district, and there were people that spend all day just putting in rhinestones with their hands, which is just amazing, that they do everything by hand. It would be different if some machine did it and . . . Have you been going to galleries and seeing all the new things?

Buchloh: Yes, I go fairly consistently, and I have never really quite understood why everything has been turned around in that way, why all of a sudden people start looking at paintings again as if certain things never happened.

Warhol: It's like in the sixties when we met our first drag queens, and they thought they were the first to do it. Now I go to a party and these little kids have become drag queens, the younger people now being drag queens. They think they are the only people who ever thought of being a drag queen, which is sort of weird. It's like they invented it, and it's all new again and stuff, so it makes it really interesting.

Buchloh: Are your TV program and your paintings then in a sense the extreme opposite poles of your activities as an artist?

Warhol: Yes, we are trying to do two things, but the painting is really exciting. I don't know, I'm just really excited about all the kids coming up, like Keith Haring and Jean-Michel [Basquiat] and Kenny Scharf. The Italians and Germans are pretty good, but the French aren't as good. But like you were saying about Yves Klein and stuff being . . . But the French do really have one good painter, I mean, my favorite artist would be the last big artist in Paris. What's his name?

Buchloh: A painter?

Warhol: Yes, the last famous painter. Buffet.

Buchloh: Many of the new painters seem to imitate him anyway.

Warhol: Well, I don't know, I don't see any difference between that and Giacometti. Somewhere along the line people decided that it was commercial or whatever it was. But he's still painting, and I still see the things; the prices are still $20,000 to $30,000. He could still be there. His work is good; his technique is really good; he's as good as the other French guy who just died a couple of days ago, Dubuffet. What do you think has happened? Do you think it is not that good?

May 28, 1985

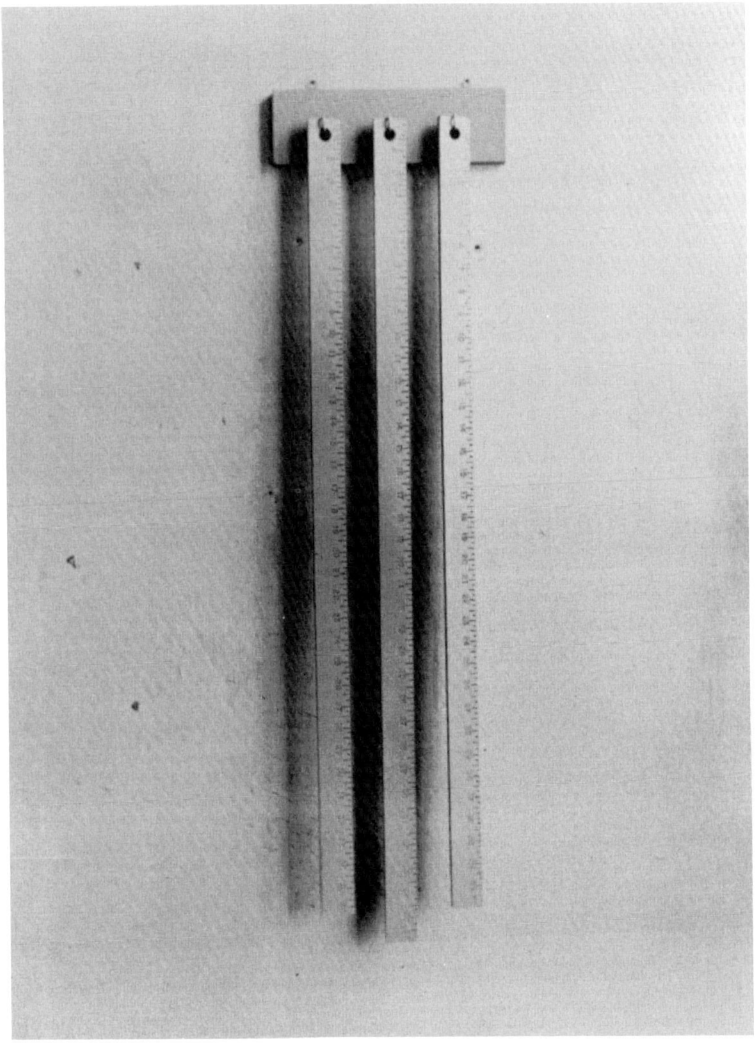

Robert Morris. Three Rulers. *1963.*

Robert Morris

Benjamin Buchloh: I just read something rather peculiar yesterday which I might as well quote to start with. In a book on sculpture from the 1950s, the author referred to Duchamp as "the first Constructivist sculptor," literally stating: "The first Constructivist sculpture is Duchamp's Water Mill." I suppose he was referring to the Glider. And while I was amused at first, I then thought perhaps this is more interesting than just an art historian's mistake. Perhaps there was less of a division in the reception of the Dada avant-garde and the Russian and Soviet avant-garde in the mid-to-late 1950s. To what degree did you know Duchamp's work and the work of Russian and Soviet Constructivists, and when did you first become aware of these avant-garde legacies?

Robert Morris: I think it is easier, or at least it seems more immediate, to address Duchamp, because he was more present in my mind at that time. Not at the end of the fifties—I was a painter then—but in the beginning of the sixties when I was beginning to make objects. Duchamp was definitely a presence, while the Russian work was really very incidental to me, and I think that I didn't really focus on it at all.

Buchloh: The question of influence is not really of primary interest to me. Rather I would like to clarify your awareness of historical parallels and historical repetitions. When it comes to your relationship to Duchamp, that parallelism seems in many instances more explicit.

Morris: Right.

Buchloh: Did you ever meet him?

Morris: Yes. I did know him and his work. I didn't know him very well. I met him a few times.

Buchloh: He talks about you and Yvonne Rainer as "terrific people." Would your work at that time have directly related to Duchamp, or would Jasper Johns have been an important mediating figure?

Morris: Johns, yes, to some extent, but I think it was Duchamp who was a freeing influence for me to be able to explore the different ways of letting process come in. The first lead relief I made was a small object which had keys on it, and each key had stamped on it one of the words from the litanies. So at that time my work had very definite references to him. In those works it is to be seen, but in the large works it would be much more mediated, and I don't quite know how you would get at that.

Buchloh: Let us talk, for example, about the *Mirrored Cubes* from 1964. I always assumed that they were almost a literal translation of an idea that Duchamp had scribbled in the *Green Box* at some point in 1919. How do you see your relation to Duchamp in the *Mirrored Cubes*? Is this work more explicit in its quotation and transformation, or is the Duchamp influence again much more mediated than one might think at first?

Morris: Well, I think it is more explicit. When I was doing the so-called Minimal pieces, some of those had definite references to Duchamp.

Buchloh: So when it comes to the larger works, the *Mirrored Cubes* for example, you may not have been aware of the Duchamp note in the *Green Box*?

Morris: I did read the *Green Box*, but can you tell me what it is that he says?

Buchloh: He says, "To place mirrored pieces of glass on the floor so that the room and the viewer are mirrored simultaneously." And there's another note right next to it, which is also very interesting but doesn't relate to your work, that says, "To make boxes of colored liquid."

Morris: Where you shake them and look at them. Yes, I knew that. I certainly read that, and actually the first mirror piece I did certainly referred to Duchamp. It's been destroyed. It was a small piece of wood about two or three feet long. It had two rearview mirrors—round, simple, truck-type mirrors—and in the center it had a piece of glass with a pharmacy face, one side blue and one red, so when you looked in the mirror you saw into infinity, red-blue, red-blue, red-blue, because it reflected back and forth. So that was the first piece.

Buchloh: The base was made out of glass as well?

Morris: It was painted, one side being red and the other blue. In the mirror it alternates to infinity. So that was the first use of the mirrors that I can recall. Then before the mirrored boxes there was also a portal piece from very early 1961 that was in my notebooks, but I never made it until later. Pine portal. There was a version that had mirrors on the inside, so as you walked through it you saw your reflection. But that came from an image I saw in *Citizen Kane* where he walks through, and you see his image immediately reflected to infinity. But that was never made until the 1970s. There's one without the mirrors, and that's the 1961 version. But that little piece was the first one I actually fabricated.

Buchloh: The diversity of your work has been frequently misunderstood by critics and some art historians as a kind of historical eclecticism. In fact, what one could see in your work now—after a period of delay—is that the two major avant-garde positions of the twentieth century, which definitely had been largely excluded from American reception until the late 1950s, gradually entered the consciousness of the younger generation of artists of the early

1960s. But you would probably explain this in totally different terms, not as some kind of historical electicism that draws on Duchamp and Dada and Russian Constructivism simultaneously?

Morris: No, I would say it's not. As I said, there are very literal references to Duchamp in some of these earlier pieces. In the Minimal-type pieces that are going on at the same time, there is not necessarily any influence from European art or even much of the reaction to it. If there's a reaction, it's a reaction to what's going on in American art at that time.

Buchloh: Sculpture in particular?

Morris: Yes.

Buchloh: Like who?

Morris: David Smith.

Buchloh: A negative reaction.

Morris: Yes. If there was some kind of "Oedipal rage," it was against Smith. I wanted to do something absolutely different, to wipe him right out.

Buchloh: What about other sculptors held in high esteem by Greenberg and New York School modernism, such as Anthony Caro? Did you have a similar or stronger aversion against him?

Morris: I didn't take him as seriously. When I was in San Francisco before I came to New York, I was still painting, but I was also involved in a group of dancers and theater people, and Simone Forti, then my wife, was involved in this. Subsequently, this kind of concern came to be known as the Judson Church. Simone Forti then pursued some of the structural ideas that she had introduced me to, and I think that some of her ideas influenced me a lot and got transposed into sculpture. She was trying to generate dance movement in a different way, a way that didn't involve the use of a trained balletic type of movement that's prearranged, choreographed, and presented. She came up with the idea of making up rules, the rule game. I remember being in one of her pieces where there were two performers, and my instructions were to lie on the floor. The instructions given to the other person were to tie this person to the wall. So what you got was this incredible fight that went on, and that was the movement. That was one aspect. Another aspect was a building of objects that had to be negotiated. I built some of these for her. Some of these boxes I used as sculpture. It wasn't just the form; it was the notion, how do you go about making something? I wanted to do this in a way that had nothing to do with the art scene, and it occurred to me to use this principle of construction and think about how things are formed in a very simple, straightforward way. You accept an *a priori* set of conditions, you fulfill those conditions, and you have a sculpture. I think that's why I related to what she was doing in dance, and so I chose construction. Not Constructivism but construction.

Buchloh: Even though they might have something in common after all?

Morris: Yes.

Buchloh: Material specificity, transparent construction, even procedural elements, once again were clearly present in Duchamp's work, like the *Three Standard Stoppages* from 1913, which obviously had been considered by you as one of the most consequential sculptural works of the twentieth century, even though nobody else had really picked up on it. Are you suggesting that this reductivist project in your work (if we can call it this, and I know it's a problematic term), grew out of task-oriented performance aesthetics more than out of historical awareness?

Morris: It grew out of task-oriented procedure, behavior, and also I think it came out of a reexamination of a very, very early art—Neolithic art, Egyptian art, early Buddhist art, columns, gateways, platforms, and such things. They were more important to me than anything that was going on in contemporary art.

Buchloh: For example, the idea of constructing something according to the law of transparency, or even, according to the law of a possible utilitarian function or a task performance—these ideas are not quite as alien to Constructivism as they might have seemed at the time. There was a large number of people in the Soviet Union thinking about that even though it probably was not known in New York in the late fifties.

Morris: I did not know that about them. I certainly knew the positions they had taken, to be utilitarian and so on, but the methodology is what I'm talking about, just taking the way common materials are put together for utilitarian purposes, not to build a utilitarian form but to use the structure of that kind of making. That's what I think I drew on in the early and middle pieces.

Buchloh: Was the use of plywood and cheap materials at the same time also polemical in the sense that at that time the sculptor was the torch-bearing welder of steel? To make it gray meant to differentiate it as much as possible from official avant-garde sculpture?

Morris: Yes, absolutely. But I also didn't have any money, and it was expedient. I found plywood quite congenial, since it allowed you to make things to scale and cheaply. I worked as a carpenter, and I knew how to deal with that kind of technology.

It wasn't complicated. All you needed was a hammer and a skill-saw, and so that's why I used it. I didn't make a point of showing beautifully grained plywood; I always wanted to cover it up. Also I think the gray functioned against the mass of the thing, and it worked with light in a way that I was interested in. I also liked the idea that it was easier to reconstitute the work than to ship it. When these things started to be shown, and let's say somebody was doing a show in Milwaukee, I would say: "Just make another one of it. Go to the store and get a light gray—just get what is in the store—and paint it with oil paint so that it doesn't raise the grain." I liked the idea of the thing being completely reconstitutable at any moment and place, and the lack of precious materials.

Buchloh: So that was a very important aspect of your position at the time as well, since it defied the idea of the unique, valuable, original sculptural work?

Morris: Absolutely. I wanted that aspect.

Buchloh: So, to be a bit more specific, what exactly was rejected from the sculptural legacy that you saw yourself surrounded by?

Morris: The arbitrary aesthetic attitude. You put this here; you put that there; you do not make an *a priori* decision beforehand, and then carry it out, but you make decisions in a process.

Buchloh: And the decisions do not appear necessarily as very definitive to the viewer. Whereas in your case the *a prioris* were defined for the audience as well as for the work. So it also implied a different relationship to the audience. Was that a concern of yours at the time? Did you want to have different types of interaction with your viewers?

Morris: No, I wasn't concerned about that. I was concerned about generating work.

Buchloh: That was a concern for Simone Forti? To alter the relationship with audiences, to make them more aware, to give them more control?

Morris: No, I don't think so. I don't believe it was.

Buchloh: So, in none of these approaches would you see the breakdown of traditional modes of viewing or listening that was clearly addressed in Cage's or in Cunningham's work—to involve the audience in a more direct manner or to make them aware of their own physical presence—those issues would not be of primary concern? If we go back to the mirror piece, for example, I've always looked at the mirror piece as the work that—more than anything else that I know in this period—establishes an incredible awareness of the viewer's activity in the reading of a sculpture.

Morris: I knew John Cage; he was one of the few people I knew when I came to New York. So when I was showing my first floor slab in the Green Gallery, I asked John to be sure to go see this work. Later I heard that he told somebody: "I went to see Bob Morris's sculpture, but I didn't see any sculpture; I only saw this slab, this pipe form." I don't know if he was being completely ironic or not, but I always enjoyed that comment.

Buchloh: It must have been wonderful for him to have an opportunity to make that kind of comment that people always made about his music. So in this instance you would say that audience played a part in defining the structure of the work?

Morris: Yes, if you mean by audience behavior those kinds of assumed perceptual phenomena with which people would approach the work. Absolutely, this kind of phenomenological formalism was of the utmost importance to me. To make something that had a scale necessary for the body to encounter. That was there in the beginning. The relationship to scale is a relationship of the viewer's body to this thing. Also, it's both optical and physical. That definitely was a very conscious kind of adjustment that was going on in the work.

Buchloh: Also, it establishes a triad, so to speak, between the object, the viewer, and the surrounding container with a programmatic clarity that no other sculptures that I know had established before. It seems almost like a manifesto-type work.

Morris: Yes, those things are based on what I call phenomenological formalism, and they are very important to me.

Buchloh: Would you be willing to consider a more theoretical notion of audience as well? One could say that the audience is a potential group of people that a work addresses; or is that totally unacceptable for you, like when Apollinaire says about Duchamp that his work will reconcile art and the people, which was of course even in 1913 a fantastically hilarious statement? But let us say, for example, Andy Warhol's boxes that are at the Guggenheim right now—I always thought they had a potential for addressing a nonspecialized audience. It is an art that addresses a general condition of experience first, and then it inserts itself into the cultural division of mass culture and avant-garde art. But if you look at the *Mirrored Cubes*, you don't have to know Duchamp or the history of nineteenth- or twentieth-century sculpture, or any other historical formation. If you walk into a room where the mirrored cubes sit, potentially everybody can understand the work. The fact that hardly anybody did at the time doesn't falsify what I call the audience potential of the work. You don't have to know the history of Western European and American art in order to experience the art. So in its direct address, it is different from a David Smith.

Morris: I wrote about that. I said that this kind of work is potentially more democratic. In "Notes on Sculpture" I wrote that this work presents itself in a more democratic, open way and that it is more available. So I did indicate that I felt that it was there; it was plain to be seen. I thought it had those possibilities.

I remember doing a performance in Stockholm at a huge museum. I did a thing called *Check.* I got forty people from the local community and rehearsed them for a week. When the audience left for the intermission, I rearranged all the chairs at random in the center, and the activities went around on the periphery with these two groups of people, two teams that occasionally did things simultaneously, then dissolving into the audience, and then reconstituting themselves. So the whole breaking down of the elevated stage and eroding of the dividing line between performer and perceiver, the specialized movement—all those things were attacked in the piece, and I think a lot of people were addressing those issues.

Buchloh: It has been mentioned that you were pretty close to some of the Fluxus people in the early sixties, that when you were actively involved in performance and dance, you were aware of certain ideas, let's say those of George Maciunas. Did you know him? Were you friends with him?

Morris: I met him; I wasn't friends with him.

Buchloh: Because Maciunas was dealing with a number of ideas very early on that always suggested that he had gone much further in his historical reception of the Russian Constructivists, that, in fact, he was one of the first artists of the sixties to rediscover the legacy of Lef and the Productivists.

Maciunas happened to be the one person who knew something about the aesthetics of the Lef group in the early sixties and who discussed the idea that artists should not be socially delegated specialists of creativity. According to Maciunas an artist should hold a nine-to-five job and should work the rest of his time on his art. He had these incredibly radical, often grotesque and unacceptable transformations of Russian Constructivist thinking in mind. I was wondering if the other members of the Fluxus generation with whom you were in contact at the time were discussing these issues at all?

Morris: I was not close to any of those people in Fluxus. I was asked to contribute a few times, but I don't think I ever did. I had met Dick Higgins, George Brecht, and the only contact I had with Maciunas was him wanting me to go into buying a building. I was aware that they were doing these magazines, and there was a lot of activity in Europe, but I was not very aware of what was going on.

Buchloh: So your involvement with performance work and dance . . .

Morris: Was never under the influence of Fluxus. It was done through the contact with dancers and not with musicians, except for one performance I did at the Living Theater which was organized by LaMonte Young and which was in fact a kind of Fluxus event. That was the only time I performed with them. So I didn't really have any contact with them that was of any real consequence for me.

Buchloh: But when you talk about task-oriented performance or building an object that was based on an *a priori* and was transparent in every respect—material, procedures, construction—and producing a sculpture which was bordering on the utilitarian, what kind of motivations were behind this thinking at the time? Weren't they argued in opposition to the traditional notion of the art object as well?

Morris: Of course. It wasn't programmatic though, or defined by an ideology that I identified with. I never proceeded along those kind of programmatic lines, and I don't think I ever conceived of these things as in any way utilitarian. Utilitarian only in the sense of procedure, but not in the sense of how they were received. I never saw it as something you would set plants on for example. Those things are there, but I guess I'm using utilitarian in a narrower sense. For me they were art objects; you see them in an art context. While they take on other art and stand for certain things that are rather critical, they are still art objects.

Buchloh: Did the fact that you emphasized in many of your works of the late sixties a condition of ephemerality have an impact on your subsequent activities? Did you realize that the work would ultimately disappear and that you would have to do a different kind of work? Did thinking about institutional structures have an impact on your work?

Morris: Well, I think about those kinds of things. Those pieces couldn't even be handled very well by the media because they couldn't be photographed too well. So if it can't be handled through one of those distribution systems, either the media or the museum, then I think the work is in real trouble; it's going to disappear, and I think those pieces have in a way. I mean Philip Johnson owns one of those pieces. He keeps it in a little corner. So it's like a little postcard of what it was, and when I first showed it people weren't sure whether they could go into the room or not. It filled the entire room, and most people didn't go in.

Buchloh: One was supposed to walk through it?

Morris: It would have been OK with me. But that kind of work disappears. It was considered heavy-handed by the systems that were supposed to represent it. I think the fact that it disappears can't help but have an impact. I don't know how consciously it goes on, but it's got to be there because our visibility depends on institutions—that's how we present ourselves—and if you work outside, you can't present yourself. I think there's always pressure from these institutions that one has to deal with from the very beginning all the way through. They don't let up. Either you are inside or outside, and there are contradictions that you have to deal with all the time. I don't think making some of those pieces that disappeared radically changed how I regarded institutions. But it certainly became clear what kinds of things will disappear.

December 17, 1985

Interviews with Ed Ruscha and Bruce Conner

ELIZABETH ARMSTRONG

Ed Ruscha

Armstrong: It has often been said that Duchamp offered your generation an antidote to the painterly aesthetic that was so prominent at the time.

Ruscha: I don't think his effect was any stronger on my generation than the generation before. Even in his own time, people were fascinated by him and learned from him.

Armstrong: How did you first know about Duchamp? Was it through art school?

Ruscha: I think it was in a book, a reproduction of the *Nude Descending a Staircase.* It was as if there were an asterisk on that picture; his *Nude Descending a Staircase* was such a spectacle at the time that you remembered it for that. That was part of its value. Then, there were my teachers in school [Chouinard Art Institute in Los Angeles], who were more along the line of Abstract Expressionists. These people admired Duchamp, but probably didn't like his work; they couldn't see it for its true value. So he was only marginally mentioned, but all the students knew about him.

Armstrong: You have said that your teachers were often disparaging in their remarks about Duchamp. Did that have a certain appeal to students then?

Ruscha: Yes, it did. And it probably had precisely the effect that Duchamp would have liked to have had on students, and that is to be a rebel. He was against a kind of academic slavery that artists went through who followed a traditional path; he was for the spirit of revolt.

Armstrong: Did his rejection of painting, and especially of the retinal in painting, cause you to reevaluate your approach to art early in your career?

Ruscha: It just made me aware that there was another way to think about things. Finally, the ultimate mystery of his work is its value. It's hard to be taught how to look at Duchamp's work; it has to be felt somehow.

Armstrong: You once said that your books were the most Duchampian of your work.

Ruscha: I feel that the spirit of his work is stronger in my books than in anything else. But I don't use him as a reference; he's just so much a part of my history and my art—as he is for so many artists.

Armstrong: You were once quoted as saying: "If Marcel Duchamp hadn't come along, we would have needed to invent him." Could you elaborate?

OCTOBER 70, Fall 1994.

Ed Ruscha. From Some Los Angeles Apartments. *1965.*

Ruscha: The art world was ready for that revolution, and fortunately for Duchamp, he was the one who wigged us all out. I may be giving him too much credit, but he discovered quite a bit just through his investigation into things. And he was a nonpainterly person in a painterly world, who was able to make his views be known without being an intellectual, being in fact a very simple man. I think that had he not existed someone sooner or later would have "discovered" many of the things that he did.

Armstrong: What do you think is Duchamp's most significant contribution?

Ruscha: That he discovered common objects and showed you could make art out of them. He was also one of the first artists to use electric motors to create motion in art. He played with materials that were taboo to other artists at the time; defying convention was one of his greatest accomplishments. Plus he always looked his Sunday best.

Armstrong: Is that important?

Ruscha: Yes, as a way of countering expectations. We were used to paint-splattered pants and all of that, and here he would always be in a suit and tie.

Armstrong: Did Walter Hopps' Duchamp retrospective at the Pasadena Museum of Art [in 1963] have a palpable effect on West Coast artists?

Ruscha: Well, the opening was attended by all of the artists that were on the scene at the time, and maybe some intellectuals too, as I recall. The very fact that it was his first retrospective was very important. Some guy said, "Duchamp's finest work is his use of time." The very fact that he quit painting, yet throughout his life was interested in so many things. He used his time so well.

June 17, 1994

Bruce Conner

Elizabeth Armstrong: How and when did you first come into contact with Duchamp's work?

Bruce Conner: I was a teenager and had seen something about him either in *Arts Digest* or *Art News* or possibly *Life* magazine. I was also aware of books that incorporated the history of Dada and Surrealism.

Armstrong: In the early fifties, then?

Conner: No, this would have been in the late 1940s. I grew up in Wichita, Kansas, and it was seldom that I was able to see art work directly—only secondhand in reproductions.

Armstrong: Do you remember the first opportunity you had to actually see his work?

Conner: I probably saw something at the Museum of Modern Art in New York. Perhaps the little birdcage with the blocks of marble and the thermometer stuck in it.

Armstrong: Why Not Sneeze Rrose Selavy?

Conner: Yes.

Armstrong: What questions come to mind when you think of Duchamp?

Conner: The very idea of questioning.

Armstrong: Questioning as a command?

Conner: Questioning as an overriding characteristic of what his work and he represented.

Armstrong: Have you come to some understanding of your own about what that is?

Conner: I still feel that he dealt with enigmas and arbitrariness in the world with a sharp analytical mind.

Armstrong: Do you think that one needs to have great knowledge to understand Duchamp?

Conner: No. The question is whether you *can* understand Duchamp. Why else do you spend so much time talking about him? As with any potentially closed system, you can use Duchamp as a reference for almost all subjects as far as art is concerned. He's obviously quite serviceable in that sense.

Bruce Conner. The Bride. *1960–61.*

Bruce Conner. The Marcel Duchamp Travelling Box. *1963.*

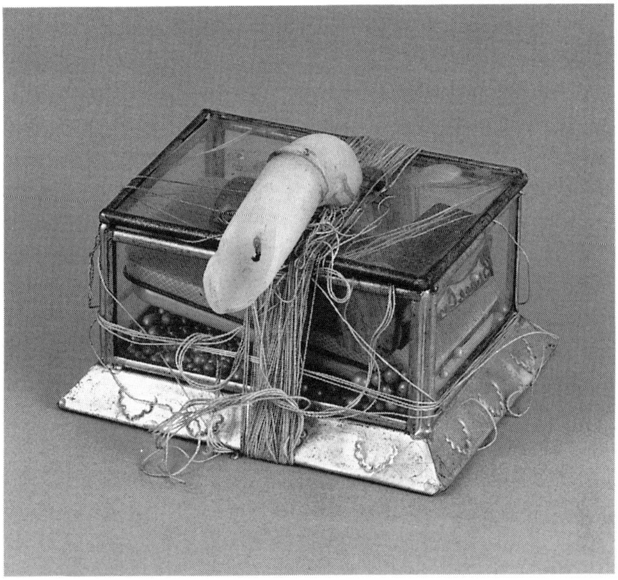

Armstrong: Are there any works that you have made over time that were specifically in response to Duchamp or to a specific aspect of his work?

Conner: I attempted to do a collaboration at the Charles Alan Gallery in New York after Duchamp had shown his *Roto Reliefs* at the gallery. At that time, I think about 1962, I had chosen not to sign anything that I made. And I had a rubber stamp made of my signature, which I gave to Charles and told him that he could stamp my art work with it, or other people's work, or any object or anything that he wished to. I also suggested that he practice forging my signature, which he said he finally did very well, but could not do or could not make himself do. He also could not use the rubber stamp; he returned it to me.

Armstrong: And your proposed collaboration?

Conner: At that time I was doing work that I didn't sign, whereas Duchamp had work that he didn't make that he signed. So I suggested that a show be put on in the gallery of those particular works by Duchamp. And my collaboration and participation in the two-person show would be to paint the walls of the gallery the same color and as indiscernibly different as possible from the way it was previously. And to paint the sculpture stands. And I would not sign it. Charles said he didn't want to propose it, and I was so apprehensive of speaking to Duchamp that I never brought it up.

June 9, 1994

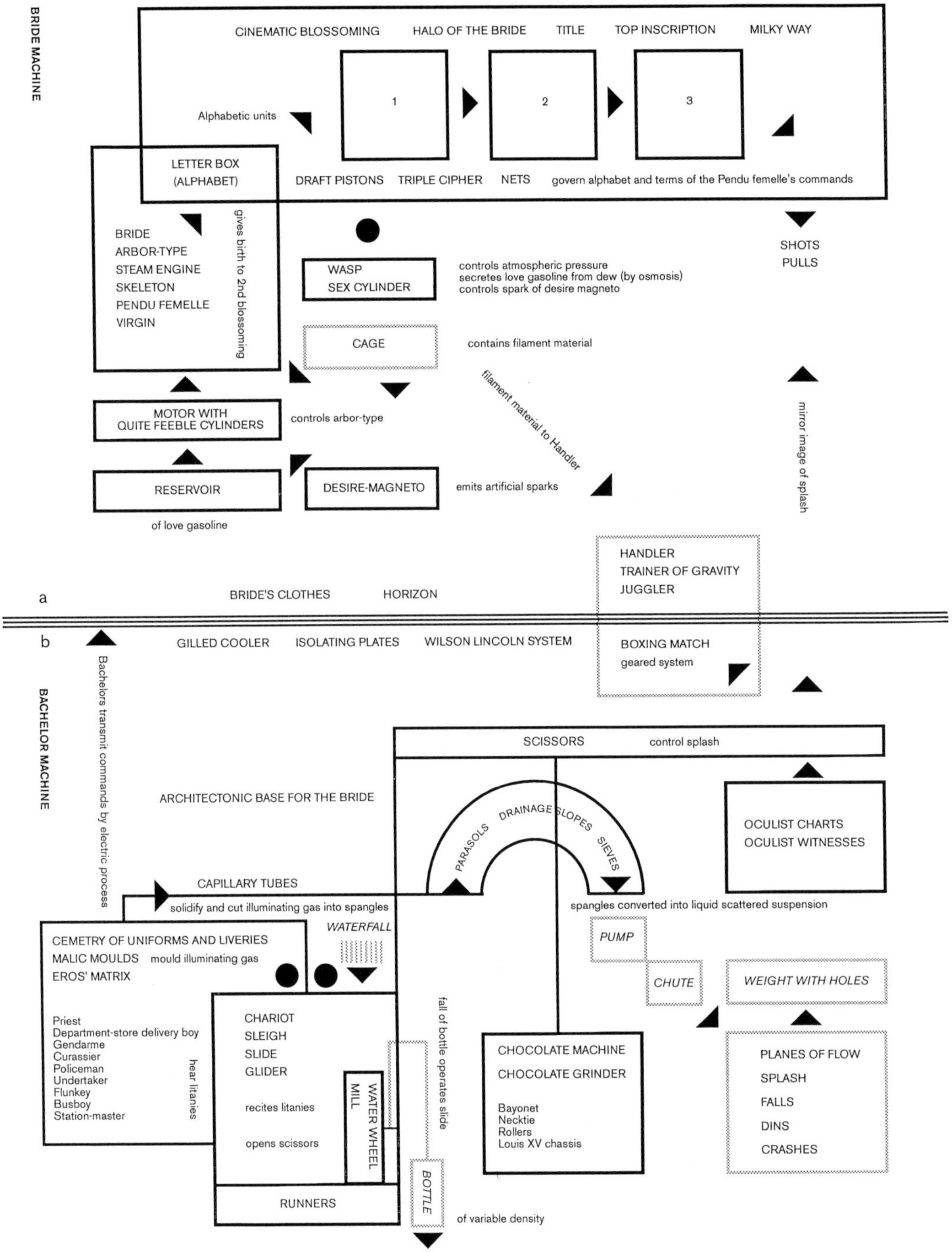

Richard Hamilton. Diagram. 1956.

"A Monster of Veracity, a Crystalline Transubstantiation": Typotranslating the Green Box*

SARAT MAHARAJ

In 1935 Duchamp observed to André Breton that *The Bride Stripped Bare By Her Bachelors, Even* was shot through with one concern: to haul out painting and drawing from where they had become bogged down—the kind of spot where writing had come to a standstill before "Gutenberg."[1] Duchamp sought to break with modes of seeing and representing that were tied to "painterly," manual processes, with intimacies of the handmade mark and its aura. The shift was toward a discipline of eye, hand, and mind that would enact something of high-speed mechanical techniques, their robotic jerks and swerves. As our reading swivels between the Bride's visual and textual components—between looking at the *Large Glass* (1915–23) and combing through notes written for it from 1912 onward and published as the *Green Box* in 1934—we step into a Gutenberg space of seeing and representing.

The *Green Box* notes carry us to the scene of writing and its mechanized modes—scratching pen movements counterpoint a typographic tap-tapping. Script/print references abound: a moving inscription scrolls the screen; there are encoding and decoding contraptions, ciphers, and molds, an alphabet box of letters, the buzz of electrical currents, cinematic flashes, telegraphic messages. The *Green Box* not only reflects on Gutenberg techniques but, with its collotypes, facsimiles, prints, photographs, reproductions, and serial runs, is itself a product of them. The paradox is that the notes are essentially handwritten—even as they speak against the hand-mark's aura, the potent spell of script, signature, and manual trace closes in.

It was this double-drift that Richard Hamilton was to tussle with and capture in his typographic rendering of the *Green Box* (1960).[2] A full print version of the

* With thanks to the Leverhulme Trust for supporting my research on Marcel Duchamp and James Joyce toward a forthcoming book, *A Strife of Tongues*, on the work of Richard Hamilton.

1. André Breton, "Lighthouse of the Bride," *View*, Marcel Duchamp issue (March 1945), series 5, no. 1, pp. 6–10, 13. Originally published as "Phare de la Mariée," *Minotaur* 6, no. 6 (Winter 1935), pp. 45–49.

2. *The Bride Stripped Bare By Her Bachelors, Even*, a typographic version by Richard Hamilton of Marcel Duchamp's *Green Box*, trans. George Heard Hamilton (London and Bradford: Percy Lund Humphries; New York: George Wittenborn Inc., 1960).

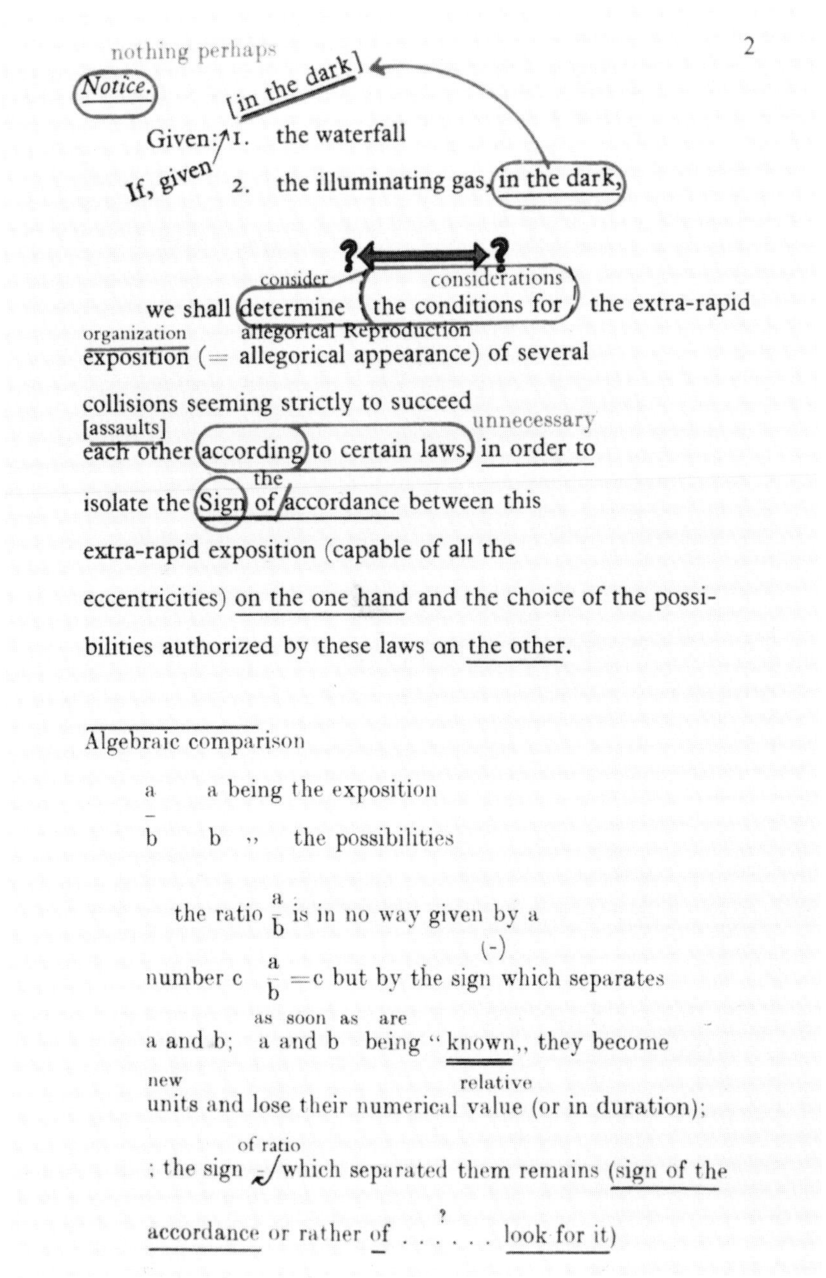

nothing perhaps 2

Notice.

[in the dark]

Given: 1. the waterfall

If, given

2. the illuminating gas, in the dark,

consider considerations

we shall determine the conditions for the extra-rapid

organization allegorical Reproduction

exposition (= allegorical appearance) of several

collisions seeming strictly to succeed

[assaults] unnecessary

each other according to certain laws, in order to

the

isolate the Sign of accordance between this

extra-rapid exposition (capable of all the

eccentricities) on the one hand and the choice of the possibilities authorized by these laws on the other.

Algebraic comparison

a a being the exposition

b b ,, the possibilities

the ratio $\frac{a}{b}$ is in no way given by a

(-)

number c $\frac{a}{b}$ = c but by the sign which separates

as soon as are

a and b; a and b being " known,, they become

new relative

units and lose their numerical value (or in duration);

of ratio

; the sign — which separated them remains (sign of the

?

accordance or rather of . . . . . . look for it)

Duchamp. Page from the Green Box. *1934.*

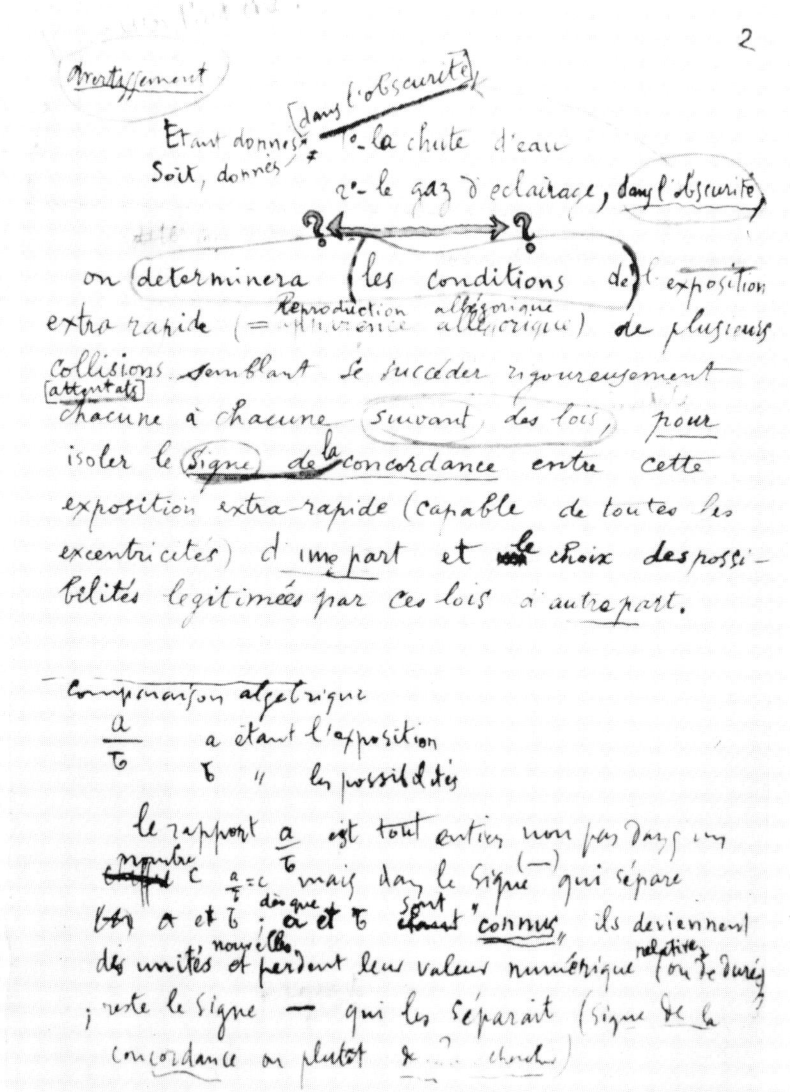

2

Avertissement

Étant donnés [dans l'obscurité] 1°- la chute d'eau
Soit, donnés
2°- le gaz d'éclairage, dans l'obscurité

on déterminera (les conditions de) l'exposition extra rapide (= Reproduction allégorique apparence allégorique) de plusieurs collisions semblant se succéder rigoureusement [attentats] chacune à chacune suivant des lois, pour isoler le Signe de la concordance entre cette exposition extra-rapide (capable de toutes les excentricités) d'une part et le choix des possibilités légitimées par ces lois d'autre part.

Comparaison algébrique

$\frac{a}{b}$ a étant l'exposition
b " les possibilités

le rapport $\frac{a}{b}$ est tout entier non pas dans un nombre c $\frac{a}{b}=c$ mais dans le signe (—) qui sépare a et b ; dès que a et b sont "connus", ils deviennent des unités nouvelles et perdent leur valeur numérique relative (ou de durée) ; reste le signe — qui les séparait (signe de la concordance ou plutôt de ? chercher)

Hamilton. Detail from typotranslation of the Green Box. *1960.*

Green Box appeared in 1959—"La mariée mise à nu par ses célibataires, même" in *Marchand du Sel,* a collection of all the then-known writings of Marcel Duchamp, edited by Michel Sanouillet—which simply treated the text in classic Gutenberg terms, but with each printed page being backed up by an armory of footnotes describing what the original handwritten sheet, with its crossed-out words, underlinings, circled phrases, written-over passages, looked like. The reader would have to imagine all of this at one remove. Hamilton's unique achievement, published a year later, was not only to have cast the notes' handwritten qualities into print but to have rendered the original's texture of effects in typographic terms.

He spelled out the task in his first exchange with Duchamp: "Translating from the French, as I see it, is not the difficult part of the project. I fancy that the major problems will occur in translating the extremely subtle inflections of ideas in the *Green Box* into cold print. It is at the typographical level that the real work begins—communication of the ideas via printer's signs, instead of the hand-drawn signs of the facsimiles."[3] If print meant that "the hand is necessarily removed from the text," he wrote to Duchamp in the thick of the task in 1958, should not the marginal drawings also be recast for consistency's sake? Otherwise text and image become "divorced" when the point was to reflect their "perfect marriage" in the manuscript. Throughout we feel the twin concern—transposing everything into print terms while holding onto the original's aura of an "integrated whole."[4]

In putting the sheaf of notes into print, binding it as a book, redrawing the marginal diagrams, he brought the *Green Box* literally in line with Gutenberg. He unraveled each written piece for typographic recoding in a new disposition of lettering and spacing using a system of graphic marks, signifiers, and print conventions devised by him. In the same move, he sought to mirror in print the look and feel of the original handwritten sheets and drawings. All through we see Hamilton walking the tightrope of Duchamp's "Gutenberg paradox."

Gutenberg

With Gutenberg Duchamp signaled more than the logic of typographic culture, the switch from pen to press, the gamut of electromechanical reproduction technologies, including photography and film, that shaped the twentieth-century scene of perception. How would a work of art that took the measure of this scene look, matching even as it commented on it? As Duchamp grappled with the question throughout the Bride undertaking, he prefigured by roughly a decade Walter Benjamin's celebrated theme: What drove the work of art in the age of mechanical reproduction? What was different about it? How was it bound up with the fate of the original in the serial-production system?[5]

3. Hamilton to Duchamp, March 22, 1957.
4. Hamilton to Duchamp, November 26, 1958.
5. Walter Benjamin, "The Work of Art in the Age of Mechanical Reproduction," in *Illuminations,* ed. Hannah Arendt, trans. Harry Zohn (London: Fontana, 1973), pp. 219–53.

For Benjamin the original was marked by a sense of uniqueness: its hand-fabricated qualities, its quirkiness, its singular presence and special location added up to a powerful myth of rooted meaning, individual expression, history. From this it derived its authority and authenticity, what he called its "aura." As the original came to be cut loose from its sheltered context by mechanical reproduction, as images and copies of it were churned out for circulation in the public sphere, its aura quickly evaporated. It became little more than a see-through sign waiting to be inscribed with whatever meaning the viewer fancied.

Benjamin initially welcomed this transparency as a positive step away from the aura's world, with its cloud of tradition-bound associations. For the object "stripped bare of its aura" meant a changed relationship with the viewer.[6] It became less about being drawn into the object, less a matter of undisturbed contemplation. The viewer took charge—appropriating and discarding reproduced images and copies at will. Looking became a more active, speeded-up, discontinuous experience made up of excerpted views, snatched glimpses, distraction, and shock-effects promoted by photography and film close-ups. The work of art itself, Benjamin noted, began to be conceived of at its innermost as "designed for reproducibility."

Few works are as inscribed to the core with this notion as those by Duchamp. The *Green Box* not only bristles with reflections on serial reproduction and its techniques, on readymades, originals, and multiples, but it is itself conceived of as a mélange of "les photos et les textes épisodaires" in an edition of 300. A complex of photographic and other techniques was deployed to make prints of the *Large Glass* and facsimiles of the original handwritten sheets. With the publication of his *Boîte en valise* (1936) he went further. Each case contained a box of 69 items, a collection of small-scale reproductions of all his works to date, replicas, prints and photos, miniaturized readymades, copies designed in a standard series of 300 and a deluxe series of 20.[7]

In this extravaganza, the idea of reproducibility is pushed to such limits that it flips over into a commentary on itself. For if the *Boîte* is intended as a portable museum, it no less recalls a suitcase jam-packed with knick-knacks, a door-to-door salesman's bag crammed with merchandise and wares—evoking the traffic in commodities, the reproduction-circulation system as a whole. So chock-a-block with reproduced goods is the Duchamp portmanteau that it seems on the verge of snapping open—inviting us to rummage through the "notion of reproducibility" it lugs around.

We see him going along with the original/reproduction distinction but not in any purist fashion. He often blurs the lines between them, even turns

6. Benjamin, "A Small History of Photography," in *One Way Street & Other Writings*, trans. Edmund Jephcott and Kingsley Shorter (London: NLB, 1979), p. 250.

7. Ecke Bonk, *Marcel Duchamp, The Portable Museum: The Making of the Boîte-en-valise de ou par Marcel Duchamp ou Rrose Sélavy* (New York: Rizzoli, 1989).

the distinction inside out. Touched-up photographs, as assisted or rectified readymades, take on the status of originals. More surprisingly, photo reproductions, colored by hand from memory of the original, for use as color models, "coloriages originaux," are inserted in the deluxe series as originals. There are replicas made from reproductions of replicas and readymades and the like. With each inflection of the original/reproduction divide, he produces some sort of curious in-between item—hybrids that belong neither to one side nor the other but seem to be made up of elements of both.

In one stroke, he undercuts the original by reproducing it as a series, and undermines it with the force of the readymade. In another, he seems to subvert the reproduction by reinscribing it as a kind of original. The terms are played off against each other; neither is privileged—quite at odds with the way the reproduction functions as the prime term in Benjamin. For the latter, the original is tied up with an outmoded, elite world of art and culture which the forces of mechanical reproduction progressively strip bare. He gives this an ideological coding: the shift to the reproducible art work represents "progress" toward more everyday ways of experiencing works of art. It is set up as the preeminent signifier of a less restricted cultural order.

Duchamp stops short of endorsing any one of the terms altogether, even if he does indeed start off by pitting the readymade, because of its "lack of a sense of uniqueness,"[8] against the original masterpiece and its aura. He tinkers with the terms, turns them upside down. His approach, not without its touch of caprice, stands apart from Benjamin's relatively programmatic idea of a one-way street from aura and trace and their associations of cultural closure toward openness and sheer clarity. By the late 1930s, however, Benjamin did come to have second thoughts about the implications of the stripping bare of the art work's aura—becoming increasingly concerned about the erosion of irreplaceable structures of meaning and experience involved in the rationalization of aesthetic experience.[9]

In the Duchampian interplay, the terms seem to slip in and out of each other's roles. Original and reproduction mimic and masquerade as each other—like the "mirrorical returns" described in the *Green Box*. We might compare this with the reversal involved in the "Lincoln-Wilson effect" mentioned in the notes, where the concertina form allows the image to read from one viewpoint as a portrait of President Lincoln, but as one of President Wilson from another.[10]

8. *The Writings of Marcel Duchamp*, ed. Michel Sanouillet and Elmer Peterson (1973; reprint, New York: Da Capo Press, 1973) p. 142. Hamilton recalls that Duchamp signed things to "devalue" them, to remove "their uniqueness" (*Talking Art* 1 [London: ICA, 1993], p. 79).

9. His views changed from "A Small History of Photography" (1931), through "The Work of Art in the Age of Mechanical Reproduction" (1936), to "On Some Motifs in Baudelaire" (1939). For a full account see Rolf Wiggershaus, *The Frankfurt School* (Cambridge: Polity Press, 1994), pp. 196–218.

10. Duchamp, *Notes and Projects for the Large Glass*, selected, ordered, and with an introduction by Arturo Schwarz (London: Thames and Hudson, 1969), p. 176, n. 119.

The grand metaphor for this interplay is Duchamp's *Virgin and Bride*—opposites that connect through the sense of a "passage" from one to the other. A brisk transaction between original and reproduction, between the states of "innocence and experience," maidenhood and fecundity, is suggested. It mirrors the element of reversibility in the wider constellation of Duchamp terms—handmade or readymade, manufactured or crafted, original or reproduction, writing or printing, visual or conceptual: the terms stand against even as they cut across and comment on each other—something he dramatized by imagining the "Bride's stripping" both as an act of consummation and as an "apotheosis of virginity."[11]

His approach to the hand and its aura, therefore, has to be grasped in the context of these convoluting turns. The handmade is not simply superseded by mechanical reproducibility; in the process elements of it are carried over onto a new plane. Benjamin's classic position, on the contrary, seemed to be that the original's aura was shaken off once and for all when it was stripped bare by mechanical reproduction. As it started its new life as a transparent, freely circulating sign, it tended to take on another kind of mystique, a "phony spell"—the fetish quality of the commodity. Would this disappear, as he implied, with changed social and economic relationships? His exchange with Adorno on the issue marks his growing skepticism over the possibility.[12]

A skeptical air pervades Duchamp's game. For if he is at pains to erase the hand and its aura, he seems to go to equal lengths to cite it. Experimental photographic techniques and print processes are played off against elaborate, labor-intensive handwork; collotypes are painstakingly gone over with manual implements, stencils, cutouts, masks, templates, pochoir methods. To shake off the "hand-aura" he seems to have sought not simply to negate it and wipe the slate clean but to neutralize and recast its elements. It goes some way toward accounting for the surprising fact that, having spent so much effort on reproducibility, he should have thought the reproduction "a serious error."[13] As he bends the original to the will of the reproduction, he also shores up something of it against the latter.

Everything adds up to an expression of "ironic affirmation." It is as though Duchamp speeds ahead with Gutenberg at full throttle only at times to switch into reverse gear. Hamilton had sensed elements of this from the outset in the *Green Box*'s "paradoxes, ambiguities, multi-level symbology," as he expressed it in his first letter to Duchamp.[14] The insight would guide him in sorting out the issues at stake in a typographic translation.

11. Ibid., p. 22, n. 4.
12. Theodor W. Adorno and Walter Benjamin, *Aesthetics and Politics*, ed. Ronald Taylor (London: NLB, 1977), pp. 110–41.
13. Alain Jouffroy, *Une révolution du regard* (Paris: Gallimard, 1964), pp. 111–24.
14. Hamilton to Duchamp, June 27, 1956.

Comb

Referring to Duchamp's readymade *Comb* (1917), featured as the cover design of *Transition* (Winter 1937), Joyce jokingly remarked: "The comb with the thick teeth shown on the cover was the one used to comb out *Work in Progress*."[15] He was speaking of that final combing out and editing of his manuscript *Work in Progress,* which had been published in installments beginning in 1926. Between 1937 and 1939 he revised the entire text—matted hanks of material groomed for final publication in 1939 as *Finnegans Wake.*

In an about-face, Joyce's texts came to serve as the comb Hamilton would use to straighten out Duchamp's knotted handwritten notes of the *Green Box* in preparation for its typographic rendering (1957–60). By 1946 Hamilton had studied *Ulysses,* by means of his copy of the two-volume Odyssey Press paperback edition. Within the next year he was reading *Finnegans Wake,* acquired in its *Work in Progress* extracts form published during the late 1920s and 1930s. Not too long after it appeared, he was using *A Skeleton Key to Finnegans Wake*—the first full guide to the text until *Census of Finnegans Wake* came out in 1956.[16]

With this immersion in Joyce, Hamilton began a series of illustrations to *Ulysses* between 1947 and 1949.[17] In 1950 he assisted in installing the exhibition *James Joyce: His Life and Work* at the ICA. He designed the fold-up poster cum broadsheet for it—a first foray into typographic design. Two or three of his *Ulysses* drawings were in the show. *Portrait of Leopold Bloom* is catalogued as item 202 on the exhibition list.[18]

It is this ever-widening Joycean objective through which he caught his first glimpse of the *Green Box.* The text had to be pored over and unraveled, combed through in a fashion not unlike reading Joyce. We might imagine Hamilton at that first moment in 1948 with the *Green Box.* It was during his Slade days. He was out walking in Hampstead with Nigel Henderson, who suggested that as they were near the Penroses' they might drop in for tea. There he was to avail himself of Roland Penrose's library for Hamilton's benefit.[19] Surprise, forethought, chance, the moment had arrived to "inscribe" Hamilton's "rendezvous" with the *Green Box.*

A *Green Box* note suggests that the day, date, and moment for the act of inscribing a readymade might be conceived of and fixed in advance. The object itself would be chanced upon later. The stress is on preparation, on a buildup to a poised and pointed state of mind, a readiness. The pace should be unforced,

15. Sylvia Beach, "Les écrivains américains à Paris et leurs amis 1920–30," in *Les Années Vingt* (Paris: Centre Culturel Américain, 1959), p. 79.
16. Joseph Campbell and Harry Morton Robinson, *A Skeleton Key to Finnegans Wake* (London: Faber & Faber, 1944); Adaline Glasheen, *A Census of Finnegans Wake* (Evanston, Ill.: Northwestern University Press, 1956).
17. Hamilton, *Work in Progress on Illustrations for James Joyce's Ulysses* (Derry: Orchard Gallery, 1988).
18. *James Joyce, His Life and Work, 1882–1941* (London: ICA, 1950).
19. Hamilton, *Collected Words* (London: Thames and Hudson, 1982), p. 10.

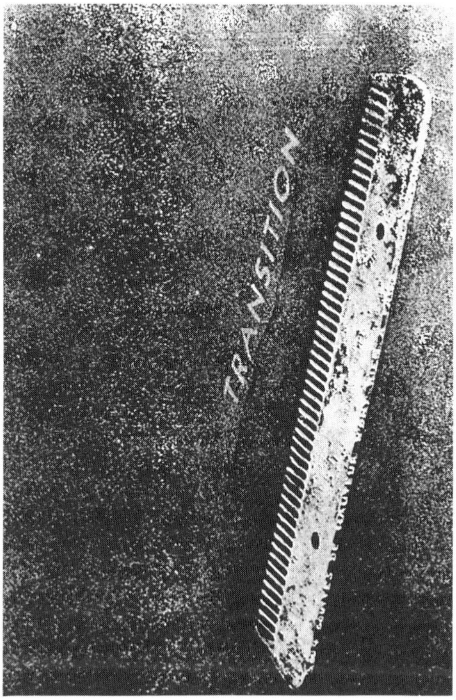

Duchamp. Cover for Transition *(Winter 1937).*

nothing strained after—delays and deferrals should operate in getting the moment right. Then, without a trace of earnestness, like a speech's smooth delivery, the instant would be upon us for a "rendezvous" with the readymade.[20]

This touched directly on *Comb*—a photo reproduction of which Duchamp had adapted for the *Transition* cover Joyce had joked about. He had inscribed the piece in detail: "Feb. 17 1917 11.00 AM" and "3 ou 4 gouttes de hauteur n'ont rien a faire avec la sauvagerie" ["3 or 4 drops of height have nothing to do with savagery"]—a dislocating of sense, image, and sound central to the readymade. In a note of September 1915, Duchamp speculated on a "proportional control," a kind of ruler, deregulated, curved—much as he did with his *Three Standard Stoppages* (1913–14). It was meant both to depart from the norm and to show it up as an arbitrary convention rather than an absolute. The device would have to be developed from measurements taken of gaps between a comb's teeth and those left by teeth that had snapped off—an interplay of given elements and chance.[21]

If an association between Duchamp's "specifications for readymades" and Joyce's epiphany springs to mind, it is a link Hamilton made explicit with *Epiphany* (1964). Both involve a split-second illumination—inscribing an object, event, or scene—a sudden irruption or stripping bare that opens up other possibilities. Something pedestrian and everyday, or as Joyce noted, a crude, foul-mouthed expression becomes the vehicle for a switch in mental gear. An ordinary badge

20. Schwarz, *Notes and Projects for the Large Glass,* p. 90, n. 54.
21. Hamilton, *The Almost Complete Works of Marcel Duchamp* (London: Tate Gallery, 1966), p. 48 and *The Writings of Marcel Duchamp,* p. 71.

written up with the seedy novelty-store phrase "Slip It to Me" in the dazzle-color of Duchamp's *Fluttering Hearts* (1936)—Hamilton's 1964 epiphanic button condenses Joyce/Duchamp references in an updating of the readymade.

He had spelled out this association earlier in an unpublished lecture at Newcastle in 1957 styled after the annual Charlton Memorial—a lecture that took a single canonical art work, such as the *Laocoön* or Raphael's *Madonna,* for in-depth analysis. The idea had been initiated by Lawrence Gowing when he became Professor of Fine Art at Newcastle. Hamilton used the form to focus on the *Large Glass,* billing the talk a "trial-run for the Charlton Lecture of A.D. 2,220." To dramatize the *Large Glass*'s radical difference he observed that it had "stronger affinities with the symbolic techniques of Joyce's *Finnegans Wake*—or the mystical creation of aesthetic objects by Zen Buddhism—than the pictorial aims and methods of his contemporaries," stressing that "the comparison with Joyce is a fair one" not least because the *Large Glass,* like the Joyce text, seemed "willfully obscure."

The underlying motif is of an illuminating epiphanic moment—the translation of the object or event from one to another semantic key, from one to another system of sign and symbol. The association is boldly forged—whatever our quibble with the fact that the "epiphany" more rightly belongs to Joyce's work prior to *Finnegans Wake*—and is exceptional for the 1950s, apart from a passing allusion to Joyce in Steefel's study of Duchamp of the period.[22] With Hamilton the Joyce link is not an isolated remark but part of a tissue of connections from 1946 onward.

It is against this Joycean firmament that we need to place Hamilton's contribution to the Duchamp evening at the ICA organized by Lawrence Alloway on June 19, 1956. This was not an Independent Group event, as we might have assumed, but part of the general lecture series toward the end of the IG sessions. There were two other contributors—Colin St. John Wilson and Anthony Hill. From what can be pieced together of their views, they tended to look at Duchamp in terms of a wide-ranging stock of references. As it turns out, these were not uncommon for the period: Jarry, Kafka, Roussel, Mallarmé, Zen Buddhism, Vaché.[23] For Wilson the Valéry link came to seem especially significant.[24] Against this, Hamilton's Joyce connection stands out all the more as off the beaten track.

For the Duchamp evening Hamilton showed a slide of a *Large Glass* diagram he had made analyzing the flows, forces, and energies at play in the Bride/Bachelor narrative. At the session's end an American visitor in the audience queried the evening's presentations, wondering whether they would be sanctioned by

22. "Duchamp told me that he considered Raymond Roussel to be the French James Joyce," (September 1956), notes Lawrence Dinkelspiel Steefel in *The Position of Duchamp's Large Glass in the Development of His Art* (New York: Garland Press, 1977), pp. 287–89.
23. Julien Levy, *Surrealism* (New York: The Black Sun Press, 1936); *View,* (1945); Michel Carrouges, *Les machines célibataires* (Paris: Arcanes, 1954); *The Dada Painters and Poets,* ed. Robert Motherwell (New York: Witternborn Schultz, 1951).
24. Colin St. John Wilson to Maharaj, September 15, 1993.

Duchamp at all. The visitor's remarks could not be brushed aside since he claimed to have worked on the highly regarded 1945 issue of *View* devoted to Duchamp, which had also featured a translation of Breton's groundbreaking 1935 *Minotaure* article on Duchamp.

This derision did not prevent Hamilton from writing to Duchamp a week later on June 27, 1956. He sought to check not so much that margin of error involved in making a schematic diagram as those inaccuracies that might have crept in because of the "obscurity of some of the notes." As he put it: "This diagram should be regarded as a first draft for something which might become a fairly complete analysis. It serves a purpose in helping to assess the value of such a diagram and could form a basis for development. I should be grateful for any comments you may care to make and any corrections of my misreadings you offer."[25]

In the same letter, Hamilton mooted the idea of a printed translation of the *Green Box*, convinced of the "need for a book giving a full translation of the documents together with the French original and a commentary—a kind of skeleton key which would be of great use to students." The striking thing is that he broached the typotranslation from the start as a primer, a handy aid to consulting the text and as a manual for scouring through its minutiae and obscurities. We might imagine it as a kind of "amanuensis" to the *Large Glass*.

The notion that one would have to pick one's way through the work of art for A.D. 2,220 with the assistance of a guidebook unmistakably echoes that of the "skeleton key" to *Finnegans Wake*. We should not, however, see it as the master key that unlocks all doors. If the term *passe-partout*, according to Derrida, suggests a passkey, it also signals a shifting frame.[26] Hamilton's skeleton key might be seen as such a device—a way of approaching and framing the work, bringing it into view—a Joycean comb for raking through the *Green Box*'s tangled skein, readying it for typotranslation.

Monolingual Translator: Grand Decipherer

Duchamp responded on May 15, 1957—almost a year after Hamilton wrote to him. Hamilton had begun to suspect that the diagram he had sent might have been scrapped as worthless and screwball.[27] However, Duchamp replied to say that he had shown it to George Heard Hamilton (GHH), an art history professor at Yale who, having privately published a small volume of translations into English of twenty-five of the briefer *Green Box* notes,[28] had expressed an interest in the publication of a complete translation. Duchamp complimented Hamilton

25. Hamilton to Duchamp, June 27, 1956.
26. Jacques Derrida, *The Truth in Painting*, trans. Geoff Bennington and Ian McLeod (Chicago: University of Chicago Press, 1987), pp. 1–13.
27. Hamilton to Duchamp, May 22, 1957.
28. George Heard Hamilton, *Marcel Duchamp: From the Green Box* (New Haven: The Readymade Press, 1957).

on how well he had deciphered the *Green Box* notes. He would echo this in making a present to him of a collotype of a drawing of his for the deluxe edition of his biography by Robert Lebel, *Eau et Gaz* (1959), which he signed with the words "Richard Hamilton mon grand déchiffreur."

How do we square Duchamp's high regard for Hamilton's deciphering of the text with Hamilton's own view of his translating skills? He felt his grasp of the French was not up to the task—insisting that his knowledge of the language was so limited that he considered himself "monolingual."[29] He made this clear from the beginning[30]—a view he held onto. "There are a few questions that I have to ask you—sometimes it concerns translation, if I am being very foolish and ignorant about the French it is because I am ignorant of the French, please excuse me for I am only after greater clarity in the English."[31]

Almost in the same breath he inquires, "Is it possible to use something nearer the French?"[32] Sifting through the translation's microscopic details, he is led to wonder if a better, more fitting phrase might not be coined: "I feel uncomfortable questioning your reading but I am sure you will understand that when I have doubts about translation it is not that I claim to know anything about the French."[33]

"I wonder too about 'brand-name bottles'—would branded-bottles do as well?" he asks,[34] starting off a three-way chopping and changing of minds among himself, Duchamp, and GHH. Just when Duchamp agrees,[35] Hamilton switches back to his original translation: "It now occurs to me that one can perfectly well say 'brand-bottles'"[36]—the phrase they in fact settled for. Throughout such haggling—always in the interests of fine-tuning—he is not unaware that he might be pushing his luck![37]

Should we see the monolingual translator as an artist whose feel for another artist's thinking enables him to find the right word in his native tongue—or is it that perhaps the less one knows a language the more unerringly one strikes at its core? This would involve making a distinction between translating and deciphering—difficult as it might be to prize apart such intertwined terms. Translating, in the narrower sense, might have embroiled Hamilton in the mechanics of grammatical and syntactical issues not least because the language of the *Green Box* was at odds with standard form[38]—Duchamp himself stressed that his French was "not a slave of grammar or of spelling" and that it was "full of neologisms."[39]

In passing over the mechanics of translation Hamilton was left free to establish

29. Hamilton to G. H. Hamilton, July 3, 1957.
30. Hamilton to Duchamp, June 27, 1956.
31. Hamilton to Duchamp, October 12, 1959.
32. Hamilton to Duchamp, February 8, 1960.
33. Hamilton to G. H. Hamilton, August 8, 1958.
34. Hamilton to G. H. Hamilton, January 6, 1959.
35. Duchamp to Hamilton, January 29, 1959.
36. Hamilton to Duchamp, February 1, 1960.
37. Hamilton to Duchamp, February 8, 1960.
38. G. H. Hamilton to Hamilton, August 29, 1958.
39. Duchamp to Hamilton, c. 1959.

a rapport with the crucial if less tangible dimension of the *Green Box*'s semantic design. The idea of him as a "grand decipherer" essentially touches on his grasp of this. With guesses, hunches, and hints he sought to strike the right note regarding the text's larger drift. On this count, deciphering seems to be not so much a matter of cracking the *Green Box*'s code as visualizing its textual effects. He was to turn the monolingual barrier into a bridge for crossing over to the *Green Box*'s more elusive domain—its configuring of graphic and conceptual elements.

He had sensed the distinction during lunchtime sessions spent translating the *Green Box* with George Knox in Newcastle while preparing for the 1956 ICA Duchamp evening.[40] As they trudged through Knox's word-for-word verbal translation, Hamilton took the further step of recasting it in terms that mirrored the text's poetic logic. A substantial translation was therefore already in existence when he first wrote to Duchamp in 1956, as his second letter makes clear: "This rough draft of a literal translation of all the 'papers' in the box, complete with photographs of the relating material, is at hand. I can have a copy of this manuscript typed for Professor Hamilton [GHH] as soon as he contacts me."[41]

The surprising fact this brings to light is that the "monolingual translator" played a more active and instrumental role in the language side of translating the *Green Box* than we might imagine. We have tended to assume from the attribution of tasks that the jobs were parceled out in a clear-cut, three-way division of labor: Duchamp as author/supervisor; George Heard Hamilton as language translator; Richard Hamilton as typotranslator.[42] Their letters suggest something less strictly compartmentalized. GHH's invaluable contribution turns out to be not so much a single-handed effort as an interwoven consultation with Duchamp and the monolingual translator.

It was more of a collaborative affair than we might have thought: the idea of a joint effort originated with Hamilton.[43] The translated notes George Knox and he had hammered together—he described these as "a somewhat hybrid affair"[44]—were sent to GHH for comment and revision. GHH was completing his own translation of twenty-five *Green Box* jottings, as he mentions in confirming arrangements for joint work on the full translation: "My first suggestion is that you might care to send me your translations and I could go over them with Duchamp word for word as he did with my 25, and then we would have a complete MS corrected and revised (as he did with the punctuation of some of the items) by Marcel himself which would be an invaluable beginning."[45] He planned to send the Hamilton draft back to him in batches with queries before a "final fling with

40. Hamilton to G. H. Hamilton, July 3, 1957.
41. Hamilton to Duchamp, May 22, 1957.
42. The attribution is thus: *The Bride Stripped Bare By Her Bachelors, Even,* typographic version by Richard Hamilton of Marcel Duchamp's *Green Box* translated by George Heard Hamilton.
43. Hamilton to Duchamp, May 22, 1957, and Hamilton to G. H. Hamilton, July 3, 1957.
44. Hamilton to G. H. Hamilton, July 3, 1957.
45. G. H. Hamilton to Hamilton, June 14, 1957.

Duchamp," to make a "final typed revision for his final approval" in readiness for the production job by mid-January 1959.[46]

The earlier sections of the typotranslation of the *Green Box* were to remain much the same as the original Hamilton draft: the later sections were perhaps closer to GHH's translations of the twenty-five *Green Box* jottings that he further tinkered with for the typotranslation.[47] The Hamilton draft impressed him right away: "Your MS arrived yesterday . . . I seized upon it with curiosity and delight. Your translations are ever so much more idiomatic and elegant than ours, monolingual though you may be."[48]

We see Hamilton having to decide on details that would eventually become standard form. He is asked: "Duchamp thinks Bachelor Machine should be capitalized wherever it appears, even though it isn't in the original papers. What do you think?"[49] At the opposite end, baffled by a *Green Box* drawing, we find him asking, "What is this?"[50] What he imagined to be a tall cloaked figure, possibly connected to the "juggler" component of the *Large Glass,* was identified by Duchamp as the "Louis XV leg of the Broyeuse de Chocolat"—a salient image of the Bachelor Machine.[51] He was delighted to have the mystery cleared up so neatly; he had been looking at the drawing upside down![52]

For the "grand decipherer," the central issue was getting the sequencing right[53]—putting the *Green Box* sheets in an order that would reflect its inner logic, its sense of flow without direction. This was tied to the way he was beginning to conceive of the translation itself. He had spent much of 1956 "daydreaming" about the various possibilities. When it came to the crunch, he was able to spell out three possible approaches in a forthright way.[54]

He dismissed the idea of an English fake of the *Green Box,* giving short shrift to "another extreme possibility"—the idea of an "authorized selective plain translation," as he put it, "a version which cleans up the manuscript, finds a mean through the ambiguities, adopts an agreed sequence and does the necessary job of making some kind of English record of most of the words with which Duchamp supplemented the graphic thinking of the box." If the first solution fell short of Gutenberg, the second seemed all too of-a-piece with it—ironing out the *Green Box*'s textual and semantic creasing and crumpling for a flat literal "bookishness."

"A third course," Hamilton proposed, "would be to seek a new form, one which would provide an analogy with the box, straining to arrive at an equivalent

46. G. H. Hamilton to Hamilton, October 28, 1958.
47. G. H. Hamilton to Hamilton, Halloween, 1958.
48. G. H. Hamilton to Hamilton, circa July 20, 1957.
49. G. H. Hamilton to Hamilton, November 11, 1958.
50. Hamilton to Duchamp, February 22, 1959.
51. Duchamp to Hamilton, March 12, 1959.
52. Hamilton to Duchamp, March 31, 1959.
53. Hamilton to Duchamp, February 22, 1959.
54. Hamilton to G. H. Hamilton, July 3, 1957.

that did not reduce from the possible readings of the original. Erasures would stand, alternatives be given, even the stresses which a colored underline, a box or ring round a word, adding some nuance of meaning, should be suggested by some typographical equivalent." An analogical treatment meant putting the notes into print even as they mimed the original's handwritten effects—an attempt to be at one with Gutenberg and at odds with it so as to safeguard the *Green Box*'s textual openness.

A chance to explore the approach arose in 1958 when Theo Crosby, editor of *Architectural Design,* invited him to contribute to the little magazine *Uppercase.*[55] It was an opportunity to research the typographic problems in a concrete way and specify some experimental proofing—a trial run for the typotranslation itself.[56] The essay demonstrates how he planned to tackle the typotranslation and how he developed from scratch a thoroughgoing rationale for it. There was little to go on by way of precedent. Jacob Bronowski's typeset *Green Box* fragment (*This Quarter,* September 1932)—like Serge Stauffer's later trial-proof fragment of a German typographic translation sent to Hamilton on May 19, 1959—rendered everything captive to Gutenberg.

As Hamilton put it, the Bronowski text implies rather than manifests and conveys complexity. We have to glean secondhand, by means of a cluster of footnotes, what might be going on in the original. Hamilton insisted that the print form had to embody and enact the original—its jostle of variant words, crossed-out phrases, bits scribbled over, others left hanging in the air or circled for transposing elsewhere on the page. Its crowding multiplicity of expression he saw as a synergetic system. It threw up more than the sum of its parts, a graphic-semantic excess. Print form would have to relive this effect, not curtail it.

Duchamp greeted the *Uppercase* piece warmly: "I can't tell you how pleased I am to see the first pages in their final stage. The setting keeps in pace with the inner spirit of the original writing and I am sure the complete translation will lend itself to a perfect understanding of the French."[57] His attention is on the "analogical treatment"—on texture and spacing interval, pause, type size, punctuation—at the point where graphic-sensory effects and the verbal dissolve into each other, into the figural.

What mattered for Duchamp was sustaining the feel of the original. For this reason he resisted designing something new for the typotranslation.[58] We gather from GHH that "Duchamp read and revised the translations three times, with scrupulous attention to the meaning and weight of every word."[59] At each stage he

55. Hamilton, "Towards a Typographical Rendering of the Green Box," *Uppercase* 2 (1959).
56. Hamilton to G. H. Hamilton, July 11, 1958.
57. Duchamp to Hamilton, June 17, 1959.
58. Hamilton, "The Green Book," appendix to *The Bride Stripped Bare By Her Bachelors, Even,* 1960, and Duchamp to Hamilton, March 12, 1959.
59. G. H. Hamilton, "Inside the Green Box," appendix to *The Bride Stripped Bare By Her Bachelors, Even.*

was concerned that the typographic features—ink color, setting, and type size—should shadow the original meticulously.[60]

Against this, we find him prepared to revise and update. Writing to Hamilton that Duchamp had decided to change the order of a line, GHH noted: "I explained again and again that we were trying to transpose the MSS faithfully into type, but he didn't see it that way and wants the new order."[61] As he went about translating his own word-images he tinkered with them to get them to square with English. He corrected and emended them, adding explanatory footnotes so that self-translation became increasingly a retouching of the original. The redone bits begin to speak about the original ones, opening up a gap between what he had in mind when the *Green Box* pieces were first written and his later thinking—so much so that the translation begins to function as a commentary on the original, throwing a searchlight on it.

Duchamp is concerned with staging the original exactly as it stood, replicating its authenticity, the aura of its pregiven, handwritten identity. In a countermove, he readily differentiates the original from its typotranslation, revising it in hindsight not only to align it with Gutenberg but to recast it in mid-century, mid-Atlantic idiom. The search for utmost fidelity to the original manuscript counterpoints the fact that throughout the translation exercise the *Green Box* undergoes a Gutenberg sea change. Duchamp captured this duplicity in the paradoxical phrase with which he hailed Hamilton's completed typotranslation on November 26, 1960, as "a monster of veracity, a crystalline transubstantiation."

Hydra-Headed Text

"It's a freak object," Hamilton's comment on *The Bride Stripped Bare by Her Bachelors, Even* in his 1957 lecture, evokes its offbeat, weird, science-fiction kind of world. The description rings true in another sense. As we look back at the Bride and her Bachelors from the 1990s we are struck by its "one work, many texts" character, a sense of its diverse textual manifestations, its monstrous multiplicity. For strictly speaking, the *Large Glass* (1915–23) is accompanied not only by the *Green Box* but by a chain of related texts from as early as 1912 and published as late as 1980. Each time we feel we have lopped off a text or two to make things easier to handle, another pops up.

First there is the *Green Box*'s forbear—the *Box of 1914*.[62] This gave us early notes on the *Large Glass*—though, according to Duchamp, he then had no full-fledged notion of the Box that was to come. It served, in Hamilton's words, as a "dry run." After the publication of the *Green Box* (1934), two further fragments

60. Duchamp to Hamilton, December 8, 1958, and Duchamp to Hamilton, April 20, 1959.
61. G. H. Hamilton to Hamilton, February 20, 1960.
62. Duchamp, *The Box of 1914* (Paris, 1913–14). A 1915 photographic copy with four additional items in the Arensberg Collection, Philadelphia Museum of Art. Translated by Arturo Schwarz and cited in *The Writings of Marcel Duchamp*, pp. 22–25.

appeared in print.[63] Thirty years later another stack of notes *À l'infinitif* (*The White Box*) (1964), was brought out on the occasion of the exhibition of the Sisler Collection at Cordier and Ekstrom Gallery, New York.[64] A little more detail surfaced with *Notes and Projects for the Large Glass* (1969)—facsimiles of the handwritten French alongside English translations.[65]

The *Green Box* and the *White Box* had themselves been carved out of the larger body of Duchamp jottings covering the years 1912 to 1968. The publication of *Marcel Duchamp, Notes* in 1980, launched to coincide with the Duchamp exhibition at the Pompidou Center in Paris, was to make even clearer that the two earlier Boxes had emerged from a larger, more sprawling text.[66] With it, almost everything that had remained unpublished was brought to light—but who knows what a finer net might yet haul in?

"Almost complete"—the phrase from Hamilton's title for Duchamp's Tate Gallery retrospective (1966)[67]—puts in a nutshell the relationship between the *Large Glass* and its chain of texts, the sense of ongoing "definitively unfinished" business with a "notes in progress" air. But though the publication of the Bride texts was staggered over years, taking place in fits and starts, we should not assume this to mean that each publication acts as an "installment" building up to the next, one subsuming and superseding another.

Looking back from the 1990s, we cannot but see the scatter of texts interacting with one another. It would be limiting to see them as jigsaw pieces that ultimately add up to a single, cumulative megatext giving us the whole story. They stop short of this. For Duchamp repeats passages; there are overlaps; redrafts abound—ploys for a text that starts and restarts, that is always on the move but is heading nowhere in particular.[68]

We might think of each text as something that "supplements" another in the chain, each being called upon to flesh out another. This is the way the *Green Box* itself, in Hamilton's words, "supplements" the *Large Glass*.[69] The relationship springs from the sense of lack Duchamp inscribed at the heart of the *Large Glass*. The *Green Box* texts step in to fill this void, this "absence at the origin"—what might be imagined as the source of the work's meaning. We have at play a "logic of supplementarity."[70] No single one of the texts functions as the privileged container of

63. "Cast shadows," published by Echaurren Matta, *Instead* 1 (February 1948) and "Possible Alès (Gard)," published by Pierre Andre Benoit (June 1958).

64. Marcel Duchamp, *A l'infinitif (The White Box)* (New York: Cordier & Ekstrom Inc., 1967).

65. Schwarz, *Notes and Projects for the Large Glass*.

66. *Marcel Duchamp, Notes*, presented and translated by Paul Matisse, preface by Pontus Hulten (Paris: Centre Georges Pompidou, 1980).

67. Hamilton, *The Almost Complete Works*.

68. Maharaj, "A Liquid Elemental Scattering: Marcel Duchamp and Richard Hamilton," in *Richard Hamilton* (London, Tate Gallery, 1992), pp. 40–47.

69. Hamilton, *Collected Words*, p. 183.

70. Derrida, *Of Grammatology*, trans. Gayatri Spivak (Baltimore: Johns Hopkins University Press, 1976), pp. 313–18.

meaning to be extracted from the interrelations, echoes, and amplifications of them all.

This "almost complete," open-ended interdependence of the texts has to be kept firmly in mind. Otherwise, Octavio Paz's observation that the Bride texts "mirror and rectify"[71] one another might be misunderstood to mean that each corrects the next till we arrive at some final, "most correct" version. It would thus be easy to slip into thinking of Paul Matisse's *Marcel Duchamp, Notes* (1980) as the last word on the subject. It certainly offers us insight into the career of the main idea-images of the *Green Box*. But should it follow that it "corrects" and supersedes the typotranslation or that what it offers is "closer to the original"?[72]

The translation of salient idea-images of the *Green Box* that RH/GHH/MD settled for in 1960 is scored through with its own qualities and quirks—shaped not least by the period's way of looking at Duchamp. GHH's suggestion that "arbre-type" be translated as "type-tree," rather than the earlier usage "tree-type," initially sounded attractive because it seemed to relate to typography.[73] Duchamp himself wrote: "arbre-type means: a kind of tree, tree-like column—I am all for tree-type." But RH and MD began to see virtue in "arbor-type," the form adopted, which encompasses both engineering and horticultural association, both a spindle that carries tools and a tree trunk with branches—an interplay of organic and mechanical elements. It is difficult thus to see it, as does Matisse, as a less accurate translation in which the emphasis should have been more properly put on the machine-dimension of its connotations. What his preference does show is the influence of approaches to Duchamp in the 1970s—the mechanomorphic focus of the period's main Duchamp-related publications and the emphasis on *Machine Célibataire*.[74]

The typotranslation had rendered the term "épanouissement" as "blossoming"—whether evoking the image of a tree in lush bloom or a heightened, overwhelming sense of being, the leading trope is that of organic unfolding. We glimpse Duchamp's ease with the term from the way he harnessed it to praise Hamilton when he first received the finished book: "your design," he wrote on November 26, 1960, "is enhanced into a plastic form so close to the original that the Bride must be blossoming ever more." It is hard not to hear in its usage throughout the typotranslation a Joycean echo—"épanouissement," backed up by Duchamp's use of "éblouissement" (dazzling) and "l'éclaboussement" (sparkling),

71. Octavio Paz, *The Castle of Purity, Marcel Duchamp, Appearance Stripped Bare,* trans. Rachel Phillips and Donald Gardner (New York: Arcade, 1990), p. 32.

72. Matisse in *Notes,* pp. xvi–xvii.

73. Hamilton to G. H. Hamilton, January 6, 1959.

74. *Junggesellemaschinen/Les Machines Célibataires,* exhibition catalogue (Bern: Kunsthalle, 1975). See Carrouges, *Les machines célibataires* (Paris: Éditions Chene, 1976); Jean Francois Lyotard, *Les Transformateurs Duchamp* (Paris: Editions Galilee, 1977); and Lyotard, "Étants Donnes," in *Marcel Duchamp, abecedaire, approches critiques,* ed. Jean Clair (Paris: Centre National d'Art et de Culture, Centre Georges Pompidou, 1977), pp. 86–109. Also Gilles Deleuze and Felix Guattari, *Anti-Oedipus,* trans. Robert Hurley, Mark Seem, and Helen R. Lane (Minneapolis: University of Minnesota Press, 1989).

is suggestive of an "epiphanic" radiance or flaring up, a flushed self-awareness, a blossoming forth of experience.

For Matisse, "blossoming" fell short of what he took as the term's principal inflection—the sense of an expansive, incremental force that involved a leap from one space-time dimension to another. In the 1990s, this seems not so much "closer to the original" as another connotation of the term altogether. He was simply mirroring a shift toward its more pristine mathematical register—notions of exponential space-time development—which had come to the fore with the publication of the *White Box* and the interest in Duchamp's speculations on the fourth dimension it inspired in the 1970s.

In querying the typotranslation and seeking to "rectify" it in the name of something "closer to the original," he simply highlights the fact that there are after all several potential readings. His concern with "correct" meaning tends to err on the side of wanting to fix the text's meaning in some absolute way—even Duchamp is rapped over the knuckles for having lost touch with his own "original intention" by the time he came to do the typotranslation. However, seeking to restore a text's "original meaning" or reclaiming the author's "original intention" remains a tricky affair. For the hydra-headed text—which goes so vigorously against the grain of fixed, privileged meaning—it is ruled out from the start.

Matisse had sensed something of this—hence his slightly exasperated observation that perhaps not everything in the *Green Box* lent itself to translation. The phrase "Le pendu femelle," he accepted, was a vivid example of a gender-grammar turnabout that is lost in English. For this reason the typotranslation had retained the phrase in French so as not to blunt its oxymoronic force. By touching on the limits of translation, on what stubbornly resisted transfer from one to another language, Matisse recognized a significant achievement of the typotranslation—its negotiation of the ground between the translatable and the untranslatable, a space we might call Babel.

Babel

You tollerday donsk?
N.
You tolkatiff scowegian?
Nn.
You spigotty angleases?
Nnn.
You phonio saxo?

With *Finnegans Wake* we enter the "turrace of Babel"—language's turrets and terraces and its terrors. Greeted by a cacophony of voices and tongues that Joyce also calls "babble" and "babalong," we experience the business of translating and deciphering—sounds, words, and phrases decode, mimic, and make faces at one another. We grope our way along the walls that divide them. If the barriers come down at all, a kind of Esperanto—the term half echoes "espero," the Spanish for "hope"[75]—is forged that promises a transparent flow of communication even as we flounder in an opaque Babelian stickiness.

In taking the measure of the *Green Box* for the typotranslation, Hamilton was also plumbing the depths of its untranslatability: could the Babelian walls of its handwritten French be scaled, or was it impossibly cut off and marooned on the other side? Translation seemed to mean anything but a word-for-word swap of French for English, writing for print; no straight passage ran between them. To "translate" Duchamp's hand-drawn annotations into a print version might seem like imperceptibly slipping in one in place of the other—as a draftsman might "interpret in an impersonal manner" a designer's sketch on a drawing board.

In fact, translating amounted to, as Hamilton put it, an "interpretative transcription"[76]—an active, intervening process in which every element of the *Green Box* original is put through its paces, refashioned and cast afresh in other terms. We arrive at a paradox: to be true to the *Green Box*'s spirit, the typotranslation had to part company with its letter—with it and against it in the same move. To be true to the original meant having to be untrue to it—how do we make sense of this "monstrous veracity"?

The typotranslation had "interpretatively transcribed" the phrase "essence d'amour" as "love gasoline," which rings true in English, its mid-century usage and a mid-Atlantic tone of raw everydayness. Not least, rendered as the hammered-together word "automobiline," it links up with the motor-car metaphor at the heart of the *Large Glass.* Its down-to-earth quality stands at odds with the abstractive grandeur of "essence of life" as suggested by Matisse, which—however aptly it might evoke Cartesian notions of essence and being in the French context—strikes a portentous chord in English.[77]

We move away from the view of translation as bartering, away from the logic of substitution—the notion that there is a "portable message" or "signified" ready and waiting to be carried over from one to another language. For in the act of translation, words and signifiers of the importing language actively make up and mold meaning as they go along. Hence, Derrida, in a commentary on Walter Benjamin's "The Task of the Translator," suggests that translation might be understood as an affair of "split loyalties."[78] On the one hand, the translator has to be faithful to how the source language works, fashioning things so that they are true to its syntax and its quirks: such as, in our case, Duchamp "reconstructing" the "finicky tone" of the French original in the phrase "The Bachelor grinds his

75. George Steiner, *After Babel* (Oxford: Oxford University Press, 1972), p. 289.
76. Hamilton to G. H. Hamilton, July 3, 1957.
77. Matisse, *Notes,* pp. xvi–xvii.
78. Derrida, "Des Tours de Babel," in *Difference in Translation,* trans. and ed. Joseph F. Graham (Ithaca: Cornell University Press, 1985).

chocolate himself."[79] On the other hand, the translator has to be faithful to the syntax, lexical texture, and tenor of the language in which he or she is rendering, or more strictly speaking, "constructing" meaning: a hint of this perhaps in Duchamp's preference for the "stripping" of the Bride to the slightly arty "undressing."[80]

A perverse demand is thus at play: what is quarried from the source and what is figured out and fashioned as the translation do not square—we are confronted with two contradictory constructions. Between them something is left over, a residue that both resists the translation process and eludes it. The lack of fit between the two incompatible constructions thus brings us up short against a remainder—"the untranslatable." Derrida describes this effect as the Babelian turn or, indeed, trick or trope—as the necessity of translation and its impossibility—a loyalty to two opposed constructions that might be described as a "perfidious fidelity."

Perhaps Joyce catches this two-facedness best of all in his phrase "double-cressing twofold thruths"—the translation process as a double-crossing, treacherous kind of tressing and weaving, a fabricating that involves a sense of trespass and transgressing. He pictures it as a truth that is forked-tongued—a veracity that is truly monstrous. In marveling at the typotranslation as a "more than perfect" creation,[81] Duchamp's words recall the weird perfection of the Frankenstein monster with which his own work was associated for a period in the popular mind.[82] "Rien à changer—Tout est plus que parfait": reporting Duchamp's praise, GHH jokingly cautions that they had "better watch out for the Dada irony."[83]

By 1923, Duchamp was to leave the *Large Glass* "definitively unfinished." At the time, Benjamin was reflecting on the unfinished nature of translation, on its impossibility. For it seemed to him that some of the essential objectives associated with ideal translation—the dream of imperceptibly slipping into the skin of the original—were thwarted in the very act of translation. Original and translation did not relate to each other in terms of transparency; neither was there an easy symmetry between them. Each had its own distinctive "manner and mode of making meaning."[84]

Though Benjamin brings us up short against this Babelian opacity and lack of fit, his point was that the way beyond it was through it. Original and translation, according to him, were fragments of a larger vessel to which, however, they did not add up. The vessel served as a metaphor for that potential realm where languages

79. Duchamp to Hamilton, February 29, 1959.
80. Duchamp to Hamilton, n. 90.
81. G. H. Hamilton to Hamilton, May 22, 1960.
82. Duchamp in conversation with Daniel MacMorris in *Art Digest* 12, no. 7 (1938), p. 22.
83. G. H. Hamilton to Hamilton, May 2, 1960.
84. Benjamin, "The Task of the Translator," in *Illuminations* (London: Fontana, 1973), pp. 69–82.

converged—where their reconciliation and fulfilment took place,[85] where they became transparent to one another in what amounted to an act of "true translation." He described this as a realm of "pure language"—something he marked out as beyond the space of the untranslatable, as a "tensionless, silent depository."

The idea remains an enigmatic one, not dissimilar from the silent realm "inexpressible by concrete alphabetic forms of language" that Duchamp speculated on in the *Green Box*. Beyond the Babel of "differences of language and figures of speech peculiar to each of them," he wondered, was there something like a nongrammatical grammar that could cut across language barriers imposed by syntax and sentence form? Could a "visible grammar" bypass such Babelian divisions? What Duchamp was mulling over, however, was not so much translation as what should more properly be called transmutation—a switch of semiotic code, from a verbal to a visual sign-image system.[86]

By 1957 Duchamp had already used the terms "transmutation and transubstantiation" with distinctive force[87]—around the time Hamilton was moving toward taking soundings for the typotranslation. Choosing in 1960 to refer to the typotranslation as a "transubstantiation," Duchamp puts the emphasis on the conversion process—French into English, loose-sheeted manuscript into a book. We move away from translation as transparency, a see-through affair in which languages are treated as panes of glass stacked on top of each other. The focus is on the transformative—on the notion that the linguistic substance, meaning, and code of one language form a density that has to be constructed in the entirely different terms of the language into which they are being rendered.

But having thus acknowledged translation's Babelian opacity, what did he mean when, in an apparently oxymoronic turn, he also attributed to the typotranslation the quality of sheer transparency?

Transubstantiation . . . Transaccidentated

"A crystalline transubstantiation" spotlights the typotranslation as shot through with two opposed meanings of "substance"—"raw material" and "essence"—and the tension between them. The tussle over the "essence" of French and English is matched only by the battle with the viscosity of language itself, the gooey stuff of linguistic matter that resists translucency. At the same time, the typographic distills the fleshy body of writing, spiriting its inky dribbles and splotches into pristine print.

As with his use of other terms of theological provenance, such as "apotheosis" or "épanouissement," Duchamp's use of "transubstantiation" needs to be read

85. Ibid., p. 78. See also Carol Jacobs, "The Monstrosity of Translation," *Modern Language Notes* 90 (1975), pp. 755–66.
86. Schwarz, *Notes and Projects for the Large Glass*, pp. 68–70, nn. 23–31.
87. Duchamp, "The Creative Act," in *The Writings of Marcel Duchamp*, pp. 139–40.

with his sense of ironic affirmation and inversion. It recalls Marx's parody of the term in his comments on commodity fetishism. Objects and manufactured goods, he observed, took on a new identity as commodities when they entered the system of exchange and circulated in it. They assumed mythic power in a transformation no less mysterious than the way "bread and wine" was understood in the Eucharist to have undergone "substantial" change into Christ's "flesh and blood." They came to be wreathed in an aura of intangible symbolic values in excess of their original mundaneness.[88]

The substitutions and inversions he highlighted centered on the metaphor of the Eucharist's radical material-symbolic transaction—no matter how much the original ingredients might appear to have remained the same thing, they are deemed to have undergone a change in their "substance," that is, in their "essence," when they take on their new identity as Christ's flesh and blood. The actual "bread and wine" end up as the brute inessentials or castoffs of the mystical event—its "accidents" that have been transcended. In an inversion of this sense of absolute transcendence, against "theological niceties and metaphysical subtleties," Marx wished to bring the commodity down to earth and stand it on its feet. He sought to rescue its pristine, original core from the fanciful, flighty identity it wore.

To inscribe a readymade meant, Duchamp implied, that the mass-produced object—"the Catholic Mass–produced object" we might say, echoing Joyce—had to be projected onto another symbolic-semantic plane altogether. From that vantage point it was possible to look on it as if it had transcended its original mundane condition. At the same time, it looked no different from the commonplace object it always was. We are faced with two things—its transformation into a readymade, into a transparent conceptual object, and its original everyday objectness in all its opacity. We would be hard put to label the latter as the readymade's dross, to relegate it to an "accident." Duchamp draws us into the interplay at the heart of "transubstantiation"—a going beyond and a staying put, a sense of transcendence and its inversion.

With words that remarkably anticipated Duchamp, Joyce played out the paradoxes and about-faces of the "transubstantiated and the transaccidentated" by juxtaposing qualities of crystalline purity to those of submarine murkiness in his reflections on writing, printing, and bookmaking. The heavenly aura of writing, as the trace of the intellect's sublime processes, he set off against its lowly materials and mechanics. He saw it as earthly business closely tied in with the corporeal, to body functions and fluids, to creating from body-waste products. For his grubby scribblings, Shem, the penman, notoriously concocted a fecal ink from the "secretions of his foodstuffs"—a recipe so foul that Joyce rendered it in Latin to parody obscurantism and the time-honored convention of occluding the "unmentionable."

88. Karl Marx, "The Fetishism of the Commodity and Its Secret," in *Capital,* vol. 1, trans. Ben Fowkes (New York: Vintage Press, 1977).

His description of writing as a matter of "copriright"—purist notions of intellectual property, copyright, and the innermost, essential self are mixed in with the grossly bodily and the excremental improper. Joyce refuses to see the body as "remaindered" by writing or passed over as its grimy leftover. The affinity between the Gaelic for writing and scratching—"scriob/scriobh"—evokes a "scabies-writing," inscription as a bodily act. In his reflections on the Book of Kells, the word "gloriole"—the aureole's radiance, glowing holiness, the body's dingy corners and crevasses, holes and aura—condenses body-mind oppositions and their crossovers.

He thus counterpoised two writing modes—the phrase "ostrogothic kakography" encapsulating both the poles of luminous clarity and fecal opacity. On the one hand, the calligraphic—medieval manuscript illumination, dazzling arabesque, or something "persianly literatred"; on the other, the cacographic—clumsy and cack-handed precisely because it is a transcript of bodily drives and pulsions. We have a glimpse of this excremental writing in ink-squirting Shem's text, with its "riot of blobs and blurs and bars and balls and hoops and wriggles."[89]

In this "litterature"—a slide from letter to litter to ordure, as Lacan observed of Joyce[90]—language, body, and writing are potently conjoined. Joyce's "litterature" might have been anticipated by Duchamp's phrase "Lits et Rature."[91] But the idea common to them is that of a cacographic text with its littering and scattering of meaning, in which words are rubbed out, written over, crossed out—a scene of inky deposits, sediments, granules, and erasure, whether we are looking at a page of the *Green Box* or a sheet of Shem's "deleteful text."

For Duchamp the calligraphic and cacographic modes function as reversible, "mirrorical" positions. In 1939 a selection of his "Rrose Sélavy Puns—25 Modified Printed Readymades" was published for the *Boîte-en-valise* in a handwriting style of exaggerated correctness, a stilted right-hand slope, copybook fashion on heavily ruled music paper.[92] A tight regulation of hand, script, and body prevails. The puns themselves, however, quietly play havoc with the copperplate form, composition, and layout, unbuttoning their stiff properness. In 1964 Duchamp called the pieces "Morceaux moisis" (written rotten), punning on "Morceaux choisis" (choice selections). By 1968 he was to "re-write rottenly" selected details of images from Cranach, Rodin, Ingres, and Courbet.

Against this, the quite different, "extra-rapid scribble without direction" of the *Green Box*—according to GHH, Duchamp told him "again and again that the notes are in very bad non-syntactical French, and if they sound bad in English all's

89. James Joyce, *Finnegans Wake* (London: Faber & Faber, 1983), pp. 185–86.
90. Lacan, "Le Seminar sur 'La Lettre Volée,'" in *Écrits* (Paris: Seuil, 1966), p. 25 and "Lituraterre," *Littérature* 1, no. 3 (1971), pp. 3–10.
91. Duchamp, *Rrose Sélavy* (Paris: Éditions GLM, 1939), n.p.
92. Duchamp, "Written Rotten" (Morceaux Moisis). For provenance, see Schwarz, *The Complete Works of Marcel Duchamp* (New York: Harry N. Abrams, 1970), p. 592.

well!"[93] Duchamp himself stressed, as mentioned earlier, that the French of the *Green Box* was "not a slave of grammar or of spelling." It put the orthographic order into question[94]—disrupting its norms and unhinging its regimes of sense and style.

Both modes come together in Duchamp's made-up words. The *Green Box,* he observed, was "full of neologisms."[95] Hence his query: "mirroriquement is not a French word can you accept mirrorically as a fabricated word?"[96] We might see this hybridizing tendency as part of Duchamp's "wonderfully personal Franco-American diction,"[97] but, in the main, it is a highly constructed formation that Derrida calls "Joyce's tongue twisters"—a body writing "that puts the tongue at risk."[98] Duchamp's portmanteau words are like those that Joyce made up of language's leftovers, from its "quashed quotatoes, once current puns, messes of mottage"—the foodstuffs metaphor a pointer to its cacographic character.

"Is there a pun in the French that I'm missing?" Hamilton asked, slightly puzzled by the *Green Box* phrase "fog retail," broaching the question again during the final stages of the typotranslation: "I think we discussed this before and I seem to remember you saying it doesn't mean anything."[99] GHH, however, offered the last word: "By the way it is retail fog that is to say, fog which is for sale retail not wholesale! Such a good idea, especially in England!"[100] The exchange highlights the extra-rapid reversal of the obscure and crystal-clear in the pun—an indispensable vehicle for both the cacographic and calligraphic modes: the clumsily knocked-together word is at the same time epiphanic, appealing. "Fog retail" highlights the pun's notoriously untranslatable nature—Babelian limits of translation.

Througout the typotranslation, in the osmosis between "substances and essences," the clear and cloudy poles of writing, translation, and printing, we see a restless exploring of the materiality of signs, graphic marks, signifiers of the mundane and sublime. Beyond this, other techniques for grappling with the untranslatable and for articulating it are mobilized by the typotranslation—"silent" strategies centered on visualizing and punctuating form and spacing and its poetics.

Onamatterpoetics

On the matter of the typotranslation's poetics, its ruses for tackling the inexpressible and untranslatable, much centers on onomatopoesis: sight, sound,

93. G. H. Hamilton to Hamilton, August 29, 1958.
94. Schwarz, *Complete Works*, p. 462.
95. Duchamp to Hamilton, c. 1959, n. 89.
96. Duchamp to Hamilton, c. 1959, n. 88.
97. G. H. Hamilton to Hamilton, January 14, 1958.
98. Derrida, "Two Words for Joyce," in *Post-Structuralist Joyce*, ed. Derek Attridge and Daniel Ferrer (New York: Cambridge University Press, 1984), pp. 145–59.
99. Hamilton to Duchamp, February 8, 1960.
100. G. H. Hamilton to Hamilton, February 20, 1960.

and sense telescope into one another, the visual verbalizes. As in the relationship between the *Large Glass* and *Green Box*, image and word, script and sign, seeing and saying supplement and slide into each other.

Something of this is summed up in Duchamp's letter construction *L.H.O.O.Q.*— Elle a chaud au cul. The letters are not abbreviations, they do not stand for words; the actual sound of each letter or syllable embodies each word of the phrase. Visually, *L.H.O.O.Q.* even half assumes a curlicue, tail-like look. Duchamp had scribbled lists of such letter-sound-sense formations in what he described as "a sort of stenography."[101]

The "letters of a new alphabet" he mulled over in the *Green Box* would depend not only on the sound but also on the look—a "visible grammar." He proposed taking at random from a Larousse dictionary those abstract words that referred to nothing actual or concrete. The idea was to compose a set of schematic signs that would designate these abstract words. Groupings of these signs—"letters of a new alphabet"—would be color-coded.

Combined in different relationships, the color groupings would perform the functions associated with substantives, verbs, and adverbs, with declension and conjugation. Duchamp's search through such a visual syntax is for the possibility of activating an "ideal continuity," a pure, seamless language—beyond the intervals, breaks, and shifts implicit in the categories of verbal syntax; the objective was that the inexpressible would be articulated, to use Adorno's phrase, by a "wordless syntax."[102]

Parallelll

Hamilton had come across this onomatopoesis in *Ulysses* and in its elaborate form in *Finnegans Wake* before encountering it in the *Green Box*. Joyce had not only put into play but also reflected on "variously inflected, differently pronounced, otherwise spelled, changeably meaning vocable scriptsigns." Every so often, the babbling word-stream of his sentences come to a halt mid-flow—words give way to ideograms, letters, and alphabetic characters, to mute signs and sigla. Saying and spelling give way to showing by means of devices, such as uprights, supines, circulars, squares, and zigzags standing in for events, persons, and visual thinking, for example: "either greater THaN or less THaN."[103]

Hamilton translated a sprinkling of similar Duchamp elisions from handwriting into conventions for print—for example with "Parallelll," the phonic turns into the visual; the concept of lines running side by side changes into an

101. Matisse in *Notes*, n. 71 (recto).
102. Adorno, *Aesthetic Theory*, ed. Gretel Adorno and Rolf Tiedemann, trans. C. Lennart (London: RKP, 1984), p. 263.
103. Joyce, *Finnegans Wake*, p. 298. See also Roland McHugh, *The Sigla of Finnegans Wake* (London: Edwin Arnold, 1976).

image of it. Joyce had struck on much the same word in *Ulysses*—"unpar one ar alleled"—as if to pick out its proliferation of *l*'s, which threatens to run away with the *r*'s.[104] In other instances of word-shaping, Hamilton makes "sieve" follow the curvature of the image. He rendered "soigneur de gravité" as "TENDer of gravity"—a scale shift that particularly pleased Duchamp.[105]

Hamilton's principal achievement in this respect concerns visualizing the spacing as such.[106] His focus is on the design and disposition of the text's typographic spacing, on visualizing the text—even in terms of mathematical arrangement, as in his *Large Glass* diagram where he had put an *a* above the center next to the Bride and a *b* below next to the Bachelors. He had in mind the *Green Box* note headed "algebraic comparison"—from which he felt "it could be inferred that the Bride was separated from the Bachelors by a line that related to the sign of ratio between them." The idea seemed plausible given that the box of 1914 had treated text in terms of ratios, equations, and formulas. Duchamp indicated that this was not intended, though he found the thought amusing and "liked it very much."[107]

Jasper Johns and Lawrence Alloway were early reviewers of the typotranslation in 1960—the latter welcoming the way Hamilton had turned an "oracle's out tray into a lucid manual" in a typeset version that was "elegant and subtle past belief." A publishing landmark for postwar art, Duchamp's notes were "memos on aesthetics, probability, art history, poetry, action"—the document for an age that had come to see the creative act as a process in its own right and as interesting as the final art product. The typotranslation was a vehicle for this view of creativity—a force not simply centered on fine art but cutting across the spectrum of high/low visual practices through to advertising and design.[108]

He saw the exercise not simply as a feat interesting only to students of Dadaism but as a revitalizing force in postwar art. An anonymous reviewer, on the other hand, saw the typotranslation as "Dada Embalmed."[109] The review took the form of a skit—parodying the typotranslation's layout and lampooning its language. If the charge was of academicizing the avant-garde, it missed the point. For the typotranslation marked a revision and a redefining of the avant-garde in the light of changed postwar conditions. The parody unwittingly turns into a homage to orthographic disturbance and disorder—metaphor for an art practice that plays with and against established norms, a strategy that would be searched for in one way or another throughout the period.

104. Joyce, *Ulysses* (London: Penguin, 1983), p. 123.
105. Duchamp to Hamilton, October 12, 1959, n. 89.
106. Hamilton to Duchamp, January 23, 1960, and April 13, 1959.
107. Duchamp's note on Hamilton's letter to Duchamp, October 18, 1959.
108. Lawrence Alloway, review of *The Bride Stripped Bare By Her Bachelors, Even,* in *Design* 150 (1960), p. 101. For Jasper Johns review see *Scrap* 2 (December 1960).
109. "Dada Embalmed," review of *The Bride Stripped Bare By Her Bachelors, Even,* in *Times Literary Supplement* (June 6, 1961).

The typotranslation's spacing and distribution of text is part and parcel of the *Green Box*'s semantic design. The varying intervals and gaps "pace and pulse" the thought—its delays and high-speed effects. As the "pause and effect" of normal punctuation and sequence is broken up, the cacographic comes into play against Gutenberg regularities. It is a disturbance GHH sensed during the very typing of the manuscript: "Your typed version looks splendid (isn't it the damnedest thing to type anyway?)."[110]

Good-bye Gutenberg

During the latter half of 1957, when the typotranslation was getting off the ground, news of the Sputnik launch on October 4 was flashed around the world. The satellite in orbit—an enveloping blanket of signals, bleeps, murmurs, and coded images marking the possibility of a global communications network—amounted to a spectacular symbol for the mid-century; exit from the caves of Gutenberg technology into the electronics world.[111] It signposted the long journey out of the age of mechanical reproduction into that of electronic simulation[112]—a move away from the former's world of replicas, facsimiles, and copies. What spins into view is the space of simulations and simulacra, hypertexts and made-up images for which there are, strictly speaking, no originals.

Intimations of the move are to be found throughout Duchamp's work, and it is prefigured in his engagement with the Gutenberg spectrum. With the *Green Box* we pass from humble stencil and hand-cranked processes through collotypes and photography to references to the gramophone, film, and telegraph. One of his earliest musings on the Bride from around 1912 touches on electrical power: the *Box of 1914* speaks of "electricité en large"—"electricity sideways" or perhaps skewed rather than full frontal—as the only way of applying it to the arts.

The idea is carried through in the lead "fuse" wire with which he constructed his desire machines on the two-dimensional *Large Glass* surface, suggesting the laying of electric cables and cords, a primitive circuit board. The link is eventually spelled out in his *Large Glass* drawing *Cols Alités* (1958)—perhaps a pun on Coals Alight—which features a telegraph pole crowned with receivers and transmitters. With *Étants Donnes* (1946–66), the three-dimensional space we peer into is actually electrified—a lightbulb, housed in a Peek Frean's biscuit tin, together with a motor and rotating aluminum disk, creates the shimmering cascade of a waterfall in the distant landscape.[113]

110. G. H. Hamilton to Hamilton, August 29, 1958.
111. Marshall McLuhan, *The Man and His Message* (New York: Fulcrum Press, 1975), p. 71. See also McLuhan, *The Gutenberg Galaxy* (London: Routledge & Kegan Paul, 1962) and *Understanding Media* (London: RKP, 1994), pp. 246–337.
112. Jean Baudrillard, "The Work of Art in the Electronic Age," *Block* 14 (Spring 1989), pp. 8–10.
113. Duchamp, *Manual of Instructions for Étants Donnes, 1946–66* (Philadelphia Museum of Art, 1987), p. 7.

All through his work we sense a drift toward the "wireless imagination." As the Bride's authorizations and commands tumble out of the triple cipher nets, they carry along the airwaves—messages that seem to float through some sort of ether net of the Milky Way. For a moment the *Large Glass* "agricultural machine," a mundane farming instrument for broadcasting seed, half looks like a radio broadcasting contraption in full disseminating flow. As Duchamp transports us to the wireless sphere at the electric outer reaches of Gutenberg, we hear the multilingual babel of *Finnegans Wake* on a crackling radio.

With Joyce we edge toward the digital electronic world—the rapid switching and sliding of words, syllables, and characters in his work has been compared to a central post office or telephone switchboard, to the maneuvers of a vast computer mainframe.[114] What he conjured up explicitly in the Aeolus section in *Ulysses* was the classic space of Gutenberg. As Bloom walks from the press offices of the *Telegraph* to those of the *Freeman's Journal* he passes through the cavernous printing works, looking at "how a great daily organ is turned out." He views the lanes of heavy machinery and the print cylinders—deafened by their thumping and clanking in three-four time and by the reverberating floorboards—as he takes in the frenzied atmosphere of "proof fever."[115] What if the machines could not stop? "They'd clank on and on the same, print it over and over and up and back. Monkeydoodle the whole thing," Bloom muses. We glimpse not only how the print work is parceled out—the interlinked Gutenberg assembly line—but also how breakdown at any one point could trigger a chain reaction.

During 1959, "proof fever" began to build up as the typotranslation's final settings arrived from the printer. Hamilton forwarded them to Duchamp, noting that some slight modifications of type size would be necessary—departures from his original assumption about the relative weight of faces.[116] In January 1960 he sent the first batch of galley proofs to Duchamp, suggesting he scrutinize them for "inaccuracies in the compositor's" setting.[117] As if against Gutenberg linearity, Duchamp had wondered whether the *Green Box* might not be made up as a round book "without beginning or end/either with pages/unbound and ordered/by having the last word of the page/repeated on the following page (no numbered pages)." Or a ring binder around which the pages might turn and rotate.[118] The opening would convey not so much the idea of where everything started as the sense of joining up with an ongoing text and slotting into it. Heading the text, he imagined, would be an introductory quote "signed Pascal or Plato or Ecclesiastes," like filling in the blanks in a form letter.[119] As with *Finnegans Wake,* where the last

114. Derrida, "Two Words for Joyce," pp. 145–59. See McLuhan, "Joyce, Mallarmé and the Press," *Sewanee Review* 62, no. 1 (Winter 1954).
115. Joyce, *Ulysses,* pp. 118–82.
116. Hamilton to Duchamp, April 13, 1959.
117. Hamilton to Duchamp, January 23, 1960.
118. Matisse in *Notes,* n. 66.
119. Ibid., n. 72 (recto).

Left: Title page of the Green Box. *1934.*

Below: Typographic version of title page. 1960.

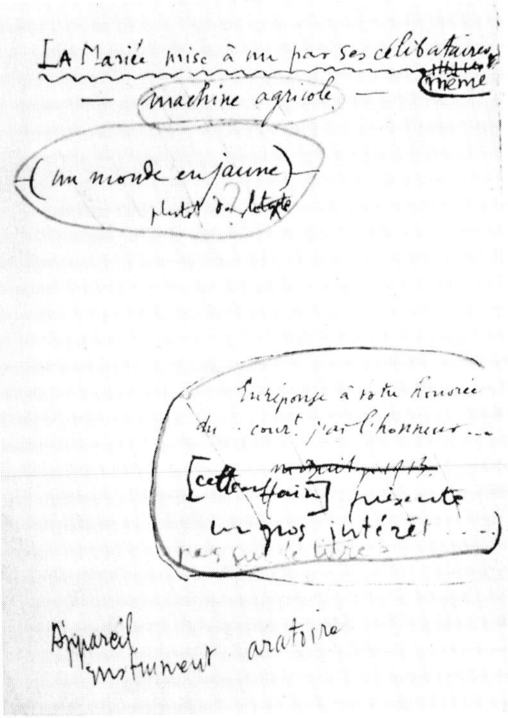

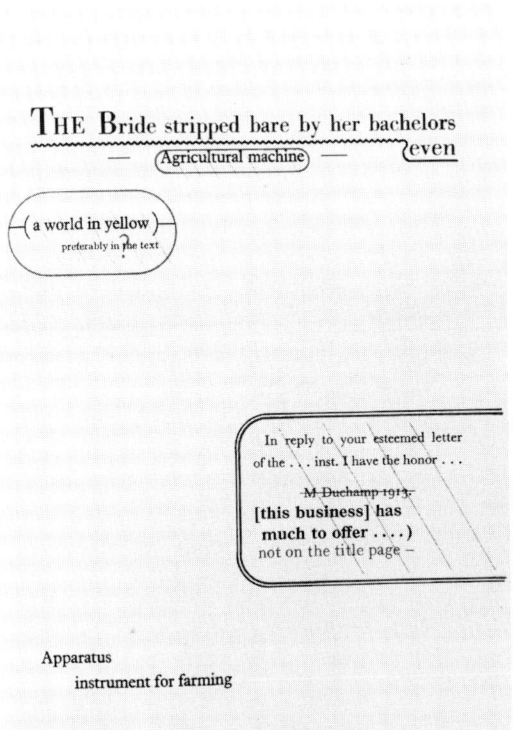

line joins the first to make a wraparound text, we have the sense of a seamless, floating scroll that might be unrolled and moved about; we approach the cut-and-paste flexibility of "immaterial material" on the computer screen.

Over the typotranslation years, the new technology of electronic media was rapidly expanding. In the 1950s interest in cybernetics was very much in the air in ICA circles and with Independent Group discussions. But Hamilton's was a focused linkup with specific dimensions of electronics culture. In 1954, taking up Lawrence Alloway's suggestion for an ICA book discussion session, Hamilton read Claude Shannon's seminal work *The Mathematical Theory of Communication* (1948). Based at Bell Telephone Laboratories, Shannon had shown how image and sound might be broken down into information units and expressed in terms of "binary digits" for transmission. The digitizing process related broadly to Norbert Wiener's and John von Neumann's works on information and games theory. These had been reviewed in the Duchamp special issue of *View* (1945) and had been subjects for discussion at the ICA.

At one end, therefore, we see Hamilton grappling with developments in electronics and the idea of digital forms of reproduction directly through the scientific literature. At the other we see him reading about it through the prism of fiction, the fantasy worlds of science fiction. A classic of the genre, Van Vogt's *The World of Null-A* (1953 edition)—centered on the fate meted out by the gigantic digitizing Games Machine, itself inspired by Count Korzybski's philosophical work *Science and Sanity*[120]—had especially interested Hamilton. A melding of ideas and imagery drawn from scientific theory, science fiction, Duchamp, and Joyce was to form his link with the growing electronics culture through the typotranslation years and beyond.

Having ordered the *Green Box*'s allover spendthrift spill of writing into the typotranslation's disciplined economy of print, Hamilton had probed the limits of Gutenberg and its electromechanical modes of reproduction. He would be drawn steadily into electronic modes, into computer-based systems of digital regulation storage, retrieval, and data selection. Through the typotranslation of the 1970s and onward, his explorations in mediating the hand-mark's "painterly" aura through computer-generated images began to gain momentum as he came to engage more and more intensively with electronic writing and image-making and its digital liquidity.

120. Count Korzybski, *Science and Sanity: An Introduction to Non-Aristotelian Systems and General Semantics* (Lancaster, Penn.: International Non-Aristotelian Library Publishers, 1933).

Marcel Duchamp. Signed Sign. *1963.*

Echoes of the Readymade: Critique of Pure Modernism*

THIERRY DE DUVE

TRANSLATED BY ROSALIND KRAUSS

I identify Modernism with the intensification, almost the exacerbation, of this self-critical tendency that began with the philosopher Kant. Because he was the first to criticize the means itself of criticism, I conceive of Kant as the first real Modernist. The essence of Modernism lies, as I see it, in the use of the characteristic methods of a discipline to criticize the discipline itself—not in order to subvert it, but to entrench it more firmly in its area of competence. Kant used logic to establish the limits of logic, and while he withdrew much from its old jurisdiction, logic was left in all the more secure possession of what remained to it.

—Clement Greenberg, "Modern Painting"

With a Grain of Salt

What about a modernist mayonnaise presenting itself to a formalist culinary critic's judgment of taste? He finds it awful, but he doesn't stop with his own judgment. This mayonnaise is put together in such a manner, he says to himself while tasting it, that something of the pure ingredients that make it up are to be found in the final results.[1] It brings off this feat of displaying its com-

* A substantially reworked version of this essay under the title "Archaeology of Pure Modernism" will be the seventh chapter of my forthcoming book *Kant after Duchamp*.

1. "Something of the harmony of the original white square of canvas should be restored in the

OCTOBER 70, Fall 1994.

position to me, of taking the "conventions of mayonnaise" for its subject matter, of being a self-referential mayonnaise, a "mayonnaise about mayonnaise," in short, a critique of mayonnaise brought about by the means of mayonnaise itself, "not to subvert it, but to entrench it more firmly in its area of competence." Perhaps it isn't very successful, having something of the taste of Hellmann's. But it has "taken," and the emulsion is all the more mysterious in that the cook's handiwork is not apparent, even though it ends up telling me, if I examine it closely enough, that the necessary and sufficient conditions of mayonnaise-in-general are four in number: egg yolk, oil, vinegar, and mustard. The grain of salt is optional.

Or perhaps mandatory, given the preposterous allusion to Kant contained in my title. It was of course sprinkled over the modernist mayonnaise by *Marchand du sel* himself. The joke is not on Kant, or even on Greenberg, whose well-known definition of modernism as *critique* having begun "with the philosopher Kant" may prove useful beyond the restricted modernism which was his doctrine, provided we remember that on a few rare occasions he declared himself ready to surrender to a generalized modernism, more mayonnaise-like than pictorial, for sure, of which good old Marcel gave him an inkling: "Art like Duchamp's has shown, as nothing before has, how wide open the category of even formalized aesthetic experience can be. This has been true all along, but it had to be demonstrated in order to be known as true. The discipline of aesthetics has received new light."[2] However, it is not yet the discipline of aesthetics that will be in question here (I save this for my book *Kant after Duchamp*), but rather, a certain "archaeological" reinterpretation of Greenbergian modernism, at the hand of Duchamp's "critique of pure mayonnaise." Certainly Greenberg would agree that, in the same way that modernist mayonnaises are an exception, all modern art isn't modernist. To be modernist is to be a work that takes its own conditions of possibility for its subject matter, that tests a certain number of the conventions of the practice it belongs to by modifying them, by jettisoning or destroying them, and in so doing, rendering the conventions or conditions thus tested explicit, revealing them as nothing but conventions, which is to say as a social pact relative to a given culture or a given moment of history. At the end of this process there will be isolated—stripped bare—the "essential conventions," otherwise called the necessary and sufficient, universal conditions of the given practice, visible or legible in the work itself.

---

finished painting." Clement Greenberg, "Review of Mondrian's *New York Boogie Woogie* and Other New Acquisitions at the Museum of Modern Art," in *Clement Greenberg, The Collected Essays and Criticism, Vol. I, Perceptions and Judgments, 1939–1944,* ed. John O'Brian (Chicago: University of Chicago Press, 1986), p. 153.

2. Clement Greenberg, "Counter-Avant-garde," *Art International* (May 1971), reprinted in *Marcel Duchamp in Perspective,* ed. Joseph Masheck (Englewood Cliffs, N.J.: Prentice-Hall, 1975), p. 129.

Restricted Modernism and General Modernism

It was during the sixties, in the American context that gave rise to Pop art, Minimal art, and then most pertinently Conceptual art, that there came about, but at the price of a considerable misinterpretation, the awareness of something unprecedented in the whole history of art: it had become legitimate to be an artist without being either a painter, or a poet, or a musician, or a sculptor, novelist, architect, photographer, choreographer, or filmmaker. A new "category" of art appeared—art in general, or art at large—that was no longer absorbed in the traditional disciplines. Now, it is to this "category" that, clearly, Marcel Duchamp's unassisted readymades belong, the earliest of which—the bottle rack—dates from 1914. A bottle rack is neither a painting, a poem, nor a piece of music; it's art, or else it's nothing. If it is not impossible to see it as a sculpture, that's on condition that one initially view it as art.

The postwar New York context (and the concept of context), the friendship between Duchamp and John Cage (and the concept of interpersonal relations), the influence of Duchamp on Robert Morris (and the concept of influence), the renewed reception of Duchamp's work made possible by the publication of his notes in the *Green Box* and the *White Box* and of Robert Lebel's book *Marcel Duchamp* (and the concept of an aesthetic of reception), the sudden repercussion of his work due to the 1963 Pasadena retrospective (and the concept of success), are not sufficient to explain the sudden pertinence of the readymades for the advent of American Conceptual art, any more than Duchamp's long retreat from the art world explains the delay of fifty years that separates the first readymades from the awareness of the phenomenon of art in general. (The counterproof is provided by the European cases of Yves Klein and Piero Manzoni, who owe practically nothing to Duchamp's influence and participate only very indirectly in the history of the readymades' reception.) But the fact is that it is precisely with the most theoretical version of American Conceptual art, that of Joseph Kosuth, published in 1969 in his essay "Art after Philosophy," that the possibility of making art in general came to be interpreted (and I would add: misinterpreted) as a new artistic "category," and that the paternity for this was attributed (and I add again: wrongly) to Duchamp. Kosuth says this plainly: "In fact it is Marcel Duchamp whom we can credit with giving art its own identity. . . . All art (after Duchamp) is conceptual (in nature) because art only exists conceptually."[3]

As I have shown elsewhere, it is against the background of the Greenbergian doctrine of modernism that this misinterpretation at the root of a large part of Conceptual art is played out.[4] If Kosuth takes the expression "Conceptual art"

3. Joseph Kosuth, "Art after Philosophy I and II," *Studio International* (October and November 1969), reprinted in *Idea Art,* ed. Gregory Battcock (New York: Dutton, 1973), p. 80.
4. "The Monochrome and the Blank Canvas," in *Reconstructing Modernism,* ed. Serge Guilbaut (Cambridge: MIT Press, 1990), pp. 244–310.

from Sol LeWitt, it is from Donald Judd that he borrows his argument in favor of an art that pushes the "logic" of modernism beyond the limits that the doctrine of their mutual adversary, Clement Greenberg, seemed to impose on it. But while Judd uses the term *specific objects* for the Minimalist hybrids of painting and sculpture that he interprets as being neither the one nor the other, Kosuth envisages under the name of Conceptual art a practice that would not be painting or sculpture, or anything else related to a specific tradition or medium, and which would isolate, as such, the nature of art in general: "Being an artist now means to question the nature of art. If one is questioning the nature of painting, one cannot be questioning the nature of art. . . . That's because the word *art* is general and the word *painting* is specific. Painting is a *kind* of art."[5]

To question the nature of art through the means of art is, of course, a strategy that corresponds perfectly to the definition of modernism given by Greenberg in "Modernist Painting," and cited above in epigraph. However, while Greenberg could not conceive of any areas of artistic competence that weren't specific, discipline by discipline, medium by medium, Kosuth means to submit modernist art pure and simple—art in general—to analysis. He harnesses Conceptual art to the program of accomplishing the passage from a restricted modernism to a general one. In this he seizes on something very sound, but since he doesn't admit that according to Greenberg modernism was never a program but an involuntary tendency that one can only attest to retrospectively, neither does he understand that the minute he sets up the goal of widening the modernist procedure to art at large, it's too late. Tongue in cheek, Marcel Duchamp lies in wait for him.

A snow shovel is neither a painting nor a sculpture. Either it's art or it's nothing. In other words, the readymade has already achieved the reduction of art in general to its necessary and sufficient conditions, which clearly doesn't mean, as we'll see, that it has revealed art's "nature," or that it has extracted its "essential convention." It is the work through which general modernism is achieved. With a gesture of exemplary economy, Duchamp went straight to the most primary convention, the most elementary (I don't say "essential") of all *modernist* artistic practice, namely that works of art are shown in order to be judged as such. He has taken this convention as subject matter, and he has submitted it to a radical test. Behold a snow shovel. Either you judge that it's nothing, or that it's art. But once you judge it to be the latter, it carries, implicitly at least, a label saying: "This is art." It is a historical fact that what Duchamp baptized *In Advance of the Broken Arm* was judged a work of art. And it is a historical fact that Duchamp was recognized, until further notice, not only as one of the greatest artists of the century, but also, since the sixties, as an artist who outstrips Picasso's importance, because of having transgressed the limits of painting and having submitted art in general to the linguistic turn that Conceptual art's task would be, precisely, to register.

5. Kosuth, "Art after Philosophy," p. 79.

Linguistic Paradigm and Enunciative Paradigm

This linguistic turn is very real, but it was itself considerably misinterpreted, most frequently as an "awareness of the fact that art is a (visual) language system, determined . . . in a manner very analogous to the Saussurian model," or as a way "to replace the object of spatial and perceptual experience by linguistic definition alone."[6] Kosuth's theory according to which "works of art are analytic propositions" that "express definitions of art," which leads him to conclude that "art operates on a logic," pushes the confusion to its limits.[7] If one wants to understand something about this, one must radically break with the structuralist paradigm (signifier/signified, language/speech, synchrony/diachrony, etc.), the logical paradigm (analytical or synthetic propositions, etc.), and even the pragmatic paradigm (which stresses the performativity of language), in order to enter the enunciative paradigm, such as it was theorized by Michel Foucault in *The Archaeology of Knowledge.*[8]

A word about this paradigm of enunciative function, which has not had, at least in America, the critical success it deserves, and which other aspects of Foucault's work, elaborated in *Discipline and Punish* or in *The History of Sexuality,* have had. Under the term *énoncé* (statement), Foucault postulates a discursive unit to be distinguished from the sign, from the sentence, and from the proposition. If by "unit" one would have to understand a basic, atomic element that some methodological reduction would reveal, Foucault does not find such a unit. But what he brings to light, having pursued this inquiry, is a mode of existence of signs insofar as they are stated and not insofar as they signify, of sentences insofar as they are stated and not insofar as they are grammatical, of propositions insofar as they are stated and not insofar as they are logical. It is this pure function of existence of the statements, recognized by the simple fact of having been uttered, that he calls enunciative function. It operates in the discursive field.

Now, even if it is informed and crossed through and through by discursive practices, the field of the plastic arts, in which the readymades have attained their existence as works of art, is not discursive but ostensive, even for that art which calls itself Conceptual. It is thus not legitimate to treat objects and images as statements, in Foucault's sense. However, the same reduction to which Foucault submitted signs, propositions, or discursive acts in general, anchoring them solely to the conditions of emergence that makes them exist as statements, also allows one to attach images or objects to those conditions as long as we transpose them

6. Claude Gintz, "'L'art conceptuel, une perspective': Notes on an Exhibition Project" and Benjamin Buchloh, "From the Aesthetic of Administration to Institutional Critique (Some Aspects of Conceptual Art 1962–1969)," both in *L'art conceptuel, une perspective* (Paris: Musée d'art moderne de la Ville de Paris, 1989), pp. 20 and 41.

7. Kosuth, "Art after Philosophy," pp. 83–84.

8. Michel Foucault, *The Archeology of Knowledge,* trans. A. M. Sheridan Smith (New York: Pantheon Books, 1972).

nothing in its appearance distinguishes from its nonartistic counterpart, an object such as the bottle rack, the snow shovel, or, of course, the famous urinal on which, in reality, the test was performed—is enough to observe, in perfect concert with the Greenbergian description of modernism, that the convention or condition tested was indeed that works of art are shown in order to be judged as such. It is this self-referential folding of the successfully passed test over the tested condition that authorizes the reduction of the plurality of the readymades to the singular of *the* readymade and establishes its paradigmatic value for art in general: *the* readymade is simultaneously the operation that reduces the work of art to its enunciative function and the "result" of this operation, a work of art reduced to the statement "This is art," exemplified by Duchamp's readymades.

The Four Ingredients of Enunciative Mayonnaise

As statement, the sentence "This is art," pronounced over Duchamp's bottle rack, snow shovel, or urinal, raises the question of its enunciative conditions: Since the readymade's move has succeeded, to what conditions does it owe its success? Since the test has shown that any ordinary object whatever could be a work of art, what are the conditions that made that possible? Let us generalize the question: To what conditions of enunciation does *the* readymade translate into the statement "This is art," given that the readymade*s* are art? Or to put it another way: What are the enunciative conditions that confirm the statement "This is art," whatever the thing designated, but given that it has happened? For it is clearly the very Duchampian, retrospective point of view of the *given* that allows us to say that these conditions validate the statement well beyond the handful of objects through which the demonstration was made. And consequently these conditions are—at least for a certain historical framework, for a certain cultural formation—the enunciative conditions of all works of art, of the *Mona Lisa* as well as the *Mona Lisa* with a mustache, of any one object chosen by Duchamp as well as any other candidate for the status of art, and *a fortiori* of the picture, of the piece of sculpture, of the traditional work, whatever its style. It is in this that *the* readymade is paradigmatic. What it says for itself in its particularity, it says for the work of art in general. The enunciative conditions it locates as its own are not the exception but the rule, the minimal formula, *stripped bare,* of the artistic enunciation, *even.*

Thus, we need to extract the enunciative conditions of "This is art" as *statement.* (We should note that as a *sentence,* "This is art" has pragmatic conditions that are almost the same and grammatical conditions that are of an entirely different order; and that as a *proposition,* "This is art" has conditions of logical verification that are pertinent only within logic.) As with mayonnaise, they are four in number. The first might be called object-bound: "this" needs a referent. This object might be anything whatever provided that, designated a first time, it be invariant from one occurrence of the statement to another (which is not required by the grammatical conditions of the sentence but, indeed, by its pragmatic conditions). The second and third are subject-bound: the statement requires an enunciator, who is free with regard to the object only for the first utterance, and who is thereby defined as enunciator or addressor by the fact that he or she was the first to take that liberty. And the statement needs a receiver who hears the sentence and repeats it. Whether he or she agrees with or contradicts it, this repetition is essential to the enunciative field (while it isn't to the pragmatic one). It is the formal acknowledgment of reception that assures the statement's function of existence and inscribes it on the surface of emergence where the regularities and the dispersals that compose a cultural formation are, according to Foucault, drawn. Finally, the fourth condition is precisely this surface of emergence and inscription, where the statement "This is art" is recorded and institutionalized, and reaches us at the level of the *given*.

These four conditions hold for *the* readymade, in other words, for the statement "This is art" when it directs us to any one of Duchamp's readymades. *The* readymade satisfies these conditions, and, indeed, its enunciative function is validated. Translation: readymades are the referents of these instances of "this" that are indeed considered and valorized as works of art; the utterance of the word *art* with regard to them has made Duchamp's reputation as an artist and has in fact consecrated him as their author; in judging that the readymades were art, the public has acknowledged receipt of the statement and has repeated it on its own behalf; finally, the statement has been recorded and institutionalized at the same time that the readymades have in fact been preserved, exhibited, fetishized as works of art by the museological institution. These conditions are the conditions of enunciation; they lay out the conditions that were necessary and sufficient for the statement "This is art" to be pronounced in relation to the objects Duchamp baptized readymades. They are in no way the conditions of production of these objects, since they were not even produced by Duchamp. Neither are they their conditions of reception, which only a historical or sociological inquiry could establish. Simply, as Foucault wanted for statements in general, enunciative conditions are conditions of existence (and not of essence; they have nothing to do with Greenberg's "essential conventions"): that a work of art *exists* as art in fact means that the statement "This is art" applies to it. That the statement in question is "This is art" (and not, for example "This is new" or "This is expensive") also means that the enunciative function is deployed in a particular field of the cultural formation—the artistic or aesthetic domain—where other enunciative regularities are noticeable, ones that specify this field by way of specific names. Thus, author and viewer (or public) are the conventional names of the first two enunciative conditions within the aesthetic field. In the economic field it would be a matter of the couple producer/consumer, in the technical one, of the pair inventor/user, in communications, the pair sender/receiver, and finally, in the pragmatic field, the pair addressor/addressee. Thus, there are conditions for the existence of art in a given cultural formation.

They are: given (1) an object, (2) an author, (3) a public, and (4) an institutional place ready to record this object, to attribute an author to it, and to communicate it to the public, the entity this formation calls work of art is possible, *a priori*. Such would be the thesis that must be demonstrated. How? One might do this externally, sociologically, but the survey threatens to be endless. Undoubtedly it would not be too difficult to show that these four conditions are necessary, but practically impossible to show that they are sufficient. It would be better then to stick to Duchamp and to the modernist character of his work. If it is true that it is art about art and that it uses "the characteristic methods of a discipline [art in general] to criticize the discipline itself—not in order to subvert it, but to entrench it more firmly in its area of competence," if it is true moreover that it reduces art to its enunciative function, then it must declare the necessity and sufficiency of its own conditions of enunciation, four in number. And if we are able to show it, the thesis will at the same time be demonstrated by the existence, as art, of the readymades and the work of Duchamp in general (from which the readymades, as things, can't be cut away), by his life and his artistic success, all facts established until further notice. Does the statement "Duchamp's oeuvre is art" declare the concomitance of its enunciative conditions, and if it does, how?—those are the two questions to pose to the Duchampian corpus in order that it itself, methodically quoted, will thereby be sufficient to interpret the paradigm and validate the thesis.

The demonstration requires a method. For the statement "This is art" to be validated, four concomitant conditions are thus required, which means that in their isolated state, outside their encounter, they cease being conditions of anything. There is no sense in speaking of an author if one does not suppose at the same time that he or she is the author of something. The art world is full of things, but they are only objects in relation to subjects, one group of which could be called authors, and the other spectators. Even the institutions and the apparatuses of power have meaning only in relation to what they administer, and for a given social group. It is thus logical that the analysis bear not on conditions in a state of isolation, as though in describing the eggs, oil, vinegar, and mustard, one hoped to deduce the nature of mayonnaise, but on those conditions at the "moment" when they join and, so to speak, the mayonnaise "takes." Thus the combinatory of the four conditions of artistic enunciation authorizes six encounters two by two, four encounters three by three, and one encounter four by four, which, ideally, should all be examined.[13] However, the essentials can be learned from the first three encounters two by two, and it is on those that the inquiry will bear.

13. That is, two by two: object/author, object/public, object/institution, author/public, author/institution, public/institution; three by three: object/author/public, object/author/institution, object/public/institution, author/public/institution; finally, four by four: object/author/public/institution.

The Encounter of an Object and an Author

Tracking the relation of object to author through Duchamp's work, we find in the *Green Box: Specifications for "Readymades". by planning for a moment to come (on such a day, such a date such a minute), "to inscribe a readymade"—The readymade can later be looked for.—(with all kinds of delays). The important thing then is just this matter of timing, this snapshot effect, like a speech delivered on no matter what occasion but at such and such an hour. It is a kind of rendezvous.—Naturally inscribe that date, hour, minute, on the readymade as information. Also the aspect of the readymade as exemplary instance.*[14]

As exemplary instance indeed: the readymade is *a kind of rendezvous.* It is born of the encounter of an object and an author. Object and author are nothing but the conditions of their encounter, nothing further being supposed about them. It is necessary and sufficient for them to exist to be able to meet. The object is a given; it exists somewhere, no matter where, available mentally. It doesn't even have to be in the artist's reach, since, once decided on, *the readymade can later be looked for (with all kind of delays).* It could even be available only mentally and remain inaccessible to any appropriation: *find inscription for Woolworth Bldg as readymade.*[15] The author is likewise a given. The note from the *Green Box* doesn't grant him or her any talent, any interiority, any motivation. He or she has no truth to declare, only *a speech delivered on no matter what occasion but at such and such an hour.* He or she is without any intention other than that of *inscribing a readymade,* of being on time for the meeting. Given an object and an author, it is thus sufficient that they have a *rendezvous* for a readymade to be able to be *inscribed,* in other words, for an ordinary object to be able to be written into the register of those things onto which the statement "This is art" is affixed.

The *idea of fabrication* falls with this encounter. It is a rule of modernism that a convention of art practice be tested by being tampered with, subverted, or even jettisoned. A readymade is an already-made object, and to admit it as an art object immediately leads one to eliminate the presupposition that the author has made the object with his or her own hands. Along with this presupposition of making goes the whole valorization of craft, everything that, legislating over the beautifully executed work, demands that the object be invested with technical know-how; all this disappears into *le refrain en durée,* the hackneyed formula, an ideological prejudice. A very peculiar administration regulates the artistic practice, one which, under the *Regime of Coincidence* and at the *Department of Weights and Measures,* drops, in the manner of the *Standard Stoppages* for which it serves as an epigram, *the idea of fabrication.*[16] However, it is another rule of modernism that a destroyed or jettisoned convention—which by that very fact becomes apparent as

14. Michel Sanouillet and Elmer Peterson, eds., *Salt Seller: The Writings of Marcel Duchamp* (New York: Oxford University Press, 1973), p. 32 (translation modified); hereinafter referred to as *SS.* From here on, with a few obvious exceptions, the use of italics will be restricted to quotations from Duchamp.
15. *SS,* p. 75.
16. *Ibid.,* p. 22 (translation slightly modified).

having been nothing but a mere convention—step aside to allow others hidden by the first to appear. If it is no longer required that the author be the fabricator, if henceforth it is enough to have a meeting between an artist and an object for the word "art," art at large, to be affixed to it, this *rendezvous* is, in its turn, not without conditions.

First condition: *to specify the readymades.* In other words, to choose. In an unpublished interview, Duchamp unequivocally puts forward the basis of a syllogism: *the word "art" means to make, and almost, to make manually,* he says, and a little further: *to make is to choose and always to choose.*[17] He leaves us nothing to do but conclude: the word *art* means to choose. What criterion, what *precision optics,* will preside over this choice which has replaced fabrication? *You have to approach something with an indifference, as if you had no aesthetic emotion. The choice of readymades is always based on visual indifference and, at the same time, on the total absence of good or bad taste.*[18] The object's election is thus a first condition of the encounter, but the author should not be accountable for it, if by "author" one understands an intentionality, a taste, or a responsibility: *I object to responsibility.*[19] Without in any way renouncing the *painting of precision, and beauty of indifference.*[20] Skill enters into the choice, but with neither a goal in mind nor a preference, as in playing *the barrel game,* which *is a very beautiful "sculpture" of skill: "all the pieces in the frog's mouth" should not be preferred to "all the pieces outside" or (nor) above all to a good score.*[21] Such is the famous Duchampian impassiveness, which characterizes the author-condition. The formula of his free will is *Buridan's ass,* that donkey which the nominalist philosopher Buridan pictured between two buckets of oats, as tempted by the one as by the other, dying of starvation for not having known how to exercise its *freedom of indifference.*[22] It implies a subjective principle of choice that forces us to say, contrary to a going interpretation, that the readymade does not belong to the category of found objects at all, but really to that of chosen objects. This principle

17. *Entretiens inédits avec Georges Charbonnier,* RTF, 1961. (My translation.)
18. Pierre Cabanne, *Dialogues with Marcel Duchamp,* trans. Ron Padgett (New York: Viking, 1971), p. 48 (hereinafter indicated as *PC*).
19. *Ibid.* This is said in relation to the mechanical drawing adopted in the *Chocolate Grinder* to defend himself against taste and habit. See also what he says about the *Large Glass* returned broken from the exhibition in Brooklyn in 1927, in the cracks of which he sees *a curious intention that I am not responsible for, a ready-made intention, in other words* (*SS,* p. 127). It was certainly in the face of the inflation of the author's ego that he wanted to position these objections to responsibility and intentionality: *I flatly refuse to write an autobiography. It has always been a hobby of mine to object to the written I I I's on the part of the artist* (letter of June 28, 1965, to Cleve Gray in reply to a request to tape his autobiography, cited by Alice Goldfarb Marquis, *Marcel Duchamp, Eros, c'est la vie, a Biography* [Troy, N. Y.: Whitston, 1981], p. 331).
20. *SS,* p. 30.
21. *Ibid.,* p. 23.
22. *Free will=Buridan's ass. Find a formula.* Marcel Duchamp, *Notes,* presented by Paul Matisse (Paris: Centre Georges Pompidou, 1980), n. 153. The *Traité élémentaire de philosophie* by Paul Janet, in use in French high schools during Duchamp's youth, includes a discussion of the dilemma of Buridan's ass under the rubric: *freedom of indifference.*

of choice, however, is "unconscious" rather than intentional; it produces *canned chance* on its own and subverts authorship. To the question "How do you choose a readymade?" Duchamp replied: *It chooses you, so to speak.*[23] One would not know how to put it better: outside his chance encounter with an already-made object, the author has no prerogative whatever. Epistemologically and psychologically, the subject in question is the Freudian or Lacanian subject, not the Cartesian or Kantian one.

Second condition of the encounter: *to inscribe a readymade.* And Duchamp adds: *Naturally inscribe that date, hour, minute, on the readymade as information.* Which in any case he never did, except on the *Comb,* inscribed with the sentence *3 or 4 drops of height* [*gouttes de hauteur* = gouts d'auteur?] *have nothing to do with savagery M.D. FEB. 17 1916 11 AM.* It was in 1914, he told Pierre Cabanne, in choosing *Hérisson* or the *Bottle Rack,* the first unassisted readymade, that *the idea of an inscription came as I was doing it,* replacing *the idea of fabrication.*[24] The sentence inscribed on the now-lost *Hérisson* would have *to enter into the choice a kind of flag or color that hadn't come out of a tube.*[25] And it was in 1915, at the time of doing *other objects with inscriptions, like the snow shovel,* that *the word "readymade" thrust itself on me.*[26] Thus, just as a readymade *chooses you so to speak,* so its generic name, readymade, *thrusts itself* on its author apart from his intention. Just as the *idea of an inscription* replaces *the idea of fabrication* in 1914, so a year later the singular title of the snow shovel, *In advance (of the broken arm),* adds a proper name to the common noun designating the object. Just as its common noun, snow shovel (*pelle à neige*), whose anagram could be read "*elle a peigne,*" already contains the next-year's *Peigne* (*Comb*) through which Duchamp would register, in the subjunctive mode, his giving up of painting, so its proper name adds to it *a color that hadn't come out of a tube,* a color that's not ready-made, a painter's color, the medium of painters who *grind their own chocolate.* The passage from the specific to the generic, from painting to art in general, from restricted to general modernism, is played out within Duchamp's enterprise through complex relations between works and their titles. Of the *Nude Descending a Staircase, No. 2,* Duchamp told Katharine Kuh that it *already predicted the usage of words as a way of adding a color* to the painting.[27] It is what brought the wrath of his Cubist friends down on him, friends who, not judging it *proper to call a picture anything else but a landscape, a still-life, a portrait, or number so-and-so,* begged him at least to change the title in order that it not be a blot on the Cubist

23. "I Propose to Strain the Laws of Physics," interview with Francis Roberts, *Art News,* vol. 67 (December 1968), p. 62.
24. *PC,* p. 47.
25. *Entretiens* with Charbonnier. (My translation.) For the relations of titles and names of works to the names of colors and to paintings, see the chapter "Color and Its Name," in my *Pictorial Nominalism, On Marcel Duchamp's Passage from Painting to the Readymade,* trans. Dana Polan (Minneapolis: University of Minnesota Press, 1991), pp. 119–42.
26. *PC,* p. 48.
27. Interview with Katherine Kuh, *The Artist's Voice: Talks with Seventeen Artists* (New York: Harper & Row, 1962), p. 83.

installation at the 1912 Salon des Indépendants.[28] *Instead of changing anything, I withdrew it.*[29] Withdrawal of the picture, abandonment of painting, substitution of the choosing for the making, and passage to *pictorial nominalism.*[30]

Once the *idea of fabrication* has dropped, the act of naming the object becomes a relevant condition for specifying its encounter with an author who chooses it as much as he is chosen by it, who, so to speak, trips over the happy find of a *three-dimensional pun,* as over the *Trébuchet.* And who, moreover, trips *in advance.* It is in relation to *Sad Young Man in a Train,* contemporary with *Nude No. 2,* that Duchamp explains: *The young man is sad* [triste] *because there is a later train. "Tr" is very* [très] *important.*[31] So important, even, that Buridan's ass must, for example, trip twice over the same stone, over the nominalist delayed-action of *Trébuchet,* according to which the painting's title gets the delayed reading, *Je nomme tr . . . dans un tr . . .* ["I call tr . . . in a tr . . . "]. Duchamp tested all the variants of *pictorial nominalism,* experimenting with all the rhetorical relations of the object to its name. The hat rack is called *Hat Rack,* but the urinal is called *Fountain*; the bicycle wheel mounted on a stool is called *Bicycle Wheel,* and the snow shovel answers to the inscription *In advance of the broken arm.* In this way are tested: tautology, metaphor, synecdoche, allegory. We could multiply the examples and see many other mechanisms at work: anagrams, acrostics, spoonerisms, paronyms, puns produced via *symétrie commanditée* or crossed through bilingualism, such as *Pulled at Four Pins,* the limit having been reached by the *Verrou de sureté à la cuiller,* which refers to a spoonerism (*du dos de la cuillère au cul de la douairière*) at a three-dimensional level (it's an object), at an allegorical one (it relates to the chastity belt), and on the bilingual and self-referential mode, since in French *cuiller* means "spoon," alluding to "spoonerism."[32] The ultimate consequences of *pictorial nominalism* as authorial practice are rapidly drawn by Duchamp; in 1913 he had already asked himself: *Can one make works which are not works of "art"?*[33] The readymade's author will object to his responsibility in vain, and the *objet-dard* will oscillate ceaselessly from one aspect to the other of its double meaning in vain; one can't take back a slip of the tongue.

Third condition of the encounter: to sign. One of the very last readymades, executed at the time of the first large retrospective celebrating the name and fame of the artist, that of Pasadena in 1963, has as its title *Signed Sign.*[34] It is a sign from the Hotel Green showing the image of a hand, index finger pointing, similar

28. Cited by Arturo Schwarz, *Marcel Duchamp* (Paris: Georges Fall, 1974), p. 26.
29. Anne d'Harnoncourt and Kynaston McShine, eds., *Marcel Duchamp* (Philadelphia: Philadelphia Museum of Art, 1973), p. 258.
30. "A kind of *pictorial Nominalism,*" note from the *White Box,* dated on the back "1914," *SS,* p. 78.
31. *PC,* p. 47.
32. There is an extraordinary and maddening exploitation of the inter-, intra-, and infratextuality of Duchampian wordplay in Gervais, *La raie alitée d'effets,* cited above.
33. *SS,* p. 74.
34. See Cleve Gray, "The Great Spectator," *Art in America,* vol. 57 (July–August, 1969), p. 22.

in every detail to the one Duchamp had indeed commissioned from a sign painter for the last painting executed by his own hand, *Tu m'*, 1918. As with so many of the names of the readymades and like the word *readymade* itself, the title is in the past participle, thus acknowledging, at the time of the retrospective, this perfectly self-referential *signed sign,* since the signature, a small, nearly invisible flourish in ballpoint pen, is to be found just on the end of the pointing finger. But at the time the first readymade went public, in 1917 with *Fountain,* the signature had to be truly visible, manifestly drawn by a not-too-expert hand on the lower left of the urinal, as though it were a page of manuscript, or perhaps a painting. For lack of having been modeled by the artist's hand, the manufactured object flaunts, in place of "touch," a name. It is spelled *R. Mutt,* unknown to the boys. There, where the relation of the object to its title is reduced to *a kind of pictorial nominalism* and that of the object to its author to *a kind of rendezvous,* the name of the author is as contingent as that of the object. Duchamp never contested the recognized value of the signature; he never dismissed this reassuring guarantee of causality; he never fled responsibility. Rather, he objected to responsibility, which is not the same. He unbalanced the relationship between the signature and the signatory and undid the *colles alitées* of authenticity by multiplying his name through pseudonyms. There were *Richard Mutt* and *Rose Sélavy,* of course, but also *Marcel Douxami, Marsélavy,* and *Sélatz,* not to mention the ersatz names he was given by others: *Victor* and *Totor* by Henri-Pierre Roché, *Marchand du sel* by Robert Desnos, *Pierre Delaire* by Henri Waste, itself the penname of Henrietta Stettheimer.[35] In 1923, the list opened itself to infinity with the ready-made aliases chosen in *Wanted.* It is a handbill imitating police posters, on which, in the place reserved for the sought-after criminal, Duchamp set his own mugshot, front-face and in profile. The text goes as follows: *WANTED $2,000 REWARD For information leading to the arrest of George W. Welch, alias Bull, alias Pickens, etcetry, etcetry. Operated Bucket Shop in New York under name HOOKE, LYON and CINQUER. Height about 5 feet 9 inches. Weight about 180 pounds. Complexion medium, eyes same. Known also under name RROSE SELAVY.*[36]

An author is sought, but to believe one will find him under his proper name is to swallow the bait, "hook, line, and sinker." No mention of Marcel Duchamp on the poster, and no manuscript trace offered to the sagacity of the graphologist art historian who would commit him- or herself to going back from Rrose Sélavy to the authentic signatory of *Wanted.* Indeed when it comes to authenticity, Rrose only looks for ready-made differences, preferring *infra-thin* ones: *Buy or take*

35. See Gervais, *La raie alitée d'effets,* p. 29. According to Jacques Caumont and Jennifer Gough-Cooper (in *Rrosopopées,* 16–17 [1987], pp. 344–45), *Marcel Douxami* really existed, which is almost too wonderful to be true. The name appeared as the signature on a letter of May 5, 1917, fairly insulting to Picabia, addressed to the editor of the little magazine *Rongwrong,* who was none other than Duchamp. (I thank Francis Naumann for having called my attention to this information.)
36. *SS,* p. 181.

known or unknown paintings and sign them with the name of a known or unknown painter. The difference between the "style" and the unexpected name for the "experts," is the authentic work of Rrose Sélavy and defies forgeries.[37] Everything that's been said about choice and about name as enunciative conditions at the point where an object and an author meet could be repeated for the signature. It is necessary to sign, but it is sufficient to sign a list of aliases where the absent signatory, designated in the text he doesn't sign, remains nonetheless sought-after, *wanted,* outside the text, as the presumed author of his crime. One will look for him all the more in that his crime is to have only unauthorized, borrowed names. The author of *Wanted* is still in need of authorization, and he had to wait for the moment of the retrospective—that of Pasadena, precisely, for which Duchamp executed *Signed Sign*—for *Wanted* to obtain an authorized signature. The work in fact reappeared as a quotation on the poster Duchamp projected for this retrospective, significantly called *A Poster within a Poster.* Appended to a space which is both that of the poster and that of the mat around *Wanted,* there finally appears, this time in cursive script and thus happily lending itself to the graphologist's test, the signature that removes all equivocation and grants authorship: *by or of Marcel Duchamp or Rrose Sélavy.*[38] This authorship is not a natural right; it is an acquired right, and it remains to be acquired *with all kinds of delays.* The name of the author, threaded through the string of pseudonyms, will only be validated by an authorization that will redound upon him through his fame: in the mise-en-abyme of *A Poster within a Poster,* one shouldn't underestimate the poster-ity that is implied.

Encounter of an Object and a Public

Let us consider two important factors, the two poles of the creation of art: the artist on one hand, and on the other the spectator who later becomes the posterity.[39] It is with these words that Duchamp began one of the rare academic lectures, titled "The Creative Act," that he agreed to give. The creative process is thus not stopped at the chance relations that cause the word *art* to arise from the meeting of an object and an author. *After all, the public represents half of the matter; art is also made through the admiration one has for it; the masterpiece is declared in the final analysis by the*

37. *Notes,* n. 169.
38. The work this signature authenticates is, however, nothing but a printed poster, and the traces of the artist's hand there are only mechanically reproduced. It answers as though by *symétrie commanditée,* to the very first work *by or of* Rose Sélavy, *Fresh Widow,* who as we remember signs it by means of the typeset notation: COPYRIGHT ROSE SELAVY. Dropping *the idea of fabrication,* the author is no longer someone his signature authorizes but someone who has the copyrights to his work. On this subject, see Molly Nesbit, "Ready-Made Originals: The Duchamp Model," *October* 37 (Summer 1986).
39. Marcel Duchamp, "The Creative Act" (lecture given at the meetings of the American Federation of Art, in Houston, Tex., April 1957), in *SS,* p. 138.

spectator.[40] In short, *it's the viewers who make the pictures.*[41] Duchamp is very clear in the evaluation of their responsibility: art *is a product of two poles; there's the pole of the one who makes the work and the pole of the one who looks at it. I give the latter as much importance as the one who makes it.*[42]

A modernist work is always, even if it denies this, an allegory of the practice to which it belongs. Contrary to an abstract painting, for example, which comments via painting on the conditions of painting, the *Large Glass* is not a *real allegory,* such as Courbet's *Studio of the Artist,* one of the first modernist paintings, had already been. But it is clearly an allegory in the most traditional sense. And it is an allegory that comments via painting (since it is a painted object) on the fate of the painter once industrialization has transformed him into a *chocolate grinder,* and on the fate of the viewers once painting disappears into transparency (it is a glass object, contrary to the modernism of flatness) and moves into the fourth dimension, that of art in general. In the lower half of the *Large Glass* stand *the oculist witnesses,* who paradigmatically exemplify the viewers. They are simultaneously metaphors of the *bachelors* and the physician of their gaze. On the trajectory of their desire to look symbolized by the successive states—gaseous, frozen, spangled, then liquid—of the *illuminating gas* (in Lacanian terms we would say: on the circuit of their scopic drive), the *oculist witnesses* focus the gaze of the bachelors and dazzle it into a *sculpture of drops* that will be projected via *mirrorical return* in the region of the *nine shots* where it will rejoin, in a necessarily missed encounter, the *bride's* desire. Duchamp imagines the encounter of the object and the public in the manner of this missed encounter, missed at least for the bachelors chained in the three dimensions of space, but one that would succeed if the leap into the fourth dimension were possible. The manner in which the *oculist witnesses* are depicted thus illustrates the manner in which the real encounter of work and viewers is represented according to Duchamp. It is, moreover, what is clearly indicated by the *Kodak magnifying glass,* whose image hangs over the *oculist witnesses* and which ends up being the only element in the lower half of the *Glass* not to have been represented in perspective, the only one, then, not to be in the space of the depicted witnesses but in that of the real witnesses.

Now this scenario of the object-public encounter is already to be found in the *Small Glass* of 1918, which is the sketch for the *oculist witnesses* and which itself includes, embedded in its glass surface, a real Kodak lens. Its title is at once its instruction sheet: *To Be Looked at (from the Other Side of the Glass) with One Eye, Close to, for Almost an Hour.* I did this (not for an hour; patience has its limits), and the experience is very instructive. My eye riveted to the magnifying glass, I see—or rather I don't see—the work vanish from my visual field only for there to appear

40. *Entretiens* with Charbonnier, and *PC,* p. 39.
41. Michel Sanouillet, ed., *Duchamp du signe* (Paris: Flammarion, 1975), p. 247.
42. *PC,* p. 70.

To Be Looked at (from the Other Side of the Glass) with One Eye, Close to, for Almost an Hour. *1918.*

Opposite: Etant donnés. *1946–66.*

an inverted and reduced image of the gallery in the Museum of Modern Art where the object is exhibited. A waiting period, uncomfortable and boring, begins. The revelation takes place when by chance another visitor passes who appears to me like a homunculus, upside down and in my former place, since I was initially on that side of the glass where the title/instruction sheet was to be read. A missed encounter has just taken place—the glass serving as obstacle—between two spectators, him and me, two members of the public.[43] Between the two of us the work was nothing but the instrument of this encounter. But since he occupies the place where I was, it is also with myself that I had this missed rendezvous to which I arrived late, and it is with himself that he will have or that he already has a rendezvous, *with all kinds of delays.*

With a delay of more than fifty years from the *Small Glass* of 1918, Duchamp prepared himself to reveal to his posterity the "naturalist" and posthumous version of *The Bride Stripped Bare by Her Bachelors, Even.* Its title, *Etant donnés,* also serves as the *Preface* and the *Notice* for the first version, and it is no longer those things one must read (but perhaps one must have read them) for instruction on how to use the work. No more need either for a *Kodak magnifying glass* to symbolize the position of the *oculist witnesses.* This time the *illuminating gas* is furnished by the *bride,* who shamelessly displays herself. The most banal desire is enough to tell

43. Commenting on the same experience, Georges Roque makes similar remarks in a text called "Incompétence et performance," in *Performance, Textes & documents* (Montreal: Editions Parachute, 1980), pp. 149–56.

the most ordinary voyeur how to use the work and to attract him to the double peepholes drilled at eye level in the Spanish door that both gives and obstructs access to this peep show. I also experienced it at the Philadelphia Museum, led by my desire to see art, not pornography. However, it is as voyeur that I "ogle" and treat myself to the spectacle of this spread-eagled *bride* who offers herself to me and to me alone. Everything's there to see: in the gaping hole of the wall, the *bride*, the *cunt* of the *bride* (Duchamp's words: *le con*), focuses my whole visual field. And I am caught in the trap of denial that Freud showed to be the essence of fetishism: there is nothing to see, all the more so since the *bride* turns her head away, and the wall masks her face from my view. She doesn't look at me; I don't see her looking at me. No view is taken: in vain am I *the one who plays the photographer;* she with her hairless vulva is not *celle qui a de l'haleine* [de la laine?] *en dessous*. The *"con"* is not the one you think, and the one seen is the one who thought he saw. Behind me in the museum's gallery someone has just entered, whom I do not see catching me in the act but whose gaze I feel prickling the nape of my neck, while, glued to the door and framed by its gaping hole of bricks, I form a figure or a blot in the picture, rather pathetic moreover.

It's the viewers who make the pictures, indeed. They are inside. If one folds onto the *Large Glass* the specifications of the instruction sheet formed by the work just preceding it, *To Be Looked at,* and its aftermath, *Etant donnés,* one realizes that the *oculist witnesses* do not stand in an outside space from which they look at the work but rather figure within it, in the transparent interworld of an encounter that is, moreover, necessarily missed. Of the salacious gaze of the bachelors it is only the *image* that meets up with the *nine shots* by *mirrorical return.* It is thus useless to imagine the encounter from any point of view other than the encounter itself, in other words anywhere but from the *horizon,* which is also the *garment of the bride,* where the gaze loses itself but where the *stripping* occurs. Understood as enunciative conditions of art (of the *blossoming of the Mariée,* where "m'art y est," as Ulf Linde says),[44] the object and the public are given. But before or outside their meeting they are just any object and any public. A *chocolate grinder,* a urinal, would make no less good *objets-dard* than a fruit bowl. And the normally equipped man on the street is no less a voyeur than the art lover. Nothing is prejudged about the nature of the object and the makeup of the public. On the other hand, the encounter itself conditions them. The title and the lens of the *Small Glass,* the peepholes in the door of *Etant donnés,* give the instructions that prescribe an individual encounter. Art does not address itelf to the masses but to an individual, and the work of art, whatever it is, chooses its viewers one at a time. However, once the spectator falls into this viewing trap, it is another viewer that he sees looking at him or whom he sees looking. There the viewers are always double; following Lacan, we might say that the individual viewer gets split there. It is to an Other that his gaze is addressed and from an Other that it comes back to him. With that proviso does the *illuminating gas* flare up, the *splash* dazzle, and the poetic sparkle flash. Art takes place in the fourth dimension where the *voluntary, horizontal blossoming of the bride* goes to *meet the vertical blossoming of the stripping-bare* by her bachelors and produces the *blossoming through reconciliation.*[45]

However, it is in the lower part of the *Glass,* where the illuminating gas manages to lower the *toboggan,* that there are three *splashes* or three *crashes,* and in the upper part, where the *milky way* blooms, that there are three *draft pistons* to convey the *bride's commandments.* In the Duchampian numerology, three is the number of the crowd. *When you've come to the word three, you have three million—it's the same thing as three.*[46] One might already wonder if a viewer who splits himself into two is able to understand himself. Of the two viewers who face each other on the two sides of the *Kodak lens* of the *Small Glass* or who succeed one another at the peepholes of *Etant donnés,* we admit that they can *look at* (each other) *seeing,* but since they can't *hear hearing* it is out of the question that they hear one another.[47] *The blossoming by reconciliation* takes place, if it does at all, between the individual viewer and the work, but not between the viewers. In other words, consensus about art is not in the least a necessary condition in order to transform the crowd

44. Ulf Linde, "L'ésotérique," in *Abécédaire* (catalogue of the Duchamp retrospective; Paris: Centre Georges Pompidou, 1977), p. 74.
45. *Notes,* n. 152.
46. *PC,* p. 47.
47. N. 252 of the *Notes* sets up an echo of the aphorism *One can look at seeing; one can't hear hearing,* published in the *Box of 1914,* which gives an idea of the resulting misunderstanding: *Thinking he heard me listening, he asked me to ask you if you knew that he knew that I had seen him looking at the one to whom I responded that I was responsible for nothing.*

into a public. And since the work disappears into the transparency or behind the horizon, and since it basically shows nothing but the fetish where all gazes are trapped, the number of the crowd is raised to the power of the number that defines the encounter of the viewer with himself or with the Other: $3^2 = 9$.

The episode of the *nine shots* in the *Large Glass* produces the allegory of this. It is indeed a matter of an encounter, one that is certainly on the order of voyeurism since the story of the *Large Glass* is that of a stripping-bare. And it is truly a matter of intentionality, of aim, since the place of the *shots* on the *Glass* has been determined by means of a toy cannon, by shooting three salvos of three paint-dipped matches at the target from three different positions. In admitting that the *target* represents the object before or outside the encounter, and the three firing positions the public's expectations, the dispersion of the *nine shots*—each position multiplying itself into three experiences of voyeurism—then represents the impossibility of the members of the public understanding one another about what they see and claim to call a work of art. The encounter took place; Duchamp even took the trouble to lay out its space-time: it is the sculptural space formed by the trajectories of the *nine shots,* also called *trajectory of observation out of the corner of the eye.*[48] As for the encounter itself, it is the *figure obtained,* i.e., the *visible flattening of the demultiplied body.*[49] But the *target*—the goal of the scopic drive or the object of the desire—is lost. Nothing, either in the *Large Glass* or in the sketches and the notes, indicates where the target was placed when Duchamp fired the shots. If the *shots* still refer to it, it is through a *coefficient of displacement* that *is nothing but a souvenir.* The firing positions are not indicated either. The public has no collective strategy, and its cohesion is only a *demultiplied body* whose unity is likewise nothing but a souvenir. The only law that unifies it is nothing but a *regulation of regrets from one "deferee" to another.*[50]

The relations between object and public as Duchamp imagines them, produces and declares them, give rise neither to a community of viewers nor to a collection of objects. The work's only public status is a dispersion of privacies. At the point of the object-public encounter, the object vanishes, and the public disperses, heterogeneous and divided. However, art is enunciated by such a failed meeting, far from the nuptials with the *retinal* joys of color, far even from the solitary pleasures of *olfactory masturbation.* No communication by means of *the smell of turpentine,* no transmission of the "little sensation" (Cézanne), no *taste.* Paul Klee's "visible" is not Duchamp's *viewable.* Thus there collapses the primary condition of the aesthetic experience, its phenomenological support, the gaze. Which goes pretty far—when we remember that nothing propels the bachelors' odyssey but their desire to see the bride stripped bare at last. But the desire to see or the rage to look is not the gaze, even less so the gaze replete with aesthetic pleasure. Were

48. *SS,* p. 84.
49. *Ibid.,* p. 35.
50. *Réglementation des regrets d'éloigné* [des lois niées?] *à éloigné. Ibid.,* p. 23.

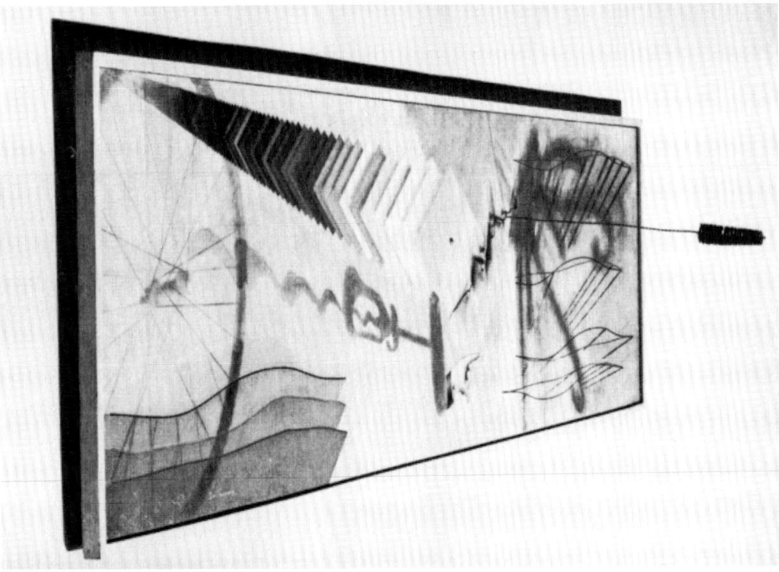

Tu m'. *1918.*

it necessary, *Etant donnés* is there to convince us that in having fulfilled the viewer's expectations, the work has in no way satisfied his or her desire. In any case, it is not thanks to having been seen that *Etant donnés* is a work of art. Even the *Large Glass,* which is very beautiful, has garnered its artistic reputation from people who have never seen it and elicited from some of them, such as Jean Suquet, among the most sensitive of commentaries.[51] As for the readymade, it is *something one doesn't even look at, or something one looks at while turning one's head.*[52] Let's conclude with Duchamp: *this angle will express the necessary and sufficient corner of the eye.*

The idea of fabrication collapses with the three *Standard Stoppages,* a work apt at establishing the thematic and methodological connection between the readymades and the *Large Glass.* With *Tu m',* the last canvas the painter executed by hand, but also a commentary encoded by the *illuminatistic Scribism* on the relations between painting and the readymades, the gaze collapses. Too bad for the voyeur who confuses *Tu m*'s instruction sheet with that of the almost contemporary *Small Glass.* The former work is to be read; it is not *to be looked at,* and above all not *close to.* Whoever would get too close would get his or her eye poked by the ready-made bottle brush that projects from it along the visual axis and would have his or her

51. Jean Suquet, *Miroir de la mariée* (Paris: Flammarion, 1974); *Le guéridon et la virgule* (Paris: Christian Bourgeois, 1976); *Le Grand verre rêvé* (Paris: Aubier, 1991). See also (in English) his contribution to the Duchamp conference held in Halifax in 1987, "Possible," in *The Definitively Unfinished Marcel Duchamp,* ed. Thierry de Duve (Cambridge: MIT Press, 1991).
52. "Conversations avec Marcel Duchamp," in Alain Jouffroy, *Une révolution du regard* (Paris: Gallimard, 1964), p. 119, reprinted in *Opus International* 49 (March 1974), p. 89.

eye rinsed for good. *A plastic for plastic retaliation.* Over the act of gazing, over this gaze caught at the horizon of a completed, aesthetic perception, Duchamp prefers the *timid power* of the possible: *the possible is only a physical "caustic" (vitriol type) burning up all aesthetics or callistics.*[53] Vengeance has some potential, some "burning power" *in reserve.* If the viewer wants to avoid *feeling regret as soon as possession is consummated,* he or she must suspend the desire to see, slow down *the inevitable response to shop windows,* and defer aesthetic pleasure: *the fruit still has to avoid being eaten.*[54] Which is to say that for the gaze [*regard*] Duchamp substitutes the *delay* [*retard*]. Thus, after the equation art = making = choosing, here is a second syllogism: *use "delay" instead of picture,* says a note from the *Green Box.*[55] Now, *the viewers make the picture.* Thus the viewers make the delay.

If the gaze is no longer a necessary condition of the encounter of the work with its public, delay is, to the contrary, one of them. *In the last analysis, the artist may shout from all the rooftops that he is a genius; he will have to wait for the verdict of the spectator in order that his declarations take a social value and that, finally, posterity includes him in the primers of Art History.*[56] The role of the author of a readymade was to trip over the object of a choice that chose him. *The role of the spectator is to determine the weight of the work on the aesthetic scale.*[57] *In planning for a moment to come to inscribe a readymade* and then to look for it *with all kinds of delays,* the author placed the object *in advance* on the *aesthetic scale,* and the viewer, who arrives late, will have to determine its weight. The author has named the object *Hérisson, Peigne,* or *Trébuchet;* he has also given it the generic name *readymade,* but he has carefully abstained from calling it art. However, once the object is placed on the scale where it is a candidate for judgment, *can one make works which are not works of "art"?* Could one avoid the statement "This is art" being pinned to *Trébuchet* once it has given its viewers the same bump on the shin it gave its author? The word *trébuchet* has three meanings that the public of viewers, taken one by one, will refract according to the *Wilson-Lincoln system* in at least nine *trajectories from the corner of the eye*: it means a double-trayed scale for weighing gold, a bird trap, and a chess player's ruse consisting of sacrificing a pawn to the opponent in order for him to stumble over it. The birds caught in the trap are the *viewers who make the picture* in the manner of Pliny's birds from the fable: they take this coatrack nailed to the floor for a real object when it is merely, thanks to its title, something placed on the aesthetic scale for their attention, on the "art weigher"'s scale. As for the chess game of painting, Duchamp, in this case, is not so much Zeuxis as Parrhasios: the best ruse is the most transparent one, the one that catches the viewers in the trap of a *delay in glass.* There is hardly more to see behind the *bride's*

53. *SS,* p. 73.
54. *Ibid.,* pp. 74, 70.
55. *Ibid.,* p. 26.
56. *Ibid.,* p. 138.
57. *Ibid.,* p. 140.

veil than behind the curtain painted by Parrhasios, neither any *jacket,* nor any *vest,* nor any *uniform,* nor any *livery* to take down from this coatrack called *Trébuchet,* to realize that the *trajectories from the corner of the eye* are *strained and lose the nearly of the "always possible"—with moreover the irony to have chosen the body or original object which inevitably becomes according to this perspective*[58] an *objet-dard.*

Encounter of an Object and an Institution

The sole encounter of object and author maintained the *objet-dard* in the metastable state of a slip of the tongue. Repeated, if only once but massively, by the public, re-viewed, if only *from the necessary and sufficient corner of the eye,* causing it to lose the *vitriol* and *the nearly of the "always possible,"* the slip congeals and becomes fixed there where metaphors, allegories, and other figures of speech all freeze into catachreses: in art as an institution. Again we must first know what "art as an institution" means, or more concretely, if all artistic institutions, that is, places where the statement "This is art" is recorded and receives social sanction, institutionalize the same thing under the name "art." Even this last question is too big. No more than for author and public, should we unglue ourselves from Duchamp's work to find out what it has to say of the relation between an ordinary object—not made but chosen, named, and signed by its author, not viewed but evaluated by its delayed public—and the institution through which its recording of a claim to art is achieved. Or yet again: given that the readymades have received social sanction, what do they have to say of the institutions where that social sanction took effect?

The public life of the readymade begins at the same time as its institutional life. Two readymades (we don't know which) were exhibited in April 1916 at the Bourgeois Galleries in New York, and at the same time, *Pharmacy* was shown at the Montross Gallery. But as we might have expected they went unnoticed: the readymade is *something one doesn't even look at.* Exactly a year later, the Richard Mutt affair blew up. "Affair" is, after all, a big word for an event that had no public impact at the time but only found its reverberations much later, in the art of artists who would get their own authority from the readymade's move and would give Duchamp his posterity. In December 1916, the Society of Independent Artists, Inc. was founded, modeled on the Société des Artistes Indépendants of Paris, and programmed to hold an annual salon after the fashion of its French model. The same slogan "No jury, no prizes" (in Paris: "Ni récompense ni jury") was adopted and the first salon scheduled for April 1917. That's when the hanging committee received from a certain R. Mutt of Philadelphia a more than embarrassing package: a urinal posed flat on its back, flagrantly signed and dated, and baptized *Fountain.* The urinal was conjured away; in any case it didn't figure in the

58. *Ibid.,* p. 36.

catalogue. There was no public scandal. The show was a big success and it wasn't until May, at the time of the closing, that an unsigned editorial, called "The Richard Mutt Case," appeared in the second issue of the little satirical review *The Blind Man,* that took up the cause for Mr. Mutt's selection. The editorial was accompanied by a photographic reproduction of the urinal titled *Fountain by R. Mutt,* captioned *The exhibit refused by the Independents,* and duly credited to its author: *Photograph by Alfred Stieglitz.*[59]

The Richard Mutt Case is exemplary in showing how the conditions of artistic enunciation gather together and go into effect at the meeting point of an object and an institution. The object is given, made available to the artist by its manufacturer, *The J. L. Mott Iron Works.* It is ordinary, just anything whatever, and unforeseen by the institution, to say the very least. But it has been chosen, named *Fountain,* and signed R. Mutt, in a transparent parody of the name of its manufacturer; it was therefore authorized, even if it was by a perfect unknown. And it will be rechosen, renamed art, and re-signed *by or of Marcel Duchamp* by the viewers who, even if they have never seen it, will "have made the pictures" *with all kinds of delay.* As for the institution, Society of Independent Artists, Inc., it too is given, and its access is open to everyone. Even though its own no-rule-rule—"No jury, no prizes"—means that it is willing to recognize anyone as an artist, it can't swallow the urinal and doesn't agree to Mr. Mutt's being the author of anything artistic whatever. It is only as an epilogue and thus too late for the exhibition, that *The Richard Mutt Case* will credit, in the most paradoxical way, an institution that wanted nothing to do with the existence of the famous and infamous urinal. Duchamp's most celebrated readymade—perhaps his most celebrated work—is an object that has disappeared, that practically no one has seen, that never stirred up a public scandal, about which the press at the time never spoke, which never figured in the catalogue of the Independents' Show but made it into a discreet Salon des refusés, and whose very existence could be doubted were it not for Stieglitz's photograph. This readymade is only known through its reproduction.

The double-page spread of *The Blind Man* where the Richard Mutt case was presented has been reproduced again and again in monographs on Duchamp and elsewhere.[60] *In the last analysis, the artist may shout from all the rooftops that he is a genius; he will have to wait for the verdict of the spectator in order that his declarations take a social value and that, finally, posterity includes him in the primers of Art History.* This is what happened, and widely. *Given* that it's happened, it is possible for me to say here and now, that with the Richard Mutt case, general modernism is attained and the reduction of art at large to its necessary and sufficient conditions is accom-

59. See my "Given the Richard Mutt Case," which is devoted to the detailed analysis of this episode, to its ethical implications, to its aesthetic consequences, and to its historical reinterpretation, in *The Definitively Unfinished Marcel Duchamp,* pp. 187–230.

60. Thanks to Arturo Schwarz, the two issues of the journal are available today in facsimile (Archivi d'arte del XX secolo [Rome and Milan: Gabriele Mazzotta Editore, 1970]).

plished. No reduction to essence, however. Neither a kind of Greenbergian flatness, which has leapt from painting to art at large, from the specific to the generic, nor a kind of Kosuthian "nature of art," which has been discovered at the end of an inquiry carried out by means of "analytic propositions." The conditions in question are those of enunciation, no more and no less. And they only concern the statement "This is art," as it affixes itself to whatever object, as it also leads art back to its most elementary function of existence, the one Foucault calls the enunciative function, which is that of statements validated by the sole fact of having been uttered. Let's return to the Richard Mutt case, then. (1) To validate the statement there must be a case, a referential "this" whose existence is designated by an ostensive act. The urinal as such disappeared, yet here it is, in the position of referent in the photo, which plays, as does every photo (contrary to painting or drawing), the role of reality's index and proof. *Ecce* the object; it's a urinal. It no longer exists; it existed. (2) To validate the statement there must be an enunciator, an "I" who chooses, names, and signs the object. This is *Fountain by R. Mutt.* On the facing page the editorial's argument underscores that "by" has to read "chosen by" and not "made by." (3) To validate the statement there must be a viewer who doesn't look, or who looks *while turning one's head,* a photographer for example, who lets his camera look in his stead, but who repeats the statement as if it were his, a "you" who says "I" in turn: *Photograph by Alfred Stieglitz.* (4) To validate the statement there must be an institution which, if need be, refuses to validate the object but nonetheless effectuates, *with all kinds of delays,* the concomitance of the first three conditions, and registers it. This is *The exhibit refused by the Independents.* QED. The four enunciative conditions of *the* readymade are spelled out in the presentation of *this* readymade, which is nowhere present.

Modernism "Without Walls"

The readymade, I said before, is a work of art reduced to the statement "This is art." After *the idea of fabrication,* after the gaze, what drops away at the point where an object and an institution meet is the work itself, what tradition, including the entire tradition of restricted modernism, calls the work: the work as material object, the work as an author's *opus,* the work as visual phenomenon offered to a viewer, the work as institutionalized value. Tradition made that quadruple implication of the word *work* into a causal theory: something is a work because is is made by human hand, because the hand that made it is unique and left its traces on it, because it shows itself and is beautiful, sublime, meaningful, or simply good, because its value is recognized. Then came Conceptual art, and this set out programmatically to deconstruct and to negate this quadruple understanding. (1) To negate the work as material object: this is the theme of the *dematerialization of the art object* and of the two paths leading toward this—that of the artist-as-conceiver who has work fabricated by others and that of energy-as-matter—a theme promoted by Lucy Lippard beginning in 1968 and published in a well-known book of the same name.[61] (2) To negate the work as being the *opus* of an author: this is the whole notion of *the death of the author,* the title of Barthes's famous essay, whose first appearance was in English in *Aspen Magazine,* for an issue edited by the Conceptual artist Brian O'Doherty.[62] (3) To negate the work as visual phenomenon offered to a viewer: this is the theme of the end of aesthetics, of the refusal of the judgment of taste, of the rejection of formalism, of the exclusion from art of every practice grounded in a "morphological basis," a theme of which Kosuth was the main defender.[63] (4) To negate the work as institutionalized value: this is the whole theme of the denunciation of the museum, of the contesting of the art market, of the invention of alternative spaces, of the critique of institutions, a theme that sustained purely "conceptual" pieces (these are no longer called "works"), like Robert Barry's *Closed Gallery Piece* of 1969, as well as "contextual" interventions, like those of Michael Asher on the walls of the Toselli Gallery in Milan (1973).

There is no doubt that the strong period of Conceptual art, American especially (Lippard's "six years"—1966 to 1972—are a good indication), represented a moment of great creative élan, of intense reflective activity, of active debate and awareness. Everyone began to taste the modernist mayonnaise concocted by Duchamp, not for the pleasure of exercising his or her judgment of taste, but for the sharpening of intellectual discernment. Tastebuds aroused (which, it seems, are individually sensitive to sweetness, saltiness, acidity, and bitterness), each tucked into the analytic, deconstructive, or—why not?—critical (in the Greenbergo-Kantian sense) task of extracting the individual ingredients that made up the ready-made emulsion spooned out onto his or her plate. In good modernist form, each took it into his or her head to pursue the critique of mayonnaise via the means of mayonnaise and to experiment with the recipe by varying the proportions and seasoning, some overdoing the pepper, others the salt. The results have various flavors, but as it is with mayonnaises, so it is with works of art; you have to taste each one individually, something it is not my intention to undertake here. Happily, art has no need of correct theory to be appreciated. All the same—irony of ironies—it is at the conceptual level that Conceptual art gets it wrong. I used "recipe" metaphorically, but I could have said "program" just as well and that wouldn't have been a metaphor. Conceptual art (at the very point at least where it laid claims to concepts) conducted its program of deconstructing or critiquing the four ingredients of the mayonnaise as if they were causes when they were nothing but conditions. It rightly laid the blame on the tradition that made the quadruple understanding of the word *work* a causal theory, but in attacking

61. Lucy Lippard and John Chandler, "The Dematerialization of Art," *Art International* (February 1968); Lucy Lippard, *Six Years: The Dematerialization of the Art Object, 1966–1972* (New York: Praeger, 1973).
62. Roland Barthes, "The Death of the Author," *Aspen Magazine,* 5–6 (1966), n.p.
63. Kosuth, "Art after Philosophy," p. 78.

what it believed the four causes of traditional art to be, it left causality itself entirely intact. John Cage, by contrast, was a lot more on target. Conceptual art thus committed two cardinal errors. It wanted to fight *for a good cause,* yet it didn't recognize the degree to which Duchamp had already undone the causalities—*colles alitées,* as he put it—of authorship, of spectatorship, and of institutionality. In other words, Conceptual art identified enunciation with production at the same time that it projected into the future what already belonged to the past. The most flagrant aspect of this misunderstanding was to have interpreted the linguistic turn that Duchamp gave to art in general within the structuralist-semiological paradigm and not to have seen that the relevant paradigm was the enunciative one.

For the enunciative paradigm, these four senses of the word *work*—handmade object, trace of its author, visual phenomenon, institutionalized value—are superfluous conditions ("expendable" is Greenberg's word). Not necessary, contingent. It might be that they remain indispensable or inevitable within the field of production, as the obvious failure of Conceptual art to have gotten rid of them would seem to confirm. But the enunciative paradigm has nothing to say about the field of production; it only addresses the field of enunciation. And in this field, it is necessary and sufficient that a "this" designated by an "I" be shown to a "you" by means of an ostensive statement, and that this statement be repeated and registered under the rubric "art," for an "archaeologist" like Foucault, or Broodthaers, or myself for that matter, to gather it, to attest to its regularity and dispersion, and to relate it to its enunciative conditions. These conditions are those of art, and even, if we please, of the work, of the work of art in general, and thus of no matter what work, but only insofar as it states itself or is stated, only insofar as it is the referent of the statement "This is a work of art." Everything that is named art, even and above all what tradition—modernist or not—is capable of accounting for, implicitly bears this statement. The readymades bear it explicitly, which is why they are modernist. Given that a readymade is art, it carries a label that says this. It is a truism, but it is not a tautology, as Kosuth thinks. *The* readymade is certainly art about art, but the power of the statement "This is art" to lead back to its own conditions of enunciation and to strip them of everything that would allow a confusion of conditions and causes, is not *sui generis.* It passes through *this* readymade; it requires the designation of a referent that has nothing self-referential about it. Which is why it was essential, in order for the enunciative paradigm to be validated, that *this* readymade, *Fountain* in this case, disappear in its condition as work so that it is no longer manifested except in the guise of the referent. This is indeed the way things transpired: as object, *opus,* spectacle, and value, and even as support of the statement "This is art," *Fountain* has disappeared.

This statement has another support, then, namely the photograph that testifies to the existence, in the sole guise of referent, of this urinal. It tacitly declares, "This (the urinal) is art," and even more tacitly, "This (the photo) is its proof." Nothing is proved, however, because the "proof" must still be submitted to the test of the delay that takes charge of it as a new object giving rise to new statements, around which the enunciative conditions permute. In the place of "This is *Fountain by R. Mutt*" we find "This is *Photograph by Alfred Stieglitz.*" In the position of the object we thus encounter a photograph, i.e., a ready-made painting. In place of the author we find a photographer, i.e., strictly speaking, someone who replaces making by choosing and the hand by the eye, and to whom the acknowledgment that *it's the viewers who make the pictures* applies better than to anyone. Finally, instead of viewers—of the photo and of its referent, in place of this *spectator who later becomes the posterity,* there is *The Blind Man* and his progeny: the crowd of visitors who hurried to the Independents' Show in 1917 without even a hint of *Fountain*'s existence, and the mass of readers of Duchamp monographs who will harvest, *with all kinds of delays,* the statement "This (the work reproduced by means of its reproduction by Stieglitz) is art." Today the waiting period is over, the delay is fulfilled, and it is as though the photographic print reproduced in 1917 in a little avant-garde journal with a tiny circulation had been sufficient to propel its referent into the museum, so that at the present time that's where it is to be found, exemplary, paradigmatic of its own enunciative conditions.

That should now be clear: the museum to which the readymade has been propelled is what Malraux called *le musée imaginaire,* the museum-without-walls. *Fountain* is nowhere else even: the Moderna Museet in Stockholm, the National Gallery in Ottawa, the Musée national d'art moderne in Paris, and a few others possess replicas of it, but replicas are reproductions. Other replicas of *Fountain* exist, moreover, miniature replicas, in as many copies as there are *Boîtes-en-valise.* But the *Boîte-en-valise,* little portable museum of images, does nothing but instantiate the museum-without-walls as a gathering together of the enunciative conditions of everything it contains. Basically it is a monograph on Duchamp's oeuvre in its totality, presented as if it were a museum object or a collector's item.[64] *Fountain* only exists as the lost referent of a series of ostensive statements (photograph in the Stieglitz case, miniatures in that of the *Boîte-en-valise*) that swear to the fact that it existed but that it no longer exists at the moment one learns of its existence, and that's why its whole public belongs to the progeny of *The Blind Man.* This is the ever-expanding public whose artistic culture is almost entirely formed by the museum-without-walls and which, rather than visually checking with original works, takes reproductions in books and art magazines for what they are in fact: nothing more than an institutional statement that presents all sorts of things in the position of referent as if their artistic quality were merely a matter of status, or, to use Walter Benjamin's terms, as if their aura, their cult

64. Obviously, one could emphasize the "as if" and treat the *Boîte-en-valise* as a work in the traditional sense. In this case, singularity will assert itself sooner or later, and one will be led to remark the differences between one *Boîte* and another. This is what Ecke Bonk has done in his excellent *Marcel Duchamp, The Box in a Valise* (New York: Rizzoli, 1989).

value, had been entirely reabsorbed into their exhibition value. And the paradigm of the readymade, up to now formal, begins to reveal its historical purport and its ethical content. It states the enunciative conditions of art "in the age of mechanical reproduction," once the copy precedes the original, once the museum-without-walls is first and the real museum second. Indeed, a reproduction of art is an object the artist hasn't made, from which its viewer does not draw a completed aesthetic experience, and which the museological institution neither valorizes nor legitimates as a work. A reproduction of art does nothing beyond declaring the existence, as art, of the work that is its referent.

There was a historical necessity for the enunciative paradigm, then; it didn't fall from the sky. Duchamp didn't reduce the work of art to its enunciative function on a whim, and I haven't interpreted his action in these terms out of methodological artifice. The readymade's enunciative conditions, as I said before, are valid for the work of art in general, for the *Mona Lisa* as well as for the *Mona Lisa* with a mustache. But I added: at least for a particular historical framework, a particular cultural formation. Malraux called this cultural formation the museum-without-walls and Benjamin art's "age of mechanical reproduction," an age for which *the* condition is precisely to see the condition*s* of reception, of circulation, and of enjoyment of art reduced to enunciative conditions. Everything the regime of the museum-without-walls considers as being "art," whether this be a Rembrandt, an African fetish, a palm print on the cave walls of Pech Merle, or a readymade, everything that it calls art, carries at least implicitly a label on which "This is a work of art" is written. A readymade is nothing but a work of art reduced to this label. If it makes us acknowledge that insofar as they are "art," the Rembrandt and the African fetish allow themselves to be equally reduced, it must make us reflect on the converse as well: it is insofar as the Rembrandt and the fetish support this reduction that they authorize a readymade to be found in their company. It wouldn't be there—or its presence would be inexplicable and illegitimate—if the enunciative conditions it reveals as its own were not valid for every work of art. It would not be there, moreover, if it hadn't transferred to the plane of production the conditions that regulate its reception, its circulation, and its enjoyment. To produce a readymade is to show it; to transmit a readymade is to make it change context; to enjoy a readymade is to wonder what it is doing in the museum, in the institution. But the real museum no longer comes first. If Manet inaugurates modernism by the fact that he paints for the museum, then Duchamp ends it because he understands that the real museum comes second in relation to the museum-without-walls, for which it is nothing any longer but the referent, the way the gold lying in the vaults of central banks is nothing but the symbolic guarantee for the money in circulation. The artistic patrimony of the world has nothing in common but the statement "This is a work of art." It is shown in museums of objects, which is where one can see it with one's own eyes and take pleasure in it. But it is only in the museum of images that the patrimony is a patrimony, that it is worldwide and that it circulates in the "sequence [of reproductions]—which brings a style to life, much as an accelerated film makes a plant live before our eyes," as Malraux said. And Malraux, again: "For all alike—miniatures, frescoes, stained glass, tapestries, Scythian plaques, pictures, Greek vase paintings, 'details' and even statuary—have become 'colorplates.' In the process they have lost their properties as *objects*; but, by the same token they have gained something: the utmost significance as to *style* that they can possibly acquire."[65] It is only in reproduction that Scythian plaques and Greek vase paintings, that a Rembrandt and an African fetish assemble without resembling each other; elsewhere the fetish returns to its sacred function or its ethnological meaning, and Rembrandt becomes once again a Dutch seventeenth-century painter, one who made the author an introspective psychologist rather than a technician of paint-application, who allowed viewers to make the pictures by projecting themselves into a foggy chiaroscuro, and who had trouble with his institutional patrons, Captain Cocq's Company or the drapers' guilds.

We still have to wonder whether an elsewhere besides the museum-without-walls still exists; if Malraux hasn't written the first and last of the great aesthetic tracts on *style* founded on the precedence of the reproduction over the original; if the history of art, become fiction about itself through Malraux, isn't in the process of becoming, as it is more and more perceived, a simulacrum of itself; and if the antidote for the museum-without-walls that Georges Duthuit had called, in a violent attack on Malraux, *The Off-the-Wall Museum* (*Le musée inimaginable*), hasn't become, indeed, unimaginable. It has if, as for Duthuit, what one means by "art" must recede back beyond modernism, and if one dreamed that the work as object, *opus*, visual phenomenon, and institutionalized value should seek refuge in "the neutral warehouse of the heteroclite," as way back then, before the museum, in the *Wunderkammer*.[66] It hasn't at all if, as with Duchamp, one makes the practice of art—its meaning, its ambition, its quality—depend on the most explicit recognition of its actual conditions of operation. Once something, no matter what, has been cited by the museum-without-walls, it's art. To Duchamp's question "*Can one make works which are not works of 'art'?*" the enunciative regime of the museum-without-walls replies: no, art is inevitable. There's no need for a King Midas to explain this transsubstantiation. Malraux called it *metamorphosis,* and he wasn't mistaken in giving the photograph as its author and time—the delay of the viewers—as its agent.[67] But understood this way, the name "art" is only a status, and has nothing honorific about it. And that of "artist" will only sanction the success of an opportunistic strategy with nothing honorable about it. These days it is enough to be reproduced in *Flash Art* to be an artist, but the test isn't there.

65. André Malraux, *The Voices of Silence,* trans. Stuart Gilbert (Princeton: Princeton University Press, 1978), pp. 46 and 44.
66. Georges Duthuit, *Le musée inimaginable,* vol. 2 (Paris: José Corti, 1956), p. 258.
67. In an earlier text I tried to show that we should agree with Malraux on Duchamp's grounds rather than disagree with him on his own grounds. We would then see that the readymade is synchronic with the museum without walls ("Le temps du readymade," in *Abécédaire,* pp. 166–84).

Every object that's a candidate for art status—and God knows there have been enough of them on the heels of Duchamp—should be submitted to the test of the *Reciprocal Readymade = Use a Rembrandt as an ironing-board.*[68]

A rebours

Before hastening to say that in 1972, in Düsseldorf, Marcel Broodthaers submitted 266 objects depicting eagles to the test of the *reciprocal readymade,* we should wonder why, in order to contract Duchamp and Magritte, he preferred the imagery of the eagle to that of the pipe or the male-gendered fountain, and remember that in the second volume of the catalogue (published when the exhibition was well under way), he revealed that "the concept of the exhibition is based on the identity of the eagle as idea and of art as idea."[69] Each of the 266 objects on display is too obviously accompanied by a placard specifying "This is not a work of art" for there not to be something more there than meets the eye. The warning does not affix itself in the same manner to the exhibited objects that are recognized works of art as it does to those that are not. And the placards are not discreet the way those in museums are: they are black, too large, and their material and graphic quality are out of place. They give neither the title, nor the artist's name, nor the provenance, but instead a number that refers to the catalogue where this information can be found. They have two holes so that they can be screwed onto something, but they are not mounted onto the objects they accompany, looking rather as if they had been dismounted in order to be displayed for their own sake. Finally, their obsessional repetitiveness, in three languages in alternation, succeeds in making it clear that something's up. So many signs that one should read them self-referentially, and that it is they that are submitted to the test of the "Rembrandt as ironing board," rather than the objects to which they affix themselves. Broodthaers's reciprocal readymade is *the* readymade—i.e., the work of art reduced to the statement "This is art." It is *the eagle from the Oligocene to the present*—i.e., art from Pech Merle to Conceptual art. It is the whole content of Malraux's *Voices of Silence,* in other words. It uses the museum-without-walls as a museum, and the museum as a work of art.

The only one among the Conceptual artists, who confuse Duchamp's lesson with the dematerialization of the work of art or with the substitution of visuality by language, to have seen that the enunciative paradigm was the apposite one, Broodthaers acknowledges reception of the enunciative paradigm and draws the consequences, taking it up in his own turn as the subject matter of his work. In the subtitle of his Düsseldorf exhibition—"Marcel Broodthaers Shows an Experimental Exhibition of His Musée d'Art Moderne, Département des Aigles, Section des Figures"—each word counts. *Marcel Broodthaers shows:* if Duchamp tests

68. *SS,* p. 32.
69. *Museum, Der Adler vom Oligozän bis heute,* vol. 2, p. 19.

the convention according to which works of art are shown in order to be judged as such, Broodthaers tests the convention according to which works of art are shown, already judged as such. In order to test this convention, he had to undo this previous judgment, this prejudice—whence its implacably repeated negation—and to make the ostensive gesture explicit: the artist is no longer the one who makes, and if he is still, like Duchamp, the one who chooses, he is above all, like Magritte, the one who shows. And what does he choose to show? The test itself: *an experimental exhibition.* And what does this exhibition show? Two hundred sixty-six objects coming from a good sixty museums or public collections and fifteen private ones. And what do these objects, all of which belong to the imagery of the eagle, show? Always the same image blinding the public, which wants to see nothing there but a theme and its variations: "the eagle in art, in history, in ethnology, in folklore;" "Publikum, wie bist Du blind!" Broodthaers writes in the catalogue.[70] But also, for those for whom "information on so-called modern art had an effective role": 266 images exemplifying 266 times "art as idea," art as concept. And as well: 266 times the same statement, "This is not a work of art," for which the objects are nothing but the referents. And finally, 266 numbers that, conforming to the *théorie des figures*—"image of theory" and perfect contraction of the Duchampian object and the Magrittian image—each manifest a "theory of the image."[71] So that *Section des figures* can be translated as "section of ostensive statements," and *Département des Aigles* as "Department of Conceptual art." All that in understanding, of course, that in place of the artist as author we find the artist as director of *his Museum of Modern Art*; that in place of the traditional, which is to say modern, museological institution, we find the museum-without-walls, that is, the actual enunciative regime of all that modernity calls art; and finally, that in place of the viewers we find, as always, those who arrive late.

It is rather indifferent to me to decide if Broodthears is still modernist in the Greenbergian sense. Does Broodthaers really use "the characteristic methods" of art—of art in general, of art after Duchamp—"to criticize the discipline itself," and does he do that "not in order to subvert it, but to entrench it more firmly in its area of competence"? One is at first tempted to say no, and then yes. In support of the no is the fact that Broodthaers's "characteristic methods" are deliberately literary, even if they often have painting as their *subject,* and thus are not drawn from the criticized discipline itself. In support of the yes is the fact that art at large acknowledges no boundaries between the disciplines of literature and painting: every method is fair game. Broodthaers's mayonnaise is impure and its self-reference—this typically modernist way of taking its own conditions of possibility

70. *Ibid.,* vol. 1, p. 16: "Public, how blind you are!"
71. "A theory of the figures would serve only to give the image of a theory. But the Fig. as a theory of the image?" writes Broodthaers on the reverse side of a work consisting of two cut-out numbers, the 0 and the 1 of the binary code, which he had so often parodied. See Dirk Snauwaert, "The Figures," *October* 42 (Fall 1987), p. 134.

for subject matter—systematically calls for a mysterious *praise of the subject.* In support of the no is the fact that the *method* he clearly proclaims in the Düsseldorf catalogue—to contract Duchamp and Magritte—announces unambiguously that if the institution of contemporary art, "supported by collectors and dealers," is critiqued, this is certainly not to entrench it more firmly in its area of competence.[72] In playing museum director, Broodthaers seeks to delegitimize the museum's institutional authority. But in support of the yes, there is the fact that it is unfair to confuse "area of competence" and "institution." It is unfair to ascribe this confusion to Broodthaers, once we want to apply the word "art" to his own work, and it is unfair to ascribe it to Greenberg, once we've read him closely.

We should never forget that Greenberg was not content to identify modernism with "the intensification, almost the exacerbation, of this self-critical tendency that began with the philosopher Kant," but that he was also convinced that "modernism defines itself in the long run, not as a 'movement,' much less a program, but rather as a kind of bias or tropism: toward aesthetic value, aesthetic value as such and as an ultimate."[73] All mayonnaises are not modernist, of course, but the best ones are. Now, it seems to me that if I say (and I do say it) that Broodthaers is an infinitely better artist than Joseph Kosuth, better by far than Douglas Huebler, much better than Robert Barry, and even better than Lawrence Weiner, I say that what places him in my personal hierarchy is just this "tropism toward aesthetic value as such." The sentence by which I judge that Broodthaers is a great artist doesn't invest the word *artist* with the same meaning as when I state that it suffices nowadays to be reproduced in *Flash Art* to be an artist. In the former case I am speaking of a quality, in the latter of a status. It is this issue of difference between quality and status that the very particular modernism of Broodthaers's work opens—or reopens—a modernism clothed in nineteenth-century garb, a modernism made of a reflexiveness that rubs history against the grain (*à rebours,* the reference to Huysmans is deliberate) all the better to go forward. So let me recapitulate. *The Eagle from the Oligocene to the Present* tests the convention according to which works of art are shown, already judged as such. How's that a "convention"? Like all conventions, this one is a tacit, unreflected upon, semiunconscious social pact. But contrary to the conventions that painters have tested over the course of modernist painting, as Greenberg describes it, this one is not a convention of artistic practice. It is proper to the enunciative regime of the museum-without-walls; it is the pact linking the editors of *Skira*—or of *Flash Art,* for that matter—to their readers, and not that which links artists to their public. Broodthaers takes it as given that every object from a museum or private collection comes to him—via the museum-without-walls—already awarded the status of work of art. But, in submitting this status to the test of its negation—

72. *Museum, Der Adler vom Oligozän bis heute,* vol. 1, p. 13.
73. Clement Greenberg, "Necessity of Formalism," *New Literary History,* vol. 3 (1971), reprinted in *Contemporary Esthetics,* ed. Richard Kostelanetz (Buffalo, N.Y.: Prometheus Books, 1978), p. 207.

"This is not a work of art"—he acts as if this pact linked artists and their public. He's right.

He's right because it is not only from the cultural formation that Malraux called the museum-without-walls and Benjamin art's "age of mechanical reproduction" that he's inherited his own *fictional museum,* but from Duchamp and Magritte "contracted." From Duchamp he's inherited *the* readymade, i.e., the work of art reduced to the statement "This is art," and from Magritte he's inherited *The Treachery of Images,* i.e., the understanding of ostensive statements (Foucault may have provided assistance here). This is how he could translate the Duchampian making (= to choose) by the Magrittian showing (= to state). Thus one must go back up the trail and repeat that if Broodthaers tests the convention according to which works of art are shown, already judged as such, Duchamp tested the convention according to which works of art are shown in order to be judged as such. Again, how's that a "convention"? Like all conventions, this one is also a tacit, unreflected upon, semiunconscious social pact, and this time it is a pact that ties artists to their public. I said at the outset that it was the most elementary convention of all *modernist* artistic practice, and a little further on, that it sufficed for a single, unassisted readymade to have passed the test successfully for it to be revealed that such was indeed the tested convention. But since when does an implicit pact exist between artists and their public according to which a work of art is a thing that asks to be judged "art," and nothing else? Since when does artistic practice have at stake the public's judging of the object presented to it by means of the formula "This is art" or "This is not art"? The question is extremely complex, so I am taking a shortcut: since the Salon des refusés, which Duchamp revisited with the Richard Mutt case.

With the onset of modernism, artists began to challenge the technical-aesthetic conventions deemed necessary and sufficient to identify a given thing as a painting (or a sculpture), by putting them through an aesthetic test. From then on, the appreciation of art, instead of bearing on qualities contained within those conventions, began to bear on those conventions themselves, and whether or not the artist was allowed to transgress them. The Salon des refusés brought the consequences into full daylight, involuntarily instituting the fact that henceforth the appreciation of modernist art, instead of expressing itself by formulas such as "This painting (or sculpture) is beautiful," could not avoid taking the binary form of a yes or no specific to painting (or to sculpture) as such: "This is a painting" or "This is not a painting." Duchamp takes this state of affairs for a "convention." He goes right to the tacit, semiunconscious pact that, since 1863, binds artists to the salon public. He perceives that, without really wanting it and without really knowing it, artists and public have since then played a game whose sole rule was that the former propose to the latter things destined to test its willingness to allow these things to enter the "category" of painting (or of sculpture), despite the occasionally crude way they manhandled the technical-aesthetic conventions of their craft. While modernist painters took these conventions as the subject matter of their studio practice, manhandling them, deconstructing them, and abandoning them one by one until there only remained the pure and simple flatness of the picture, Duchamp adopts this single rule of the game as the subject matter of his own practice, which is no longer a studio practice but, so to speak, a salon practice. He makes this rule explict and treats it as if it were understood by convention that the *status* of the work of art were to be a thing to which the public had conceded the *quality* of painting or sculpture, and nothing else. The test, of course, took place at the Independents' Show of 1917. Withdrawing from the thing he exhibits—*Fountain*—all trace of craft and every conventional alibi allowing one to identify it as painting or as sculpture, he insists that it be appreciated for its *quality* as work of art, period. Art in general. In other words, he makes the judgment (of quality) bear on the very fact of having to judge whether *status* equals *quality*.

Since the sixties, the American art world seems to have been cut in two, and even if the split isn't as dogmatic as it was fifteen years ago, the misinterpretation that this split betrays doesn't seem to have been removed satisfactorily, even today. On the one hand there are (to simplify) the formalist painters and critics, Greenbergian in persuasion, and on the other all the artists and critics who don't see themselves as exclusive defenders of painting but make room for text, photography, installation work, the readymade, and Conceptual art. The former have made Duchamp into their *bête noire* and the latter into their master. The former worry about and the latter take pride in the fact that it is now fully legitimate to be an artist—an artist in general—without being a painter or sculptor (or musician, or poet, or photographer, etc.). Yet both sides have registered the injunction transmitted to them by the Richard Mutt case. The former have judged that status doesn't equal quality, and the latter that quality equals status. The formalists find that if the readymade's success has legitimated a mass of things that they judge mediocre—the status of art to be gotten on the cheap—the test of quality wasn't to be found there. They often camp, but not always, on the specific boundaries of painting or sculpture, and hold fast to the obligation of appreciating art by means of a judgment they call one of taste. The Conceptualists find that the formalists' taste—that of Greenberg at the head of the line—and their often aggressive defense of Olitski or Caro against all the innovations of the sixties have mortgaged the idea of taste up to the hilt, and they have abandoned it to them. They accuse the former of using the word *quality* to justify the fact that the traditional *status* of painter or sculptor is more legitimate in their view than that of artist in general. They reserve this last status for themselves, of course trying to endow it with as much quality as possible. The difference between quality and status is one of the things that the most theoretically inclined among the Conceptual artists—Kosuth in first place—and many art critics following them have tried to deny in their practice and in their theory, not without finding themselves very embarrassed at having to recognize that they, too, can't prevent themselves from making value judgments and having their personal little hierarchies. Even today we haven't moved much from that dilemma.

Imagine, then, a modernist mayonnaise offering itself to the judgment of taste of a formalist art critic and to the logical analysis of a Conceptual artist. It doesn't come from Hellmann's but it does come from the factory, and its brand is *Fountain.* The formalist art critic judges it awful, because he tastes theory in it; the Conceptual artist hasn't tasted it, because theories are not made to be tasted, he thinks. But the one as well as the other has understood that this mayonnaise is out of the ordinary and that its composition—an egg yolk, some oil, some vinegar, and some mustard—is its subject matter. The art critic might be masochistic, since he takes some more and discovers that this theory-tasting mayonnaise gives him a taste for theory. Even though he's the one who's read Kant, however, he ends up almost forgetting that there is no *theory* of mayonnaise but only a *critique.* He concludes, in bitter triumph: "Art and the aesthetic don't just overlap, they coincide."[74] The artist must also be masochistic, for he secretly loves mayonnaise, but, stoically, he wants to cure himself of this bad habit, and forbidding himself from opening the jar of this mayonnaise, he says: "Out of this 'habit' grew the notion that there was a conceptual connection between art and aesthetics, which is not true."[75] Which of the two, in your opinion, forgot the salt? And which the pepper?

74. Greenberg, "Counter-Avant-Garde," p. 129.
75. Kosuth, "Art after Philosophy," p. 76.

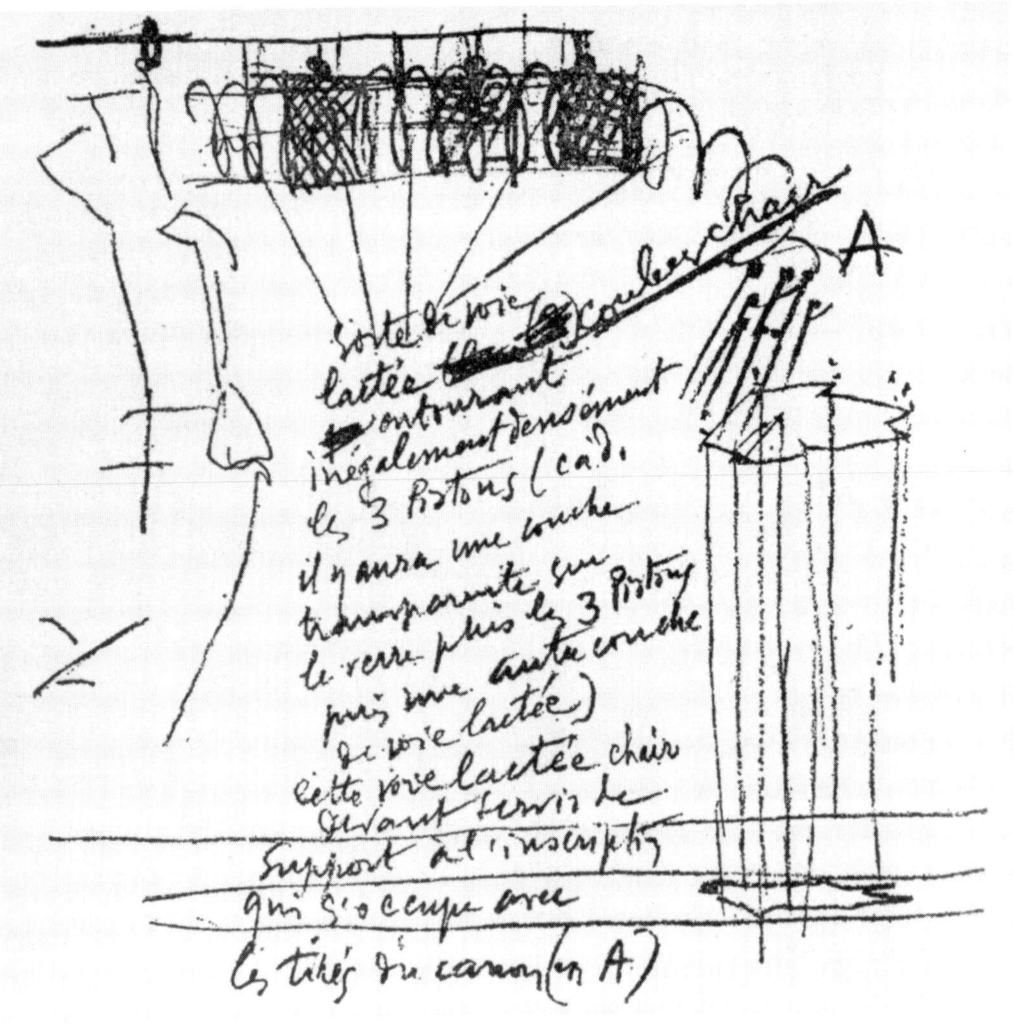

1. Marcel Duchamp. Note for the Large Glass, *from the* Green Box.

Concept of Nothing: New Notes by Marcel Duchamp and Walter Arensberg*

MOLLY NESBIT AND NAOMI SAWELSON-GORSE

Marcel always wrote.

For a long time it was a matter of notes.

In them in Paris in 1914 the work on the *Glass* was taken away from the old motor narratives and turned to the problem of the expression of desire in dimensions.[1] The Bride's desire would be expressed not by working with her *cylindre-seins* or other such genital equivalence; no, Marcel came to call it her *épanouissement* or blossoming, a Milky Way cloud of her thoughts and commandments.

A space.

A space voluntarily hers.

That space might be figured by draft pistons (still a motor), but it existed as a negative, in photographic emulsion, a film of lace netting, a flutter over a radiator,

* In 1990, during a major reorganization of the storage areas at the Francis Bacon Library, Claremont, California, a group of texts belonging to Walter Arensberg was found in an unmarked folder. Some of those texts are being published here for the first time, along with one additional sheet previously catalogued in the Library's Arensberg Archives as "unidentified" and kept in a folder marked "miscellaneous." It contains a reworking of Stéphane Mallarmé's poem *Un Coup de Dés* written out in Marcel Duchamp's hand. The unmarked folder contained other texts as well, including drafts of Arensberg's "Vacuum Tires," several of his early unpublished poems, an opera review by Pitts Sanborn, and the last page of a typewritten edition of Gertrude Stein's *Letters and Parcels and Wool.* All of these materials will be published in full in a book to be edited by Naomi Sawelson-Gorse. Titles of the documents cited here are taken from either a clearly indicated title line or, failing that, the first line of the text.

The arguments offered here draw from Naomi Sawelson-Gorse's doctoral dissertation, *Marcel Duchamp's "silent guard": A Critical Study of Louise and Walter Arensberg* (University of California, Santa Barbara, 1994) and from Molly Nesbit's book-in-progress, *Their Common Sense.* All translations unless otherwise credited have been made by Nesbit.

Space is not adequate to thank properly and profoundly enough all of the many people who have aided and advised us during the preparation of this article. We are particularly grateful to Madame Marcel Duchamp and to the Francis Bacon Foundation for their permission to publish these materials for the first time here, and to Anne d'Harnoncourt and the curatorial and library staff of the Philadelphia Museum of Art for their many kindnesses and support.

1. On the fourth dimension and modern art generally, see Linda Henderson, *The Fourth Dimension and Non-Euclidean Geometry in Modern Art* (Princeton: Princeton University Press, 1983). On Duchamp in particular, see Craig Adcock, *Marcel Duchamp's Notes from the Large Glass: An N-dimensional Analysis* (Ann Arbor: UMI, 1983).

an image of a cube gone feminine, backlit by his dormer window, strung into a pearl of whitest sky. Her desire would be white—Marcel knew that early on—and it would have a malicious tip, not a malice to be confused with a male—oh no, her desire contraption would not take up so much room. Just, he said, the string around the bouquet.[2] He imagined all this being not only cinematic but linguistic.

It was quite an idea.

Not exactly a subtitled silence.

It provided the means for the Bride's cloud to be inscribed.

The image of the Milky Way had been stripped from Apollinaire, with whom Marcel had gone in the spring of 1912 to see Roussel's play *Impressions d'Afrique*, from which he had taken, he said later, the general approach to the *Glass*.[3] It was also with Apollinaire that he had gone in October to the Jura on the car trip that had provided the first story idea about a machine with five hearts. From that same trip Apollinaire returned to write the poem "Zone."[4] The Milky Way, however, already existed as part of the short stanza that repeated quixotically and periodically in the "Chanson du Mal-Aimé":

2. A photograph for the *Draft Pistons* was made in 1914 and is now in the collection of the Philadelphia Museum of Art. See Duchamp's notes for the Bride in the *Green Box*, reprinted by Michel Sanouillet and Elmer Peterson in *Duchamp du signe* (Paris: Flammarion, 1975), pp. 51, 55ff. and his notes regarding the n- and fourth dimensions in *A l'infinitif*, reprinted in *Duchamp du signe*, p. 123ff. (translated in English as *The Writings of Marcel Duchamp* [1973; reprint, New York: Da Capo Press, 1988]). *Duchamp du signe* cited hereafter as *DDS; The Writings of Marcel Duchamp* cited hereafter as *WMD*.

See also Marcel Duchamp, *Notes*, presented by Paul Matisse (Paris: Centre Pompidou, 1980), nn. 105, 117 (on the back of a shipping notice dated Nov. 4, 1914). On his way to Buenos Aires in 1918, Duchamp spent time arranging his notes and lifted out the phrase "La ficelle qui entoure le bouquet," writing it on a piece of the ocean liner's stationery ("on board S. S. 'Crofton Hall'/Norton Line"), *Notes*, n. 165. He wrote to the Arensbergs on August 24, also using the ship's stationery, about his life on shipboard spent arranging his papers. This letter (Arensberg Archives, Francis Bacon Libary), has been published by Francis Naumann, in "Marcel Duchamp's Letters to Walter and Louise Arensberg, 1917–1921," *Dada/Surrealism* 16 (1987), pp. 206–7.

3. Duchamp summarized matters thus in his interview with James Johnson Sweeney, "Eleven Europeans in America," *Bulletin of the Museum of Modern Art*, vol. 13 (1946), p. 21. See Raymond Roussel, *Comment j'ai écrit certains de mes livres* (Paris: Pauvert, 1963). The best studies of Duchamp's work with language remain Michel Sanouillet's ironically titled "Marcel Duchamp and the French Intellectual Tradition," in the catalogue *Marcel Duchamp*, ed. Anne d'Harnoncourt and Kynaston McShine (New York and Philadelphia: Museum of Modern Art and Philadelphia Museum of Art, 1973), pp. 48–55, and in the same volume David Antin's probing essay on Duchamp's relation to language as a system, "duchamp and language," pp. 100–115. See also Robert Lebel, *Marcel Duchamp*, trans. George Heard Hamilton (New York: Grove Press, 1959), p. 26. David Joselit has written of Duchamp's use of Roussel as part of an anti-Oedipal (as per Deleuze and Guattari) desiring-machinery of the *Monte Carlo Bond* in "Marcel Duchamp's *Monte Carlo Bond* Machine," *October* 59 (Winter 1992).

4. On the Roussel performance and the car trip, see the entries for June 10 and October 26, 1912 in "Ephemerides on and about Marcel Duchamp and Rrose Sélavy 1887–1968," in Jacques Caumont and Jennifer Gough-Cooper, *Marcel Duchamp, Work and Life*, ed. Pontus Hulten (Cambridge: MIT Press, 1993). See also Lebel, *Duchamp*, pp. 25–26, and William Camfield, *Francis Picabia: His Art, Life and Times* (Princeton: Princeton University Press, 1979), p. 34. For the relevant note in the *Green Box*, see *DDS*, pp. 41–42. See also the editors' notes for "Zone" in Guillaume Apollinaire, *Oeuvres poétiques*, ed. Marcel Adéma and Michel Décaudin (Paris: Gallimard, 1965), pp. 1042–43, as well as Apollinaire, *Marcel Duchamp 1910–1918*, preface by Jean Suquet (Paris: L'Echoppe, 1994).

Voie lactée ô soeur lumineuse
Des blancs ruisseaux de Chanaan
Et des corps blancs des amoureuses
Nageurs morts suivrons-nous d'ahan
Ton cours vers d'autres nébuleuses

[That sister light the Milky Way
Whose whiteness flows from Canaan streams
And from the white of lovers' flesh
Shall we at death not follow her
And swim toward further nebulae][5]

A small, squarish lyric sung by a bachelor. A crying in public. Marcel took the Milky Way and let the stanza go: his Bride's space would be linguistic but wordless, not lyric, a blank. This would be cinema with the lights up. No weeping.

No rain.

The inscription itself would be a tripled imprint of the drafty lace, a trace of something barely there, indexical but thin, a veil that would permit all combinations of letters sent through it to join up with the gunshots and the splashes sent by the boys from below. Her space and their projections would combine in the transparency. Somehow. All at point A (Figure 1).[6]

"Mirage verbal"?[7]

This language would go down to a point and thin.

The problem of how to make this graphic, that is to say, pictorial, was a problem that he took with him to New York. But it was only one of many problems. Marcel had probably already been working on another idea of language that was leading him instead to the dictionary. For Marcel was interested to pull the word away from physical reference, even words having desire as their business, and to work with words that were abstract about the physical, i.e., abstract. Right away in his plans there would be another language for a pamphlet to accompany his *Glass*. Its language would be absolutely cryptic, said the notes, composed only of abstract words from *Larousse* that would then be redesigned as new signs, perhaps with the help of the stoppages and possibly using colors to differentiate the nouns from the verbs from the cases.[8]

That language was so different. It would immediately go thick.

But then there was the further complication of *Un Coup de Dés*.

5. Apollinaire, "La Chanson du mal-aimé," published in *Mercure de France* 285 (May 1, 1909) and in *Alcools* (Paris: Mercure de France, 1913), collected in *Oeuvres poétiques*, p. 48, and in *Selected Writings of Guillaume Apollinaire*, trans. and ed. Roger Shattuck (New York: New Directions, 1971), p. 99.
6. Notes from the *Green Box*, *DDS*, pp. 55–58. These notes are variously dated 1914 and May 1915.
7. *Notes*, n. 70, dated 1914.
8. "Conditions d'un langage," note from the *Green Box*, *DDS*, p. 48. There is no empirical reason to date this note from before June 1915, except for the fact that later elaborations of the idea specify that the language be typed, and Duchamp only learned to type that fall in New York. See *Notes*, nn. 68, 75.

In July of 1914, the *Nouvelle Revue Française* had brought out the edition Mallarmé had wanted, a poem book the size of a deluxe edition, in quarto, a grand page sparsely printed, but brilliantly, floating very dark letters crisp on the weave. Only a hundred were published. Marcel does not seem to have owned one, but he was close to the bookstores and to people who did. The long lines of Mallarmé's meditation on the abyss were never far from his mind.

When war came a month later, Marcel worked more on his notes. Picabia, Apollinaire, his brothers Raymond and Jacques were off in the military; he'd been exempted because of the condition of his heart. His idea to go to America was contrived discreetly, in correspondence with Walter Pach, an American friend, an organizer of the Armory Show, a confidant. Marcel wrote of the darkness around him and spoke of New York, but there were conditions: this was not a man who wanted to trade on his notoriety as the painter of the painting that was the Armory Show's best scandal. This was not a man who wanted to enter America as a professional artist; about that he was very clear. Perhaps he would have a job as a librarian.[9]

He came. Pach introduced him to the collector John Quinn, who would make inquiries for him at the Morgan Library and the Institut Français.[10] In the end Marcel made the money he needed by giving lessons, or more accurately, conversation, in French.

In America the matter of language had to concern him more.

When he arrived, he did not speak English.

Pach had met him on June 15, 1915, had taken him off to Arensberg's apartment at 33 West 67th Street, and like that Marcel met Walter Arensberg, soon his new best friend.[11] This Walter offered him the use of his apartment

9. Duchamp's correspondence with Walter Pach, dated January 19, March 12, April 2, April 27, and May 21, 1915 (Archives of American Art, Smithsonian Institution). Trans. Francis Naumann, "Amicalement, Marcel: Fourteen Letters from Marcel Duchamp to Walter Pach," *Archives of American Art Journal*, vol. 29 (1989), pp. 37–41.

10. The correspondence between Duchamp and Quinn regarding these positions dates from October 15, 1915, to January 3, 1916 (John Quinn Memorial Collection, Manuscripts and Archives Division, The New York Public Library).

11. Naumann's articles and his book *New York Dada 1915–1923* (New York: Abrams, 1994) have provided the groundwork for much of what follows here. For the articles, see especially: "Affectueusement, Marcel: Ten Letters from Marcel Duchamp to Suzanne Duchamp and Jean Crotti," *Archives of American Art Journal*, vol. 22 (1982), pp. 2–19; "Amicalement, Marcel: Fourteen Letters from Marcel Duchamp to Walter Pach"; "Cryptography and the Arensberg Circle," *Arts*, vol. 51 (May 1977); "The Big Show: The First Exhibition of the Society of Independent Artists," *Artforum*, vol. 17 (February 1979 and April 1979); "Frederic C. Torrey and Duchamp's *Nude Descending a Staircase*," in *West Coast Duchamp*, ed. Bonnie Clearwater (Miami Beach: Grassfield Press, 1991); "Marcel Duchamp's Letters to Walter and Louise Arensberg, 1917–1921"; "Walter Conrad Arensberg: Poet, Patron, and Participant in the New York Avant-Garde, 1915-20," *Philadelphia Museum of Art Bulletin*, vol. 76 (Spring 1980). Although Pach is usually cited as the person who met Duchamp when he disembarked, Carl Van Vechten has recalled that actually he was the one to meet Marcel at the dock. See both "The Reminiscences of Carl Van Vechten," 1960 (Oral History Research Office, Butler Library, Columbia University, p. 169), and his letter to Fiske Kimball of March 9, 1954 (Fiske Kimball Papers, Philadelphia Museum of Art, Department of Twentieth-Century Art).

over the summer while he and his wife Louise were in Connecticut. Marcel stayed in the city, though not by himself, for Picabia had contrived to defect there, and the Gleizeses turned up in September, and then there was Pach, who spoke beautiful French. There must have been English lessons for Marcel, but they are not recorded; at any rate he learned quickly enough to make translations for Quinn.[12] Walter would come into town now and then, introducing him one August night to Wallace Stevens. They dined downtown at the Brevoort, the three of them speaking French "like sparrows," Stevens reported, "around a pool of water."[13]

Were they discussing poetry? Perhaps. Walter was just finishing off the poems for his book *Idols*, verse that sprang not simply from the poetic circles of Harvard but from the example of the early Mallarmé.[14] Wallace Stevens was working his way toward writing "I wish that I might be a thinking stone."[15] And Marcel was writing notes. He seems not to have thought of them as poems. He was not by nature lyric.

No.

Walter thought lyrically, at least he thought he thought lyrically. He had many literary friends. He was close to the poet Donald Evans, the publisher in 1914 of Gertrude Stein's *Tender Buttons*.[16] He was equally close to Pitts Sanborn, and the *Rogue* group in the Village, and to Alfred Kreymborg, with whom he started the little magazine *Others*.[17] He would have a copy of the new Mallarmé.[18] Would he and Marcel have talked it over, prompting Marcel to take

12. Quinn seems to have proposed the idea to Marcel. See his letters to Duchamp of November 5 and November 13, 1915 (Quinn Memorial Collection, New York Public Library).

13. Letter to his wife, August 3, 1915, in *The Letters of Wallace Stevens*, ed. Holly Stevens (London: Faber and Faber, 1966), p. 185. The letter also explains Walter's movements that summer (away from New York) and describes going back to the Arensbergs' apartment to see some of Duchamp's things. "Duchamp speaks very little English."

14. *Idols* (Boston: Houghton Mifflin, 1916) is a collection of Arensberg's verse and two translations, Mallarmé's "L'Après-Midi d'un Faune" and the fifth canto of Dante's *Divine Comedy*. The book was finished in the fall of 1915. Early Mallarmé remained a topic of discussion at the Arensbergs'. See Beatrice Wood's drawing *L'Après-Midi d'un Faun,* circa 1917–18 (Philadelphia Museum of Art).

15. "Le Monocle de Mon Oncle," in *The Collected Poems of Wallace Stevens* (New York: Knopf, 1976), p. 13. See Glen G. MacLeod, *Wallace Stevens and Modern Art: From the Armory Show to Abstract Expressionism* (New Haven: Yale University Press, 1993), pp. 3–25.

16. Under the name Claire Marie Press. *Tender Buttons. Objects. Food. Rooms* (New York: Claire Marie Press, 1914).

17. Alfred Kreymborg, *Our Singing Strength: An Outline of American Poetry (1620–1930)* (New York: Coward-McCann, 1929), pp. 466–68. Pitts Sanborn and Wallace Stevens were both friends of Arensberg from Harvard. Sanborn was secretary and treasurer of the magazine *Trend*, which published Arensberg's writings during the year 1914, and which had Van Vechten briefly as its editor at the end of that year. Both Sanborn and Van Vechten knew Gertrude Stein. See Naumann, *New York Dada;* Steven Watson, *Strange Bedfellows: The First American Avant-Garde* (New York: Abbeville Press, 1991); Alfred Kreymborg, *Troubadour: An American Autobiography* (New York: Sagamore Press, 1957).

18. Now in the collection of the Francis Bacon Library. Arensberg also owned *Vers et prose* (Paris: Perrin, 1893) and *Pages* (Brussels: Demond Deman, 1891). On Mallarmé's importance to Duchamp, see his interview with Sweeney, "Eleven Europeans in America," p. 21.

a pencil and extract the phrases in the middle-sized typeface, *Quand bien même*... (Figure 2)? Whose idea was it then to take the last, most famous line, "Toute Pensée émet un Coup de Dés," and pull out the words capitalized in the typeface, drawing squares around them as if they were faces of dice, then returning back through the poem to find the other capitalizations, those too squared off and thrown down on the page? And over it all a couple of explanatory shakers with dice hurling from them over the page—flying dots, much activity, a disturbance made of chance. The dots lined up like shots.[19]

To have dice flying up in the *Glass* would have been rather too symbolic in 1915; Marcel had already taken his chances there with the gunshots mixing with the imprints of her words, those evaporating filmy stains, a Milky Way that in Mallarmé's language would be a constellation, if this were a poem, which it was not. It was not even lining up. The *Glass* was something else, unthinkable and short, recalcitrant, stopped, unplayed.

Not all the pages written by Marcel were notes for his *Glass*. The Mallarmé page was an exercise, probably set by Walter, for it looked for a system, hoped for a meaning, and then found a sea of scribbled confusion, a wreck. All of this in keeping with Marcel's usual response to systems, namely, to send them on shoals. At any rate this was not a page meant to stand alone; it was a second page (the first was lost).[20] It was also a page insistently scrawling its way to something else:

va

va *naguères*
is go moon

LC

ce dro [illegible]
[illegible]

It was a page seeking to take Mallarmé's celebrated lines, where words are made to exhale something of themselves (but what?), and use them as the raw material for a third idea of language, a language that was not one yet, but caught between two, a language that was beginning to approximate the kind of thick nothing being imagined for the pamphlet of the *Glass*.

A line between *naguères* and moon.

Abyss.

In New York Marcel discovered that he could achieve the cryptic more simply by translating into a language he did not really know.

Marcel had moved to his own apartment at 34 Beekman Place by October 8,

19. See the note from the *Green Box* entitled "Tirés," *DDS*, pp. 54–55.
20. Another page was appended. It typed up and punctuated the part of the page in full caps.

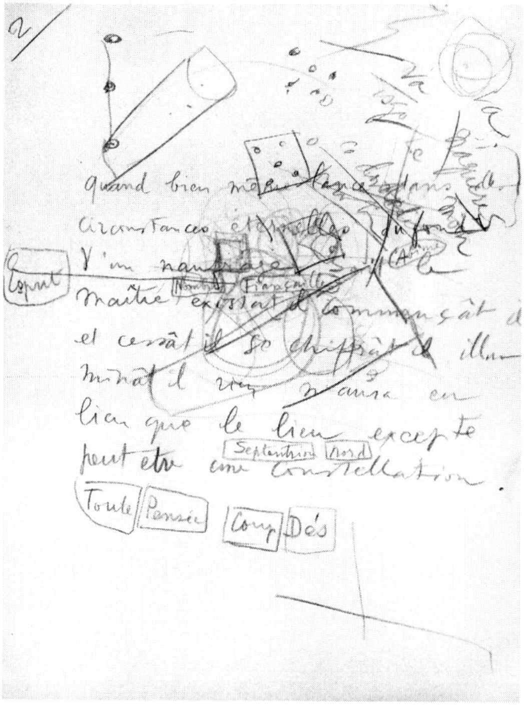

2. *Duchamp.* Quand Bien Même. *1915. Arensberg Archives, Francis Bacon Library.*

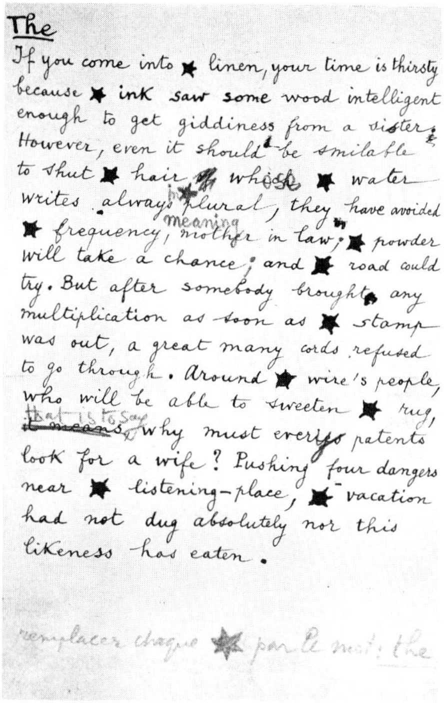
The
If you come into ✱ linen, your time is thirsty
because ✱ ink saw some wood intelligent
enough to get giddiness from a sister.
However, even it should be smilable
to shut ✱ hair whose ✱ water
writes always plural, they have avoided
✱ frequency, meaning mother in law; ✱ powder
will take a chance; and ✱ road could
try. But after somebody brought any
multiplication as soon as ✱ stamp
was out, a great many cords refused
to go through. Around ✱ wire's people,
who will be able to sweeten ✱ rug,
that is to say, why must every patents
look for a wife? Pushing four dangers
near ✱ listening-place, ✱ vacation
had not dug absolutely nor this
likeness has eaten.

remplacer chaque ✱ par le mot: the

3. *Duchamp.* The. *1915. The Philadelphia Museum of Art: Louise and Walter Arensberg Collection.*

1915, which put him across the street from Pach.[21] Was it there that he worked more on his English, translating phrases? Perfecting his tenses? Happy that in one respect English would be easier—nouns in English did not come with a gender that had to be learned. There was an all-purpose, concrete definite article.

A mirage?

He wrote a little word piece based on the genderless article, or rather its omission and called it "The" (Figure 3). At first it looked like a puzzle solved with little effort by the substitution of the definite article for the star. Except that the sentences were senseless, though grammatically correct. If there was at first a logic, it was phonetic, "time . . . thirsty," "saw some," "smilable . . . shut," "hair whose," "water writes," "have avoided," but that would break down. He wrote them out in ink, later correcting them in pencil. It remained a puzzle. Later he would remember that it was an exercise in the denial of meaning, the star being a form of amusement.[22]

21. Pach lived at 33 Beekman Place. He had apparently given Quinn Duchamp's new address, for Quinn's letter to Pach dated October 8, 1915, makes mention of it (Quinn Memorial Collection, New York Public Library).

22. In a much later conversation with Arturo Schwarz, Duchamp said, "The meaning in these sentences was a thing I had to avoid. . . . the construction was very painful in a way, because the minute I did think of a verb to add to the subject, I would very often see a meaning and immediately I saw a

Not sky.

Marcel was working substitution, also called translation, into an idea about contradiction he'd been developing in 1914, part of the research he was doing on nominalism. It had not been taking the form of amusement:

> Du Principe de Contradiction, défini seulement par ces 3 mots: c. à. d. *Cointelligence des Contraires* [*abstraits*], abroger toute sanction établissant la *preuve** de *ceci* par rapport à son contraire abstrait *cela*
>
> ainsi entendu le principe de contradiction [permet] exige. l'incertitude abstraite l'opposition immédiate, au concept A, de son contraire. B.
>
> développer:
>
> Encore ici, le principe de contradiction reste constant c à d: oppose encore 2 contraires *Par essence, il peut se contredire lui même* et exiger.
>
> 1° ou un retour à une suite logique non contradictoire. (Platon . . . .
> 2° ou de la propre contradiction, du principe de contr, à l'énoncé A., opposer B non plus contraire de A, mais *différent* (le nb des B. est infini, analogue aux combinaisons d'un jeu qui n'aurait plus de règles.)
>
> Après avoir multiplié B. à l'infini Il arrive ainsi à ne plus autoriser l'énoncé de A. (A, théorème, n'est plus formulé, ni formulable) Il libère le mot de *la définition*, du *sens idéal*. Ici encore 2 stades: 1° chaque mot garde un *sens présent* défini seul^{t} pour le moment par la fantaisie (auditive qqfois); le mot ici garde presque toujours son *espèce;* il est ou substantif ou verbe ou attribut etc. La phrase a encore son squelette (Exemples littéraires Rimbaud, Mallarmé)
>
> générique
> 2° Nominalisme [littéral] = Plus de distinction spécifique entre les mots
> numérique
> (tables n'est pas le pluriel de table, mangea n'a rien de commun avec manger). Plus d'adaptation physique des mots concrets; plus de valeur conceptique des mots abstraits. Le mot perd aussi sa valeur musicale. Il est seulement lisible (en tant que formé de consonnes et de voyelles), il est lisible des yeux et peu à peu prend une forme à signification plastique; il est une réalité sensorielle une vérité plastique au même titre qu'un trait, qu'un ensemble de traits
>
> Cette existence plastique du mot diffère de l'existence plastique d'une forme quelconque (2 traits) en ce que de l'alphabet convention.

---

meaning I would cross out the verb and change it . . . until the text would finally read without any echo of the physical world" (Schwarz, *The Complete Works of Marcel Duchamp,* 2d ed. [New York: Abrams, 1970], p. 584. Schwarz dates the work to October 1915). The use of the star or asterisk as a symbol in cryptographic systems, such as simple substitution ciphers, is commonplace. Arensberg's use of it was apparently so frequent that Allen Norton seized upon it to caricature him in his free verse, "Walter's Room," *The Quill,* vol. 4 (June 1919), p. 20.

[From the Principle of Contradiction, defined only by these 3 words: i.e., *Counderstanding of Opposites* [*abstract*], abrogate all sanctions establishing the *proof* * of *this* in relation to its abstract opposite *that*

thus understood, the principle of contradiction [permits] insists on the abstract uncertainty the immediate contrast, to the concept A, of its opposite, B. develop.

Again here, the principle of contradiction remains constant i.e., contrasts 2 more opposites *By nature, it can contradict its own self* and require.

1° either a return to a logical, noncontradictory continuation. (Plato ....
2° or the very contradiction, by the principle of contr, of the statement A., against B no longer A's opposite, but different (the no. of B's is infinite, analogous to the plans of a game which would no longer have rules.)

After having multiplied B. to infinity the result eventually no longer validates the statement of A. (A, theorem, is no longer formulated, nor formulatable.) It liberates the word from *definition*, from the *ideal meaning*. Here again 2 stages: 1° each word keeps a *present meaning* defined only for the moment by fantasy (sometimes auditory); here the word almost always keeps its kind; it is either noun or verb or complement etc. The sentence still has its structure (Literary examples Rimbaud, Mallarmé)

generic
2° Nominalism [literal]=No more specific distinction between words (tables is
numeric
not the plural of table, ate has nothing in common with eat). No more physical adaptation of concrete words; no more conceptual value of abstract words. The word also loses its musical value. It is only readable (due to being made up of consonants and vowels), it is readable by eye and little by little takes on a form of plastic significance; it is a sensorial reality a plastic truth with the same title as a line, as a group of lines.

This plastic existence of the word differs from the plastic existence of any form whatever (2 lines) as it does from the conventional alphabet.][23]

Letters without sense or music, words as nothing more than dead ends. It was nothing to laugh at. Rimbaud had seen it as the verb's alchemy. He had been elated:

> J'inventai la couleur des voyelles!—A noir, E blanc, I rouge, O bleu, U vert.—Je réglai la forme et le mouvement de chaque consonne, et, avec

23. *Notes*, n. 185, trans. Matisse.

> des rhythmes instinctifs, je me flattai d'inventer un verbe poétique accessible, un jour ou l'autre, à tous les sens. Je réservais la traduction.
>
> [I invented the color of vowels!—A black, E white, I red, O blue, U green. I regulated the form and the movement of every consonant, and with instinctive rhythms I prided myself on inventing a poetic language accessible some day to all the senses. I reserved all rights of translation.][24]

Mallarmé, in the "Crise de Vers," had spoken of the contrary of clear numbering, a virtuality of the poem:

> Le vers qui de plusieurs vocables refait un mot total, neuf, étranger à la langue et comme incantatoire, achève cet isolement de la parole: niant, d'un trait souverain, le hasard demeuré aux termes malgré l'artifice de leur retrempe alternée en le sens et la sonorité, et vous cause cette surprise de n'avoir ouï jamais tel fragment ordinaire d'élocution, en même temps que la réminscence de l'objet nommé baigne dans une neuve atmosphère.
>
> [The verse which from several vocables remakes a total word, new, foreign to the language and as incantatory, achieves this isolation of the word: denying, with one sovereign stroke, the chance that stayed its term despite the artifice of being redipped alternately in sense and in sonority, and gives you that surprise of never having heard such a fragment of ordinary elocution, at the same time that the remembrance of the object named bathes in a new atmosphere.][25]

Marcel would not speak or write like either one of them. Neither would he develop his ideas about language into Principles. He would gain another sense of verbal possibility when he had to deal daily with a language he did not have. He began to live between languages. He came to realize that he did not necessarily need to choose between them.

The possibilities grew larger and larger.

"The" was more than a translation of contradiction, however. It took phrases from one context and put them into another one, grammatically possible and semantically mud. Another of the notes on nominalism had considered this possibility, of words in any order, without interpretation: "l'ensemble des mots et

24. Arthur Rimbaud, "Une Saison en Enfer," *Oeuvres complètes*, ed. Antoine Adam (Paris: Gallimard, 1972), p. 106. Translation from *Baudelaire Rimbaud Verlaine: Selected Verse and Prose Poems*, ed. Joseph M. Bernstein (New York: Citadel Press, 1993), p. 186.

25. Mallarmé, "Crise de Vers" (1895), slightly revising a paragraph from an earlier work, "Avant-dire au *Traité du Verbe* de Réné Ghil" (1886), in *Oeuvres complètes*, ed. Henry Mondor and G. Jean-Aubry (Paris: Gallimard, 1945), pp. 368, 858 respectively.

4. Duchamp. Cher Walter. *1915. The Philadelphia Museum of Art: Louise and Walter Arensberg Collection.*

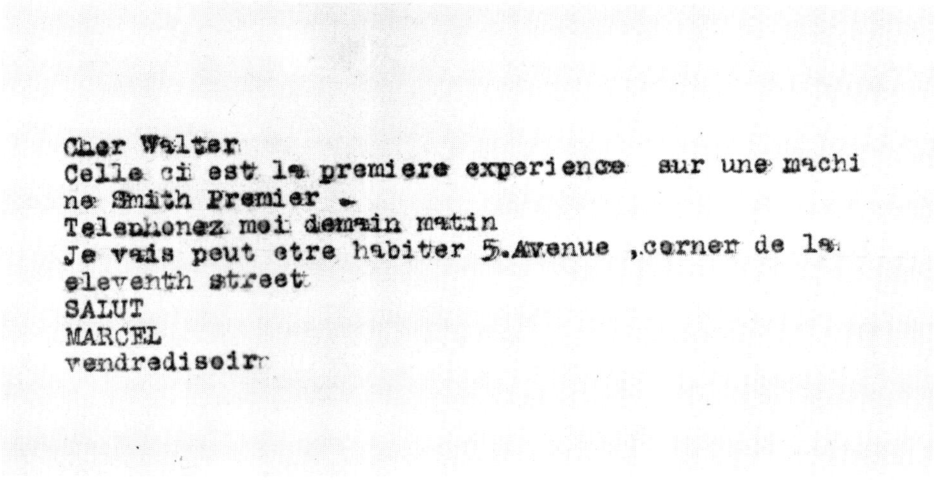

Cher Walter
Celle ci est la premiere experience sur une machi
ne Smith Premier .
Telephonez moi demain matin
Je vais peut etre habiter 5.Avenue ,corner de la
eleventh street
SALUT
MARCEL
vendredisoir

n'exprime *enfin* plus une oeuvre d'art (poème, peinture, ou musique" ["the group of words and *finally* no longer expresses a work of art (poem, painting, or music"].[26] Whatever "The" was, it was published a year later in *Rogue* with the subtitle "Eye Test, Not a 'Nude Descending a Staircase,'" a solid black dot replacing the star.[27] The text was followed simply by a black dot and then the word "the" and underneath the following line in French: "Appartenant a [*sic*] Marcel Duchamp, depuis Novembre, 1915." The subtitle sounds more like the *Rogue*'s editor, Allen Norton, than Marcel. Possibly the text was edited slightly for the English at this time; probably the stars acquired their rotund centers then. The text was published badly proofread.

Its manuscript had not been typed. Marcel had learned to type, however, in the fall of 1915 (America was good for these things) on a Smith Premier supplied with purple ribbon. Walter received his first effort (Figure 4). Subsequently Marcel used Walter's machine to type his work (but never his notes). Walter's machine could do French accents. Walter's machine was fun at parties. On New Year's Eve, Marcel ran off a string of letters while pulling a paper through the machine, a portrait of Fania Marinoff (Figure 5). She was, among many other things that night, Carl Van Vechten's wife.[28]

26. *Notes*, n. 186. Thierry de Duve has taken these and Duchamp's other notes on language together as part of a counter to the theoretical position of Kandinsky. His conclusions are not irrelevant to the subject under investigation here, but they have been drawn without regard for the notes' chronology, their different tracks, and their different projects, not to mention the word pieces done after arriving in New York. For de Duve's argument, see his book *Nominalisme picturale* (Paris: Minuit, 1984). For a different, more Rousselian *dérive* departing from Duchamp's ideas on language, see André Gervais, *La raie alitée d'effets: apropos of Marcel Duchamp* (Ville LaSalle, Quebec: Hurtubise, 1984).
27. *Rogue*, vol. 3, no. 1 (October 1916), p. 2.
28. "Fania" was made on Systems Bond paper. This work, "The," "Cher Walter," and the manuscript of one segment of "Rendez-vous du dimanche 6 février" were in the Arensbergs' version of the Box of

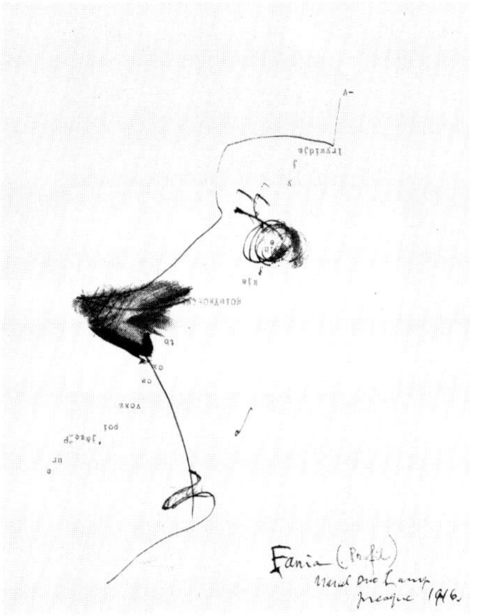

5. *Duchamp.* Fania (Profil). *December 31, 1915. The Philadelphia Museum of Art: Louise and Walter Arensberg Collection.*

6. *Arensberg.* Si bien qu'il arrive souvent... *1915. Arensberg Archives, Francis Bacon Library.*

At some point Marcel took the typewriter into his thinking on language. New notes. Typing might serve the pamphlet for the *Glass* better than the cryptic, stoppage-devised signs or, another idea, shorthand, although for all its appearance of logic this language would still defy being read.[29] The thickening was growing thicker on the example of the "The."[30] Less Mallarméan stillness than pall.

Walter was deeply affected. He had come back to New York having finished collecting a group of his poems into a new book, *Idols*, which would be printed in March. The most unconventional poem of *Idols* was "Autobiographic," where an "eye-glassed I" writes of a Cubism (he had recently bought a painting, *Woman at the Piano*, by Gleizes):

> Permanently in a space that is anywhere here
> While I am I,
> I am temporarily
> Always now.[31]

Subsequently, he would write poems to and about his Gleizes painting, but it would not be long before that kind of meditative and symbolically charged poem

---

1914 when it came with some of their collection to the Philadelphia Museum of Art in 1953. "Fania" and "Cher Walter" were typed on different machines. D'Harnoncourt and McShine state that "Fania" was "Provoked by the acquisition of an Underwood typewriter" by Duchamp, but provide no further documentation (*Duchamp*, p. 278). The type appearing in "Fania," however, matches that in the materials known to have been typed on Arensberg's machine, which appears to have been an Underwood. For the typefaces of Underwood, see *The Underwood Typewriter*, trade catalogue (circa 1915), pp. 18, 28 (Romaine Trade Catalog Collection, Special Collections, University Library, University of California, Santa Barbara). We thank Ruth Lesnick-Sawelson for her help with the assessment of these and the other typeface documents included in this article.

29. *Notes*, nn. 68, 71, 77, and 164. See also *DDS*, p. 48.

30. See especially *Notes*, n. 68, which also proposes that the useless words be suppressed.

31. Arensberg, *Idols*, p. 19.

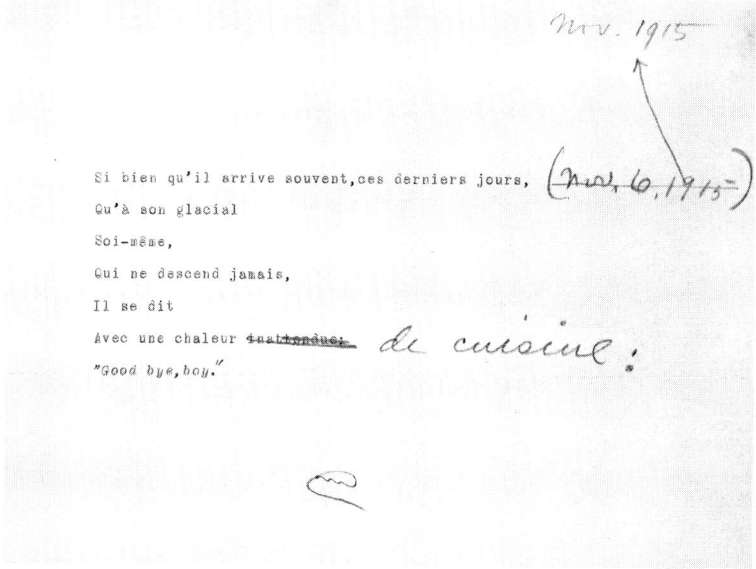
Nov. 1915

Si bien qu'il arrive souvent, ces derniers jours, (Nov. 6, 1915)
Qu'à son glacial
Soi-même,
Qui ne descend jamais,
Il se dit
Avec une chaleur ~~inattendue;~~ de cuisine:
"Good bye, boy."

was banished.[32] He tried to write a poem about Marcel. There was a long and a short version, both of them in French, full of weak puns and awkward turns of phrase (Figures 6–8). Walter was wonderful and erudite but not a special wit. The shorter poem was dated "Nov. 1915" by Duchamp and seems to have been edited for publication, maybe in *Rogue*, for the hand of the editor looks to be that of Norton, but the poem was not published.[33] Perhaps more significantly, Walter began to write himself notes. He did not, like Marcel, write them out longhand on miscellaneous scraps. Walter kept his notes on big 8 1/2 by 11 inch sheets, sometimes from his ream of Systems Bond, sometimes on his supply of wood pulp scrap. Sometimes he typed them.[34]

32. Arensberg drafted four verses about the painting, three of them written in French, the other in French and English, all of them on Systems Bond paper. The painting was shown at the Carroll Galleries in New York in "Third Exhibition of Contemporary French Art," March 8–April 3, 1915. Walter Pach had apparently written to Gleizes about Arensberg's purchase, telling him that the new owner would like the artist's explanation of his painting. Pach's letter elicited a response from Gleizes, postmarked May 16, 1915, now in the Arensberg Archives, Philadelphia Museum of Art.

33. The signature below the text also appears on the second and last page of the completed draft of "Vacuum Tires," which was published by *TNT* in March 1919. A different but related signature appears as marginalia on page three of his note "I objected to the sentimental character," discussed below. All of these signatures are Walter Arensberg's.

34. Arensberg's notes on the Systems Bond are: "Avoid" (with references to Duchamp and his lost readymade *Emergency in favor of twice*); "Foliation"; "Follows"; "I objected to the sentimental character"; and "misspell words." He used it as well for his verse: "Dear Hip"; "A kind in sleep"; "Shade"; "Notwithstanding the blue for a Mabel pregnant"; "Notwithstanding the swelling blue that regularly made the" (parts of both "Notwithstanding" fragments were incorporated into "Vacuum Tires"); and "After the bottle of cordial" (an alphabet string cipher). He used the wood-pulp papers for: word lists in French and in English; four pages of a text to be used in "Vacuum Tires," beginning "By such a transposition to the left as is to be described"; "For a poem on . . . . . take twenty pages" (related to a cipher system of consonants); and "the peddle goes too" (a homophonic verse). Three other types of bond paper were used for more advanced forms of free verse and are probably to be dated later. They are: Alexis Bond/Strathmore Quality/U. S. A. ("Pour une sous-vierge alterne à l'analyse spectrale" and "la

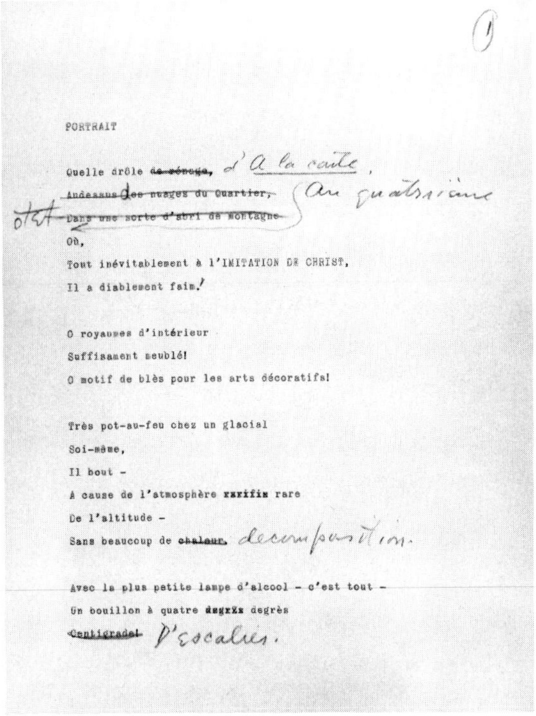

(1)

PORTRAIT

Quelle drôle ~~de cénoge,~~ d'A la carte,
~~Audessus des nuages du Quartier,~~ Au quatrième
étage ~~Dans une sorte d'abri de montagne~~
Où,
Tout inévitablement à l'IMITATION DE CHRIST,
Il a diablement faim!

O royaumes d'intérieur
Suffisament meublé!
O motif de blès pour les arts décoratifs!

Très pot-au-feu chez un glacial
Soi-même,
Il bout -
A cause de l'atmosphère ~~rarifie~~ rare
De l'altitude -
Sans beaucoup de ~~chaleur.~~ décomposition.

Avec la plus petite lampe d'alcool - c'est tout -
Un bouillon à quatre ~~degrés~~ degrés
~~Centigrade!~~ D'escalier.

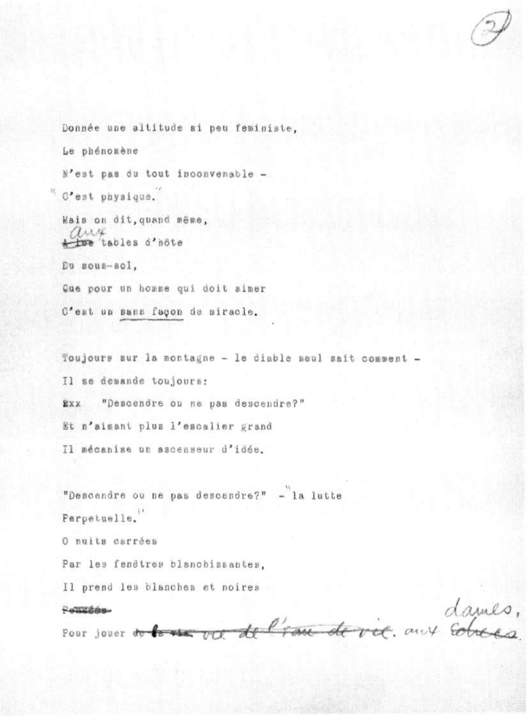

(2)

Donnée une altitude si peu feministe,
Le phénomène
N'est pas du tout inconvenable -
"C'est physique."
Mais on dit, quand même,
~~A les~~ aux tables d'hôte
Du sous-sol,
Que pour un homme qui doit aimer
C'est un sans façon de miracle.

Toujours sur la montagne - le diable seul sait comment -
Il se demande toujours:
Exx "Descendre ou ne pas descendre?"
Et n'aimant plus l'escalier grand
Il mécanise un ascenseur d'idée.

"Descendre ou ne pas descendre?" - "la lutte
Perpetuelle."
O nuits carrées
Par les fenêtres blanchissantes,
Il prend les blanches et noires
~~Pensées~~
Pour jouer ~~de la vie de l'eau de vie~~. aux ~~échecs~~ dames,

7 and 8. Arensberg, with additions by Duchamp. Portrait. *1916? Arensberg Archives, Francis Bacon Library.*

Avoid
the "I" of autobiography
the autobiographical

Is it possible to use for the thing the image which may not completely describe the thing?

Futurist Infinitive

Question of intelligibility

Marcel's different planes of thought in the same sentence

Picasso spatialist realist or impressionist as compared with the non-real images of Marcel

The really unintelligible, as Emergency in favor of twice

The note was a long one. It ended with injunctions:

Try for something like the mystery (not the symbolism) of
"Un Coup de Dès [*sic*]".
Realism of mystery (of the indefinable.)
Preciser [*sic*] the indefinable (the vague which
is not atmosphere
Non musical Complication of fundamental themes
to which is given a single expression,
which must be precise and unsymbolical. A precision
which picks out and expresses the common terms of
contrasting themes.
Dislocations of thought
Deformations[35]

He admired Marcel and did everything he could to help him.

Quietly he wrote him a letter of recommendation for a job in the print room at the Metropolitan Museum.[36]

---

poussière"); Government Linen ("Through the determination after all hare nothing"); and H K Brewer & Co New York/Commerce Linen (texts and final draft for "Vacuum Tires" as well as "DREAM [March 21, 1919]"). Two other pieces, one of which is for "Vacuum Tires" and the other for "Witches," are done on paper with no visible watermark.

35. "Avoid" (Systems Bond) goes on for three pages, referring to "Concept of Nothing," discussed below, as well as to Duchamp's lost readymade *Emergency in favor of twice*, done before mid-January 1916.

36. Arensberg's letter to his old friend from Harvard, William Ivins, who in December 1916 had been appointed Curator of Prints there, asking him to consider appointing Duchamp and Pach as his assistants in the department. "Of Marcel I don't know whether you know that he served his apprenticeship in France as a printer of etchings, and that he passed a public examination in this metier, and actually practised it to a certain extent, having printed a number of his brother's etchings. You may not think of Marcel as particularly capable of the routine of a museum position, but he has already proved

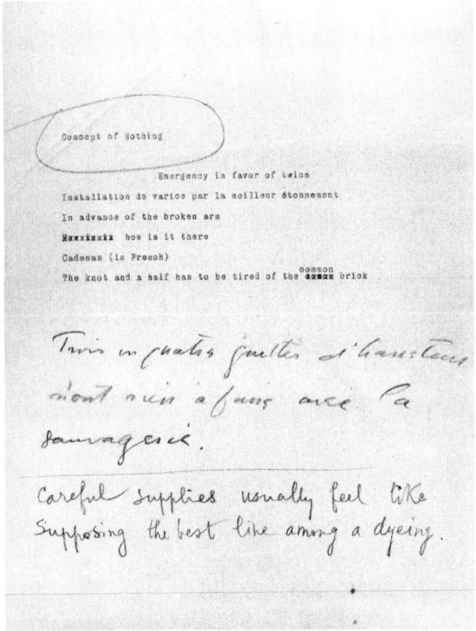
Concept of Nothing

Emergency in favor of twice

Installation de varice par le meilleur étonnement

In advance of the broken arm

how is it there

Cadenas (in French)

The knot and a half has to be tired of the common brick

Trois ou quatre gouttes de hauteur n'ont rien à faire avec la sauvagerie.

Careful supplies usually feel like Supposing the best like among a dyeing.

9. Concept of Nothing. *With annotations by Arensberg and Duchamp. 1916. Arensberg Archives, Francis Bacon Library.*

One of his first responses to "The," however, was to teach Marcel how to use an alphanumeric system in order to make phrases that would be cryptic cryptographically. Yet another idea of language would move in the mix. This one was a game, like chess. There would be givens. There would be moves. Walter would lay out the givens. Most of the moves surviving seem to be Marcel's. By mid-January 1916 this idea of language led Walter to the "Concept of Nothing" (Figure 9) and Marcel to the inscrutable sentences that would be taken over as inscriptions for the readymades.

The game was simple enough to start. Given: the alphanumeric string cipher where letters have numerical equivalents, so that a=1, b=2, c=3. Only nouns will count as words in the string. Only the numbers present in the string should be used. English and French are allowed but not in the same sentence. It is possible that Marcel and Walter both played a role in fixing the givens, but we shall never know. We may surmise that the game began with (point?) a.

The first phrase began with *a* and *b* combined mathematically (the operation not specified) (12=1) to arrive at the third letter *a*. This had the advantage of pushing the mind away from its own personal verbal habits to reach "In advance

himself in this quality by his service as a librarian at the library of Ste Geneviève, I think it was. Neither of the boys knows that I am writing this letter to you. I have ventured to write because I do think that their qualifications are extraordinary" (letter undated, William Ivins Papers, Archives of American Art, box 1, f. Arensberg). In the same folder see also the draft of the letter Ivins wrote in response to Fiske Kimball's questionnaire (the Philadelphia Museum having received the Arensberg collection) about Arensberg on March 15, 1954, where he explains meeting up with Walter at Harvard and later. On Ivins at the Metropolitan Museum, see Winifred Howe, *A History of the Metropolitan Museum of Art*, vol. 2 (New York: Columbia House, 1946), p. 67. Kimball would publish an article "Cubism and the Arensbergs," *Art News Annual*, vol. 24 (1955), pp. 117–22, 174–78.

of the broken arm." But already in the first phrase Marcel had broken the rule about the noun. The later phrases seem to be developed from a numerical sequence that would precede the choice of the phrase's first letter, the second letter then following from the first. A move not unlike his way of getting to the stoppages by dropping the meter strings on the ground. Numerical measurement was to be taken to another plane, numbers dropped here through a process in order to make letters from which phrases, not shapes, would grow. To wit:

1 2 = 1 = a [or, 12 = 1]
(a) (b)
In *a*dvance of the *b*roken arm.

2 3 = 5 = e [or, 2+3 = 5]
(e) (f)
*E*mergency in *f*avor of twice. [twice being a clue]

3 4 = 7 = g [or, 3+4 = 7]
(g) (h)
3 ou 4 *g*outtes de *h*auteur n'ont rien à faire avec la sauvagerie.

4 squared= 16 = p
(p)
*P*ulled at 4 pins.

5 6 = 11 = k [or, 5+6 = 11]
(k)
The *k*not and a half has to be tired of the common brick.

6 7 = 8 = h [counting]
(h)
*H*ow is *i*t there

7 8 = 9 = i [counting]
(i)
*I*nstallation de varice par la meilleur étonnement.

9 10 = 19 = s [or, 9+10 = 19]
(s)
Careful *s*upplies usually feel like *s*upposing
the best like among a dyeing

The rules would not always be followed to the letter. "Pulled at four pins" was a direct translation of *tiré à quatre épingles* (dressed to the nines) after all. And "The knot and a half" pulled together phrases from one of Marcel's notes: "La brique ordinaire rassasie le noeud," which had been preceded by a dangling "to be tired of."[37] Exactly. Translation took precedence. The first five phrases are already known to be the work of Marcel; the last three probably belong to him as well. The phrases were probably not composed in a day or for that matter in company. But the set was complete enough for Walter to make a poem from its parts. And that was the "Concept of Nothing."

"Concept of Nothing" was never more than a poem in draft, a typed stanza with two later additions, phrases forgotten maybe or newly arrived. Walter wrote in the line about the *gouttes.* Marcel wrote down for him the line about supplies. What would Walter want to do with it? He was a practiced cryptographer currently extracting messages from Dante.[38] In his scholarly work he was prone to analyze the first letters of the unindented lines. Consequently, it bears notice that for the concept of nothing he had set up:

I
I
C
T
T
C

Not a word, nor a signature, as one would expect, only "cit." twice or a double tic, another announcement of what the lines had already insisted upon, the twoing and halving (Duchamp's first knot had no half), twice supp-, twice -ing. A dyeing without dice. A concept of nothing in the space between two imaginations. Nothing for either of them to speak. Walter permitted an image to slip in, "Cadenas (in French)," to insist upon the *C* and to give the cryptographer's clue that all this could be opened by the right set of numbers, as if this were a padlock. And yet Walter's concept was not making a language for the *Glass.*

This language was grease.

37. Notes from the Green Box, *DDS*, p. 47.
38. Naumann's article, "Cryptography and the Arensberg Circle," gives a good chronology of Arensberg's involvement with cryptography, which began at Harvard under the influence of William Stone Booth (*Arts*, vol. 51 [May 1977], pp. 127–33). Arensberg's cryptographic work would take off from Booth's *Some Acrostic Signatures of Francis Bacon* (Boston: Houghton Mifflin, 1909); by 1909 his cryptographic skills were fairly advanced, enabling him to participate in the Shakespeare authorship controversy and to go to work on Dante. His cryptography was mainly a circular process enabling him to find what he set out to find in these texts. In New York he would take these techniques to his own writing, mainly as ways of producing short bursts of images having the appearance of complete incoherence but actually responding to the play of a cipher, for example, alpha-numeric, substitution, mirror, or string. With the death of his mother in 1918, his work on the cryptography of Dante acquired a new momentum, as did his desire to locate dense autobiographical meaning in language. The Dante book, *The Cryptography of Dante* (New York: Knopf, 1921), identified Dante's mother Bella with Beatrice. The next year Arensberg published *The Cryptography of Shakespeare: Part One* (Los Angeles: Howard Bowen, 1922) to show that hidden signatures of Francis Bacon in the plays of Shakespeare contained the proof that Bacon was in fact their author. The Bacon project would continue to occupy him for the rest of his life. As a standard reference to cryptography, see Helen Fouché Gaines, *Elementary Cryptanalysis: A Study of Ciphers and Their Solution* (Boston: American Photographic Publishing Co., 1943).

At least two of the readymades had appeared before Marcel moved again, this time to a studio that he would share with Jean Crotti and his wife Yvonne Chastel, at 1947 Broadway, room 512.[39] He was there by New Year's Day 1916. Sometime mid-January he wrote a letter to his sister.

> Maintenant si tu es montée chez moi tu as vu dans l'atelier une roue de bicyclette et un *porte bouteilles.*—J'avais acheté cela comme une sculpture toute faite. Et j'ai une intention à propos de ce dit porte bouteilles: Ecoute.
> Ici, à N. Y., j'ai acheté des objets dans le même goût et je les traite comme des "readymade" tu sais assez d'anglais pour comprendre le sens de "*tout fait*" que je donne à ces objets—Je les signe et je leur donne une inscription en anglais. Je te donne qques exemples:
> J'ai par exemple une grande pelle à neige sur laquelle j'ai inscrit en bas; *In advance of the broken arm.* traduction française: *En avance du bras cassé*—Ne t'escrime pas trop à comprendre dans le sens romantique ou impressioniste ou cubiste.—Cela n'a aucun rapport avec;
> Un autre "readymade" s'appelle: *Emergency in favor of twice.* traduction française possible: *Danger en faveur de 2 fois.*
> crise
> Tout ce préambule pour te dire:
> Prends pour toi ce porte bouteilles. J'en fais un "Readymade" à distance. Tu inscriras en bas et *à l'intérieur* du cercle du bas en petites lettres peintes avec un pinceau à l'huile en couleur blanc d'argent la ["phr" is crossed out] inscription que je vais te donner ci après et tu signeras de la même écriture comme suit:
> [d'après] Marcel Duchamp.
>
> [Now, if you went up to my place you saw in my studio a bicycle wheel and a *bottle rack.* I had purchased this as a sculpture already made. And I have an idea concerning this said bottle rack: Listen.
> Here, in N. Y., I bought some objects in the same vein and I treat them as "*readymade.*" You know English well enough to understand the sense of "*ready made*" ("*tout fait*") that I give these objects. I sign them and give them an English inscription. I'll give you some examples:
> I have for example a large snow shovel upon which I wrote at the bottom: *In advance of the broken arm,* translation in French: *En avance du bras cassé.* Don't try too hard to understand it in the Romantic or Impressionist or Cubist sense—that does not have any connection with it;
> Another "readymade" is called: *Emergency in favor of twice.* possible translation in French: *Danger (Crise) en faveur de 2 fois.*
> This whole preamble in order to actually say:

39. See Lebel's description of Duchamp's part of the studio with its working bathtub in the center of the room (*Duchamp,* p. 38).

> You take for yourself this bottle rack. I am making it a "Readymade" from a distance. You will have to write at the base and *on the inside* of the bottom ring in small letters painted with an oil-painting brush in silver-white color, the inscription that I will give you after this, and you will sign it in the same hand as follows:
>
> (after) Marcel Duchamp][40]

The next page with the inscription has been lost. Perhaps it was in English; perhaps it was in French. Careful supplies usually feel like supposing the best line among a dyeing? *Installation de varice par la meilleur étonnement*? What did Suzanne do? Unbeknownst to Marcel she had already thrown the bottle rack out. *Emergency in favor of twice* slipped into oblivion all by itself in New York.

The inscription of the readymade, Marcel recounted later, "instead of describing the object like a title, was meant to carry the mind of the spectator towards other regions more verbal."[41] Language became the vehicle of dissociation, the means of pushing the mind toward the regions more verbal than usual, that is, more verbal than the language of reason and label or grammar or alphabetization, toward verbal material. This language carried the abyss at the edge of itself, like a pitfall, a threat.

The readymade would be recalcitrant, inhospitable to language, which was equally inhospitable to them. There would be rendezvous, not reference or equivalence. And never works of art.[42] The words, the games, and the things would explore a general space of dissociation in early 1916 in an effort to give it a technical quality.

> Préciser les <<Readymades>>
>
> En projetant pour un moment à venir (tel jour, telle date, telle minute), <<d'*inscrire un readymade*>>. Le readymade pourra ensuite être cherché (avec tous délais).
> L'important alors est donc cet horlogisme, cet instantané, comme un discours prononcé à l'occasion de n'importe quoi mais *à telle heure.*

40. Naumann, "Affectueusement, Marcel: Ten Letters," p. 5. We have slightly modified Naumann's translation. The French original is to be found in the Jean Crotti Papers, Archives of American Art, roll 2394, frames 180–81.

41. Marcel Duchamp, "Apropos of Readymades" (1961), as part of his participation in the symposium "The Art of Assemblage," held at the Museum of Modern Art on October 19, 1961. First published in *Art and Artists,* vol. 1 (July 1966), p. 47.

42. Late in his life Duchamp would be emphatic on this point during his interview with Pierre Cabanne. See Marcel Duchamp, *Ingénieur du temps perdu. Entretiens avec Pierre Cabanne* (Paris: Pierre Belfond, 1967), p. 82. To Otto Hahn he had said: "The Readymades are completely different from the Large Glass. I made them without any object in view, with no intention other than unloading ideas. Each Readymade is different, there is no common denominator between the ten or twelve Readymades, other than that they are all manufactured goods. As for recognizing a motivating idea; no. Indifference. Indifference to taste, taste in the sense of photographic reproduction, or taste in the sense of well made materials. The common factor is indifference." The interview was published as "G255300 United States of America," trans. Andrew Rabeneck, *Art and Artists,* vol. 1 (July 1966), p. 10.

10. Duchamp. Ready-made comb. 1916. The Philadelphia Museum of Art: Louise and Walter Arensberg Collection.

C'est une sorte de rendez-vous.
Inscrire naturellement cette date, heure, minute, sur le readymade comme *renseignements.*
Aussi le côté exemplaire du readymade.

[Specifications for "Readymades."

By planning for a moment to come (on such a day, such a date, such a minute), "*to inscribe* a readymade." The readymade can later be looked for (with all kinds of delays).
The important thing then is just this matter of timing, this snapshot effect, like a speech delivered on no matter what occasion but *at such and such an hour.*
It is a kind of rendezvous.
Naturally inscribe that date, hour, minute, on the readymade as *information.*
Also the serial characteristic of the readymade.][43]

There was never any story about a purchase for the dog comb, but then, purchases were not necessarily part of the readymade's brief. Things after all existed outside the marketplace, and dog combs were to be found at Walter and Louise's (because of their two wire-haired fox terriers). It seems likely that the comb was merely found at home at 11 A.M. that morning on February 17, 1916, and pulled away from the dogs forever (Figure 10).[44] Did they care? Was it

43. Note from the *Green Box, DDS,* p. 49. *WMD,* p. 32.
44. Kirk Varnedoe has suggested that the comb is a cattle comb in his catalogue essay, "Advertising," *High & Low: Modern Art, Popular Culture* (New York: MOMA, 1990), p. 274. It seems unlikely that a New York cutlery manufacturer would produce cattle combs (see below n. 45); besides, the comb in question fits the specifications for combs used to groom short-haired canines (*Spratt's Dog Culture* [Newark: Spratt's Patent (America) Limited, n.d.], Romaine Trade Catalog Collection, University of California, Santa Barbara). The Arensbergs had two wire-haired Welsh terriers in Cambridge in the late fall of 1914, just before they moved to New York; the dogs' subsequent movements are not documented, although Beatrice Wood in a conversation with Sawelson-Gorse recalled Walter with a dog in the elevator of the New York building. A pair of terriers, however, figures on the cover of *Rongwrong* (1917), edited by Duchamp, Henri-Pierre Roché, and Wood.

washed? Other than the imprint of the manufacturer, Chas. F. Bingler, 166 6th Ave. N. Y., there would be nothing but the odd line in French along the edge, the third in the series of inscriptions apparently waiting for their things.[45] There would be nothing more to make of it. The words would not linguistically attach.

There was an idea now known only through the note where Marcel crossed out "pour le readymade mou, se servir de '*la Brique ordinaire.*' dans l'inscription" ["for the soft readymade, use: '*the Common Brick.*' in the inscription"].[46] The "readymade mou," now lost, would come to be called the *Traveller's Folding Item* and never have an inscription, only the Underwood letters on its bulky cover (Figure 11).[47] In the end, only some of the other lines would be put to use. *Pulled at 4 Pins* would be inscribed on a chimney cowl, a kind of ventilator that Marcel would give to Louise Norton, at that time Allen's wife.[48] However, neither combs nor ventilators were exactly pure surprise or random choices; both were being considered for the apparatus in the *Glass.* Once these things materialized, they seemed to have lost their relevance to the larger project, becoming apart, no longer images with potential, only things detached from sex and a step apart from words. All the same, it was a time for plans.

> Acheter une pince à glace comme Readymade.
> [Buy a pair of ice-tongs as Readymade].[49]

Perhaps it was possible to choose a readymade according to a prespecified weight?[50] Perhaps the number of readymades each year should be limited.[51] Perhaps one could make a sick readymade.[52] Perhaps one could use a Rembrandt as an ironing board.[53] And two objects that by chance fit together? A note: "Rechercher autres texte des papiers (jeux de mots)" ["Find other text of the papers (word plays)"].[54]

45. Bingler's store in 1916 was to be found at 182 Sixth Avenue. R. L. Polk & Co.'s *1916 Trow's New York City Directory* lists him at that address as "Cutler and Grinder, Importer and Manufacturer of Cutlery." The February 1916 edition of the New York City Telephone Directory gives the same address. The previous edition of Trow's, which appeared in August 1914, gives the 166 Sixth Avenue address. The comb may or may not have been an old one, but it was definitely deluxe.
46. *Notes*, n. 94; translation by Matisse reads *"Ordinary Brick."*
47. It is possible that the title, *Traveller's Folding Item*, played off the language defining the portable typewriter, in those days called folding. See the advertisements for the Corona Folding Typewriter on the inside cover of *The World Almanac and Encyclopedia* (New York: Press Publishing) for 1915 and 1916. Underwood did not manufacture a folding or collapsible portable typewriter.
48. Schwarz gives a date of 1915 for the work, though this seems unlikely, since Duchamp would probably have mentioned it in his letter to his sister Suzanne; 1916 seems more appropriate. The work has been lost, but Duchamp made an etching of it in 1964. For a photograph of such a ventilator, see d'Harnoncourt and McShine, *Duchamp*, p. 314.
49. Note from the *Green Box, DDS*, p. 49. *WMD*, p. 33.
50. "Chercher un Readymade qui pèse un poids choisis à l'avance déterminer d'abord un poids pour chaque année et forcer tous les Readymade d'une même année à être du même poids" (*Notes*, n. 172).
51. "Limiter le nombre de readymades par année (?)" (note from the *Green Box, DDS*, p. 50).
52. "Faire un tableau malade ou un Readymade malade" (ibid., p. 49).
53. "Readymade Réciproque = Se servir d'un Rembrandt comme planche à repasser—" (ibid.).
54. *Notes*, n. 175.

11. Underwood typewriter cover. From Underwood Victories. *1910.*

There was another note, dated January 1916: "trouver inscription pour Woolworth Bldg. comme readymade" ["find inscription for Woolworth Bldg. as readymade"] at the end of a long note assessing the advantages of a buffet with sliding glass doors.[55] Perhaps Marcel had been inspired by dessert. For once Walter and Louise were back in town, their evenings, or better, all-night open house, had resumed. Their building had a restaurant and room service; it was customary to have a midnight snack, perhaps ordered up and wheeled in on a dessert cart, perhaps not. William Ivins remembered soufflés and cakes and pies and coffee being served late like that. Coffee was certainly not the only beverage.[56] Just as poetry was not the only subject of discussion. The atmosphere held a constant scent of seduction. There would be antics. There would be song. There would be cards. There would be chess.[57]

55. In *A l'infinitif, DDS*, pp. 106–7. *WMD*, p. 75. On the Woolworth Building, which was under construction at the time, as a figure for the fourth dimension, see Craig Adcock, "Marcel Duchamp's Approach to New York: 'Find an Inscription for the Woolworth Building as a Ready-Made,'" *Dada/Surrealism* 16 (1987), pp. 52–65.

56. See Ivins letter to Kimball, March 15, 1954 (William Ivins Papers, Archives of American Art, box 1, f. Arensberg). He also explains that the 33 West 67th Street building had both room service and a restaurant. "The studio began to get into operation sometime after dinner and the party went on into the early morning, night after night, strength for the task of talk and so forth being provided by soufflés and cakes and pies and coffee between 12 and 1. . . . There were a good many rather steady visitors, especially Duchamp, who became the star boarder, and a host of others. Walter Pach for a while came quite regularly, but he had his celebrated falling down or out with Duchamp and as Duchamp was there all the time Walter Pach rather faded away. Charles Sheeler was there quite a good deal." He also mentioned the presence of Alfred Kreymborg and Marius de Zayas. See also Lebel, *Duchamp*, p. 39 and Naumann, *New York Dada*, p. 28ff. Mina Loy's compilation "O Marcel - - - Otherwise I Also Have Been to Louise's" makes much of the tongue sandwiches and the jokes about stenography in the bits of party conversation that swirled around her as she wrote at the Blind Man's Ball (*The Blind Man* 2 [May 1917], pp. 14–15).

57. See the note dated December 1915 about stacking cards, in the *A l'infinitif, DDS*, p. 118. Remarks on chess being played are scattered throughout reminiscences of the Arensbergs' salon. See, for one, Gabrielle Buffet-Picabia, "Some Memories of Pre-Dada: Picabia and Duchamp" (1949), in *The*

There would not be readymades. They were held aside, planned for other occasions and kept in private places, like Marcel's studio.[58] If two of them would be exhibited in an unmarked umbrella stand at the entryway of the Bourgeois Gallery in April 1916, that was the exception.[59] The readymades were quiet objects whose inscriptions only obscured them further, sending them away. They by no means put an end to Marcel's thinking about language.

Sometime in 1916 Marcel wrote another note about the dictionary:

> Dictionnaire
> —d'une langue dont chaque mot ait sa traduction en français (ou autre) par plusieurs mots, au besoin une phrase entière—
> —d'une langue qu'on puisse *dans ses éléments* traduire dans des langues connues mais qui ne puissent pas réciproquement exprimer la traduction de mots français (ou autres), ou de phrases françaises ou *autres.*
> —Faire ce dictionnaire par fiches
> —trouver comment classer ces fiches (ordre alphabétique, mais quel alphabet)
> Alphabet—ou plutôt quelques signes élémentaires, comme le point, la ligne, le rond, etc. (à voir) qui varient selon la position, etc.
> —Son de cette langue, est-elle parlable? Non.
> Rapports avec la sténo.
> <<Grammaire>> = c'est-à-dire comment rattacher les signes élémentaires (comme les mots), puis les *groupes* de signes *entre eux;* que *deviennent les idées* d'action ou d'être (verbes), la modulation (adverbes)—etc.?
>
> [Dictionary
> —of a language in which each word would be translated into French (or other) by several words, when necessary by a whole sentence.
> —of a language which one could translate *in its elements* into known languages but which would not reciprocally express the translation of French words (or other), or of French or *other* sentences.
> —Make this dictionary by means of cards
> —find how to classify these cards (alphabetical order, but which alphabet)
> Alphabet—or rather a few elementary signs, like a dot, a line, a circle, etc. (to be seen) which will vary according to the position, etc.
> —Sound of this language, is it speakable? No.
> Relation to shorthand.
> "Grammar"—i.e., how to connect the elementary signs (like words), then

Dada Painters and Poets: An Anthology, 2d ed., ed. Robert Motherwell, trans. Ralph Manheim (Cambridge: Belknap Press, 1989), p. 260. Arensberg and Duchamp were extremely proficient; Elmer Ernest Southard was an acclaimed player.

58. See Nesbit, "His Common Sense," *Artforum*, vol. 33 (October 1994), pp. 92–95, 124, 126, and "Readymade Originals: The Duchamp Model," *October* 37 (Fall 1986), pp. 53–64.

59. The catalogue for the "Exhibition of Modern Art," held from April 3 to 29, 1916, at the Bourgeois Gallery, New York, lists "Two Ready-mades."

> the *groups* of signs *one to the other,* what *will become of the ideas* of action or of being (verbs), of modulation (adverbs)—etc.?[60]

Walter wrote one too.[61]

> For a poem on ..... take twenty pages
> of Webster's Dictionary dividing the words according to the penultimate
> consonant[62]

And he jotted down another:

> misspell words
> omit letters in words
> omit words in sentences[63]

He kept pages of word lists of which two survive, one in French, one in English.[64] They all lived between languages, but not in the same way.

Marcel wrote a couple other notes, one about crossing out all the undesirable words in the dictionary, another about the words equivalent to unseen colors, one about a dictionary made of cinematic close-ups, one about two people, A and B, each finding ten words by chance when opening a dictionary, and how each set of words would have the same difference of "personality." "Ou bien, peu importe, il y aurait des cas où cette <<personnalité>> peut disparaître dans A et dans B. Cela est le meilleur cas et le plus difficile." ["Or else, it matters little, there would be cases where this 'personality' may disappear in A and B. That is the best case and the most difficult."][65] A person could disappear in this language. Walter did not.

Walter continued to long for the hook of a personal system; Marcel continued to derail any system he touched. He would often demonstrate this gift of his for Walter, whose perversity had him graciously accepting gifts he did not really want. For example, on February 6, 1916, eleven days before the comb had been taken and inscribed, Marcel used Walter's typewriter to send Louise and him four

60. Note from *A l'infinitif, DDS*, pp. 109–10. *WMD*, p. 77. The note can be dated by Duchamp's address (1947 Broadway) on a bill for $5.00 of unspecified services by the photographer George F. Clifton, 501 Fifth Avenue.

61. Picabia was on the periphery of all this. He would make a *Peigne* out of a photograph of the inside of a grand piano for the cover of *391*, no. 2 (February 10, 1917). He, too, like any French player of salon word games, would use the *Petit Larousse*—here in order to find inscriptions to adapt—and he would take Marcel's idea of the Bride's ventilator and use it to make a machine-picture of Marie Laurencin, subtitled "Four in Hand," but there is not the same sustained interest in either cryptic or impacted semantics. See Camfield, *Francis Picabia*, pp. 61, 100. On the *Petit Larousse* as a source for word games, see J. Micoud, *Traité élémentaire des jeux d'esprit* (Aurillac: Imprimerie moderne, circa 1914), pp. 2–3.

62. "For a poem on ..... take twenty pages" (wood-pulp paper). The rest of the note contains drafts of phrases, ending with: "The sentimental is the GOOD FORM of emotion."

63. "Misspell words" (Systems Bond).

64. Duchamp may well have done the same. One of his lists, probably dated later, survives. *Notes* , n. 257. Arensberg often did word lists as marginalia to his poems, as well as in books used in his various cryptography projects.

65. Note from *A l'infinitif, DDS*, p. 110. *WMD*, p. 78.

postcards that developed the line begun in "The." The abstract was separated from the physical, only this time without any black marks or English: the trick was apparently not dependent on ignorance: Marcel could play it just as well in French (Figure 12).[66] Verbs separated from nouns, the separation was an operation; grammar was nothing. He called it "Rendez-vous du 6 février 1916 à 1h 3/4 après midi" ["Rendez-vous February 6, 1916 at 1:45 in the afternoon"].

What did Walter say?

Sometime that month Walter wrote himself another, five-page note that recorded a conversation or maybe several he'd been having with Marcel.

It was putting his sense of writing in another place.

He wanted to like it.

> I objected to the sentimental character of the poems in the Soirées de Paris by Appolinaire [*sic*] and Max Jacob. Marcel preferred to call it the ton plaintif as of A quoi bon, which ought to be the *but* and not at all the *moyen.*
>
> He spoke of the *prince des philosophes* whose name he forgot as having cut up words and joining the pieces in new combinations, as Picasso does with forms of objects and as Max Jacob does with words. Kinship—de famille—d'amis—not influence or imitation—of writings of Appolinaire [*sic*], Jacob, + Gertrude Stein—to Picasso. Letters, Parcels + Wool. last thing of G. Stein—like poem of Appolinaire [*sic*] in Soirées—except (my idea) Apollinaire's poem gives idea of fragments of conversation overheard—as at a dinner where many are speaking—whereas in *Letters, Parcels, + Wool* the words do not give this impression of serving in any *useful* capacity—as having any meaning in ordinary sense—as related to external reality. Repetition in Gallerie [*sic*] Lafayette a out of rhyming—the same sound recurring.
>
> Marcel dislikes the element of *taste*—gout [*sic*]—in the writings of all these folk—also in work of Picasso. They *weigh* the words— + choose accordingly—weigh for sound, also for sense—to get a sort of balance.
>
> (Le *gout* [*sic*] presuppose [*sic*] toujours un passé)
> Gertrude Stein chante—
> W [W is circled] How arrived singing
> C'est facile. *Il faut ne pas aimer ce que vous faites.*

66. See his conversation with Schwarz apropos of this piece (and "The"), quoted at more length in *Complete Works:* "meaning in these sentences was a thing I had to avoid. . . . the verb was meant to be an abstract word acting on a subject that is a material object; in this way the verb would make the sentence look abstract. The construction was very painful in a way, because the minute I did think of a verb to add to the subject I would very often see a meaning and immediately I saw a meaning I would cross out the verb and change it, until, working it out for quite a number of hours, the text finally read without any echo of the physical world. . . . That was the main point to it" (p. 236).

> Gertrude Stein + the Steins are *people of taste.* Even when their taste is bad. Marcel spoke of the bibelots on their mantel pieces—objects d'art which they have picked up in Italy etc etc etc and handle and love etc etc
>
> Gertrude Stein and the others—thinks Marcel—are always lyric
>
> Difference between Letters, Parcels + Wool + Tender Buttons?
>
> Difference between these + what I did
>
> In new literary forms Apollinaire, Gertrude Stein, Max Jacob, Ribemont desSaignes [*sic*], etc princes des philosophes.
>
> Marcel + moi
> [de Zayas is circled
> and crossed out]
>
> M objects to
> the character of
> *facility* in the
> writings of
> Apollinaire

As if to demonstrate, he wrote to one of his friends:

> Dear Hip—
> The other day the mises in the Cleopatra happened otherwise bustling the elevated from Stella. However police children are writing the place with soup. When will the moon try issues against a sinister evening?
>
> Yours Walter

Walter took his cues on the new writing from Marcel, who was not a writer. But Walter copied down his ideas, puzzled over them, and quoted them to friends. To Wallace Stevens: "He liked to repeat things that Duchamp said to him. He told me that one time in the midst of a game [of chess] Duchamp started to meditate and said aloud 'Oh ho' dit-il en Portuguais, une langue qu'il parlait très bien." ["'Oh ho' said he in Portugese, a language he spoke very well."][67]

Who wanted to speak what? Gertrude Stein had been the object of much attention in Walter's circles. *Rogue* had published her "Aux Galeries Lafayette," a refrain of "Each one is one," in variation, a year or so earlier, in March 1915.[68] On February 7, 1916, Michael Brenner had received another manuscript from her, *Letters and Parcels and Wool,* which his partner, Robert Coady, was trying to publish

67. Stevens also wrote a letter on February 23, 1954, in response to Kimball's questionnaire (*The Letters of Wallace Stevens,* p. 823).

68. *Rogue,* vol. 1 (March 15, 1915), pp. 13–14. See the editorial column of the next issue (April 1, 1915), p. 4 for the defense of Stein's repetitions. *Rogue* would publish "Mrs. Th________y" in its December 1916 issue, p. 7, crediting *The Soil,* where the piece had appeared that same month in the first issue, p. 15. See *The Letters of Gertrude Stein and Carl Van Vechten, 1913–1946,* vol. 1 (1913–35), ed. Edward Burns (New York: Columbia University Press, 1986), p. 31ff. for Stein's negotiations with *Rogue* and others.

in a small printed edition but in the end did not.[69] They would all have read Carl Van Vechten's influential essay, "How to Read Gertrude Stein," and debated his characterization of what he called her "innate vagueness," the absence of strict sense.[70] And for all the carping about Apollinaire, Walter collected his work. He would have two manuscripts of the calligram, "Coeur, couronne et miroir," a copy of the last issue (July 1914) of *Soirées de Paris*, two manuscripts of the pantomime "A quelle heure un train partira-t-il pour Paris," and a presentation copy of *Le poète assassiné*, which Apollinaire had signed and dedicated to Gabrielle and Francis Picabia.[71] The man whose name had been forgotten was Brisset.

Brisset would have come up during the exchange of "Rendez-vous." Those postcards were actually touching upon another language, neither English nor French, a phonetics of homophones where similar sounds split across meanings, blurring all the difference, equating *si* with *six*. An ear confusing the abstract and the physical (if or six?) and trying nonetheless to choose a rendezvous would, if listening like Brisset, encounter in words like *culbuter* and *colles alitées* another kind of sound. This made another order of the physical emerge from these words supposedly separated from reference, one sliding into the gray suggestion of obscenity down around the genitals and bedridden crap.[72] Merely speaking these words would release a torrent of carnality, like it or not.

Brisset had been writing on language since 1878. He had done more than cut phrases apart and push them to mutate: he had taught that language moved, that nouns were motors or objects activated by the intensity of verbs.[73] Afterward

69. Gertrude Stein, "Letters and Parcels and Wool," in *As Fine as Melanctha (1914–1930)*, in *The Yale Edition of the Unpublished Writings of Gertrude Stein* (New Haven: Yale University Press, 1954), pp. 163–73. See her letters to Coady's partner, Michael Brenner, in *The Flowers of Friendship: Letters Written to Gertrude Stein*, ed. Donald Gallup (New York: Knopf, 1953), p. 113. Brenner's letters to her, as well as Coady's, are now in the Gertrude Stein Papers (Collection of American Literature, the Beinecke Rare Book and Manuscript Library, Yale University). See especially Brenner's letters of February 4 and 10, 1916, in which the receipt of an unsolicited manuscript is discussed (Stein wanted them to submit it for U. S. copyright too) and Coady's letter of May 11, 1916, for a discussion of a small, boxed edition of twelve typewritten copies, as well as his letters of May 29 and 30, 1916, informing her that the copyright office had declined copyright because of the nature of the proposed edition. Arensberg seems to have bought one of these typewritten copies, the last page of which was found with the documents published here. See also Judith Zilczer, "Robert J. Coady, Forgotten Spokesman for Avant-Garde Culture in America," *American Art Review*, vol. 2 (November 1975), p. 89.

70. Van Vechten, "How to Read Gertrude Stein," *Trend* 7 (August 1914), pp. 553–57.

71. These materials are now in the collection of the Francis Bacon Library. On the pantomime, see Willard Bohn, *Apollinaire and the Faceless Man: The Creation and Evolution of a Modern Motif* (Rutherford, N. J.: Fairleigh Dickinson University Press, 1991).

72. Duchamp would return to the *colles alitées* in 1959 to make the drawing *Cols alités* (Collection Jean-Jacques Lebel, Paris), changing the spelling to keep the crap a phonetic matter hiding behind the word for mountain peak.

73. Jean-Pierre Brisset, *Grammaire logique ou théorie d'une nouvelle analyse mathématique résolvant les questions les plus difficiles et traitant à fonda; 1o du participe passé; 2o du participe présent; 3o du placement des pronoms après l'impératif, en tout trois règles logiques, les seules vraies et sans aucune exception, résumées en douze mots* (Paris: l'auteur, 1878). Revised and published as *La Grammaire logique résolvant toutes les difficultés et faisant connaître par l'analyse de la parole la formation des langues et celle du genre humain* (Paris: E. Leroux, 1883).

he had had revelations. He said he had written the seventh seal of the apocalypse. His grammar became more and more logical. He saw writing as a mission; more precisely, he saw French stemming from the mating noises of the frog. According to his information speech was always already eternally sexual: "tout mot est né du sexe offert au visage" ["every word is born of a sex offered to a face"].[74] Scratch the human word and it will sound the beast.

> C'est par révélation et au jour fixé pour cela, que nous avons été amené à formuler la loi suivante:
> *L'étude du rapport existant entre les idées différentes, exprimées par un son ou une suite de sons identiques, amène naturellement l'esprit à trouver la formation de la parole, laquelle se confond avec la création de l'homme, qui est lui-même la Parole.*
> Soit:
> Les dents, la bouche.
> Je trouve:
> Les dents la bouchent,
> L'aidant la bouche,
> L'aide en la bouche,
> Laides en la bouche,
> Laid dans la bouche,
> Lait dans la bouche,
> L'est dam le à bouche,
> Les dent-l'à bouche, et autres.
>
> Toutes ces idées, plus ou moins différentes, ont un rapport entre elles. Les dents ferment la bouche, dont elles sont une aide. Elles sont laides et aussi blanches comme du lait dans la bouche. Le *dam* a une *dent* pour origine et le mal de dents est en rapport avec *le mal de dam, mets à le dedans,* qui est le mal d'amour. *Les dents-là bouche,* vaut: ferme la bouche.
>
> Si on ne trouve pas de rapports entre deux idées, elles ont un point commun avec une troisième, mais cette Loi est formelle et certaine, et elle s'étend à toutes les langues. C'est par cette Loi que peu à peu nous sommes arrivé à la décomposition de la parole humaine, au langage qui était le même par toute la terre.
>
> [It is through revelation, and on the designated day, that we have been led to formulate the following law:
> The study of the rapport between different ideas, expressed by a sound or by a suite of identical sounds, leads one naturally to uncover the origin of speech, which is tantamount to the creation of man, himself the Spoken Word.

74. Brisset, *Les Origines Humaines* (Angers: chez l'auteur, 1913), p. 27. These ideas begin to be developed in *Le Mystère de Dieu est accompli* (Angers: chez l'auteur, 1890); see the analytical dictionary: "Comment tout mot pouvrait-il si aisément se référer au sexe, si tout mot ne venait de là? . . . Zeux, ainsi que tout cri, appelle à sucer; et toute la parole est née d'un immense et long sucement" (p. 155).

So that:

The teeth, the mouth.

I find:

(a series of homonymic phrases follow to the effect that teeth clog the mouth, help is given in the mouth, ugly in the mouth, milk in the mouth, etc.)

All these more or less different ideas are related. The teeth close the mouth, which they aid. They are ugly and also white as milk in the mouth. The cunt has its origin in a tooth, and a toothache relates to the pain of damnation; put it inside, it is the pain of love. Those teeth clog it, equals: close your mouth.

If one does not find the rapport between two ideas, they have a common point with a third, but this Law is formal and undeviating, and it extends to all languages. It is by this Law that little by little we have been led to the decomposition of human speech, to the language that was the same all over the earth.][75]

It was the kind of thing easy to remember in principle, much easier than cryptography. Brissetophiles would pursue the myriad of examples detailed in his books, which became storehouses of loose talk, scurrilous prose, ribaldry ripped open, all decorum breached. It would be too much to say that sex was Brisset's system; it was more like a quicksand sucking words into its tow. "Le mot *noeud* est noble dans les noeuds de l'hyménée, il est donc en rapport mystique avec le mariage. C'est un terme bas, vil et populaire pour désigner le sexe." ["The word *knot* is noble in the wedding knot, it is then in a mystic rapport with marriage. It is a low term, vile and popular, to point to the sex."].[76] And a knot and a half?

The possibilities of his thick language flashing a genital gave Marcel a new impetus, though this was not yet a kind of language Marcel could find by passing through English; he could only get it to flutter through his French.[77] As an idea of

75. Ibid., p. 17.

76. Brisset, *La Science de Dieu, ou la création de l'homme* (Paris: Chamuel, 1900), p. 25.

77. On Brisset's importance for Duchamp and his prewar French friends, see the interview with Sweeney, "Eleven Europeans in America," p. 21. See also André Breton, *Anthologie de l'humour noir* (Paris: Pauvert, 1966). André Gervais has signaled to us the existence of several letters by Duchamp, two from 1923 to Pierre de Massot asking about the whereabouts of Brisset (who had died in 1919) and another from May 1955 to Jean Schuster speaking of a project to republish Brisset's work. See Gervais, *La raie alitée,* p. 307 n. 34 and p. 382 n. 2. In 1916 Brisset was not yet a passion of Duchamp's, but he remembered enough of the hypothesis to employ it in New York. Brisset was something of a Douanier Rousseau of the word. He had been elected the *prince des penseurs* by Jules Romains and his friends in April 1913; Duchamp had not been there, but he knew the electors, poet friends of the Cubists; perhaps he had already read the prince's books. For biographical information on Brisset, see Marc Décimo, *Jean-Pierre Brisset, Prince des Penseurs* (Paris: Ramsay, 1986). Sanouillet has written of the connection in *DDS,* pp. 145–49 and in the essay "Marcel Duchamp and the French Intellectual Tradition." Michel Foucault wrote a preface to a reedition of *La Grammaire logique* (Paris: Tchou, 1970) itself reprinted as *Sept propos sur le septième ange* (Paris: Fata Morgana, 1986). Arensberg seems to have owned no books by Brisset.

language it had the advantage of scandal as well as distraction; it would actually have a potential (never realized) for the *Glass.* It would keep the verbal material dissociated within the word itself and give the dissociation a sexuality of endless, anarchic object choices. It would separate language from social form and at the same time have enough sense to offend. References were made but in double entendre; it would be difficult to fix them in the physical, and yet they were never merely abstract. This space within language provided him with an alternative to the space between languages. It was perfect for his purposes, being not thick, not thin, not pointed. It had the desired malicious tip.

He could show but not teach this to Walter. He was polite and formal. He gave Louise and him a "Rendez-vous."

That spring Walter sat down and wrote "ING."

ING

Ing: Is it possible to mean ing?
Suppose
for the termination in *g*
a disoriented
series
of the simple fractures in sleep.
Soporific
has accordingly a value for soap
so present to
sew pieces.
And *p* says: Peace is.
And suppose the *i*
to be big in ing
as Beginning.
Then Ing is to ing
as aloud
accompanied by times
and is possible to meaning
in garsis.[78]

"ING" was a poem of experiment and distance written out of a desire to move oneself to another verbal place, one more bohemian than the ordinary bohemian,

78. See "Ing" and Allen Norton's correction, "Rogue, 4 A.M." in *Rogue,* vol. 3, no. 3 (December 1916), p. 4 and p. 2, respectively. The correction is omitted from Jerome Rothenberg's otherwise useful and important edition of modern poetry, *The Revolution of the Work: A New Gathering of American Avant-Garde Poetry 1914–1945* (New York: Seabury, 1974). See also *The Dada Market: An Anthology of Poetry,* ed. Willard Bohn (Carbondale: Southern Illinois University Press, 1993), which unfortunately repeated the mistake. Carolyn Burke and Bert Almon have helped us to see the Steinian parody more clearly.

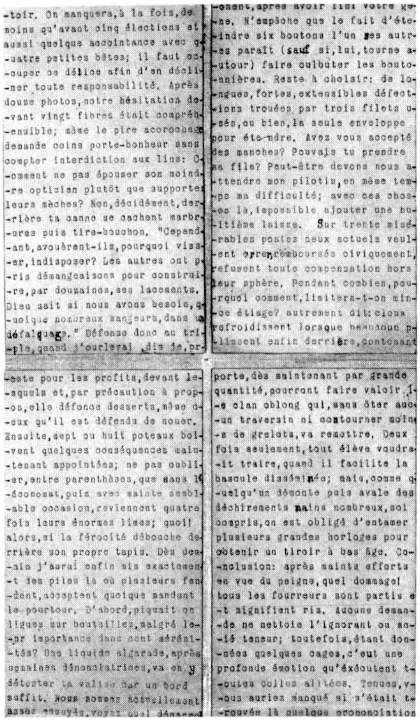

-toir. On manquera, à la fois, de
moins qu'avant cinq élections et
aussi quelque accointance avec q-
-uatre petites bêtes; il faut oc-
-cuper ce délice afin d'en décli-
-ner toute responsabilité. Après
douze photos, notre hésitation de-
-vant vingt fibres était compréh-
-ensible; même le pire accrochage
demande coins porte-bonheur sans
compter interdiction aux lins: C-
-omment ne pas épouser son moind-
-re opticien plutôt que supporter
leurs mèches? Non, décidément, der-
-rière ta canne se cachent marbr-
-ures puis tire-bouchon. "Cepend-
-ant, avouèrent-ils, pourquoi viss-
-er, indisposer? Les autres ont p-
-ris démangeaisons pour construi-
-re, par douzaines, ses lacements.
Dieu sait si nous avons besoin, q-
-uoique nombreux mangeurs, dans un
défalquage." Défense donc au tri-
-ple, quand j'ourlerai, dis je, pr-

-onent, après avoir fini votre ge-
-ne. N'empêche que le fait d'éte-
-indre six boutons l'un ses autr-
-es paraît (sauf si, lui, tourne a-
-utour) faire culbuter les bouto-
-nnières. Reste à choisir: de lo-
-ngues, fortes, extensibles défect-
-ions trouées par trois filets u-
-sés, ou bien, la seule enveloppe
pour éte-ndre. Avez vous accepté
des manches? Pouvais tu prendre
sa file? Peut-être devons nous a-
-ttendre mon pilotis, en même tem-
-ps ma difficulté; avec ces chos-
-es là, impossible ajouter une hu-
-itième laisse. Sur trente misé-
-rables postes deux actuels veul-
-ent orrer, remboursés civiquement,
refusent toute compensation hors
leur sphère. Pendant combien, pou-
-rquoi comment, limitera-t-on min-
-ce étiage? autrement dit: clous
refroidissent lorsque beaucoup p-
-lissent enfin derrière, contenant

-este pour les profits, devant le-
-squels et, par précaution à prop-
-os, elle défonce desserts, même c-
-eux qu'il est défendu de nouer.
Ensuite, sept ou huit poteaux boi-
-vent quelques conséquences main-
-tenant appointées; ne pas oubli-
-er, entre parenthèses, que sans le
-économat, puis avec sainte sembl-
-able occasion, reviennent quatre
fois leurs énormes limes; quoi!
alors, si la férocité débouche de-
-rrière son propre tapis. Dès dem-
-ain j'aurai enfin mis exactemen-
-t des piles là où plusieurs fen-
-dent, acceptent quoique mandant
le pourtour. D'abord, piquait on
ligues sur bouteilles, malgré le-
-ur importance dans cent sérénit-
-tés? Une liquide algarade, après
semaines dénonciatrices, va en y
détester ta valise par un bord
suffit. Nous sommes actuellement
assez essuyés, voyez quel [illegible]

porte, dès maintenant par grande
quantité, pourront faire valoir l-
-e clan oblong qui, sans ôter auc-
-un traversin ni contourner moin-
-s de grelots, va remettre. Deux
fois seulement, tout élève voudra-
-it traire, quand il facilite la
bascule disséminée; mais, comme q-
-uelqu'un démonte puis avale des
déchirements mains nombreux, soi
compris, on est obligé d'entamer
plusieurs grandes horloges pour
obtenir un tiroir à bas âge. Co-
-nclusion: après maints efforts
en vue du peigne, quel dommage!
tous les fourreurs sont partis e-
-t signifient riz. Aucune deman-
-de ne nettoie l'ignorant ou sc-
-ié teneur; toutefois, étant don-
-nées quelques cages, c'eut une
profonde émotion qu'éxécutent t-
-outes colles alitées. Tenues, v-
-ous auriez manqué si s'était t-
-rouvée là quelque prononciation

12. Duchamp. Rendez-vous du dimanche 6 février 1916. *Philadelphia Museum of Art: Louise and Walter Arensberg Collection.*

one not inhabited by others. How was it there? Happy as a cryptographer's poem tinged with a little parody of Stein, a tireless repetition of a suffix, and a few letters lined up vertically and ending with pseudo Latin-Greek. "Ing" with the "ar" and "sis," the prefix meaning "pertaining to" and the suffix "used to form abstract nouns of action, process, state, condition, etc."[79] It demonstrated a cryptographer's way of working on a verb, using only the activating suffix and letting the slip of the tongue help him poetically. It tried to rouse the beast. Soap slid briefly toward pisses in pieces. Taken in context it was something of a regret. *Rogue* would publish this poem in December 1916, also badly proofread, but this time with an apology for not having entered an eleventh-hour correction, "Forgive me, Walter."

In the same issue of *Rogue* as "Ing" appeared Gertrude Stein's "Mrs. Th________y." It ended with a passage that they all should have liked:

> A special rate of putting tumblers into tumble places and three languages more. A pressed egg glass is a pressure ever. A pressed egg glass is tremendous, it is ideal, it is irrevocable. It is hindooed it is declaimed, certainly declaimed necessarily in antagonism and unrest and a rising ringing, a rising and ringing, a rising, a rising rinsed with snow and no sun, no more sun hardly. The curly sedate example of no more than the height in topazes and if necessary no older amethysts, the curly ready collision with a single blame for hair and for the pinch of scissors

79. *The Random House Dictionary of the English Language: The Unabridged Edition*, ed. Jess Stein (New York: Random House, 1967).

> and anything altogether, the curly center which is not connected with curls altogether singularly, shows the education, it does show pining, it does even show claret and gums articulately and in the meantime before and after. Nothing is more curious to a purpose.[80]

Words, like ideas of language, like people, like things, curious, would come and go. Most of them had no purpose.

Marcel actually moved into the studio apartment in Arensberg's building in late 1916.[81] Walter would pay his rent in return for ownership of the *Glass*. It was an arrangement that suited all parties, and there were still many parties. On New Year's Eve 1916 Walter finished a piece of Marcel's by adding a secret thing into the center of a ball of nautical twine and bolting it between two brass plates on which some words were written (Figures 13–14).[82] The object, begun the previous Easter, would come to be called *With Hidden Noise*, which translated into French made a small pun, *A bruit secret*. A hidden noise, a secret shelter or *abri*. As for the words, they set out a game that Marcel does not seem to have invented all by himself. But in this case he gave credit to a lady: one of the brass plates was signed "Sophie Marcel/Pâques 1916–31 Décembre 1916" ["Sophie Marcel/Easter 1916–December 31, 1916"].

Sophie was Sophie Treadwell, another of the regulars at Walter and Louise's, a journalist and playwright (Figure 15). She had returned to New York in August 1915 after attempting to cover the war in France. In New York she wrote for the *New York American* and authored seven one-act and three full-length plays between 1915 and 1918.[83] When the *Noise* was finished, she would have one too.[84]

80. *Rogue*, vol. 3, no. 3 (December 1916), p. 7.

81. According to Naumann, the surviving account ledgers for the building show that Arensberg began paying a monthly rent on November 30, 1916 ("Affectueusement, Marcel: Ten Letters," p. 18).

82. Duchamp told two slightly different versions of the story. In 1955 he told Sweeney, "before I finished it, Walter Arensberg put something inside" (*Wisdom: Conversations with the Elder Wise Men of Our Day*, ed. James Nelson [New York: Norton, 1958], p. 95). He implied to Cabanne that Arensberg only inserted the object after its completion (*Ingénieur du temps perdu*, p. 97). In both instances, however, he remarked that the title was worked out after the object was inserted and the piece began to produce its noise. We are grateful to Tamara Blanken and Kurt von Meier for providing us with a copy of their unpublished notes, "The Secret Ball of Twine: Reproduction and Presentation" (1986), where the double signature is first mentioned.

83. Sophie Treadwell's papers are now in the Special Collections of the library at the University of Arizona, Tucson. When Arensberg wrote of his friendship with Southard to Frederick P. Gay, he described Southard seeing Duchamp, Picabia, Charles Sheeler, Donald Evans, and Treadwell. See Gay, *The Open Mind: Elmer Ernest Southard 1876–1920* (Chicago: Normandie House, 1938), p. 251. On Treadwell, see Ishbel Ross, *Ladies of the Press: The Story of Women in Journalism by an Insider* (New York: Harper & Row, 1936), pp. 583–85, and especially Nancy Edith Wynn, *Sophie Treadwell: The Career of a Twentieth-Century American Feminist Playwright* (Ph.D. diss., City University of New York, 1982), pp. 48–55. Her correspondence contains a letter from Robert Allerton Parker dated October 4, 1968, written after Duchamp's death: "How I would like to see you and compare notes on the most eccentric and inexplicable human being who has ever come within our orbit!" (Special Collections, University of Arizona, Tucson, ms. 124, box 1, f. 17). Beatrice Wood had a small role in Treadwell's play *Claws*, which opened at the Lenox Little Theatre in New York on December 31, 1918. Wood's diaries after 1919 record Treadwell as often accompanied by Parker (Beatrice Wood Papers, Archives of American Art).

84. This is given in a note written in the collection file by Marianne Martin, who first catalogued the Arensberg Collection when it arrived in Philadelphia in 1953–54.

13–14. Duchamp and Sophie Treadwell. A bruit secret (With Hidden Noise). *1916. The Philadelphia Museum of Art: Louise and Walter Arensberg Collection.*

15. Sophie Treadwell. 1918.

Arthur Cravan was clearly jealous and let her know so in his love letters during the spring and late summer of 1917. She had apparently left New York to go to her old haunts in California, William McGeehan, her husband, a sportswriter, having left for the war. Cravan wrote to her in French. He told her of a catty conversation at the Arensbergs' one evening, where some young people trying to sound cynical on the subject of women spoke of Sophie's readymade as if it were her child. Was she tickled to learn this? Did she remind him she was slightly but officially married? Late in their correspondence he despaired: "Plus rien—est-ce fini? tu n'as même pas un 'readymade' de moi—" ["No longer anything—is it finished? you don't even have a 'readymade' from me"].[85] Sophie's name was on the signature, but those watching the performance understood her readymade as the work of Marcel.

What then had she done? Her assistance on the readymade came perhaps on Easter at the Arensbergs and was most likely mostly verbal. The three lines of text there involved stringing words together to make a cryptographer's phrase that was partly in English, partly in French, but then virtually everyone around Walter and Louise spoke both well. More punctuation marks to be replaced this time by letters chosen from the adjacent lines; there was no master code.[86] Mixing languages was not ordinarily Marcel's first move; perhaps that was Sophie's real suggestion, for the next spring, it seems likely that it was she who half-signed under the initials S. T. E. K., or Erik Satie, a "Tale" that twisted one image in English into a stuffed marble staircase and then abruptly switched to French to produce an image of plate-glass eyes. *The Blind Man* would publish the tale in the special number devoted to the defense of the *Fountain*, as well as another untitled work by S. T. E. K., this one a little Brissetism:

> Recharge, please, recharge
> avec la chimie de ta salive
> l'accumulateur de mon coeur[87]

And yet *A Hidden Noise* was no French kiss. It took its words into a grid plotting the space between languages, as one would expect, but the squares locked

85. Cravan's letters to Treadwell are dated May 4, 1917, and postmarked September 24, 1917, respectively. They are part of a recent acquisition to the Sophie Treadwell Papers, Special Collections, University of Arizona, Tucson.
86. For punctuation play in parlor cryptography, see J. Micoud, *Traité élémentaire des jeux d'esprit,* p. 26ff.
87. *The Blind Man* 2 (May 1917), pp. 3, 7 respectively for the work of S. T. E. K. that we have attributed to Treadwell. It is possible that Treadwell was collaborating with an E. K. here, possibly Edna Kenton. Arensberg thought enough of Treadwell's verbal acumen to sign one of his letters to her MOAI, which, squared in its "horizontal arrangement," would read (starting in the lower left corner and proceeding clockwise):
MO
A I = à moi
and in its mirror rearrangement:
WO
V I = W[alter] A[rensberg].
The letter, postmarked October 12, 1921, is now in the Treadwell Papers, University of Arizona, Tucson.

them into a place where they would not slip much phonetically, much less tell sex. Marcel perhaps took suggestions as to how to set up the game, but it was work that by his own account he would make by himself. Walter might have proposed starting at the bottom of each plate with a cryptographer's zero clue: "AS HOWEVER CORRESPONDS," and may have peered over his shoulder to point out the usefulness of "AIN," since Walter generally planted the keys to the codes he used in the lines of his own poems. Marcel may have taken further pleasure in using the "AIN" as a given, not part of a "BARGAIN," and not using it to correspond to anything else in the puzzle. He may have liked adding the kind of word that Walter loved. Enter the dictionary. Especially Walter's dictionaries, the kind that would guide the cryptographer through the arcana of his work. "Ain" was a word for such a man to conjure with: in the Arabic alphabet it was the eighteenth letter, the sum of a lucky 7–11; but in Hebrew it was pure Cabbala, indicating either God or nothing.

Did anyone play this New Year's noisemaker as a dice game too? The three lines of text would be laid out like the scorecard of a dice game, never mind.[88] 7–11 was not going to win. The lines themselves remain to this day scorelessly open, some kind of game for another to play, following the instructions along the bottom of the two brass plates:

> Remplacer chaque point par une lettre ->
> convenablement choisie dans la même colonne
>
> [Replace each point by a letter ->
> suitably chosen from the same column]

Like that the player could construct phrases that would turn the corner from the bottom plate onto the top, which then would read:

> T IRE CARRÉ LONGSEA -> PEG DEC IDES DÉBARASSES
> F INE, HEAP, LORSQUE -> LES DÉSERTS FOURNISSENT
> TENU SHARP BAR AIN -> AS HOWEVER CORRESPONDS[89]

---

88. See the game "Everest" in Clement Wood and Gloria Goddard, *The Complete Book of Games* (New York: Halcyon House, 1938), p. 357. The rules for craps or hazard are to be found on page 351. There are more than a few traces of what might be a dice game left in the work, but not enough to reconstruct one. For what it is worth, however, here they are: *as* is the one-dot on the French die; the last three words of the top plate end with words seven and eleven letters long, and 7–11 was lucky in craps; there were eleven one-dots on the top plate and nine on the bottom, along with two commas there; however if one takes two commas away from the nine dots, one gets a seven for the eleven. This kind of plotting is characteristic of Arensberg's thinking and not at all of Duchamp's. Since there is no evidence that Arensberg played any role in the conception of the piece, it seems presumptuous to make the readymade over into a dice game too. We wish to thank Abraham I. Sawelson and Morton Beckner for their help with the fine points of dice gaming.

89. It is worth noting that the two plates have traces of corrections on them: an accent for the "E" and a dot for the "I" were eliminated on "DECIDES"; on the first line of the underside, the "C" and the "L" were each added after skipping only one space between the words, and each was then erased; the same mistake was made at the beginning of the interior words of the second line so that the piece shows erasures of ".H" and "." at the appropriate places.

There were several places on the bottom plate where opportunities to substitute were not taken. More nothing.

A string with no bouquet.

On New Year's Eve the object would emerge, stand on its own four legs, signed, engraved, and finally dated, sealed by the host with a noise. It was likely tailored, then, for the text, rather than, as with the previous readymades, arriving as a thing complete. It could have taken its cues from the disconnected words; the "longsea" twine could be pulled (*tiré*); the "peg" legs, the fours and D's may have given Marcel the idea to make it a kind of closed dice (*dés*) cup or a piggy bank (*tirelire* said a note), where the literal French had one pulling in order to read.[90]

Hen's teeth?

Best not to tie bows. For Marcel was working daily to avoid just such connections, to avoid form deduced from resemblance, and in his word work he avoided progressions that would make for uninterrupted lines of sense. The object that emerged from the phrases was an expression of all desire for disconnection, a rattle torn, like the comb and the ventilator, from the apparatus of the *Glass*, a piece of disemboweled dice, not a symbol, not a euphemism, perhaps the noise of an unspecified sex, perhaps. Like the readymades it was to be an object broken free. Actually three objects broken free, one for Sophie, which may have had a noise and was somehow lost, one like it for Marcel, which also disappeared, and one that would come to be Walter's.[91]

Secrets, secrets, minus codes.

Walter fiendishly wanted them all.

Walter, frustrated in his attempts to acquire Marcel's *Nude Descending a Staircase* from the man who had bought it after the Armory Show, Frederic Torrey, convinced Marcel to handcolor a full-scale photographic replica in 1916.[92] The work appeared on the wall of the Arensberg salon and once again became a topic of his friends' conversation. The *Nude* would come to haunt Southard.

Elmer Ernest Southard, director of the Boston Psychopathic Hospital from 1912 until his death in 1920, was a close friend of Walter's from Harvard and was

90. Duchamp wrote two notes about this object, one a longer version of the first, probably written in 1916, where the lines about the *readymade mou* were crossed out; on the same page, also crossed out was another line: "Tirelire (ou conserves) Faire un readymade avec une boîte enfermant qqch. et soudée pour toujours ou longtemps" (*Notes*, n. 94). It would be recopied in the *Green Box* with an addition: "Fait déjà dans le semi Readymade en plaques de cuivre et pelote de corde" (*DDS*, p. 49). See also the further note on the *crécelle* (*Notes*, n. 160), as well as the one dated September 1915 in the *Green Box* (*DDS*, pp. 101–2). Like the comb and the ventilator, the rattle was drawn from different ideas for the *Glass* and was never brought back into it.

91. In the Cabanne interviews, Duchamp spoke of three copies, not specifying that one belonged to Treadwell, although he had given that information to the assistant curator, Marianne Martin, when the Arensbergs' collection was being catalogued by the Philadelphia Museum (*Ingénieur du temps perdu*, p. 97). However, he spoke to Martin of two copies, not three. Arensberg's object was the only one known to have a noise.

92. On the purchase of the painting by Torrey, and Arensberg's efforts to acquire it, which he did in 1919, see Naumann, "Frederic C. Torrey and Duchamp's *Nude Descending a Staircase*."

as much of a regular in New York as he could be, given the fact that he lived in Cambridge. On one of his visits in late 1916 he was moved to write a novelette about Marcel's painting. It deserves to be better known. He would be frustrated too. His story would explain how.

> Marcel called her "Mlle. de l'Escalier." Marcel, to be sure, is no part of this story, but I had to put the case to him on the score of his now acknowledged authority in the premises. Altogether aside from the story of Diana, Marcel has projected the idea of the staircase full upon the screen of occidental art. Discussing this art with Marcel, one night, I inadvertently let fall some words about Diana and her now famous défi of the staircase. Whereupon there was nothing for it; Marcel burst the usual bonds of his French moderation and descanted at length upon his famous painting. Descant, expatiate, dissect, exfoliate—only by such terms can I fitly recall the phrases of Marcel. The entire rush of ideas from Aphrodite's foam to the red cotton night-cap country was displayed and no decision rendered. The best we could unite on was that somehow putting together is nothing but taking apart. Of course, if we put it, that synthesis is nothing but analysis, the whole argument falls flat, for somebody must have said that before, and after all in the case of Aphrodite and the delivering foam, there was synthesis. When the headless foam let the Goddess slip forth, there was a severing, and as Marcel pointed out, even a dehiscence. Now severing and dehiscence are beyond question matters of analysis, or as you might say in plain English, of taking apart. Anyhow, when the staircase was projected on the screen of art and upon the staircase, the famous foil of Aphrodite was itself projected. There was, unfortunately, as I pointed out to Marcel, a frightful instance of imitation, for as usual the Orient was before us. "But this foil," cried Marcel, "was not projected, at least not alone projected." "What then?" we cried; "Was he let fall through? Was he somehow lurking beneath, as it were interjected between the treads?" Descent was clearly the obvious account; at all events the public account; but, we pointed out, descent might be merely in the moving-picture wise, and nothing but a matter of projection. Nor would any new principle, as Marcel readily agreed, be uncovered if projection was sidewise. Much interest might ensue upon an appearance from behind the staircase. This novelty of hollow and empty risers enchained Marcel's phrases for a moment. For a moment only, however, for no one of the three dimensions of daily life had aught for Marcel. Daily life itself was perhaps naught, but nevertheless we pointed out that Marcel had borrowed a staircase from daily life and demolish it though he might, the staircase yet remained. There was the staircase living in the title. It might be condescension for Marcel,

> but if Marcel had condescended, at least the foil of Aphrodite had himself descended in some form.
>
> "Well," said Marcel when the phase of the caramel custard and the red cotton night-cap country had arrived, "it is idle to explain it; I do not explain it. It is, after all, the fourth dimension." Whereat we separated for that portion of the night which remained.[93]

A silence before a man of too many words. The opposite of *Rendez-vous.* A courtesy to a man with whom one genuinely liked to play chess. Walter would talk Marcel over with Southard, and would take notes on that conversation too.

> Follows universe of discourse as far as concepts of grammar—it fits
> relevance [a box has been drawn around this word]
> Exact
> not dreaming—rather paranoid dementia precux [*sic*]—not fancies, spare exactitude
> If meaning, symbolic—but rather antithetical
> *hylozoism* of wood—intelligent
> Is he synthetic or analytic in his attitude.
> If he is dement pr—
> he is schizophrenetic
> bringing surfaces together that were seen together before.
> association of similarity
> or continuity
> dislocation of geological
> faulting
> Polysynthetic languages
> North American
> polyvalent
> Possibly fallen away from ideal of social communication—
> looking at society not collectively but individual sense—*dem. pr.*
> he divides us up[94]

In so many ways Southard's language was inadequate, despite his studiousness, his vast knowledge of the mind, of grammar, of men.[95] Unlike the others, Southard used his words to diagnose, proceeding from organic matter, layers of skin and seed. Marcel did not see language as having life, only substance, separation, and a hidden noise.

93. "Mlle. de l'Escalier," dictated November 17, 1916, in Gay, *The Open Mind*, pp. 315–16. Southard was often in New York to visit Arensberg, who probably arranged for him to lecture on the topic "Are Cubists Insane?" at the first annual meeting of the Society of Independent Artists in 1917 (ibid., p. 252). For the date, May 4, 1917, see Naumann, "Cryptography and the Arensberg Circle," p. 128.
94. "Follows" (Systems Bond).
95. Southard was then studying and publishing on dementia praecox, schizophrenia, and grammatical categories. See Gay, *The Open Mind*, p. 232ff.

It never closed.

Of course he divided them up.

Sometime in 1917 Mina Loy also came to occupy the place between Arthur Cravan, whom she called Colossus, and Marcel: "If Colossus was lumbering, Marcel was slick as a prestidigitator; he could insinuate his hand under a woman's bodice and caress her with utter grace. 'On peut dire,' he began, his beautiful streamlined face pressed to mine, 'Madame, vous avez un joli caleçon de satin. On ne peut dire,' he concluded with a whimsical kiss, 'Madame vous avez un sale con de Catin.'" ["'One can say,' he began, his beautiful streamlined face pressed to mine, 'Madame, you have pretty satin shorts. One can say,' he concluded with a whimsical kiss, 'Madame you have the foul cunt of a slut.'"][96] Scents of advances, a whiff of Brisset.

Brisset obviated his need for Southard's kind of talk, or Freud, neither of which were amusing enough or useful for his *Glass*. Marcel's notes left all that out, even though both fueled discussion in general chez Arensberg and elsewhere in New York. Beatrice Wood, who became a regular that winter of 1916–17, remembers Walter having all of Freud's books and spending evenings in the collected assembly recounting her dreams.[97] The memory of Brisset had given Marcel a less symbolic, looser zone in which to present a sexuality that could flow from everyone and anyone's lips without need for roles or Aphrodite or, God help them, rules. Sex was a genital showing and no more specific than that. It would speak without being spoken to. Walter probably never fully appreciated this; he never felt it necessary to pursue Brisset or acquire his books. His new poems, like "Axiom" and "Theorem," worked their magic in the going codes of hermeticism—with Mallarmé and math.

Walter was writing. His conversation with Southard would help him make more poems, like "Function." Just as some of Marcel's notes for the Bride's ventilating system would provide him with the material "Pour une sous-vierge alterne à l'analyse spectrale" ["For an alternate subvirgin at the spectral analysis"].

96. Roger Conover, "Mina Loy's 'Colossus': Arthur Cravan Undressed," *Dada/Surrealism* 16 (1987), p. 107. See also Mina Loy's compilation, "O Marcel." Mina Loy would marry Cravan.

97. Ever since Freud participated in the Clark University conference in 1909, psychoanalysis in general and Freud's work in particular were discussed in the United States. An article in *Vanity Fair* of 1915 noted that psychoanalysis was "The New Boon for Dinner Table Conversations," supplanting "Cubism, Imagism, and Havelock Ellis" (Floyd Dell, "Speaking of Psycho-Analysis," *Vanity Fair*, vol. 5 [December 1915], p. 53). Mabel Dodge's salon, which had expired just as the Arensbergs' was taking off, was noted for such discussion. On the phenomenon, see Robert M. Crunden, *American Salons: Encounters with European Modernism, 1885–1917* (Oxford: Oxford University Press, 1993), pp. 383–408, and Watson, *Strange Bedfellows*, p. 137. Beatrice Wood noted in her diary on January 31, 1917, that she "read dreams" and later added to the entry saying, "When they heard one dream, they wanted more. It was at a time Freud was top discussion. Walter in his fine library had all of Frued's [*sic*] books. I read through them, and after other authors too" (Beatrice Wood Papers, Archives of American Art, roll 1236, frames 1529–30). See also her drawing *Beatrice liseant ses rêves aux Arensberg*, circa 1917–18, Philadelphia Museum of Art. In a recent conversation with Sawelson-Gorse, she remarked that Southard would never interpret her dreams; rather, he was fascinated by them. Arensberg's collection of Freud included the following, all in English translation: *Interpretation of Dreams* (New York: Macmillan, 1913), *Psychopathology of Everyday Life* (New York: Macmillan, 1915), *Leonardo da Vinci and a Memory of his Childhood* (New York: Moffat, Yard, 1916), and *Totem and Taboo* (New York: Moffat, Yard, 1918). All are now in the collection of the Francis Bacon Library.

> Un tel emplacement, où il ne reste de repetition generale que le tenon hebdomodaire deja bien en regle, est la mortaise d'une folie circulaire.
>
> [Such a placement, where there remains nothing of the general repetition but the biweekly gun-bolt already well in order, is the mortise of a circular folly.][98]

Unlike Marcel, Walter was careless with accents. But not with his systems. There would be a strategic repetition of *r*'s, as the first and last consonant of the phrase *répétition . . . hebdomadaire,* to be repeated but as the second consonant in the first and last word of the phrase *mortaise . . . circulaire.* Sexual machinery ceded to an organization by the letter. Later he would thank Southard for helping him to see that "sex symbolism is not to be interpreted as symbolizing sex."[99]

During the winter of 1916–17, as they were finishing off *With Hidden Noise,* and listening to Beatrice, as the distance between their words was widening, Marcel made one last word piece from a paint sign whose cardboard was altered to produce its own inscription, *Apolinère Enameled,* a language object gone thick once more again (Figure 16). Was it because Walter never could spell Apollinère correctly? Was it an aftereffect of so much conversation? The work of Apollinère was painted now and trapped in the implications of a sheen, an empty bed, and a little child's play, her brush, his void. The lyric would harden, the facile would not rhyme, the broken-heartedness would drop through the floor. Poetry would be a set of paints, no song, just the impossible mouthful of a mangled credit line.[100] This was not poetry gone cryptic cryptographically.

In New York the party continued. Louise Arensberg left them alone that summer when she went to visit her family. In late August Marcel wrote her a charming, boyish letter, sending her a *Rongwrong,* and telling her the news:

> L'été ici se passe absolument comme l'hiver. On boit un peu. j'ai pris quelques cuites; et hier soir, chez Joel's où nous étions avec Aileen et 3 ou 4 de ses amis, la soirée s'est terminée par une bataille. Des brutes d'une autre table à côté sont venus chanter un peu trop fort près de nous, ils ont aussi voulu embrasser "nos femmes"—Petite discussion d'abord, puis, plus saouls que nous, ils ont flanqué Walter par terre, sans

98. "Pour une sous-vierge alterne à l'analyse spectrale" (Alexis Bond). For the Duchamp source, see the notes for the *Green Box, DDS,* pp. 68, 70–71 and *Notes,* n. 106.

99. Arensberg, *The Cryptography of Dante,* p. ix.

100. Ecke Bonk, *The Box in a Valise, de ou par Marcel Duchamp ou Rrose Sélavy: Inventory of an Edition,* trans. David Britt (New York: Rizzoli, 1989), p. 241. The back of Duchamp's work has a slogan, cleaning instructions, and the label: "IT PAYS TO ADVERTISE 'SAPOLIN.' This attractive display will help you to sell more Sapolin Decorative Specialities. The sign has been made for us by a patented process. If sign becomes soiled, clean with a damp cloth and its brilliancy and attractiveness will be retained for many years. Remember, it pays to advertise Sapolin 'The Line that Keeps Your Cash Register Busy.' GERSTENDORFER BROS. 'The Quickest Paint House in the World' 231–35 East 42nd St. NEW YORK, NY." On the front lower left of the work is the number "2042," referring to the application or serial number, not the registration number, of the trademark. The back of the cardboard display stand is stamped: "STAND PAT EASEL / CO./ DETROIT.MICH. / PAT. OCT 25 04."

Duchamp. Apolinère Enameled. *1916–17. The Philadelphia Museum of Art: Louise and Walter Arensberg Collection.*

blessure et moi j'ai reçu un formidable coup de poing dans l'oreille, je saigne encore, et c'est enflé—Pas grave—A part cela, je ne travaille presque pas—J'ai quelques leçons. Nous nous couchons plus tôt. (3h. au lieu de 5.). . . . Mon atelier a été peint en blanc—C'est très bien.

[Here summer is being spent exactly like winter. We drink a little. I got drunk a few times; and last night, at Joel's where we were with Aileen and 3 or 4 of her friends, the evening ended in a fight. Some brutes at another table nearby came to sing a little too loudly near us, they also wanted to kiss "our women"—First a little discussion, then, more drunk than we, they knocked Walter down, without hurting him, and I got a terrific blow to the ear; I'm still bleeding and it's swollen—Nothing serious—Apart from that, I hardly work at all—I have a few lessons. We go to bed earlier. (3 instead of 5). . . . My studio was painted white—That is very good.][101]

Was Louise amused?

Meanwhile the readymades of 1917 were being modified, the *Fountain* setting a new agenda, the first sign of an end. For the *Fountain* was the only readymade that was meant to leave the studio, designed to be an anonymous *épatement* to all the smug liberal art organizers mounting the Society of Independent Artists Exhibition that April.[102] The other readymades that year had similar titles, not inscriptions, only one-word puns on bodily functions, chess moves, and Katherine

101. The letter to Louise Arensberg is postmarked New York, August 24, 1917, and Boston, August 25, 1917. It is now in the Arensberg Archives, Francis Bacon Library, and has been translated by Naumann, in "Marcel Duchamp's Letters to Walter and Louise Arensberg," p. 204. Ellipses ours.

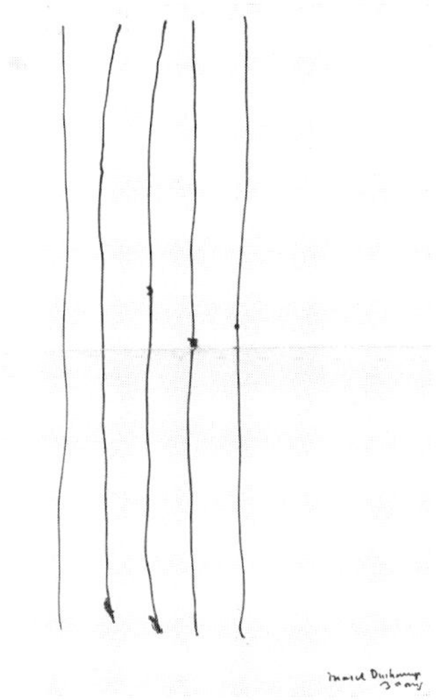

Duchamp. Place card. July 28, 1917. Courtesy Carlton Lake. Harry Ransom Humanities Research Center, The University of Texas at Austin.

Dreier's name: *Fountain, Trébuchet, Hatrack.*[103] The readymades became more and more interesting to Marcel as shadows; their relation to language mattered less and less. His attention to the space of language flagged. He took up optics. Perhaps that was why it was important that summer to apply fresh white to his wall.

Could language have optics?

On July 28, 1917, Marcel's thirtieth birthday party was given for him by Ettie Stettheimer and her sisters at their summer house, André Brook. Marcel himself made the place cards for the dinner, line drawings on both sides of a page that when unfolded and held up to the light spelled out the name of the guest (Figure

102. On the *Fountain,* see especially William Camfield, *Marcel Duchamp: Fountain* (Houston: Menil Foundation, 1989), pp. 24, 50ff., and Naumann, *New York Dada,* p. 176ff. Varnedoe has suggested that the urinal may not be from the Mott line at all, proposing instead the flat-backed Bedfordshire model of the A. Y. MacDonald Company ("Advertising," pp. 274–77). However, the supporting ears, as they were called, of the Bedfordshire do not match up with those of the *Fountain,* whereas those of the Stevens' Ventilating Urinal from an older Mott line (1894) do. Perhaps it is only necessary to say that Duchamp did not need to have the latest model urinal for his purposes. In 1894 the Stevens' Ventilating Urinal sold for $39.00.

103. *Trébuchet* is a chess move, using a pawn as a decoy for the opponent to stumble over (Schwarz, *Complete Works,* p. 468). In an unpublished interview of 1953 with Harriet Janis, Duchamp gives an account of how it became a readymade: [Initially bought to hang on the wall, it was] "a real coat hanger that I wanted sometime to put on the wall and hang my things on but I never did come to that—so it was on the floor and I would kick it every minute, every time I went out—I got crazy about it and I said the Hell with it, if it wants to stay there and bore me, I'll nail it down . . . and then the association with the Readymade came and it was that. It was not bought to be a Readymade—it was a natural thing . . . it was nailed where it was and then the idea came" (d'Harnoncourt and McShine, *Duchamp,* pp. 283–84). Eleanor Apter has suggested a reading of *Tu m'* in which the *Hatrack* participates in a martyrdom of St. Catherine. See the entry for the painting in *The Société Anonyme and the Dreier Bequest at Yale University: A Catalogue Raisonné,* ed. Robert L. Herbert, Eleanor S. Apter, and Elise K. Kenney (New Haven: Yale University Press, 1984), p. 232.

18). For added measure the lines pictured here were punctuated with a comma, an asterisk, and a period.[104] To punctuate a line that was only a letter if held up to the light made for a secret message yet again, though this one would be read, and had to be, if they were all to eat. Light was making light of secrets. Fortunately, Walter and Louise were not there.

Walter shouldered the larger problems of the word by himself. His subsequent poetry worked a bit more with Marcel's notes: he extrapolated and made them grow descriptively sexual. He wrote now in English. He wrote, however, still following, of sight:

> The human surfaces are to be used as transparencies.
> Given the insufficiency of clothing as a *trompe d'oeil*,
> attention may best be diverted from the pubic hair
> by making it transparent to the interior.

He was returning to the image. He was becoming literal. In this form it could and did sound mad. His old friends began to worry.

Ivins wrote to Paul Sachs in October about Walter's verse, or as he called it, "worse": "Surely there's nothing to it but nonsense of the most nonsensical kind, the foolishness of a man who has gradually got so beside himself that he's no longer to be reckoned with by the likes of you and me, a man whose exasperated nerves and over-keenness, whose flying from the 'obvious,' has for the time being landed him in a metaphysical revulsional quagmire. Today he is what the French call a *verbomane,* a person for whom words are things to be arranged, just as some of the Frenchmen of the period just before the war arranged pieces of newspaper and bits of rubber shoe with old matchboxes on a canvas and called it great painting. It is the natural result of having no hold on life and of life having no hold on him, of a financial, domestic, and social situation where 'life' means nothing. The whole thing is aberrational, a case of that virtuosity carried so far that it has lost all meaning and validity."[105] But worry should not be mistaken for diagnosis. Walter was working on "Vacuum Tires," finished and published in *TNT* in 1919. There he would return to cryptography to power his strange sentences, letting them explain:

104. Carlton Lake and Linda Ashton, *Henri-Pierre Roché: An Introduction* (Austin: Harry Ransom Humanities Research Center, University of Texas, 1991), pp. 65, 76, cat. no. 132. We are indebted to Lake and Ashton for providing us with further information about this drawing and to Delano Greenidge for details on the other place cards Duchamp made for the occasion. The place cards will appear in Greenidge's forthcoming revised edition of Schwarz's catalogue raisonné. On the party, see Caumont and Gough-Cooper, "Ephemerides," entry for July 28, 1917.
105. Ivins's letter to Sachs, October 16, 1917, included a copy of Arensberg's poem "For 'Shady Hill,' Cambridge, Mass.," which had been published in *391,* no. 5 (June 1917), p. 5. Shady Hill was the name of the house that the Arensbergs had occupied in Cambridge before moving to New York; they had sold it to Sachs. Sachs was disturbed by the poem, and Ivins wrote him a second letter on October 23, 1917, which is quoted here. The latter letter is now in Paul Sachs, "Reminiscences" (Oral History Research Office, Butler Library, Columbia University), pp. 290, 293.

> The whole effect is due to blinds, drawn in arithmetic to a sketch of halves, which are smoked into double disks. By such a system of instantaneous tickets a given volume of camera, analyzed for uric acid, leaves a deposit of ten dollars, and the style decrees that human surfaces be worn for transparencies, the price mark being removed from the lapel.

Numbers and cameras pointed toward the method for stringing different ciphers into a whole; pubic hair was mercifully dropped and scatalogy flushed from the end:

> The uptown exit may, or may not, be in manuscript, but as a result of the binomial theorem of closing time, the water-mains, whenever they are directed to funerals, will make a vacuum flash.[106]

He seems not to have shared this work much with Marcel, but then Marcel had left for Buenos Aires the previous summer.

They tried playing chess with each other by mail.

So many things changed, so many people. In 1920 Marcel invented Rrose Sélavy as part of an effort to split his work in two. He would dissociate the words from himself now. It had to be Rrose who spoke. And when she did, the word widened into a genital field of discontinuous grammatical delights. Language would reveal a sonority of organs without bodies, pure purposeless *bassesse*. Sound would be made to blink in rounds of Brissetism. More thickening. Endless rendez-vous. The pace was unrelentingly, unspecifically sexual. Precision optics would soon use the roto-relief as a way to catch up.[107] But Marcel was at the same time returning to his old idea of language as a woman's preserve. Her emissions now showed all-night ovaries and sheltering bleach, no clouds, a wank, a French.

L'aspirant habite Javel et moi j'avais l'habite en spirale. [108]

Ovaire toute la nuit.[109]

Later this would become a movie, the *Anémic Cinéma*. How far away from thought?

How close?

By then, Walter and Louise had moved to California.

106. "Vacuum Tires: A Formula for the Digestion of Figments *à la la*," *TNT* (March 1919), n.p. Duchamp wrote the Arensbergs from Paris at the end of March 1919, telling them that he had received Man Ray's *TNT* "que j'ai enjoyed very much J'ai beaucoup aimé la composition de Walter qui, j'espère continue à produire quelques bonnes choses comme ça les seules qu'on puisse lire aujourd'hui (les autres son [*sic*] littérature)" (Naumann, "Marcel Duchamp's Letters to Walter and Louise Arensberg, 1917–1921," p. 214).

107. Duchamp's interest in circumventing Freud, and for that matter Lacan too, was tied to his project for thickening language itself into an almost formless sexual material. Rosalind Krauss has studied precisely this kind of visual field in *The Optical Unconscious* (Cambridge: MIT Press, 1993), chapter 3.

108. From *Anémic Cinéma* (1926).

109. *DDS*, p. 156.

Sherrie Levine. Black Shoes. *1974.*

Interviews with Sherrie Levine, Louise Lawler, and Fred Wilson

MARTHA BUSKIRK

Sherrie Levine

Buskirk: Duchamp is relevant to your recent work that makes specific references, and to your work in general. But let's start a bit earlier, with the shoe sale that you did in 1976, and the strategy of taking a found object into the gallery and selling it there.

Levine: After I got out of school in the early seventies, I was teaching in California and I bought the shoes at a secondhand store in San Jose. When I moved to New York I brought one suitcase of my clothes with me and seventy-five pairs of little black shoes. I brought them to Stephen Eins, who had a storefront at 3 Mercer Street and was interested in showing work that was specifically about commerce. We held a sale, as opposed to an exhibition—a shoe sale. The announcement was a postcard with a picture of a pair of shoes on it. It read "two shoes for two dollars." We held the sale two Saturdays and sold all the shoes.

Buskirk: Do you still have any of the shoes?

Levine: I have one pair left. When *Parkett* invited me to make a multiple for them, I asked if they would be interested in remaking the shoes. In the beginning I was trying to find a readymade shoe. But I couldn't find anything I liked, so I suggested that we remake the original shoe.

Buskirk: It's very Duchampian, this idea of taking the original readymade and making it into a fabricated readymade.

Levine: Yes. I wasn't sure about it at first, but I was really pleased in the end with the little brown shoes that we had fabricated.

Buskirk: In the interim they were known mainly through the one photograph that's usually reproduced. So they were first a readymade, then existed mainly in the form of a document, and then reappeared as a fabricated readymade.

Levine: I had photographed every one of the original pairs, but unfortunately I didn't keep any of the photographs.

OCTOBER 70, Fall 1994.

Buskirk: But you did keep the one pair of shoes?

Levine: I kept them because I didn't think of them as art. They were in a box with a bunch of odds and ends. I was lucky to recover them.

Buskirk: It's interesting that the shoes were in this very tenuous state between being art and not being art.

Levine: That was the reason Stephen wanted to show them. And a shoe is the ultimate fetish object.

Buskirk: A fetish object that's also a commodity.

Levine: I'm very curious about that area where the commodity meets the sublime.

Buskirk: Let's come back to your work in the late 1970s . . .

Levine: I began to make collages with silhouettes cut from fashion magazines. I wanted to make work that was very economical in its formal means, yet layered and complex in meaning. I realized that what I had been doing with the collages was putting one picture on top of the other.

Buskirk: Certainly the collage works are about the representation of the work of art in a printed context, and that determines their scale as well. I'm interested by the move from the play with the image—whether the collage works, where you've taken a plate from a book, or the works where you've rephotographed plates from books—to the other works that you've done, like the gold knots, the checkerboards, the chevrons. These have been referred to as generic paintings, but ones that also move more toward the status of objects because of their emphasis on texture and materiality.

Levine: I see the collages and the photographs as very formal and material works too. I love the physical qualities of paper. I'm very concerned about the texture of the paper and the edges. I pay close attention to the print quality of the images. For me, the collages and photographs are very materialized objects.

Buskirk: In her essay on the *Bachelors,* Rosalind Krauss picks up on your statement that Duchamp provided you with a way to make sculpture, and she talks about the implications of having to look for a way to make a sculpture. Your sculptural work also plays off both two-dimensional and three-dimensional works. Do you make a distinction between these two approaches?

Levine: I always make things that I want to look at. Objects that help me understand something or experience something that I didn't before. I choose things that I want to see—which I think is what most artists do. That's my motivation. I think: What would it be like to cast a Brancusi head in glass? What would that look like? How would I feel if there were six or twelve of them in a room together? What would that mean to me? What I'm interested in is the almost-same.

Buskirk: With respect to the almost-same, you seem to insist on the "almost" part with materials—going from porcelain to bronze, or going from bronze to glass, in the *Fountain* and in the *Newborn.* With the shift of materials you made the urinal into a sensuous, precious object.

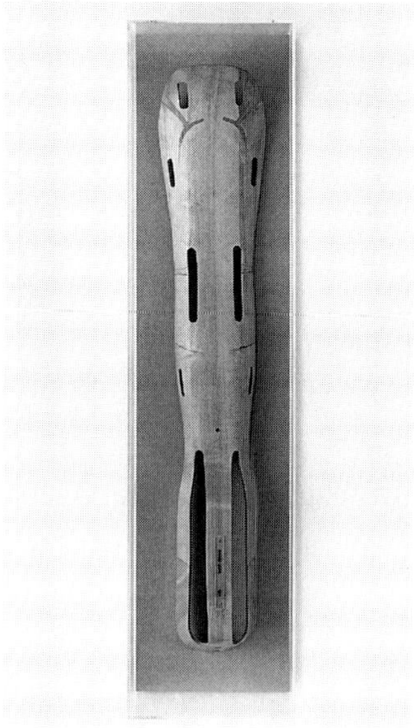

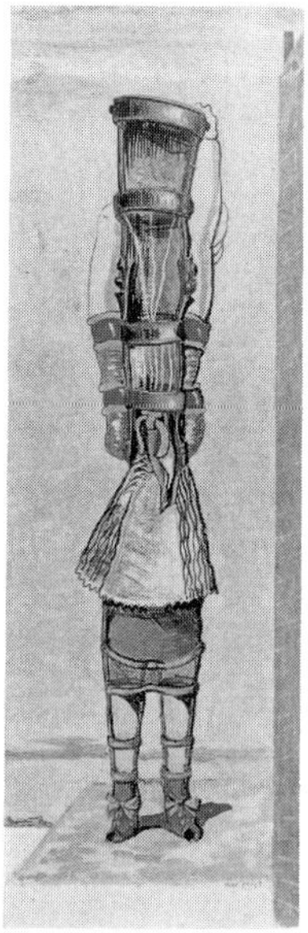

Left: Sherrie Levine. Chimera: After a Broken Leg. *1994. (Photo: Kevin Noble.)*

Right: Max Ernst. Young Chimera. *Circa 1921.*

Levine: I thought it would be challenging to work in a traditional sculpture material—something with an immediate aesthetic credibility. I was very surprised when I saw my first *Fountain.* When I made the decision to cast the urinal, I was thinking primarily about Duchamp, but the finished high polish bronze sculpture more readily evoked Brancusi and Arp.

Buskirk: It's striking how the material itself could create those associations.

Levine: I think the anthropomorphic form of the urinal also recalled those artists.

Buskirk: You also thought in another way about Duchamp in that the catalogue for the presentation of your *Fountain* was modeled after the catalogue for the exhibition at the Menil Foundation in Houston that was devoted to Duchamp's *Fountain.*

Levine: I thought that it would be amusing to make the catalogue an appropriation.

Buskirk: But those are two different trajectories. The Brancusi association is more in the experience of the work itself, whereas the catalogue is focused on the Duchamp connection.

The *Melt Down* pieces were also included in that catalogue. They seem particularly interesting for the way in which they seem to play off Conceptual art—in the sense of taking an arbitrary screen or set of criteria, there the computer reading of great works of art—and then using that as a basis for further work.

Levine: I had made some woodcuts based on a grid created by a computer reading of some modern masterpieces. In addition to the grids of twelve, I also received a printout of a grid of one—in other words, a monochrome. I had been thinking about how I could generate a monochrome painting for quite a while.

Buskirk: You say "thinking about how I could generate a monochrome painting"—this is similar to what you said about looking to find a way to make a sculpture. The search for a conceptual grid or a rationale for your work seems to be a unifying theme.

Levine: Yes, I am always trying to find a way to fit these things into a larger framework so that the work creates an environment where each reading informs all the other readings, and the latest work informs the earliest work.

Buskirk: Duchamp, too, did not create a body of work based on stylistic unities; the unities of his work have a more conceptual basis.

Levine: Gerhard Richter's work has this same aspect—I can't look at any of his paintings without rethinking all the others. It's that Borgesian notion of the present enriching the past.

Buskirk: In both your early statements and early writings about your work, Borges is a reference. Indeed, there is a sense of very specific shared references in your critical bibliography. It seems now like the bibliography has been expanded outward. And you have also referred to a number of different types of art.

Levine: I like to read, and I generally experience a healthy symbiotic relationship to the critical attention I receive.

Buskirk: It does give high modernism a particular twist, though, when you take it through the readymade—the idea that the urinal came out looking like a Brancusi is funny in that regard. There are certainly people who would make a division between Duchamp and modernism's trajectory, whereas making a urinal into a Brancusi collapses those two.

Levine: I was trying to collapse the utopian and the dystopian aspects of high modernism. It's something of an ongoing obsession of mine.

Buskirk: To turn to the piece you are working on now—the piece that will use the Eames leg splints. You're returning to a found object, a very specific one. The leg splint is a practical object, but one made by a recognized artist, so it already has the quality of existing in an in-between state.

Levine: In the early 1940s Charles Eames figured out a way to mold plywood, and he used it to fabricate a chair. Shortly after this discovery, the United States Navy commissioned him to design plywood splints and gurneys for them.

Buskirk: You found some of them for sale?

Levine: Yes, at a modern furniture store. I bought thirteen of them.

Buskirk: In addition to your attraction to the readymade, you seem to have a strong interest in seriality and repetition. Your interest in high modernism seems to have been shaped or filtered through the art of the 1960s—particularly Minimalism and Conceptual art.

Levine: Repetition is implicit in the notion of the readymade. I think that's one of the reasons that I'm drawn to this tradition.

Buskirk: With the leg splint, you're also using a found object that—like the shoes in the 1970s—has a very specific relation to the body.

Levine: It does have a wonderful mask-like quality, and I thought it would be amusing to make a work of art titled *Chimera: After a Broken Leg,* referring both to Duchamp and Max Ernst.

Buskirk: Choosing the splint as a readymade has a very different meaning now than it would have had ten or fifteen years ago.

Levine: The splints have the same formal qualities as the modern sculpture that interests me—that commingling of the anthropomorphic and the geometric. Finding the splints when I did was serendipitous in the sense that finding the shoes was serendipitous. But, of course, we find what we seek.

May 13, 1994

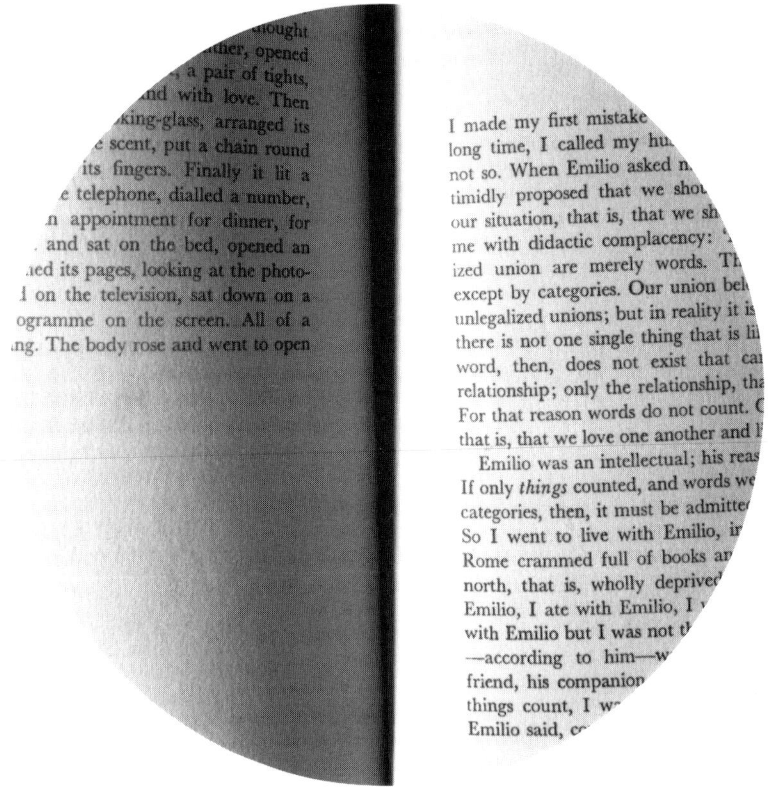

Louise Lawler. Open. *1980.*

Louise Lawler

Martha Buskirk: In thinking about the relevance of Duchamp for more recent practices, one particularly important issue is the degree to which he thought very carefully about the nature of the work of art and how its meaning is shaped by the context in which it is presented. How did your own interest in these issues develop?

Louise Lawler: My own relation to Duchamp is after the fact. I guess I wasn't aware of the complexity of his relationship to context; to me, Duchamp signaled a "bottle rack" (who uses *that*?), a weird looking urinal, and a lot of pictures of him smoking and enjoying the sun with other people.

In college my class spent a term in New York City, sharing a floor with fourth-year architecture students overlooking Union Square. As a part of the curriculum we visited artists' studios. One sculptor was constantly trying to convince us to ask to visit Duchamp. She was actually wild-eyed with enthusiasm. The rest of us sat there mildly intrigued that he was in fact (we thought) somewhere near Twenty-third Street. I'm telling this to collapse a historical distance as well as to acknowledge it.

Buskirk: Who were you looking at when you were first thinking about context and the way a work of art is understood?

Lawler: When I came to New York to live I was skeptical about what you do as an artist and didn't expect to actually be one, but I diligently went to the galleries on Saturdays. Uptown, on the East Side, I wasn't sure you were supposed to go in. It wasn't so much whose work it was that interested me but looking at how it was working, what was expected of it in these situations. There were also a lot of shows about being outside of those contexts—on a pier, under the Brooklyn Bridge, on a roof. 112 Greene and 98 Greene (Holly and Horace Solomon) were other sites for performance and dance. Not a salon by invitation but a loose community; I would recognize at least a quarter of the audience at each Grand Union performance. Being outside, these events have remained somewhat outside which has made me feel somewhat responsible for reinserting information about them. By "outside," I mean not being placed in the habitual position and format of art, retained and referenced in some places but rarely in written histories.

Before that I assisted some of the artists in an Earth art show. It was presented by the Cornell University Art Museum, but somehow seemed "impressarioed" by Willoughby Sharp (founder with Liza Baer of *Avalanche*). The German video producer Gerry Schum was there. The gallerist John Gibson came. This was of course an inside/outside situation, but it already was a time when being outside the institution certainly made sense. Work could be clandestine or part of a "Be In."

In response to your question of who I was looking at, I liked Pop art, meaning Warhol, Lichtenstein. But the list is much longer: Artschwager, Ruscha, Buren, Weiner, LeWitt, Barry, Graham, Baldessari, Neil Jenney, Chris D'Arcangelo, Peter Nadin, Sherrie Levine, Barbara Kruger, Craig Owens, Douglas Crimp, Benjamin Buchloh, Michael Asher, Allan McCollum, Andrea Fraser. This list in no way acknowledges the differences between looking and talking, or involvement with other work that may mean less to others and more to me. I think art is part and parcel of a cumulative and collective enterprise, viewed as seen fit by the prevailing culture. Other work, outside work, makes up a part of this.

I'm trying to point out that there are many issues concerning context that can be referenced before and since Duchamp. Some attempt to eliminate it as a codified situation and others to exacerbate and make more evident its conventions. Sherrie Levine and I tried the latter in our collaborative work, *A Picture Is No Substitute for Anything*. We were the presenters, taking on the position of the gallery, not being subsumed by it. A consistent, conservative invitation was sent out, announcing an exhibition that was a matter of agreement between the two of us—sometimes her work, sometimes my work, in different locations, for one night only.

Buskirk: It seems that your work, even when situated within a gallery space, continually pushes at the edges. How has the terrain shifted since you started out?

Lawler: It is no longer a matter of trying to subvert or intrude. Those strategies are now recognized and invited. Now it is a matter of finessing, which is certainly not enough.

Buskirk: Another thing that's central to your work is collaboration. Some are very explicit collaborations, like with Sherrie Levine or Allan McCollum, while others are implicit.

Lawler: Collaborations can produce a shift in focus and concerns. For example, *Ideal Settings for Presentation and Display* was a collaborative work with Allan McCollum where we totally played up the fact that the gallery is a kind of backdrop or stage—incorporating stage lights and painted pedestals, displaying the objects in a sort of walk-in advertisement.

Buskirk: Along with the idea of the work as a collaboration, you've also emphasized the author name as a label that individuates a work.

Lawler: It makes more sense to me to describe a work that deals with this issue, rather than talk about it. There was a show at the uptown Castelli gallery entitled "Amalgam" in the 1980s. It was a show of works on paper by a lot of the main gallery artists. Their names were being put in press type that was about an inch high next to their works around the room—Johns, Warhol, etc. I approached Marvin Heiferman, who worked at the gallery at the time, and said I would like to put a work in the show, but the wall label would say "Anonymous." It was a photograph of an open book of short stories by Alberto Moravia, edited by being printed in a circle.

Buskirk: You also did a piece at Castelli that was a gift certificate. I was wondering how that worked—and whether you were thinking specifically about Duchamp's works in the form of checks.

Lawler: I don't want to play the dumb artist. I suppose I knew something about Duchamp and Yves Klein having done something with checks. To be honest, I'm still not exactly sure how theirs worked. I think I looked at Brooks Brothers and Barneys to figure out the terms and layout, and then designed it to look like Castelli typography. It was another big works-on-paper show, this time downtown. Most of the works were quite large. Around the corner from a Rauschenberg, and before you got to the Longo, I installed one gift certificate under a piece of plexi, and in press type above wrote "Gift Certificates Are Available," and they still are.

Buskirk: You have done some works that were specifically related to political events—as in the work that focused on the Helms amendment, or the glasses that you inscribed with a statement about the cost of operating an aircraft carrier—but those pieces are not as didactic as some of the political art that we're seeing now. How do you view the idea of political content in art?

Lawler: With the Helms amendment piece, I knew what I was doing in a different way than I often do. There were reasons that determined my choices. It was produced for an exhibition at the Photographic Resource Center in Boston at a time when there was much controversy over the content of photographs by Mapplethorpe and Serrano in exhibitions funded by the NEA. I made ninety-four prints of a black-and-white photo of a plastic cup—sort of archetypal Weston peppers, with bright whites and dense blacks. They were matted with the name of each senator in press type on the mats—red for Democrats, blue for Republicans. They were installed in pairs, one above the other, alphabetically by state around the room. The frames were dark wood, and the wall was painted gray. In the six spaces where there was no photo there was an excerpt of the Helms amendment which stated that no federal funds could be used to support AIDS educational material that condoned a homosexual lifestyle. The text stood in place of the four senators who abstained from the vote and the two who voted no. The cup to me had a certain feeling of a medicalized environment, and it also had a classical element to it. You don't know how people are going to perceive or read it—

they wouldn't necessarily think about anonymity, and what gets taken away when you're always drinking from a plastic cup in a hospital. But the work in general was very much a product of its times. The codes which produced its conventions of display—pictures, text, paint, quantity—embraced the issues wholeheartedly with a fervor that is hopefully recognized and felt.

Buskirk: You once mentioned to me rephotographing Duchamp's *Air of Paris* at the Philadelphia Museum of Art.

Lawler: It seemed like a particularly poignant one to do about repackaging because that glass vial looks so strange to us. In fact, all the readymades are interesting-looking things now, and their normalcy is gone.

It seemed like something that I liked, but could have done a bit better. With the shadows from the case, what I was photographing wasn't so visible to me—which is an interesting thing with black-and-white film. You see things so differently, and the shadows become so prominent.

The other picture I'd taken of the *Air of Paris* was in Sweden, where they had it hung on a string. All I took was the shadow.

Buskirk: In playing with shadows, of course, you're also doing something Duchampian . . .

Lawler: Yes. You can make suppositions about that, but you can't necessarily ascribe them to the artist. You see connections, but that doesn't necessarily mean that's where the artist got them. But that also doesn't mean that they're not there. This discussion of Duchamp seems a good opportunity to express my discomfort with too much referencing of authority that is restrictive, rather than acknowledging the work's "kindling" effect and use.

And this points to one reason why I resist interviews: they foreground the artist—tell too much about what wouldn't be known when confronting the work. In rereading and trying to rework my responses, I find I am always backing up, wondering why I responded as I did, and filling in. It becomes a matter of selection.

May 20, 1994

Fred Wilson

Martha Buskirk: The intersection of the work of art and the museum is an issue of increasing importance for twentieth-century artists—both for Duchamp and for contemporary work. You have focused very specifically on how the museum is assembled and how meaning is constructed in that context. I'm also interested in the conjunction between being an artist and being a curator, and the degree to which the two overlap.

Fred Wilson: I've been asked if my work came from various theoretical discussions, but actually it didn't; it came from my experience in museums. Having worked as both a curator and an artist, there is a big difference between the two. With curating, the whole notion of irony is not involved, often for good reason—because the public in the museum space often expects some form of universal truth or knowledge, a notion I hold suspect. The fact that I'm an artist in an institution gives the viewer a certain leeway in how to respond to this work. All my work is extremely personal. In curating, that is forced more to the background because of the emphasis on so-called objective scholarship, which tends to make the viewers passive in their experience of the exhibition. I'm always trying to push the exhibitions farther than I would expect a museum curator to go.

Buskirk: Though of course some of what could be understood as personal vision in *Mining the Museum* was really based on scholarship, on a close examination of the details of the collection and its archive, which allowed you to come up with identifications and other information that had not been found, or perhaps sought, before.

Wilson: I have nothing against scholarship. It's important that, in my work, I'm not making grandiose claims from nowhere. But I do like the audience to think about scholarship in a more open way. In *Mining the Museum* I'm not trying to say that *this* is the history that you should be paying attention to. I'm just pointing out that, in an environment that supposedly has *the* history of Maryland, it's possible that there's another history that's not being talked about. It would be possible to do an exhibition about women's history, about Jewish history, about immigrant history based on looking at things in the

Fred Wilson. Installation at Seattle Art Museum. 1993.

Right: Mining the Museum. *Baltimore Museum of Art. 1992.*

collection. I chose African American and Native American information because that was impossible for me to overlook. But it was never to say that this was *the* history you had to be looking at. And certainly that exhibition was not about a straight black history. If I'd wanted to, I could have borrowed things from other museums around Maryland and around the country and made a more cohesive black history in the linear fashion, the way museums do. But that's not what I was trying to do.

Buskirk: There seems to be a foregone conclusion in your work that you are working from within the institutional space—that you are not trying to make a gesture that exists entirely in another space, but that you're working with histories that have to some degree already been constructed. Did that always seem self-evident to you as a direction?

Wilson: After *Mining the Museum* and the work in Seattle, it seemed to make the most sense. I'm really interested in surprise and how one reacts on an emotional and intuitive level before the intellectual self kicks in. That synapse seems to happen best when you feel that you understand the situation that you're involved in, and the museum setting is one where people feel that they know what to expect and how they're supposed to act. It's a way, once I have people disarmed, to get them to push past their comfort zone. Otherwise, if they walk into a space that's already an environment where they're on their guard, you can lose a lot.

Buskirk: What you've done in working with the rhetoric of already established spaces has been related by critics to Conceptual art. I was wondering how self-consciously you were positioning yourself in relation to Conceptual art of the 1960s and '70s, or to art of earlier periods.

Wilson: Being schooled in college in the mid-1970s, Conceptual art was in the dialogue of the art school, and I had an interest in it. But more recently I've

seen a lot that I was not familiar with then. So I guess I could say that I was generally familiar with it, but not immersed in it.

Buskirk: Yet, whether or not you were referring explicitly to Conceptual art, one could say that Conceptual art created a space in which people could understand the issues that you have dealt with in your work.

Wilson: In being a curator for a number of years, I honed this particular craft. Certain people like Broodthaers were doing work based on the museum, but I wasn't aware of it until later, so I really came to this from my experience.

Even though I do consider myself a Conceptual artist, I also work totally from the visual—how the things relate to me, and how the environment that I'm in works with me. Every environment that I do is for me very much a visual relationship of objects, and how they are placed in the space.

Buskirk: There's been a great deal written about your installation in Baltimore, and less about the one in Seattle. Obviously these were different types of museums, a differentiation that is the product of a historical process that separated the fine arts from natural history, ethnography, historical documentation, and so on. I'm interested in how you have put into question, in Baltimore, the idea of the artifact and its interpretation. But I'm also curious about your expectations in Seattle, where you were working not in a historical society but in an art museum.

Wilson: What I loved about Seattle was that it was the exact opposite of what I had been working with in Baltimore. It was a totally new museum, which hadn't been open a year, as opposed to the historical society, which had been there since the mid-nineteenth century. It was not the emotional experience of *Mining the Museum*, because they didn't have that kind of visceral American history that so closely relates to my personal history.

This museum, like the Metropolitan, and all museums that have general collections of art from around the world, have all jumped into saying that they're multicultural. And to me, they're about as multicultural as the British Empire: all the cultures are there, but who decides what they have to say, what's next to what, and what's important? So I decided to look at it in terms of how history is created in the linear nature of the floor plan of the museum, which takes you from the ancient world, Egypt, Greece, and Rome, through Medieval Europe, Renaissance, and so on, until you end up in twentieth-century American art. Then the other collections are elsewhere in the museum, and not really part of that march of history. So I tried to mix the collections together in a way that made sense to me, and tried to point to the fact that these things are set up in a very specific kind of way.

What was also different was the fact that these things were interspersed throughout the institution. I was a little concerned, because I'm very much interested in controlling the space. But what I lost in being able to arrange the exact space I gained in that notion of surprise, that ability to catch the viewers off guard so that they look at everything more closely. Another reason I liked Seattle was because I didn't want to be a person who only did things about African American history, even though it's very important to me.

Buskirk: You've worked with the rhetoric of museums, but you've also done exhibitions in galleries. Even though a gallery of contemporary art does have a history, and does carry associations, it is in some ways a less heavily loaded space than the museum.

Wilson: When I do a piece at Metro Pictures, or even the Whitney Biennial, you're going to that space and you know that you're expecting something unusual or unexpected. I can't fool you to think that it's a museum.

Buskirk: I am interested in this idea of taking the objects that are already in the fine art museum and recombining them to create a sense of surprise. There have been so many other moments already in the twentieth century when artists have attempted to raise questions or to create a sense of shock by bringing objects or images that would not normally be considered art into the space of the exhibition or gallery, and later the museum. On the other hand, you are trying to work with what is already in the museum.

Wilson: That's true. I am in many ways responding to the history of art and trying not to do what has been done before, which has a lot to do with notions of the exotic. If anything, I'm trying to expose that notion for what it is by showing things that are familiar and making people see them differently. What can you bring into a museum now that wouldn't belong in a museum? There's basically nothing. So that whole approach is out the window. To me it's much more rigorous to look at the museum itself and to pull out relationships that are invisibly there and to make them visible. That, to me, is much more exciting.

June 14, 1994

Thoroughly Modern Marcel

MARTHA BUSKIRK

Given the tremendous resonance that Duchamp's work has had for artistic and critical practices since the 1950s, it has often been asked why he received so much less attention in the first half of the century. Perhaps a better question would be: What was there to receive? To what extent was any delay in the reception of the work, and particularly of the readymades, a function of delays in the construction of their meaning? And to what extent was the gesture of the readymade only retroactively solidified? While the increasing importance of Duchamp's work can be attributed in part to changes in the artistic context since the 1950s, an examination of the record reveals a precariousness in the existence of the readymades at times, as well as the extent of Duchamp's efforts both to organize their presentation and to minimize his own behind-the-scenes work in the formation of his oeuvre.

To a certain degree, the perception of delay is the product of the way that Duchamp's career has been framed. In the standard summary, we find the paradox of the amazing importance of an artist whose core body of work (with the exception of certain scattered items and his secret last work) was all produced in little more than a decade, in the period of 1912 to 1923. According to this narrative, Duchamp learned the value of rejection and put his knowledge to use, first with his *Fountain*, and again a few years later when he performed the ultimate rejection by purportedly giving up art in favor of chess. Not only did Duchamp promote the idea that he was no longer making works after 1923, but that which he had produced was largely unavailable for viewing, either because it was in the hands of private collectors or, in the case of a number of the readymades, because it had simply been lost. Yet despite this apparent cessation of activity, and despite the near total inaccessibility of his work to the public until the 1950s, Duchamp had created a delayed release of influence that—to Picasso's great irritation—began to gather momentum decades later.[1] In this way, Duchamp, connoisseur of chance and of

1. Rosalind Krauss discusses Picasso's anxiety around Duchamp's rising reputation in chapter 5 of *The Optical Unconscious* (Cambridge: MIT Press, 1993). Duchamp's inclusion in Robert Motherwell's anthology *The Dada Painters and Poets*, which first appeared in 1951, and the publication of Robert

OCTOBER 70, Fall 1994.

games, played the artist game by his own rules and with great success. The Dada artist, having made the ultimate refusal, was ultimately embraced—leapfrogging over Picasso as postmodernism subverted modernism and Duchamp took over as the central precursor.

Such a narrative is very seductive. But there are reasons to be wary of its elegance, concerning as it does this self-proclaimed master of "canned chance." It is important to look more closely at this delayed reception, as well as at Duchamp's own participation in the construction of the various Duchamp myths. For despite his claimed inactivity, Duchamp was hard at work remaking his earlier oeuvre, both conceptually and actually. Much of the work that Duchamp produced during this period, however, took the form of multiples—including the *Rotoreliefs*, the *Green Box*, and the *Box in a Valise*. The equivocal status Duchamp accorded to this work is apparent in his answer to Pierre Cabanne in the context of a discussion of the sculptural objects that he made in the 1950s:

> *Cabanne:* How long had it been since you had worked?
> *Duchamp:* Since 1923. I don't count the things in 1934, the optical experiments; but they were still work, a lot of work.
> *Cabanne:* The "Green Box" is something too.
> *Duchamp:* And the "Box in a Valise."[2]

How important were these things that weren't works yet were a lot of work? Clearly Duchamp criticism would not be what it is were it not for the publication of his notes, most significantly the *Green Box*, produced in an edition of 300 in 1934, with its ninety-five facsimile reproductions of notes pertaining to the *Large Glass* as well as to the readymades and other works. According to Duchamp, the notes "were to complement the visual experience like a guide book."[3] They were to be "consulted when seeing the 'Glass' because, as I see it, it must not be 'looked at' in the aesthetic sense of the word. One must consult the book and see the two together. The conjunction of the two things entirely removes the retinal aspect that I don't like."[4] Thus the notes, which only appeared later, were expected to perform a corrective function and to shape the experience of the *Large Glass*, and in doing so, they heightened the structure of delay that Duchamp already claimed for the work. The paradoxical nature of this endeavor is elegantly conveyed by Robert Lebel: "The notes in the *Green Box* on *The Bride Stripped Bare by Her*

Lebel's monograph on his work in French and English in 1959 introduced Duchamp to a new generation. And though his work was not included in major museum collections until the 1950s, the 1954 installation of the Arensberg collection in the Philadelphia Museum allowed access to the core of his oeuvre.

2. Pierre Cabanne, *Dialogues with Marcel Duchamp*, trans. Ron Padgett (New York: Da Capo Press, 1979), pp. 87–88.

3. Duchamp, "Apropos of Myself," 1964; reprinted in Anne d'Harnoncourt and Kynaston McShine, *Marcel Duchamp* (New York: The Museum of Modern Art, 1973), p. 296.

4. Cabanne, *Dialogues*, pp. 42–43.

Box in a Valise. *1941.*

Bachelors, Even are explicit except that they are often at variance or even contradict each other in details. Did Duchamp hesitate between different versions? Did he then introduce into his work certain *pentimenti* which the precise execution of the *Glass* no longer required?"[5] How does one go about retroactive introduction of underpainting into an already finished (or at least definitively unfinished) work—and a work on glass, no less? While he may have abandoned his work on the physical object in 1923, he was able, with the notes, to provide an intrinsic, even if retroactively introduced, part of the structure of the work. The sense of delay is further heightened when one remarks that the publication of the notes occurred at a moment when the *Large Glass* was itself in a highly tenuous state: having been broken in shipping in 1931, it was repaired by Duchamp only in 1936, two years after the appearance of its guidebook.

Duchamp was, as always, cagy in his response to Cabanne about the function of the *Green Box*:

> *Duchamp:* Everything I was doing demanded precision work over a long period; I found that it was worth the trouble to preserve it. I worked slowly; consequently, I attached to it an importance comparable to anything one takes great care with.
>
> *Cabanne:* During that period, you seem to have been more concerned with preserving your work than with continuing it.

5. Robert Lebel, *Marcel Duchamp*, trans. George Heard Hamilton (London: Trianon Press, 1959), p. 65.

Duchamp: Yes, because I had already stopped making things.
Cabanne: Had you stopped absolutely?
Duchamp: Yes, but not absolutely. It had simply stopped, that's all.[6]

Indeed Duchamp had not stopped absolutely; but his continued production did not necessarily register as work in the artistic sense. In addition to adding layers of underpainting to the *Large Glass* through the publication of the notes, he also extended his otherwise curtailed production with the *Box in a Valise*, which provided him with a way of continuing to make his work without making additional works.

In the *Box in a Valise*, Duchamp brought together different kinds of reproductions in a way that allowed him not only to organize and shape his oeuvre, but also to secure the existence of the readymades. The means employed in the box are as various as in his work as a whole: it includes reproductions that function as stand-ins for the readymades (done in miniature 3-D) and of the works on glass (reproduced on celluloid); collotype prints of paintings, drawings, and commercial reproductions, some in black-and-white, some with color painstakingly added; and photographs—shots of readymades, the optical apparatus, Duchamp's studio—which have been manipulated to varying degrees.[7]

If the works in the *Box in a Valise* were reproduced, however, they were decidedly not mass-produced. If Duchamp only needed to add two dots of paint to a commercial landscape print to create *Pharmacie* in 1914, or a beard and inscription to a commercial reproduction after a painting to form *L.H.O.O.Q.* in 1919, the inclusion of these works in the *Box in a Valise* involved a much more elaborate, careful, and labor-intensive process. Not only were color reproductions generally far less common or easily managed than today, but Duchamp chose an especially time-consuming method. Paradoxically, given the assumption that one effect of mechanical reproduction is to bring the work of art to the viewer, Duchamp had to travel to the works, including a visit to the Arensbergs in California, because otherwise he would have had to rely solely on his memory for the color notations. He even had to repurchase one of his works—the *Tzanck Check*—in order to have it to reproduce.

What is the effect of Duchamp's intricate reproduction efforts? Ecke Bonk suggests that "Duchamp's elaborate reproduction process had resulted in 'authorized' new versions of his most important paintings; and in the cases of *Mariée* and

6. Cabanne, *Dialogues*, p. 78.

7. As Ecke Bonk has described in great detail, the production of the sixty-nine items that were initially included extended over five years, from 1935 through 1940. The first *Box in a Valise* appeared in 1941, and the assembly occurred in stages over the next three decades, through the final completion of the edition of 300 shortly after Duchamp's death. The method that Duchamp chose for the better part of the reproductions required a very labor-intensive application of color; yet, Bonk suggests, "the *pochoir* technique was the ideal means of creating a unique ensemble of reproductions, especially as the precision of the technique ultimately conceals the effort required" (Ecke Bonk, *Duchamp: The Box in a Valise*, trans. David Britt [New York: Rizzoli, 1989], p. 154).

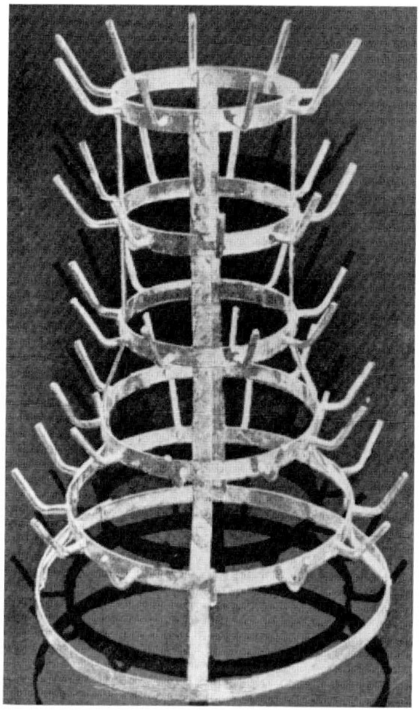

Photograph of Bottle Dryer. *1936.*

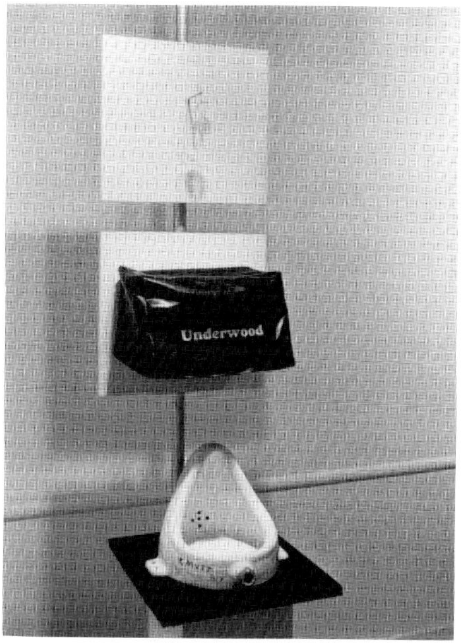

Installation at Pasadena Art Museum. 1963.

Nu descendant un escalier No. 2 the reproductions had been signed and notarized like stock certificates: the ironic implication is that Duchamp's 'equity' had a new 'market quotation.'"[8] And Thierry de Duve makes a similar suggestion regarding the *Box in a Valise*: "For Arensberg, the gold in the safe; for Duchamp, the fiat money backed up by it. He coins money on the 'Arensberg Bank,' or on the 'Mary Sisler Bank'—in short he runs off reproductions of the works that his most faithful collectors have accumulated the way others write checks on their bank accounts."[9]

However, not all of the paper money that Duchamp issued was backed up by bullion reserves. This *Box in a Valise* was, in fact, a retrospective not only of extant works, but also of works that had ceased to exist. Two of the miniature readymades—the *Traveller's Folding Item* and the *Fountain*—had been lost sometime after their initial appearances in 1916 and 1917. There were also photographs taken in Duchamp's Sixty-seventh Street studio that showed a number of other readymades that had subsequently been lost, including the *Bicycle Wheel* and *In Advance of the Broken Arm*. And there was even a photograph of the *Bottle Dryer* that was taken in 1936, despite the fact that this readymade had been lost soon after its creation in 1914. The reproduction of the *Bottle Dryer* used in the *Box in a Valise* was initially created for a special issue of *Cahiers d'Art*, and it depicts a bottle dryer that Duchamp and Man Ray went out and bought specifically so that Man Ray could photograph it—a bottle dryer that was itself, appropriately enough, lost

8. Bonk, *Box in a Valise*, p. 154.

9. Thierry de Duve, "Marcel Duchamp, or The *Phynancier* of Modern Life," *October* 52 (Spring 1990), p. 73.

after this event.[10] The photograph from the *Box in a Valise* has been reproduced frequently since; yet this version of the readymade never really existed. This particular bottle dryer was only a stand-in—purchased but not found, discarded but not lost. Perhaps the clue to the indeterminate status of this object is to be found in the impossible shadow that is no shadow at all, but rather an out-of-register silhouette of the bottle rack itself placed lower on the page.

Other photographs were manipulated in different ways: a number of them appear in bizarrely colorized forms, with various elements extensively retouched or pasted in, as is the case with the *Trébuchet*, *Hat Rack*, and *In Advance of the Broken Arm*, or the drawn-in graphics on the photograph of the *Unfortunate Readymade*. And the miniatures reflected varying degrees of actual existence: the *Fountain* was based on the photographic record provided by Stieglitz, whereas the *Traveler's Folding Item* reproduced a lost original that had apparently not been recorded in any form.

But the ambiguous state of the readymades was due to more than the mere fact that the original objects had been subsequently lost. Though art historians generally date the inception of the readymade to 1913, when Duchamp first attached a bicycle wheel to a stool, the transition from object to readymade was subject to various delays even for Duchamp: "The *Bicycle Wheel* is my first Ready-made, so much so that at first it wasn't even called a Ready-made. . . . I liked the idea of having a bicycle wheel in my studio. I enjoyed looking at it, just as I enjoy looking at the flames dancing in a fireplace."[11] The readymades also failed to have much of an effect when they were first displayed: two readymades that Duchamp exhibited, along with five paintings and drawings, in a 1916 exhibition at the Bourgeois Gallery received so little attention that even their identity is only tentatively established.[12] Were these objects simply accepted as eccentric or play-

10. For a detailed discussion of the production of this photograph, see Bonk, *Box in a Valise*, pp. 232–34.

11. Arturo Schwartz, *The Complete Works of Marcel Duchamp* (New York: Abrams, 1969), p. 442. According to Duchamp, "The word 'readymade' did not appear until 1915, when I went to the United States. It was an interesting word, but when I put a bicycle wheel on a stool, the fork down, there was no idea of a 'readymade,' or anything else. It was just a distraction" (Cabanne, *Dialogues*, p. 47). As Duchamp recounts to Cabanne, the original 1913 *Bicycle Wheel* vanished without a trace—no photographs, no measurements, nothing. Duchamp abandoned the first *Bicycle Wheel* in France when he left for America in 1915, and it was discarded by his sister and sister-in-law when they cleared out his studio. He then made another version of it in New York in 1916, which appears in a photograph taken of his New York studio in 1917 or '18—a photograph that reappeared in a bizarrely colorized form in the *Box in a Valise*.

12. There were also no discernible ripples caused by his inclusion of *Pharmacie*, along with several paintings, in another exhibition in 1916 at the Montross Gallery. The lack of public notice generated by these 1916 appearances of the readymades is discussed by Thierry de Duve in his essay "Given the Richard Mutt Case," in *The Definitively Unfinished Marcel Duchamp*, ed. Thierry de Duve (Cambridge: MIT Press, 1991), p. 193. The two readymades shown at the Bourgeois Gallery are tentatively identified by Schwartz as *In Advance of the Broken Arm* and *Traveller's Folding Item* in Schwartz, *The Complete Works*, p. 463. For an extensive list of the works Duchamp is known to have exhibited, see the "Chronological Table of Exhibitions" included in *Marcel Duchamp: Work and Life*, ed. Pontus Hulten (Cambridge: MIT Press, 1993).

ful gestures on the part of the artist who had come to America with his avant-garde reputation already secured by the notoriety of the *Nude* at the Armory Show? In any case, it seems quite plausible that his orchestration of the *Fountain* controversy was inspired not just by the lessons he learned from the *Nude*'s scandalous success, but also in an attempt to counter the lack of attention that greeted the first displays of the readymades. Yet even the *Fountain* was subject to numerous delays. Not only was the object itself lost, but it was also not publicly identified as the work of Duchamp until much later. There was no apparent connection made between the 1917 *Fountain*—known through its reproduction in the second issue of *The Blind Man*—and the readymades Duchamp exhibited in 1916.[13] Nor is it even clear when this infamous readymade became known as the work of Duchamp. According to William Camfield, the *Fountain* was seldom mentioned during the 1920s and '30s and was not—except for its appearance in the *Box in a Valise*—reproduced again until 1945.[14]

There is thus a certain instability in the readymades. They rose to the surface out of the sea of everyday objects as a result of Duchamp's selection. Yet the objects did not always retain their three-dimensional existence, for Duchamp's power of designation was not always strong enough to keep them from slipping back and resuming their earlier life as common objects to be used and then discarded. While it is well known that the *Fountain* was lost sometime after it was photographed by Alfred Stieglitz, what is less emphasized is the degree to which a significant proportion of the other readymades also had a continuous existence only in the form of reproductions.

*

Both the *Green Box* and the *Box in a Valise* have a strangely indeterminate status—as reproductions, or as works in their own right; as new works, or as mere repetitions of earlier endeavors. But the *Green Box* is more easily assimilated into Duchamp's oeuvre, in that it can more readily be understood as an adjunct to the "real" work—a guidebook, even if a very elaborately produced, limited-edition one. The *Box in a Valise* does its work in a much more covert manner. The appearance of repetition was a successful ruse that has distracted attention from the way the *Box in a Valise* presents its evidence, sometimes in the absence of objects to back it up.

13. Nor did the fact that Duchamp had a urinal hanging from a doorway in his studio—as recorded in photographs generally dated to 1917–18, which show it together with a hanging snow shovel and hat rack—tip people off to the connection.
14. William Camfield, "Duchamp's *Fountain*: Aesthetic Object, Icon, or Anti-Art," in *The Definitively Unfinished Marcel Duchamp*, p. 155. Even Camfield, who has devoted considerable energy to researching this most remarkable urinal, cannot say when it became known as the work of Duchamp. See William Camfield, "Marcel Duchamp's *Fountain*: Its History and Aesthetics in the Context of 1917," in *Marcel Duchamp: Artist of the Century*, ed. Rudolf Kuenzil and Francis M. Naumann (Cambridge: MIT Press, 1989), p. 68.

Yet Duchamp did not simply lay out his ideal museum in miniature in the *Box in a Valise* and then wait for the full-sized version magically to appear. Both the *Box in a Valise* and the *Green Box* were produced in limited editions, with limited distribution. They thus formed a second body of work, produced in the 1930s and '40s, that again encompassed Duchamp's production of 1912 to 1923, but that was also subject to a delayed reception. Duchamp was actively constructing his oeuvre in other ways as well during this period, for he worked closely with his major collectors, Walter and Louise Arensberg and Katherine Dreier, to build and secure their holdings of his work—serving as a middleman to facilitate their purchases from other collectors, working with the Arensbergs to find a museum that would take the collection on their terms and then helping to make the arrangements with the Philadelphia Museum, and functioning as the executor of both the Arensberg and Dreier estates.[15]

Thus the ideal museum of the *Box in a Valise* was only an interim step in Duchamp's construction of his oeuvre. But its importance should not be underestimated, given the degree to which it framed—sometimes quite explicitly—the installation of the Arensberg collection in the Philadelphia Museum, which opened in 1954, and subsequent exhibitions of his work, such as those in 1963 in Stockholm and Pasadena, where aspects of the displays paid direct homage to the arrangement in the box.[16]

These exhibitions were, however, not the only or even the dominant reason for the renewed interest in Duchamp's work in the 1960s. It was Lebel's 1959 monograph that really put Duchamp's work and ideas into circulation. There, too, Duchamp had a hand, for not only was he instrumental in helping to chose, arrange, and produce the illustrations for the monograph, but the *Box in a Valise* also had a surreptitious presence in the book.[17] According to Bonk, "The use of many reproductions from the *Boîte* as originals for the illustrations in the book went unmentioned, and the account of the *Boîte* in the text and in the appended catalogue is highly cursory. It seems as if Duchamp wanted to avoid producing a kind of short-circuit, an impression of tautology, between the *Boîte* as a work in itself and the monograph as a work *about* his work."[18] Thus in a monograph that

15. For a discussion of Duchamp's relationship to the Arensbergs, see Naomi Sawelson-Gorse, "Hollywood Conversations: Duchamp and the Arensbergs," in *West Coast Duchamp*, ed. Bonnie Clearwater (Miami Beach: Grassfield Press, 1991), pp. 25–45.

16. The influence of the *Box in a Valise* on later installations is discussed in Camfield, "Duchamp's *Fountain*: Aesthetic Object, Icon, or Anti-Art," p. 165. Duchamp was even more directly involved in the presentation of the Arensberg collection. According to Sawelson-Gorse, Duchamp "went over every detail of installation with Fiske Kimball" (Sawelson-Gorse, "Hollywood Conversations," p. 38).

17. For a discussion of Duchamp's participation in the selection of the illustrations for the monograph, see Bonk, *Box in a Valise*, pp. 181–82. Duchamp's central role is acknowledged within Lebel's monograph on the page that contains the publication information: "Design and layout by Marcel Duchamp and Arnold Fawcus. Colour and monochrome plates printed under Duchamp's supervision."

18. Bonk, *Box in a Valise*, p. 182.

also concentrates on Duchamp's early work, the presentation owes more than one might guess to this interim construction.

*

After having led a shadowy existence for many decades, the readymades were then reembodied in the 1950s and '60s. A glance over the chronologies of their replication in Schwartz's *Complete Works* or in the back of the d'Harnoncourt and McShine catalogue tells us, in a highly cryptic form, the story of this reappearance. The works sprang to life again exactly when they were needed: the *Fountain* returned in 1950, and the *Bicycle Wheel* in 1951, so that Sidney Janis could include them in exhibitions at his gallery; and subsequent versions of these and other readymades appeared in various places during the early 1960s when their presence was similarly required. In addition to authorizing most of these duplications, Duchamp gave them credibility with his 1961 statement that an important aspect of the readymade "is its lack of uniqueness . . . the replica of a 'readymade' delivering the same message."[19] Yet this declaration can also be viewed as part of the same operation that one finds in the *Box in a Valise*—the presentation of the work as if it had arrived with its full meaning fixed and articulated at the time of the initial gesture, and the effacement of Duchamp's subsequent work to provide a structure within which it could be understood. In fact, these later re-creations—in many cases initiated not by Duchamp but by curators eager to display his work—testify to Duchamp's success in seamlessly incorporating the readymades into the structure of his oeuvre.

His professed lack of concern for uniqueness also did not prevent Duchamp from participating with Arturo Schwartz in the series of editions of his readymades that appeared in 1964. There the intervention of the *Box in a Valise* is even more conspicuous. If, as Molly Nesbit has argued, the readymades were preceded by line, by the preaesthetic form of representation found in mechanical drawing, then many of them took a detour through the photographic—and a highly manipulated form of the photographic at that—before returning again in the form of objects.[20] Most of the readymades in the first wave of postwar re-creations were themselves found objects, but for the 1964 edition Schwartz set out to fabricate works specially for the occasion that would, as closely as possible, duplicate the contours of the first, "original" readymades. For this he had to rely extensively on documentary evidence, much of it from photographs that had also been included in the *Box in a Valise*. But despite the fact that these were specially fabricated

19. Marcel Duchamp, "Apropos of 'Readymades,'" reprinted in *The Writings of Marcel Duchamp*, ed. Michel Sanouillet and Elmer Peterson (1973; reprint, New York: Da Capo Press, 1989).
20. It is this sort of contrast between the general and the specific that Nesbit links to the difference between patent and copyright. See Molly Nesbit, "Ready-Made Originals: The Duchamp Model," *October* 37 (Summer 1986), pp. 54, 64.

objects rather than actual readymades plucked from the world of the everyday, the language of industry did come into play in a new and paradoxical manner. For Schwartz had blueprints produced—blueprints based either on the original readymade, where it still existed, or on the best available photographic or other evidence that remained of the lost originals. In Schwartz's *Complete Works*, these blueprints are part of the rhetoric used to distinguish his editions from other contenders for the status of authorized readymade: in the listings of the succeeding versions of each readymade, the 1964 entry is generally accompanied by one or another variant on the sentence "1964, Milan: First full-scale replicas issued under the direct supervision of Duchamp on the basis of a blueprint derived from photos of the lost original." Thus the blueprint comes into play not as a means of showing the readymade's continuity with mass production; rather, it is used to differentiate these editions from other contenders by showing them to be more authentic. In short, the blueprint is part of the rhetoric that brings these limited-edition readymades into the realm of art.

These remade readymades also draw attention to the shifting interdependent relationship between painting and readymade in Duchamp's oeuvre. De Duve has argued that the readymade was "the act by which the abandonment of painting was recorded and without which this abandonment would have been no more than a cessation of activity that history would never have bothered to register."[21] This relationship was reciprocal, both when the readymades first appeared, and in their later configurations. The readymades would also not have registered had it not been for the reputation established by Duchamp as a painter, particularly of the infamous *Nude*; but even more was required, as the nonevent of their 1916 appearance demonstrates. The nebulous status of a number of the readymades before their inclusion in the *Box in a Valise* demonstrates the extent to which the designation of the readymades was still somewhat tenuous in the absence of further manipulations: the fundamental simpleness of the readymade gesture required, in turn, a much more elaborate structure of contextualization and interpretation.

For the readymades, Duchamp had developed new ways of establishing authorship that would operate in tandem with their testing of the boundaries of the work of art. If Duchamp's initial gesture of choosing the readymade referred to mass production, the later forms of reproduction through which the readymades cycled secured their status as art. In their appearance in the *Box in a Valise* the readymades were implicitly equated with the other works in Duchamp's oeuvre; and they were also subtly deflected from the realm of the mass-produced in that more traditional forms of artistry were used in their reproduction than had been used in their initial manufacture. While the paintings in the *Box in a Valise* became

21. Thierry de Duve, *Pictorial Nominalism: On Marcel Duchamp's Passage from Painting to Readymade*, trans. Dana Polan (Minneapolis: University of Minnesota Press, 1991), p. 17.

reproductions, the readymades were turned (and not for the last time) into limited editions. Thus the interdependence between painting and readymade in Duchamp's oeuvre was presented in a configuration that was neither. Both the reproduction in the *Box in a Valise* and the later limited editions produced by Schwartz were involved in a doubling process that reconfigured the objects according to more traditional production techniques while at the same time creating the appearance of a seamless unity, of an apparent continuity with the first gesture that hid the interim steps that constructed a context for that gesture.

Peter Bürger has argued that "once the signed bottle dryer has been accepted as an object that deserves a place in a museum, the provocation no longer provokes; it turns into its opposite. If an artist today signs a stove pipe and exhibits it, that artist certainly does not denounce the art market but adapts to it."[22] Certainly the relationship of the readymade to its institutional context was very different by the 1950s and '60s, when the re-creation of the readymades was initiated largely by curators and dealers. But by then they had already entered the history of art—mainly as a result of the series of contexts that Duchamp worked to construct. His recognition of the degree to which a lack of context for the readymades would doom them to a different kind of oblivion led Duchamp to collude with the rhetoric of the limited edition—a rhetoric of rarity and authenticity—and thereby to secure the existence of work that, on another level, put such categories into question.[23]

Quite clearly on, Duchamp was also doing for himself what is now generally accomplished by a whole network of professionals. One of the services now performed by a contemporary art gallery is to shape collections by judiciously placing the works of the artists they represent. Duchamp also set the stage, in a modest way, for a role that has become increasingly common: that of the artist who functions as a kind of organizer, bringing together the far-flung elements of a new, more technologically based workshop organization. In this respect, Duchamp anticipated a shift, prevalent particularly since the 1960s, toward an approach that allows authorship to be retained as a category even as artists increasingly utilize techniques of fabrication and appropriate mechanically reproduced imagery. One could argue that it is the logic of connoisseurship, attenuated to such a degree as to be inverted, that one finds played out early on by Duchamp, and later in the work of many of the artists who have been categorized as postmodernist. As the artist's name has continued to function as an organizing structure for works of art from which the traces of the artist's hand have been largely eliminated, the work's sure connection with the name of the artist has come to denote its authenticity. And, as a corollary, the greater the

22. Peter Bürger, *Theory of the Avant-Garde*, trans. Michael Shaw (Minneapolis: University of Minnesota Press, 1984), p. 52.

23. And it should be noted that he was, at the same time, exploring other ways of interrupting the structure of the museum with the *Etant donnés*. See, for example, Rosalind Krauss's essay on this work, "Where's Poppa?" in *The Definitively Unfinished Marcel Duchamp*, ed. de Duve, pp. 433–59.

L.H.O.O.Q. Shaved. *1965.*

apparent simplicity of the gesture, the more the traces of the history of its making are no longer materially embodied in the object itself, the more the work requires the elaboration of an interpretive context.

Duchamp entered a very different setting in the early decades of the twentieth century—one in which the main action was in the annual or occasional exhibitions, as contemporary art had not yet entered the museum and was shown regularly in only a handful of pioneering commercial galleries. Thus some of Duchamp's later refashioning and repositioning of his work can be understood as a response to changes in the context for its potential reception: as museums like the Museum of Modern Art in New York and others began to display and collect contemporary art, Duchamp began to think in more and more specific ways about the relationship of his work to the museum.[24] But Duchamp seemed to realize, at an early stage, the importance of mounting his rebellion against those conventions from within a context that would give structure and meaning to his gestures.

The degree to which Duchamp succeeded in establishing such a context is nowhere so apparent as in his 1965 *L.H.O.O.Q. Shaved.* The initial joke of *L.H.O.O.Q.* responded in a particularly incisive manner to the combination of

24. Benjamin Buchloh makes a telling connection between the portable museum comprised by the *Box in a Valise* and the installations that Duchamp created in 1938 for the "Exposition Internationale du Surréalisme" and in 1942 for the "First Papers of Surrealism" exhibition, suggesting that both types of work were examples of Duchamp's response to problems of institutionalization and reception. See Benjamin Buchloh, "The Museum Fictions of Marcel Broodthaers," in *Museums by Artists*, ed. A. A. Bronson and Peggy Gale (Toronto: Art Metropole, 1983), p. 46.

reverence and kitsch invoked by the dissemination of a work like the Mona Lisa in popular reproduction. For the later version, used as an invitation to a preview of an exhibition of the Mary Sisler Collection, Duchamp simply mounted a series of playing cards on paper, this time without any intervention within the image itself. By then, however, the playing card, even unadorned, was not simply a playing card; rather, it also functioned as a reference to Duchamp's earlier work, which was by then known through both publications and exhibitions. The cheap reproduction of the Mona Lisa without facial hair was, by 1965, irrevocably altered by the knowledge of Duchamp's earlier intervention, for that first altered reproduction had already been reassimilated into the space of the museum. In 1965 Duchamp could play off that knowledge, obviously confident that the context he had helped to construct for the earlier appropriation would be inscribed as well in this later reappropriation.

Poster for Pasadena Art Museum retrospective. 1963.

Conceptual Art and the Reception of Duchamp

Benjamin Buchloh: Having seen the Robert Morris exhibition one more time, yesterday, and having seen the *Cardfile* piece, I was confirmed in an earlier assumption which I couldn't really verify before, since I didn't then have access to the detailed contents of the piece: namely that Morris's work is constitutive for the beginning of Conceptual art in the American context. On every level, it anticipates—in the same way incidentally, as the *I-Box* does—the three questions that are crucial for the program of Conceptual art, as I see it: one, the specific question of how traditional forms of mark-making can be displaced by an exclusively photographic or textual operation of recording and documentation; second, and more complicated perhaps, the question of how the legacy of Duchamp was transformed from its first level of reception in the work of Jasper Johns to the second level in Morris—what one might call the semiological, or the structural/linguistic axis; and third, and more commonly, the radical dismantling of all traditional definitions of objects and categories—the "dematerialization of the work of art," as Lucy Lippard called it—and its transfer onto the linguistic, the photographic, and the site-specific operations within which Conceptual art was defined.

Those three issues—what we could call the structural and semiological shift, the transformation of categories, and the moment of the Duchamp reception—could function as three introductory aspects to address Conceptual art in this discussion, although a fourth might be to discuss the extent to which the strategies of that moment have had a lasting impact in the practices of the late 1980s and the early '90s.

Rosalind Krauss: I don't know who we want to use as a spokesperson for Conceptual art, but insofar as Kosuth was to control the definitions circulating around the movement and insofar as he limits those to a very specific reading of Duchamp, which is to say exclusively to the readymade as the threshold condition of Conceptual art, and further, the interpretation of the readymade as a performative act, an act that says "I intend X as a work of art,"

OCTOBER 70, Fall 1994.

then those other practices you're ascribing to Robert Morris would be irrelevant. They would fall outside his definition of the kind of sublation supposedly performed by Conceptual art, the lifting of the work of art into a pure philosophical realm by means of the ontological question posed by the readymade.

Alexander Alberro: One of the objections I would immediately have to reading the reception of Duchamp into Conceptual art in the U.S. context is that it directly relates the question of what Conceptual art is to one particular theoretical model, one conventionally associated with Kosuth, and less conventionally with Christine Kozlov. As I see it, there was not one unified theoretical model of Conceptual art in the mid-sixties but several competing models, only one of which is clearly mediating Duchamp. It was Kosuth, after all, who took the pseudonym Arthur R. Rose. Of course, of all the Conceptualists except perhaps for Robert Smithson, whose early magazine articles I think should be considered within the Conceptual art context, it is also Kosuth who is most interested in the work of Morris. He states as much in his "Art after Philosophy," corroborating Benjamin's assumption about the *Cardfile* piece by singling it out as one of the earliest works of Conceptual art. Seen from this perspective, it doesn't appear to be an accident that Kosuth and Morris show together in the exhibition that Seth Siegelaub organized at Bradford Junior College in early 1969. Obviously Kosuth put pressure on Siegelaub to get the two together because that constructs a nice lineage.

Krauss: It's a lineage that Kosuth has since tried to suppress, however.

Buchloh: But what motivates the suppression of the Morris lineage within the discussion of Conceptual art? Based on seeing *Cardfile* yesterday, I felt that even Dan Graham's disavowal of Morris is ultimately unacceptable to me. Graham has frequently asserted that Robert Morris never played a role in his formation; yet seeing the index card piece, I wondered how he could conceive *Schema* without knowing *Cardfile*, since they are so parallel in their operations. *Cardfile* is the epitome of self-reflexivity, and it constitutes the conclusive moment for abstract painting in the early 1960s since it literally leaves Johns and Stella behind and fuses them with Ad Reinhardt in the explicit reference in one of the notes. All aspects of this work then parallel the program that, as Alex argues, Dan Graham fulfills a few years later in his *Schema*. What has remained one of the most difficult questions about this period is: At what moment is the pictorial reflexivity of Stella radically displaced? Alex says it's displaced by Dan Graham's affiliation with Dan Flavin's work, and I say it's displaced by Morris through an affiliation with Duchamp through Johns. What propels Morris to make *Cardfile* in 1962? Stella? Johns? Reinhardt? Or Duchamp? Is it straight Duchamp, or is it Duchamp mediated through a dialogue with painting? Does Morris have a dialogue with Stella?

Most certainly he does, since the Green Gallery show is basically Morris's response to Stella; it is a Stella show.

Thierry de Duve: Why do you say it is a Stella show?

Buchloh: Because they are black paintings transformed into three-dimensional objects in a neutral tone, with all traces of pictoriality eliminated in a way that Stella would never even have dreamed of.

de Duve: In terms of installation I agree: if we're speaking of the impact of a show with such a radical absence of variety, then Stella showed the way with his black paintings at MOMA in December 1959 and with the subsequent installation at Castelli of the aluminum paintings in September 1960. He would do this consistently, in fact, because both his 1962 exhibition at Castelli, where he shows the copper shaped canvases, and his 1964 show of the purple metallic paintings with open centers display the same homogeneity. That may have given artists like Morris permission to produce such radical statements with an installation—to think of work in terms of a "show" and not of individual objects. That is one of the breakthrough things that happened then.

Buchloh: It would also explain the discontinuity in Morris's work because suddenly it becomes clear that one aspect was the dialogue with Stella and the legacy of modernist painting, and the other aspect was the legacy of Duchamp; and he had to elaborate them simultaneously. That's why it is so perfectly inane if people accuse him of discontinuity or eclecticism when in fact he addressed what was at stake at that moment in 1962. He recognized that one would have to deal with modernist reductivism and the readymade at the same time, and that inevitably meant to produce a polymorphous body of objects.

Alberro: But in 1965 one didn't have to deal with both at the same time. It was sufficient to deal with the legacy of Stella and Reinhardt and, I would argue, to leave the legacy of Duchamp aside. Particularly for someone like Dan Graham, since we were talking about him before, working through issues raised by Don Judd and developments in the work of people like Flavin and Andre. And also learning from someone like Ad Reinhardt, who had absolutely nothing to do with Duchamp. What an ambitious young artist working in 1965 had to deal with is on the one hand the legacy ultimately coming down from the modernists, and on the other the reintroduction of Constructivism into the New York context. The impact of the publication of Camilla Gray's *The Great Experiment* in 1962, and especially the translation of the statements by some of the artists included in this book, also should not be underestimated.

Krauss: So your objection to thinking of the reception of Duchamp as crucial to Conceptual art's definition is that it channels the movement back to Kosuth and not to other Conceptual artists for whom Duchamp is not the major reference? But what about someone like Robert Barry, in his *Inert Gas* series for instance, which seems inconceivable without Duchamp's "transformators"?

de Duve: That's a textbook example of a painter dematerializing painting but always remaining a painter in the end, and perhaps a poet of some sort also.

Buchloh: If I may voice an objection, I think the term *poetic* should either be excluded from the discussion or else rigorously defined, before we claim that Robert Barry is doing "poetic" work.

de Duve: I will of course refuse to define *poetic*. You may be happy or unhappy with the word, and you may interpret it as you wish. But I will not define words that are qualifiers.

Buchloh: Discredited qualifiers. You don't use the term *beautiful* either.

de Duve: Of course I do! But that's not what we're talking about, unless you want an assessment in this context of each of the Conceptual artists.

Buchloh: But if we're talking about Conceptual art, the term *poetic* is utterly useless because it disfigures the precision with which Conceptual artists intervened with the means of language in the conventions of visuality.

de Duve: I'm sorry, the minute you discuss aesthetics you have to deal with words that have no precise meaning but merely call for your own experience of them. That's the way it is with art, and it's so with Conceptual art as with other art. By the way, neither "the poetic," nor beauty—nor art, for that matter—are concepts, and that's part of the problem surrounding "Conceptual art."

Buchloh: But I'd like to ask Alex how he thinks the next generation after Morris could claim, as Dan Graham does, that Duchamp was no longer the issue. How could you argue that?

Alberro: I think they could claim that even by looking at Morris. It's interesting that you chose *Cardfile*. I would have chosen the *Statement of Aesthetic Withdrawal* as the actual work that most intersects with Duchamp.

Krauss: That's certainly a piece that is insistent about its direct connection to Duchamp, particularly since the work from which aesthetic value is withdrawn—called *Litanies*—consists of a bunch of keys, each engraved with one of the "Litanies of the Chariot" from the Green Box. But unlike *Statement,* I think that *Cardfile* has already transformed Duchamp's use of writing, his idea of notes, and has moved this into an auto-referential system which is not how Duchamp's own "notes" operate. They thematize self-reference in the closed circuit of the bachelor machine, but they don't themselves constitute such a system. So I think to use *Cardfile* as the reference work as Benjamin is doing is to show a Duchamp influence that has already been pushed to another level.

Alberro: Of course, the meaning of *Cardfile* in 1965—in fact Dan Graham writes a piece on it—I think it's called "The Book as Object"—is a reading that circles back to Mallarmé. They see *Cardfile* as a work that echoes the operation of Mallarmé's "Book," which we know had captured the imagination not only of

Graham, but also of LeWitt, Mel Bochner, and a host of others at the time. And as with Mallarmé's "Book," Morris's *Cardfile* was read as a work which can begin anywhere and is subject to no direction pressure. In other words, it was seen as a work which critiques the traditional author-viewer interaction models in favor of a highly participatory model. This interest in Mallarmé crystallizes in what could be properly called the first exhibition of Conceptual art, Brian O'Doherty's *Aspen 5+6,* which is devoted to Mallarmé.

But to address the importance of the *Statement of Aesthetic Withdrawal* for these artists, I would argue that this work is interpreted in the mid-sixties not so much as a mediation of Duchamp as an extension of the problem of reductivism. In other words, reductivism was imagined as having a certain objective logic which now not only makes the work of art appear to be similar to nonart objects but attacks the notion of aesthetic qualities itself. So that now not only are representation, color, and form radically reduced, but aesthetic pleasure itself is withdrawn. Certainly for young artists like Graham, Smithson, and others, this was the situation they faced in the mid-1960s, and they took as one of their tasks to find the next logical step in this process.

Buchloh: So when does the disavowal of the Duchamp legacy become crucial for the constitution of a different approach to Conceptual art? In "Homes for America"? How do you see *Schema,* for example, as a distinctive departure from the Duchamp/Morris legacy?

Alberro: Behind the Duchamp/Morris legacy I always see the figure of the artist; the artist/agent is always there. It's there in both Duchamp and Morris, even in the *Cardfile* where he's trying to remove it. In the Robbe-Grillet-like account of making the work, there's still the agent. This is the lineage that I'm arguing continues through to Kosuth and Kozlov, whose model of Conceptual art is also one in which the subject is centered. What's so fascinating about a piece like *Schema,* or the mid-sixties works of LeWitt, Bochner, and a few years later Lawrence Weiner, is that there's a real problematization of the agent, a decentering of subjectivity. In *Schema* you'd be hard-pressed to locate an agent; the work decenters it.

Buchloh: So in that sense you'd say there's a structuralist model in terms of a radical reduction of agency, in which Morris does not partake?

Martha Buskirk: In relation to the whole Duchamp issue, what's curious for me is the way Duchamp is presented, and that's through the book: the *Notes for the Glass,* and the 1959 Lebel monograph. I think there's an interesting angle there for the whole emphasis on the book in Conceptual art and the work of art's becoming the text. Further, there's something that's a little elided in speaking about just one Duchamp, because it changed at any given moment—the Duchamp of the late 1950s and early '60s was a construction of the artist that depended largely on Johns's reading on the one hand and Lebel's monograph on the other.

de Duve: Yet, to concentrate on the Lebel book is a problem because that eliminates the Cage connection, and through Cage to Fluxus. I don't think this can be eliminated from the discussion.

Yve-Alain Bois: But Duchamp was not highly visible until the late fifties—because Lebel's book hadn't appeared until 1959, the Katherine Dreier collection hadn't come to Yale, the Arensberg Collection hadn't come to Philadelphia.

Buskirk: The installation opened in 1954.

Bois: It was the Pasadena show in 1963 that really put Duchamp on the map, because before then people could still be unaware of the Arensberg collection.

Buchloh: Johns buys Duchamp in the late 1950s. He collects the strange bodily metonymies Duchamp produced in relation to the *Etant donnés:* the *Objet-dard* and the *Female Figleaf.* How can you do a painting with plaster casts, as Johns does in 1955, done on exactly the same principle as Duchamp's without knowing these objects?

But to go back to Thierry's earlier point about Fluxus, I wanted to ask Alex how he can exclude the Fluxus legacy from the account of Conceptual art? With the Conceptual artists I interviewed for my own essay, all, without exception—Weiner, Kosuth, Barry, Graham—disavowed any relation with Fluxus whatsoever. In fact, just the opposite. So why is Fluxus so discredited?

Alberro: My reading of Fluxus is that its intent was to expand the concept of art to the universal. Whereas I would argue that all of the models of Conceptual art do the opposite; that is, they are not really about the expansion of art to the universal, but rather the withdrawal of the experience of aesthetic pleasure from art. So it's the opposite. One is expanding; the other is withdrawing.

de Duve: I have a bit of a problem with methodology. It seems to me that from this perspective the discussion has taken too much the side of traditional art history, that we're looking for influences; we're looking for how information circulates at a certain point, who has done what first, and so on and so forth. And my own view being that Duchamp is someone who has in fact not invented anything—though he's a great artist, of course—but pointed at the conditions of art-making that are not just the ones valid for a decade but valid for 150 years, makes me somewhat impatient with this art-historical approach. Because in a nutshell what he accomplishes is revealing the transformations of modernity—all of them. So in that sense you don't need to establish a causal link or an influence to be able to say that once the finger has been put on the wound lots of things begin to burgeon all over the place. Seen from this vantage point, it is not enough to say that Fluxus wanted to expand on art and that Conceptual art tried to remove the aesthetic. The dilemma for a good number of artists at the time was experienced as an "either art (without the aesthetic) or the aesthetic (without the art)," a dilemma very humorously pointed at by Ian and Elaine (or Ingrid) Baxter, who chose to call themselves by the very Duchampian name,

Invitation for Pasadena retrospective. 1963.

N.E. Thing Company, and who divided their practice into two categories: ACT and ART. ACT stood for *Aesthetically Claimed Things,* and ART for *Aesthetically Rejected Things.* Obviously, Kosuth was opting for art at the expense of the aesthetic, and that can be seen as a reduction, on the one hand, but as an expansion as well, on the other. And here is an example of a Fluxus artist who did a very conceptual piece—how else would you call it?—involving precisely the kind of removal you were talking about. It is an "instruction-piece" by George Brecht entitled *Two Exercises* (1961): "Consider an object. Call what is not the object 'other.' Add to the object, from the 'other,' another object, to form a new object and a new 'other.' Repeat until there is no more 'other.'" Take a part from the object and add it to the 'other.' Such a work exists only in the mind, but it is for everyone to "perform." But when Robert Barry does a piece consisting of this text: "All the things I know but of which I am not at the moment thinking—1:36 P.M.; 15 June 1969, New York," he's doing a solipsistic work, because no one can enter his mind.

Krauss: That's why I agree with you that he's fundamentally a painter. Because it's a very different move to say take everything in the universe, add it one by one to this thing and then remove it one by one. It is not part of the circuit of "everything in my mind." The Barry move, which is constantly invoking some inaccessible, private space that always establishes itself as an analogue to the virtual space of painting, means that he is involved with a very different thing.

de Duve: I agree. I wouldn't count him as a strict Conceptual artist. Except for his 1969 *Art and Project* piece: "During the exhibition the gallery will be closed."

Or his *Invitation Piece,* where he sends us around the world with one invitation card issued by one gallery inviting us to a show to be held the next month in another gallery, and so on. So you go around the world, in imagination, only to find the gallery closed or empty in each instance. These are Conceptual pieces in a way.

Buchloh: I don't agree. I don't think "All the things I know of which I'm not thinking at the present" is solipsistic, because the reader instantiates that piece at every single moment of reiterating the work. So it's totally deflected from the author.

de Duve: No, I disagree. Isn't the piece signed? In that case the signature, Robert Barry, belongs to the piece. In any case it is precisely dated, and when the reader reads the piece, which is in the present tense, its date lies in the past. So the piece has to be ascribed to Robert Barry. It's not a piece which you and I can enact the way we can enact the George Brecht work, which is an instruction piece.

Buchloh: That's a real question. What does the shifter *I* enact linguistically, then, if not the total instantiation of each reading subject? As you read "all the things I know of which I'm not presently thinking," it instantiates yourself and not the author. It's not about authorship at all. It's signed the way the urinal is signed.

Krauss: The urinal is not a piece of language. Therefore, it's not about the issue of who occupies the *I* as it would be if you read a will in which the writer and signatory to the will says, "I bequeath my first edition of *Un coup de dès* to Benjamin Buchloh."

Bois: So the definition of the conceptual that Thierry is insisting on has to do with the public space of the language employed. I was reminded of a very early piece by Yoko Ono that always fascinated me, which consists of a game of chess in which every single piece was exactly the same. There was no differentiation among them. And the game would stop when the participants could not remember whether a given piece was a queen or a knight or a rook. So it's a kind of private space displayed in public: you have to remember. And of course the game always ended in a big quarrel. "That was your queen." "No, it was my rook." I liked this shift from private to public.

de Duve: I think there is a broad and a narrow view of Conceptual art. If we opt for the narrow one, then we have to say that Kosuth is the only Conceptual artist, perhaps along with the Art & Language group. And I would define this kind by saying: this is art theory disguised as art, or art disguised as art theory. That is where the self-reflexive move of modernism has come to the point where art wants to be its own theory and sustain itself on that theory. Kosuth is of course *the* example; and I think his text "Art after Philosophy," although full of loopholes and wrong from a philosophical viewpoint, remains a very interesting text to me symptomatically. Although my admiration for Kosuth stops there, that text succeeds in pointing up that symptomatic moment of late modernism when the bare theoretical question about what is art comes up . . . at the hand of Duchamp's readymade. I know that Benjamin wants to resist the interpretation of Conceptual art in terms of the reception of the unassisted readymade, because he wants to reduce it to declarative aesthetics, as in Rauschenberg's example of the telegram "This is a portrait of Iris Clert if I say so." My understanding of the problem is not at all one of declarative aesthetics. However, I do believe that to a great extent the issue of Conceptual art revolves around the question of what status we are going to give to the bare sentence "this is art," by which indeed a readymade has been baptized.

Krauss: And that isn't a performative?

de Duve: Before I address that, there is a minor quibble I have with your description of Kosuth. He does not see a performative act in that sentence. He bypasses the performative, speaking instead of definitions of art (which is not the same thing), and secondly, he speaks of analytical propositions, which he gets from Ayer. He's not into pragmatics at all, but into logic.

Years and years ago, in analyzing the readymade, I considered the theoretical apparatus that the performative allows you to use and finally decided against it because it would sidetrack the issue. And I went straight for what I think to be the heart of the issue, namely the status of the sentence: "this is art." It entails no definition or redefinition whatsoever, neither of "this," nor of "art." To take a shortcut, I'd say it is the *modern* formula for the aesthetic judgment.

Krauss: For you the founding implied by that sentence—"this is art"—is a baptismal one. And isn't that baptismal notion performative?

de Duve: Yes. But that's just one way of describing it theoretically. You may want to stress that. But then, as we all know, whenever you go into the question of what is a performative, the question of what authority underlies the act always arises. When the judge says "I sentence you to five years in jail," or the priest says "I declare you man and wife," the question is by what authority are they speaking? Of course the problem with the tautology was that it repressed questions of hidden power. For a brief moment, questions such as "if this is art because an artist proclaims it to be, then anyone who proclaims something to be art is thereby an artist" had a certain fascination, but there is a circularity occurring there, which is a theoretical problem. Not to mention the ethical problem related to the utopia of everyone an artist, which also fuels other people's practices, not only that of Conceptual art. Beuys, for example. Beuys is the last great proponent of that utopian brand of modernism, as it becomes a sort of caricature of itself.

And then there is the question of the context: something is art because it is in an art context. But what then qualifies the context as such? You can say of a huge museum that contains an extraordinary legacy that it's an art context, because it's a museum of art and not one of science or of anthropology. But when it comes to Seth Siegelaub's apartment or the John Daniels Gallery, we are dealing then with very interesting borderline cases.

Buchloh: Can we focus on that? The transition from self-reflexivity to tautology to contextuality as three stages of conceptual development? What I mean is self-reflexivity in the legacy of Reinhardt and Stella—and Morris's response to that. Tautology as the next phase in the most evident case of Kosuth. And contextuality in the historically parallel and simultaneous response to the tautological problem in Dan Graham's *Schema,* which is not a tautological work but a contextual one. It reflects on institutions, framework, distribution.

Bois: Every time I hear the word *tautology* I think of Barthes's condemnation of tautology as a petit-bourgeois form of language. Could we say that what Duchamp does when he looks tautological is in fact a way of criticizing tautology by, precisely, putting his finger on a tautological form of exclusion, which is that there is art and not-art, the museum and the nonmuseum. That's the language of establishment aesthetics. So that with his R. Mutt, Duchamp would be pinpointing the tautological norm of exclusion on which the modern establishment is based. But Kosuth, without revising this gesture of demonstration *ad absurdum* by Duchamp, transformed the tautology into a form of validating performatives. Is it possible to say that?

de Duve: Kosuth doesn't get to tautology immediately. He first excludes every definition of art based on morphological grounds. He basically says that Conceptual art starts with Duchamp. Or that *art* starts with Duchamp. He says that Van Gogh's paintings are not worth more than his palette—as art. They are both on the side of taste, that is, of decoration. That's good for Mr. Greenberg, he says. Art as a concept is something else. And he then says, all art after Duchamp exists conceptually.

I find the framework Benjamin suggested at the outset a very interesting one, but I have difficulty putting myself into it. I would prefer one of art theory. The minute you recognize that the issue of Conceptual art is the emergence of the theoretical question about the nature of art, then what fuels the discussion is not limited to artists anymore. For example, if you compare Kosuth's notion that a work of art is a tautology with George Dickie's institutional aesthetics, you will see that both are equally circular and tautological. I'm speaking of Dickie's first article on the subject, which appears in the same year as Kosuth's, in which he condemns both "taste theories" (which have indeed become problematic in the 1960s) and "aesthetic attitude theories" (which raise other theoretical aporias), and comes up with his pseudosolution, which, being circular (or so he claims), cannot be proven either false or true. That's what Barthes's attack on tautology is: you cannot argue with someone who says "a chair is a chair is a chair." Now, Kosuth's notion that works of art are analytical propositions expressing definitions of art does not entail that art is tautological. He doesn't even see that a tautology cannot be a definition. In any case, full of loopholes as it is, his text directs the discussion to a framework which is theoretical aesthetics—that's my point.

Krauss: Let me then ask this. The question around which we've set up this conversation has to do with the reception of Duchamp. Which valorizes the importance of reception. The notion that thresholds of reception have their own problematic natures in terms of their analysis is yet to be discussed. But what I'm wondering is whether you are consigning reception to "art history" and therefore whether this whole framework of reception is something you would challenge?

de Duve: Not at all. My essay "The Monochrome and the Blank Canvas" has to do with reception. And I would like to point out that I think my own work is part of the history of the reception of Duchamp.

Buchloh: Can we just list three or four aspects of the Duchamp legacy that are the crucial focal points in the early sixties and led to the formation of Conceptual art? What is at stake in the Duchamp reception in 1962 and 1963? Is it the indexical? Is it the photographic? Is it the readymade? Is it the corporeal? Is it the linguistic? Those would be my questions.

Bois: Another could be the museographical—what can enter and what cannot.

Buchloh: Yes. Is Duchamp the source of the institutional critique, even? These issues are different for Johns, for example, than they are for Morris. And they're different for Kosuth than they are for Dan Graham, if he would ever admit to a Duchamp connection.

de Duve: I don't think Dan has much to do with Duchamp.

Buchloh: But how does he get to language? How does he get to institutional critique? How does he get to the framework of distribution as a focal point if not through Duchamp? Who takes him to the question of how a work is sustained, defined, produced within the framework of distribution?

de Duve: Ed Ruscha.

Alberro: It could also be the personal experience of running a gallery which failed and realizing the reason that it failed was that the institution hadn't supported the gallery through reviews; the art system in the form of magazines hadn't supported the shows he actually sponsored. So he realized that one could just go right out to the art system.

Krauss: But all the European artists who are investigating systems in the early 1960s should be factored into this. I'm thinking about Hans Haacke's growing grass piece. The systems connections are already developed. What is Haacke's relation to Duchamp?

Buskirk: There's a surprisingly literal notion of reception that seems to be circulating here: that somebody absolutely had to have seen Duchamp and to be thinking about Duchamp very directly for certain issues to come into the work. The curious thing about Duchamp is the way he resituated his work over and over again in relation to a changing network of institutional structures.

Fountain was named first for a one-time show and simply disappeared. And then only later, as the museum itself became more of an institution to be reckoned with, did he start to make his work into a sort of museum. And so he himself was resituating his work in relation to the whole idea of exhibition context as other people were starting to think about those issues either through him or not through him.

Krauss: But I can't think of who those other people might have been in, say, 1945 when he started doing *Etant donnés.* Or in 1938 when he did the *Boîte en Valise.* Who was actually analyzing the museum as an institution?

de Duve: Nobody, it's true.

Buchloh: Lissitsky was.

Krauss: It's not that I don't agree with Martha's general point. I'm just having trouble with the specifics. Duchamp was constantly reworking his earlier thoughts, as when he gets the title for *Etant donnés* from the *Preface to the Large Glass.* It's just that I have a problem with the second part of the proposition, because it implies that he's doing that in relation to a change in the context. And the only context I can think of that would have supplied the new series of thoughts into which he had to work the objects for the *Boîte en Valise* would have been Malraux's *Museum Without Walls.*

de Duve: I couldn't agree more that it is the relevant context, theoretically. But historically? Duchamp's *Boîte en Valise* is 1938 and Malraux's book appeared in 1951, if I remember.

Krauss: He had already published its core argument in a series of texts in *Verve* in 1938 (influenced by Walter Benjamin).

de Duve: Duchamp anticipates the problem of the museum already in 1919, however, with *L.H.O.O.Q.*

Buskirk: But there was an actual context that was changing. That is the establishment of the Museum of Modern Art, which was followed by many more museums of modern and increasingly contemporary art. He was resituating himself in relation to that. And that context is clearly a backdrop for what we're talking about in the 1950s and '60s. The change is marked by the fact that these institutions didn't exist in their current form at the turn of the century.

de Duve: True. But Duchamp's reflection addressed this already at a very early age. Because he had bitter experiences about that by 1912. He developed an incredible intelligence about issues surrounding not so much the museums of his time as the Salons of his time, that is, the temporary art institutions. When you think that he did the urinal in the context of the Independents Show in New York, which he himself managed to model after the Société des Artistes Indépendants in France, where his *Nude, No. 2* had been rejected in 1912 (and by his own brothers)!

Buchloh: Can we go back to your earlier remark, which I thought was very important, about the role of John Cage? Would it be historically more accurate to say: It is not the Duchamp reception that one has to look at when one wants to study the beginnings of proto- and Conceptual art, but it is the Cage reception one would have to concentrate on? Is Cage the figure that fuses the modernist and Duchampian traditions that laid the groundwork for Morris and Conceptual art?

Alberro: The Cage connection into the visual arts is really Johns, and I suppose Fluxus and Happenings as well. So insofar as Morris's reception of Duchamp in the early sixties is one that has already been mediated by Johns, Cage has to be factored in as well. Of course LeWitt's two manifesto-texts of Conceptual art are also closer to the Cage legacy than the structuralist legacy that runs through Conceptual art, because of their claims of the dimension of the mystic. And yet if there was anybody reading structuralism seriously in the mid-sixties it was Morris, which points to the incredible complexity of the reception process at the time. But I would like to propose that we put someone like Donald Judd on the table in relation to Duchamp. If there is somebody that all of these artists are definitely in dialogue with in the mid-sixties, it's Judd.

Bois: Judd's relation to Duchamp is extremely ambiguous. At first he takes Duchamp into account. But then ...

Buchloh: But Judd misreads Duchamp in "Specific Objects." He describes the readymade ultimately as a sculpture.

Bois: The readymade intervenes in his text as one of the possible prototypes for noncompositionality, which is not a misreading. Something you just sign is not composed. It's produced in other ways. So this is not a misreading.

Buchloh: That's the same type of misreading as when Greenberg reads collage.

Bois: No. Duchamp's constant insistence about the difficulty of finding an object he's indifferent to has to do with this highly formal reading by Judd. But I don't think it's entirely stupid. He transformed Duchamp in ways that would be relevant to his purpose at the time. But I don't think this part of the interpretation is a misreading. It's part of the Duchamp legacy. But later Judd says, "I don't want to have anything to do with this *portemanteau* anymore."

Noncomposition is a possible reading of the readymade. Having just finished a massive essay on Mondrian, I want to say that there are only two artists in this century who understood that it's impossible to abandon composition. Only two. All the other artists believed it possible. Mondrian realized in 1919 that you couldn't. And Duchamp the same.

Is your critique of Judd's reading a critique of that article or of Judd's work?

Buchloh: I think it's more the latter. It's the reintegration of the Duchampian model into the category of sculptural production that I find profoundly problematical in Judd's reception.

Bois: He doesn't really speak of "sculpture" in the "Specific Objects" text. On the contrary, he speaks of objects.

Buchloh: But he never looks at the fact that the specific object by Duchamp happens to be a mass-culturally produced object with highly charged connotations of genre. For him it's just a holistic object. It could have been a marble ball, as far as I'm concerned. Why else should we talk about Judd?

Alberro: Judd's antitranscendental skepticism and neopositivism was not a weak force in the mid-sixties. His elimination of all poetic recourse, of drama, of transcendental investment from the work of art was an important step in the process toward the dismantling of subjectivity from the work itself. We can talk about the subjectivity that goes into his writings at the time, which were certainly exemplary for that generation. But it seems to me that our conversation is slipping away from the works themselves toward a focus on the texts that were written to support them.

de Duve: Does anybody really believe that there is such a thing as the elimination of subjectivity?

Alberro: But this is what the argument was at the time.

Krauss: But let me ask you something about Judd's purported elimination of subjectivity—and I'm speaking about what goes on in the work. This is a man who insisted as almost none of the others did on using mirror-like surfaces and finishes through which, inadvertently or not, he projected illusionism into the work. This caused Smithson, writing in 1966, to say that Judd's use of materials was in the service of the "uncanny." So that for Smithson, Judd was producing a subjectivity that, if not conscious, was at least, we could say, a sculptural unconscious. Which I certainly would say is positioning subjectivity. So I think that creating a lineage on the part of a lot of Conceptual artists from Reinhardt to Stella to Judd to themselves is an interesting move.

Alberro: Judd responds to that very article of Smithson's with one sentence: "Smithson is not my spokesman." And they never spoke to each other again.

Krauss: But I think Smithson was right.

de Duve: And he gave Judd the greatest compliment when he said, "There's more chaos in a crystal than in a liquid," and saw the whole entropic side in those boxes. That was a very generous reading on the part of Smithson, I think. It makes Judd's work look a whole lot more interesting than it actually is.

Alberro: To get back to the issue of the elimination of agency that we were discussing earlier, how are we going to deal with the total eradication of the experience of psychic expression in the model of Conceptual art that the late 1960s work of Lawrence Weiner advances, if not as a radical dismantling of agency and subjectivity? I mean, according to his own "statement of intent" that he first articulates in 1968, even the decision as to whether or not to build the piece is now no longer posited as a responsibility of the artist but of the spectator. I would argue that this development does shift the question that Thierry put forward.

de Duve: I took Judd's notion of *specific objects* very seriously. The fact that he felt obliged to invent a new category that straddles the domain of painting and of sculpture, and yet calls it neither painting nor sculpture, is absolutely crucial.

Buchloh: You have to be a Greenberger and a New Yorker in the early 1960s to think that that's what you're inventing.

de Duve: Of course. But that was my point: it is only in the context of Greenberg's influence and extraordinary power over the way people thought at that moment that the notion of specific objects could appear and be understood.

Bois: And the ignorance, which Judd later acknowledged, of a lot of things that had happened in Europe before.

Buchloh: When he says that "Malevich's work looks a lot like ours."

Bois: But when he actually looks at that material, he does produce some of the most interesting texts on Malevich ever printed. It is true that the generation of American artists working in the late 1950s and early '60s were completely ignorant of many things happening in Europe. Yet we should keep in mind that most of the European shows of any interest were reviewed by Judd. I remember reading the famous Glaser interview with Stella and Judd and being completely shocked by that attitude of "Europe is over and done with." But it's true that they didn't have much access to Europe.

de Duve: I do think that the real issue of the reception history of the readymade in the sixties is that all of a sudden what I call the generic—that is, art in general—became possible. Most people take that for granted. To me it is still startling that you could be an artist without being either a painter or a sculptor or a musician or a poet or an architect or a playwright or whatever. An artist in general. "What is your profession?" "Oh, I'm an artist." That it may not be defined through a medium is, of course, where the formalists began to be very defensive, saying that if you work outside the constraints of a given medium, then anything goes and the stringency of a tradition goes down the drain.

Alberro: They were right of course. Doesn't Judd say, "If one calls it art, it's art." I think it's as interesting as it is revealing that Kosuth quotes this passage not once but twice in his "Art after Philosophy."

de Duve: Kosuth even says, "If one is questioning the nature of painting, one cannot be questioning the nature of art. That's because the word *art* is general and the word *painting* is specific." As for Lawrence Weiner, he acknowledged that dilemma in his own way. Otherwise, why would his early work be divided into two categories: *specific statements* and *general statements?*

Buchloh: How would you differentiate specific and general objects?

de Duve: The urinal, for example, is either nothing or art in general. As you yourself said, it's not a sculpture. Or, let's put it this way—it can be seen as a sculpture only if you start looking at it as art first, or vice versa. Otherwise it's not eligible for the title of sculpture. It's just an object from the real world. And all the qualities that both Morris and Judd value in the first part of the sixties, those qualities of "obdurate materials" and industrial fabrication, are

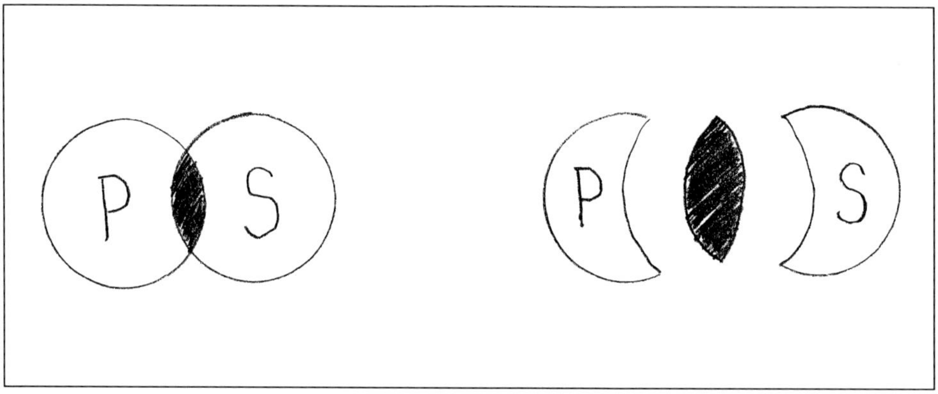

things that push the identification of art objects further away from the specific conventions of painting and sculpture and more into the risk that they would be confused with ordinary objects of real life.

Judd's notion of *specific objects* seems to me, paradoxically, a very Greenbergian defense against Greenberg's dictum about the separation of mediums. Let me draw a little schema. Here is the overlapping of painting and sculpture, where all the work Judd talks about in his article, including his own, can be located. Greenberg reads this area as being both painting and sculpture, and that's how he validates the work of Anne Truitt, for example. But Judd attempts to isolate this area, to read its content as being neither painting nor sculpture, and to autonomize it by giving it a new name, just as specific as painting and sculpture, but brand new: *Specific Objects,* precisely. It's as if he did this schema, here. And then comes Kosuth, and he says, "Away with the specific, and away with morphological grounds altogether, away with perception; take the concept and make it art in general."

Alberro: But one of the errors of placing too much emphasis on Kosuth's "Art after Philosophy" is that it presents a model of Conceptual art with a very narrow historical genealogy—one that ultimately leads up to an identifiable product. Whereas, as I suggested earlier, Conceptual art in the mid-sixties was a contested field of diverse artistic practices.

de Duve: I think Kosuth is a mediocre artist. He did one incredible thing, however, very young, and it was that attempt at understanding something, at locating where the issue was. But he failed in interpreting it, as a theorist, and then he became worse and worse as an artist. Lawrence Weiner is certainly the one who remains as the best artist, the most conceptual too. I don't count Dan Graham as a Conceptual artist.

Krauss: I would like to put Michael Asher on the table.

Buchloh: He's not a Conceptual artist.

Bois: What makes you say he's not a Conceptual artist? What is a Conceptual artist?

de Duve: Each one of us has a different definition or description.

Buchloh: In the way that I disagree with you saying that Dan Graham is not a Conceptual artist. I mean we really will not agree on anybody: "Robert Barry is a painter..."

de Duve: I'm a lot more radical than that; I would say there is no such thing as Conceptual art. It doesn't exist. It's just a name.

Buchloh: That doesn't help us, because that's on the level of saying there's no such thing as Impressionism.

de Duve: Not quite. Because the whole theoretical issue it raises is whether art is a concept at all. So whether we use "concept art," which was what Henry Flynt coined, or "Conceptual art," it is simply a contradiction in terms as far as I'm concerned.

Buchloh: But there was a formation of artists working within a limited period of time, within relatively well circumscribed parameters, that distinguished their work from the previous generation and from the subsequent generation. And that is conveniently called "Conceptual art," just as stupidly as any other movement was identified by some idiotic term, and that's what we're trying to address as a historical moment.

Alberro: Some of the characteristics of Conceptual art, since we might as well list them, would be the rapid deskilling of the procedures of artistic production, the emphasis on nontranscendental forms of thinking, the pursuit of larger audiences by the use of printed matter, and the total elimination of aesthetic use-value in favor, ultimately, of sign-value.

Buskirk: But none of those are specific only to Conceptual art.

Alberro: Yes, you're right. I suppose we could say "Duchamp" about a lot of these.

Buskirk: You could think about the deskilling of the artist in relation to Warhol; the presentation of the work of art through a printed medium is something that became more and more an issue for all artists as art was increasingly presented through art magazines.

Buchloh: But nobody explicitly and thematically articulated it in the way that Dan Graham collapses those parameters into one project.

Bois: It seems that for something to be labeled Conceptual in your mind, it has to involve some textual apparatus. For instance, Manzoni wouldn't be a Conceptual artist, although the Duchamp legacy is of particular relevance in Manzoni.

Buchloh: But I would say that the way that Manzoni dematerializes the definition of spatial experience or perceptual evidence of the spatial, in, let's say, the 1,000-meter line, makes him a proto-Conceptual artist, in the same way that Rauschenberg is a proto-Conceptual artist with the *Tire Track* or the *Erased DeKooning* or the Iris Clert telegram.

Bois: I object to the "proto" part. I think "protos" are an invention of the historian.

Another thing: Malevich's little drawings of 1913 in which he puts words, just words, like "struggle," or "fight on the boulevard"—would that be a Conceptual piece? I'm not saying that it would be. I'm just trying to understand why the linguistic part is the core of the definition.

Alberro: It's not just the linguistic part. It's the mass distribution. It's the simplification of the procedures of production. It's the deaestheticization. It's the decentering of the artist. I mean, Barthes wrote "The Death of the Author" explicitly for the *Aspen 5+6,* what I'm calling the first show of Conceptual art. This was a box that was a magazine and into which a whole array of works were stuffed. Of course the death of the author also means the birth of the reader: the viewer now actually taking control of the conceptual and often even material production of the work.

de Duve: I think all of these things can be applied in hindsight to the whole of modernity. When you speak of deskilling, I'd say, look at Manet in comparison to Bouguereau, and he's involved in deskilling.

Alberro: But if the work involves throwing bleach on a carpet, as Weiner did, or compiling 271 blank sheets of paper, as Kozlov did, isn't there something different going on there? If that is the complexity of the production of the piece?

de Duve: To me most of Conceptual art is a failure. And a dead end. And the light that it throws, it throws on its prehistory more than on the subsequent movements. So when Benjamin says he wants to put on the agenda how the Conceptualist strategies are rediscovered and had an impact on the early 1990s, I think that just adds to the symptom as far as I'm concerned.

Alberro: I disagree. Perhaps the aims of Conceptual art were a failure insofar as artists did aim to get their art to a larger audience. But it succeeded insofar as it expanded the parameters of what the support is. It argued that the support is much larger than what's inside the frame; it's instead the broader institutional network, or system. One could even say that the linguistic Conceptualism of Kosuth or early Art & Language is leading up to that type of question, although perhaps it never gets there. Buren does get there, as do Broodthaers and others. The rigorous interrogation of what constitutes an art work in the society is part of the legacy of Conceptual art. You may say that's the legacy of Duchamp as well. But when artists today claim their relation to Conceptual art, I think that that's what they're referring to.

Buchloh: I'd like to go back to the question of failure or success: in what terms does one define whether an artistic moment was a success? Is it not a success to have put on the table, with a startling relevance, the radical redefinition of audience, distribution form, institutional critique, to just mention three key issues of Conceptual art? I don't know how to define success otherwise than radical redefinitions of paradigmatic production.

de Duve: That is your definition. I don't need a definition of success to call a work successful. Because that would be an aesthetic judgment, period. But your notion of success is very Adornian because, based on reading your essay on

Conceptual art, one has the impression that its success is due to its failure—that its failure to have actually transformed the world is almost the redeeming sign of its radicality. And that is an Adornian contradiction, and I think it's a very courageous position, but...

Krauss: There seems to be a consensus developing around this table that redefining the conditions of the frame of the work of art is something that Conceptual art put into the conversation, and it seems to me that this is really not true. I could produce a lot of very unpopular names among this group—like Christo—as examples of artists doing the same thing.

Alberro: But Christo wasn't redefining the conditions of the frame. He was escaping from the frame, taking his easel out to the countryside.

de Duve: Actually he did reach a much larger audience.

Alberro: But the Conceptual artists did it immanently, from inside.

Bois: Yet the larger audience is really mythical in this case: it's the audience of art magazines for Dan Graham's piece.

Alberro: But one would have to see a direct relation between Graham's *Schema* of the mid-sixties and more contemporary artistic practices such as that of the Guerrilla Girls, who widely distribute schema of statistics in a language that everybody can understand. I see a direct relation between the two, perhaps mediated by Hans Haacke's *Gallery-Visitors' Profile,* variants of which he began to produce in 1969. But you had to have one for the other to enter the discourse.

One thing that Conceptual art also does from the very beginning is to introduce issues of urbanism into the art discourse and, more generally, reflect on the condition of modernity. Thus, for example, someone like Smithson employs the materials of the postindustrial landscape in his work: digging up dirt from abandoned mines and bringing it into the gallery in the city, knowing full well that Virginia Dwan's money comes from mining. So this is another early critique of the gallery as an institution. And I would argue that this reflection upon the catastrophic nature of the city and of modernity in the postwar period reaches a fever pitch in works like Dan Graham's *Homes for America.*

de Duve: Perhaps we're working our way toward a set of criteria to establish something about practice. Like the idea of two places: inside and outside, which is Buren's idea of the critique of the institution, especially in those years. Or Smithson's site/non-site dialectic. Or Dan Graham's shopping mall video pieces: exactly the same thing. But on the other hand there is Oppenheim, who brings the whole thing into the gallery, and that's where it ends, and it's a lot less interesting.

Buchloh: Or Haacke's Shapolsky piece or his subsequent work on the Kennecott Copper holdings of the Guggenheim Trustees—that certainly links inside and outside in a way that was inconceivable before.

Alberro: And that's the shift you mentioned earlier: from the tautological to the contextual. A tautology can't be both inside and outside, but a contextual work can.

Krauss: Would you say this notion of inside and outside and of making the work circle through both has a relation to Duchamp?

de Duve: The guy is everywhere. What is "Duchamp"? Is that the name of a great artist? A genius? Or is it the name for a set of conditions? What does "Duchamp" refer to?

May 1, 1994

All the Things I Said about Duchamp: A Response to Benjamin Buchloh

Well, I guess I asked for it. What I remember saying to Benjamin Buchloh about Duchamp (and of course partly I remember so clearly because I had saved the phrase up in particular to say to him) was that at last I thought I'd got the hang of Duchamp and his place within modernism: he was the Edgar Allan Poe of the twentieth century ["Introduction," *October* 70]. I know we went on talking for a while about what I meant by that, and Benjamin's representation of the issues that *might* have devolved from some such remark are characteristically fair, and free of postmodern cant (give or take the ritual invocation of "traditionalist humanist aesthetic" apropos of Pollock and Picasso, which in neither case will do as a description of their frame of reference, let alone their legacy). But I do not quite recognize the issues he sets out as the ones I meant to raise by the Poe analogy. And as the issues are important—this we do agree on—I should like to say a word or two about what I think they are.

For a start, my saying that Duchamp is to be understood as the Poe of the twentieth century was my way of burying (or anyway two-thirds burying) the hatchet. I make a pact with you, Rrose Sélavy; I've failed to manage a smile at your bad puns long enough. Poe may or may not have been a good writer. Opinions differ, and maybe have to differ, violently. There will never be a middle-of-the-road evaluation of *The Raven* or *Tales of Mystery and Imagination*: not to be seized with the conviction either that they tell the appalling truth of the nineteenth century, or crank out its dreariest daydreams, is not, in my opinion, to have read them (productively) at all. But that still leaves us with the fact, surely indisputable, that good or bad, Poe was an instigation to work by others that lies at the heart of modernism. We should not have had Baudelaire and Mallarmé—that is to say, we should not have had their particular (modernist) blend of pathos and extremism—without the cult of Poe in the first place. Of course, we should not have had a lot of Symbolist and sub-Symbolist trash as well. Or Wilkie Collins and Bram Stoker. But that is my point. Poe's being an endless instigator to nineteenth-century modernism seems exactly bound up with the question of whether he was a genius or a hack electing itself *as* the question, and never being settled by the court of history (or even of literature). And lest my point seem to be ending up almost comfortable, let me add: with the question of his influence being utterly benign or deeply malignant. It was both. I should say that Poe was a malignancy that could be made benign if he was badly enough translated or strongly enough misread. Stanley Cavell says somewhere that modernism in the arts is bound up with "the possibility of fraudulence." I would want to add: with the fraudulence at key moments—*Purloined Letter* moments?—being obvious but for some reason impossible to detect.

So you see at least in outline the kind of history of Duchamp and his influence in the present century I'd be inclined to write. It would not turn, by the way, on a contrast between Duchamp and "Pollock and Picasso," as Benjamin seems to believe, any more than the history of literature in the nineteenth century would turn on a contrast between Poe and Hugo, say, or Poe and Flaubert. The problem is the coexistence of all three within modernism, in the writing of Baudelaire and Mallarmé preeminently. (The fact that for once the phrase "traditionalist humanist aesthetic" really *might* apply to Hugo, and seems precisely the quality to his art that makes it the endless instigation to Baudelaire's and Mallarmé's modernism—far more of an instigation than Poe, ultimately—again suggests that the phrase on its own will not do as straight pejorative.) Supposing I had said that Duchamp was the Wagner of the twentieth century. I would not be taken to imagining a nineteenth century somehow lunatically polarized between Wagner and early Schoenberg, say, or Wagner and Debussy. With me rooting for Wagner's opponents. Wagner is everywhere, alas. Even in Debussy. The question is, what did it take to sanitize the anti-Semitic mystagogue of his flesh-crawling qualities?

Strong misreading, is my answer. Misreading of a distinctively modernist kind—that is, involving not so much misunderstanding as travesty. Hero-worship as the other face of sneering dismissal. (Compare Nietzsche's Wagner to Leni Riefenstahl's. Compare *Art and Language*'s Duchamp to *October*'s.)

This is why the Duchamp-versus-Pollock-and-Picasso setup seems to me to obscure the real issues. Because it elides the fact that part of taking seriously the congery of doubts and possibilities summed up in the name "Duchamp" is always being in doubt whether the name *does* sum them up. Or whether the names UNOVIS and VKhUTEMAS and Berlin Dada and *Der Ventilator* and PRESSA and *Documents*—or, if you insist on individuals, the fiction called "Malevich," or the one called "monteur Heartfield," or the one called "Reklam-Construktor," or the one called "Orozco" haunting Eisenstein's notebooks in the 1930s, or even the one called Picasso (let's say Picasso in 1935–36, the years *he* stopped painting and did nothing but write)—should be entered, exactly in their still barely known plurality, in Duchamp's place. Obviously, one side of me thinks they should. And I know full well that Benjamin Buchloh shares my high valuation of some or all of them. Maybe the issue between us is not so much whether the history of modernism needs to be radically pluralized, as whether that pluralizing will inevitably turn on the question of Duchamp's status—be done, in the end, at Duchamp's expense. I too would like there to be, at the center of modernism, a figure of negation and nihilism, of endless centrifugal questioning of Art as a category and institution. Above all I would like a figure of the possibility of such a practice doubling back on itself and giving rise to a moment—I did say a moment, so do not think you've caught me in the thrall of "trad hum aesthetics" again—of form, or articulation, or realized reflexiveness. "A scream on the surface through form and through style," to quote Eisenstein on Orozco directly. Or a laugh, if you like. A truly off-color pun. I do not think Duchamp is such a figure. I think it is deeply misguided to think there could be one. Which is not to say that such a figure could have been dispensed with by the twentieth century, any more than Poe, as the figure of mystery and imagination, could have been dispensed with by the century before. Both figures are bogus, and in their bogusness deeply true. Poe is the figure of the nineteenth century's (utter lack of) mystery and imagination, just as Duchamp is the figure of what our century has allowed in the way of radical critique. Eisenstein was a pessimist, naturally, about Orozco's (Art's) effectiveness. "Audiences contemplate, and enjoy social horrors as grand guignol." What he rightly did not think followed from that recognition was that things would be better if audiences enjoyed witless skepticism instead.

This does not feel like a melancholic turning-back on my part, still less a call for one. Regret for the past is not the same as nostalgia. Pretending it is has always been the first and cheapest move of the present's apologists. Poe's century, and Wagner's century, and come to that Picasso's and Pollock's century, were *obviously* vile. Regretting the past is coming to a judgment that even this vileness had the seeds of the negative in it in a way that is no longer true. It is a way of steeling oneself for the fact that the past really is lost, and therefore maybe having a chance of looking the future accurately in the face. Without the help of some myth of Postness. Forward to Nothing on the Information Superhighway! Forward to the Virtual Past, the Absence of Presence, the Definitive Reenchantment of the World—all done in the name of "the radical heterogeneity of the possible," of course! (This heaven gives me migraine, mainly because I don't see how it differs from all the other product-statements on offer for the twenty-first century. That is, for products we are actually likely to get.) Forward to more Art and many more Duchamps!

—T. J. CLARK

Contributors

ALEXANDER ALBERRO is a doctoral candidate in art history at Northwestern University and is writing a dissertation on the politics of Conceptual art.

ELIZABETH ARMSTRONG is Curator at the Walker Art Center in Minneapolis. She recently curated the exhibition "Duchamp's Leg," addressing the reception of Marcel Duchamp by artists from the 1950s to the present.

MARTHA BUSKIRK is Assistant Professor of art history at Montserrat College of Art. She is the co-editor of *The Destruction of Tilted Arc: Documents* (MIT Press, 1991).

THIERRY de DUVE has written extensively on modern and contemporary art with an emphasis on the work of Marcel Duchamp and its theoretical implications. He is the author of *Pictorial Nominalism* (University of Minnesota Press, 1991), *Résonances du readymade* (Editions Jacqueline Chambon, 1989), *Cousus de fil d'or: Beuys, Warhol, Klein, Duchamp* (Art Edition, 1990), and is the editor of *The Definitively Unfinished Marcel Duchamp* (MIT Press, 1991). His most recent book is *Kant after Duchamp,* an updated synthesis of his theoretical work (MIT Press, Spring 1996).

SARAT MAHARAJ teaches art history and theory at Goldsmiths' College, University of London. He is writing a book, *A Strife of Tongues,* on Richard Hamilton's work and its connections with Marcel Duchamp and James Joyce. Hamilton is designing and making the book.

MOLLY NESBIT teaches art history at Vassar College. She is the author of numerous articles on Duchamp and of *Atget Seven Albums* (Yale, 1994).

NAOMI SAWELSON-GORSE is the editor of *Women in Dada* (forthcoming, MIT Press) and of a forthcoming anthology of the writings of Walter Arensberg. She is revising her doctoral dissertation, "Marcel Duchamp's 'Silent Guard': A Critical Study of Louise and Walter Arensberg."

10 –

civ.